JANE GREEN | Kopfüber

Über dieses Buch

Einfach das eigene Leben gegen ein anderes tauschen – davon hat wohl jeder schon mal geträumt. Die englische Journalistin Vicky und die amerikanische Vollzeit-Mum Amber setzen diese Idee in die Tat um. Ihr Alltag könnte nicht gegensätzlicher sein: Während Vicky tagsüber erfolgreich Termin um Termin absolviert und abends jede Party kürt, widmet sich Amber zu Hause ihrer Familie. Das heißt, hauptsächlich beschäftigt sie sich mit der Ausstattung ihrer Traumvilla und dem obligatorischen Charity-Club, bei dem das neueste Prada-Täschchen weit mehr zählt als die Wohltätigkeit. Doch Amber ist das nicht genug, sie träumt von einer richtigen Herausforderung.
Vicky hingegen ist insgeheim auf der Suche nach Mr. Perfect samt Familienidyll. Was jede von ihnen in den folgenden vier Wochen an komischen Situationen erlebt und an unerwarteter Selbsterkenntnis erlangt, reicht aus, um das bisherige Leben vollkommen auf den Kopf zu stellen.

»Warmherzig, amüsant und absolut lesenswert.« *Harald*

Über die Autorin

Jane Green, Bestsellerautorin aus England, hat früher viele Jahre als Journalistin gearbeitet. Ihre Bücher wurden weltweit in über 20 Sprachen übersetzt. Zusammen mit ihrem Mann und ihren vier Kindern lebt die Autorin in London und Connecticut. Bisher sind im Diana Verlag von Jane Green die Romane *Frösche küssen besser, Babyville, Hier kommt die Braut* und zuletzt *Bis das sie uns scheidet* erschienen.

JANE GREEN

Kopfüber

Roman

Aus dem Englischen von Ruth Keen

Diana Verlag

Die Originalausgabe erschien 2005 unter dem Titel
Life Swap bei Michael Joseph Ltd., London

FSC
Mix
Produktgruppe aus vorbildlich bewirtschafteten Wäldern und anderen kontrollierten Herkünften
Zert.-Nr. SGS-COC-1940
www.fsc.org
© 1996 Forest Stewardship Council

Verlagsgruppe Random House FSC-DEU-0100
Das für dieses Buch verwendete
FSC-zertifizierte Papier *Holmen Book Cream*
liefert Holmen Paper, Hallstavik, Schweden.

Taschenbucherstausgabe 08/2009

Redaktion | Barbara Raschig
Herstellung | Helga Schörnig
Umschlagmotiv | © Picture Press / CAMERA PRESS / New Woman / Mark Bramlay
Umschlaggestaltung | Hauptmann und Kompanie Werbeagentur,
München – Zürich, Terese Mutzenbach
Satz | Leingärtner, Nabburg
Druck und Bindung | GGP Media GmbH, Pößneck
Printed in Germany
978-3-453-35411-1

www.diana-verlag.de

Kapitel 1

Warnung: Dies ist keine Liebesgeschichte. Was nicht heißt, dass es kein Happy End gibt. Aber Sie können das Buch gleich wieder zuklappen, wenn Sie die Gewissheit brauchen, dass am Schluss der Märchenprinz mit seiner Märchenprinzessin in den güldenen Sonnenuntergang hineinreitet.

Eigentlich geht es bei dem, was ich Ihnen gleich erzählen werde, weniger um romantische Liebe als um eine Geschichte, in der das richtige Leben eine tragende Rolle spielt, in der es darum geht, wie wir alle zu wissen glauben, was uns glücklich macht, was für uns gut ist, wie unser ganz persönliches Happy End auszusehen hat – nur dass uns das Leben selten beschert, was wir von ihm erwarten, und wir zu unserem Happy End erst über eine ganze Reihe unverhoffter Umwege gelangen.

Außerdem könnte sich herausstellen, dass unsere persönliche Vorstellung vom Paradies für andere eine reine Horrorvision ist. Umgekehrt natürlich auch …

Nehmen Sie zum Beispiel Victoria Townsley. Mit fünfunddreißig ist sie unglaublich erfolgreich. Sie leitet das Features-Ressort von *Poise!* – einem unheimlich angesagten, hippen, coolen und perfekten Hochglanzmagazin –, und Victoria scheint der Inbegriff all dessen zu sein, was

Poise!-Leserinnen gern wären. Sie ist groß und einigermaßen schlank (wenn sie einen guten Tag hat), lässt ihrem glänzenden Haar Aveda, ihrem zarten Pfirsichteint Eve Lom angedeihen und behandelt ihre ansonsten vielleicht nicht ganz so makellose Haut (was man ja nur sehen kann, wenn sie nichts anhat) mit einem Lemon Scrub von Bliss. Kurzum, sie verwendet genau das, was das Beauty-Ressort von *Poise!* als Nonplusultra der Beauty-Produkte empfiehlt, wenn man jugendliche Ausstrahlung, Spannkraft und einen Anti-Aging-Effekt von mindestens dreißig Jahren anstrebt.

Victoria – Vicky für ihre Kollegen und Freunde – wohnt in einem wunderhübschen Apartment in der Nähe der Marylebone High Street, das im diskreten Design von Heal eingerichtet ist, überall schokoladenbraune Lederaccessoires, balinesische Bambuskörbe von ihrer Dienstreise im letzten Jahr sowie ein Touch ach so trendiger Chinoiserien in Form von chinesischen Kommoden, die sie irgendwann an einem Samstagvormittag auf der Portobello Road aufgegabelt hat.

Im Kühlschrank lagern etliche Flaschen Weißwein, zwei Dosen Diet Coke und ein paar Diät-Joghurts. Im Butterfach befindet sich eine halbe Cadbury's Milchschokolade, aber Vicky hat sie vollkommen vergessen: Das Verfallsdatum ist schon vor drei Monaten abgelaufen, aber das wird ihr am Mittwoch, zwei Tage bevor ihre Periode einsetzt, ziemlich schnuppe sein.

Vickys Katze Eartha hat sich auf ihrem Bett breitgemacht, räkelt sich lässig und streckt die Pfote, wie um ihrem Anspruch auf das Revier Nachdruck zu verleihen, freut sich auf Vickys Heimkehr von der Arbeit, wenn sie ihr schnurrend auf den Schoß springen wird, glücklich darüber, die wichtigste Person in Vickys Leben zu sein, und begeistert, dass sie die einzige ist, die regelmäßig mit Vicky das Bett teilt.

Denn ganz gleich, wie sehr Sie und ich alles bewundern mögen, was Vicky bisher erreicht hat, wie sie ihre Karriere aus dem Nichts aufgebaut hat und zu einer der erfolgreichsten Journalistinnen Londons aufgestiegen ist; dass sie keine Verpflichtungen hat, jeden Abend auf glamouröse Partys, Buchpräsentationen und Filmpremieren gehen und morgens bis neun ausschlafen kann – Vicky ist nicht glücklich.

Mit ihren fünfunddreißig Jahren kann Vicky nicht fassen, dass sie immer noch ein Single ist. Kann nicht fassen, dass ihre Freundinnen alle nach und nach unter die Haube gekommen sind und sie öfter Brautjungfer spielen musste, als ihr lieb ist, während sie selber noch nie in Betracht gezogen wurde.

Die Frage hat sich nie auch nur annähernd gestellt. Es hat sie nie gekümmert, als sie in den Zwanzigern war, da hatte ihre längste Beziehung ein halbes Jahr gedauert, und sie war viel zu sehr damit beschäftigt, sich im Journalismus einen Namen zu machen, damals, als sie vom *Liverpool Echo* nach London ging, um als feste Redakteurin bei *Cosmo* anzufangen, und ein paar Jahre später zu *Poise!* wechselte. Als sie dreißig wurde, erwog sie hin und wieder, sich allmählich in feste Hände zu begeben, aber als sie das nächste Mal wieder durchatmen konnte, war sie zweiunddreißig und musste feststellen, dass die guten Männer alle vergeben und ihre Aussichten plötzlich gar nicht mehr so berauschend waren.

An ihrem fünfunddreißigsten Geburtstag blieb Vicky zu Hause und betrank sich. Sie sah sich noch mal ihre Lieblingsvideos aus der Zeit ihres hoffnungsvollen Singledaseins an – *Ein Offizier und Gentleman, Baby Boom, Harry und Sally* – und verdrückte ein paar Tränen, als sie daran dachte, wie einsam sie war und wie sehr sie sich einen Mann und Kinder wünschte, wie gern sie das Leben ihres Bruders Andy führen würde.

Der drei Jahre jüngere Andy hatte seine Freundin Kate aus Unizeiten geheiratet. Die beiden hatten drei Kinder, Luke, Polly, Sophie, und zwei riesige Lurcher. Vor ein paar Jahren waren sie aus der Londoner Innenstadt aufs Land gezogen, damit ihre Kinder inmitten von Feldern und grünen Wiesen und Ponys aufwachsen konnten.

Kurz, es war genau das, was Vicky immer wollte. Sie betete Kate an, pries sich glücklich, die beste Schwägerin der Welt zu haben, war sogar überzeugt, dass sie in Kate die Schwester gefunden hatte, die sie sich immer gewünscht hatte, und sie liebte ihre Nichten und ihren Neffen mehr als alles auf der Welt.

Vicky dachte, sie würde sterben, als sie alle wegzogen, aber mindestens zweimal im Monat setzt sie sich in die Bahn und fährt hinunter nach Somerset, wo sie in der vom Gasherd beheizten Küche am Kiefernholztisch sitzt und glückliche Wochenenden verbringt, über ihr Singledasein jammert, während Kate die Augen verdreht und versucht, Polly abzuschütteln, die sich an ihr Bein geklammert hat und vor Freude quietscht, wenn sie die Kleine quer über den Küchenfußboden mit sich schleift. Sie sagt, sie würde morden, um in Vickys Haut zu stecken, und dass Vicky gar nicht wisse, was für ein herrliches Leben sie habe.

Vicky weiß sehr wohl, was für ein herrliches Leben sie hat, es ist nur nicht auf die Art herrlich, wie sie es gern hätte. Sie möchte die Art von herrlich, wie Kate sie hat. Die

Art von herrlich, in der es Kinder gibt, die quietschen vor Lachen, mit Riesenhunden, die sich auf gemütlichen Sofas lümmeln. Einen liebevollen, zärtlichen Ehemann, der einen auf Händen trägt.

An dieser Stelle war es Kate, die vor Lachen quietschte. »Ach so, Andy trägt mich auf Händen?«, fragte sie.

»Na ja, vielleicht nicht ganz«, brummte Vicky. »Aber du weißt, was ich meine.«

»Nee, tu ich nicht«, sagte Kate bestimmt. »Dein Problem ist, dass du eine totale Romantikerin bist. Du glaubst, dass Ehe und Kinder eines Tages einfach von selber kommen und dir dieses herrliche Leben bescheren, obwohl dein Leben auch schon so verdammt herrlich ist, und zweitens würde ich gern mal wissen, woher du das Gerücht hast, dass Ehe und Kinder so was Tolles sind.«

Vicky schaute Kate schockiert an. »Sind sie nicht?«

»Darum geht's doch gar nicht.« Kate seufzte. »Sondern darum, dass das Ganze nicht diese perfekte romantische Idylle ist, für die du es hältst. Nicht, dass ich irgendwas anderes von einer Frau erwarten würde, deren Lieblingsfilm *Pretty Woman* ist – oder was war es noch mal?«

»*Baby Boom*«, gestand Vicky zögernd. »Aber erzähl's bloß nicht weiter, ja? Es ist mein peinlichstes Geheimnis. Wenn ich mich mit Männern verabrede, schwärme ich immer für Louis Malle oder irgendeinen dieser anspruchsvollen französischen Kunstfilme, die mich zu Tode langweilen.«

»Ist *Baby Boom* der mit dem Tierarzt?«

Vicky täuschte einen leichten Ohnmachtsanfall vor. »Sam Shepherd. Verstehst du mich jetzt? Wieso finde ich nie so einen himmlischen Tierarzt? Wieso hinterlässt mir keiner ein wunderschönes Häuschen auf dem Land?«

Kate verdrehte noch einmal die Augen. »Wenn du

glaubst, das Leben auf dem Land ist so toll, kannst du deine Wohnung ja in die Zeitung setzen und dir etwas kaufen. Es muss ja nicht Somerset sein. Du könntest dir auch was in Oxfordshire suchen und zur Arbeit in die Stadt pendeln.«

»Sei nicht albern«, sagte Vicky. »Dann finde ich ja nie einen Mann.«

»Was ist mit diesem Daniel?«, fragte Kate. »Triffst du dich noch mit ihm?«

»Wir treffen uns nicht.« Vicky seufzte. »Wir haben nur ein gewisses Arrangement. Er ist meine kleine Nummer in der Nachbarschaft. Solange wir beide Singles sind und praktisch um die Ecke wohnen, tun wir uns hin und wieder zusammen.«

»Ich finde, das klingt ausgesprochen verdächtig«, sagte Kate. »Könnte daraus nicht mehr werden?«

»Um Gottes willen.« Vicky schüttelte sich. »Er ist klasse im Bett, aber als Ehemann völlig untauglich.«

Auf der anderen Seite des Atlantiks lebt Amber Winslow. Auch sie scheint, oberflächlich gesehen, alles erreicht zu haben. Verheiratet mit Richard, einem Wertpapierhändler bei Godfrey Hamilton Saltz, der großen Investmentbank an der Wall Street, führt sie so ziemlich das Leben, das Vicky gern hätte, nur mit mehr Geld und weniger Unordnung.

Als Amber Richard kennenlernte, hatte sie gerade ihr bescheidenes Zuhause in Hoboken, New Jersey, hinter sich gelassen und direkt nach dem Collegeabschluss bei einer Anwaltskanzlei im New Yorker Geschäftsviertel angefangen. Dort arbeitete sie sich nach oben und begann mit Richard auszugehen. Und gerade als man sie als Partner in die Firma holen wollte, stellte sie fest, dass sie schwanger war.

Amber beabsichtigte, tagsüber ein Kindermädchen zu

engagieren und wieder arbeiten zu gehen, aber am Ende beschloss sie, die Nanny zu behalten und die Arbeit zu vergessen.

Nachdem der kleine Jared ein paar Jahre in einem besseren Besenschrank in ihrer Wohnung in der 86. Straße hatte hausen müssen, beschlossen sie, den Absprung zu schaffen und aus der Stadt zu ziehen. Richard wurde immer erfolgreicher, und obwohl sie sich nicht mehr leisten konnten als ein winziges, renovierungsbedürftiges Sechzigerjahre-Häuschen im Kolonialstil in dem angesagten Vorortstädtchen Highfield, Connecticut, war es immerhin ein Grundstück von fast einem Hektar, und nach ein paar Jahren war es an der Zeit, einen Anbau in Auftrag zu geben.

Es gab nur einen Architekten in der Stadt, der dafür infrage kam – Jackson Phillips –, und auch wenn er der teuerste war (manche bezeichneten ihn sogar als Halsabschneider), gingen alle zu ihm. Amber wusste, wie wichtig es war, ihre neuen Freundinnen im Frauenklub von Highfield zu beeindrucken. Sie unterschrieben also bei Jackson Phillips, und die Planungsphase begann.

Aus dem ursprünglichen Vorhaben, ein zusätzliches Zimmer anzubauen, wurden bald zwei Zimmer und ein weiteres Wohnzimmer. Da sie aber schon dabei waren, machte Jackson den Vorschlag, gleich noch die Garage in ein Spielzimmer umzuwandeln und eine neue Garage anzubauen. Viel Arbeit wäre es ja nicht.

Amber und Richard waren begeistert von der Idee. Ein paar Wochen später dachten sie: Warum nicht gleich auch ein neues Elternschlafzimmer über der Garage? Und schon begannen die Dinge aus dem Ruder zu laufen.

Als man sich endlich auf alle Entwürfe geeinigt hatte, als die Blaupausen erstellt waren und sie bereits ein Vermögen bei Jackson Phillips gelassen hatten, wurde Amber schlagartig klar, was sie die ganze Zeit gestört hatte.

»Es ist das Dach«, sagte sie zu Richard. »Solange wir dieses Flachdach haben, weiß jeder, dass es ein Haus im Kolonialstil der Sechzigerjahre ist. Die neuen Häuser haben alle Spitzdächer mit Gauben. Wir brauchen ein neues Dach.«

Monate später wurde das Häuschen abgerissen, das Häuschen, das abzureißen Amber sich stets geweigert hatte, weil sie dessen Charme so entzückend fand. An seiner Stelle entstand Ambers Protzpalast.

Ihn zu bauen dauerte zweimal so lange, wie der Baumeister gesagt hatte, und kostete dreimal so viel wie veranschlagt. Jackson Phillips' Rechnung war so astronomisch, dass sie die nächsten paar Jahre damit verbrachten, jedem, der dasselbe vorhatte, davon abzuraten. Nach zwei Jahren aber wusste Amber, dass es sich dennoch gelohnt hatte.

Ihr Haus war das schönste in der Straße. Vielleicht sogar in der ganzen Stadt. Ein Haus im Kolonialstil aus Natursteinen und Schindeln, das einem den Atem raubte, noch bevor man es betrat und die Marmorböden und die weitläufige gewundene Treppe in der Eingangshalle gesehen hatte.

Amber besaß ein Haus, das wie geschaffen war für die Frühstückstreffen des Frauenklubs von Highfield, bestens geeignet für Präsentationen von Kindermode dieser jungen Designerin, die sie gerade entdeckt hatte. Ein Haus, das förmlich danach schrie, die Mädchen zu einem Weiberabend einzuladen und so zu tun, als würde es ihr kein bisschen darum gehen, mit ihrem Traumpalast anzugeben.

Wenn sie den großen Wohnbereich mit der Galerie oder das riesige Marmorbad mit der Wanne auf Löwenfüßen lautstark bewundern, ahnen diese Mädchen natürlich nicht, dass Amber mit ihren Prada-Kleidern und Hermès-Handtaschen, Amber mit dem perfekten Ehemann, den hinreißenden Kindern und dem Golden Retriever, der ein Hundetrainingscamp absolvieren und lernen musste, wie ein Hund zu sein, nicht ganz so selbstverständlich der High Society angehörte, wie sie die anderen gern glauben lässt.

Amber Collins, wie sie hieß, bevor sie Richard kennenlernte, war eine Kämpfernatur. Sie wuchs in einem heruntergekommenen Trailerpark gleich neben den Bahngleisen auf, nachdem sich ihr Vater eines Tages, als sie zwei war, auf Nimmerwiedersehen verabschiedet hatte. Ihre Mutter hatte danach eine Reihe von Freunden, Männer, die sie mit Zigaretten versorgten und manchmal mit Geld für die Miete, Amber wurde den Nachbarn überlassen, was sie ebenso selbstständig werden ließ wie alle anderen Kinder, deren Eltern nie da sind, um sich um sie zu kümmern.

Amber jobbte sich durchs College. Als Teenager hatte sie mit angesehen, wie ihre Freundinnen von den Nieten, mit denen sie ausgingen, schwanger wurden, hatte sie die Fehler ihrer Eltern wiederholen sehen und sich geschworen, dass ihr Leben anders verlaufen würde. Sie würde etwas aus sich machen. Sie würde das alles hinter sich lassen.

Sie hatte Glück, weil sie schlau war. Und noch mehr Glück, weil sie einen eisernen Willen hatte und motiviert war, hart zu arbeiten und immer zu arbeiten, damit sie genug Geld ansparen und sich für die Dauer des Studiums über Wasser halten konnte.

An der staatlichen Uni bemühte sich Amber, ihre Kommilitoninnen, die aus anderen Verhältnissen kamen, genau zu beobachten, die Mädchen aus der Mittelschicht, die Mädchen, die Selbstbewusstsein ausstrahlten und diese gewisse Selbstverständlichkeit, mit der sie davon ausgingen, dass ihnen alles zustand, etwas, das Amber völlig fremd war.

Sie hörte zu, wie sie redeten, bemerkte, wie ihre Sprache viel weicher klang als ihr eigener starker New-Jersey-Akzent, und passte ihre eigene Stimme diesem Klang an. Sie prägte sich ihre Kleidung ein, nicht die knappen Miniröcke und freizügigen Tops ihrer Freundinnen, sondern die schicken Hosen und Loafers, die schlichten Zopfpullis und flachen Ballerinas.

Sie ließ ihre Dauerwelle herauswachsen, ließ sich eine weich fallende, schulterlange Bobfrisur schneiden, trug ein natürliches und unaufdringliches Make-up, und als sie nach dem ersten Unijahr in den Sommerferien nach Hause fuhr, erkannte sie niemand wieder. Sie war überglücklich.

Richard lernte sie auf einer Dinnerparty bei irgendwelchen Freunden kennen, die genau das verkörperten, was Amber für sich selbst vorschwebte. Da war sie schon Anwältin, und Richard und sie verstanden sich auf Anhieb, weil sie die gleichen beruflichen Ambitionen verfolgten.

Aber am meisten fühlte sie sich zu Richard hingezogen, weil er mit all dem aufgewachsen war, was sie nie besessen hatte. Er stammte aus Brookline, Massachusetts, in der Nähe von Boston und war in einem Haus groß geworden, das von außen wie ein Palast aussah und sich im Inneren in seine Bestandteile aufzulösen drohte. Altes, aristokratisches Geld. So alt, dass es glatt verschwunden war. Das Familienanwesen gab es noch, und einen steinalten Diener, der sich um die Familie kümmerte, aber es war einfach kein Geld mehr da, um es zu erhalten.

Richards Mutter Ethel, die alle Icy nannten, war eine kühle Blonde à la Grace Kelly, wie ihr Spitzname suggerierte. Die Weihnachtskarten bestanden stets aus Familienfotos mit den Eltern, fünf Kindern und drei Hunden – Schnappschüsse, die im Sommerhaus der Großeltern oder in Martha's Vineyard aufgenommen worden waren.

Richard hatte kein Geld, aber er kam aus den richtigen Verhältnissen, und er hatte einen Namen. Als sie ihn zum ersten Mal hörte – Richard Winslow –, wusste Amber, dass er einer *der* Winslows sein musste, und sie war fest entschlossen, ihn dazu zu bringen, sich in sie zu verlieben.

Leicht war es nicht gewesen. Trotz der Anziehungskraft ihres glänzenden Haars und der schlichten eleganten Kleidung wusste Amber, dass Richard die Frauen zu Füßen lagen. Und darum spielte sie ihm die Unnahbare vor. Sie saß beim Essen neben ihm und ignorierte ihn, tat so, als hinge sie dem unglaublichen Langweiler zu ihrer Linken an den Lippen.

Als er versuchte, mit ihr ins Gespräch zu kommen, reagierte sie kühl und desinteressiert, und als sie ihn nach dem Dinner ein paarmal dabei ertappte, wie er sie mit verwirrtem Gesichtsausdruck anstarrte, schaute sie einfach weg.

Sie spielte ihre Rolle perfekt. Richard war Frauen nicht gewohnt, die seinem Charme und jungenhaften Grinsen widerstanden, hatte noch nie erlebt, dass sie nicht auf die bloße Tatsache reagierten, dass er Richard Winslow war, genau, einer von *den* Winslows.

Obwohl Amber nicht ganz sein Typ war – er umgab sich eher mit hirnlosen Models und hübschen Dummchen wechselnder Haarfarbe und Größe –, war er fasziniert, und nachdem er sich von seinen Gastgebern ihre Telefonnummer besorgt hatte und sie bei seinem Anruf so tat, als könne sie sich nicht im Geringsten an ihn erinnern, war es endgültig um ihn geschehen.

Es war Amber schwergefallen – sogar schwerer, als sich eine neue Identität anzutrainieren und die ärmlichen Verhältnisse zu kaschieren, aus denen sie stammte. Denn es war etwas, das sie sich mehr wünschte als alles auf der Welt. Es war ihre einmalige Chance, ein für alle Mal akzeptiert zu werden. Wenn sie Richard so weit brachte, dass er sie heiratete, würde sie sich nie wieder im Leben um irgendetwas Sorgen machen müssen.

Wenn Richard anrief, tat sie, als sei sie nicht zu Hause. Dann saß sie im Wohnzimmer und knabberte an den Fingernägeln, wenn der Anrufbeantworter ansprang. Sie entspannte sich erst, als sie merkte, dass es funktionierte. Wenn die Anruferkennung anzeigte, dass er immer wieder anrief. Eines Samstagabends rief er alle zehn Minuten an, bis sie nachts um eins schließlich abnahm.

»Wo bist du gewesen?«, fragte er mit zerknirschter Kleinjungenstimme.

»Unterwegs«, sagte sie leichthin. »Mit niemandem, den du kennst.« Obwohl sie in ihrer Wohnung allein kalte Pizza gegessen, ein paar Stunden gearbeitet und dann zwei Videos angeschaut hatte.

Amber entwickelte eine geheimnisumwitterte Aura, aus der Richard einfach nicht schlau wurde.

»Ich weiß nicht, was es ist«, sagte er zu seinem besten Freund Hal, »aber sie ist anders. Ich habe noch nie so für eine Frau empfunden.«

Sie heirateten auf dem Familienanwesen in Brookline, und es war tatsächlich der glücklichste Tag in Ambers Leben. Denn wenn Sie jetzt denken, dass das Ganze nur geschickt eingefädelt war, dann sollten Sie wissen, dass Amber sich unsterblich in Richard verliebt hatte. Ja, sie hatte zwar beschlossen, dass er ihr gehören würde, aus all den falschen Gründen heraus, aber je öfter sie sich mit ihm traf, desto mehr brachte er sie zum Lachen, desto mehr konnte sie sich bei ihm entspannen. Und desto mehr wurde ihr klar, dass sie ihn liebte.

Wenn sie gerade nicht so sehr damit beschäftigt war, eine andere zu sein, merkte Amber sogar, dass sie sich bei Richard auf eine Weise wohlfühlen konnte, die sie vorher nicht gekannt hatte.

Aber diese Tage, diese sorglose erste Zeit ihrer Ehe scheinen eine Ewigkeit entfernt zu sein. Richards Karriere läuft besser und besser – so gut, dass Amber ihn kaum noch zu sehen bekommt –, und obwohl sie ihr Haus in Highfield fantastisch findet und sie ihre Kinder Jared und Grace abgöttisch liebt, hatte diese Zeit etwas an sich, das ihr heute fehlt.

Ihr Haus mag zwar wunderschön sein, aber sie hat häufig das Gefühl, dass es gar nicht ihr gehört. Zunächst einmal ist da die ständige Gegenwart von Lavinia, dem Kindermädchen, ganz zu schweigen von dem Putzteam, das dreimal die Woche aufkreuzt, um das Haus gründlich zu reinigen.

Manchmal kehrt Amber von einem Lunch mit ihren Freundinnen zurück und möchte nur in Ruhe in der Küche eine Tasse Kaffee trinken, doch dann kommt Lavinia herein und fängt an, die Geschirrspülmaschine auszuräumen, oder Jared und Grace kommen aus dem Kindergarten und springen um sie herum, klettern ihr auf den Schoß, buhlen energisch um ihre Aufmerksamkeit, ganz gleich, wie sehr sie gerade mit wichtigeren Dingen beschäftigt ist.

Und dann sind da diese permanenten Schuldgefühle. Sie weiß, dass sie eine bessere Mutter ist, wenn sie sich ihnen konzentriert und entspannt widmet, und sie Lavinias Obhut übergibt, wenn sie müde und klettig und quengelig sind; trotzdem hat sie immer ein schlechtes Gewissen, weil sie glaubt, nicht genügend Zeit mit ihnen zu verbringen.

Aber ihr Leben hält sie so auf Trab. Nicht, dass sie sich wünschen würde, sie hätte keine Kinder bekommen – Gott behüte, dass sie so was je denken kann –, aber manchmal würde sie sich wünschen, dass ihr Leben ein bisschen einfacher wäre. Und am meisten wünscht sie sich, dass Richard ein bisschen öfter zu Hause wäre, obwohl sie weiß, dass sich daran kaum etwas ändern wird. Denn ihr ist ja bewusst, was sie alles hat, das herrliche Haus, die schönsten Kleider. Wenn Richard nicht so viel arbeiten würde, könnten sie sich das alles gar nicht leisten.

Sie hat es ziemlich weit gebracht.

Kapitel 2

»O Mist, verdammte Scheiße!« Vicky wirft einen Blick auf die Uhr, schnappt sich ihren Mantel und rennt Richtung Lift, während sie ihrer Assistentin Ruth ein paar letzte Anweisungen zuruft.

»Könntest du bitte dafür sorgen, dass Janelle heute Abend noch die Kopie von der Story über Anorexie bekommt? Tut mir leid, aber ich muss los – ich bin schon jetzt viel zu spät dran für diese bescheuerte Dinnerparty.«

»Wollen sie dich wieder verkuppeln?« Ruth grinst, und Vicky ist schon halb zur Tür hinaus.

»Nicht mal.« Vicky verdreht die Augen. »Diesmal wurde ich gebeten, selbst jemand mitzubringen, und ich hab's komplett verschwitzt. Vergiss die Kopie nicht!« Und sie verschwindet im Fahrstuhl.

Bis sie Anfang dreißig war, sind Vickys Freundinnen in überwältigender Mehrheit Singles gewesen. Sie gehörte zu einem harten Kern von abgebrühten Journalistinnen, in dem die meisten zum einen oder anderen Zeitpunkt Kolleginnen gewesen waren. Jackie hatte als andere feste freie Mitarbeiterin für *Poise!* gearbeitet, als Vicky dort anfing, obwohl sie inzwischen Produzentin bei Radio Four geworden ist und darauf zählt, dass Vicky in ihre Sendung kommt, wenn das Thema des Tages irgendwie entfernt mit Frauen zu tun hat. Jackie ist genauso alt wie Vicky, hat vor zwei Jahren geheiratet und sich ein künstlerisch angehauchtes Liebesnest in Islington geschaffen. Jan war Vickys erste Features-Redakteurin. Sie ist zehn Jahre älter als Vicky und hat schon früh geheiratet, zwei Kinder bekommen, sich dann scheiden lassen und ihren Beruf wiederentdeckt. Sie lebt jetzt mit Mike zusammen, einem Redakteur bei der *Times*.

Georgia ist die einzige, die immer noch mit Vicky in einem Boot sitzt, aber Georgia scheint es nicht das Geringste auszumachen, was Vicky nie ganz verstehen kann. Wie Vicky hat auch sie ein paar Liebhaber, die sie bei Bedarf anrufen kann, aber im Gegensatz zu Vicky reichen ihr diese gelegentlichen Schäferstündchen.

Georgia behält ihre »Freunde« nie über Nacht bei sich. »Bist du wahnsinnig?«, hat sie einmal zu Vicky gesagt, die immer Wert darauf legt, dass Daniel auch bei ihr schläft. »Ich möchte mich nach Lust und Laune in meinem eigenen Bett breitmachen oder auch quer schlafen können, wenn mir danach ist. Außerdem bin ich morgens ein Monster und möchte niemanden sehen, und erst recht nicht gesehen werden.«

»Aber fehlt dir denn das Kuscheln nicht?«, fragte Vicky.

»Spinnst du? Ich kann es nicht ertragen, wenn mich jemand im Schlaf anfasst.« Georgia schüttelte sich. »Offen gestanden, sobald sie ihre Pflicht getan haben, dürfen sie gehen.«

Vicky lachte. »Ich glaube, ich werde dich nie verstehen. Bei dir klingt das alles so prosaisch.«

Georgia zuckte die Achseln. »Stimmt wahrscheinlich, aber so mag ich's nun mal. Warum soll ich so tun, als wäre es irgendwas anderes? Denn unterm Strich geht's mir doch nur um Sex. Ohne irgendwelche Bedingungen. Das ist dein

Problem mit diesem Daniel. Du meinst, es wäre nur Sex, aber irgendwie fällt mir das schwer zu glauben, solange du möchtest, dass er bleibt und dich die ganze Nacht in seinen großen starken männlichen Armen hält.«

»Ach, halt die Klappe«, sagte Vicky. Aber es war was dran.

Ach ja, Daniel. Wäre er nicht die perfekte Begleitung für die Dinnerparty heute? Die Dinnerparty bei Deborah, dem Mitglied des harten Kerns, die nicht nur als Erste ausgeschieden war, sondern viel eher und entschlossener, als alle anderen es gewagt hätten.

Deborah und Dick und ihre drei goldigen blonden Kinder. Deborah, die ihre feste Stelle als Redakteurin bei der *Daily Mail* aufgegeben hatte, als das zweite Kind unterwegs war, und die jetzt gelegentlich zu Hause als Freie schreibt. Deborah, die am liebsten vor den Toren der exklusiven Vorschule steht, die ihr ältester Sohn in Hampstead besucht, und mit den anderen Müttern darüber plaudert, was man gegen das Mobbingproblem unternehmen könnte, von dem jetzt alle reden.

Der heutige Abend stellt den Versuch dar, ein paar von Deborahs neuen Freunden mit ein paar von den alten zusammenzubringen. Ein anderes Elternpaar aus der Schule, Lisa und Christopher, Chris und Vanessa – alte Freunde von Dick –, Jackie und Pete und Vicky plus Begleitung. Deborah hat zwar kurz daran gedacht, einen passenden männlichen Single für Vicky zu suchen, aber mal ehrlich, wer hat denn für so was noch Zeit?

Vicky ihrerseits hat die Einladung nur angenommen, weil Jackie zugesagt hat und sie sie heutzutage kaum noch zu Gesicht bekommt, aber warum zum Teufel hat sie bloß vergessen, dass sie jemanden mitbringen sollte?

Singlemänner werden einem nicht nachgeworfen, wenn man fünfunddreißig ist und exakt eine Stunde Zeit hat, die U-Bahn nach Hause zu nehmen, unter die Dusche zu hopsen, sich vorzeigbar zu machen und dann mit Geschenk unterm Arm bei einem Essen aufzukreuzen, ohne allzu ramponiert auszusehen.

Aber Daniel wäre perfekt. Während sie zur U-Bahn hetzt, ruft sie ihn per Handy an.

»Ja?«

»Daniel? Ich bin's, Vicky.«

»Hey, Vicky! Wie geht's dir?«

»Mir geht's prima, Daniel, aber hör mal, ich weiß, es ist ein bisschen sehr kurzfristig, aber ich muss heute Abend auf diese Dinnerparty und hab gerade erst erfahren, dass ich jemanden mitbringen soll. Bitte, bitte sag, dass du kannst.«

Es entsteht eine Pause. »O Vix, hätte ich das bloß eher gewusst, aber es geht nicht. Ich hab auch eine Verabredung zum Dinner.«

»Dann sag doch bitte ab. Ginge das nicht?« Vicky senkt verführerisch die Stimme. »Du wirst es nicht bereuen.«

»Vix, es geht leider echt nicht, aber in Anerkennung der Tatsache, dass du dich so in Zeug legst, wie wär's, wenn ich später noch vorbeikomme? Sagen wir, gegen halb zwölf?«

»Vergiss es«, fährt Vicky ihn an. »Ich bin doch nicht dein blödes Sexspielzeug«, und mit einem ärgerlichen Seufzer klappt sie das Handy zu.

Erst als Vicky das Wohnzimmer betritt, fällt ihr wieder ein, wie sehr sie es hasst, der einzige Single bei solchen Veranstaltungen zu sein.

Jackie und Pete sind noch nicht da, und auf den Sofas sitzen Frauen, die sie nicht kennt, und obwohl Deborah sich Vicky gleich schnappt und sie ihnen vorstellt, ist von Anfang an klar, dass das keine Leute sind, mit denen sie sich viel zu erzählen haben wird.

Ach hör doch auf, ermahnt sie sich im Stillen wegen ihrer alten Angewohnheiten. Ich werde mich diesen Leuten nicht unterlegen fühlen, bloß weil ich ein Single bin. Ich bin Ressortchefin bei *Poise!*, Herrgott noch mal. Ich bin genauso gut wie sie. Hey, sogar besser.

Aber von der ersten Sekunde an weiß Vicky, dass sie bei diesen Frauen nicht ankommen wird. Es ist die Art, wie die eine, die ihr als Vanessa vorgestellt wird, kritisch Vickys Boho-Outfit mustert, das sich so sehr von Vanessas Joseph-Hosen, den Jimmy-Choo-Boots und dem schicken Kaschmirjäckchen unterscheidet.

Vicky ist versucht, »Das sind Maloles!« zu rufen und ihnen ihre unglaublich süßen neuen Schuhe vor die Nase zu halten. »Ja, genau, so was von angesagt, dass dir in deiner Joseph-Jimmy-Choo-Uniform wahrscheinlich der Name nichts sagt. Ich bin viel modebewusster als du. Ha!« Aber natürlich versucht die Stimme in Vickys Kopf nur die etwas stärkere Stimme zu unterdrücken, die ihr sagt, dass sie nicht ganz den Ansprüchen genügt, nicht hierher gehört, nicht die passende Uniform besitzt.

Beziehungsweise den Ehemann.

»Ich habe Deborah gerade erzählt, dass meine Tochter endlich aufs Töpfchen geht«, sagt Vanessa begeistert, und Vicky verscheucht die Gedanken, die ihr im Kopf herumspuken. »Sie war die Allerletzte in ihrer Gruppe, die es gelernt hat, was einfach so wahnsinnig deprimierend ist.«

»Ach ja?« Vicky hat keine Ahnung, was man dazu sagen soll. »Wie alt ist sie denn?«

»Fast zweieinhalb. Nicht zu fassen, oder? Wie viele Kinder hast du?«

»Gar keine.« Vicky zuckt die Achseln. »Ich hab nur mich.«

»Ah.« Vanessa scheint nicht genau zu wissen, wo sie anknüpfen soll. »Also kommt dein Mann direkt von der Arbeit? Ich dachte vorhin, mich rührt der Schlag, als Chris es heute tatsächlich mal pünktlich nach Hause geschafft hat.«

Vicky grinst. »Einen Mann habe ich auch nicht. Tut mir leid, aber ihr müsst mit mir allein vorliebnehmen.«

Deborah kommt mit einem Glas Wein für Vicky zurück und legt den Arm um sie. »Ich weiß, hat sie's nicht gut? Kannst du dir überhaupt noch vorstellen, wie das ohne Mann und Kinder war?«

»Ehrlich gesagt, das Einzige, was mir fehlt, ist mein Schlaf. Besonders an den Wochenenden. Ich liebe meine Tochter, aber ich wünschte, sie würde sonntags mal länger schlafen als bis sechs.«

Die andere hübsche blonde Frau, die Vicky nicht kennt, gesellt sich jetzt zu ihnen und stellt sich vor. »Ich habe das zufällig gerade mitgehört. Mein Sohn träumt seit einiger Zeit schlecht und hat sich angewöhnt, nachts zu uns zu kommen. Versuch mal, mit zwei Männern in einem Bett zu schlafen, wenn beide die ganze Nacht treten und schnarchen.«

»Gerade wollte ich sagen, dass das eine meiner Wunschfantasien ist, bis du vom Schnarchen und Treten angefangen hast«, sagt Vicky.

»Die Fantasie hatte ich auch mal.« Vanessa lacht. »Jetzt träume ich mehr von Ohrstöpseln und Federbetten.«

Die Männer, die auf der anderen Seite des Wohnzimmers zusammenstanden, kommen jetzt herüber. »Ich hab da grad was von Fantasien gehört«, sagt der Mann, der sich als Vanessas Mann Chris entpuppt. »Hoffentlich hab ich nichts verpasst.«

Vanessa verdreht die Augen. »Glaub mir, es war nichts, was du aufregend fändest.«

»Hallo, ich bin Christopher.« Ein weiterer Mann schüttelt Vicky die Hand. »Ich gehöre zu Lisa. Wo ist deine bessere Hälfte?«

Mein Gott, denkt Vicky. Ist es wirklich so abartig, dass ich ohne Mann bin …

Sie zuckt die Achseln. »Er hatte heute früh einen Unfall, und sie mussten ihm die Nase und das linke Ohr amputieren. Ich geh ihn später im Krankenhaus besuchen.«

Christopher steht wie vom Donner gerührt da und starrt sie fassungslos an. Er hat keine Ahnung, wie er sich verhalten soll.

»Oh, war nur ein Witz.« Vicky ringt sich ein Lächeln ab. »Ich hab gar keinen Mann. Und hätte ich einen, dem man gerade Nase und Ohr amputiert hätte, würde ich jetzt ganz sicher an seinem Krankenbett sitzen.«

»Verstehe«, sagt Christopher, stellt sich aber fluchtartig auf die andere Seite der Gruppe.

Erst beim Dessert fällt Vicky auf, was so befremdlich ist: Keiner hat gefragt, was sie macht. Sie haben den Abend über Filme und Bücher geredet und sich lang und breit über irgendwelchen Promi-Tratsch ausgelassen, bei dem es um Kate und Jude und Sadie ging und von dem Jackie behauptete, sie habe das Ganze aus einer todsicheren Quelle.

Außerdem hat Vicky einen Großteil des Abends damit verbracht, sich Klagen über das jeweilige Au-pair- oder

Kindermädchen anzuhören. Deborahs Nanny war zum Beispiel wunderbar, fraß aber für drei.

»Ich begreife es einfach nicht«, sagte Deborah. »Als sie zu uns kam, war sie, na ja, nicht dürr, aber schlank, und ich schwöre euch, jetzt – nach einem halben Jahr – ist sie eine Tonne. Sie hört nicht auf zu fressen.«

»Was isst sie denn so?«, hatte Lisa gefragt.

»Morgens kommt sie runter und tut sich als Erstes einen Riesenberg Cornflakes auf«, sagte Deborah, und Dick hatte angefangen zu lachen.

»Ich geb's zu«, sagte er, »selbst ich fand das ein bisschen merkwürdig.«

»Nach den Cornflakes schmiert sie sich zwei Scheiben Toast mit ungefähr drei Zentimetern Erdnussbutter und Marmelade, und seit Neustem hat sie angefangen, sich außerdem noch Spiegeleier zu braten. Mir wär's ja egal, aber es kommt ziemlich oft vor, dass ich mir irgendwas aus der Speisekammer oder dem Kühlschrank nehmen will und einfach alles ratzeputz leer ist.«

»Ja, genau das macht mich sauer«, hatte Dick gesagt. »Mich stört ja nicht, was sie alles isst, nur stellt sie immer die leere Packung wieder hin.« Die anderen am Tisch fingen an zu lachen. »Nein, ernsthaft«, sagte Dick, »wer macht denn so was? Warum schmeißt sie die Packung nicht einfach weg? Ich will mir ein paar Rice Crispies nehmen, und dann sind nur noch drei Krümel drin. Das schmeißt man doch weg!«

»Mein Au-pair-Mädchen ist einfach nur unterbelichtet«, hatte Vanessa erzählt. »Ein reizendes Ding, aber von Eigeninitiative hat sie noch nie was gehört. Neulich kam ich um drei viertel sieben nach Hause, da waren die Kinder nicht gebadet und tobten wie wild in der Küche rum, voll im Zuckerrausch. Ratet mal, was sie ihnen zum Abendbrot gemacht hatte.« Vanessa hielt theatralisch inne. »Apfelstrudel.«

»Nein!« Die anderen Frauen waren entsetzt.

»Im Ernst. Ich hatte von unterwegs angerufen, um ihr zu sagen, dass ich es nicht rechtzeitig schaffen würde, den Kindern etwas zu kochen, und ob sie irgendwas machen könnte, aber anstatt ein paar Fischstäbchen in den Ofen zu schieben, hat sie es wörtlich aufgefasst und das Einzige gemacht, was sie kann: Apfelstrudel, verdammt noch mal.«

»Deine Kinder haben sich bestimmt gefreut.« Deborah grinste.

»Gefreut? Sie waren völlig überdreht. Ich hab ungefähr vier Stunden gebraucht, bis sie sich so weit beruhigt hatten, dass sie ins Bett konnten.«

»Na ja, wenigstens hattet ihr nicht den Pornokönig«, hatte Christopher mit einem Grinsen Richtung Lisa gesagt.

»Mein Gott, das war wirklich unglaublich«, sagte Lisa. »Erzähl ihnen, was passiert ist.«

»Wir hatten dieses fantastische Kindermädchen, Lucia. Sie war zwei Jahre bei uns, bis dann irgendwann ihr Freund sie besuchen kam und bei uns wohnte. Aus ein paar Tagen wurde ein Monat, und dann kam die Rechnung von unserem Kabelprovider. Er war jede Nacht um Mitternacht ins Gästezimmer gegangen, hatte sich Pornofilme auf Kabel bestellt und bis zum frühen Morgen geglotzt. Unsere Rechnung ging in die Tausende.«

Lisa schauderte. »Ganz abgesehen davon, dass er Lucia geholfen hat, sich um die Kinder zu kümmern.«

»Du glaubst doch nicht etwa ...«, sagte Vanessa, ohne das Unaussprechliche zu sagen.

»Nein. Meine Kinder sind alt genug, dass ich sie fragen kann, und sie hätten mir gesagt, wenn irgendwas Ungeheuerliches passiert wäre. Trotzdem. Es war furchtbar.«

An dieser Stelle beschloss Vicky, etwas zum Gespräch beizusteuern. »Wir haben letzten Monat einen Artikel über Pornosucht gemacht, speziell im Internet. Es wird mehr und mehr zum Problem, und dabei ist herausgekommen, dass man immer mehr abstumpft, je mehr man schaut, und darum immer mehr schauen muss, damit es einen anmacht.«

»Was machst du eigentlich beruflich?« Vanessa brach das Schweigen. Es war offensichtlich keinem eingefallen, außer Jackie und Deborah, die es wussten, dass Vicky einen Job haben könnte, geschweige denn einen, der vielleicht sogar interessant war.

»Vicky leitet das Features-Ressort bei *Poise!*«, verkündete Deborah stolz an Vickys Stelle, und Vicky verbrachte dann den Rest des Abends – das bisschen, das ihnen noch blieb – mit der Beantwortung neidischer Fragen über ihr Leben, die Zeitschriftenszene, Promis, die sie kennengelernt hatte, und wie rasend aufregend ihr Leben sein musste.

Endlich nahmen sie Notiz von ihr. Obwohl sie keinen Mann hatte.

»Tut mir leid, dass ich dich vorhin angeblafft habe.« Vicky klingt zerknirscht, als sie in der Badewanne liegt und zum Telefon greift.

»Heißt das, ich soll noch vorbeikommen?« Daniels Lächeln ist fast durch die Leitung zu spüren.

»Ist das wirklich so offensichtlich?«

»Wenn du mich um elf Uhr abends anrufst, kann ich mir gut denken, dass du nicht nur plaudern willst.«

»Na ja, ich bin gerade in der Wanne. Wie schnell könntest du hier sein?«

»Beweg dich nicht von der Stelle«, sagt Daniel. »Bin schon unterwegs.«

Daniel, Daniel, Daniel. Wieso kann ich mich nicht in dich verlieben?, denkt Vicky, die ihm zusieht, wie er nackt auf ihrer Bettkante sitzt und noch ein letzten Mal seine Mails auf seinem Blackberry checkt, bevor er ihn zur Nacht ausschaltet.

»Du bist wunderbar«, sagt sie und streichelt ihm den Rücken, und er dreht sich um und lächelt, bevor er zu ihr unter die Bettdecke kriecht.

»Du bist auch nicht übel«, sagt er. »Löffelchen?« Und Vicky kuschelt sich an ihn, genießt die Wärme und Intimität, bei jemandem im Arm zu liegen, bevor sie einschläft.

Er ist freundlich, witzig, intelligent, aber Daniel kann ihr Herz nur höher schlagen lassen, wenn sie kurz vor dem Orgasmus steht, und selbst dann ist es vollkommen berechenbar. Daniel ist einfach nur der typische Junge von nebenan, und Vicky glaubt, dass er sich auf der Stelle mit ihr zusammentun würde.

Wenn sie sich da mal nicht irrt. Es steht außer Frage, dass Daniel sie heiß und innig liebt, aber Zweierbeziehungen sind Daniels Fall nie gewesen. Ihm gefällt die Unverbindlichkeit ihres Arrangements, es passt ihm genauso gut wie ihr, und obwohl es ihm besser gefallen würde, wenn sie sich öfter sehen würden, ist er nicht bereit, die anderen ihretwegen aufzugeben. Und unter anderem liebt er Vicky heiß und innig, weil er glaubt, dass sie das auch weiß.

Vicky ist zwar seine regelmäßige Nachbarschafts-Nummer, aber das hindert ihn noch lange nicht, mit anderen

Frauen unterwegs zu sein. Bisher hat es keinen Anlass gegeben, Vicky nicht mehr zu sehen; schließlich gibt es keine Vorschriften, dass man nicht mit mehr als einer schlafen darf, solange man immer ein Kondom benutzt.

Heute Abend zum Beispiel war er mit Maya verabredet. Sie fiel ihm zuerst wegen ihrer Haare auf, die einen kräftigen, leuchtenden Kupferton haben, und weil er schon immer eine Schwäche für Rotschöpfe hatte, war er hocherfreut, als er feststellte, dass ihr Gesicht genauso umwerfend war wie ihre Haare.

Daniel hat die Erfahrung gemacht, dass der Pausenraum in der Arbeit der ideale Jagdgrund für den Produzenten einer beliebten abendlichen Chatshow ist. Jeden Freitagabend füllt sich der Raum mit umwerfenden Mädchen, von denen die meisten davon träumen, irgendwie ins Fernsehen zu kommen, und die sich meistens auch nichts daraus machen, wenn man ihnen nachsagt, sie hätten sich hochgeschlafen. Und außerdem ist Daniel weiß Gott keine üble Erscheinung, darum ist es auch nicht so, als müssten sie die Decke anstarren und dabei an Brad Pitt denken.

Maya war die PR-Frau für die Gewinnerin einer Promi-Survival-Show – ein ehemaliges »Mädchen von Seite drei« mit einem Atombusen und einem Herzen aus Gold. Daniel hatte sich beiden vorgestellt, aber während ihn die Ex-Seite-drei absolut kaltließ (das Mädchen war übrigens nicht an Daniel interessiert, aber sehr vergrätzt, weil er sich offensichtlich auch nicht für sie interessierte), hat es definitiv zwischen ihm und dem umwerfenden Rotschopf geknistert.

Als er an jenem Abend nach Hause fuhr, hatte sie ihm eine SMS geschickt. Flirtend, witzig, draufgängerisch, genau, wie es ihm gefiel. Ein Glück, dass Daniel in diesem Zeitalter geboren ist. Zu faul, um sich groß anzustrengen, bewundert er diesen neuen Typ von Frauen, die offenbar alles selber machen, was früher einmal als rein männliche Domäne galt. Sie rufen ihn an, schicken SMS, hinterlassen Nachrichten auf seinem Anrufbeantworter. Er kann sich nicht einmal mehr daran erinnern, wann er sich das letzte Mal bei einer Frau anstrengen musste, wann er das letzte Mal den Kitzel erlebt hatte, eine Frau zu erobern.

Selbst seine Verabredung mit Maya war problemlos gewesen. Er hatte zwar den Tisch bestellt – im Wolseley, was sich bei einem ersten Date immer genau den richtigen Eindruck macht –, aber sie war diejenige, die sich gemeldet und vorgeschlagen hatte, essen zu gehen, und das nach einer Reihe spätnächtlicher turtelnder Telefonate, bei denen immer Maya angerufen hatte.

Daniel ist, was seine Freunde einen »Serienvögler« nennen. »Ich komme dazu wie die Jungfrau zum Kinde«, pflegt er achselzuckend zu sagen. »Ich mache überhaupt nichts! Was kann ich dafür, dass die Frauen mich unwiderstehlich finden.« Dann brechen seine Freunde in schallendes Gelächter aus, nur nicht die verheirateten, die meistens sowohl neidisch als auch herablassend sind. Nichts ist so schön, wie die richtige Frau zu finden und mit ihr den Rest seines Lebens zu verbringen, sagen sie immer, während sie gleichzeitig alle Details hören wollen und verwundert den Kopf schütteln, wie er das hinkriegt.

Mit achtunddreißig scheint Daniels Charme nicht im Geringsten nachzulassen. Wenn überhaupt, dann nimmt er zu, und die Tatsache, dass er noch immer mit einem ganzen Spektrum von Frauen ab achtzehn ausgehen kann, ist für ihn Grund genug, sich nicht zu binden.

Natürlich gibt es Frauen, die versuchen, das zu ändern. Die glauben, er sei nur nicht in festen Händen, weil er noch nicht die Richtige gefunden hätte, und *sie*, wer immer *sie* diesen Monat gerade ist, diejenige welche wäre, bei der alles anders wird.

Aber bald stellen sie dann fest, dass sie sich geirrt haben. Das gehört zu den Dingen, die ihm an Vicky so gefallen. Sie will nicht mehr von ihm. Es ist ein Arrangement im gegenseitigen Einvernehmen, das beiden bestens passt. Selbst heute Abend, als sie ihn gern zu einem Essen mitgenommen hätte, wusste er, dass sie damit keine Hintergedanken verbunden hat.

Stattdessen ist der heutige Abend ein herrlicher Vorgeschmack auf das gewesen, was noch kommen sollte. Er hat mit Maya gegessen, sie haben in dem Maße, wie der Wein geflossen ist, immer mehr miteinander geflirtet. Vor dem Restaurant sind sie in ein Taxi gesprungen und haben sich, als sie vor ihrer Wohnung in Muswell Hill hielten, leidenschaftlich auf dem Rücksitz geküsst. Sie hatte ihn nicht mit nach oben gebeten, was ihn überraschte, und nur bedeutet, dass es etwas gibt, worauf er sich beim nächsten Mal umso mehr freuen kann.

Er freute sich total, als er nach Hause kam und Vicky anrief. Wie schön, die Nacht mit ihr zu verbringen und nicht mit seiner Lust allein ins Bett zu müssen.

Und er bleibt auch über Nacht, was in Anbetracht ihres riesigen, gemütlichen Betts kein großes Opfer ist. Und er schläft eng umschlungen mit Vicky ein, ebenfalls kein großes Opfer in Anbetracht ihres warmen, weichen Körpers, und es tut so unheimlich gut, mit jemandem zusammen einzuschlafen. Und er denkt auch, wenn nur einen kleinen Moment, als sie am Morgen aufwachen, wie nett es wäre, das jeden Tag zu haben. Jemanden, der da ist und mit dem man plaudert, während man sich anzieht, diese Vertrautheit mit einem anderen Menschen zu haben, einem Lebenspartner, mit dem man alles teilt.

Aber dann fällt ihm Maya wieder ein. Das kupferrote Haar. Ihre flinke Zunge. Die Rundung ihres Busens, die er auf dem Rücksitz des Taxis über ihrem Pulli nachgezogen hat. So viele Frauen. So wenig Zeit.

Kapitel 3

Amber dreht sich stöhnend auf die andere Seite und stellt den Wecker ab, sinkt aufs Kissen zurück, während sie mühsam versucht, sich wachzukämpfen. Eigentlich dürfte sie nicht müde sein. Es war ja gestern nicht spät geworden. Aber es fällt ihr in letzter Zeit immer schwerer, sich morgens aus ihrem behaglichen Bett loszureißen.

Früher war Jared noch ins Zimmer gekommen und hatte sie geweckt. Dann tippte eine kleine Hand auf ihre Schulter, oder ein Stimmchen flüsterte: »Mami? Bist du wach?« Woraufhin sie die Decke hob, Jared zu ihr ins Bett kletterte und sich an sie kuschelte, ihr Gesicht streichelte und es genoss, seine Mutter ganz für sich allein zu haben.

Jared, oder »Jar«, war ihre große Liebe. Als Grace unterwegs war, litt sie monatelang unter der heimlichen Angst, sie könnte nie wieder ein Kind so lieben wie Jared, dass ihr Herz doch immer nur Jared gehören würde, ganz gleich, wie viel Zuneigung sie für dieses neue Kind empfände.

Und es stimmt, sie hat viel länger gebraucht, um Grace nahezukommen, viel länger als bei Jared, obwohl es etwas damit zu tun haben könnte, dass sie, zwei Wochen nachdem die Säuglingsschwester gegangen war, Grace an eine Nanny abgegeben hatte.

Das Kindermädchen Lavinia hatte sie früher immer zum

Kuscheln hereingebracht. Dann hatte sie die Kleine eine Zeit lang im Arm gehalten und erleichtert geseufzt, wenn Jared ihre Aufmerksamkeit forderte und Grace ihr wieder abgenommen wurde.

Aber heute vergöttert sie Gracie, liebt sie genauso wie Jared, wenn auch auf ganz andere Art. Jared war ihr sanftes Kind, niedlich und sensibel; Richard und sie bildeten sich etwas darauf ein, dass Jared nicht einmal als Zweijähriger eine Trotzphase durchgemacht hatte, weil sie offensichtlich so wunderbare Eltern waren.

Mit Grace ist alles anders. Denn Grace ist stur und bockig und setzt ihren Willen durch. Grace weiß hundertprozentig, was sie will, und fürchtet sich vor nichts. Grace, die mit zwei eine so grauenhafte Trotzphase hatte, dass Amber sich manchmal einfach nur hinsetzen und heulen wollte oder, da das nichts half, sich wünschte, sie könnte sie wieder zurückgeben und ein neues, verbessertes Modell verlangen.

Aber Grace ist auch komisch. Sie schneidet Grimassen und verstellt ihre Stimme und hat eine so blühende Fantasie, dass Amber und Richard sie ständig fassungslos ansehen müssen, weil sie so ein unglaubliches kleines Mädchen geschaffen haben. Sie ist reizend und charmant, und sie wickelt jeden um den Finger. Und sie ist auf eine Weise verschmust, wie Jared es nie war. Wenn Gracie morgens in die Küche kommt, lehnt sie manchmal einfach ihren kleinen Kopf an Ambers Rücken, oder sie küsst ihr das Knie, klettert ihr auf den Schoß und kuschelt sich fest an sie.

Amber zwingt sich, endlich aufzustehen, weil sie weiß, dass sie, selbst wenn sie sonst nichts zu tun hätte, gleich mit Grace einen Kampf ausfechten muss, wenn sie sie für den Kindergarten anzieht. Mit ihren gerade mal drei Jahren weigert sich Grace bereits, irgend etwas zu tragen, das Amber aussucht. Selbstverständlich blättert Amber, die als Kind aus Mangel an Geld nie schöne Kleider hatte, jetzt stundenlang in Katalogen mit teuren europäischen Kindersachen.

Gracies Schrank ist zum Bersten gefüllt mit Modellen von Bonpoint und Tartine et Chocolat, Jacadi und Petit Bateau, entzückenden französischen Klamotten mit ausgefallener Smokarbeit, kleinen abgerundeten Pikeekragen, wunderschönen Blümchenkleidchen und schwarzen Lackleder-Mary-Janes.

Grace weigert sich, irgendwas davon zu tragen. Gedeckte Farben und dezente Eleganz sind nichts für Grace, genauso wenig wie Pflaumenblau oder Pfirsichfarben oder zartes Kornblumenblau: *Pink* ist ihr Ding. Schreiend farbige Kleider, und wenn sie schrottig bedruckt sind, umso besser.

Der absolute Hit sind zurzeit knallrosa Nicki-Trainingshosen. Grace hat ein Paar mit Längsstreifen und eins ohne, und alle Versuche, ihr irgendetwas anderes anzuziehen, lösen regelmäßig derartige Wutanfälle aus, dass Amber es mehr oder minder aufgegeben hat. Obwohl sie nicht umhinkann, schmerzhaft das Gesicht zu verziehen, wenn Grace die Trainingshosen mit rosa Disney-Sweatshirts kombiniert oder Polyester-T-Shirts voller Prinzessinnen-Glitzerbildchen.

Nicht, dass Amber so etwas kaufen würde. Leider tut das ihre Mutter. Amber sieht ihre Mutter kaum noch, aber sie hat ihr Richard vorgestellt, und zur Hochzeit ist sie, sehr zu Ambers Leidwesen, auch gekommen. Immerhin gelang es ihr, Sue abseits zu platzieren. Zu dem Zeitpunkt war es aber schon egal, was Richards Familie von ihr hielt, da war es nämlich ein kleines bisschen zu spät.

Ambers Mutter wünscht sich so sehr, ihre Enkelkinder

kennenzulernen. Sie weiß, dass sie nicht die allerbeste Mutter war, aber sie weiß auch, dass sie unter den gegebenen Umständen eine so gute Mutter war, wie sie sein konnte. »Gott sei Dank wirst du nie erfahren, wie das ist«, sagte sie bei der Hochzeit zu Amber, wo ihr die Familie, in die Amber einheiratete, mit all dem vielen Geld den Atem verschlagen hatte.

Sue – Ambers Mutter – ruft gelegentlich an, und gelegentlich treffen dicke Pakete ein, Geschenke für Jared und Gracie. Amber hat den Fehler begangen, ihr zu sagen, dass Grace von einem besonders geschmacklosen Kapuzenshirt aus Lurex hell begeistert war, und seitdem werden die Sachen immer schriller und glitzernder. Und Grace ist überglücklich.

Es ist ja nur der Kindergarten, versucht sich Amber zu beruhigen. Es macht doch eigentlich nichts, was die Leute denken, fügt sie hinzu, obwohl sie es selber nicht glaubt, aber sie hat einfach nicht mehr die Energie, immer zu kämpfen.

Grace ist nicht in ihrem Zimmer, und als Amber über den Flur zur rückwärtigen Treppe geht, hört sie Gelächter, das aus der Küche zu ihr heraufdringt. Wenigstens sind sie gut gelaunt aufgewacht, denkt sie.

Um sieben ist Lavinia in der Küche und macht Frühstück. Manchmal kommt es vor, dass Amber schon auf dem Weg nach unten ist und sie, wenn sie Geschrei und Gequengel aus der Küche hört, nach kurzem Zögern am Treppenabsatz wieder kehrtmacht und auf Zehenspitzen zurück ins Bett schleicht.

»Mami!« Beide Kinder drehen sich zu ihr um, als sie zur Küchentür hereinkommt, klettern von ihren Stühlen und werfen sich ihr in die Arme.

»Hallo, meine Süßen«, sagt sie und gibt beiden einen dicken Kuss. »Guten Morgen, Lavinia. Ist Richard schon gegangen?«

Lavinia steht am Herd und macht arme Ritter. Sie dreht sich zu ihr um. »Er wollte vor der Arbeit noch ins Fitnessstudio, hat er gesagt. Kaffee?«

»Hmm. Wunderbar.« Amber setzt sich an den Tisch, doch Grace stößt sofort einen schrillen Schrei aus.

»Nein, Mami, du musst dich neben mich setzen!«

»Nein!«, schreit Jared und schubst Grace von dem Stuhl, auf den sie gerade klettern will. »Mami sitzt neben mir.«

»Nein!«, brüllt Grace und haut Jared auf den Kopf, der daraufhin laut zu heulen anfängt.

Amber beißt die Zähne zusammen und fleht den lieben Gott um Geduld an. »Hört auf, alle beide!«, fährt sie ihre Kinder an. »Grace, es wird nicht gehauen. Und Jared, hör auf, Grace zu schubsen. Ich setze mich in die Mitte, dann könnt ihr beide neben mir sitzen, okay?«

Friede kehrt wieder ein, als Lavinia den Kindern arme Ritter und Amber einen dringend benötigten, starken Kaffee vorsetzt.

Um zehn sind die Kinder aus dem Haus: Jared im Kindergarten, Grace in der Spielgruppe am Ende der Straße. Lavinia ist mit der Wäsche beschäftigt und Amber wirbelt im Haus herum und macht sauber, bevor das Putzteam eintrifft. Richtig, sie bezahlt sie fürs Saubermachen, aber sie putzen auch bei einigen anderen wichtigen Mitgliedern des Frauenklubs – wie hätte Amber sie wohl sonst gefunden –, und sie hat keine Lust auf den Tratsch, dass ihr Haus wie ein Schweinestall aussieht.

Ganz abgesehen davon, dass heute Vormittag Julian und

Aidan kommen wollen. Das sind die Raumgestalter, von denen das ganze Städtchen spricht. Sie sind vor Kurzem aus Manhattan hierher nach Highfield gezogen und waren Gegenstand einer Reihe von Leitartikeln in der *Highfield Gazette* sowie fieberhafter Spekulationen, wer ihr erster Kunde sein würde.

Natürlich waren sie Amber ein Begriff. Sie mag vielleicht inzwischen in einem Vorortkaff wohnen, was aber noch lange nicht heißt, dass sie ihr Abo von *Architectural Design* und *Vogue* gekündigt hat. Sie weiß, welchen Popstars die beiden die Häuser eingerichtet haben, mit welchen Moderedakteuren sie befreundet sind, sogar, wo sie letztes Jahr Ferien gemacht haben (»Phuket, und ist das nicht unglaublich *schrecklich* mit dem Tsunami …«).

Niemand hätte je gedacht, dass Julian und Aidan, oder Amberley Jacks, wie ihr Firmenname lautet, »in die finsterste Provinz« ziehen würden. »Darlings«, sagte eine Dame der New Yorker Gesellschaft, als sie ihnen vor ein paar Monaten bei Da Silvanos in die Arme lief, »wenn ihr unbedingt aufs Land wollt, nehmt euch um Himmels willen ein Sommerhaus in Litchfield Hills. Aber bitte verlasst uns nicht für immer.« Doch Julian und Aidan wollten sich irgendwo niederlassen. Aidan fehlte die Nähe zum Wasser, und Lincoln, ihr Schnauzer, brauchte einfach mehr Auslauf.

Sie kauften sich ein Strandhäuschen, das sie natürlich in null Komma nichts »in Schuss brachten«, und nachdem die *Gazette* ihre Ankunft in Highfield auf einer Doppelseite gefeiert und ihr »atemberaubendes neues Heim« vorgestellt hatte, versuchte jeder, der etwas auf sich hielt, sie zu engagieren.

Aber Amberley Jacks sind ganz und gar nicht auf Arbeit

angewiesen. Sie können es sich leisten, wählerisch zu sein, nehmen immer nur eine Handvoll Kunden auf einmal an und arbeiten keineswegs für jeden.

Dem Lockruf von Amber Winslow aber konnten sie nicht widerstehen. »Meinst du, es sind *die* Winslows?«, hatte Aidan zu Julian gesagt, der, obgleich er in Irland geboren war, Amerika und alles Amerikanische mit Haut und Haaren gefressen hatte.

Sie telefonierten ein bisschen herum, stellten fest, dass es sich bei Amber in der Tat um die Frau von Richard aus der bekannten Winslow-Familie handelte, und so kam es, dass Amber zu den wenigen Glücklichen gehörte, die sie zurückriefen. Sie hatten erfahren, dass sie aus dem Nichts aufgetaucht war, dass niemand ihren Hintergrund kannte. Es wurde gemunkelt, dass ihre Mutter – o mein Gott! – eine Reinemachefrau aus Long Island war.

Wie auch immer, Julian und Aidan mochten nichts so sehr wie eine gute Story, darum war Amber Winslow eine der wenigen Erwählten, mit denen sie einen Termin ausmachten.

»Wir führen gern erst einmal ein Gespräch mit einem potenziellen Kunden«, hatte Aidan bei diesem ersten Telefonat gesagt, während Amber vor Panik Herzflattern bekam und sich all ihre Unzulänglichkeiten vor Augen führte.

»O mein Gott, das klingt beängstigend«, brachte sie hervor. »Was habe ich falsch gemacht?«

Aidan hatte gelacht. »Oh, wir beißen ja nicht. Es ist nur, dass wir in der Regel mit Leuten zusammenarbeiten, die wir sympathisch finden; wir möchten uns nur vergewissern, dass wir miteinander auskommen. Aber keine Sorge, ich merke jetzt schon, dass wir Sie mögen werden.«

Amber hatte sich entspannt. Aber nur ein bisschen.

Sie hat herrliche Blumenarrangements gekauft und jedes Zimmer damit geschmückt, sie hat die Fernsehzeitschriften unter Stapeln von *Architectural Design* geschoben, sie hat die eine oder andere Vase versteckt, von der sie vermutete, dass sie bei den beiden nicht durchgeht.

Sie hat schon vor zwei Wochen geplant, was sie anziehen will. Genauer gesagt, in dem Moment, als sie nach dem Gespräch mit Aidan den Hörer auflegte, hat sie sich vor ihren Kleiderschrank gestellt und überlegt, womit sie den allerbesten Eindruck machen könnte. Es sollten nicht ihre täglichen Einheitsklamotten sein, aber auch nicht eins von den schicken kleinen Chanel-Kostümen, die sie manchmal bei Einladungen in Richards Firma trägt oder zu den seltenen Gelegenheiten, wenn sie zu einem Familientreffen nach Brookline fahren.

Am Ende entschied sie sich für eine schokoladenbraune Hose und einen weichen rosa Kaschmirpullover und flache braune Wildlederpumps von Prada. Klassisch, elegant und, dank der Schuhe, auch ein Hauch von modischem Chic, den sie mit einem dicken Diamanten-und-Rosenquarz-Ring abrunden würde, dem sie nicht hatte widerstehen können, obwohl er ein paar tausend Dollar kostete.

Die bloße Tatsache, dass sie einfach einen Laden betreten und nur fünf Minuten später mit einem Diamantring wieder herausspazieren konnte, ohne groß nachdenken zu müssen, versetzt sie immer noch in Erstaunen. Sie weiß, dass ihr dieser Lebensstil inzwischen vertraut sein müsste, und in vieler Hinsicht ist er es auch, aber dass sie keinerlei Gedanken darauf verschwenden muss, wie viel sie ausgibt und wofür, kommt ihr selbst nach all den Jahren immer noch ein bisschen seltsam vor.

Und Richard hat sie immer dazu ermuntert. »Das hast du dir verdient«, sagte er, als sie ihm den Alpakaschal zeigte, den sie gerade gekauft hatte, oder die Handtasche von Balenciaga oder das Tuch von Loro Piana. »Ich weiß, dass du so was früher entbehren musstest, und Geld ist doch schließlich zum Ausgeben da, oder?« Seine Großzügigkeit gehörte zu den Dingen, die sie am meisten an ihm schätzte. Sie hätte es nicht ertragen, mit einem dieser Männer verheiratet zu sein, die immer an allem herummeckerten, die ihre Frauen mit streng bemessenem Haushaltsgeld knapp hielten und wegen jeder zusätzlichen Ausgabe konsultiert werden wollten.

In letzter Zeit war Richard ein kleines bisschen weniger großzügig gewesen und hatte etwas mehr Interesse an den Summen gezeigt, die sie ausgab, aber dazu hatte er auch allen Grund. Der Markt boomte nicht mehr ganz so wie früher – wäre es da nicht besser, sich Rücklagen für schlechte Zeiten zu schaffen, zumal sie eigentlich schon alles hatte, was ihr Herz begehrte?

Trotzdem hatte sie ihm den Ring noch nicht gezeigt. Sie hat ihn erst letzten Monat gekauft, als sie einen Tag in der Stadt verbracht hatte. Sie war vor einem Juwelier auf der Madison Avenue stehen geblieben, als dieser Ring sie im Schaufenster anlachte.

»Es ist ein Stück, das Spaß macht«, hatte die Verkäuferin gesagt, als sie ihn aus dem Fenster nahm. Den Frauen an der Upper East Side vielleicht. Ein relativ teurer Spaß, für mehrere tausend Dollar.

»Er ist toll.« Amber hatte den Ring atemlos über den Finger gestreift. Er war wirklich toll. Und er passte – perfekt.

»Das ist ja fast schon Schicksal«, hatte die Verkäuferin

lächelnd gesagt, und ist man nicht gegen das Schicksal bekanntlich machtlos?

Fünf Minuten später verließ Amber den Laden mit dem Ring am Finger, dessen Preis auf zwei Kreditkarten und einen Scheck verteilt worden war.

»Keine Sorge«, hatte die Verkäuferin sie beruhigt. »Viele unserer Damen handhaben das so. Eine regelmäßige Kundin kauft ständig Stücke aus derselben Kollektion, und ihrem Mann erzählt sie dann, sie hätte sie für fünfzig Dollar auf eBay ersteigert.«

Amber hatte gelächelt, doch sie hielt sich bedeckt und hoffte, dass die Verkäuferin den Namen Winslow nicht erkannt hatte, nicht herumtratschen würde, dass sie ihrem Mann nicht erzählen konnte, wie viel sie ausgab.

Obwohl sie sicher war, dass es Richard nichts ausmachen würde. Sie wollte ihm nur beweisen, dass sie vernünftig mit Geld umgehen konnte. Dass sie nicht sofort alles und jedes kaufen musste, was ihr gefiel, ohne einen Gedanken an den Preis zu verschwenden.

Amber legt gerade Parfüm auf, als es klingelt. Sie erreicht die Tür im selben Moment wie Lavinia, winkt sie mit einem Lächeln wieder weg und macht selbst auf. Vor der Tür stehen Julian und Aidan.

»Was für eine herrliche Lage«, sagt der Größere der beiden, Aidan, während er sich vorstellt und eintritt, die Halle von oben bis unten in Augenschein nimmt, bevor er sich wieder Amber zuwendet.

»Wie wunderbar, dass Sie auf einer Anhöhe wohnen«, sagt Julian. »Wir haben gerade festgestellt, wie neidisch wir auf ihren Ausblick sind.«

»Aber Sie haben doch ein himmlisches Haus direkt am

Strand.« Amber lächelt, führt sie ins Empfangszimmer. »Im Artikel der *Gazette* waren herrliche Fotos abgebildet. Haben Sie nicht sogar vom Balkon Ihres Schlafzimmers einen Blick übers Wasser?«

»Das schon«, gesteht Julian. »Es ist wirklich ziemlich schön. Aber was können wir für Sie tun, was schwebt Ihnen vor?«

Amber zuckt die Achseln, denn in Wahrheit hatte sie nie daran gedacht, einen Innenarchitekten zu beauftragen, bis plötzlich alle im Frauenklub von Amberley Jacks redeten und sagten, sie würden in die Stadt ziehen, und dass jeder verzweifelt versuchen würde, sie zu bekommen.

Amber hat das Haus bisher allein eingerichtet. Sie ist mit Richard zu Wohnungsauflösungen gefahren und hat das eine oder andere Möbelstück erstanden – eine Kommode aus dem neunzehnten Jahrhundert für das Wohnzimmer, ein paar schöne französische Petitpoint-Läufer, auf denen sie übrigens in diesem Moment stehen.

Sie hat ihr Haus mehr oder weniger neutral gehalten, und es hat ihr bisher auch ganz gut gefallen, aber als Nadine, eine der tonangebenden Frauen im Klub, zu ihr sagte: »Du musst natürlich Amberley Jacks überreden, sich dein Haus anzusehen«, hatte Amber genickt und gesagt: »Natürlich.«

Und jetzt sind sie da und mustern kritisch ihr Wohnzimmer. »Ich dachte, Sie hätten vielleicht ein paar Anregungen«, beginnt Amber zögerlich. »Eigentlich mag ich dieses Zimmer sehr, obwohl es vielleicht ein paar Gardinen gebrauchen könnte. Ja. Ich würde mich freuen, wenn Sie mir bei den Gardinen helfen.«

Julian und Aidan stehen beide auf und drehen sich langsam einmal im Raum um, jeder ein Spiegelbild des anderen, die Hände sanft und im stillen Gebet unter dem Kinn gefaltet.

»Denkst du, was ich denke?« Julian atmet tief ein und schaut Aidan aufgeregt an.

»Genau.« Aidan lächelt.

»Wir denken an ...« Julian hält inne, während sich langsam ein Lächeln über sein Gesicht ausbreitet. »Lavendel!«, verkündet er triumphierend.

»Ja! Lavendel!«, sagt Aidan. »Das würde sich hier ganz fantastisch machen.«

»Ein wunderbares zartes Lavendel für die Wände, und dann müssen wir das ganze Ambiente ein bisschen zeitgemäßer machen.«

»Was ist mit dem Sofa?«, fragt Amber schüchtern. »Passt das überhaupt zu Lavendel?«

»Aber um Himmels willen.« Aidan starrt entsetzt das Sofa an. »Mir schwebt da ein herrliches kräftiges Pflaumenblau vor. Sehr modern. Es würde das Zimmer auffrischen. *Spaß* hineinbringen.«

»O ja.« Julian klatscht aufgeregt in die Hände. »Pflaumenblau ist meine Lieblingsfarbe. Und dann die Bücherregale. Wir brauchen ein paar Details.« Er wendet sich wieder Amber zu. »Mrs Winslow, darf ich offen sein?«

»Nennen Sie mich Amber, und ja, natürlich sollen Sie offen sein.«

»So herrlich diese neuen Häuser sind, so langweilig, langweilig, langweilig sind sie auch.«

»Ja«, hallt es von Aidan wider, »dröge, dröge, dröge.«

»Und unsere Aufgabe sehen wir darin, ihnen Charakter einzuhauchen. Sie wollen doch nicht wirklich in einem großen Kasten wohnen, der genauso ist wie alle anderen, voller« – Julian zeigt auf ein Lieblingsstück von Amber, ein altes Sideboard aus Kirschholz, auf dem all ihre Fotos in silbernen Rahmen stehen – »spießigem Trödel.«

»Oh. Verstehe. Nein, natürlich nicht.« Ambers Kinnlade klappt herunter. Sie liebt dieses Sideboard.

»Nicht, dass Julian Ihre Möbel als Trödel bezeichnet«, beeilt sich Aidan zu sagen, der ihren Gesichtsausdruck bemerkt hat.

»ABER AUF GAR KEINEN FALL!« Julian tut, als sei er zu Tode erschrocken. »Unsere Aufgabe ist es, Ihrem Haus Schönheit und Anmut einzuhauchen. Wir können Ihre Möbel so umarrangieren, dass alles aussieht wie neu. Wir werden wunderbare Stücke hinzufügen, die wir von unseren Antiquitätentouren mitbringen. Amber«, er beugt sich vor und senkt die Stimme, »wir werden dafür sorgen, dass alle Nachbarn und Freundinnen vor Neid platzen, wenn sie Ihr Haus sehen.«

»Na, wie kann da ein Mädchen noch widerstehen?«, lacht Amber, und dann macht sie mit ihnen eine Führung durchs Haus.

»Aber sie sind wirklich wahnsinnig talentiert«, verteidigt Amber sich am Abend, nachdem sie Richard ein dickes saftiges Steak gebraten hat, um ihn milde zu stimmen.

»Ich verstehe bloß nicht, warum du plötzlich so was brauchst. Du sagst doch immer, du könntest nicht verstehen, warum die Leute Innenarchitekten nötig haben. Warst du nicht letztes Jahr auf dieser Haustour und hast erzählt, dass jedes Haus aussieht wie ein Ausstellungsstück? Du sagst doch immer, dass du dein Haus so liebst, eben weil du und ich jedes Möbelstück dafür ausgesucht haben?«

»Ja, na ja. Ich schätze mal, das habe ich gesagt. Aber wahrscheinlich nur, weil ich nicht die richtigen Leute gefunden hatte. Ehrlich, Richard, ich hatte keine Ahnung, wie talentiert die richtig guten Fachleute sind, und Amberley Jacks sind die besten. Sie arbeiten für jeden.«

»Für jeden? Wer soll das bitte sein?«

Amber spult eine Liste von Prominenten herunter, deren Leben Amberley Jacks verändert haben.

»Ich versteh das immer noch nicht. Und Lavendel fürs Empfangszimmer? Bist du da ganz sicher?«

»Ja, ich bin ganz sicher, und es wird dir unglaublich gefallen, Richard, ehrlich. Außerdem sind sie gar nicht mal so teuer.«

»Aha. Jetzt kommt's. Wie viel ist ›gar nicht mal so teuer‹?«

»Sie nehmen zweihundert Dollar die Stunde, dazu bekommen wir alles, was wir über sie kaufen, praktisch zum Großhandelspreis.«

Richard denkt einen Augenblick nach. »Aber wie viele Stunden werden das sein? Was haben sie veranschlagt?«

»Ich weiß es nicht, aber ich werde es herausfinden!« Amber umarmt Richard stürmisch und küsst ihn, weil sie weiß, dass sie gewonnen hat. »Ich liebe dich, Richard! Und morgen rufe ich sie an und frage. So teuer wird es bestimmt nicht. Wie lange kann so was schon dauern?«

Kapitel 4

Janelle Salinger, geschätzte Chefredakteurin von *Poise!*, regelmäßiger Gast in Gameshows wie *Through the Keyhole*, glamourös, umwerfend und immer noch so verkichert wie als Backfisch, schaut jedes ihrer »Mädchen« in der Runde mit einem strahlenden Lächeln an.

»Okay.« Sie klatscht in die Hände. »Sind alle mit Kaffee versorgt? Alle bereit?« Ihr Redaktionsteam lächelt zurück, beugt sich leicht vor, bereit zum Brainstorming für die nächste Ausgabe von *Poise!*.

Obgleich es Dezember ist, wird schon an der großen Frühjahrsausgabe gearbeitet, die die Leserinnen auf den Sommeranfang einstimmen soll. Im Moderessort stapeln sich Bikinis, kunstvoll bestickte und perlenbesetzte Kaftane, mit Nieten und Perlen verzierte Tangas, fast schon Kunstwerke für sich.

Die Redakteurinnen wissen, was Frühling und Frühsommer für die Frauen, die das Magazin kaufen, bedeutet – Sonne, Meer, Strand und Sex, selbst für die jungen Mütter über dreißig, die bis zum Hals in Babynahrung und Windeln stecken. »Ein Mädchen muss träumen dürfen«, sagt Janelle immer, obwohl man sich kaum vorstellen kann, dass sie selbst, die auch ein Kind hat, je in etwas anderem bis zum Hals steckte als in Crème von La Mer.

»Meine scharfen Mamis« nennt Janelle ihre statistischen Stammleserinnen: Karrierefrauen Anfang, Mitte dreißig mit treu liebenden Ehemännern, niedlichen Kindern, einer Traumwohnung, tollen Freunden und teuren Klamotten. Und falls sie nicht schon alles haben, ist es garantiert ihr Wunsch.

»Natürlich kann man alles haben«, sagt Janelle oft und lacht. »Schaut mich an.« Und man glaubt ihr aufs Wort. Seit Menschengedenken ist sie mit Stephen Golding verheiratet; sie haben eine Tochter, Diaz (kurz Dee genannt, bitte bloß nicht das vulgäre *Di*), und eine Luxusvilla in Holland Park, die Janelle alle drei Jahre neu einrichtet – besser gesagt, von ihrer Freundin Tricia Guild von Designer's Guild neu einrichten lässt.

Zurzeit ist das Haus ultraminimalistisch-modern, was bedeutet, dass auch sämtliche Storys über Innendesign der letzten Hefte einen ultraminimalistisch-modernen Stil präsentierten. Jedes Jahr laden Janelle und Stephen die Mitarbeiter zu einer Weihnachtsparty zu sich nach Hause ein, und obwohl Vicky das Ambiente auf jeden Fall … nun, sagen wir: aufsehenerregend fand, würde sie so nie wohnen wollen, kann sich nicht einmal vorstellen, wie überhaupt jemand freiwillig so wohnen kann.

Die Dielen, die Janelle vor drei Jahren während ihrer Landhausstil-Phase hatte abschleifen lassen, waren jetzt glänzend weiß lackiert. Die echten Regency-Kamine hatte man herausgehauen, damit sie sauber getünchten Löchern in den weißen Wänden weichen konnten, darüber prangten nun wuchtige schwarze Specksteinsimse. Im weitläufigen Salon, wo alle Partys stattfinden, stehen nur noch zwei Möbelstücke: ein gigantisches Treibholz aus Bali, das als Kaffeetisch dient, obwohl man niemandem raten würde, eine

Tasse auf dem unebenen Klotz abzustellen, und ein übergroßes Sofa, niedrig, hart und von einer Farbe, die Vicky insgeheim als »grauweilig« bezeichnet.

An den Wänden hängen drei große Leinwände – bunte Farbkleckse, die Janelle bei den Saatchis gekauft hat, ein Kunsttransfer, den die Zeitungen einhellig als teuersten des Jahres einschätzten.

»Ist es nicht einfach traumhaft?«, hatte Janelle aufgeregt ihre Gäste gefragt, als sie auf ihrer Party eintrafen. »Jetzt ist es wirklich meine Oase.« Und sie hatte tief durchgeatmet und die Arme ausgebreitet. Ihre hauchdünne weiße Baumwoll-Dschellaba hatte sich gehoben und den Blick auf bloße Füße und Zehenringe freigegeben.

Das war Janelle in ihrer Zurück-zur-Natur-Phase gewesen, die wie jede ihrer Phasen nicht von großer Dauer war. Jetzt, auf der Redaktionskonferenz, trägt sie wieder einen weit geschnittenen, gemusterten Rock von Prada, flache Krokodillederpumps und ein wollenes Bolerojäckchen von Michael Kors.

»Für unsere Juninummer …«, Janelle hält dramatisch inne, »schwebt mir …«, noch eine dramatische Pause, »… Afrika vor!«

Aufgeregter Applaus von den Mode-Mädchen, während alle anderen versuchen, nicht zu lachen.

»Herrliche Perlenhalsketten«, fährt Janelle laut und begeistert fort, »Farbe, Lebensfreude, Tierdrucke. Mir schweben Fotostrecken auf dem Masai Mara, Porträts von Peter Beard vor – *Gorillas im Nebel, Die letzten Tage in Kenia, Out of Africa*, britischer Kolonialstil, *Jamaica Inn* … Vicky fängt den Blick der stellvertretenden Chefredakteurin auf und muss einen Lachanfall unterdrücken. Janelle ist bekannt für ihr freies Assoziieren, ihre Gedanken überschlagen sich in rasendem Tempo und springen von einem Thema zum nächsten: Was hat zum Beispiel *Jamaica Inn* noch mit Afrika zu tun, außer vielleicht das britische Kolonialreich?

Aber Janelle bezieht nicht ohne Grund ihr obszön hohes Gehalt, ist nicht umsonst seit beinahe zehn Jahren Chefredakteurin von *Poise!*. Sie hat Weitblick, einen guten Riecher und einen makellosen Geschmack, auch wenn sie sich streckenweise vergreift. Sie weiß, was ihre Leserinnen wünschen, ganz gleich, ob sie es sich leisten können oder nicht, und sie weiß, wie sie ihnen diese Wünsche in einer Weise erfüllen kann, die den Absatz von *Poise!* stetig in die Höhe getrieben hat, bis es unter den ersten drei Hochglanz-Frauenmagazinen des Landes rangierte.

»Okay.« Janelle hat ihre Vorgaben beendet und sieht sich erwartungsvoll im Raum um. »Was haben wir bisher? Fangen wir an mit … Mode. Stella?«

Stella, die Moderedakteurin, die es getroffen hat, sortiert schnell ihre Notizen um und fegt alle Vorschläge für ihr Feature beiseite: Der Ärmsten haben Boote vorgeschwebt. Jachten. Marineblau und weiß, dazwischen orange Farbtupfer, klassisch, traditionell. Sie hatte einen großen nautischen Themenschwerpunkt geplant, dazu natürlich den obligatorischen Artikel über schmeichelnde Badeanzüge und ein Booklet mit den angesagtesten Accessoires des Sommers.

Aber Stella arbeitet schon seit Ewigkeiten mit Janelle zusammen, kennt ihre Sprunghaftigkeit und ist seit Langem daran gewöhnt, improvisieren zu müssen.

»Afrika ist super«, sagt sie und schindet damit Zeit. »Prada hat ja diese unglaublichen Saris, und ich denke an Löwen, an Virginia, wie heißt sie noch gleich, die mit den Löwen …«

»… McKenna«, ergänzt Vicky.

»Ja, danke, Vicky. Genau die, eine klassische blonde Schönheit à la Grace Kelly in Kolonialkleidung. Sexy Cargo-Look und gestreifte Tops von Michael Kors. Süßes Jäckchen übrigens, Janelle, eines der Highlights seiner Kollektion.«

»Oh, danke«, strahlt Janelle, die immer für ein Kompliment über ihren exquisiten Modegeschmack zu haben ist.

»Und ...« Stella überlegt fieberhaft. »Afrika, Südafrika ... Marokko!« In ihren Augen leuchtet jetzt die Inspiration. »Ich denke an Talitha Getty auf dem Dach, Hippie-Chic in Afrika, wunderbare bestickte, wallende Gewänder im Seventies-Look. Allegra-Hicks-Kaftane, perlenbesetzte Tangas von Louboutin. Langes Haar, Kerzenschein, Joints am Strand um Mitternacht ...« Stella klingt leicht nostalgisch, während sie ihre Jugend heraufbeschwört.

»FANTASTISCH!«, jubelt Janelle. »Genauso habe ich mir das vorgestellt! Das wird der Hammer!« Alle drehen sich um, als die Tür aufgeht und die Features-Redakteurin Leona hereinstürzt, die Kollegin, mit der Vicky am engsten zusammenarbeitet.

»Mein Gott, entschuldigt bitte«, sie nimmt ihren Platz am Konferenztisch ein, während sie Vicky ein dankbares Lächeln zuwirft, die ihr schon einen Cappuccino hingeschoben hat. »Ich hab total verschlafen, einfach den Wecker nicht gehört.«

»Lange Nacht gestern?« Janelle lächelt, denn trotz ihres Rufs ist sie kein Teufel, terrorisiert ihre Leute nicht wie andere Chefredakteurinnen, wenn nicht alle nach ihrer Pfeife tanzen.

Janelles Mitarbeiterinnen machen sich zwar mitunter über sie lustig, aber sie sind absolut loyal und lieben sie heiß und innig. Sie lieben sie, weil sie sie behandelt wie ihre eigene Familie. Sie ist streng, wenn es sein muss, und immer fair, auch wenn sie hoffnungslos inkonsequent ist. Andere finden sie vielleicht überheblich, aber tatsächlich ist Janelle stets bemüht, mit ihren Angestellten auf Augenhöhe zu bleiben, und sie weiß, dass sie das meiste aus ihnen herausholen kann, wenn sie eine fröhliche, kameradschaftliche Atmosphäre schafft.

Leona lacht laut und verächtlich. »Falls du andeuten willst, was ich denke, musst du verrückt sein.«

»Du hast aber diese Frisch-gevögelte-Aura.« Stella schaut lächelnd zu ihr hinüber.

»Jetzt weiß ich, dass ihr alle spinnt.« Leona knöpft sich den Mantel auf und lässt ihn über die Stuhllehne rutschen. »Ich habe zwei Kinder im Alter von zwei und sechs und einen Beruf. Das letzte Mal, dass ich wegen Sex eine lange Nacht hatte, war wahrscheinlich meine Hochzeitsnacht. Inzwischen kann ich nur sagen: je kürzer, je lieber.«

Becky, die Lifestyle-Redakteurin, lacht zustimmend. »Ich versuche gerade, meinen eigenen Rekord zu unterbieten. Letzten Sonnabend hab ich's auf acht Minuten geschafft.«

»Acht Minuten?«, fragt Vicky entsetzt. »Das ist ja grauenhaft! Willst du damit sagen, das Ganze hat nur acht Minuten gedauert?«

»Jawoll«, sagt Becky und grinst triumphierend. »Und zwar vom Vorspiel bis zum bitteren Ende.«

»Mann, bist du gut«, sagt Leona und verdreht die Augen. »Ich bin immer noch bei einer Viertelstunde, und ich sage dir, es ist ein ziemlicher Aufwand.«

»Schneller Sex!«, schreit Janelle und klatscht in die Hände. »Toll! Wir müssen unbedingt eine Story über schnellen Sex machen! Vicky und Leona, denkt euch was aus.«

»Wir können doch nicht im Ernst eine Geschichte darüber machen, dass Frauen sich wünschen, der Sex wäre so schnell wie möglich vorbei. Mein Gott, vielleicht will ich doch lieber nicht heiraten«, sagt Vicky.

»Was ich dir ständig predige.« Leona wendet sich ihr zu. »In deiner Vorstellung ist die Ehe ein permanentes Happy End, aber weißt du, Schätzchen, sie ist erst der Anfang, und danach ist nicht immer alles nur eitel Sonnenschein.«

»Ganz und gar nicht«, pflichtet Becky ihr bei. »Ich bin früher auch mal hochromantisch gewesen, Vicky. Und dann habe ich geheiratet und stand plötzlich auf dem Boden der Tatsachen.«

Vicky zuckt die Achseln. »Ich kann nun mal nicht anders. Ich will unbedingt in einem weißen Sahnebaiser-Kleid zum Traualtar geführt werden.«

»Um Himmels willen.« Janelle presst sich die Hand ans Herz und fleht die Decke an. »Keine Angestellte von *Poise!* heiratet mir in einem weißen Sahnebaiser, nicht, solange dir Matthew Williamson etwas Fantastisches entwerfen kann.«

»Gut, ich sag dir Bescheid, wenn es so weit ist, ihn anzurufen«, lacht Vicky, »aber ich warne dich: Rechne nicht so bald damit.«

»Bis dahin genieß einfach diese Sexmarathons, solange du sie kriegen kannst«, sagt Leona.

»Okay. Zurück zu den Features«, unterbricht Janelle. »So spannend die Geschichten aus eurem Sexualleben zweifellos sind, aber wir müssen hier auch noch eine Zeitschrift rausbringen.«

Hin und wieder erscheint eine Story, die durch die Medien geht, und genau so eine ist die Story über die schnelle Nummer. Die Frühjahrsausgabe kommt Ende Februar in die Kioske, und fast sofort stürzen sich die Features-Ressorts der Zeitungen darauf, und Rundfunk und Fernsehen folgen auf dem Fuße.

Vicky hat ihre Freundin Deborah beauftragt, die Story zu schreiben, da sie davon ausgeht, dass eine Mutter von drei Kindern sich wahrscheinlich in Sachen Fast Sex bestens auskennt, und falls nicht, genügend Erfahrung als Journalistin besitzt, um die Sache schon zu schaukeln.

Deborah hat die Geschichte mit Zitaten und drei Porträts von Eheleuten gespickt, die auf Fast Sex schwören und es nur länger treiben, wenn sie ohne Kinder im Urlaub sind, was selten vorkommt.

Die Paare haben dem Magazin gestattet, Fotos von sich abzudrucken, und sind bereits in *This Morning* und *GMTV* aufgetreten. Deborah schwebt auf Wolken, weil ihre Karriere nun ein rasantes Comeback erlebt und Magazine und Zeitungen, von denen sie jahrelang nichts gehört hat, plötzlich anrufen und Hintergrundartikel von ihr haben wollen.

Vicky ist gerade nach einer ausgedehnten Mittagspause im Park an ihren Schreibtisch zurückgekehrt, in der sie und Leona so getan haben, als seien sie gar nicht in London, umgeben von lauter Büroangestellten, die auf den Parkbänken ihr Lunchsandwich aßen. Sie hatten sich einfach bis auf die Unterwäsche ausgezogen, um diesen ungewöhnlich heißen Tag wenigstens ein bisschen auszukosten.

Ruth meldet sich über den Summer. »Deborah ist am Telefon«, sagt sie. »Es geht um irgendeine Radioshow, die sie nicht schafft. Willst du sie sprechen?«

»Natürlich«, sagt Vicky und greift zum Telefon. »Hi, Deb. Sonnst du dich immer noch in deiner wiederentdeckten Berühmtheit? Stimmt es, dass du neulich bei *Wright Stuff* warst?«

»Ja, ja!«, meint Deborah kichernd. »Meine Kinder sind begeistert. Sie erzählen überall herum, dass ihre Mutter berühmt ist. Hast du's gesehen?«

»Nein. Tut mir leid. Wie war's?«

»Es war toll, aber ich hab schlimm ausgesehen. Fett wie eine Kuh.«

Vicky schüttelt stumm dem Kopf. Das geht gar nicht. Nicht wortgewandt? Möglich. Nervös? Kann gut sein. Aber fett? »Wie kannst du fett ausgesehen haben, mit Größe 34 oder so?«

»Es ist zwar 36, aber darum geht's nicht. In dem Moment, als wir auf Sendung gingen, haben sie mich ganz groß ins Bild gezoomt, und ich konnte mich auf diesem Scheißmonitor sehen, und ich schwöre dir, ich bestand nur noch aus Kinn. Ich hatte ja keine Ahnung, was für ein Doppelkinn ich habe. Wenn ich jetzt in den Spiegel schaue, sehe ich immer nur dieses Kinn.«

Vicky lacht. »Das ist doch lächerlich. Du bist schlank und schön, und du hast nicht mal das klitzekleinste Doppelkinn.«

»Also, falls du je einen Artikel über Doppelkinnentfernung planst, melde ich mich hiermit freiwillig als Versuchskaninchen.«

Vicky muss wieder lachen.

»Es ist mein vollkommener Ernst«, sagt Deborah. »Ich erwäge das wirklich. Könnte ich nicht darüber was für euch schreiben? Offenbar machen sie das mit Fettabsaugen, und das Ganze hinterlässt keine Narben, man sieht gar nichts. Sie gehen nur irgendwo hinter den Ohren rein und machen einen kleinen Einschnitt unter dem Kinn, und dann ziehen sie überflüssigen Speck einfach raus.«

»O mein Gott. Du willst das wirklich machen. Du hast dich schon erkundigt. Verdammt, Deborah, du hast kein Doppelkinn! Was sagt Dick dazu?«

»Er findet es albern und hat gesagt, dass er nicht vorhat, Geld dafür aus dem Fenster zu werfen, dass ich mir ein nicht existentes Kinn entfernen lasse, weshalb ich ja jetzt versuche, jemanden zu überreden, mich eine Reportage darüber machen zu lassen, damit es mich nichts kostet, und wenn ich damit warte, bis Dick seine nächste Geschäftsreise macht, braucht er nicht mal davon zu erfahren.«

»Du hast einen Knall«, sagt Vicky, und Deborah seufzt enttäuscht. »Was war jetzt mit dieser Radiosendung?«

»Ach ja. Ich muss dieses Wochenende zu einer Taufe aufs Land, aber Radio Two möchte, dass ich in irgendeiner Abendsendung auftrete und über – was sonst – Fast Sex rede. Da ich nicht kann, dachte ich, vielleicht hast du Zeit.«

»Wann wäre das?«

»Samstagabend.«

»Na, super. Woher weißt du, dass ich am Samstag nicht ein heißes Date habe?«

»Hast du?«

»Schön wär's«, seufzt Vicky, weil in den letzten Monaten ihr Liebesleben eine Katastrophe war. Wie sie zu Leona zu sagen pflegt: »Was für ein Liebesleben? In meinem Liebesleben existiert weder Liebe noch Leben.«

Zwischen zwanzig und dreißig war das anders gewesen. Als junge Redakteurin hat Vicky ständig Junggesellen getroffen, ist mit ihnen ins Bett gegangen, wenn ihr danach war, hatte feste Beziehungen, wenn sie wollte, oder Affären, wenn nur das sich anbot. Sie war frei und ungebunden, wie man so schön sagt, unbekümmert, was die Zukunft betraf, weil sie davon ausging, dass irgendwann mit dreißig der perfekte Mann auftauchen und sie mit dem Leben anfangen würde, das ihr Bruder ihr offenbar geklaut hat, was umso frustrierender ist, als er drei Jahre jünger ist als sie, und überhaupt, was bildet er sich eigentlich ein, mit zweiunddreißig alles zu haben, was von Rechts wegen ihr zusteht?

Im Gegensatz zu ihren Freundinnen hatte Vicky sich richtig darauf gefreut, dreißig zu werden, weil sie wusste, dass es mit dreißig richtig losgehen, dass das Happy End beginnen würde. Es kam ihr nie in den Sinn, dass es doch nicht passieren würde, dass sie nach fünf Jahren immer noch am selben Punkt war wie vor zehn Jahren, nur mit einer umfangreicheren Garderobe, einem größeren Apartment und weniger Chancen.

Mit fünfundzwanzig hatte es Männer wie Sand am Meer gegeben. Große Männer. Kleine Männer. Witzige Männer. Hässliche Männer. Aber immerhin Männer. So viele Männer, so wenig Zeit, pflegte sie damals zu sagen, wenn ältere Tanten sie fragten, warum sie keinen Freund hatte.

Jetzt, mit fünfunddreißig, sind die guten Männer langsam aus dem Verkehr gezogen und nur noch die unvollkommenen Exemplare zurückgeblieben, und Vicky ist natürlich klar, dass es mit jedem Jahr schwerer für sie wird.

»Es gibt ja immer noch die geschiedenen Männer«, hat Kate kürzlich zu ihr gesagt, aber Vicky war der Gedanke, den Ballast einer anderen Frau zu ertragen, immer ein Graus gewesen.

»Und wenn sie Kinder haben?«, sagte sie. »Ich möchte nicht die Kinder einer anderen übernehmen müssen, außerdem heißt das ja, dass seine Exfrau immer irgendwie präsent ist. Wirklich nicht, danke. Ich muss einen Single finden, nicht einen geschiedenen Mann.«

»Aber das ist doch lächerlich«, hatte Kate gesagt. »Jeder Mensch über fünfunddreißig schleppt irgendeinen Beziehungsballast mit sich herum, und offen gestanden sind mir Leute zutiefst suspekt, die mit Ende dreißig, Anfang vierzig noch nie verheiratet waren. Sich in einen Mann mit Bindungsangst zu verlieben ist doch das Letzte, was man will.«

»Ich bin gar nicht mal so überzeugt von der Theorie, dass mit Männern, die mit dreißig noch Singles sind, irgendwas nicht stimmt. Guck dir Daniel an. Er ist nicht komisch.«

»Warum willst du dann keine normale Beziehung mit ihm, anstatt immer nur gelegentlich mit ihm ins Bett zu gehen?«

»Er ist einfach überhaupt nicht mein Fall.«

»Aber du magst ihn und findest ihn anziehend genug, um mit ihm schlafen zu wollen?«

»Ja«, gibt Vicky widerstrebend zu.

»Dann wette ich, dass was mit ihm nicht stimmt und du es mir nur nicht sagst.«

»Okay, erwischt. Es stimmt was nicht mit ihm. Sein Penis ist orange.«

»Hahaha. Ich will nur nicht, dass du dir ständig einbildest, dass dein Leben erst anfängt, wenn du verheiratet bist.«

»Vielen Dank«, knurrte Vicky. »Ich glaube schon, dass mein Leben angefangen hat. Viele Leute würden für mein Leben morden.«

»Solange du das nicht vergisst«, sagte Kate. »Heißt das, du hörst jetzt mit dem ewigen Gejammer auf, dass du mein Leben haben möchtest?«

»Nein. Ich liebe dein Leben. Aber wo soll ich einen Ehemann, Kinder, Hunde, einen schönen alten Herd und ein Haus auf dem Land herkriegen, wenn nichts davon in Sicht ist?«

»Du könntest mit dem Herd und dem Haus auf dem Land anfangen.«

»Könnte ich, aber ich würde umkommen vor Einsamkeit.«

»Mein Gott, dir kann man aber wirklich nichts recht machen. Du bist einfach ein zu großer Klugscheißer.«

»Was glaubst du wohl, wie ich Features-Chefin bei *Poise!* geworden bin?«, hatte Vicky grinsend entgegnet.

Aber am Abend war sie nicht mehr ganz so zuversichtlich. Wenn sie sich in letzter Zeit abschminkte, bemerkte sie entsetzt, dass sich um die Augen winzige Falten bildeten, Fältchen, die vor einem Monat noch nicht da waren, da könnte sie schwören.

Und wo wir gerade bei ihren Augen sind, die Haut unterhalb schien äußerst dünn zu sein. Neuerdings konnte nach einer langen Nacht keine noch so große Dosis Touche Eclat darüber hinwegtäuschen, und auf ihrer Haut schien sich jeder Drink, jede gelegentliche Zigarette, kurz: jedes Laster bemerkbar zu machen, das nicht die geringsten Spuren hinterlassen hatte, als sie Mitte zwanzig war.

Da war ihr Gewicht rauf- und runtergehopst wie bei einem Jo-Jo. Wenn sie damals spürte, dass ihre Jeans einen Hauch enger wurden, hielt sie sich ein paar Tage mit dem Essen und dem Alkohol zurück und nahm locker fünf Pfund ab.

Inzwischen scheinen sich diese fünf Pfund in Form von Hüftgold permanent bei ihr niedergelassen zu haben. Seit einem geschlagenen Monat hält sie sich nun mit Essen und Alkohol zurück, und gerade mal anderthalb Pfund hat sie abgespeckt. An welchem Punkt ihres Lebens sind Diäten erfolglos geworden, besser gefragt: warum?

Alle in der Arbeit scheinen jünger zu sein als sie. Natürlich nicht Janelle, die einfach zeitlos ist – wobei man munkelt, dass sie ein Bildnis von sich im Dachgeschoss des Bürohauses weggeschlossen hat, das gnadenloser altert als das von Dorian Gray –, und auch nicht Stella oder Leona, die etwas älter sind als Vicky. Aber die freien Mitarbeiterinnen scheinen immer jünger zu werden, und die Modeassistentinnen, die mit jeder Saison kommen und gehen, sind praktisch im Kindergartenalter.

Vicky erhält ständig Anrufe von Freiberuflern, die ihr Ideen für einen Artikel anbieten, und sobald sie ihre hellen, jungen, eifrigen Stimmen hört, würde sie ihnen am liebsten sagen, sie sollen abhauen und in zehn Jahren wiederkommen, wenn sie ein bisschen mehr Erfahrung und begriffen haben, was die Leserinnen bewegt.

Manche machen sogar ganz gute Vorschläge, aber es geht ja auch immer darum, wie man sie umsetzt. Die schlauste Vierundzwanzigjährige der Welt würde nie verstehen, wie Buggy-Neid sich wirklich anfühlt – diese Demütigung, wenn man seinen Peg Perego aus zweiter Hand auf der High Street entlangschiebt und denkt, was für ein heißes Teil er doch eigentlich ist, nur damit einem dann drei Bug a Boos entgegenkommen, die für den schlagartig minderwertig gewordenen Peg Perego nur ein Hohnlächeln übrig haben, wie man sich jetzt einbildet.

Zugegeben, Vicky kann es selbst nicht recht nachvollziehen, aber dafür hat sie zum Glück Leona, die alle Aufgaben übernimmt, die Vicky nicht besonders liegen – wobei das Alter weniger das Problem ist als die Kinder beziehungsweise deren Nichtvorhandensein in Vickys Leben.

Sie hat sich geschworen, dass sie nicht eines Tages sagen

wird, selbst die Polizisten würden ihr wie Kinder vorkommen, aber gedacht hat sie es schon oft. Gerade vor ein paar Tagen hat sie ein Polizist angehalten und ihr eine Standpauke gehalten, weil sie falsch herum in eine Einbahnstraße gefahren war (sie hatte sich wirklich verfahren und nicht gewusst, dass es sich um eine Einbahnstraße handelte), und mit größter Anstrengung hatte sie sich die typische Bemerkung ihrer Mutter verkneifen müssen: »Ein bisschen mehr Respekt, junger Mann«, denn er sah wirklich aus wie ein zwölfjähriger Milchbubi. Ich könnte seine Mutter sein, hatte sie gedacht, als sie wütend davonfuhr, und dann schockiert feststellte, dass es stimmte.

Das Problem ist, dass sich Vicky eigentlich nicht älter fühlt. Sie hat vielleicht Fältchen, die Energie lässt nach, und akzeptable Männer sind in ihrem Leben Mangelware geworden, aber ihr Selbstbild ist das einer Fünfundzwanzigjährigen. Sie hört immer noch Kiss FM, kleidet sich immer noch nach der neuesten Mode, hat immer noch das Gefühl, sich in keiner Weise von den Modeassistentinnen zu unterscheiden.

Wenn sie davon erzählen, wie sie die Klubs in Soho unsicher machen oder nach Ibiza fahren, möchte Vicky mitreden, findet, sie habe ein Recht dazu, obwohl ihr immer häufiger auffällt, dass sie komisch angesehen wird, wie eine, die nicht dazugehört, dass die Mädchen sie in einen Topf mit ihren Müttern werfen, trotz ihrer Chloe-Hosen und den superspitzen Jimmy-Choo-Stiefeln.

»Ich war bei der Eröffnung von Manumission dabei!«, will sie schreien. »Ich bin morgens um fünf noch auf einen Cappuccino in die Bar Italia gegangen, als ihr noch in den Windeln lagt, verdammt.« Aber sie sagt es nicht. Inzwischen weiß sie, dass das, was sie auslöst, wenn sie dazugehören will, letztlich nur eins ist: peinlich, und zwar in erster Linie für sie.

Vicky hatte nie Probleme, sich einzufügen. Aber jetzt stellt sie fest, dass sie keinen richtigen Platz auf der Welt hat. Zumindest nicht den, den sie gern hätte.

Kapitel 5

Der Frauenklub von Highfield wurde in den Vierzigerjahren gegründet, zu einer Zeit, als die Frauen dort ausschließlich Hausfrauen und Mütter waren. Er bot ihnen einen willkommenen Anlass, sich aufzubrezeln und zusammenzuglucken – alles im Namen der Wohltätigkeit, denn die Spendengelder, die bei den verschiedenen Events gesammelt wurden, kamen stets einem guten Zweck in der Nachbarschaft zugute.

In den Achtzigerjahren gingen die Aktivitäten des Frauenklubs ein wenig zurück. Es war eine Zeit, in der die jungen Ehefrauen und Mütter von Highfield zu sehr damit beschäftigt waren, morgens den Zug in die Stadt zu nehmen und ihrem Beruf nachzugehen, als dass sie noch Energie für die Charity-Arbeit gehabt hätten. So manch eine wird es gutheißen, dass diese Phase wieder vorbei ist und die alten Zeiten wieder eingekehrt sind: Es ist für Frauen wieder salonfähig, zu Hause zu bleiben und sich im Frauenklub zu engagieren.

Und sie engagieren sich wie wild. Fragt man sie, warum sie eingetreten sind, werden die meisten sagen, wie wohltuend es sei, denen zu helfen, die sich nicht selber helfen können. Sie werden sagen, dass sie früher einmal einen tollen Beruf hatten, den sie wegen der Kinder aufgeben mussten, aber nun, da die Kinder zur Schule gingen, fänden sie fast so viel Erfüllung darin, Geld für Obdachlose und Hilfsbedürftige zu sammeln, wie einst ihren jeweiligen Karrieren nachzugehen.

Wo *sind* eigentlich all die Armen und Obdachlosen von Highfield, hatte sich Amber auf einer Einführungsveranstaltung des Frauenklubs gefragt, kurz nachdem sie hergezogen waren. Denn Highfield schien sich gründlich gemausert zu haben, es war nicht mehr die kleine Künstlerkolonie, für die es in den Zwanziger- und Dreißigerjahren einmal berühmt war.

Dank der Ankunft einiger Prominenter – die still und zurückgezogen leben und mit der sogenannten Szene von Highfield offensichtlich nicht besonders viel zu tun haben wollten – ist Highfield zu einem Ort geworden, in dem es sich leben lässt, besonders für Wall-Street-Witwen mit Hang zum Höherem, Frauen, deren Männer Tag und Nacht arbeiten und die wissen, dass alles, was ihnen zu ihrem Glück fehlt, eine schöne große Villa, ein Kindermädchen und eine Tasche von Hermès ist.

Sie ist jung und erfolgreich, die Fußballmami des Jahrtausends, nur dass sie nicht am Spielfeldrand herumsitzt und ihre Kinder anfeuert oder sie durch die Gegend kutschiert – dafür hat sie zu viel zu tun, und wofür bezahlt sie denn die Nanny? (Ganz abgesehen davon hat die Nanny ihren eigenen Landrover, ein Handy und ein Zimmer mit eigenem Bad im Haus sowie zahlreiche Vergünstigungen, nicht zuletzt, dass sie ständig Designerklamotten erbt, die die Herrin des Hauses nur ein paarmal getragen hat.)

Ebenso wenig ist sie das typische Beispiel einer verzweifelten Hausfrau, wie die Heldinnen von *Desperate House-*

wives. An ihr ist gar nichts verzweifelt, und falls sie sich überhaupt mit einer Protagonistin aus der Serie identifiziert, dann weniger mit der ausgepowerten Mutter von drei Kindern (warum hat die vor ein paar Folgen bloß dieses Kindermädchen gehen lassen?) als mit dem sexy Typus der alleinerziehenden Mutter, den Brittany Johnson verkörpert, und das auch nur, weil sie einen Mord begehen könnte, um in ihren Bootlegjeans von Seven genauso umwerfend auszusehen.

Wenn überhaupt, ist sie eine junge Mutter à la Charity-Chic, eine Manolo-Mom. Eine Frau, die es ablehnt, sich über ihre Kinder definieren zu lassen, die sich mit diversen wohltätigen Projekten auf Trab hält, die darauf achtet, dass sie immer und überall gut aussieht. Ihre Vormittage verbringt sie damit, an sich zu arbeiten: Friseur, Nagelstudio und vor allem Fitness, denn obwohl sie ein voll eingerichtetes und verspiegeltes Work-out-Studio im Souterrain ihres riesigen und nagelneuen Hauses hat, ist Fitnesstraining einfach nicht dasselbe, wenn man dabei nicht mit einer Freundin auf dem Elliptical nebenan quatschen kann, und definitiv nicht dasselbe, wenn man sich hinterher nicht mit den anderen Mädchen auf ein Smoothie im Café des neuen Sportklubs trifft.

Praktisch alle sind Mitglieder im neuen Sportklub. Denn so wie sich die Frauen, die nach Highfield ziehen, verändern, muss auch die Stadt sich verändern, um mit ihnen mitzuhalten. Das ehemals verschlafene Nest im ländlichen Connecticut, nur etwas über eine Stunde von Manhattan entfernt, muss wohl oder übel expandieren, muss sich damit abfinden, dass täglich hübsche alte Häuschen abgerissen werden, um Platz zu schaffen für die 900 Quadratmeter großen neuen Klötze. Es muss sich an die unvermeidlichen

Starbucks gewöhnen: Nicht nur eins, sondern gleich vier haben letztes Jahr hier eröffnet, sodass man heute an jedem beliebigen Ort der Stadt kurz aus dem Wagen springen und sich einen Grande Latte holen kann.

Auf der Main Street reihten sich einst kleine Geschäfte, Kunsthandwerklädchen und lauschige Cafés, jetzt haben die großen Ketten Einzug gehalten. Und die Frauen der Stadt sind in Work-out-Klamotten von Gap unterwegs, nicht anders als im restlichen Amerika.

Nur nicht die Frauen vom Frauenklub. Die mögen hin und wieder ein Teil von Gap anhaben, aber sie würden sich hüten, ein solches Outfit zu einem ihrer monatlichen Treffen zu tragen, die mehr und mehr zu einer Art inoffizieller Modenschauen werden.

Die gute Amber hatte anfangs keinen blassen Schimmer. Wenn sie sich recht entsinnt – was sie jedoch mit aller Macht zu vermeiden sucht, bedenkt man, welch lähmenden Schrecken ihr die Erinnerung heute noch einjagt –, ist sie auf einem der ersten Treffen in Jeans, einem schwarzen Fleecepulli mit Reißverschluss (es war ein windiger, kühler Tag) und flachen Loafers erschienen.

Nicht, dass sie sich in einem solchen Aufzug in Manhattan je freiwillig auf die Straße gewagt hätte, aber Amber ist schon immer wie ein Chamäleon gewesen und selbst so unsicher, wer die wirkliche Amber eigentlich ist, dass sie sich jederzeit bereitwillig in die Person verwandelt, die die jeweilige Situation ihrer Meinung nach verlangt.

Und sie hat ihre Modesignale von den Kindergartenmüttern empfangen, wobei sie bald feststellte, dass diese nicht zu der Truppe gehörten, die im Frauenklub war. Es gab zwar ein paar Überschneidungen, aber die Frauen aus der Kindergartenszene taten es aus rein humanitären

Gründen, wie sich herausstellte – weil sie Gutes tun wollten, nicht weil es ihnen darauf ankam, wie sie aussehen, woraufhin man sie, die man leicht an der typischen Mütter-Alltagskluft erkannte (Fleecepullis, Clogs und unförmige Jeans), im Frauenklub auf die billigen Plätze abgeschoben hat.

Aber das hatte Amber damals alles nicht gewusst, hat vom Frauenklub überhaupt erst von einer Mutter im Kindergarten erfahren, und ihre edleren Manhattan-Klamotten waren im Schrank immer weiter nach hinten gewandert, während sie versuchte, sich dem Look der anderen Mütter anzupassen.

Bei jenem ersten Treffen war Amber aus ihrem Wagen gestiegen und hatte sich vor der Haustür der Gastgeberin umgedreht, weil sie hinter sich Schritte hörte.

Klack-klack, klack-klack, klack-klack. Eine zierliche blonde Frau in engen Wildleder-Schlaghosen, superhohen, superspitzen Stiefeln, einem Tweedjackett mit Fransen und Nerzkragen und genau dem Luella-Täschchen, das Amber sich seit Monaten wünschte, strebte ebenfalls dem Haus zu.

Und Amber, Amber, die mühsam ihre bescheidenen Verhältnisse hinter sich gelassen hatte, die eine erfolgreiche Anwältin gewesen war, die mehr hatte kämpfen müssen als jede andere Frau, die sie kannte, hatte sich unsäglich geschämt und sich unzulänglich gefühlt.

Sie war sich in ihrem Fleecepulli, den Loafers und dem diskreten Make-up wie eine Versagerin vorgekommen, hätte am liebsten auf dem Absatz kehrtgemacht, um wieder nach Hause zu fliehen, aber dafür war es schon zu spät.

Sie hatte sich in der Küche in eine Ecke verkrochen und zugesehen, wie sich die anderen Frauen – die sich alle untereinander zu kennen schienen – angeregt unterhielten, während sie versuchte, sich unsichtbar zu machen, wobei sie sich die ganze Zeit überlegte, was sie das nächste Mal anziehen müsste.

Offenbar waren enge Hosen und hohe Absätze angesagt, kleine maßgeschneiderte Jäckchen, viel Fell. Perfekte Frisur, perfektes Make-up und eine tolle Tasche. Zugegeben, nicht alle Frauen hatten diesen Look perfektioniert, aber selbst die wenigen Ausnahmen sahen aus, als würden sie ihn anstreben. Schon bei diesem ersten Treffen hatte Amber aus ihrer Außenseiterperspektive die unterschwelligen Gesellschaftsspielchen und Hierarchien im Raum gespürt.

Auf der anderen Seite der Kücheninsel stand eine Frau, die von den anderen Suzy genannt wurde. Suzy war eindeutig eine von den Bienenköniginnen. Sie trug Gucci vom Scheitel bis zur Sohle, mit passender Tasche. Sie hatte schockblondes Haar, das zwar offensichtlich getönt war, aber in einer Weise, dass Amber wetten könnte, diese Frau würde eher sterben, als zulassen, dass ihre echten Wurzeln sich blicken ließen.

Die anderen Frauen umschwärmten Suzy wie kleine Arbeiterbienen. Alle versuchten, ihre Aufmerksamkeit zu erregen, alle versuchten, ihr so nah wie möglich zu kommen.

»Oh, dein Kostüm ist toll«, hörte Amber ein Mädchen sagen. »Ich hab es mir letzte Woche bei Rakers angesehen und es dann in Flieder gekauft. Aber es steht dir so gut, dass ich gleich noch mal hinmuss und es mir auch in Schwarz-Weiß hole.«

Amber hatte schmunzeln müssen, denn natürlich war ihr klar, was das Mädchen damit sagte: Du bist nicht besser als ich, selbst wenn du dir das einbildest. Obwohl du

Gucci trägst, kann ich es mir auch leisten. Ich bin genauso gut wie du.

»Mein Gott«, flüsterte neben ihr eine Stimme mit britischem Akzent. »Ist das nicht grauenhaft?«

Amber drehte sich um und sah eine Frau, die ähnlich wie sie gekleidet war, genauso wenig Make-up trug, das Haar zu einem Pferdeschwanz gebunden.

»Es ist schon ziemlich an der Grenze«, hatte Amber mit einem Lächeln gesagt. »Ich bin Amber.«

»Schön, dich kennenzulernen, Amber. Ich heiße Deborah. Lass mich raten. Du bist neu in der Stadt, und alle haben dir erzählt, dass du unbedingt Mitglied im Frauenklub werden musst, weil du dort deine zukünftigen Freundinnen kennenlernen wirst, und außerdem dient es einem guten Zweck.«

Amber hatte gelacht. »Mehr oder weniger. Und du?«

»Spencer, mein Mann, und ich sind vor etwa einem Jahr aus London hergezogen, und ich fand, es sei langsam an der Zeit, mir anzusehen, wovon hier alle reden. Obwohl ich, wenn ich mir diese Frauen so ansehe, nicht sicher bin, ob das mein Ding ist.« Sie seufzte. »Andererseits ist es ja für eine gute Sache, und ich möchte wirklich gern etwas Nützliches tun. Nur werde ich nie eine von diesen superschicken Miezen sein«, sagte sie und zeigte auf sich.

Amber, die bereits beschlossen hatte, dass sie wiederkommen wollte, nur dass sie beabsichtigte, Suzy beim nächsten Mal selbst kleidungsmäßig in den Schatten zu stellen, hatte die Achseln gezuckt. »Ich komme mir lächerlich vor, hier in meinen alten Klamotten herumzustehen, aber mir hat auch niemand gesagt, dass wir uns schick machen müssen.«

»Muss man ja auch nicht«, hatte Deborah erwidert. »Es sei denn natürlich, man will irgendwas beweisen.«

»Na, so viel ist klar, beim nächsten Mal gebe ich mir mehr Mühe.«

»Und ich dachte, du siehst so schön normal aus.«

Amber lachte. »Das kann sein, aber in mir steckt ein verzweifeltes hässliches Entlein, das danach lechzt, zum Schwan zu werden.«

»Schön gesagt.« Deborah hatte auch gelacht. »Wenigstens bist du ehrlich.«

Amber hatte es wie einen Scherz klingen lassen. Aber es war ein Körnchen Wahrheit dabei. Sie kam sich wirklich unvollkommen vor, und obwohl sie den Namen Winslow trägt (den sie übrigens am liebsten laut herausgeschrien hätte: »Hört mal alle her, ihr eingebildeten Tussis, die ihr mich ignoriert, weil ich in Fleecepulli und Loafers nicht gut genug für euch bin, ich heiße Amber Winslow. Ja, von *den* Winslows. Ach, plötzlich bin ich interessant. Tut mir so leid, aber ich unterhalte mich gerade mit meiner neuen Freundin Deborah, die euren Ansprüchen auch nicht genügt!«), war Wohlstand für Amber, wie für die meisten Frauen, die an diesem Tag hier mit in der Küche standen, eine ziemlich neue Errungenschaft.

Und obwohl sie damals bei diesem ersten Treffen die Regeln des Frauenklubs von Highfield noch nicht verstand, war ihr klar, dass Geld Sicherheit bedeutet, dass Kleider und Schmuck ein Schutzschild sind und einem das Gefühl geben, genauso gut zu sein wie die anderen, selbst wenn man insgeheim weiß, dass man es nicht ist.

Amber wusste sehr wohl, was ihre Schwiegermutter gesagt hätte, wenn sie dieses Haus betreten und diese Frauen gesehen hätte. Ihre Schwiegermutter in ihren jahrhundertealten Kaschmirpullovern und ihren Ferragamo-Schuhen, immer noch von guter Qualität, obgleich in einer Zeit gekauft, als die Familie noch Geld besessen hatte. Ihre Schwiegermutter mit der unvermeidlichen Perlenkette, dem aristokratisch-graublonden, zu einem gepflegten Dutt gebundenen Haar, ihre Schwiegermutter, die keine Handtasche tragen musste, die Chanel schrie, oder einen Diamantring, der so schwer war, dass man die Hand nicht mehr heben konnte, nur um zu beweisen, dass sie Geld hatte, dass sie gut genug war.

»Neureich«, konnte Amber ihre Schwiegermutter förmlich mit einem Naserümpfen sagen hören. »Wie fürchterlich *gewöhnlich*«, hätte sie gesagt, und doch vermutete Amber, dass Icy Winslow auch ein klitzekleines bisschen neidisch gewesen wäre. Nicht weil sie sich nach dem Gewöhnlichen sehnte, sondern weil sie zwar den Namen hatte und das dazugehörige Prestige, nicht aber das Geld, das damit einherging.

Als Amber Richard geheiratet hatte, glaubte sie, mit dem Namen und dem Geld alles erreicht zu haben. Zum ersten Mal im Leben würde sie sich gleichwertig fühlen, würde sie sich erhobenen Hauptes zeigen können, ganz gleich, in welcher Gesellschaft sie war, und sich nie wieder unzulänglich fühlen müssen. Aber sie hatte bald erkannt, dass sie immer sich selbst mitbrachte, ganz gleich, wohin sie ging, und es ihr nie gelingen würde, den Ballast, der sich im Laufe der Jahre angesammelt hatte, ganz abzuwerfen.

Natürlich gab es Zeiten, da fühlte sie sich allem gewachsen, aber jedes Mal, wenn ein Klubtreffen nahte, begann Amber sich unsicher zu fühlen, und darum gewöhnte sie sich an, einmal im Monat bei Rakers einzukaufen – dem einzigen Designerladen der Stadt – um sicherzugehen, dass ihr Outfit den Ansprüchen der Meetings genügte, eins, das die anderen Mädchen vor Neid erblassen ließ.

Das hat sie noch keiner Menschenseele gestanden. Nicht einmal Deborah, die eine ihrer besten Freundinnen geworden ist, hauptsächlich weil Deborah genauso natürlich ist, wie sie ihr bei diesem ersten Treffen vorkam, der liebste und tollste Kumpel, den Amber je hatte.

Aber sie kann es nicht zugeben, hat manchmal sogar Probleme, es sich selbst einzugestehen, weil sie sich so wahnsinnig kindisch dabei vorkommt. Es gibt Momente während dieser Treffen, da weiß sie, dass sie sich alle aufführen, als wären sie wieder in der Highschool.

Momente, in denen Suzy nicht mehr mit Heidi spricht oder Elizabeth und Patty beschlossen haben, dass mit Jennifer irgendwas nicht stimmt, oder Nadine sich nicht genügend eingebracht hat, als sie Ausschussvorsitzende beim Kunstfestival war.

Amber hat versucht, sich aus dem Gezicke herauszuhalten, was sich aber bei Frauengruppen schwer bewerkstelligen lässt, außerdem hat sie eine Mission – dieselbe wie an der Highschool: Sie will die neue Bienenkönigin im Frauenklub werden. Suzy Bartlow mag die jetzige Amtsinhaberin sein, aber Amber schart schon heimlich ihre Truppen um sich und bereitet sich auf die Übernahme vor. Sie hat den Namen, sie hat das Haus, und dank Rakers hat sie auch die Kleider. Es ist nur noch eine Frage der Zeit.

»Hallo, Judy!« Amber hat ihre Verkäuferin bei Rakers entdeckt, und sie begrüßen sich mit Küsschen – einer der Vorteile, im teuersten Laden der Stadt eine oft gesehene, spendable Kundin zu sein.

»Wie geht es Ihnen, Amber? Sagen Sie bloß, der Monat

ist schon wieder um!« Judy ist in ihr Geheimnis eingeweiht, weiß, dass Amber vorbeikommt, um sich etwas Neues für das Klubtreffen zu kaufen, und gewöhnlich hat sie schon ein paar Sachen für sie zur Auswahl parat. Amber gefallen sie meistens, denn Judy arbeitet schon lange genug für sie und hat ein Gefühl dafür, was sie will und was nicht.

»Ich weiß! Unglaublich, oder? Haben Sie was für mich?«

»Hab ich. Ich bin die neuen Kollektionen schon durchgegangen und habe ein paar Sachen für Sie beiseitegelegt. Es gibt eine ganz herrliche Hose von Michael Kors, ein Jackett von Escada und ein paar Cavalli-Tops, die zwar ein bisschen förmlich, aber absolut umwerfend sind.«

»Und das hat bestimmt noch niemand?«

Judy nickt. »Ich hab im Computer nachgeschaut. Das hat noch keine gekauft.« Ein weiterer Vorteil eines exklusiven Geschäfts in einer Kleinstadt besteht darin, dass jeder jeden kennt, und weil die meisten Frauen im Klub zu Rakers gehen (obwohl Suzy neuerdings zum Einkaufen in die Stadt fährt, was Amber demnächst wohl auch tun muss), können die Frauen die Verkäuferinnen fragen, ob nicht eine andere Kundin dasselbe Modell gekauft hat, wodurch man die Schmach vermeidet, zu einem Treffen oder, schlimmer noch, zu einem Event im selben Outfit wie eine andere Angehörige des Komitees zu erscheinen.

Amber probiert die Hose an – sie sitzt perfekt – und keucht vor Erregung, als sie eins von den Cavalli-Tops anzieht. Judy hatte absolut recht. Es ist ziemlich förmlich, ein leichter Hauch von Chiffon mit einer lose geschlungenen Krawatte am Kragen, aber irgendwie passt es hinreißend zu den tweedartigen Hosen, und Judy nickt anerkennend, als Amber aus der Umkleidekabine kommt.

»Und«, flüstert Judy verschwörerisch, »es ist das Einzige,

das wir haben, darum werden Sie damit definitiv unschlagbar sein.«

»Es ist himmlisch.« Amber hält den Atem an und bewundert sich von allen Seiten im Spiegel. »Einfach perfekt.«

Judy verschwindet kurz und kehrt mit hohen Satinpumps mit Kappen aus Krokodilleder zurück. »Die sind gerade von Prada reingekommen. Sind sie nicht einfach zum *Niederknien*? Und würden sie nicht perfekt dazu passen?«

»O mein Gott«, stöhnt Amber, »Richard bringt mich um.«

»Unsinn«, brummt Judy, die solche Bemerkungen von ihren wohlhabendsten Kundinnen gewohnt ist und offen gestanden nicht versteht, worüber sie sich eigentlich aufregen, wenn man bedenkt, welche Summen sie regelmäßig und bedenkenlos in ihrem Laden lassen. »Wir setzen es wie immer auf die Hausrechnung, und wenn Ende des Jahres die Abrechnung kommt, wird er keinen Gedanken mehr daran verschwenden.«

»Okay«, grinst Amber. »Judy, Sie sind großartig. Vielen Dank!«

»Gern geschehen«, lächelt Judy, und in Anbetracht der Unsummen, die Amber hier ständig ausgibt, kommt es ganz von Herzen.

Amber wirft die Rakers-Tüten auf den Rücksitz ihres Toyota Sequoia. Ein kleiner Wonneschauder huscht ihr über den Rücken, als sie an das bevorstehende Treffen nächste Woche denkt. Nächste Woche findet es nämlich zum ersten Mal bei ihr statt, und sie hat auch schon die Caterer angerufen und kleines, erlesenes französisches Gebäck geordert, köstliche Obsttörtchen, Mini-Éclairs mit frischer Sahne.

Sie hat eine Auswahl feinster Teesorten aus aller Welt besorgt, hat den Kühlschrank in der Vorratskammer mit allen erdenklichen Softdrinks aufgestockt, fest entschlossen, dass das Treffen in ihrem Haus in die Klubgeschichte eingehen wird.

Natürlich haben ein paar von den Mädchen sie schon besucht, und sie bedauert nur, dass sich der Einfluss von Amberley Jacks erst nach ein paar Wochen bemerkbar machen wird – wie kann es eigentlich so lange dauern, ein Sofa zu bestellen, verdammt, und warum ist der Maler der beiden den ganzen nächsten Monat voll ausgebucht? –, aber Amber weiß, dass bis dahin alle Mädchen ihr Schwarzes Brett in der Küche inspiziert haben werden. Sie hat das Schreiben von Amberley Jacks fett in die Mitte gepinnt, damit es auch niemand übersehen kann.

Amber ist darauf gekommen, weil ihr Deborah erzählt hat, wie sich alle die Mäuler über das Treffen vor zwei Monaten zerrissen haben, als an Heidis Pinnwand eine Einladung zur Geburtstagsparty von Elyses Tochter hing. Da war Patty dann eingeschnappt, weil Pattys Sohn und Elyses Tochter hin und wieder am Nachmittag zusammen spielten und Pattys Sohn nicht eingeladen war. Patty wusste nicht einmal, dass Elyse überhaupt eine Party geben wollte, weil Elyse beschlossen hatte, dass sie den Kontakt zu Patty etwas einschlafen lassen wollte, und allen Freundinnen eingeschärft hatte, sie sollten Patty nichts davon erzählen.

Wer konnte ahnen, dass Heidi so blöd war, die Einladung an ihrer Pinnwand hängen zu lassen, als bei ihr das Treffen des Frauenklubs stattfand, wo doch jeder weiß, dass jeder bei jedem liest, was an der Pinnwand steht, damit einem auch ja nichts entgeht.

Darum redet jetzt auch niemand mehr mit Heidi, die völlig ratlos ist, was sie verbrochen haben soll, und die Telefonleitungen von Highfield laufen heiß, obwohl, wie Deborah sagt, das Ganze in einer Woche vergessen sein und irgendein neuer Klatsch die Runde machen wird. »Schließlich sind wir ja alle wieder in der Highschool«, hatte sie gesagt und genervt die Augen verdreht, und Amber hatte gelacht.

Amber fährt auf die Route 1, stellt das Radio an und trällert einen alten Billy-Joel-Song mit, während sie sich begeistert in ihrem neuen Outfit sieht, zehn Zentimeter größer und zehn Pfund schlanker, denn man wird ja wohl noch träumen dürfen, oder?

Sie kommt an der Apotheke vorbei und tritt hart auf die Bremse, weil ihr plötzlich einfällt, dass sie noch ein Medikament abholen muss. »Mist«, flucht sie, weil sie nicht wenden kann und zu faul ist, noch einmal umzukehren. Sie stellt ihr Handy in der Freisprechanlage an und drückt die Kurzwahl für Lavinia.

»Lavinia?«

»Einen Moment«, ruft Lavinia, und im Hintergrund ertönt Kindergeschrei.

»Was ist los?«, fragt Amber.

»Tut mir leid.« Lavinia ist wieder am Telefon. »Jared hat Grace gerade ihren Keks weggenommen, und jetzt hat sie einen Anfall. Nein, Jared, gib ihn ihr zurück. Grace, du darfst ihn nicht schlagen! Grace! Grace! Hör auf! Tut mir leid, Amber. Alles in Ordnung?«

»Ja, alles in Ordnung. Mir ist nur gerade eingefallen, dass noch in der Apotheke ein Medikament für mich bereitliegt, würde es dir was ausmachen, es abzuholen?«

»Kein Problem«, sagt Lavinia, die gerade am anderen Ende der Stadt ist, zwei übermüdete, quengelige Kinder in Schach halten und, wenn sie nach Hause kommt, das Abendessen kochen und heute noch einen Berg Wäsche in

Angriff nehmen muss – später vor dem Fernseher in ihrem Zimmer, wo nur das Bügelbrett und Ginger, der Golden Retriever, ihr Gesellschaft leisten werden.

»Danke, Lavinia, du bist ein Engel«, sagt Amber, als sie plötzlich einen Parkplatz vor dem neuen französischen Einrichtungsgeschäft entdeckt, bei dem sie seit der Eröffnung vor drei Wochen schon die ganze Zeit vorbeischauen wollte. Perfekt, denkt sie, als sie geschickt den Wagen in die Lücke lenkt und einen Blick auf ihre Armbanduhr wirft. Gerade Zeit genug, um zu sehen, wovon alle immer schwärmen, bevor sie nach Hause fahren und sich für das Abendessen mit Richard fertig machen muss.

Als Amber nach Hause kommt, haben die Kinder schon gegessen und sehen in friedlicher Eintracht zum 149. Mal *Shrek 2*.

»Lavinia!«, ruft Amber, als sie im Flur des Hintereingangs steht und Ginger begrüßt, ihn aber dann wegstößt, damit an ihrem schwarzen Mantel nicht lauter Hundehaare kleben.

»Ich räume gerade die Teller weg. Brauchen Sie Hilfe?«

»O ja, bitte!« Amber knöpft den Mantel auf, wirft ihn über das Treppengeländer, von dem Lavinia ihn nachher entfernen und in den Mantelschrank an seinen Platz hängen wird, und geht in die Küche, wo sie sich auf einen Stuhl fallen lässt. »Ich hab jede Menge Einkaufstüten im Auto. Könntest du sie netterweise reinbringen?«

»Natürlich«, sagt Lavinia, die wirklich ein Engel ist, wenn man bedenkt, dass Amber mit leeren Händen hereingekommen ist und sie trotzdem keinen Groll auf sie hat, weil sie die Kinder liebt, gern hier lebt und Amber und Richard unglaublich nett findet, wenn auch ein bisschen verwöhnt.

Aber sie ist Teil dieser Familie geworden, so sehr, dass Amber sich regelmäßig auf ein Schwätzchen zu Lavinia in die Küche setzt und ihr sogar das Geheimnis über die Verhältnisse, aus denen sie stammt, anvertraut hat. Und so kommt es, dass Lavinia, die Amber zwar für ein wenig verwöhnt hält, versteht, warum sie so ist, und ihr verzeiht.

Kapitel 6

Selbst wenn es nur eine Radiosendung der BBC ist, wo keiner sie sehen kann, muss Vicky an ihre Mutter denken und schmunzeln, als sie einen Rock und flache Pumps anzieht, noch einmal ihr Haar schüttelt, um ihm mehr Volumen zu geben, und im Badezimmerspiegel ihr Make-up checkt.

»Man kann nie wissen, wem man noch begegnet«, pflegt ihre Mutter zu sagen, und obwohl Vicky eigentlich nicht auf ihre Mutter hört, hat sie ihr diese Worte so oft eingeschärft, dass es Vicky zur zweiten Natur geworden ist, wann immer sie aus dem Haus geht, sich noch einmal zu vergewissern, dass sie, wenn nicht perfekt, so doch zumindest akzeptabel aussieht. Weil ihre Mutter, wie sie widerwillig zugeben muss, recht hat. Man kann einfach nie wissen.

Zum Beispiel damals, als sie in ihrem Käfer auf der Chalk Farm Road entlangfuhr und eine Parkuhr entdeckte, eilig einparkte und dann beim Aussteigen sah, dass der Wagen hinter ihr ebenfalls angehalten hatte. Sie hatte den Fahrer verwirrt angesehen, sich gefragt, ob er sich vielleicht bei ihr beschweren wollte, aber er hatte nichts gesagt. Sie war achselzuckend ihres Wegs gegangen und fand dann bei ihrer Rückkehr einen Zettel an der Windschutzscheibe vor, ob man sich vielleicht auf einen Drink treffen wolle.

Dieser Drink war zu einer Beziehung geworden, die fünf Monate dauerte.

Oder damals, als sie (wieder in ihrem Käfer) auf der Park Lane auf dem Weg zu einem Klub einen Wagen überholt hatte, einen Triumph mit offenem Verdeck und voller grinsender Männer, von denen einer an der nächsten Ampel aus- und bei ihr eingestiegen war. Eine Woche später war sie mit ihm ins Bett gegangen.

Oder damals, als sie den Zug nach Manchester genommen hatte, um Freunde zu besuchen, und mit dem Mann, der sich ihr gegenüber gesetzt hatte, obwohl der Rest des Großraumwagens praktisch leer war, ins Gespräch kam. Sie hatte ihn kein bisschen attraktiv gefunden, aber er war ein guter Freund geworden und jetzt mit einer Frau verheiratet, die er über Vicky kennengelernt hatte.

Also stimmt es, was ihre Mutter sagt, man kann nie wissen, obwohl sie diese spontanen, aufregenden Begegnungen schon geraume Zeit nicht mehr erlebt hat. Hin und wieder macht Vicky sich Sorgen, dass sie so etwas nie wieder erleben wird, dass man die Abenteuer leben soll, solange man in den Zwanzigern ist, weil sie einem mit Mitte dreißig nicht mehr passieren, und dass es dann an der Zeit ist, eine Familie zu gründen und erwachsen zu werden.

Vicky fährt zu den BBC-Studios in Portland Place und parkt. Sie ist früh dran, darum bleibt sie im Wagen sitzen und hört sich noch ein Weilchen die Show an, bevor sie hineingehen, ihren Ausweis holen und vor der Studiotür warten muss.

»Als Nächstes in unserer Sendung«, verkündet Lisa Diamond, die eine der Moderatorinnen ist, »werden wir über ... halt dich fest, Jamie ... schnellen Sex reden. Ja, wie ich erfahren habe, ist die schnelle Nummer die Lösung für all meine Probleme.«

»*Jeder* Sex ist die Lösung für all meine Probleme«, sagt eine männliche Stimme mit leichtem irischen Einschlag, die Vicky irgendwie bekannt vorkommt und die sie einzuordnen versucht, als Lisa lacht.

»Typisch«, sagt Lisa, »obwohl Sie, wie man den Zeitungen entnehmen kann, in dieser Hinsicht wohl in jüngster Zeit keine größeren Probleme hatten.«

»Hat man Ihnen nie gesagt, dass Sie nicht alles glauben dürfen, was in der Zeitung steht? Obwohl ich hier ausnahmsweise sagen würde, glauben Sie alles. Besonders die Geschichten über mich und Marissa Martin –«

Lisas leicht sardonische Stimme unterbricht ihn. »Also, im Anschluss werden wir uns über Fast Sex zwischen Jamie Donnelly und Marissa Martin unterhalten, oh, und wir werden die Chefin der Features-Abteilung von *Poise!* bei uns zu Gast haben, die uns erzählen wird, warum wir alle so scharf auf einen Quickie sind, obwohl ich mir sicher bin, dass der fabelhafte Jamie das auch allein hinkriegen würde.«

»Vorsicht, sonst werd ich noch von irgendwem verklagt«, hört Vicky Jamie im Hintergrund sagen, während Damien-Rice-Klänge sich in ihren Wagen ergießen, und sie schaut schnell noch einmal in den Rückspiegel, bevor sie aussteigt. Scheiße. Jamie Donnelly. Sie hatte keine Ahnung, dass er auch in der Sendung sein würde, und plötzlich wird sie von einer leichten Nervosität erfasst. Jamie Donnelly! Star von *Dodgy*, jener Comedy-Sketch-Show, die ganz klein auf BBC 2 angefangen, dann den British Comedy Award im Sturm erobert hat und jetzt in aller Munde ist. Sprüche aus der Show machen in Kneipen überall im Land unter großem Gelächter die Runde.

Es gehört nicht mehr dazu als eine hochgezogene Augenbraue und der Satz »Ich hatte aber kein Abo bestellt, Kleine«, und ein Raum voller Leute wird sich ausschütten, wie auch über: »War das Ihr Hund, oder freuen Sie sich einfach nur, mich zu sehen?«

Jamie Donnelly: Irisch, verschmitzt, normalerweise in unsäglich hässlichen Verkleidungen in seinen Sketchen, mit geschwärzten Zähnen, in Babysachen oder als Penner, stolzer Besitzer einer Kartonbehausung vor dem Eingang einer WH-Smith-Filiale in den Straßen Londons, ist über Nacht zum Star geworden, nicht zuletzt, weil er seine Show selbst schreibt und produziert.

Vicky, die ebenfalls regelmäßig zu Gast bei diversen Radio- und Fernsehshows ist, hatte nie richtig verstanden, warum man so viel Tamtam um ihn machte, bis sie eines Abends den Fernseher anstellte und sich zufällig in ein Interview mit Jamie Donnelly zappte, das Jonathan Ross führte, und da verstand sie es plötzlich. Sie saß in ihrem Wohnzimmer, ganz allein, und musste dermaßen lachen, dass ihr hinterher die Gesichtsmuskeln wehtaten.

Jamie Donnelly war ihr bis zu diesem Abend nicht ins Bewusstsein gedrungen, aber seither begegnet sie dauernd seinem Namen. Er wurde im Zusammenhang mit jeder attraktiven Singlefrau in London genannt, außerdem einigen Schönheiten aus dem Ausland, die nur zu Besuch waren, darunter offenbar auch Marissa Martin, aus deren Hotel man ihn in den frühen Morgenstunden hatte kommen sehen.

Aber was Jamie Donnellys Status als Vickys Topschwarm endgültig besiegelte, war Deborahs Anruf bei ihr eines Tages im Büro, als sie ihr ein Interview anbot, das sie mit Jamie Donnelly gemacht hatte.

»Ich glaub einfach nicht, dass du Jamie Donnelly interviewt hast«, hatte Vicky gesagt. »Ich steh total auf ihn! *Ich* wollte ihn interviewen.«

»Tut mir leid«, hatte Deborah gesagt. »Aber ich habe ihn letzte Woche bei irgendwelchen Dreharbeiten allein erwischt, und da hat er mir eine halbe Stunde geschenkt. Ich hab ein paar super Zitate über das Junggesellendasein aus ihm rausgeholt, über die vielen Frauen und was er vom Leben wirklich will. Eine Menge Dinge, über die er noch nie gesprochen hat. Ich wollte ja erst zur *Mail* damit gehen, aber ich dachte, *Poise!* zahlt mehr …« Sie hatten beide lachen müssen, weil sie wussten, dass niemand mehr zahlte als die *Mail*, aber auch, dass die *Mail* eine Story viel zu selten dann auch brachte, und Deborah ging es weniger ums Geld als darum, ihren Namen gedruckt zu sehen.

»Und, wie ist er so?«, fragte Vicky. »Darf ich gleich vorausschicken, dass ich zerfressen bin vor Neid. Ich finde ihn nämlich wirklich unglaublich toll.«

»Das Komische ist, ich fand ihn überhaupt nicht so toll, bevor ich ihn kennengelernt habe, aber er hat so eine Art, sich ganz auf einen zu konzentrieren, einem das Gefühl zu geben, als wäre man der einzige Mensch im Raum, und dann nickt er irgendwie so ernst bei allem, was man sagt, und, um ehrlich zu sein, ich verstehe total, warum sich all diese Frauen unsterblich in ihn verlieben. Er hat auch so eine leicht verflirtete Ader, was ja immer nett ist. Wenn ich nicht glücklich verheiratet wäre …«

Vicky seufzte. »Mein Gott. Hör auf. Allein die Vorstellung …«

»Na ja, in dem Interview sagt er jedenfalls, dass er so weit ist, sich fest zu binden.«

»Okay, du hast es geschafft. Schick's mir gleich rüber, ich seh's mir an. Vielleicht können wir als Rahmen eine Fotosession mit ihm arrangieren, die werde ich dann mitgestalten. Ich werd ihn doch mal irgendwo treffen können, verdammt noch mal, ich bin Features-Chefin von *Poise!*, ich hab den ganzen Tag mit Prominenten zu tun.«

»Und ich dachte, du wärst inzwischen völlig abgeklärt?«

»Bin ich, bin ich. Nur nicht, wenn's um Jamie Donnelly geht.«

Aber restlos war es dann um Vicky geschehen, als sie das Interview las. Jamie sagte darin, dass er trotz seines Rufs als Frauenheld im Grunde zur Ruhe kommen wollte. Dass er von einem Haus auf dem Land träumte, wo kleine Kinder und große Hunde herumlaufen würden, dass er die eine Frau suchte, die ihn für den Rest seines Lebens glücklich machen würde.

Und Vicky hatte beschlossen, dass sie diese Frau sein wollte. Schließlich war er genauso alt wie sie, und trotz seiner Neigung, sich mit dummen jungen Blondchen fotografieren zu lassen, klang es nicht so, als sei das sein Herzenswunsch. Nein, was er bestimmt wirklich *wollte*, wirklich *brauchte*, war eine fünfunddreißigjährige erfolgreiche, intelligente Leiterin des Features-Ressorts einer großen Zeitschrift; eine, die vielleicht nicht so toll kochen konnte, aber bereit wäre, es zu lernen, eine, die dieselben Träume hatte wie er, die ihm eine Tasse Tee bringen würde, wenn er in seinem Büro neben der Küche saß und köstliche Comedy-Drehbücher schrieb.

Und so entstand ein ganzer Reigen schöner Fantasien: Vicky und Jamie (schon die Namen passten perfekt zusammen), ihre Kinder Lola und Milo, ihre schottischen Jagdhunde Fitzroy und McHairy, ihre Freunde, ihr Feature in *Hello!* mit Fotos des glücklichen Paars in ihrem idyllischen Haus auf dem Land.

Aber Vicky hat ihn noch nie getroffen, hatte nie auch nur die geringste Chance gehabt, ihn kennenzulernen, und ihre Fantasien von einem perfekten Happy End mit Jamie Donnelly haben sich allmählich in einem perfekten Happy End mit einem großen gesichtslosen Fremden aufgelöst.

Und jetzt war er hier, als Gast der Radiosendung, für die sie nicht einmal geplant war. Schlägt endlich das Schicksal zu, denkt sie, während sie versucht, gegen ihre Nervosität anzukämpfen, und zwar zur Abwechslung mal zu ihren Gunsten?

Vicky wird während eines Songs ins Studio hereingelassen. Lisa lächelt und winkt ihr von ihrem Platz hinter dem Steuerpult aus zu, und Jamie Donnelly – Jamie Donnelly! – beugt sich vor und schüttelt ihr die Hand.

Und Vicky wird schlecht vor Aufregung.

Gott sei Dank sammelt sie sich noch so weit, dass sie bereit ist, als der Song ausklingt und Lisa fröhlich verkündet: »Mein nächster Gast, deren Traum von einer heißen Sexnacht ungefähr acht Minuten dauert, ist Vicky Townsley, und sie behauptet, dass die meisten Frauen so denken wie sie. Herzlich willkommen bei der *Lisa Diamond Show.*«

Vickys Unterkiefer klappt nach unten, und sie spürt, wie sie knallrot wird. Gerade wurde über den öffentlichen landesweiten Rundfunk amtlich gemacht, dass Achtminutensex das Größte für sie ist – eine unglaublich unverschämte Lüge. Mit keinem Wort wurde erwähnt, dass das Thema Teil ihrer Arbeit war und sie Redakteurin bei *Poise!* ist. Währenddessen sitzt Jamie Donnelly neben ihr, sieht ihr blankes Entsetzen und lacht sich scheckig.

»Also, Vicky, dann erzählen Sie uns mal, warum der Quickie so unschlagbar ist und was uns anderen offenbar entgeht, die wir eine gute Stunde auf das Vorspiel verschwenden.«

Scheiße. Kann es eigentlich noch schlimmer kommen? Vicky holt tief Luft, und es gelingt ihr, einigermaßen ruhig zu klingen. »Lisa, vielen Dank, dass Sie mich in Ihre Show eingeladen haben, und darf ich erst mal vorausschicken, dass ich das Features-Ressort bei *Poise!* leite. Es geht hier um eine Hintergrundgeschichte, die wir gebracht haben, nachdem uns aufgefallen war, dass viele verheiratete Frauen, besonders solche mit Kindern, in Gesprächen über Sex die schnelle Nummer als Alternative nannten, für die sie gerade noch die Energie aufbringen können.«

»Ich glaube, sie versucht uns zu sagen, dass ihr Sex länger dauert«, sagt Jamie lachend.

»Ich bin nicht verheiratet«, sagt Vicky mit einem Lächeln, »darum steht mein Sexleben hier auch nicht zur Debatte.«

»Ach, kommen Sie.« Jamie hebt eine Braue. »«Sie sind hier, und wir reden über Sex. Ich erzähl Ihnen von meinem, wenn Sie mir von Ihrem erzählen.«

Vicky starrt ihn an. Flirtet er mit ihr? Bildet sie sich das ein? Besser gesagt, was ist *das* denn für eine Unterhaltung im landesweiten Radio, selbst wenn es eine hippe Late-Night-Show ist, bei der praktisch alles erlaubt ist. Ihre Mutter könnte hier mithören, verdammt.

»Meine Mutter könnte hier mithören, verdammt«, sagt sie laut und droht ihm mit dem Finger. »Und ich bin nicht hier, um über mein Sexleben zu reden. Obwohl, wenn Sie unbedingt ein paar Einzelheiten über Marissa Martin enthüllen wollen«, sagt sie und hebt ihrerseits eine Braue, »bitte sehr, wir sind ganz Ohr.«

»Ähm, Entschuldigung?«, unterbricht Lisa. »Sie sind

heute Abend beide bei mir zu Gast, und unser Thema ist Fast Sex. Vicky, ignorieren Sie Jamie einfach, und erzählen Sie uns, was bei den Recherchen zu Ihrem Artikel in *Poise!* alles herausgekommen ist.«

Zu Vickys ungeheurer Überraschung gelingt es ihr, wortgewandt, schlagfertig und sogar ziemlich witzig zu sein. Die Chemie zwischen den dreien klappt besser, als der Produzent erwartet hatte, und die Show ist ein einziges Feuerwerk aus Wortspielen und Bonmots.

Um halb zehn werden Jamie und Vicky von einem begeisterten Produzenten aus dem Studio geleitet, während Lisa ihre Show noch abwickelt.

»Das war wirklich fantastisch, Leute«, sagt er. »Ehrlich, es war eine unserer besten Sendungen seit Wochen. Ich hab auch Lisa ansehen können, dass es ihr Spaß gemacht hat. Jamie, Sie waren saukomisch. Einfach saukomisch. Ich bin ein großer Fan von Ihrer Show, Mann«, und Vicky zuckt zusammen, weil sie es ahnt. Bitte nicht, denkt sie, bitte sag's nicht, aber natürlich muss er jetzt verschwörerisch zwinkern und mit breitem Grinsen raunen: »Ich hatte aber gar kein Abo bestellt«, und dann knufft er Jamie in den Arm. Jamie nickt und sagt: »Toll. Freut mich, dass es Ihnen gefallen hat, danke noch mal«, bevor er sich Vicky zuwendet und die Augen verdreht, was nur sie sehen kann.

Sie steigen in den Lift, und als sich die Türen schließen, fängt Vickys Herz an wie wild zu klopfen. Was soll sie sagen? Sie ist im Fahrstuhl allein mit ihrem größten Schwarm, der heute Abend eindeutig mit ihr geflirtet hat, obwohl das nicht unbedingt irgendwas zu bedeuten hat, weil er anscheinend mit allen flirtet, und plötzlich kommt sie sich vor wie ein Teenager und weiß nicht weiter.

»Und?« Jamie wendet sich ihr zu und lehnt sich gegen die Wand. »Sie waren ziemlich komisch.«

»Sie waren auch nicht übel.« Vicky lächelt.

»Es ist ein harter Job, aber einer muss ihn ja machen«, sagt er und schaut auf die Uhr. »Ist ja noch gar nicht so spät. Hätten Sie Lust, auf einen Drink irgendwohin zu gehen?«

O Gott, ich danke dir, betet Vicky im Stillen und versucht, nicht zu strahlen wie ein verschossener Backfisch. »Warum nicht«, sagt sie kühl, während die Fantasien, all die Fantasien, die sich während der letzten Monate verflüchtigt hatten, doppelt und dreifach wieder zuschlagen.

»Was dagegen, wenn wir ins Soho House gehen?«, fragt er. »Woanders werde ich permanent angesprochen, und, ohne jetzt undankbar klingen zu wollen, jeder Kerl glaubt, er sei der Erste, der das Zitat bringt, und dann kriegen sie sich nicht mehr ein vor Lachen, und alle wollen, dass ich mich auch nicht mehr einkriege vor Lachen, und manchmal möchte ich sie einfach nur erwürgen.«

»Wenigstens ehrlich«, sagt Vicky. »Soho House klingt gut. Ich bin schon seit Ewigkeiten nicht mehr hingegangen«, lügt sie, da sie gerade erst vor ein paar Tagen bei einem Screening dort war.

Vicky kommt sich vor wie ein Star, als sie mit Jamie Donnelly den Klub betritt. Alle drehen sich um und starren ihn an, alle tun, als seien sie unbeeindruckt von seiner Berühmtheit, obwohl sie zweifellos beeindruckt sind. Diese Leute sind selber schon Mitspieler in der Prominentenliga, darunter ein Popstar, ein paar bedeutende Schauspieler, ein Kabarettist und ein Mädchen, das berühmt dafür ist, berühmt zu sein, und alle kommen und begrüßen ihn, und enttäuscht stellt Vicky fest, dass das nicht der intime, romantische Drink ihrer Träume, sondern dass sie den ganzen Abend von Leuten umgeben sein wird, und selbst wenn es ihnen gelänge, irgendwo einen Tisch zu zweit zu ergattern, würde den ganzen Abend jemand dazukommen und Jamie zu seinem British Comedy Award gratulieren.

»Los«, sagt Jamie, nachdem er die Drinks an der Bar geholt hat, »gehen wir nach oben, da ist es ein bisschen ruhiger. Ich hab sie gebeten, mir einen Tisch etwas abseits zu geben, wo wir uns in Ruhe unterhalten können.« Und er nimmt ihre Hand und führt sie die Treppe hinauf.

Ich bin fünfunddreißig, sagt sich Vicky. Ich bin nicht irgendein Teenie, der sich von einem Prominenten beeindrucken lässt, auch wenn Jamie Donnelly meine Hand hält, die leider mit jeder Sekunde immer verschwitzter wird. Ich werde das schaffen, denkt sie, als sie an einem Mädchen vorbeikommen, das sie von oben bis unten kritisch mustert, abschätzt, wen Jamie Donnelly diesmal abgeschleppt hat. Ich werde es schaffen, dass er sich in mich verliebt.

»Ich habe eine Frage«, sagt Vicky, als sie sich setzen.

»Solange Sie nicht wissen wollen, wie Marissa Martin im Bett ist, gern.«

»Das war's nicht«, sagt Vicky lächelnd, obwohl sie genau das fragen wollte. »Gefällt Ihnen die Art, wie sich Ihr Leben seit Ihrem Erfolg von *Dodgy* verändert hat?«

»Mist.« Jamie lehnt sich in seinem Stuhl zurück und grinst sie über den Rand seines Glases hinweg an. »Ich hatte ganz vergessen, dass Sie Journalistin sind. Haben Sie etwa vor, mich die ganze Nacht zu interviewen?«

»Ich hab mir ehrlich gesagt noch keine Gedanken darüber gemacht, was ich die ganze Nacht mit Ihnen vorhabe.« Es kommt wesentlich anzüglicher heraus, als Vicky beabsichtigt hat, und Jamie hebt eine Augenbraue.

»Versprechen Sie nur nicht zu viel«, sagt er zwinkernd, und Vicky nimmt schnell einen Schluck aus ihrem Glas und wechselt das Thema, fest entschlossen, sich nicht leicht rumkriegen zu lassen, nicht nur eine weitere Eroberung zu sein, eine hübsche Journalistin, die er morgen Abend schon wieder vergessen hat, wenn er zweifellos mit einem anderen Mädchen hier sitzen wird – es sei denn natürlich, es gelingt ihr, ihre Karten richtig auszuspielen.

»Jetzt will ich *Sie* mal was fragen.« Er beugt sich vor. »Wie kommt es, dass eine erfolgreiche, kluge, attraktive Frau wie Sie noch nicht in festen Händen ist?«

Vicky stöhnt. »Jetzt klingen Sie wie meine Oma.«

»Nicht wie Ihre Oma«, grinst Jamie, »sondern wie *meine*.«

»Sie heißt nicht zufällig Sylvia? Blau gefärbte Haare? Airdale-Terrier namens Charlie? Süchtig nach Karamellriegeln von Tunnocks?«

Jamie lacht. »Nah dran. Meine heißt Phyllis. Lila Haare. Schwarz-weiß gestreifte Katze, die gespenstischerweise Sylvia heißt. Süchtig nach Butterscotch.«

»Uff. Ich wollte nur sichergehen, dass wir nicht aus Versehen Bruder und Schwester sind, ein dunkles Familiengeheimnis, von dem wir nichts wussten.«

»Hübsche Idee«, sagt Jamie nachdenklich und zieht einen Zettel und einen Stift heraus und kritzelt etwas darauf. »Da könnte man einen guten Sketch draus machen.«

»Sehen Sie!«, sagt Vicky entzückt, begeistert, ihn zu einem Sketch für *Dodgy* inspiriert zu haben. »Ich wusste doch, dass wir uns nicht ohne Grund kennengelernt haben. Vielleicht bin ich bestimmt, Ihre Muse sein! Muse war schon immer mein Traumjob. Ich könnte den ganzen Tag auf einer Chaiselongue liegen und Pralinen essen, während ich Ihnen die tollsten Inspirationen für Ihre nächste Wahnsinns-Comedyshow eingebe.«

»Nur wenn Sie versprechen, dass Sie nackt daliegen«, sagt Jamie langsam. Und Vicky errötet.

Ich werde nicht mit ihm schlafen, schärft Vicky sich ein, als sie noch ein paar Drinks bestellen, sich immer weiter vorbeugen und über dem Tisch näher zusammenrücken und das Flirten intensiver wird, während der Rest des Raums, der Klub und die Welt langsam verschwinden.

Ich bin alt genug und weit genug herumgekommen, um zu wissen, dass man nicht gleich mit jemandem ins Bett gehen sollte, den man vielleicht mal heiraten will, dass es nicht der geeignete Weg ist, den Grundstein für eine dauerhafte Beziehung zu legen, denkt sie und betrachtet Jamies Hand auf dem Tisch. Sie unterdrückt ein fast übermenschliches Verlangen, sie zu nehmen und einen zärtlichen Kuss in die Handfläche zu hauchen.

Und o mein Gott, er ist ja so perfekt. So wahnsinnig perfekt für sie. Er ist genauso komisch wie bei jenem ersten Eindruck, den sie in der Jonathan-Ross-Show von ihm gewonnen hat, wenn auch auf eine ruhigere, gelassenere Art, ein Mann, der außerhalb des Fernsehens nicht erst »auf Sendung« schalten muss.

Ich werde cool sein, keine leichte Beute, denkt sie und beobachtet den Strom junger Frauen, die an ihrem Tisch vorbeigehen und verzweifelt versuchen, seine Aufmerksamkeit auf sich zu ziehen, obwohl er, genau wie Deborah gesagt hat, vollkommen auf sie konzentriert ist und sich nicht einmal nach ihnen umdreht.

Aber es ist sehr schwer, keine leichte Beute zu sein, wenn man plötzlich und unerwartet sachte hinters Ohr geküsst wird. Wenn man einfach nur dasitzt und an nichts Böses denkt, höchstens lauter schönen Fantasien nachhängt, und wartet, dass der Begleiter des Abends vom Herrenklo zurückkommt, wenn besagter Begleiter hinter einen schlüpft und seine Lippen direkt an die Stelle hinter das eigene Ohr setzt, genau an die Stelle, bei der es einem einen Schauder bis hinunter zu den Zehen jagt.

Dann dreht man sich um, überrascht und aufgewühlt, aber bevor man überhaupt die Chance hat, irgendwas zu sagen, spürt man schon seine Lippen auf dem Mund, aber so zart und flüchtig, dass man glaubt, man habe sich alles nur eingebildet, als er sich wieder gesetzt hat.

»Entschuldigung«, sagt er und grinst wie ein frecher kleiner Junge. »Es war nur was, was ich schon den ganzen Abend machen wollte.«

Später, im Bett, klingelt das Telefon auf dem Nachttisch, und man geht schnell ran. Wer kann da nachts um zwei anrufen? Aber natürlich weiß man genau, wer es ist, der einzige Mensch, der um diese Zeit anruft.

»Ich kann jetzt nicht sprechen, Daniel«, flüstert man. »Es ist zu spät.« Und dann legt man wieder auf und schaut, ob man Jamie Donnelly geweckt hat. Und man hat. Jamie Donnelly – Jamie Donnelly! – streckt die Arme nach einem aus, und man kuschelt sich fest an ihn, und noch im Einschlafen denkt man, so schön ist es also, wenn Träume wahr werden.

Dann wacht man am nächsten Morgen auf und denkt wirklich, es war nur ein Traum. Denn keiner liegt mehr neben einem. Aber dann dreht man sich um, und da kommt Jamie aus dem Badezimmer, und man denkt: Scheiße. Wieso hab ich das getan? Musstest du unbedingt so leicht zu haben sein?

Kapitel 7

Amber, heute chamäleongleich in ihrer Kindergartenuniform aus Jeans und T-Shirt (wenn die Frauen vom Klub sie so sehen könnten …), sitzt auf einer Bank des Kindergartenspielplatzes und sieht Grace zu, die Hand in Hand und eng an eng mit Molly die Rutsche hinuntergleitet.

»Wie süß sie sind«, sagt Deborah und lässt sich auf die Bank neben Amber fallen, einen Pappbecher mit Kaffee in der Hand. »Und wie schön, dich wiederzusehen. Wo ist Lavinia?«

»Sie ist zu Hause und wartet auf Jareds Schulbus. Ich dachte, es wäre nett, Gracie selber abzuholen, außerdem wollten wir …«, hier hält sie inne, weil sie nicht sicher ist, ob Deborah auch auf Hunters Geburtstagsfeier eingeladen ist, »ähm …«

»Auf Hunters Geburtstagsparty?« Deborah lacht. »Keine Angst, die ganze Basketballgruppe geht hin.«

Amber hat die Regeln des gesellschaftlichen Umgangs in Highfield schnell verinnerlicht, und eine davon ist, nie zu verkünden, wohin man geht, für den Fall, dass die Person, mit der man spricht, nicht eingeladen ist.

Zugegeben, es halten sich nicht alle an die Regeln. Die etwas Ungeschickteren oder die verzweifelten Streberinnen, darunter natürlich die ehrgeizigen Frauen im Klub, neigen dazu, allen zu erzählen, wohin sie gehen, oder das auf ihrem Pinnbrett anzukündigen, damit auch ja jeder weiß, dass sie dabei sein werden, ganz gleich, was es bei den Ausgeschlossenen bewirkt. Im Gegensatz dazu bemüht sich Amber, vorsichtig zu sein und die Gefühle anderer nicht zu verletzen.

Und obwohl Deborah ihre beste Freundin ist, kann es schon einmal vorkommen, dass sie sie auf einer Dinnerparty trifft, obwohl sie gerade eine Stunde vorher telefoniert haben und keine der anderen gesagt hat, dass sie gleich bei einer gemeinsamen Freundin eingeladen ist.

Deborah sieht das Ganze pragmatisch. »Man kann nicht jeden zu allem einladen« lautet ihre Devise, aber Amber weiß, dass sie selbst es immer persönlich nimmt, wenn sie nicht eingeladen wurde, und sich jedes Mal fragt, warum nicht. Ob es vielleicht daran liegt, dass man sie für nicht gut genug hält?

Arme Amber. Immer noch so unsicher, obwohl sie mit einem Winslow verheiratet ist, immer noch besorgt, dass die Frauen, die sie beeindrucken möchte, von ihrer bescheidenen Herkunft erfahren, verächtlich auf sie herabblicken, sie ausgrenzen könnten.

Natürlich kommt es Amber nicht in den Sinn, über den Hintergrund dieser Frauen nachzudenken. Nie hinterfragt sie deren überwältigendes Bedürfnis, sich in Szene zu setzen, mit Designerklamotten und Namen von Prominenten, die sie angeblich kennen.

Obwohl es Deborah sehr wohl aufgefallen ist. »Mein Gott, was sind das alles für neureiche Spießer«, hat sie erst gestern Abend zu ihrem Mann Spencer gesagt. »Die Hälfte dieser Mädchen kommt aus ganz einfachen Verhältnissen, aber jetzt reden sie daher, als wären sie im Buckingham Palace geboren.«

Spencer hatte mit den Achseln gezuckt. »Und deine Freundin Amber? Wieso bist du so viel mit ihr zusammen, wenn dir das alles nicht passt?«

»Amber ist anders«, sagte Deborah. »Im Grunde ihres Herzens ist sie ein guter Mensch.«

»Ja, aber trotzdem sagst du immer, sie versucht verzweifelt, mit der High Society mitzuhalten.«

Deborah nickte traurig. »Ich weiß, du hast recht, aber da ist ein Unterschied: Sie schaut nicht auf mich herab, weil ich nicht habe, was sie hat, während die anderen, zum Beispiel diese Suzy, wahrscheinlich nicht mal ihren Fuß über meine Schwelle setzen würden.«

»Was ist an unserem Haus so falsch?«, hatte Spencer erstaunt gefragt, und Deborah musste lachen, hatte sich auf seinen Schoß gesetzt und ihn umarmt.

»Dafür liebe ich dich so«, sagte sie grinsend. »Dir ist noch nicht mal aufgefallen, dass unser ganzes Haus in Ambers Küche passt.«

Spencer runzelte die Stirn. »Aber du magst es doch, oder? Nicht, dass wir uns mehr leisten könnten, aber hättest du gern ein größeres Haus?«

»Ob ich lieber ein größeres hätte? Na klar. In meinen Träumen hätte ich gern ein schönes großes Haus, aber in meinem richtigen Leben will ich außer meinem geliebten Gatten nur eins: einen ausgebauten Keller, damit die Kinder einen Ort zum Spielen haben.«

»Ich weiß, ich weiß. Wenn alles gut geht, bekomme ich Ende des Jahres eine Prämie, und ich verspreche, dass das Vorrang hat, dass das Geld für den Keller verwendet wird.«

Deborah kuschelte sich an ihn. »Es macht mir nichts aus, dass wir arm sind«, sagte sie. »Wir haben uns. Und die Kinder.«

»Wir sind nicht arm«, widersprach Spencer. »Wir sind nur nicht reich.«

»In dieser Gegend ist das ein und dasselbe.« Deborah lachte. »Aber es macht mir trotzdem nichts aus. Zumindest setzen wir unsere Prioritäten richtig, was man von manchen Leute nicht gerade sagen kann.«

»Auch von deiner Freundin Amber?«

»Lass doch das arme Mädchen in Ruhe. Sie ist mir eine gute Freundin, und ich hab sie wahnsinnig gern.«

Heute nach dem Kindergarten steigt die Geburtstagsparty für Hunter, Suzys Sohn. Sie findet bei Gymini Stars statt, dem Jungle Gym von Highfield, das vor einem halben Jahr eröffnet hat und schnell zum begehrtesten Veranstaltungsort für Geburtagspartys geworden ist.

Ursprünglich folgten diese Feiern immer demselben Muster. Alle erhielten dieselbe Einladung, bekamen dieselbe Dauer für die Geräte zugeteilt, spielten dieselben Spiele, wenn alle im Kreis zusammensaßen, aßen dieselbe Pizza und dieselbe Geburtstagstorte und bekamen am Ausgang dieselben Luftballons an ihre Pfändertüte gehängt.

In letzter Zeit hat sich einiges verändert, wie Amber aufgefallen ist. Inzwischen lassen einige ihre Einladungen nicht mehr von Gymini Stars verschicken, sondern ordern speziell bei Sarah Belmont, die von ihrem Haus aus einen Schreibwarenversand betreibt. Und die Partys verändern sich ebenfalls. In den letzten sechs Wochen hat Amber Kindergeburtstage erlebt, bei denen Künstler die Kinder schminkten und Clowns anwesend waren, und einmal war auf dem Parkplatz eine aufblasbare Hüpfburg aufgebaut worden.

»Was soll man machen?«, sagt Dave, der freundliche,

fröhliche Besitzer von Gymini Stars. »Jeder will den anderen überbieten.«

Erst vorige Woche hat Amber Jared von Henrys Geburtstag abgeholt, bei dem man einen Karatelehrer aus Los Angeles eingeflogen hatte, um den Kindern eine individuell zugeschnittene Unterrichtsstunde zu geben. Es war wirklich maßlos übertrieben, wurde aber noch schlimmer, als Jared nach der Party ins Auto stieg, das Geschenkpapier von seinem Pfand abriss und einen Transformer fand – ein Feuerwehrauto, das sich in einen Roboter verwandelt. Amber wurde regelrecht schlecht vor Scham, weil es genau das Geburtstagsgeschenk war, das sie für Henry gekauft und Jared mitgegeben hatte. Zutiefst gedemütigt fuhr sie nach Hause, weil sie dieselbe Summe für ein Geschenk ausgegeben hat wie die Eltern des Jungen für einen Party-Gimmick – und das zweiunddreißig Mal.

Diesmal wird ihr das nicht noch mal passieren. Obwohl Hunter erst drei geworden ist, hat Amber ihm eine Burg aus Bausteinen gekauft, die in aufgebautem Zustand so groß wie ein Spielhaus ist. Sie hat ein Vermögen dafür ausgegeben, aber die Gewissheit, dass sie nicht noch einmal eine Demütigung ertragen muss, ist beruhigend.

O Gott. Diese ewige Konkurrenz ist so anstrengend. Manchmal sehnt sich Amber nach einem einfacheren Leben. Nicht, dass sie je wieder dahin will, wo sie herkommt, aber manchmal denkt sie an die Zeit in Manhattan, bevor sie Richard kennenlernte, oder an die Anfänge ihrer Ehe, als sie noch allein waren und nur Spaß hatten. Keine Pflichten, keine Sorgen mit den Kindern, nichts, wofür man am Wochenende aufstehen musste. Das Leben war lässig gewesen.

Nicht, dass sie ihre Kinder nicht wollte; sie liebt sie ja abgöttisch, kann sie nicht mehr wegdenken, auch wenn sie nicht allzu viel Zeit mit ihnen verbringt. Sie wird nur in letzter Zeit so sehr vom Leben vereinnahmt, ist ständig gehetzt, und manchmal verzieht sie sich in ihr Arbeitszimmer und geht auf die Internetseiten von Immobilienmaklern und schaut sich eine Farm in Montana an, kleine Häuser am Strand in Vermont, Orte, an denen es keine High Society gibt, mit der sie mithalten muss, wo Geld keine Rolle spielt und Glück nicht darin besteht, die bestgekleidete Frau weit und breit zu sein oder die teuerste Handtasche zu besitzen.

Aber natürlich ist es nur ein Traum. Wie sollen sie Highfield verlassen, wenn Richard jeden Tag zur Wall Street nach New York fahren muss? Und selbst wenn sie in eine andere Stadt ziehen würden, was würde es ändern? Sie hat Freunde in Westport, Freunde in New Canaan, Freunde in Rye, Freunde in Englewood, und alle haben offenbar dieselben Probleme. So viel ist Amber klar: Solange Richard in der Stadt arbeitet, werden sie im Pendlergürtel wohnen müssen, und solange sie im Pendlergürtel wohnen, wird Amber das Konkurrenzspielchen mitmachen müssen, und solange sie mitmacht, kann sie auch gleich versuchen zu gewinnen. Vergessen wir nicht, dass Amber heute nicht wäre, wo sie ist, wenn sie nicht einen eisernen Willen hätte.

Und wenn schon. Amber lacht, streift ihre Manolo-Boots ab und folgt Gracie auf den Jungle Gym, klettert unbeholfen die Strickleiter zur Riesendrehrutsche hinauf, während Jared und Gracie vor Freude und Begeisterung quietschen, es nicht glauben können, dass ihre Mutter die einzige Mutter ist, die hier oben mit ihnen spielt.

»Toll, Mami!«, jubelt Jared. »Komm mit mir auf die Rutsche!«

»Kann ich auf deinen Schoß?«, schreit Gracie und schubst Jared zur Seite.

»Na dann los, Leute«, lacht Amber und lässt Jared vor sich sitzen, während sie Gracie auf den Schoß nimmt und sie zu dritt die Rutsche hinuntersausen. Dann kommen sie auf der anderen Seite wieder heraus und landen direkt vor einer tuschelnden Gruppe von Müttern.

Suzy schaut auf und schüttelt den Kopf. »Amber Winslow, ich traue meine Augen nicht. Bist du verrückt geworden?«

Amber ringt sich ein Lachen ab. »Ich versuche, meine Kinder bei Laune zu halten«, und sie verdreht die Augen, als wäre sie lieber an jedem anderen Ort als barfuß auf einem Abenteuerspielplatz, obwohl es ihr in Wirklichkeit mehr Spaß macht, als auf einer Bank zu sitzen und mit den anderen Frauen zu tratschen.

Nach zwanzig Minuten bleibt Amber nichts anderes übrig, als sich zu den Müttern zu gesellen. Sie ist erschöpft, und obwohl Gracie sich an sie hängt und bettelt, mit ihr aufs Trampolin zu gehen, muss sie sich jetzt setzen.

»Au Mann«, stöhnt sie und bricht auf einer Bank neben Deborah zusammen. »Bin ich kaputt. Ich dachte immer, mein Fitnesstraining ist anstrengend, aber das ist ja gar nichts im Vergleich zu dem hier.«

»Was glaubst du, warum Lavinia so schön schlank bleibt?«, grinst Deborah. »Ich habe sie gesehen, wie sie da oben hinter deinen Kindern herrennt.«

Amber schaut Deborah scharf an. »Du versuchst doch nicht etwa, mir ein schlechtes Gewissen einzujagen, weil ich nicht genügend Zeit mit meinen Kindern verbringe?«

»Spinnst du? Ich würde einen Mord begehen für ein Kindermädchen rund um die Uhr. Spencer geht davon aus, dass wir den Keller ausbauen, wenn es mit seinem Bonus klappt, aber ehrlich gesagt würde ich das Geld lieber in eine Nanny investieren. Ich bin abends total gerädert, und die Glotze ist der einzige Babysitter, den ich habe, darum sehen meine Kinder etwa zwei Stunden am Tag fern, was ich entsetzlich finde, aber ab und zu brauche ich einfach eine Pause. Dann halte ich mich gerade noch auf den Beinen, bis mein Mann nach Hause kommt und ich ihm Gute Nacht sagen kann, weil ich dann sofort ins Bett falle. Ganz abgesehen davon, dass ich mich zur Dämmerung regelmäßig in ein Ungeheuer verwandele. Meine armen Kinder haben vergessen, dass ich tatsächlich in der Lage bin, in einem normalen Tonfall zu sprechen.«

»Wenigstens hast du einen guten Grund«, sagt Amber. »Ich falle jeden Abend um halb neun ins Bett und habe Lavinia. Wovon bin ich eigentlich so verdammt erschöpft? Wo ist meine Energie geblieben, meine Lebensfreude?«

Deborah zuckt die Achseln. »Ich denke mal, es liegt daran, dass du Mutter bist, viel zu tun hast und fünfunddreißig bist. Und es ist ja auch nicht so, als würdest du den ganzen Tag tatenlos herumsitzen. Du bist im Fitnesscenter, du bist mit dem ganzen Wohltätigkeitskram beschäftigt, dem Frauenklub. Bei all dem Hin und Her ist es doch logisch, dass du abends genauso müde bist wie ich.«

»Wahrscheinlich hast du recht. Es kommt mir nur so vor, als hätten wir in den letzten Monaten Winterschlaf gehalten. Richard ist halb durchgedreht, weil wir nie aus dem Haus gegangen sind, und ich habe ihm versprochen, dass wir uns im Sommer wieder unter die Leute mischen oder welche einladen werden und wir jeden Abend grillen, und inzwischen haben wir schon fast Ende März, das Wetter ist ungewöhnlich schön, aber glaubst du, wir haben schon einmal Leute eingeladen?«

»Wir waren letztes Wochenende bei euch. Wir waren eingeladen.«

»Nee. Mit Kindern zählt es nicht. Ich meine richtige Erwachsenenveranstaltungen. Richard möchte, dass wir diesen Sommer eine Party schmeißen, Cocktails am Pool, Jazzmusik, so was.«

Deborah zuckt die Achseln. »Richard muss lernen, dass er Familienvater ist. Diese Dinge ändern sich, wenn man Kinder hat.«

»Aber anfangs nicht«, widerspricht Amber. »Bis vor ungefähr einem Jahr sind wir noch ständig ausgegangen, da hatten wir die Energie. Wenn wir jetzt essen gehen, bekomme ich eine Panikattacke, wenn es neun Uhr ist und ich noch nicht zu Hause im Bett bin.«

Deborah muss lachen. »Wir waren letzte Woche bei Jerry und Stacey zum Abendessen. Sie hatten uns gebeten, um halb sieben da zu sein, also haben wir einen Babysitter organisiert und dachten, wunderbar, da sind wir früh wieder zu Hause.«

»Welcher Wochentag?«

»Donnerstag.« Amber reißt die Augen auf, und Deborah nickt. »Genau! Also sind wir pünktlich bei denen aufgekreuzt und saßen um den Küchentisch herum, und Stacey sagte andauernd, dass sie jetzt wirklich anfangen muss zu kochen, aber um halb neun hatte sie noch nicht mal die Zwiebeln geschnitten.«

»Im Ernst?«, keucht Amber entsetzt.

»Mein voller Ernst. Um Viertel vor zehn saßen wir dann schließlich am Esstisch, wo ich dann dermaßen erschöpft war, dass ich kaum noch die Augen aufhalten konnte, und um Mitternacht durften wir uns endlich verabschieden.«

»Mein Gott, wie egoistisch.« Amber grinst. »Haben die

denn nicht Kinder im Alter von euren Kindern? Wie schaffen sie das nur?«

»Ja, das haben wir uns auch gefragt. Was sind das für Eltern von kleinen Kindern, die so lange aufbleiben? An einem Donnerstag! Also, falls Jerry und Stacey euch einladen, sag bloß nicht zu.«

»Danke für den Tipp. Also, hast du dir schon überlegt, was du zur Gala anziehen willst?«

Deborah schüttelt den Kopf. »Noch nicht. Ich hab ein schwarzes Kleid, das ich vor ein paar Jahren für eine Hochzeit gekauft habe und das ich wahrscheinlich nehmen kann. Und du? Ich wette, du hast dir was ganz Tolles gekauft.«

Aber *natürlich* hat sich Amber etwas Tolles gekauft. Es ist ja schließlich nicht irgendeine Gala, sondern das gesellschaftliche Ereignis des Jahres in Highfield: der glamouröse Ball, für den sich jeder in Schale wirft, um zu sehen und gesehen zu werden.

Dieses Jahr findet er im Country Club Sweeping Views statt, und obwohl die Frauen vom Vorbereitungskomitee, einschließlich Amber, das Ganze als die größte Wohltätigkeitsveranstaltung des Jahres ankünden (was auch der Fall ist), stehen die Frauen, die ihre Garderobe für den Event zusammenstellen, alle kurz vor einem Nervenzusammenbruch.

Amber hat dieses Jahr Rakers nicht einmal in Betracht gezogen – sie möchte nicht, dass man schon vorher weiß, was sie tragen wird. Stattdessen hat sie sich zielstrebig zu Bergdorfs begeben, zielstrebig nach oben zu dem zarten Cocktailkleid mit Federbesatz von Oscar de la Renta, mit dem sie schon in der letzten Ausgabe von *Vogue* geliebäugelt hat.

Die Planung hatte Monate in Anspruch genommen. Man hatte Unternehmen vor Ort angesprochen und um

Spenden gebeten, wobei alle, die persönliche Verbindungen zu diesen Firmen hatten, angehalten waren, etwas ganz Besonderes für die Gala herauszuschlagen.

Aber Highfield wäre nicht Highfield, wenn zu den Spenden, die dieses Jahr im Angebot waren, nicht eine Woche auf Necker Island gehörte, Hin- und Rückflug in der Virgin Upper Class, ein Gastauftritt in der Sitcom *Will and Grace* und die Möglichkeit, Maroon5 bei ihrer bevorstehenden Tournee als Mitarbeiter zu begleiten (es war das Sahnehäubchen: Der Mann einer der Frauen vom Festausschuss hatte einen besten Freund, der Musikpromoter war; für den Job würden die Eltern von weiblichen Teenagern, die für den Sänger schwärmten, mit Sicherheit um die Wette bieten).

Amber selbst war zu Onkel Bobby gegangen – Robert Winslow III., einziges Mitglied der Winslows, der noch Geld hatte, wobei er es selbst verdient hat – und hatte ihn gebeten, ein paar Tage auf seiner Jacht zu spenden. Natürlich hat er eingewilligt, und Amber war entzückt, dass Amber und Richard Winslow auf einer eigenen Spendenseite erschienen, auf der man diesen Sommer einen Segeltörn für ein langes Wochenende vor den Hamptons ersteigern konnte, dem Tummelplatz der Reichen an der Küste von Long Island.

Das musst du erst mal toppen, Suzy!

Suzy und ihr Mann hatten eine Kiste seltenen Weins gespendet. Sie hatte wochenlang von ihrem Haus auf den Bahamas geredet und dass sie es für die Ferien spenden würden, aber dann hatte es anscheinend während der letzten Hurrikane Schaden genommen, und sie war untröstlich, dass es nicht rechtzeitig repariert werden könnte.

In Wahrheit bestand der entstandene Schaden aus zwei herausgefallenen Dachziegeln, aber Suzy war nicht dumm.

Sie wollte schon, dass ihre Freundinnen erfuhren, dass sie ein Haus auf den Bahamas besaßen, nur nicht, dass es ein winziges Einzimmerapartment in schlechter Lage war und man zum Strand zwanzig Minuten mit dem Auto brauchte.

»Worüber redet ihr beiden?« Suzy nähert sich mit einem gnädigen Lächeln und setzt sich neben Amber und Deborah.

»Wir haben überlegt, was wir zur Gala anziehen wollen«, sagt Deborah und lächelt unschuldig. »Und du, weißt du schon, was du anziehst?«

»O ja«, Suzy nickt. »Ich hab ein unwiderstehliches Kleidchen ergattert, als ich neulich in der Stadt war.« In der Stadt. New York. Kodewort für teuer. »Ich habe nur mal kurz bei Dolce & Gabbana reingeschaut, dachte nicht wirklich, dass ich dort was finden würde, aber dann hat mich das Kleid dermaßen angelacht, dass ich es anprobierte, und da war klar, dass ich es einfach haben musste. Mein Mann ist ausgerastet, darum glaube ich nicht, dass ich mir in dieser Saison noch mal was kaufen darf!«, trällert sie, als würde sie sich über sich selbst lustig machen. »Und du, Amber?«, fragt sie. »Hast du schon alles zusammen?« Deborah grinst in sich hinein, weil sie weiß, dass Suzy sich gar nicht erst die Mühe macht, sie zu fragen, da Deborah nicht die geringste Konkurrenz für sie darstellt.

»Ja.« Amber lächelt. »Ich habe ein herrliches Kleid.«

»Oh?« Suzy wartet auf Details. Es kommen keine. »Von Rakers?«

»Nein.« Amber schüttelt lächelnd den Kopf und beschließt, sie zappeln zu lassen. Es entsteht ein peinliches Schweigen, das Amber gern gebrochen hätte, aber sie hält durch.

»Na, ich bin sicher, es steht dir wunderbar«, sagt Suzy schließlich. »Oh, und übrigens, vielen Dank noch mal für den Törn auf der Jacht; ich glaube, das wird ein großer Renner bei der Versteigerung. Wir hatten diese Woche noch einen Zugang in letzter Minute, habt ihr von der Sache mit Amberley Jacks gehört?«

»Nein?«

»Na, das war vielleicht ein Glück. Ich konnte sie überreden, ein Haus total neu zu gestalten, als Spende. Natürlich muss der, der das ersteigert, die Möbel selber zahlen, aber sie spenden ihre Arbeitszeit. Ist das nicht fantastisch? Dabei ist es ein Wunder, dass ich sie überhaupt erwischt habe, offenbar rufen sie bei achtzig Prozent der Anfragen nicht mal zurück, und sie nehmen immer nur eine Handvoll Kunden gleichzeitig.«

Deborah stubst Amber an. »Siehst du? Hättest du mal besser gewartet. Richard kriegt doch jetzt schon Tobsuchtsanfälle, weil sie so teuer sind.«

Es entsteht eine Pause. »Oh.« Suzy hebt eine Augenbraue. »Ihr habt Amberley Jacks engagiert?«

Amber zuckt kleinlaut mit den Schultern.

»Na!« Suzy schnaubt leicht, um ihre Eifersucht zu kaschieren. »Da habt ihr wirklich wahnsinniges Glück gehabt, finde ich. Die ganze Stadt wird euch um sie beneiden. Kinder, ich muss mich wieder unters Volk mischen, entschuldigt mich bitte, aber nehmt euch doch noch eine Diet Coke.«

»Du bist vielleicht gemein!« Amber sieht Deborah an, die böse grinst.

»Ich weiß!«, kichert sie. »Aber ich konnte nicht widerstehen. Mein Gott, sie ist so eine peinliche Neureiche. Dolce & Gabbana, ich halt's nicht aus. Was bildet sie sich eigentlich ein? Ich staune nur, dass sie nicht auch noch den Preis genannt hat.«

»Ich bin sicher, das hätte sie, wenn wir ein bisschen nachgehakt hätten«, lacht Amber.

»Hast du ihr Gesicht gesehen, als ich sagte, Amberley Jacks würden für euch arbeiten?« Deborah reibt sich in diebischer Freude die Hände. »Der haben wir die Geburtstagsparty geschliffen versaut.« Deborah blickt sich um und sieht, wie Suzy sich intensiv mit drei anderen Frauen unterhält, die alle zu Amber herüberschauen. Deborah winkt ihnen freundlich zu und wendet sich wieder Amber zu: »Sieh dich nicht um, aber die ganze Versammlung wird gleich über Amberley Jacks Bescheid wissen.«

»O Gott.« Amber stöhnt. Sie ist es plötzlich leid, immer mithalten zu müssen. Seufzend sagt sie zu Deborah: »Können wir das Ganze hier nicht einfach aufgeben und alle nach Vermont ziehen? Geht dir das nicht manchmal furchtbar auf die Nerven?«

»Nee. Ich find's köstlich«, sagt Deborah vergnügt. »Aber das liegt daran, dass ich mich raushalte. Ich *muss* mich sogar raushalten. Mir fehlt das Geld dazu, nur deshalb kann ich es wahrscheinlich so entspannt genießen. Du musst doch zugeben, wie lächerlich das alles ist. Jemand sollte ein Buch drüber schreiben. *Die Vorort-Aufsteiger*. Wenn das kein Bestseller wird.«

»Ich wünschte, ich könnte ein bisschen mehr wie du sein.« Amber seufzt. »Manchmal kann ich es auch von außen sehen und merke, wie furchtbar es ist, aber manchmal fühle ich mich so unsicher, und dann wirken die Klamotten und der Schmuck und das ganze oberflächliche Zeugs wie ein Schutzpanzer, der mir das Gefühl gibt, so gut zu sein wie sie.«

»Aber du *bist* so gut wie sie.« Deborah klingt plötzlich ernst. »Nein, du bist sogar viel besser, Amber. Ich weiß, dass du dich unsicher fühlst in ihrer Gegenwart, aber das Leben ist kein Wettbewerb, das weißt du doch auch. Du bist ein Mensch aus Fleisch und Blut, was man von Suzy nicht sagen kann. Du hast einen wunderbaren Mann, zwei entzückende Kinder und eine klasse beste Freundin«, fügt sie grinsend hinzu. »Die Kunst besteht darin, sich mit den guten Leuten zu umgeben und sich von diesem ganzen Mist nicht beeindrucken zu lassen, außer aus rein soziologischem Interesse natürlich.«

»Weißt du was, du hast recht«, sagt Amber entschlossen und steht auf, um Jared und Gracie zur unvermeidlichen Geburtstagspizza und Kuchen zu holen. »Nach der Gala ist Schluss damit. Aus. Keine Wohltätigkeitsveranstaltungen mehr. Kein Hofieren mehr von Leuten, denen solche Dinge wichtig sind. Ich will mein Leben ändern.«

»Hört, hört!«, ruft Deborah und klatscht Beifall. »Siehst du? Du kannst es, wenn du willst.«

»Aber …« Amber dreht sich noch einmal um und schaut sie nachdenklich an. »Glaubst du wirklich, dass man sich dem in einem Städtchen wie Highfield entziehen kann?«

Deborah zuckt mit den Achseln. »Ich schaff's ja auch«, sagt sie und lächelt. »Und wenn nicht, bleibt uns immer noch Vermont.«

Kapitel 8

Nach ihrer dritten Runde mit Jamie ging Vicky wieder ins Bett und schlief mit einem Lächeln auf den Lippen ein. Sie hatten gefrühstückt, gemeinsam Zeitung gelesen – wie paradiesisch, hatte sie sich das nicht schon immer gewünscht? – und waren noch mal ins Bett gehüpft.

Jamie war alles, was sie sich von ihm versprochen hatte, und unmittelbar nachdem er sich mit den Worten verabschiedet hat, er würde sie später anrufen, wählt sie Deborahs Nummer, um ihr die sensationelle Nachricht zu überbringen.

»Du musst schwören, es nicht weiterzuerzählen«, sagt sie als Erstes, während Deborah in den Hörer gähnt.

»Lass mich raten. Du hast gerade mit Jamie Donnelly gevögelt.«

Vicky verstummt schockiert. »Wie bitte?«, sagt sie schließlich. »Woher wusstest du?«

Jetzt ist Deborah an der Reihe, schockiert zu sein. »Nicht im Ernst!«, sagt sie, plötzlich hellwach. »Ich hab doch nur einen Witz gemacht, also, das haut mich jetzt echt vom Hocker. Du hast nicht wirklich mit Jamie Donnelly geschlafen, oder?«

»Du darfst aber niemandem ein Sterbenswörtchen davon sagen«, fleht Vicky.

»Ich schwör's. Wie zum Teufel ist es dazu gekommen?« Deborah macht es sich mit ihrem schnurlosen Telefon auf dem Sofa bequem, in Erwartung eines detaillierten Berichts.

»Und, was meinst du?«, fragt Vicky, als sie geendet hat. »Ich meine, du kennst ihn ja sogar.«

»Wie meinst du das, was soll ich meinen?«

»Ich meine, meinst du, er mag mich? Meinst du, er ruft an?«

Deborah holt tief Luft. »Wenn er dich mag, wird er anrufen.«

»Aber meinst du, er mag mich, nach allem, was ich dir erzählt habe?«

»Vicky, darf ich mal was fragen?«

»Ja?«, fragt ein eifriges Stimmchen.

»Wie alt bist du genau?«

»Ich weiß«, stöhnt sie. »Ich klinge wie eine Zwölfjährige. Aber so ungefähr fühle ich mich auch. Seit Ewigkeiten schwärme ich für diesen Mann, und dann verbringen wir eine Wahnsinnsnacht zusammen, und jetzt sitz ich hier wie ein verknallter Teenager und frage mich, was er heute alles macht, ob er an mich denkt und ob er anruft, und falls ja, wann.«

»Pass auf, Schatz, hier kommt mein Rat«, sagt Deborah. »Erstens, geh aus dem Haus und unternimm was, und das ist ein Befehl. Bleib unter keinen Umständen in der Wohnung und warte auf seinen Anruf. Das Allerfalscheste ist sowieso, immer erreichbar zu sein, und das heißt, wenn er tatsächlich anruft, bist du rasend beschäftigt und unterwegs, und falls das nicht der Fall sein sollte, dann tu wenigstens so.«

»Also darf ich zu Hause bleiben und so tun, als wäre ich rasend beschäftigt und unterwegs?«

»Kommt nicht infrage. Besuch doch Kate und Andy.

Wann bist du überhaupt das letzte Mal zu denen rausgefahren? Das wird dich ein paar Stunden von Jamie Donnelly ablenken.«

»Weißt du was? Das ist eine super Idee. Obwohl ich lieber neben dem Telefon hocken würde, aber du hast recht. Ich ruf sie gleich an. Danke, Deborah.«

»Gern geschehen. Und langweile sie bloß nicht mit Jamie Donnelly zu Tode.«

»Du warst nicht wirklich mit Jamie Donnelly im Bett!« Katy sitzt am Küchentisch, während Vicky ihr Abenteuer der letzten Nacht in Echtzeit wiedergibt. »Mein Gott, er ist himmlisch! Erzähl mir noch mal, wie er dich das erste Mal geküsst hat.«

Vicky will gerade zu einer erneuten Schilderung ansetzen, als man die Hintertür schlagen hört und Kinderstimmen und Hundegebell im Flur laut werden.

»Nein, Luke!«, ruft Vickys Bruder Andy. »Zieh die Gummistiefel aus, bevor du in die Küche gehst. Polly! Sophie! Hebt die Mäntel auf und hängt sie auf. Nein, nicht einfach über den Stuhl schmeißen, sondern an den Haken. Polly, hör auf, deine Schwester zu schubsen. *Kate*!«, ruft er. »Kannst du mal kommen und mir helfen?«

Kate schaut Vicky an und verdreht die Augen, als die beiden Hunde in die Küche gerannt kommen und aufgeregt an Vicky hochspringen.

»Igitt, haut ab«, ruft sie und versucht sie wegzustoßen, weil sie die Ausmaße kleiner Ponys haben und vollkommen vermatscht sind. »O Mist«, sagt sie und schaut an ihrem vor Dreck starrenden Pulli hinunter. Sie sieht Kate an. »Kannst du mir bitte sagen, warum ich Kaschmir trage, wenn ich zu euch aufs Land rausfahre?«

Kate zuckt die Achseln. »Keine Ahnung, Vix. Du müsstest doch allmählich wissen, dass man nicht länger als vier Minuten sauber bleibt, nachdem man dieses Haus betreten hat. Ich sage dir doch immer, du sollst deine ollen Klamotten tragen, es gibt absolut keinen Grund, sich im hinterletzten Somerset in Kaschmir zu schmeißen, besonders nicht, solange Herk und Hogie in der Nähe sind«, und sie zeigt auf die Lurcher Hercules und Hogan, die jetzt überall an den Arbeitsflächen in der Küche herumschnüffeln und Anstalten machen, sich auf die Hinterbeine zu stellen, um zu sehen, ob dort irgendwas Essbares ist, das zu stibitzen sich lohnen würde, obwohl in den Augen eines Lurchers alles Essbare, das auf einer Arbeitsfläche anzufinden ist, die Mühe wert ist.

»Weg da, Herkie, du auch, Hogie«, sagt Kate und scheucht sie hinaus zu den Kindern. »Gehen wir Daddy helfen.«

»Vix? Bist du das?«, ruft Andy vom Flur.

»Jawoll. Ich dachte, ich lass mich mal wieder blicken«, sagt Vicky, steht auf und klopft sich den Schmutz ab, als die Kinder hereinstürmen.

»Tante Vix!«, schreien sie und werfen sich ihr in die Arme, genauso begeistert und leidenschaftlich wie die Hunde, nur vielleicht unwesentlich sauberer. Vicky begrüßt sie, muss kichern, als sie mit Schmatzern übersät und sofort an die Hand genommen und Richtung Treppe gezerrt wird.

»Komm und schau dir mein neues Puppenhaus an«, sagt Sophie und zieht sie ungeduldig zur Treppe.

»Nein, erst musst du dir das Stück ansehen, das ich für Mummy und Daddy gemacht habe«, sagt Polly und zieht sie zurück in die Küche.

»Tante Vix, Tante Vix, kommst du dir mein neues Spion-Fernglas ansehen?«, fragt Lucas feierlich, während er am Treppenabsatz wartet.

Vicky hebt schicksalsergeben die Hände. »Okay, okay. Einer nach dem anderen. Ich setz mich wieder in die Küche, und Luke, du bringst mir dein Fernglas runter, Polly kann hier ihr Stück vorführen, und danach komme ich mir dein Puppenhaus ansehen, Sophie. Das ist ja toll, wer hat dir so ein großes Geschenk gemacht?«

»Daddy hat es mir gebaut«, sagt Sophie und rennt nach oben. »Und Mummy hat mir geholfen, ein paar Möbel zu machen.«

Vicky dreht sich zu Andy um. »Du hast ein Puppenhaus gebaut? Seit wann kannst du mit einer Säge umgehen?«

Kate fängt an zu lachen. »Wart's ab«, sagt sie. »Es ist nicht gerade eine Luxusausführung. Eher die Richtung neun alte Schuhkartons, die mit Pritt zusammengehalten werden.«

»Hab ich mir doch gedacht, dass das für meinen Bruder eine Nummer zu groß ist.« Vicky lacht, aber Andy schüttelt den Kopf.

»Zufällig bin ich inzwischen ein ziemlich guter Heimwerker geworden, was, Kate? Erzähl Vicky mal, wer den Hühnerauslauf gebaut hat.«

»Nicht doch!« Vicky muss lachen. »Was für einen Hühnerauslauf überhaupt? Seit wann habt ihr Hühner?«

»Wir dachten, es wäre schön für die Kinder, wenn sie frische Eier essen können«, sagt Kate.

»Aber werden sich die Hunde nicht an den Hühnern vergreifen?« Vicky schaut die beiden skeptisch an.

»Genau.« Andy wirft Kate einen vielsagenden Blick zu. »Ich hab ihr ja gesagt, dass wir Glück haben, wenn die Hühner die erste Woche überleben.«

»Genau darum hast du so einen stabilen Auslauf gebaut.« Kate schaut vielsagend zurück. »Die Hunde können da nicht rein, oder, Andy?«

»Hoffentlich nicht«, sagt er. »Jedenfalls kommen die Hühner erst in drei Wochen, dann erzählen wir dir, ob das Experiment geglückt ist.«

»O Gott«, jammert Vicky. »Ich bin dermaßen neidisch.«

»Neidisch? Worauf?«

»Ihr habt hier einfach das perfekte Leben. Hühner. Kinder. Hunde. Es ist so was von ungerecht.«

»Ach, hör auf damit«, sagt Kate, die grundsätzlich kein Verständnis dafür hat, wenn Vicky in Selbstmitleid verfällt. »Ich würde alles geben, um eine Weile was von deinem aufregenden Leben abzubekommen, wie alle Frauen hier. Die meisten würden auf der Stelle mit dir tauschen. *Ich* würde auf der Stelle mit dir tauschen.«

»Iiiih.« Vicky verzieht angewidert das Gesicht. »Dann müsste ich ja die Frau meines Bruders sein. Eine grauenhafte Vorstellung.«

»Ach, sei doch nicht albern. Ich mach ja nur Witze. Trotzdem, ich sage ja nur, dass es dir wesentlich besser ginge, wenn du dein Leben auch genießen könntest, denn andere würden dafür sterben.« Sie senkt die Stimme und vergewissert sich, dass Andy außer Hörweite ist. »Denkst du denn nicht, ich hätte nicht auch mal gern so ein Abenteuer wie du letzte Nacht mit Jamie Donnelly? Du weißt, dass ich Andy anbete und ihn nie betrügen würde, aber mir fehlt der Spaß, die Verabredungen, das Kribbeln, ob einer anruft oder nicht.«

Vicky nickt ein paarmal, als Kate redet. Nach einer Weile schaut sie zu ihr auf. »Also, was meinst du?«, grinst sie. »Meinst du, er ruft wieder an?«

Den Rest des Nachmittags verbringt Vicky mit den Kindern im Garten, genießt die Sonne und trinkt kannenweise Tee, bis dann die Kinder vor *Shrek 2* sitzen und sich die Erwachsenen einen großen Krug Pimms machen.

Andy geht eine Zeit lang weg, um Hühner-Bill zu besuchen, der ihn in allen Dingen rund ums Huhn berät, und bringt ihn anschließend mit, um den Hühnerauslauf zu begutachten, während Vicky und Kate danebenstehen und zusehen, kichern und sich gegenseitig knuffen, als Bill so tut, als sei er höchst beeindruckt.

»Ach, komm schon, Bill«, flüstert Kate ihm zu, als sie zum Haus zurückgehen, »jetzt mal im Ernst: Taugt er was? Sollten wir nicht lieber einen Zimmermann holen, der sich das Ganze noch mal anguckt?«

Bill grinst. »Nee, er ist vollkommen in Ordnung. Mein erster Hühnerstall war nicht halb so gut wie der hier. Ich mache mir sowieso mehr Sorgen um Füchse als um die Hunde, aber Andy hat den Maschendraht unter der Erde verlegt, da kann eigentlich nichts passieren.«

Mit stolzgeschwellter Brust sagt Andy: »Und du denkst immer, dein Mann kann so was nicht.«

»Okay, okay. Ich hab mich getäuscht. Gut gemacht, Schatz. Du bist ein Hühnerauslauf-Genie. Bill, möchtest du zum Abendessen bleiben?«

Vicky stellt sich hinter ihn und schüttelt vehement den Kopf. Sie hat absolut keine Lust, mit dem Hühnermann verkuppelt zu werden.

»Tut mir leid, heute geht's nicht, Kate, aber danke für die Einladung. Die Kinder sind bei ihrer Mutter und werden bald wieder da sein. Ich hab ihnen versprochen, dass wir zu McDonald's gehen, und du weißt ja, was passiert, wenn man nicht hält, was man verspricht.«

»Besonders wenn's um McDonald's geht«, sagt Kate lachend.

»Ich ruf dich nächste Woche an«, sagt Bill zu Andy und winkt noch mal, als er in seinen Truck steigt.

»So ein netter Mann«, sagt Kate, als sie mit ihren Gläsern ins Haus gehen und mit den Vorbereitungen fürs Abendessen beginnen. »Ein Riesenglück, dass wir ihn zufällig gefunden haben. Andy erzählte letzte Woche in der Kneipe von den Hühnern, und da hat ihm jemand Bill vermittelt, der anscheinend Experte auf dem Gebiet ist, obwohl wir noch nie von ihm gehört hatten. Und attraktiv ist er auch, findest du nicht?«

»Ja, ganz okay.« Vicky zuckt die Achseln. »Aber wieso kanntet ihr ihn nicht? Ich dachte, ihr kennt hier jeden im Dorf.«

»Dachten wir auch!« Kate lacht. »Aber offenbar doch nicht jeden. Er hat ein Wochenendhaus in Sherbourne, hat sich aber vor ein paar Jahren hier unten einen Bauernhof gekauft und ist jetzt fest hergezogen.« Sie schaut Vicky nachdenklich an. »Ob er sein Cottage wohl verkauft hat? Das wäre doch ideal für dich, ein Häuschen, zu dem du an den Wochenenden herauskommen könntest. Ich werde ihn mal anrufen und fragen.«

»Danke, lieber nicht«, sagt Vicky mit Nachdruck. »Solange ich in diese Hinterwäldlergegend komme, möchte ich bei euch wohnen und bei meinem tollen Neffen und meinen tollen Nichten sein. Außerdem glaube ich nicht, dass mein *Poise!*-Gehalt für ein Häuschen auf dem Land reicht, auch wenn es eine schöne Idee ist.«

»Du kannst ja mal drüber nachdenken«, sagte Kate und fängt an, Kartoffeln zu schälen. »Jeder muss einen Traum haben.«

»Na ja, wenn du ein Cottage mit dem Traummann noch dazu finden könntest, wäre es vielleicht was anderes.«

»Ich dachte, du heiratest Jamie Donnelly.«

»Verdammter Mist«, sagt Vicky und schaut traurig auf ihr stummes Mobiltelefon. »Warum hab ich ihm bloß nicht meine Handynummer gegeben?«

Vicky bleibt über Nacht in Somerset, nimmt dann den Frühzug nach Waterloo und fährt von dort direkt ins Büro. Sie ist nie schlau daraus geworden, wie die Fernabfrage ihres Anrufbeantworters funktioniert, und so frustrierend es ist, so froh stimmt es sie andererseits, denn wenn sie heute Abend nach Hause kommt, wird Jamie Donnelly bestimmt angerufen haben. Wer weiß, wenn sie Glück hat, sogar zwei- oder dreimal.

Als sie endlich ihre Wohnung betritt, blinkt das Licht, und sie rennt hin, drückt auf ›Abhören‹ und hört dann mit sinkendem Mut ihre Nachrichten ab. Deborah, die sich erkundigt, ob Jamie Donnelly angerufen hat. Ihre Mutter, die nur mal Guten Tag sagen wollte. Kate, um ihr mitzuteilen, dass sie ihr gesamtes Schminkzeug im Bad vergessen hat und es schon per Express unterwegs ist, sodass es hoffentlich am Dienstag ankommt. Ihre Steuerberaterin, die einen Termin mit ihr vereinbaren möchte.

Kein Jamie Donnelly. Und heute ist Montagabend. Aber wahrscheinlich hatte er so viel damit zu tun, die neue Folge von *Dodgy* zu drehen, und vermutlich will er sowieso nicht zu übereifrig erscheinen, und es heißt gar nichts, dass er noch nicht angerufen hat, weil er heute Abend ziemlich sicher noch anruft. Und wenn nicht, gibt sie ihm noch bis Donnerstag. Das ist ein angemessener Zeitraum, sich zurückzuhalten. Selbst wenn man jemanden richtig toll findet, würde man bis Donnerstag warten, oder? Nur um nicht übereifrig zu erscheinen.

Vicky lässt noch einmal alle Ereignisse des Samstagabends Revue passieren. Wie er mit ihr geflirtet hat, wie er sie küsste, wie er mit ihr nach dem Sex geschmust hat. Und er hat auch nicht gleich die Flucht ergriffen, er hat mit ihr Zeitung gelesen – okay, nicht die ganze, aber den Gesellschaftsteil, und das Feuilleton hat er auch durchgeblättert –, und einen Abschiedskuss hat er ihr auch gegeben, und er wäre doch wohl nicht über Nacht geblieben, wenn sie ihm nicht gefallen hätte, wer macht so was schon? Was für ein Mann würde einem Mädchen so viel Interesse signalisieren, wenn er es nicht wirklich ernst meint?

Donnerstagvormittag hat Vicky immer noch ein Fünkchen Hoffnung. Jamie Donnelly weiß ja, dass sie bei *Poise!* arbeitet – er könnte sie in der Arbeit anrufen, man kann nie wissen. Sie schnurrt jedes Mal verführerisch ihren Namen, wenn sie sich meldet, und jedes Mal ist er es nicht.

In der Mittagspause setzt sie sich mit den Boulevardzeitungen ins Café an der Ecke, schnappt sich ein Sandwich und macht sich daran, ihren Kummer in einer Flasche Perrier zu ersäufen, während sie die Zeitungen durchforstet. Sie muss sich über die Welt des Entertainment auf dem Laufenden halten, muss wissen, was die Frauenressorts bringen, hofft auf Inspiration für ihre Arbeit.

Gerade ist sie bei *Bizarre* angelangt, da setzt ihr Herzschlag aus. Mitten auf der Seite prangt ein riesiges Foto von Jamie Donnelly und Emma Soapworth. Beim Küssen. Und das ist noch schön gesagt. Abschlabbern trifft es besser. Vicky lässt ihr Sandwich fallen und kämpft gegen den Brechreiz an, dann zwingt sie sich, den Text zu lesen, immer noch in der schwachen Hoffnung, es möge ein altes Foto sein und nichts zu bedeuten haben.

Auf der Premierenfeier für den neuen Blockbuster Forgotten Mountains *zeigen Jamie Donnelly und Emma Soapworth, wie sehr es bei ihnen gefunkt hat. Kurz bevor sie hinter seiner Wohnungstür verschwanden, sagte er: »Ich bin seit Ewigkeiten in Emma verknallt.« Na, da können wir nur noch eins fragen, Jamie: Hattest du ein Abo bestellt?*

Warum passiert so was immer mir?, denkt Vicky und kämpft tapfer gegen die Tränen an. Nicht, dass Jamie Donnelly ihre große Liebe wäre, aber er stand nun mal für einen Traum, und jedes Mal, wenn Vickys Träume wahr zu werden drohen, geht immer irgendetwas schief. Und am Ende ist sie wieder allein.

Unsägliches Selbstmitleid übermannt sie, und sie vergräbt das Gesicht in den Händen, schiebt ihren Teller zur Seite, will nur diesen Schmerz loswerden.

»Vicky? Was ist denn los?« Vicky schaut auf und blickt in das besorgte Gesicht von Janelle Salinger, was eine Seltenheit ist, weil Janelle mittags meistens ins Restaurant geht und nur selten ein Bistro oder ein Café betritt. Wenn sie mal Lust auf ein KitKat oder ein gegrilltes Chickensandwich hat, schickt sie ihre Assistentin, nur dass diese sich heute krankgemeldet hat. Janelle hat die ganze letzte Stunde nach Sour-Cream-&-Onion-Chips gegiert, die jetzt in ihrem grünen Straußenledertäschchen von Prada verstaut sind.

»Ach, nichts.« Vicky versucht ein strahlendes Lächeln aufzusetzen, faltet die Zeitung zusammen, damit Janelle das Foto nicht sieht, denn natürlich hat Vicky es nicht geschafft, die Sache für sich zu behalten – es war immerhin Jamie Donnelly, verdammt, wer kann bitte schön eine solche Sensation geheimhalten? Zuerst hatte sie sich geschworen, nur Leona davon zu erzählen, aber dann hat sie es noch

Stella anvertraut, und bevor sie sich versah, standen begeisterte Sekretärinnen, die sie kaum kannte, vor ihrem Schreibtisch und fragten sie, ob es wirklich stimmte, dass sie mit Jamie Donnelly zusammen sei.

Schön wär's, hatte sie gedacht, freundlich gelächelt und gesagt: »Och, so würde ich es nicht nennen. Wir sehen uns hin und wieder.«

Und jetzt sieht er offensichtlich Emma Soapworth.

»Ich hab von dir und Jamie Donnelly gehört«, sagt Janelle mitfühlend, setzt sich hin, wohl wissend, was Vicky eben gelesen und warum sie die Zeitung zugeschlagen hat. »Du hast gerade das Bild gesehen, stimmt's?«

Bei dieser Mitleidsbekundung versagt es Vicky endgültig die Stimme. »O Gott«, stößt sie hervor und schaut Janelle flehend an. »Er ist ja nicht mal meine große Liebe, es ist nur, dass ich fünfunddreißig bin und es nicht leichter wird und ich es hasse, immer noch Single zu sein – wieso zum Teufel passiert mir das andauernd?«

Janelle nickt verständnisvoll und drückt ihr die Hand. »Vicky«, sagt sie. »Ich habe erst mit vierzig geheiratet. Ich war genau an dem Punkt, wo du jetzt bist. Ich habe auch nicht mehr daran geglaubt, dass ich noch mal jemanden finden würde, aber als ich dann Stephen kennenlernte, fühlte sich das plötzlich so richtig an, und da verstand ich auch, warum es vorher mit den anderen nie funktioniert hat.«

Aber ich will nicht warten, bis ich vierzig bin, denkt Vicky. Ich kann nicht noch fünf Jahre warten, und wer weiß, ob es überhaupt je klappt?

»Du wirst jemanden kennenlernen«, fährt Janelle fort. »Glaube mir.«

»Aber wann?«, bricht es aus Vicky heraus. »Und woher weißt du das so sicher? Ich glaube, es wird nie passieren. Ich werde meine Tage mit Eartha beschließen, schrullig und vereinsamt.«

»Wer ist Eartha?«

»Meine Katze«, schnieft Vicky.

»Oh. Vielleicht hast du zu romantische Vorstellungen. Meinst du nicht, es könnte was damit zu tun haben? Weil nun mal nicht immer alles eitel Sonnenschein ist. Ich denke, das Problem mit euch jungen Mädchen heutzutage ist, dass ihr alle meint, eine Ehe müsste wie im Kino sein, und sobald es dann mal langweilig wird, oder alltäglich, wenn euer Herz nicht mehr ganz so hoch schlägt, rennt ihr zum Scheidungsrichter. Ehrlich, Vicky, du führst als Single ein herrliches Leben, warum versuchst du nicht einfach, dich darin wohlzufühlen, denn genau in dem Moment, wo du es richtig genießt, kommt auch Mr Right. Und es gibt jede Menge Frauen, die ihre Männer auf der Stelle verlassen würden, um wieder Single zu sein und ein tolles, aufregendes Leben als Features-Chefin von *Poise!* zu führen.«

Vicky schaut Janelle erstaunt an, weil Janelle romantischer veranlagt ist als die gesamte Belegschaft zusammengenommen. Sie ist diejenige, die sich am Valentinstag begeistert darüber auslässt, wie man gemeinsam mit seinem Partner in Rosenblättern baden sollte und wie sie und Stephen – gähn – immer noch genauso rasend glücklich miteinander sind wie am Tag, als sie sich kennenlernten.

»Das sagt mir meine Schwägerin auch immer«, räumt Vicky schließlich ein. »Sie sagt, sie würde auf der Stelle mit mir tauschen. Ich würde sie ja beim Wort nehmen, wenn es nicht hieße, dass ich mit meinem Bruder schlafen müsste.« Vicky versucht zu grinsen, aber Janelle lächelt nicht. In ihren Augen liegt jetzt dieser gewisse Fernblick, der bedeutet, dass eine Idee in ihr reift.

»Mit einer verheirateten Frau tauschen«, sagt sie langsam. »Was für eine fabelhafte Idee! Nicht unbedingt mit deiner Schwägerin – aber ja, viele verheiratete Frauen würden deinen Job *liebend* gern haben. Wir könnten in der nächsten Nummer eine Anzeige schalten, dass wir eine verheiratete Frau zum Tauschen suchen, und dann«, sie lächelt Vicky strahlend an, »kannst du mal am eigenen Leib erfahren, wie das Eheleben in der Realität aussieht.«

»Du meinst wie *Frauentausch* im Fernsehen?«, fragt Vicky skeptisch.

»Genau, nur dass wir weiter gehen«, sagt Janelle schnell und mit zunehmender Begeisterung.

»Du meinst, ich muss mit dem Mann schlafen?«, fragt Vicky verwirrt.

»Nein, sei doch nicht lächerlich. Nicht, wenn er dir nicht gefällt. Aber ich meine, das ganze Leben tauschen. Die Garderobe tauschen, alles tauschen. Ihre Sachen tragen, dich mit ihren Freunden treffen. Wir wollen mal sehen, was diese Erfahrung für dich Singlemädchen bringt, was es bedeutet, verheiratet zu sein und Kinder zu haben, und ob eine verheiratete Frau überhaupt wieder ein Single sein kann. Genial. Wir denken alle, die Kirschen in Nachbars Garten schmecken süßer, und das wäre mal eine großartige Gelegenheit, herauszufinden, ob es auch stimmt.«

»Aber warum sollte eine verheiratete Frau Mann und Kinder verlassen, um so was zu tun?«

»Weil sie sich langweilt, nicht ausgefüllt ist, weil sie wahnsinnig gern für *Poise!* arbeiten würde. Wer weiß, warum, sie könnte tausend Gründe haben, aber ich wette, wir bekommen Hunderte von Einsendungen, wenn wir das annoncieren. Vielleicht Tausende ...« Sie sitzt einen Moment stumm da und starrt vor sich hin. »Lebenstausch!«, verkündet sie plötzlich stolz. »Wir nennen das Ganze Lebenstausch, und wenn wir uns beeilen, kriegen wir es vermutlich noch in die Juninummer. O Vicky«, sie beugt sich vor und umarmt sie stürmisch. »Eine Wahnsinnsidee. Gut gemacht. Wirklich genial.«

»Gern geschehen«, sagt Vicky und lehnt sich zurück, während sie noch versucht zu begreifen, was hier gerade passiert ist, als Janelle in einem Wirbel aus Prada verschwindet. O Gott, denkt sie, als sie die *Bizarre* in den Papierkorb wirft. Hab ich mich gerade auf einen Lebenstausch eingelassen? Hab ich eigentlich eine Vollmeise?

Aber vielleicht wird es ja nicht ganz so schlimm, beschließt sie, als sie in den Lift steigt. Denn in Anbetracht des jüngsten Fiaskos mit Jamie Donnelly kann ihr Leben eigentlich schlimmer gar nicht werden, oder?

Kapitel 9

Richard Winslow hat ein festes Ritual für den Sonntagvormittag. Er lässt Amber weiterschlafen, zieht die Kinder an, packt die beiden plus Hund ins Auto, kauft unterwegs Donuts, Orangensaft und Kaffee und fährt in der benachbarten Stadt Westport zum Strand.

Sie frühstücken an einem der Picknicktische, wobei Jared und Gracie regelmäßig alles, was übrig bleibt, an den Retriever Ginger verfüttern, der die ganze Zeit mit hoffnungsvollem Bettelblick auf ihr Essen gestarrt hat, bevor er dann die Reste verschlingt. Amber fragt Richard ständig, warum Ginger so fett ist, da ihn doch Lavinia jeden Tag ausführt und er bei Tisch nichts abbekommt, was aber nie befolgt wird, wenn Amber nicht dabei ist. Amber ist so oft nicht dabei, wenn die Kinder essen, also bekommt sie nie mit, wie gern die Kinder einen Happen auf den Küchenfußboden werfen und ein dankbarer Ginger ihn eifrig aufschnappt.

Am Sonntag gehören die Kinder Richard. Unter der Woche muss er so früh zur Arbeit und kommt erst so spät nach Hause, dass er kaum entspannte Zeit mit ihnen verbringen kann, und obwohl er sich manchmal wünscht, dass er am Wochenende selber ein bisschen ausspannen könnte, ist die Vorstellung, mit seinen Kindern zusammen zu sein, einfach zu schön – manchmal weitaus schöner als in der

Realität, wenn sie beide zanken und schreien –, dass er das bisschen Zeit, das für ihn selbst noch bleibt, lieber opfert und etwas mit den Kindern unternimmt.

Sie gehen mit Ginger am Strand spazieren, dann binden sie ihn an einer Parkbank fest, woraufhin Jared und Gracie gut zwei Stunden auf dem Spielplatz herumturnen. Richard hat inzwischen die sonntäglichen Spielplatz-Stammgäste kennengelernt – all die anderen Väter, die ihre Kinder in der Woche nicht sehen und hierher mitnehmen, um eine Ausrede zu haben, andere Väter zu treffen.

Und auch die Kinder haben sich angefreundet. Sie haben eine große Bande gebildet, in der die Kleineren sich bemühen mit den älteren Jungen mitzuhalten, wenn sie zähneklappernd von der riesigen Rutsche springen und so tun, als hätten sie gar keine Angst.

»Hey, Rich!« Ein großer Mann mit einem Basecap und einem Kaffeebecher von Starbucks in der Hand winkt Richard von der gegenüberliegenden Seite zu. »Wie geht's?« Er kommt angeschlendert und schüttelt Richard die Hand.

»Hey, Steve, wie läuft's in der Welt der Hedgefonds?«

»Fantastisch. Allemal besser als an der Wall Street. Keine langen Fahrten in die Stadt, kein Stress, und was für ein Markt. Und wir liegen nach einem Jahr mit zehn Prozent vorn. Wie stehen die Aktien bei KKD?«

»Nicht schlecht.« Richard schaut sich nach den Kindern um.

»Na, komm schon.« Steve grinst. »Ihr habt euch doch eine goldene Nase damit verdient. Wie viel sind die gestiegen – fünf Dollar?«

»Also …« Richard zuckt die Achseln.

»Mehr?« Steves Augenbrauen wandern nach oben. »Jetzt sag schon, wie viel habt ihr dabei mitgenommen?«

»Ich plaudere nicht aus dem Nähkästchen«, sagt Richard. »Hör mal, ich muss nach den Kinder schauen.« Er winkt noch mal und sucht hastig das Weite.

Richard macht sich pausenlos Sorgen um Geld. Meistens versucht er, sie für sich zu behalten, aber wenn er sich einmal aufrafft, um mit Amber darüber zu sprechen, zieht sie ihn auf und sagt, er soll doch nicht albern sein, immerhin sei er ein Winslow, und zwar der erfolgreichste seiner Generation.

Er versucht es gelassen zu nehmen, aber jeden Monat, wenn die Rechnung seiner Amex-Platinkarte kommt, hält er Amber einen Vortrag. Er erklärt ihr, dass sie sich mit ihren Einkäufen zurückhalten muss, sie nicht einfach überall zugreifen darf, nur weil ihr gerade danach ist. Er erwarte, sagt er ihr, dass die Rechnung im nächsten Monat niedriger ausfällt, doch sie wird nur noch höher.

»Aber die Gala des Frauenklubs steht doch kurz bevor«, hat sie kürzlich eines Abends mit einschmeichelnder Stimme zu ihm gesagt, nachdem sich sein Zorn ein wenig gelegt hatte. »Ich kann doch nicht Gap zu einer Gala tragen. Ich bin im Vorbereitungskomitee. Ich muss gut aussehen.« Und dann hat sie ihn auf den Hals geküsst, auf eine Weise, die ihn all seine Sorgen normalerweise vergessen lässt.

»Mehrere tausend Dollar?«, hatte er entsetzt gekeucht und versucht, sie wegzustoßen.

»Es ist von Oscar de la Renta«, hatte sie gehaucht und sich rittlings auf seinen Schoß gesetzt, in einer Weise, wie es in letzter Zeit nur sehr selten vorkam. »Es ist ein klassisches Teil«, hatte sie noch einmal geflüstert und ihre rechte Hand nach unten wandern lassen, und bald hatte er an gar nichts mehr gedacht.

Es war so anders gewesen, als er sie kennenlernte. Am

Anfang, in jenen beschwingten frühen Tagen, war er so froh gewesen, dass Amber nicht hinter seinem Geld her war. Er war so sehr an diese verwöhnten Mädchen aus Manhattan gewöhnt, dass Amber ihm wie eine frische Brise erschienen war. Sie sah vielleicht aus wie ein verwöhntes Mädchen, aber er fand bald heraus, dass sie sich die Fingernägel selbst lackierte, ihre Haare im Badezimmer-Waschbecken färbte und die exquisit maßgeschneiderte Kleidung zu Schnäppchenpreisen bei Loehmanns kaufte.

Er hatte noch nie eine Frau kennengelernt, die so einfallsreich war, keine, der es dermaßen schnuppe war, Mr Right beziehungsweise Mr Rich zu finden, damit dieser ihr den Lebensstil ermöglichte, den sie gewohnt war – Park Avenue und Prada.

Ständig lernte er auf Partys tolle Mädchen kennen, eine schlanker, blonder und hübscher als die andere, und bei der Erwähnung seines Namens – Richard Winslow III. – sah er, wie sich ihre Augen weiteten, wenn ihnen klar wurde, wer er war, wie sie ihm die Hand etwas öfter als nötig auf den Arm legten, sich an ihn lehnten und lachten und ihr Haar nach hinten warfen, obwohl das, was er sagte, nicht im Geringsten komisch gewesen war.

Amber war anders gewesen. Wo die anderen flirteten, blieb sie cool. Wo sie es wissen wollten, war sie gleichgültig. Wo sie begierig waren, war sie nonchalant. Am Anfang war sie eine Herausforderung für ihn gewesen. Wer war denn diese Frau, die ihn nicht wollte? Sie war weder besonders schlank noch besonders blond noch besonders hübsch, aber sie faszinierte ihn, und Teil dieser Faszination war ihr Hintergrund, die Tatsache, dass sie nicht aus einer reichen Familie kam, Geld nicht brauchte, nicht mal besonders scharf auf Geld zu sein schien.

Als sie zusammengezogen waren, lebten sie wie jedes andere Paar an der Upper West Side. Sonntags Brunch bei Sarabeth's, Spaziergänge durch den Central Park in Sweatpants und Turnschuhen, beide mit passenden Basecaps.

Jared war im Mount-Sinai-Krankenhaus geboren worden. Daraufhin hatten sie das Esszimmer ihres Zweizimmerapartments in ein behelfsmäßiges Kinderzimmer umgemodelt und waren dann im selben Haus in eine Dreizimmerwohnung zehn Stockwerke tiefer gezogen, und als Amber wieder schwanger wurde, hatten sie beschlossen, sich etwas weiter weg umzusehen.

Sie hatten Westchester erwogen, aber beide hatten sich dort nicht besonders wohlgefühlt. Die *New York Times* hatte kurz zuvor einen Artikel gebracht, in dem Highfield, Connecticut, als Geheimtipp für junge Familien und Wallstreet-Cracks vorgestellt wurde, woraufhin sie beide hinsausten. Sie waren die hübsche Main Street entlanggeschlendert, hatten in dem altmodischen Café ein Eis gegessen, und als sie das andere Ende der Straße erreicht hatten, stand fest, dass Highfield ihr neues Zuhause werden würde.

Mit dem kleinen Jared im Sportwagen hatten sie das Büro eines Immobilienmaklers betreten und, bevor sie sich versahen, Exposés von Grundstücken studiert, und gemessen an den Preisen von Eigentumswohnungen in Manhattan, schien hier alles spottbillig zu sein.

Innerhalb eines halben Jahres hatten sie ihr Apartment aufgelöst und das Haus gekauft, das ihr Traumhaus werden sollte. Richards Prämie in diesem Jahr war ein kleines Vermögen gewesen, und sie konnten ganz nach ihren Vorstellungen bauen, ohne Einschränkungen.

Hätte er nur damals gewusst, was er heute weiß.

Zuerst kam es ihm vor, als sei ihr Leben einfacher geworden, stiller, friedlicher, irgendwie wirklicher als in Manhattan. Richard fuhr jeden Tag in die Stadt, und wenn der Zug New York wieder hinter sich ließ und sie nach Connecticut kamen, spürte er, wie er durchatmete, ganz als würden Stress und Hektik des Tages von ihm abfallen, sobald er die Grenze des Bundesstaats überquerte.

Er hatte es genossen, aus dem Zugfenster in die Baumkronen zu schauen. Es machte ihn glücklich, morgens aufzuwachen und zu sehen, wie Hirsche aus dem Wald die Funkien in ihrem Vorgarten abknabberten, was Amber rasend machte und doch etwas Magisches hatte.

Und er hatte ihr Haus geliebt, erst das alte im Kolonialstil, das sie abgerissen hatten, dann die riesige Villa, die sie noch mal ganz neu an seinem Platz errichtet hatten, ihr bombastisches, nagelneues Haus, das Neider vielleicht als »Protzpalast« bezeichnen würden, das aber genau das Haus war, von dem Richard immer geträumt hatte.

Das Haus mit allem, was Richard sich nur wünschen konnte. Eine kirschholzgetäfelte Bibliothek, ein gasbetriebener Viking-Grill neben dem Swimmingpool, Platz für einen Tennisplatz, wenn er einmal einen haben wollte, und im Keller ein Filmvorführraum mit allem Drum und Dran.

Alles an ihrem Haus hatte ihm gefallen, aber besonders, dass alles niegelnagelneu war. Und Geld auszugeben hatte dermaßen Spaß gemacht: eben mal bei Rakers reinzuschauen und ein paar Tausender für Anzüge auszugeben oder einen Abstecher zu Circuit City zu machen und sich den letzten und tollsten Plasmafernseher fürs Wohnzimmer zu holen.

Amber und Richard hatten Geld ausgegeben wie verrückt – so ganz anders, als Richard erzogen worden war, und wie herrlich, etwas zu sehen, das einem gefiel, und einfach eine Kreditkarte zu zücken und es kaufen zu können, ohne groß nachzudenken.

Die Winslows waren immer sparsam mit Geld umgegangen, hatten unter dem Druck gestanden, sich nach außen keine Blöße zu geben, obwohl sie nichts mehr hatten. Die Sachen von Richards Mutter waren von Chanel – wenn auch dreißig Jahre alt. Sein Vater trug mit siebzig immer noch denselben Bademantel, den er bald fünfzig Jahre besaß. Je mehr das gute Stück ausfranste, desto mehr war er damit beschäftigt, die ausgefransten Ecken abzuschneiden.

Richard hatte natürlich angeboten, ihm einen neuen Mantel und seiner Mutter ein paar neue Sachen zu spendieren, wenn er schon nicht für ihren Unterhalt aufkommen durfte, aber seine Eltern waren zu stolz, Geld von ihrem Sohn anzunehmen. So hatten sie schließlich immer gelebt, und jetzt war es viel zu spät, die alten Gewohnheiten noch zu ändern.

Das Komische daran war ja, wie Richard jetzt klar wurde, dass man ihm und seinen Geschwistern, als sie alle heranwuchsen, immer eingeschärft hatte, sie müssten so tun, als hätten sie kein Geld. Gott bewahre, dass sich einer von ihnen so spießig oder neureich aufführen und ihren Reichtum mit auffälligem Schmuck oder dem neusten Sportwagenmodell zur Schau stellen würde.

Also war Richard immer davon ausgegangen, dass sie Geld hatten, aber Leute wie die Winslows eben so tun, als hätten sie keins. Ihm war nie in den Sinn gekommen, dass ihr Haus, Templeton Hill, hin und wieder geheizt geworden wäre, wenn sie welches gehabt hätten, oder dass Richard nicht in den abgelegten Sachen seiner älteren Brüder zur Schule gegangen wäre, obwohl sie schon völlig abgetragen waren und Hochwasser hatten, weil Richard bei Weitem der Größte in der Familie war.

Während seiner gesamten Schul- und Studienzeit – erst in Exeter und dann an der Brown University, für deren Gebühren Richards reicher Onkel aufgekommen war – hatte er immer noch geglaubt, dass das Vermögen der Winslows irgendwo festgelegt war, in Fonds oder Trusts oder wo auch immer, und erst als er anfing zu arbeiten, dämmerte ihm, dass nichts mehr da war.

Nichts außer Templeton Hill, dem baufälligen Koloss von einem Familiensitz am Ufer eines Weihers in Brookline, Massachusetts, dem Haus, das mehr Instandhaltungskosten erforderte, als die Winslows seit den Dreißigerjahren aufzubringen in der Lage waren, dem Haus, das langsam, aber sicher verrottete.

Templeton Hill beziehungsweise Templeton, wie die Familie es nannte, hatte einst zu den großen Anwesen im Osten der Vereinigten Staaten gezählt. Sogar heute noch findet man es in Büchern über berühmte amerikanische Architektur oder die großen Anwesen der Ostküste, und wenn man es googelt, landet Templeton als eins der ersten Häuser dieser Art einige Treffer.

Alte Fotos von Templeton zeigen das Haus in seiner ganzen ehemaligen Pracht. Weit hinter die Straße zurückgesetzt, am Ende einer Auffahrt, die einen Kilometer lang und von Lindenbäumen gesäumt ist, die eigentlich perfekt beschnitten sein sollten, aber schon lange überwachsen sind und kränkeln, erstreckt sich das hübsche, mit weißen Schindeln verkleidete Templeton-Anwesen.

Denn Templeton ist wirklich hübsch. Es ist weniger hochherrschaftlich als elegant, ein stilvoller, niedriger georgianischer Schindelbau in vollkommener Symmetrie: zwei

Flügel, die einen großen, kiesbedeckten Hof einrahmen, der jetzt überwiegend grün ist, da sich mehr und mehr Unkraut zwischen den kleinen sandfarbenen Kieseln hartnäckig ans Licht arbeitet.

Wenn man in die Auffahrt einfährt und das Haus dort in der Ferne liegen sieht wie eine Perle in der Auster, ist es atemberaubend. Im Näherkommen sieht man schon, wie die Farbe von den Schindeln abblättert, die Holzbalustraden, die fast weggefault sind, die brüchigen Fensterrahmen, die dringend einen neuen Anstrich brauchen.

Richard hat immer geglaubt, dass Templeton Hill das schönste Haus ist, das er je gesehen hat, das schönste Haus, das er je sehen wird, aber jetzt, da er in einem Granit-und-Marmor-Palast mit polierten Parkettböden lebt, kommt ihm Templeton vor wie Miss Havisham aus Dickens' *Große Erwartungen*. Ebenso wie sie sehnt es sich nach den guten alten Zeiten, nach der alten Pracht, hüllt es sich in den zerlumpten, verfallenen Glanz von einst, der dem Besucher immer noch eine leise Ahnung vermittelt, wie es einmal war.

Zu seinen besten Zeiten war Templeton Hill triumphal und die Partys, die Richards Großeltern und zuvor seine Urgroßeltern dort veranstalteten, legendär. Im Sommer fanden sie in den weitläufigen Parkanlagen statt, die sich bis hinunter ans Wasser erstreckten, bis weit über den Aussichtspunkt hinaus, wo sich Verliebte schon immer ein geheimes Stelldichein gegeben hatten.

Die gesamte Bostoner High Society, die Crème de la Crème hat sich auf diesem Rasen versammelt, darunter die Forbes und Cabots, im Glanz ihrer Smokings und eleganten Ballkleider, und gegenseitig auf ihre Schönheit, ihren Wohlstand, ihre bloße Herrlichkeit angestoßen.

Es war wunderbar gewesen. Alle Bewohner von Templeton führten bis zum Börsenkrach von 1929 ein traumhaftes Leben. Alles, was die Winslows besaßen, löste sich von einem Tag auf den anderen in Luft auf. Alles außer Templeton, an dem sie gerade noch festhalten konnten, obwohl ihnen die Mittel fehlten, es zu erhalten.

Das Personal musste entlassen, die guten Möbel größtenteils verkauft werden. Richards Großvater wurde Vertreter, ging von Tür zu Tür und verkaufte Zigarettenschachteln, verdiente gerade noch genug, um seine Familie zu ernähren und Templeton halten zu können, bis Richards Vater es erbte, Richard Winslow II.

Zu Templeton hatten ursprünglich 150 Hektar Land gehört, aber Richard II. hatte das Haus halten können, indem er das Land Stück für Stück verkaufte. Jetzt gehören nur noch sechs Hektar dazu, gerade genug, dass der Familie noch ein Rudiment an Privatsphäre von ehedem bleibt und sie nicht die Neubauprojekte sehen müssen, die während der Konjunkturjahre der Achtziger und Neunziger überall um sie herum aus dem Boden schossen.

Richards Kindheit war in vielerlei Hinsicht idyllisch.

Er erinnert sich, dass er mit seinen Geschwistern immer draußen gespielt hat, dass sie Kanufahrten den Fluss hinunter machten, in der verstaubten alten Scheune auf den Heuboden kletterten und Verstecken spielten.

Für seine eigenen Kinder hat er sich dasselbe gewünscht. Er stellte sich vor, wie er mit Jared und Gracie Boot fahren, ihnen das Angeln und Segeln beibringen würde. Wie er mit Jared auf einer großen grünen Wiese Baseball spielen würde. Er wollte, dass sie erlebten, was er als Kind erlebt hatte: Felder, grüne Wiesen, Bäume. Darum war ihm so sehr daran gelegen, von Manhattan fortzuziehen; weil er dachte, all das würde er in Highfield bekommen.

Erst jetzt merkt er, dass es ein Fehler war. Vielleicht liegt es nur daran, dass Amber sich der falschen Clique angeschlossen hat. Wo immer sie hinkommen, kennt sie die Leute. Sie betreten ein Restaurant, und die makellos gepflegten Frauen, die auf der Madison Avenue kein bisschen auffallen würden, mustern Amber von oben bis unten, bevor sie entscheiden, ob sie sie begrüßen oder nicht.

Richard ist innerlich genügend gefestigt, dass er sich auf dieses Spiel nicht einlassen muss. Schließlich ist er ein Winslow, mit einer langen Familientradition, die ihm Sicherheit verleiht. Aber er sieht, wie Amber sich verändert hat, sieht ihr Konkurrenzverhalten und das ganze Zeug, mit dem sie sich umgibt, das nichts anderes ist als der Versuch, mit den anderen mitzuhalten.

»Es spielt doch keine Rolle«, hat er letzte Woche zu ihr gesagt, als die Kinder im Bett waren und sie bei einem Abendessen zu zweit in der Küche saßen. »Das alles spielt keine Rolle«, sagte er. »Wichtig ist die Familie und dass wir uns haben. Was schert uns, was die anderen denken? Wir sind doch nicht deshalb hierhergezogen, und ich finde es furchtbar, wie du dich veränderst, wenn du mit denen zusammen bist, du fühlst dich offenbar unzulänglich.«

Empört hatte Amber erwidert: »Ich fühle mich überhaupt nicht unzulänglich. Du weißt ja nicht, wie das ist. Ich muss mich vom Stil her anpassen.«

»Wieso? Was ist falsch daran, sich anzuziehen, wie es einem selbst am besten gefällt? Sind dir diese verdammten Labels wirklich so wichtig? Als wir uns kennenlernten, wusstest du nicht einmal, was Prada ist, und inzwischen kennst du die neue Kollektion praktisch auswendig.«

Amber grinste. »Ich weiß. Ein bisschen widerlich ist es schon, oder?«

»Es *ist* widerlich. Diese Dinge spielen doch keine Rolle. Warum sind sie dir plötzlich so wichtig?«

Amber seufzte. »Sind sie eigentlich gar nicht. Ich schätze, ich habe mich einfach anstecken lassen. Ich denke ja auch manchmal an die Zeit, bevor wir hierhergezogen sind, und finde, das Leben wäre viel einfacher, wenn es schlichter wäre, wenn wir nicht irgendwo wohnen würden, wo alle ununterbrochen versuchen, sich gegenseitig auszustechen.«

»Wir könnten wegziehen«, sagte Richard hoffnungsvoll.

»Aber wir lieben doch unser Haus«, hatte Amber mit einem Achselzucken gesagt. »Und die Schulen hier sind ganz wunderbar, und in gewisser Weise sind es unsere Freunde auch. Warum daran rütteln, wenn wir es hier so gut haben?«

Richard hatte nichts gesagt. Amber hat recht. In vielerlei Hinsicht sind sie hier sehr glücklich, und die Kinder gehen begeistert in Kindergarten und Vorschule. Es stimmt, warum daran rütteln?

Nach dem Spielplatz fährt Richard mit den Kindern zu Borders, dem von Vätern favorisierten Tummelplatz am Wochenende, wenn Regenwolken schlechtes Wetter ankündigen. Er verstaut die Kinder in der Kinderbuchabteilung und schlendert dann zu den Zeitschriften hinüber. Er blättert in *Robb Report*, *Forbes* und *Newsweek*, dann wählt er gut gelaunt ein paar Magazine für Amber aus. Unter den Hochglanzzeitschriften für die Damenwelt finden sich auch einige Überseeimporte, und am Ende kauft er die neuen Ausgaben von *US Weekly*, *People*, *American Marie Claire* und die Juniausgabe einer englischen Zeitschrift, *Poise!*.

Wenn er nur gewusst hätte, als er sich an jenem strahlenden Maitag vor der Kasse anstellte, was er da in den Händen hielt, er hätte kehrtgemacht und *Poise!* sofort zurück ins Regal gestellt. Richard hat den Schriftzug auf dem Cover nicht gesehen: LEBENSTAUSCH!!! Und selbst wenn: Wie sollte das Titelblatt einer Zeitschrift sein Leben schon groß verändern?

Er hatte ja keine Ahnung.

Kapitel 10

»Bist du jetzt völlig duchgeknallt?«, gluckst Kate am anderen Ende der Leitung. »Ich hab mir vorhin am Kiosk die neueste *Poise!* gekauft und gerade deine Story über den Lebenstausch gelesen. Ich bin entsetzt. Du hast doch nicht etwa im Ernst vor, das durchzuziehen?«

»Ich weiß gar nicht, warum dich das so überrascht«, sagt Vicky spitz. »Schließlich war es deine Idee.«

»Wie meinst du das, es war meine Idee?«

»Du hast doch gesagt, dass Tausende von Frauen liebend gern mit mir tauschen würden, Kirschen in Nachbars Garten und so weiter.«

»Na ja, schon, aber wer denkt denn, dass du das gleich in die Tat umsetzt! Glaubst du, es meldet sich jemand? Also ich würde mich nie für so was hergeben. Würde das *überhaupt* eine normale Frau?«

»Kate!« Vicky schreit förmlich. »Du warst diejenige, die sagte, sie würde sich ein Bein ausreißen für mein Leben.«

»Ja, aber das hab ich doch nur *gesagt*. So was *meint* man doch nicht! Obwohl es schon eine geniale Idee ist. Natürlich nur, wenn sich nicht lauter Durchgeknallte bei dir melden, dann könnte es eher etwas gefährlich werden. Aber ich bin gespannt, was für Frauen dir schreiben. Hast du schon was bekommen?«

»Willst du's wirklich wissen?«, fragt Vicky lächelnd.

»Wirklich.«

»Die Nummer ist seit einer Woche draußen, und bis jetzt haben wir zweihundertundvierzehn E-Mails und zweiundsechzig Briefe erhalten.«

»Nein!«

»Doch!«

»Aber was sind das für Frauen?«

»Das ist ja das Interessante. Die meisten sind genau, was wir erwartet haben. Ganz normale Frauen, die sich unausgefüllt fühlen, die ihrem Leben ein bisschen mehr Pep geben wollen, die meinen, es müsste noch was anderes passieren als der Alltagstrott. Und unsere Annonce hat ihnen den Impuls dazu gegeben.«

»Und, hast du schon jemanden kontaktiert?«

»Spinnst du! Wir sortieren immer noch die Ja-, Nein- und Vielleicht-Stapel, und wer weiß, wie viele noch dazukommen.«

»Sind auch ein paar Durchgeknallte dabei?«

»Aber hallo. Warte mal ...« Vicky öffnet ihren Posteingang und klickt auf den »Auf gar keinen Fall«-Ordner. »Hier, hör mal: Liebe Vicky Townsley, ich habe die neue *Poise!* gelesen und bin darin auf Ihre faszinierende Story gestoßen, und da dachte ich, meine derzeitige Lage würde Sie vielleicht besonders interessieren. Obwohl mir klar ist, dass Sie zum Tauschen eine verheiratete Frau mit Kindern suchen, bin ich im Moment noch ein Mann, der dabei ist, eine volle Geschlechtsumwandlung vorzunehmen. Ich dachte, wenn Sie den gesamten Prozess dokumentieren, speziell in Hinblick darauf, wie meine Frau und meine drei Kinder im Teenageralter damit umgehen, könnte es eine faszinierende Geschichte für *Poise!* werden. Ich würde mich freuen, von Ihnen zu hören. Alles Liebe, Elisabeth (Bert) Parkinson.«

»Mut hat er, das muss man ihm lassen«, sagt Kate.

»Wenn er schon alles andere hergibt.«

»Hat er ein Bild angehängt?«

»Ja, und ich kann nur sagen, dass es verdammt hart wird, wenn man ungefähr eins neunzig ist und aussieht wie einer der Klitschko-Brüder.«

»Armer Kerl«, seufzt Kate. »Hast du noch mehr?«

»Viel zu viele«, sagt Vicky.

»Dann heb die Sahnestückchen auf und bring sie unbedingt bei deinem nächsten Besuch mit, du kommst doch hoffentlich bald. Die Küken sind da, und die Kids sind ganz wild darauf, sie dir zu zeigen.«

»Sind sie winzig und flaumig?«

»Ja, und oberniedlich, obwohl Hogie und Herks ständig um den Hühnerstall herumschleichen und sie lüstern ansehen. Zum Glück ist Hühner-Bill noch mal vorbeigekommen und hat den Zaun verstärkt. Wie sich herausstellte, hat dein genialer Bruder nicht ganz so genial gearbeitet, wie wir alle dachten. Trotzdem ist er ein Schatz, dass er sich so große Mühe gegeben hat.«

»Ich komm wahrscheinlich an diesem Wochenende«, sagt Vicky. »Gleich Freitag nach der Arbeit, ist das okay?«

»Klingt perfekt. Und übrigens, hast du noch mal was von diesem Schleimer Jamie Donnelly gehört?«

»Dieser Arschgeige? Nee. Soll er doch mit Emma Soapworth in der Hölle schmoren.«

»Ich hab gelesen, er hat schon wieder eine Neue. Ich glaube, diese Woche ist es Lucy Ferntree.«

Vicky seufzt. »O Gott. Wahrscheinlich sollte ich mich

geschmeichelt fühlen, weil ich mir einbilden durfte, ihm gefallen zu haben. Immerhin bin ich in guter Gesellschaft.«

»Allerdings. Er weiß einfach nicht, was ihm entgeht.«

»Kate. Hab ich dir eigentlich schon mal gesagt, dass ich dich wahnsinnig liebe?«

»Ja. Hunderttausendmal. Und du weißt, dass ich dich auch wahnsinnig liebe. Du bist viel eher meine Schwester als meine Schwägerin.«

»Okay, okay. Genug geschäkert. Ich seh dich Freitag.«

Janelle Salinger ist von der Story entzückt. Alle aus der Werbung sind entzückt von der Story. Alle bis auf Vicky, die sich inzwischen fragt, was zum Teufel sie sich nur dabei gedacht hat. Im Haus einer anderen Frau zu wohnen, sich um ihre Kinder zu kümmern, ihre Kleider zu tragen. Denn genau das haben sie beschlossen. Nicht genug, dass sie mit ihrem eigenen Leben auf einer fremden Türschwelle, in einem fremden Leben aufkreuzen soll. Janelle war außerdem der Meinung, wenn bei dem Experiment tatsächlich etwas herauskommen sollte, könne es nur funktionieren, wenn die Tauschpartnerinnen ins Leben der anderen so tief eintauchen wie möglich. Was bedeutet, dass Vicky außer ihrer Unterwäsche nichts mitnehmen darf. Sie soll die Sachen der verheirateten Frau tragen, ihr Make-up benutzen, ihr Haar mit ihrem Shampoo waschen.

Sie würde sich im Bekannten- und Freundeskreis dieser verheirateten Frau bewegen, als sei es nie anders gewesen. Wer immer die beste Freundin dieser verheirateten Frau war, sie würde nun Vickys beste Freundin sein. Es genügte nicht, einfach nur den Platz der anderen einzunehmen. Das eigentlich Interessante war ja, herauszufinden, ob man den Kosmos eines anderen Menschen wirklich bewohnen konnte, zu dieser Frau *wurde*, so sehr in ihrem Leben aufging wie menschenmöglich.

Und im Gegenzug würde Vicky ihr Leben hergeben. Ihr Make-up, das sie schleunigst durch neues ersetzt hatte, weil ihr das drei Jahre alte, verkrustete Maskara dann doch peinlich war (schon weil ihre eigene Zeitschrift ihren Leserinnen ständig riet, sich nach sechs Monaten neues zu kaufen). Ihre Freunde. Ihren eigenen Bruder und ihre Schwägerin. Luke, Polly und Sophie würden es über sich ergehen lassen müssen, dass eine Frau, die sich hoffentlich nur als sehr blasser Abklatsch ihrer selbst entpuppte, ihnen Geschichten vorlas. Die Kinder würden sich aber gewiss nicht ins Bockshorn jagen lassen.

Wenn Vicky mal ganz ehrlich ist, muss sie zugeben, dass sie nicht damit gerechnet hat, so weit gehen zu müssen. Als Janelle auf die Idee kam, hatte Vicky gedacht, sie könnte einfach ein paar Wochen ihren erträumten Lebensstil ausleben, wahrscheinlich um dann festzustellen, dass es nicht halb so viel Spaß machte, sich um anderer Leute Kinder zu kümmern als um eigene, und dass sie sich, wenn sie wieder nach Hause kam, mehr oder weniger genauso fühlen würde wie vorher.

Ihr war nicht klar gewesen, wie weit sie gehen müsste, welches Maß an Flexibilität Janelle von ihr erwartete und vor allem wie viele Frauen sich melden würden.

Immer neue Briefe treffen ein, und eine Flut von E-Mails. Vicky hat der Telefonzentrale schon sagen müssen, sie sollen die Leute bitten, sich schriftlich zu bewerben, denn in den ersten drei Tagen nach Erscheinen der letzten Ausgabe von *Poise!* hat ihr Telefon nicht mehr aufgehört zu klingeln. Die Frauen hielten sich für ganz schlau und meinten, sie hätten eine bessere Chance, wenn sie sich die Nummer heraussuchten und persönlich mit ihr sprachen, anstatt zu schreiben.

Was sind das bloß für Frauen?

Manche haben Fotos geschickt, Schnappschüsse an ihre E-Mails gehängt, Digitalbilder von den spielenden Kindern, dem gut aussehenden Gatten, von Wohnzimmer und Garten.

Manche Briefe sind kurz; andere ellenlang. Alle Frauen behaupten, ihre Kinder zu lieben, manche, ihre Männer zu lieben, und die meisten sagen, dass ihnen etwas im Leben fehlt. Wenn man sie nähme, könnten sie herausfinden, was sie so unzufrieden macht.

Ein paar sind schonungslos offen. Sie sind nicht gern verheiratet. Sind nicht glücklich. Hoffen, dass das die Chance ist, sich zu trennen, in ein Leben zurückzukehren, nach dem sie sich sehnen und das ihnen gleichzeitig Angst macht.

Eine Handvoll Frauen aus dieser Kategorie hat angegeben, ihre Kinder mitbringen zu wollen. Soll Vicky nur kommen und ihren Mann übernehmen, solange sie es sich in Vickys Junggesellinnenwohnung mit den Kids gemütlich machen.

Das könnt ihr euch gleich abschminken, Mädels.

Vicky befördert diese Briefe entschlossen auf den Nein-Haufen.

Sie lehnt sich zurück und liest noch einmal den kleinen Stapel der Zuschriften, die in die engere Wahl gezogen werden.

Liebe Vicky,

was für eine fantastische Idee! Ich bin seit Jahren Poise!-*Leserin, schreibe heute aber zum ersten Mal, kann immer noch nicht fassen, dass ich hier sitze und schreibe, zumal ich ein wunderbares Leben führe, um das mich alle meine Freunde beneiden. Ich habe zwei wunderhübsche Kinder und einen Mann, der zugleich mein bester Freund ist.*

Meine Jungen heißen Jack und William und sind sechs und vier Jahre alt. Wir wohnen in einem charmanten kleinen Cottage außerhalb von Oxford. Simon, mein Mann, arbeitet dort in einer Anwaltskanzlei, was toll ist, weil er immer schon um sechs wieder zu Hause ist und die Kinder baden kann. (Na, klingt das nicht jetzt schon verlockend??!!!)

Bevor die Kinder kamen, habe ich in der Werbebranche gearbeitet. Man hatte mich gerade zur Leiterin der Buchhaltung befördert, als ich mit Jack schwanger wurde. Da haben wir noch in London gelebt, in einer herrlichen Wohnung in Putney, und der Plan war, dass ich drei Monate Mutterschaftsurlaub nehme und anschließend direkt wieder arbeiten gehe, aber natürlich habe ich mich Hals über Kopf in Jack verliebt, und als es so weit war, wollte ich lieber zu Hause bleiben.

Wir zogen nach Oxford, als William unterwegs war. Es schien der richtige Zeitpunkt zu sein, und ich wollte schon immer, dass meine Kinder auf dem Land aufwachsen, an der frischen Luft, umgeben von Bäumen und Tieren. Ich bin so froh, dass wir einen anderthalb Hektar großen Garten haben, der von einem Bach begrenzt wird, in dem die Jungen stundenlang angeln. Nicht, dass sie je etwas gefangen haben, aber es hält sie bei Laune und, was noch wichtiger ist, es hält sie ruhig!!!

Jetzt sind die Jungen schon ein bisschen älter und gehen in die Schule beziehungsweise in den Kindergarten, darum möchte ich einerseits wahnsinnig gern wieder anfangen zu arbeiten; ande-

rerseits habe ich eine Heidendangst davor. Neulich habe ich mich mit Simon zusammengesetzt und ihm den Artikel gezeigt, und wir fanden beide, dass es eine geniale Idee ist, und so schwer es auch sein wird, einen Monat von meiner Familie getrennt zu sein, könnte es genau der Tick sein, der mir noch fehlt. Außerdem wollte ich schon immer schreiben, und die Vorstellung, für Poise! *zu arbeiten, ist sehr verlockend, auch wenn es nur bedeutet, Sie eine Zeit lang zu vertreten.*

Ich weiß, Sie suchen jemanden mit derselben Kleidergröße, damit wir auch die Garderobe tauschen können. An einem guten Tag trage ich Größe 36, an einem schlechten 38. An einem rabenschwarzen Tag sogar 40, aber so einen habe ich glücklicherweise das ganze letzte Jahr nicht mehr erlebt!! Oh, ich habe Schuhgröße 38. Ich würde Ihnen jetzt gern sagen, dass mein Schrank voller herrlicher Sachen ist, Armani-Blusen und Manolo-Schuhen, aber leider werden Sie eher Jigsaw-Pullis und Schuhe von Nine West vorfinden. Tut mir leid!

(Obwohl ich hoffe, von Ihrer Garderobe profitieren zu können, die vom Foto in Ihrem Artikel her zu urteilen ziemlich sensationell sein muss. Diese niedlichen lila Riemchensandalen von Jimmy Choo sind ja so was von sexy!)

Wahrscheinlich sollte ich aufhören, von Klamotten zu schwärmen, und Ihnen nur noch sagen, dass es Ihnen hier sicherlich gefallen würde. Sie schrieben, Ihr Traum sei ein Haus auf dem Land, mit Kindern, einem gusseisernen Herd und großen Hunden. Wir haben das Haus, und wir haben die Kinder, wir haben leider keinen gusseisernen Herd (obwohl ich hoffe, dass Simon mir einen zu meinem fünfunddreißigsten Geburtstag schenkt!), und wir haben zwei West-Highland-Terrier.

Und mein Mann ist ein Schatz. Ich habe Fotos von allen dazugelegt, damit Sie sich ein Bild machen können, aber er ist witzig und klug und eine große Hilfe mit den Kindern. Aber Sie dürfen nicht mit ihm schlafen!!! (Ich gehe mal davon aus, dass Sie nicht vorhaben, mit dem Mann im Bett zu landen …)

Ich würde mich freuen, von Ihnen zu hören. Ich bin meistens zu Hause. Und wenn Sie sich für eine andere entscheiden sollten, wünsche ich Ihnen viel Glück – ich finde es eine wunderbare Idee.

Herzliche Grüße,
Sarah Evans

LIEBE VICKY TOWNSLEY,

ich bin eine 38-jährige Ehefrau, Mutter, Putzfrau, Waschfrau, Hundeausführerin, Chauffeurin, Köchin, Barkeeperin, Hostesse und Erste Kuchenbäckerin in der Station Road Nr. 745, Chislehurst.

Und es steht mir bis hier oben.

Bitte holen Sie mich ein paar Wochen hier raus.

In aufrichtiger Dankbarkeit,
Ihre Sally Lonsdale

Diese Zusendung hatte es nur auf den Stapel der potenziellen Kandidaten geschafft, weil Vicky lachen musste. Und dann gab es noch die Briefe, die rundweg abzulehnen Vicky nicht übers Herz brachte. Diese Briefe rührten sie fast zu Tränen, weckten in ihr das Bedürfnis, zu helfen.

LIEBE VICKY,

ich schätze mal, ich sollte Ihnen gleich reinen Wein einschenken und sagen, dass mein Mann mich wahrscheinlich umbringen würde, wenn er erfährt, dass ich Ihnen schreibe, aber lassen Sie sich bitte nicht davon abschrecken – wenn Sie mich nehmen, werde ich ihm die Sache so erklären, dass er mein Leben verschont und mich nach Ablauf des Monats wieder zurücknimmt.

Ehrlich gesagt bin ich nicht sehr glücklich. Das heißt, wir sind nicht sehr glücklich, was Sie wahrscheinlich nicht so gern hören, aber ich denke, es ist besser, ehrlich zu sein. Ein paar Dinge, die Sie für Ihr Idealleben suchen, könnte ich Ihnen bieten – ein herrliches Haus in Bath, das unglaublich schön ist, drei Kinder und eine Katze, die sich für einen Hund hält. Und natürlich meinen Mann, Adam.

Adam und ich kannten uns schon als Teenager. Ich bin erst zweiunddreißig, also haben wir in kurzer Zeit schon eine Menge geschafft! Wir sind zusammen, seit wir vierzehn sind, und wenn Sie mich vor einem Jahr gefragt hätten, ob ich glücklich bin, hätte ich gesagt, ich sei die glücklichste Frau der Welt.

Vor sechs Monaten kam Adam nach Haus und sagte, er müsse mir etwas sagen. Sie ahnen es wahrscheinlich schon. Offenbar wissen immer alle anderen, was los ist, nur die Ehefrau ist immer die Letzte, die es erfährt. Natürlich hat er mir eröffnet, dass er ein Verhältnis mit einer Frau in der Arbeit hatte, dass es aber vorbei sei, dass es ihm leidtäte, dass es nie wieder passieren würde und er sich nur durchgerungen hätte, es mir zu sagen, weil er nicht mit den Schuldgefühlen leben konnte. Er wollte reinen Tisch machen und noch mal ganz von vorn anfangen.

Mir wär's lieber gewesen, er hätte dieses Fass mit Würmern nicht geöffnet.

Adam ist der einzige Mann, mit dem ich je zusammen war. Der einzige Mann, den ich je geliebt habe, und ich hätte mir nie träumen lassen, dass er mir so etwas antun würde. Ich kenne das Mädchen, mit dem er was hatte – ich habe sie letztes Jahr bei der Weihnachtsfeier seiner Firma kennengelernt. Ich mochte sie nicht, sie war genau der Typ, den man von seinem Mann besser fernhält. Das Schlimme ist: Ich glaube, dass er mich liebt. Und ich glaube auch, dass er es nicht noch mal tun wird, dass es ein schrecklicher Fehler war und er seine Lektion gelernt hat. Das Problem ist nur: Ich kann ihm nicht verzeihen.

Jedes Mal, wenn er mich berührt, denke ich daran, wie er sie berührt haben muss. (O je, ist Ihnen das jetzt zu intim?) Jedes Mal, wenn er sagt, wie sehr er mich liebt, merke ich, wie die Wut in mir hochkocht. Dann sage ich mir ständig, dass die Zeit alle Wunden heilt, dass ich ihm irgendwann verzeihen werde, dass wir so weitermachen können wie bisher, aber stattdessen wird es immer schlimmer.

Und als ich dann Ihren Artikel las, dachte ich, das sei genau, was ich brauche. Was er und ich brauchen. Ich glaube, dass etwas Großes, Gewaltiges in meinem Leben passieren muss. Meine Freundinnen raten mir alle, ihn zu verlassen, aber die Wahrheit ist, dass ich ihn nicht verlassen will. Nicht für immer. Wenn ich ihm glaube, dass es nicht noch einmal vorkommt, warum sollte ich ihn denn verlassen wollen, da er ein guter Vater ist, mich gut behandelt und ich weiß, dass er uns liebt. Aber weil ich ihm nicht verzeihen kann, weiß ich, dass ich handeln muss, darum schien mir Ihre Sache perfekt zu sein. Ich weiß, dass ich etwas tun muss. Ihn eine Zeit lang verlassen. Damit er merkt, was er an mir und an seiner Familie hat.

Jedenfalls wollte ich Sie mit meiner Geschichte nicht deprimieren, und es geht mir schon besser, nachdem ich es mir in diesem Brief von der Seele geschrieben habe. Ich wäre wahninnig gern die Frau, mit der Sie Ihr Leben tauschen, und ich hoffe, Sie setzen sich mit mir in Verbindung!

Mit freundlichen Grüßen
von Hope Nettleton

Und schließlich das:

Liebe Vicky,

ich bin mir sicher, Sie haben keine Post von der anderen Seite des Großen Teichs erwartet, aber unser Zeitungsladen führt auch Magazine aus England, und mein Mann hat mir neulich ein paar Hefte gekauft, darunter die Juninummer von Poise!. *(Er hatte keine Ahnung, was er sich damit eingebrockt hat …!)*

Also habe ich Ihren Artikel gelesen und muss gestehen, dass ich ihn faszinierend finde, besonders weil ich auch immer von den Kirschen in Nachbars Garten spreche, ohne sie je gekostet zu haben. Und lassen Sie mich gleich vorausschicken, dass mein Leben, vordergründig betrachtet, perfekt zu sein scheint. Und in vielerlei Weise ist es das auch.

Ich bin mit Richard verheiratet, und wir haben zwei Kinder, den sechsjährigen Jared und die dreijährige Gracie. Wir leben in einem kleinen Städtchen namens Highfield in Connecticut, ungefähr eine Stunde von Manhattan entfernt. Es ist, als würde man auf dem Land leben, aber jedes Mal, wenn ich meine, ich brauche mal wieder eine Dosis Großstadt, oder Lust habe, bei Bergdorfs hereinzuschauen, kann ich mich einfach in den Zug setzen und bin gleich da.

Wir haben den gewünschten Golden Retriever, Ginger, der viel zu fett ist, und ein wunderbares Kindermädchen, Lavinia, und obwohl wir nicht mit dem gusseisernen Herd dienen können, haben wir das amerikanische Gegenstück dazu, einen frei stehenden nostalgischen Viking-Gasherd, der Ihnen garantiert auch gefällt!

Ich habe das große Glück, in einem großen Haus wohnen zu können, mit Swimmingpool, und wir sind etwa zwanzig Minuten vom Strand entfernt. Ich bin vollauf damit beschäftigt, die Kinder durch die Gegend zu fahren, in die Vorschule und in den Kindergarten oder zu ihren Freunden, außerdem mache ich sehr viel Wohltätigkeitsarbeit für den Frauenklub von High-

field. Wir organisieren gerade unsere Sommergala, bei der wir im letzten Jahr 1,8 Millionen Dollar zusammenbekamen, die wir dann an die verschiedenen Wohlfahrtseinrichtungen vor Ort weitergegeben haben – es ist wunderbar, sich für einen guten Zweck zu engagieren, und es hält mich auf Trab!

Ich kann mir vorstellen, dass Sie eine Menge Briefe von unglücklichen Frauen erhalten haben, und ich muss Ihnen gleich sagen, dass ich eigentlich glücklich bin. Meine Güte, wenn man sich mein Leben ansieht (ich habe Fotos von der Familie, dem Hund, dem Haus und unserer entzückenden Main Street dazugelegt, auf der es ein herrlich altmodisches Café gibt, um Ihnen die Sache noch schmackhafter zu machen …), würde man meinen, dass ich alles hätte. Und obwohl mir meine Kinder und mein Mann über alles gehen, werde ich einfach dieses Gefühl nicht los, dass das noch nicht alles im Leben gewesen sein kann.

Ich schätze, manchmal komme ich mir vor wie eine von den Desperate Housewives *(ich wäre gern Brittany Johnson, bin aber viel eher der Felicity-Huffman-Typ!), denn so leben wir. Den meisten Frauen hier geht es bei der Charity-Arbeit offenbar viel mehr um den sozialen Aufstieg, und obgleich das nicht der Grund ist, weshalb ich mich im Frauenklub engagiere, ist es wirklich schwer, sich dem gesellschaftlichen Druck zu entziehen.*

Weil diese Stadt nur eine Stunde von Manhattan entfernt ist, arbeiten viele Leute, die hierhergezogen sind, an der Wall Street – zumindest die Männer. Nicht, dass ich mich darüber beklagen sollte, Richard arbeitet ja auch da, und Gott sei Dank! Aber es schafft auch eine Konkurrenz: Alle sind permanent damit beschäftigt, mit den anderen mitzuhalten – wer hat das größte Haus, wer hat das teuerste Auto, wessen Kinder besuchen die beste Privatschule.

Und das ist anstrengend. Ich bin ohne diese Dinge aufgewachsen, stamme aus sehr bescheidenen Verhältnissen und weiß nicht, wie lange ich noch die Energie habe, dieses Spiel mitzumachen. Darum schreibe ich. Ich bin sicher, dass Sie jemanden wie mich nicht im Sinn hatten, noch weniger eine Frau in den Staaten, aber die Vorstellung einer Auszeit von diesem Konkurrenzkampf ist einfach zu verlockend.

Außerdem dachte ich, Ihnen könnte vielleicht gefallen, herauszufinden, wie es hinter den Kulissen der Wisteria Lane wirklich zugeht (obwohl sie in diesem Fall Sugar Maple Road heißt).

Ihre

Amber Winslow

Vicky schiebt die Briefe wieder in den Ordner der erwägenswerten Zusendungen und schaut auf ihre Armbanduhr. Mist. Sie ist schon wieder zu spät dran. Um eins hat sie ein Lunchmeeting mit ein paar Leuten von Channel Four. Sie haben die Geschichte im letzten Heft gelesen und sich mit dem Vorschlag gemeldet, eine Dokumentation über den Tausch zu drehen, das heißt beide Frauen aus nächster Nähe und rund um die Uhr zu begleiten.

Janelle schrie fast auf vor Entzücken, als Vicky ihr davon erzählte. Sie konnte es ihr schlecht verheimlichen. Obwohl sie sich eigentlich nichts Schrecklicheres vorstellen kann, als Teil einer Doku-Soap zu sein.

Zunächst einmal war da das nicht unerhebliche Problem, dass man im Fernsehen immer mindestens zehn Pfund dicker wirkt. Außerdem würde ihr die ganze Welt zusehen, und Vickys persönliche Erfahrung mit Ruhm und Berühmtheit beliefen sich darauf, dass sie mit sechs Jahren an Jimmy Saville schrieb und ihn bat, ein Treffen mit ihr und den Bay City Rollers zu arrangieren (hatte er nicht).

Sie hofft, dass diese Fernsehleute zu dem Schluss kommen werden, dass sie nicht interessant oder charismatisch genug ist, um eine Dokumentation mit ihr machen zu wollen. Janelle wird später dazustoßen, was natürlich ungünstig ist, aber Vicky hofft, bis dahin genügend Schaden angerichtet und sich die Leute vom Hals geschafft zu haben.

Kapitel 11

Amber steht wieder einmal in der Ecke ihres von Amberley Jacks neu gestylten Empfangszimmers und betrachtet zufrieden lächelnd die Veränderungen.

Die Wände sind jetzt, entsprechend dem Vorschlag der beiden, lavendelfarben, das Sofa kommt in einem satten Pflaumenblau daher, die Sessel sind in einem schokobraunen und blauen Muster neu aufgepolstert. Mokka-lavendelfarben karierte Gardinen runden das Ganze ab, und die letzte Errungenschaft, das Sahnestückchen, steht in der Mitte des Raums: ein neues antik-asiatisches Kaffeetischchen, auf dem Silberteller mit exquisitem Gebäck und Kuchen für das heutige Treffen bereitstehen.

Amber kommt mindestens dreimal am Tag hier herein. Sie setzt sich aber nicht aufs Sofa – lässt *niemanden* auf dem Sofa sitzen. Sie steht nur da und bewundert das herrliche Ensemble, freut sich, dass alles noch rechtzeitig fertig geworden ist zum letzten Vorbereitungstreffen für die Gala am Freitag.

Julian und Aidan haben Großartiges geleistet, erzählt sie jedem, der es wissen will. Im Moment arbeiten sie gerade am Wohnzimmer und an der Bibliothek, und Amber hat schon erwogen, der Liste auch das Elternschlafzimmer hinzuzufügen, obwohl sie Richard bisher noch nicht gestanden hat, dass sie noch ein paar Räume mehr in Auftrag gegeben hat. Er ist in letzter Zeit so schwierig geworden, wenn es ums Geld geht, vielleicht besser, es vorläufig erst einmal nicht zu erwähnen.

Sie musste sogar die monatlichen Rechnungen von Amberley Jacks abfangen und über ihr eigenes Konto begleichen. Richard war außer sich gewesen, als die erste Rechnung kam. »Amber!«, kam ein Aufschrei aus seinem Büro, wo er über den Rechnungen saß. »Sieh dir das bitte mal an!« Er hatte ihr das Schreiben vor die Nase gehalten und sie zornig angefunkelt. »Du hast doch gesagt, sie sind nicht teuer«, knurrte er.

»Ja, stimmt«, hatte Amber gesagt. Nicht nur hatten die Möbel viel mehr gekostet als erwartet (alles hatte sich als »Einzelstück« herausgestellt: echt, alt und unsäglich teuer), sie berechneten für den April dreißig Arbeitsstunden, was mit $ 6 000 zu Buche schlug.

»Wie können sie dreißig Arbeitsstunden geleistet haben?«, hatte Richard gesagt. »Ich dachte, sie waren nur zweimal hier.«

»Waren sie auch.« Amber war sofort in die Defensive gegangen. »Aber sie waren unterwegs, um für uns einzukaufen.«

»Dreißig Stunden Einkauf? Wie das denn? Sie haben doch nur den Kaffeetisch, ein paar Beistelltischchen und einige Lampen besorgt. Wie kommt man da auf dreißig Stunden?«

Amber hatte den Kopf geschüttelt. »Tut mir leid, Liebling, ich weiß es nicht, aber wenn sie das so aufführen, wird es wohl so gewesen sein.«

»Ich rufe sie an und frage sie«, hatte Richard gesagt und zum Hörer gegriffen.

»Nein!«, hatte Amber entsetzt gerufen, weil sie der bloße Gedanke demütigte. »Bitte nicht. Ich werde mit ihnen reden. Ich bin ihre Ansprechpartnerin, darum sollte ich mich darum kümmern, findest du nicht?«

»Na schön. Aber sieh zu, dass sie dir eine Aufstellung ihrer Arbeitszeit machen. Ich möchte eine Liste, der ich genau entnehmen kann, wofür diese dreißig Stunden verwendet wurden, und Amber, ab jetzt ist Schluss damit. Wir können uns nicht leisten, so viel Geld in die Innenausstattung zu stecken. Das Empfangszimmer ist fertig, und damit hat sich's. Okay?«

»Okay, okay. Morgen rede ich mit ihnen.« Amber hat ihm ein Küsschen zugeworfen, weil sie weiß, dass er das Ganze am nächsten Morgen vergessen haben wird. Er ist den ganzen Tag im Büro und merkt nicht einmal, wenn sie weitermachen. Sie kann außerdem immer behaupten, sie hätte die anderen Räume selbst eingerichtet.

Und obwohl ein Empfangszimmer in Lavendel und Pflaumenblau nicht unbedingt das ist, was Amber je vorschweben würde, nicht mal, wenn sie das in einer Zeitschrift abgebildet sehen würde, so ist es doch original von Amberley Jacks entworfen, und sie kann gar nicht erwarten, dass die Frauen vom Komitee, vor allem Suzy, es endlich sehen.

»Oh, wie wunderbar«, sagt Nadine, die hereinspaziert und sich neben Suzy aufs Sofa setzt, den Kaffeetisch und die antiken Messinglampen bewundert. »Haben die beiden das nicht fantastisch gemacht?«

»Ja«, sagt Amber stolz. »Sie sind wirklich jeden Pfennig wert. Nehmt euch doch bitte von dem Kuchen. Ich geh nur kurz frischen Kaffee machen. Kann ich euch noch irgendetwas mitbringen?«

»Nein, danke«, sagen die beiden Mädchen, schütteln den Kopf und lächeln süß. »Wir sind vollkommen glücklich.«

»O mein Gott«, flüstert Suzy und sieht Nadine mit heruntergeklapptem Unterkiefer an, und Nadine fängt an zu kichern.

»Hör auf!« Sie rempelt Suzy spielerisch an, während sie sich beide im Raum umsehen. »Was *ist* das nur für eine Unfarbe? Woran erinnert die mich nur? Ah, ich hab's!« Sie schaut Suzy wieder an. »An Kotze.«

Suzy schüttelt sich vor Lachen. »Und ich dachte, Amberley Jacks sind talentiert. Das ist so ungefähr das Ekligste, was ich je gesehen habe. Und dieser Kaffeetisch! Hässlicher geht's wohl nicht.«

»Und was ist mit den Gardinen? Da wird einem ja ganz schlecht!« Die beiden Mädchen gehen Richtung Fenster und kichern, verstummen aber abrupt, als Deborah hereinkommt.

»Hi!« Sie umarmt die beiden kurz und schaut sich dann im Zimmer um. »Nun ja, also diese Farbe ist höchst eigenwillig«, sagt sie und setzt sich aufs Sofa.

»Nadine findet, sie sieht aus wie Kotze« flüstert Suzy mit einem bösen Grinsen. »O mein Gott, wie klingt das denn jetzt? Ich bin ja so gemein. Sag das bitte nicht Amber, ich glaube, sie findet es ganz toll.«

»Und du findest es furchtbar?«, fragt Deborah und lächelt zurück.

»Wir finden es beide unmöglich«, flüstert Suzy.

»Das heißt, ihr werdet Amberley Jacks nicht engagieren?«, fragt Deborah unschuldig.

»Na ja, angeblich sind sie die Besten. Vielleicht haben sie nur hier Mist gebaut. Kann ja sein, dass Amber auf dieser Kotzfarbe bestanden hat.«

»Also werdet ihr sie doch nehmen? Obwohl ihr dieses Zimmer unmöglich findet?«

»Ähm, also ich weiß nicht.« Suzy merkt, dass sie reingelegt wurde. »Ich habe mich noch nicht entschieden.«

»Ich geh mal in die Küche.« Deborah steht auf, geht aus dem Zimmer und schüttelt angewidert den Kopf. »Diese Zicken«, murmelt sie, als sie geradewegs in Amber hineinläuft.

»Was hast du gesagt?«

»Oh, tut mir leid«, entschuldigt sich Deborah. »Nur Suzy und Nadine, die wieder mal entzückend sind.«

»Sie haben sich doch nicht etwa das Maul über mich zerrissen, oder?« Amber ist kalkweiß geworden.

»Nein. Ich glaube, sie sind nur neidisch, weil du Amberley Jacks als Erste angeheuert hast. Suzy ist richtig grün vor Neid. Ich kann die beiden nicht ertragen. Lass uns in der Küche auf die anderen warten, ich muss unbedingt jetzt schon von dem Kuchen kosten, der da vorhin so verlockend herumlag.«

Amber ist wie immer eine aufmerksame Gastgeberin, eine Tugend, die sie ihrer Schwiegermutter abgeguckt hat. Bevor Amber Richard kennenlernte, kamen ihre Unsicherheit und ihr mangelndes Selbstwertgefühl bei anderen immer als Arroganz und Snobismus an. Die Leute merkten nicht, dass Minderwertigkeitsgefühle die Ursache für ihre kühle Zurückhaltung waren. Icy Winslow brachte ihr bei, wie wichtig zuvorkommendes Verhalten ist. Icy Winslow behandelt trotz ihrer eisigen Ausstrahlung und des frostigen Spitznamens jeden, dem sie begegnet, mit einer freundlichen, fast innigen Herzlichkeit, und alle lieben sie dafür.

Icy Winslow muss nicht erst unterkühlt, herablassend oder überheblich tun, weil sie genau weiß, wer sie ist, und nie etwas beweisen musste. Amber hingegen hat das Gefühl, ganz viel beweisen zu müssen. Sie glaubt, den Frauen, die jetzt in ihrem Empfangszimmer sitzen, nicht das Wasser reichen zu können, obwohl sie mittlerweile gelernt hat, es sich nicht anmerken zu lassen und dass sie mit Verbindlichkeit und Herzlichkeit viel besser fährt als mit Unhöflichkeit.

Die Leute sagen von Icy Winslow, sie verfüge immer noch über die aussterbende Gabe einiger wirklich großen Damen, nämlich einem im Gespräch das Gefühl zu geben, dass sie nichts lieber täten, als sich in diesem Moment mit einem zu unterhalten.

Denk an Icy, sagt Amber sich immer, wenn sie merkt, dass sie sich unsicher fühlt. Was würde Icy tun? Und sie lächelt strahlend, berührt die Leute sanft am Arm, mit denen sie sich unterhält, und stellt ihnen viele Fragen. Sie ruht vielleicht nicht in sich wie Icy, aber sie hat gelernt, dass Schauspielern sie ein großes Stück weiterbringt.

Und darum schlüpft Amber während dieses Komiteetreffens in die Rolle ihrer Schwiegermutter. Sie umarmt jede Frau, die hereinkommt, auch die, die sie nicht ausstehen kann. Sie vergewissert sich, dass die Kuchenplatten herumgereicht werden, dass Kaffee nachgeschenkt wird, dass niemand übersehen wird.

So kommt es, dass sich Suzy und Nadine zwar das Maul über Ambers Empfangszimmer zerreißen, aber an Amber selbst nicht herummäkeln können. Man muss sie einfach mögen. Wer könnte sich diesem Charme entziehen?

Kapitel 12

Vicky kommt eine Viertelstunde später ins Wolseley als geplant. Sie hat Ewigkeiten auf ein Taxi warten müssen, und dann war sie im Verkehr stecken geblieben, darum ist sie jetzt sogar noch etwas mehr von der Rolle als geplant.

Die Kellnerin bahnt ihr einen Weg durch all die schönen Menschen, durch Prominente und Möchtegernprominente, zu einem Tisch, wo ein schlanker Mann mit Brille und einem strahlenden Lächeln aufspringt und ihr die Hand schüttelt.

»Sie müssen Vicky sein«, sagt er. »Ich bin Hugh. Wir hatten telefoniert.«

»Freut mich.« Dann wendet sie sich seiner Kollegin zu, einem hübschen kleinen Mädchen mit blondem Haar und Sommersprossen, das aussieht, als sei es höchstens zwölf.

»Hi«, auch sie lächelt. »Ich bin Elsa. Ich bin die Regisseurin. Wie schön, Sie kennenzulernen. Ich lese Ihre Zeitschrift seit Jahren.«

»Das hört man gern«, sagt Vicky und fragt sich, wie sie jahrelang *Poise!* gelesen haben soll, wo sie doch aussieht, als habe ihre Kindergartenzeit erst vor ein paar Wochen geendet. »Unsere Chefredakteurin Janelle Salinger wollte auch noch dazustoßen, wenn sie mit ihrer Besprechung fertig ist. Ich hoffe, wir können trotzdem anfangen.«

Hugh rückt einen Stuhl für Vicky heran und sagt, dass natürlich Vicky diejenige sei, an der sie am meisten interessiert seien, und während er hinter ihrem Stuhl steht, zwinkert er Elsa zu und signalisiert: Vicky ist perfekt. Schon nach zwei Minuten weiß er, dass die Kamera sie lieben wird.

»Hier«, sagt er und schiebt ihr seine Visitenkarte über den Tisch zu. »Ich geb Ihnen gleich mal meine Karte, damit Sie mich jederzeit erreichen können.«

Vicky wirft einen kurzen Blick auf die Visitenkarte, dann schaut sie Hugh fassungslos an, während sich ein Lächeln um ihre Lippen kräuselt.

»Hugh Janus?«, sagt sie endlich und fängt an zu glucksen. »Nicht wirklich? Huge Anus – so wie Riesenarsch?«

Hugh seufzt entnervt – er hört es nicht zum ersten Mal. »Nein«, sagt er langsam, »nicht, wenn man den Namen richtig ausspricht: Jan-us, nicht Jayn-us, Hugh Jan-us.«

»Also wirklich.« Vicky hat das Gefühl, dass sie gleich den größten Lachanfall ihres Lebens haben wird, und weiß nicht, wie sie ihn unterdrücken soll. »So kann man doch nicht im Ernst heißen.«

»Ich weiß. Ein Albtraum.« Er zuckt die Achseln und grinst schicksalsergeben. »Aber wenigstens bin ich nicht mehr vierzehn.«

»Ihre Schulzeit muss die Hölle gewesen sein.« Vicky ist fasziniert.

»Ja. Keiner kann sich vorstellen, wie.«

»Doch. Ich.« Vicky grinst. »Hat man Sie gefragt, ob Sie einen Bruder haben, der Lar heißt?«

»Large Anus! Oberarschloch!« Elsa bricht in schallendes Gelächter aus, und Vicky lacht mit, nur Hugh scheint es nicht ganz so rasend komisch zu finden.

»Und was ist mit deiner Cousine Sor, Miss Wundarsch?«, sagt Elsa schließlich und wischt sich die Lachtränen aus den Augen.

Ein langes Schweigen entsteht, als Vicky und Hugh eine entzückte Elsa anstarren. »Merkwürdigerweise«, sagt Hugh ungläubig und schüttelt den Kopf über Elsas schadenfrohes Grinsen, »hat mich niemand je gefragt, ob ich eine Cousine namens Sor Janus habe.«

»O Gott.« Elsa wird knallrot. »Das funktioniert ja auch gar nicht. Wie kann man nur so blöd sein?« Und jetzt schütten sich alle aus vor Lachen.

»Na, das ist ja alles höchst professionell«, sagt Hugh schließlich, als wieder Ruhe einkehrt. »So viel zu unserem Geschäftsessen.«

»Aber wie zum Teufel kann irgend jemand bei Ihrem Namen ernst bleiben?«, fragt Vicky. »Mal ehrlich, was haben sich Ihre Eltern bloß dabei gedacht?«

»Im Prinzip gar nichts. Eigentlich heiße ich Hugo, was okay ist. Hugo Janus weckt keinerlei Assoziationen, höchstens, dass mich die Leute für einen reichen Schnösel halten …«

»Und? Sind Sie's?«, grinst Vicky.

»Seh ich so aus? Bitte nicht antworten!«, sagt er. »Aber nein, ich gehöre weder zur Oberschicht, noch bin ich ein Schnösel, aber als ich ans Gymnasium kam, nannten mich aus irgendeinem bescheuerten Grund alle Hugh. Leider blieb das hängen, was bei den Darstellern der letzten Realityshow, die ich gemacht habe, für viel Heiterkeit sorgte.«

»Moment mal«, sagt Vicky, während es in ihrem Kopf zu arbeiten beginnt. »Sind Sie etwa der Produzent der BBC-Serie *The Robinsons*?«

Hugh nickt. »Hhm. Das bin ich.«

»Ich fand die Show richtig klasse!«

»Ich hab da auch Regie geführt«, unterbricht Elsa. »Das war unsere erste Zusammenarbeit.«

»Haben Sie nicht einen Bafta-Preis dafür gekriegt?«

»Der hat zurzeit einen Ehrenplatz bei mir auf dem Klo. Jedes Mal, wenn die Putzfrau kommt, stellt sie ihn wieder auf den Kaminsims, und jedes Mal, wenn sie weg ist, wandert er wieder zurück.«

»Aber wieso? Sie können doch stolz darauf sein.«

»Bin ich auch. Aber es ist mir peinlich, ihn zur Schau zu stellen. Dann sieht ihn jeder, der mich besucht, und dann folgt unweigerlich ein Gespräch von einer halben Stunde, ob die Robinsons wirklich so schlimm waren, wie es schien.«

»Und, waren sie's?«

»Schlimmer«, sagt er mit einem Lächeln, als die Kellnerin kommt und fragt, ob sie bestellen möchten.

Vicky hat ihre Hausarbeiten nicht gemacht. Vor einem Treffen wie diesem wäre es normalerweise das Mindeste gewesen, die betreffenden Personen gegoogelt zu haben, um zu wissen, was sie gemacht haben. Wäre sie nicht so sehr mit dem Sortieren der Lebenstausch-Bewerbungen beschäftigt gewesen, hätte sie bezüglich Hugh Janus Folgendes in Erfahrung gebracht: Hugh Janus, 39. Nach dem Abschluss an der Bristol University, wo er Anglistik und Theaterwissenschaft studiert hat, ging er zum London Daytime Television und absolvierte dort ein Praktikum.

Anschließend wurde er bei Channel Four zu einem der bedeutenden Pioniere für das neue Genre der Realityshow. Anfangs adaptierte Hugh Janus erfolgreiche amerikanische Shows wie *The Bachelor* und *Survivor*, später landete er mit *The Robinsons* den größten Erfolgshit des letzten Jahres.

Die Robinson-Familie lebt im südlichen Londoner Stadtviertel Peckham in einer Sozialbausiedlung. Die Mutter dealt mit Drogen, wie auch Wayne, der älteste Sohn. Darren, der mittlere Sohn, sitzt wegen schwerer Körperverletzung im Gefängnis. Warren, der jüngste, ist noch Lehrling im Familienunternehmen, und die vierzehnjährige Kylie versucht gerade, vom Rauchen loszukommen, und ist auf Jobsuche, während sie sich gleichzeitig um ihr Baby, die kleine Paris, kümmert.

Hugh entdeckte die Robinsons in einem Zeitungsartikel. Nachdem sämtliche Nachbarn die Bezirksverwaltung aufgefordert hatten, sie wegen der permanenten Lärmbelästigung, ihres aggressiven und bedrohlichen Verhaltens und der sechs Pitbulls aus dem Wohnblock zu entfernen, waren die Robinsons unter dem Namen »Die Horrorfamilie« bekannt geworden.

Die *Daily Mail* hatte unter der Überschrift »Schreck der Nachbarn« eine Doppelseite über sie gebracht, zusammen mit einem großen Foto der Familie, die kampfeslustig in die Kamera starrt, eingerahmt von anderen, kleineren Bildern verschüchtert wirkender Siedlungsbewohner.

Hugh hatte die Idee gehabt, die Familie ein Jahr lang zu filmen. »Besseres Fernsehen gibt es gar nicht«, sagte er. »Wir müssten ja nicht viel tun. Nur die Kamera draufhalten, bis wir auf Gold stoßen.« Er besorgte sich ihre Telefonnummer. Aber jedes Mal, wenn er anrief, wurde ihm mitgeteilt, er solle sich verpissen, und der Hörer aufgeknallt.

Schließlich lieh er sich den verbeulten Volvo eines Freundes – sein eigener Alfa Romeo Spider Baujahr 1978 war kein Wagen, den man in einer Sozialbausiedlung in Peckham parkt –, belud ihn mit Bier, Zigaretten und Schweineohren für die Hunde, die die Mutter, Sheila Robinson, im Artikel der *Mail* als »ihre Babys« bezeichnet hatte, fuhr hin und klingelte.

»Verpiss dich«, hatte Sheila gesagt und ihm mehr oder weniger die Tür vor der Nase zugeschlagen, während im Hintergrund ein Baby schrie.

»Ich zahle auch!«, hatte er gerufen. Stille. Dann, als er sich gerade auf den Weg machen wollte, ging die Tür wieder auf, und Sheila blies Hugh eine dicke Rauchwolke ins Gesicht.

»Wie viel?«, hatte sie sauer gefragt, und nachdem Hugh eine Summe genannt hatte, auf die er sich vorher mit Channel Four geeinigt hatte (er wusste, dass er ihnen Geld anbieten musste, wie sonst würde man die Robinsons zu irgendetwas überreden? Kylie war die Einzige, die sich möglicherweise mit ihrem Fernsehruhm zufriedengeben würde, aber die anderen ließen sich nie und nimmer auf etwas ein, wofür sie nicht bezahlt wurden, zumal die *Mail* schon mehrere tausend Pfund allein für das Foto ausspucken musste). Sheila trat zur Seite und winkte Hugh herein.

»Blöder Schnösel« hatte sie ihn von Anfang an genannt, aber er fand, dass er damit noch gut davongekommen war, und vermutete, dass sie ihn mit der Zeit ziemlich gut leiden würde. Hugh und das Team verbrachten ein Jahr damit, die Familie auf Schritt und Tritt zu verfolgen und Stunden von Material für die wöchentlichen Folgen zusammenzuschneiden, die das ganze Land ein halbes Jahr lang an den Bildschirmen kleben ließ.

»Dagegen sind Wayne und Waynetta Slob wie Charles und Camilla«, hatte er später zu den Bossen bei Channel Four lachend gesagt. Nur hatte er keinen Scherz gemacht.

Und Folgendes hätte Vicky über Hugh Janus nicht gefunden, und wenn sie sich durch noch so viele Internetseiten gearbeitet hätte:

Der jüngere von zwei Brüdern wurde in Gloucestershire geboren und besitzt eine Katze, die er wenig einfallsreich Katze nennt. Katze schläft jede Nacht zusammengerollt mit auf Hughs Seite des Bettes, auf seinem Kissen, wo sie ihm ins Gesicht schnurrt.

Er teilt eine Kellerwohnung in Notting Hill mit seiner Freundin Lara, mit der er seit sieben Jahren zusammen ist und die er zu heiraten beabsichtigt, sobald er mal eine Minute Zeit hat. Lara ist auch beim Fernsehen – sie haben sich kennengelernt, als sie für eine seiner Shows die Recherche machte und er noch beim London Daytime Television arbeitete.

Lara ist inzwischen Leiterin des Dokumentarprogramms beim London Daytime Television, und sie witzeln immer, wie viel Macht sie hat. Hugh hat schon etliche Angebote von Produktionsfirmen bekommen, aber er mag die Arbeit vor Ort, hat keine Lust, im Büro herumzusitzen und anderen die Arbeiten zu delegieren, die er selbst so gern macht.

Sie führen eine ideale Beziehung. Oder zumindest funktioniert sie für die beiden. Sie verstehen sich vollkommen, werden nicht eifersüchtig oder verunsichert, wenn der andere mit der Clique einen Abend im Pub verbringt, und sie haben ihre Freunde erfolgreich zu einer angesagten kleinen Mediengang fusioniert, deren Mitglieder hauptsächlich in Notting Hill leben, wenn sie erfolgreich sind, oder in Kilburn und Queen's Park, wenn sie es noch nicht ganz nach oben geschafft haben.

Das Einzige, was man als Haar in der Suppe bezeichnen kann, wenn überhaupt, ist, dass Lara angefangen hat, über Kinder nachzudenken, während Hugh einfach nicht weiß, ob er dafür schon bereit ist. Er mag ihr Leben. Er liebt es sogar. Er ist unheimlich glücklich mit Lara und Katze und kann sich nicht vorstellen, wie ein Kind da hereinpassen könnte.

Sein Bruder Will hat drei Kinder, die Hugh vergöttert. Jedes Mal, wenn er mit Lara nach Islington hochfährt, um Will zu besuchen, beobachtet Lara verzückt, wie Hugh mit seiner Nichte und den Neffen spielt: Er führt sie in das Waldstück am Ende des Gartens und baut mit ihnen Höhlen, mit Passwörtern und Geheimgängen und allem Drum und Dran.

Er verbringt ganze Nachmittage mit ihnen am Küchentisch, erfindet Zauberworte, mit denen sie eine Welt aus Mythen, Märchen und Überraschungen betreten, sodass die Kinder jedes Mal atemlos vor Aufregung sind, wenn sie hören, dass er zu Besuch kommt.

»Wie kannst du sagen, du seist noch nicht so weit?«, fragt Lara jedes Mal, wenn sie wieder nach Hause fahren. »Du bist doch als Onkel unglaublich! Du wirst ein fantastischer Vater sein, und ich glaube auch nicht, dass du noch nicht so weit bist. Das ist doch nur eine Ausrede. Wann ist man überhaupt so weit für Kinder? Wenn wir alle so lange warten würden, würde die Menschheit aussterben. Wir müssen es einfach *machen*, hinterher können wir uns immer noch Gedanken machen, ob wir so weit sind.«

Eine Zeit lang hat Lara erwogen, einfach schwanger zu werden und Hugh dann zu sagen, sie wüsste nicht, wie das passieren konnte. Sie haben ewig Kondome benutzt, und sie hat tatsächlich schon daran gedacht, mit einer Nadel ein

Loch in eine Packung zu stechen und auf diese Weise schwanger zu werden. Das Einzige, was sie davon abhielt, war die Vorstellung, dass Hugh ihr auf die Schliche kommen könnte.

Vor Kurzem ist sie auf die Pille umgestiegen. Hugh hat sie gesagt, es würde ihrem Hormonhaushalt guttun, obwohl ihr jüngster Plan vorsieht, die Pille abzusetzen und, wenn sie schwanger wird, Hugh zu erzählen, sie hätte Antibiotika nehmen müssen, die die Pille unwirksam gemacht hätten.

Aber bisher hatte sie noch nicht den Nerv, die Sache durchzuziehen. Noch nicht. Im letzten Jahr wollte sie es so lange hinausschieben, bis ihr Arbeitspensum nicht mehr ganz so heftig war, aber das ist nie passiert. Dieses Jahr muss es sein, sagt sie sich ständig, und auch ihren Freundinnen, aber obwohl ihr der Plan damals einleuchtete, weiß sie jetzt nicht mehr genau, ob der Betrug, das schiere Ausmaß der Lüge etwas ist, mit dem sie leben kann.

Darum versucht sie bis auf Weiteres, Hugh dazu zu bringen, seine Meinung zu ändern. Er wäre ein wunderbarer Vater, da ist sie hundertprozentig sicher, und bestimmt ist es einfach nur eine Frage der Zeit.

»Wir glauben, dass es eine tolle Dokumentation wird.« Hugh beugt sich vor und blickt Vicky fest in die Augen. »Es war eigentlich nur noch eine Formalität, Sie kennenzulernen und zu sehen, ob Sie das Zeug dazu haben. Und natürlich müssen wir noch die von Ihnen ausgewählte Tauschpartnerin kennenlernen, aber Sie sind der erste Schritt, und in dieser Hinsicht würde ich sagen, sieht es ziemlich gut aus.«

»Ach ja?« Vicky hebt eine Braue und hält in der Bewegung inne. »Und das heißt?«

»Das heißt, wenn Sie null Charisma und Persönlichkeit besessen hätten, müssten wir es uns noch mal überlegen.«

»Und was, wenn ich es verzweifelt darauf abgesehen hätte, berühmt zu werden? Wie wären Sie dann aus der Sache rausgekommen?«

»Ich hätte mir irgendwas einfallen lassen, dass mein Sender die Sache plötzlich gestrichen hätte.«

»Feigling«, sagt Vicky, und Hugh und Elsa müssen beide lachen.

»Das Einzige, was mich nervös macht, ist die Vorstellung, erkannt zu werden«, sagt Vicky schließlich. »Ich weiß nicht, ob ich damit umgehen kann, berühmt zu sein, nur weil ich im Fernsehen bin. Es ist ja nicht so, als hätte ich was geleistet. Ich habe kein Buch geschrieben oder eine neue Staubsaugermarke erfunden. Ich habe einfach nur ein Kamerateam im Schlepptau.«

Hugh nickt und lehnt sich zurück. »Ich verstehe genau, was Sie meinen, Vicky«, sagt er langsam. »Aber ich bin nicht sicher, ob Sie da richtig liegen. Tatsache ist, dass Sie Leiterin des Features-Ressorts bei *Poise!* sind, einer der beliebtesten Zeitschriften des Landes. Wir würden Sie nicht als Mienchen Motz präsentieren, als einfache Frau von der Straße, sondern von Anfang an klarmachen, dass es Teil Ihrer journalistischen Arbeit ist, dass Sie eine Reportage machen. Und es wäre eine Wahnsinns-Publicity für *Poise!*.«

Wie auf Stichwort klingelt Vickys Handy. Janelle ist laut und deutlich zu hören, als sie sich überschwänglich entschuldigt, dass sie sich so spät meldet. Sie behauptet, in ihrem Meeting festzusitzen, obwohl die vielen jungen Friseurinnen, die bei Daniel Galvin herumwuseln, während sie mit dem Haar voller Folie unter der Trockenhaube sitzt und sich diskrete Strähnchen machen lässt, vielleicht anderer Meinung sind.

»Es tut mir so leid, Schatz«, gurrt sie in Vickys Handy. »Meinst du, du schaffst es allein? Entschuldigst du mich bei den Leuten?«

»Natürlich«, sagt Vicky, die kein bisschen überrascht ist, da Janelle nicht nur für ihre geniale Kreativität, sondern auch für ihre Unzuverlässigkeit und ihren Charme bekannt ist.

»Wie ich gerade sagte«, fährt Hugh fort, nachdem Vicky Janelles Fernbleiben erklärt hat, »wäre es eine tolle Publicity für *Poise!*, außerdem haben Sie gerade erwähnt, es wäre ja nicht so, als hätten Sie ein Buch geschrieben, aber ich sehe keinen Grund, warum nicht eins daraus werden könnte. Sie könnten ein Begleitbuch zur Doku schreiben. Damit kommen Sie garantiert in die Bestsellerlisten, und wir machen Quote.«

»Hmm.« Jetzt ist es an Vicky, sich zurückzulehnen. »Interessante Idee.« Etwas erregt ihre Aufmerksamkeit, und sie wendet den Kopf. Sie sieht ein vertrautes Gesicht, und ihre Blicke begegnen sich genau im selben Moment.

»O Scheiße«, flüstert sie, während Jamie Donnelly die Augen zusammenkneift, um sehen zu können, mit wem sie zusammensitzt, bevor er dann schnell auf ihren Tisch zusteuert und Vicky spürt, wie sie puterrot wird.

»Hugh!« Jamie Donnelly steht vor ihnen und schüttelt Hugh die Hand; offensichtlich kennen die beiden sich gut.

»Jamie! Wie geht's, Kumpel?« Hugh grinst und dreht sich wieder zu ihnen um, um sie vorzustellen, erst Elsa, die plötzlich ihre Zunge verschluckt zu haben scheint, dann Vicky. »Und das ist Vicky Townsley, Features-Ressortchefin von *Poise!*.«

»Wir kennen uns«, murmelt Vicky und betet, dass ihre

Wangen wieder eine normale Farbe angenommen haben. Sie kann Jamie Donnelly kaum ansehen. Am liebsten hätte sie gesagt: »Du mieses Schwein. Wie konntest du nur? Wie konntest du einfach wegbleiben? Einfach nicht der sein, für den ich dich hielt? Für den ich dich halten wollte! Mistkerl!«

Aber natürlich sagt sie nichts dergleichen, schaut ihn nur an und wünscht sich, er würde nicht so verdammt gut aussehen. Sie würde sich nicht an seinen Geschmack erinnern. An seinen lüsternen Blick, als er sich auf sie legte und mit tausend Küssen an ihrem Körper hinunterwanderte, bis zu ihrem Bauch, und weiter, und ihr schwindelig wurde vor Lust und Erregung.

Vicky Townsley sitzt mitten im Wolseley und spürt wieder jenes Kribbeln, während sie daran denkt. Scheiße. Das war nicht geplant.

»Vicky«, sagt Jamie leise, nähert sich ihr und will sie auf die Lippen küssen; aber Vicky dreht sich in letzter Sekunde weg, und er erwischt nur ihren Mundwinkel.

»Wie ich sehe, kennt ihr euch?«, lacht Hugh, und Elsa beißt sich voller Neid auf die Unterlippe.

»O ja«, sagt Jamie, der Vicky nicht aus den Augen lässt. »Ich wollte dich anrufen, Vicky«, sagt er, und trotz allem, trotz der Bilder von Jamie Donnelly und Emma Soapworth, die in ihrem Kopf herumspuken, trotz der Tatsache, dass er nie angerufen hat, spürt Vicky ihr Herz hoffnungsvoll höher schlagen.

»Du weißt, wo du mich finden kannst«, bringt sie schließlich heraus, und die Unterkühltheit ihres Tonfalls verrät ihre Kränkung und die unveränderten Gefühle, die Hoffnung, dass den Zeitungen eine Verwechslung unterlaufen ist, dass er gar nicht mit dieser anderen Frau zusammen war, dass er verzweifelt versucht hat, Vicky zu erreichen, ihr zu sagen, dass er sie wiedersehen will, sie ihm nicht mehr aus dem Kopf geht.

»Was machst du nach dem Lunch?« sagt er und schaut ihr weiter fest in die Augen.

»Zurück ins Büro«, sagt sie, obwohl sie gar keine Lust hat. Sie würde sich lieber den Nachmittag freinehmen oder sich krankmelden, irgendwas, nur um Jamie Donnelly zu folgen, wohin auch immer er sie entführen will.

»Ich ruf dich nachher an«, sagt er, während Hugh die Hände hebt.

»Wow, ihr beiden«, sagt er lachend. »Das kann man ja mit Händen greifen. Sollen Elsa und ich lieber gehen?«

»Nein, bitte bleibt«, sagt Jamie. »Vicky und ich haben nur noch was zu erledigen. Apropos, Hugh, wir wollten doch nach unserem Gespräch über diese Comedyshow Nägel mit Köpfen machen. Ich würde immer noch gern für dich arbeiten. *The Robinsons* war der Hammer. Ehrlich. Ganz tolle Show.«

»Ich ruf dich an«, sagt Hugh. »Tut mir leid, dass ich mich damals nicht gleich gemeldet habe, aber es war wirklich die Hölle los. Treffen wir uns doch mal zum Lunch. Nächste Woche?«

»Klingt gut. Schön, dich zu sehen. Und Vicky«, er wendet sich ihr zu und berührt sie leicht am Arm, dass sie schaudert, »ich ruf dich in einer Stunde an.«

»Sieh mal einer an …«, sagt Hugh und grinst Vicky an.

»Okay«, sagt Elsa. »Ihnen ist ja wohl klar, dass ich Sie leider umbringen werde, sollten Sie mit Jamie Donnelly was gehabt haben.«

»Aua.« Vicky zieht eine Grimasse. »Bekomme ich zur Henkersmahlzeit wenigstens noch einen Nachtisch?«

»Ich hab's gewusst!«, sagt Elsa. »Mein Gott, bin ich neidisch! Jamie Donnelly! Er ist so was von süß!«

»Was läuft da zwischen Ihnen und Jamie Donnelly?«, fragt Hugh grinsend. »Denn irgendwas läuft da doch.«

Vicky zuckt die Achseln und schüttelt den Kopf. »Ehrlich gesagt, ich weiß es nicht genau. Es war mal was, aber es ist nichts draus geworden.«

»Er ist ein netter Kerl«, sagt Hugh. »Aber macht Ihnen sein Ruf als Frauenheld nicht zu schaffen?«

»Frauenheld? Wer? Jamie Donnelly? Nein! Nicht im Ernst!« Vicky greift sich ans Herz, als sei sie zutiefst schockiert.

»Okay, okay. Es geht mich ja nichts an, aber sagen Sie nicht, ich hätte Sie nicht gewarnt.«

»Ich bin ein großes Mädchen«, sagt Vicky. »Und ich kann auf mich aufpassen.«

»Solange Sie weder heiraten noch mit einem dicken Liebeskummer dasitzen, bevor wir anfangen zu drehen. Das A und O bei der ganzen Sache ist ja, dass Sie Single sind.«

»Moment mal. Ich hab noch nicht zugestimmt. Es gibt ja eine Menge zu bedenken. Lassen Sie mir ein bisschen Zeit. Außerdem haben wir die Person noch nicht gefunden, mit der ich tausche.«

»Was für Frauen sind in die nähere Wahl gekommen?«

»Die Namen werden Ihnen nichts sagen, aber es sind eine Sarah Evans, eine Sally Lonsdale, eine Hope Nettleton und komischerweise eine Frau in den USA namens Amber Winslow. Ich kann Ihnen die Einzelheiten mailen, wenn ich wieder im Büro bin.«

»Jemand aus Amerika? Das heißt, Sie würden tatsächlich nach Amerika gehen, um das zu machen? Okay. Ich schätze mal, wir könnten die Mittel aufbringen, falls Sie sich dafür entscheiden, obwohl ich finde, wenn wir die Sache begleiten, sollten wir bei der Endauswahl ein Wort mitreden dürfen. Wäre das für Sie denkbar?«

»Das müsste ich mit Janelle besprechen. Ich weiß, dass sie im Augenblick besonders scharf auf die Amerikanerin ist, weil sie einen Narren an *Desperate Housewives* gefressen hat, und Amber Winslow hört sich an, als wäre sie direkt aus der Serie entstiegen. Sie lebt in irgendeinem Vorortsnest in einem riesigen Märchenpalast mit einem Golden Retriever, zwei Kindern, einem Rover und einem Mann, den sie offenbar kaum zu Gesicht bekommt. Janelle hält sie für die weitaus interessanteste unter unseren Kandidatinnen, aber ich versuche erst mal, mich mit den Frauen hier zu treffen, und bei Amber Winslow habe ich mich noch gar nicht gemeldet.«

»Ihre Chefredakteurin liegt vielleicht richtig. Eine Desperate Housewife in echt. Das könnte der Knüller fürs Fernsehen sein. Sagen Sie mir bitte Bescheid, sobald Sie sich entschieden haben, damit wir ein Treffen mit Ihrer Tauschpartnerin arrangieren können. Vicky, ich muss Ihnen sagen, ich habe ein richtig gutes Gefühl bei dieser Sache.«

»Hoffentlich haben Sie recht«, sagt Vicky, als der Kellner an ihren Tisch zurückkehrt. »Denn ehrlich gesagt ist mir schleierhaft, was ich mir bei der ganzen Sache gedacht habe, verdammt.«

Kapitel 13

»Diese gottverdammte Amber Winslow hält sich wohl für was Besseres«, zischt Suzy, während sie ihr Haar im Nacken hochsteckt. »Na, heute Abend sticht sie mich nicht aus«, sagt sie und öffnet die schwarze Samtschatulle auf der Ablage im Badezimmer. Liebevoll betrachtet sie das Diamantcollier, das sie bei der Gala tragen wird.

Strenggenommen gehört es ihr nicht. Ihr Mann Lawrence ist Juwelier, was bedeutet, dass Suzy nicht nur die größten und edelsten Steine der Stadt besitzt, sondern auch bei jeder speziellen Gelegenheit Schmuck trägt, von dem andere nur träumen. Man muss ihnen ja nicht gleich auf die Nase binden, dass er nur geliehen ist. Wenn ihr dann die Mädchen zu ihrem »neusten Ring« oder einem Armband oder, wie jetzt, zu ihrem Tropfencollier gratulieren, lächelt sie nur unschuldig und zeigt auf Lawrence am anderen Ende des Raums und sagt, dass sie das glücklichste Mädchen auf der Welt ist.

Als Vorsitzende der Gala geht Suzy heute aufs Ganze. Sie hat nicht den geringsten Zweifel, dass sie alle in den Schatten stellen wird – mit ihrem tief ausgeschnittenen Kleid von Dolce & Gabbana, den Riemchen-Manolos, den Diamanten und einem herrlich bronzenen Teint, den sie dem Sonnenstudio gestern Nachmittag verdankt (sie hat

Spray gewählt, was so viel gesünder ist, obwohl der Nachteil ist, dass sie wie eine ganze Kamelherde roch, als sie heute früh endlich unter die Dusche gehen konnte).

Jedes Mal, wenn Suzy sich bedroht fühlt, sagt sie sich, dass sie etwas Besseres ist als die anderen. Sie ist hübscher, schlanker und hat mehr Geld, und bevor Amber Winslow in die Stadt kam, stand sie Meilen über allen anderen. Aber Amber hat so etwas an sich, ihr scheint es egal zu sein, ob Suzy größere Diamanten trägt oder, bis die Winslows ihr Haus bauten, das größte Haus in der Gegend besaß. Und es stinkt ihr gewaltig, dass Amber diese Innendesigner vor ihr an Land ziehen konnte, nur weil sie eine Winslow ist.

Denn nur weil sie eine Winslow ist, hält sich Amber offenbar für etwas Besonderes. Aber Suzy wird es ihr heute zeigen. In ihrem fast durchsichtigen, rückenlosen Kleid wirbelt sie vor dem Spiegel herum, die Juwelen sprühen Funken an Hals und Ohren, und Suzy grinst sich an. Komm nur, Amber Winslow, denkt sie und freut sich darauf, alle auszustechen. Komm nur, ich bin bereit für dich.

»Du bist wunderschön.« Richard dreht sich um und schaut Amber an, als sie die Treppe herunterkommt. Er sitzt mit Jared und Gracie beim Abendessen, und beide sind brav wie die Engel angesichts des seltenes Vergnügens, ihren Daddy zum Abendessen bei sich zu Hause zu haben.

»Mami, du siehst aus wie eine Prinzessin«, sagt Gracie und strahlt vor Freude über Ambers Kleid.

»Du bist soooooo hübsch«, gurrt Jared.

Selbst Lavinia kommt in die Küche zurück, um sie zu bewundern.

»O mein Gott«, sagt sie. »Sie sehen wirklich umwerfend aus.«

Amber macht ein paar Tanzschrittchen in ihrem champagnerfarbenen Kleid, und die Straußenfedern am Saum streifen sanft ihre Knie.

»Ich muss schon sagen, ich komme mir auch wie eine Prinzessin vor«, grinst sie. »Jetzt brauche ich nur noch ein Diadem.«

»Nein, eine Krone«, sagt Gracie und klettert von ihrem Stuhl. »Ich hab eine Krone für dich, Mami.« Sie rennt aus dem Zimmer und kommt kurz darauf mit einer knallrosa Plastikkrone wieder zurück. »Hier, Mami«, sagt sie feierlich, und Amber beugt sich vor, damit Gracie sie ihr vorsichtig auf den Kopf setzen kann.

»Und, wie sehe ich aus?« Amber richtet sich langsam auf, damit die Kinder die Krone begutachten können, während Richard sie verliebt anlächelt.

»Perfekt«, sagt er. »Und, wollen wir los?«

»Du siehst wirklich wunderschön aus«, sagt er noch einmal, als sie im Auto sitzen, und schaut sie lächelnd an.

»Du hast nur vergessen, wie gut ich aussehe, wenn ich mich mal ordentlich wasche«, sagt Amber lachend, freut sich aber über das Kompliment. Und sie fühlt sich tatsächlich schön. Sie wollte nichts Übertriebenes. Sie weiß, dass viele Wölfe im Schafspelz da sein werden, Frauen, die eigentlich wissen sollten, dass ein tief ausgeschnittenes, rückenfreies Chiffonkleid nicht schmeichelt, wenn man Ende dreißig, Anfang vierzig ist. Sie weiß genau, was bei Rakers eingekauft wurde, umso zufriedener ist sie mit ihrem schlichten, eleganten Kleid, dem nur die Federn einen Hauch von Verwegenheit verleihen, dazu die hübschen Perlenohrringe und das in einem glänzenden, einfachen Nackenknoten geraffte Haar.

Suzy steht in der Tür und begrüßt die eintreffenden Gäste. Sie sieht Amber und spürt, wie der Hass in ihr aufwallt. Mein Gott, ist das zu fassen? So ein langweiliges cremefarbenes olles Kleid. Perlenohrringe. Ha! Amber kann sich definitiv nicht mit ihr messen.

»Amber!« Sie umarmt sie herzlich. »Schau dich an! Du siehst toll aus!«

»Oh, du aber auch«, lügt Amber, ohne mit der Wimper zu zucken. »Dein Kleid ist umwerfend.«

»Dolce«, sagt Suzy und lässt die Hand an ihrem Hals hinaufwandern, damit Amber ja nicht das Collier entgeht.

»Oh, stimmt ja, das hattest du gesagt. Und was für eine hübsche Halskette.«

»Danke. Ich hab wirklich ein wahnsinniges Glück, was? Sträflich, wie mein Mann mich verwöhnt.«

»O Gott, ist sie nicht schrecklich?«, sagt Amber zu Richard, als sie weitergehen.

»Findest du?« Wie die meisten Männer hat Richard nicht die leiseste Ahnung, welche gesellschaftlichen Grabenkämpfe ihre Ehefrauen hinter den Kulissen von Highfield austragen. »Aber sie war doch so nett zu dir«, sagt er sarkastisch, da ihm diesmal klar ist, was hier gerade für ein Spielchen gespielt wurde.

»Es ist alles nur geheuchelt«, sagt Amber und lächelt ihn an. »Aber egal. Ich lasse mir von ihr nicht den Abend verderben. He, sieh mal! Da sind Deborah und Spencer. Komm, wir stellen uns auf einen Drink dazu.«

Wenn sie bedenkt, wie viel Zittern und Bangen diesem Event vorausging, merkt Amber zu ihrem Erstaunen, dass sie den Abend genießt. Es ist mit Abstand die bestbesuchte und erfolgreichste Gala überhaupt, und Amber hatte festgestellt, dass zwei Cosmopolitans genügten, um den Stress eines so geladenen gesellschaftlichen Ereignisses abzubauen, und amüsiert königlich.

Sie schlendert mit Richard um die Tische herum, auf denen die Ausstellungsstücke ausliegen, und selbst Amber findet, dass sie Großartiges geleistet haben. Es gibt Cartier-Uhren, Diamantohrstecker oder eine Besichtigung am Set von *Oprah Winfrey*, mit einer Tasse Tee nach der Show zusammen mit Oprah und Gail.

Amber kann Richard überreden, ein Gebot für eine Luxuskreuzfahrt in der Karibik zu machen. Sie ist 15 000 Dollar wert. Richards Name steht mit 12 000 Dollar an vierter Stelle auf dem Zettel. Als Amber auf der Toilette ist, geht er noch einmal zum Tisch und stellt erleichtert fest, dass in der Zwischenzeit vier weitere Gebote gemacht wurden und er aus dem Schneider ist.

Wie es aussieht, ist ganz Highfield zur Gala erschienen – oder zumindest die Leute, die in Highfield eine Rolle spielen. Die Frauen mustern sich gegenseitig, schauen, wer das beste Kleid hat, den teuersten Schmuck trägt, und die Männer sitzen in Grüppchen an der Bar zusammen und reden übers Geschäft.

Und Amber hat, als sie mit ihrem Cosmopolitan in der Hand und in ihrer diskreten Eleganz dasteht, eine plötzliche Offenbarung. Während sie den Frauen zusieht, die sich gegenseitig förmlich aus dem Bild stoßen, als der Klatschreporter des Lokalblatts Aufnahmen des gesellschaftlichen Events macht, wird Amber mit einem Schlag klar, wie lächerlich dieser Lebensstil ist.

Sie nimmt das Flüstern wahr, die Blicke, das aufgesetzte Lachen und sieht, wie unecht das Ganze ist, und als der Fotograf zu ihr herüberkommt und sie bittet, in die Kamera zu lächeln, schüttelt sie den Kopf und wendet sich ab.

Ich kann das nicht mehr, denkt sie und geht wie in Trance zu Richard hinüber. Das bin nicht ich. Das will ich nicht sein. Sie schaut Richard an, der unbehaglich bei einer Gruppe von Männern steht und doch nicht dazugehört, sich kaum am Gespräch beteiligt. Und es wird ihr warm ums Herz. Auch er fühlt sich hier nicht wohl. Was machen wir hier?, denkt sie. Wieso müssen wir mit diesen lächerlichen Leuten mithalten, mit diesem lächerlichen Lebensstil?

Und plötzlich will Amber nur noch fort von hier. Sie möchte zu Hause sein, bei ihren Kindern, bei ihrem Mann. Sie hat keine Lust mehr auf dieses Spielchen, keinen Ehrgeiz mehr, die Bienenkönigin zu sein, braucht die vermeintliche Wohltätigkeitsarbeit nicht mehr.

Ich will ein einfacheres Leben führen, denkt sie, stellt sich neben Richard und legt ihre Hand in die seine, lächelt ihn an, als er überrascht zu ihr herabschaut. Ich will diese ganze idiotische Maskerade ablegen. Sie stellt sich auf die Zehenspitzen und flüstert ihm ins Ohr: »Komm, Schatz, bring mich nach Hause.«

»Ich liebe dich wirklich«, sagt Amber lächelnd, nachdem sie miteinander geschlafen hatten und nun auf dem Bett liegen und sich in die Augen sehen.

»Ich dich auch«, sagt Richard, der diese spontane Zuneigung seiner Frau nicht gewohnt ist. Es ist Freitag, und normalerweise ist am Sonntag ihre »Datenight«, und seit Langem schon wagt er nicht mehr zu hoffen, an einem anderen Wochentag in den Genuss zu kommen.

»Nein, ich meine, ich liebe dich *wirklich.*« Amber kuschelt sich in seine Arme.

»Was ist denn plötzlich los mit dir?« Richard rückt ein Stück von ihr ab und schaut sie misstrauisch an. »Hast du mir vielleicht etwas zu sagen?«

»Nicht doch, sei nicht albern. Als hätte ich Zeit für so was. Mir ist nur heute Abend auf der Gala bewusst geworden, wie sehr ich meine Familie liebe. Ich habe das Gefühl, in diesem gesellschaftlichen Gehabe zu ersticken und euch alle vernachlässigt zu haben, und ich glaube, mir ist jetzt klar, dass diese materiellen Dinge überhaupt nicht zählen.«

Richard reißt erstaunt die Augen auf. »Das wurde ja auch langsam Zeit«, sagt er. »Woher der Sinneswandel?«

Amber zuckt die Achseln. »Ich schätze mal, heute kam einfach alles zusammen, was an Highfield nicht stimmt. Obwohl ich mich sehr gut amüsiert habe, was aber zum Teil daran lag, dass ich so eine Distanz zu allem empfunden habe. Zum ersten Mal habe ich mich nicht unzulänglich gefühlt oder dass ich mich mit den anderen nicht messen kann, und ich denke mal, das hat mir die Augen geöffnet, wie oberflächlich das alles ist.«

»Na ja, wir reden doch immer davon, in die Berkshires zu ziehen oder nach Vermont oder irgendwohin. Das könnten wir auch, weißt du«, sagt Richard hoffnungsvoll. »Wir könnten uns irgendwo ein Haus am Meer kaufen, wo die Lebenshaltungskosten längst nicht so hoch sind.«

Amber lacht verächtlich. »Und dann würdest du uns als Fischer ernähren? O Liebling, ich weiß doch, dass du trotzdem noch in der Nähe von New York sein müsstest, außerdem bedeutet die Erkenntnis noch nicht, dass ich gleich für eine Veränderung bereit bin. Noch nicht. Ich möchte nur mit diesem ewigen Konkurrenzkampf nichts mehr zu tun haben. Es ist mir egal geworden. Wie zum Beispiel, Amberley Jacks für das Empfangszimmer anzuheuern. Mein Gott, wie ich dieses Zimmer hasse.«

Richard setzt sich auf. »Ich hoffe, du machst Witze, angesichts der Tatsache, was das gekostet hat.«

Amber schluckt. »Natürlich. Ich hasse es ja nicht. Ich meine nur, dass es nicht so geworden ist, wie ich es mir vorgestellt habe, und ich verstehe jetzt vollkommen deine Einwände, wie unangemessen teuer sie sind. Ich muss mir nicht auf Teufel komm raus unser Haus von Amberley Jacks einrichten lassen. Ich ruf sie gleich morgen früh an und sage ihnen ab.«

»Ich dachte, du hättest ihn schon vor Wochen abgesagt?«

»O ja.« Amber schaut schnell weg und überlegt. »Na ja, ich hatte ihnen eine Nachricht hinterlassen, aber sie haben nicht zurückgerufen. Ich werde noch einmal anrufen und mich versichern, dass sie das begriffen haben.«

»Weißt du, wenn es dir ernst damit ist, ein einfacheres Leben anzufangen, könnte ich etwas in der Nähe finden. Ich muss nicht um jeden Preis in der Stadt arbeiten. Ich könnte ein Unternehmen übernehmen, irgendwas Kleines, irgendwas, das mir mehr Zeit lässt, zu Hause bei den Kindern zu sein.«

»In einer idealen Welt vielleicht.« Amber lächelt. »Aber wir sind immer noch dabei, uns zu etablieren; wir haben so viel Geld in dieses Haus investiert. Du bist derjenige, der immer sagt, wir müssen sparen und dürfen nicht so viel ausgeben. Wir sollten so etwas wie einen Fünfjahresplan aufstellen, jedes Jahr ein bisschen Geld beiseitelegen, damit wir ein Ziel haben, auf das wir hinarbeiten können.«

»Du bist doch hier diejenige, die das Geld ausgibt«, sagt Richard verbittert.

»Schatz, fang jetzt bitte keinen Streit an«, beschwichtigt

ihn Amber. »Und ich habe mich diesen Monat sehr zurückgehalten. Ich gebe mir wirklich Mühe.«

»Ein kleines bisschen vielleicht«, sagt Richard wenig überzeugt. »Aber nicht sehr.«

»Aber ich will mich wirklich bessern«, sagt Amber entschlossen. »Ich werde aus dem Klub austreten, und ich schwöre dir, danach werde ich auch die Kleider und den Schmuck nicht mehr brauchen. Ich habe das alles nur gekauft, um mit den anderen mitzuhalten, und Suzy hat auf dem letzten Treffen meinen Ring mit keinem Wort erwähnt.«

Richard runzelt die Stirn. »Was für einen Ring?«

»Oh …« Scheiße! »… meinen Verlobungsring«, sagt sie schnell.

»Aber den kennt sie doch schon, oder?« Richard schaut sie immer noch skeptisch an.

»Nicht, seit ich ihn habe reinigen lassen. Jetzt schlägt er praktisch Funken.«

»Ich bin müde, mein Herz.« Richard beugt sich vor und küsst sie auf die Lippen, bevor er sich umdreht und das Licht löscht. »Schlaf schön. Ich liebe dich.«

»Ja, Schatz«, sagt sie, erleichtert, dass er nicht gemerkt hat, dass sie sich den Ring erst vor Kurzem gekauft hat. »Ich liebe dich auch.«

Ambers Hochstimmung hält bis zum Frühstück am Montag an. Ihre Entscheidung, den Frauenklub zu verlassen, stimmt sie zuversichtlich. Sie gibt sogar Lavinia den Tag frei, nachdem sie die Wäsche gemacht hat. Richard will gerade zur Arbeit aufbrechen, als das Telefon klingelt, und da er gerade in der Nähe ist, nimmt er ab, während er Amber verblüfft anschaut, denn welcher Mensch ruft morgens um 7:45 an?

»Für dich«, sagt er, bedeckt den Hörer mit der Hand und reicht ihr das Telefon. »Irgendeine Engländerin namens Vicky Townsley.«

Amber runzelt die Stirn. *Vicky Townsley. Vicky Townsley.* Der Name kommt ihr irgendwie bekannt vor, aber sie weiß nicht, woher. »Amber Winslow am Apparat.«

»Amber? Hi! Ich bin Vicky Townsley von der Zeitschrift *Poise!*. Sie haben uns wegen der Lebenstausch-Geschichte geschrieben, und ich würde mich gern mit Ihnen darüber unterhalten.«

Ach du Scheiße. Amber hatte die Sache vollkommen vergessen. Was hat sie sich bloß dabei gedacht?

»Und wer ist Vicky Townsley?« Richard steht wieder in der Küche, im Anzug und mit der Aktentasche in der Hand, und gibt den Kindern noch einen Abschiedskuss, bevor er sich auf den Weg zum Bahnhof macht.

»Eine Journalistin bei einer britischen Zeitschrift«, sagt Amber gleichgültig. »Ich erzähle dir später davon. Ich wünsch dir einen guten Tag«, und sie gibt ihm einen Kuss, während sie ihn fast zur Hintertür hinausschiebt.

Die nächste Stunde vergeht wie im Flug. Lavinia ist oben mit der Wäsche beschäftigt, also zieht Amber die Kinder an und macht sie fertig für Vorschule und Kindergarten, was sie so auf Trab hält, dass sie gar nicht dazu kommt, an die Unterhaltung zu denken, die sie gerade geführt hat, oder was sie sich dabei dachte, als sie diesen Brief an *Poise!* abschickte.

Denn die Wahrheit ist, dass sie nie im Leben damit gerechnet hat, dass man sie anrufen würde. Der Artikel hatte es ihr angetan – wem nicht? –, und nur aus einer Laune heraus hatte sie an das Magazin geschrieben. Und jetzt haben sie angerufen und, was noch schlimmer ist, sie wollen herkommen und sie kennenlernen. Was hat sie sich bloß dabei *gedacht*, besser gesagt, was soll sie Richard sagen? »Liebling, ich liebe dich und die Kinder mehr als alles in der Welt, aber ich muss mal eben für einen Monat auf die andere Seite des Atlantiks. Adieu!«

Wie vermittelt man den Menschen, die man liebt, dass sie eine Sache nicht persönlich nehmen dürfen? Dass du etwas unternommen hast, wovon du nie gedacht hättest, dass etwas daraus werden könnte, weil es um dich selbst geht. Weil du, ganz gleich, wie perfekt dein Leben sein mag, ganz gleich, wie sehr du alles im Leben erreicht zu haben scheinst, nicht mehr weißt, wer du bist.

Einerseits hat Amber dieses Leben satt, die Wohltätigkeitsbälle, den Konkurrenzdruck, die Verunsicherung und permanente Erschöpfung, sich immer mit den Suzy Bartlows und ihresgleichen im Frauenklub messen zu müssen, andererseits weiß sie nicht, wie sie es ändern kann.

Sie sitzt in der Falle, fürchtet sich vor einem Neuanfang, fürchtet sich gleichzeitig, alles beim Alten zu lassen. Und Richard hat damit nichts zu tun. Auch nicht die Kinder. Es geht einzig darum, dass sie eine kleine Auszeit braucht. Sich daran erinnern muss, wer sie einmal war, wie das Leben einmal war, als sie noch keinen Viking-Herd brauchte, noch nie von Amberley Jacks gehört hat, als ihr Schrank halb leer war anstatt bis zum Bersten gefüllt, als die Kleider, die darin hingen, von Old Navy und Gap stammten und nicht von Oscar de la Renta und Chanel.

Sie möchte sich an ein einfacheres Leben erinnern. An eine Zeit, als Freundschaften zählten – echte Freundschaften, mit Menschen, die sie nicht nach ihrem Wohnzimmer oder ihrer Handtasche beurteilten. An eine Zeit, als Glück noch ein reales und greifbares Ziel war – nicht etwas, von dem sie heutzutage nur eine flüchtige Ahnung hatte, und das auch nur manchmal.

Aber wie soll sie das um Himmels willen Richard erklären? Wie soll sie ihm sagen, dass sie diese Lawine losgetreten hat, ohne ihn zu fragen, und sie jetzt, wenn sie genommen wird, die Sache auch durchzieht, denn obwohl sie vor seiner Reaktion zittert, ist da etwas mit ihr im Gange, das stärker ist.

Aufregung und Vorfreude. Und das überwältigende Gefühl, dass es genau das sein könnte, was sie braucht.

»Au!«, winselt Jared. Gracie grinst hämisch und zieht heimlich ihren Fuß wieder zurück, mit dem sie ihn gerade gegen das Schienbein getreten hat. »*Mami!* Gracie hat mich getreten!«

»Gar nicht!«, schmollt Gracie. Amber schaut sie warnend an. Sie steht an der Küchenspüle und wäscht Teller ab, sieht das böse kleine Lächeln in Gracies Gesicht, die jetzt zum zweiten Mal mit dem Fuß ansetzt, woraufhin Jared wieder anfängt zu winseln.

»Schluss, ihr beiden!«, ruft Amber. »Jared! Hör auf zu jammern! Und Gracie, lass ihn in Ruhe!« Herrje. Sie schüttelt den Kopf und versucht, den Abwasch fertig zu machen, wischt sich dann wütend die Hände am Geschirrhandtuch ab und läuft zum Tisch, um Gracies Bein zu erwischen, das schon wieder gegen Jared ausholt. Wie kann eine Dreijährige nur so viel Unruhe stiften? Warum hat sie niemand vor kleinen Mädchen gewarnt?

Als sie wieder zur Spüle zurückgeht, ertönt hinter ihr ein lautes Klatschgeräusch, und Gracie fängt sofort an, gellend zu schreien, während Jared mit Panik im Gesicht ins Wohnzimmer rennt. Sie hat ihn das eine Mal zu oft gereizt, und er hat sich gewehrt, und obwohl wie üblich Gracie angefangen hat, sieht er es kommen, dass man ihm die Schuld geben wird.

»Herrgott noch mal!«, schreit Amber. »RUHE jetzt, alle beide!« Ihre Stimme überschlägt sich, und sie dreht das Radio zur vollen Lautstärke auf, um das Geheul der beiden zu übertönen.

Sie hasst sich selbst, wenn sie so ist. Versteht vollkommen, warum manche Leute ihre Kinder schlagen, nicht, dass sie es je getan hätte, aber es juckt sie verdammt in den Fingern, wenn sie winseln und schreien wie jetzt, besonders gleich als Erstes am Morgen, wenn sie noch nicht einmal Zeit für einen Kaffee hatte.

Indem sie sich Grace unter den Arm klemmt und Jared an der anderen Hand hinter sich herzieht, gelingt es ihr schließlich, die beiden ans Ende der Einfahrt zu befördern, wo sie zusammen auf Jareds Schulbus warten. Sie umarmt und küsst ihren in Tränen aufgelösten Sohn – er war schon immer der Sensiblere, ist immer derjenige, der es sich am meisten zu Herzen nimmt, wenn sie ihn anschreit, und trotz allem stellt sie immer wieder fest, dass sie ihm eher die Schuld gibt, mehr von ihm erwartet, weil er der Ältere ist. Dabei ist er doch erst sechs.

Sobald Jared weg ist und Gracie Amber für sich hat, ist sie glücklich. Im Nu ist sie wieder das niedliche kleine Mädchen, für das alle in ihrem Kindergarten sie halten – ha!, wenn die wüssten! –, und hüpft fröhlich neben Amber her, singt: »Mami, Mami, Mami, ich liebe meine Mami«, und Amber schmilzt dahin. O Gott. England. Einen Monat ohne die Kinder. Einen Monat ohne das alles hier. Kann sie das? Will sie das überhaupt?

Und immer noch sagt ein kleines Stimmchen: ja. Immer

noch spürt sie bei der Vorstellung, in einem kleinen Apartment zu wohnen, dieses Kribbeln im Bauch. Wo wohnt Vicky Townsley noch mal, was hatte in dem Artikel gestanden? Genau, in der Nähe der Marylebone High Street.

Amber schnallt Gracie im Kindersitz fest und schiebt eine Wiggles-CD ein. Man weiß, dass es rasant mit einem bergab geht, wenn man The Wiggles hört und sich dabei fragt, mit welchem von ihnen man schlafen würde, wenn man unbedingt müsste, denkt sie müßig.

Sie versucht sich an den Artikel zu erinnern, den Vicky Townsley geschrieben hat, an die Bildstrecke, die ihr Leben dokumentiert – ihr Apartment, nein, ihre *Wohnung*, ihren Schrank, Fotos von ihrer Familie und ihren Freunden. Sie kauft ihre Lebensmittel in einem Supermarkt namens Waitrose ein, Obst und Gemüse aber auf einem Wochenmarkt in ihrer Nähe.

London. Wäre das nicht herrlich? »Hallo, ich bin Amber Winslow.« Amber versucht einen britischen Akzent aufzusetzen. »Wie reizend, Ihre Bekanntschaft zu machen.« Sie kichert und findet, dass sie unbedingt noch üben muss.

»Was?«, ruft Gracie und beugt sich auf ihrem Rücksitz zu ihr vor. »Was hast du gesagt, Mami?«

»Nichts, Schatz«, lächelt Amber. »Ich führe nur Selbstgespräche.«

Amber ist erst ein Mal in London gewesen. Bevor sie fünfundzwanzig war, war sie noch nie im Ausland gewesen, aber sobald sie als Anwältin ihr erstes Geld verdiente, fing sie an zu reisen. Doch London hat sie erst mit Richard kennengelernt.

Er hatte sie auf ein romantisches Wochenende dorthin eingeladen, ganz am Anfang ihrer Beziehung. Sie waren abgestiegen im Claridge's, shoppen auf der Bond Street, in einem Bötchen auf dem Serpentine im Hyde Park gerudert, im Kensington Palace umhergeschlendert und hatten zu ihrem Leidwesen mit all den anderen amerikanischen Touristen zwei Stunden vor Madame Tussaud's angestanden. Es war es nicht wert gewesen.

Aber sie hatte es genossen, es herrlich gefunden, wie die Leute sprachen, wie drollig und charmant alles war. Sie kam sich vor, als sei sie in diesen Film geraten, *Vier Hochzeiten und ein Todesfall*. Sie erwartete ständig, hinter der nächsten Ecke Hugh Grant zu begegnen, obwohl sie, falls der Fall tatsächlich eingetreten wäre, viel zu vernarrt in Richard gewesen war, als dass Hugh sie hätte beeindrucken können.

Selbst Amber war klar, dass es etwas ganz anderes ist, ob man London als Tourist oder als Einheimischer erlebt, und obgleich sie sich heftig in die Stadt verliebt hatte, konnte sie unmöglich wissen, wie es sich wirklich anfühlte, solange sie nicht dort lebte. Natürlich hatte sie es nie konkret ins Auge gefasst. Aber einen Monat London! Sie sieht sich mit einem Korb am Arm über den Markt schlendern, in Vicky Townleys Sachen, die wesentlich trendiger und lässiger sind als alle Kleider in ihrem Schrank.

Sie sieht sich mit einem Pint in der Hand im Pub sitzen und vergnügt über eine Bemerkung eines der coolen Journalistenfreunde von Vicky lachen, malt sich aus, wie sie spontan und begeistert in ihrem Kreis aufgenommen und behandeln wird, als würden sie sich alle seit Ewigkeiten kennen.

Sie könnte ausschlafen, denkt sie, und stellt sich vor, wie sie aufwacht und das Sonnenlicht durch die Panoramafenster von Vickys Schlafzimmer flutet, während eine Cafetière mit frischem Kaffee auf dem Küchentisch wartet und vielleicht ein Hauch Diana Krall aus der Stereoanlage hereinweht.

Sie würde für eine Zeitschrift arbeiten können – wäre das nicht ein Riesenspaß? Wieder arbeiten zu gehen! Erwachsen zu sein! Ein Mensch zu sein, der sich nicht täglich zigmal über Kindermädchen unterhalten muss und weshalb es neuerdings unmöglich ist, eins zu finden, das nicht vor Jahresablauf kündigt, oder warum die Leute von Highfield so versnobte Spießer sind, obwohl viele der Frauen, mit denen sie sich gerade darüber unterhält, keinen Deut anders sind.

Man denke an die angesagten Restaurants, die Bars, die Klubs. Nicht, dass Amber heutzutage noch die nötige Energie dafür hätte, aber ohne die Kinder und mit nur der einen Verantwortung, vormittags um zehn im Büro zu sein, könnte sie die Energie vielleicht ja *doch* finden.

Nicht, dass Amber jemanden kennenlernen will. Nicht im Sinne einer Affäre jedenfalls. Nein. Sie ist mit Richard vollkommen glücklich, und obgleich sie manchmal überlegt, mit welchem Mann von ihren Freundinnen sie gern schlafen würde, wenn sie auf so was wie Partnertausch stehen würde, fühlt sie sich tatsächlich zu keinem von ihnen hingezogen (wenn man ihr nun die Pistole auf die Brust setzen würde, würde sie Spencer nennen, weil sie insgeheim immer eine kleine Schwäche für Männer mit langen Haaren gehabt hat). Sie liebt ihren Mann und würde ihm nie untreu werden. Nicht einmal, wenn ausgeschlossen wäre, dass er je davon erfuhr.

Je mehr Amber sich das Singledasein in London vorstellt, desto aufregender erscheint es ihr, und im selben Maße macht sie der Gedanke nervös, wie sie es Richard beibringen soll. Denn nachdem sie Gracie im Kindergarten abgeliefert hat und zu Hause wieder die Zeitschrift aufgeschlagen, die Bilder betrachtet, noch einmal den Artikel gelesen, sich vergewissert hat, ob ihr irgendetwas entgangen ist, worüber sie heute früh im Auto zu fantasieren vergessen hat, ist eine Sache völlig klar: Sollte sich die Redaktion von *Poise!* am Ende für sie entscheiden, können sie keine zehn Pferde daran hindern, Ja zu sagen.

Wenn die sagen: Springen Sie!, weiß Amber jetzt schon, was sie antworten wird: Wie hoch?

»Wie bitte?« Richard schaut sie über den Tisch im kleinen französischen Restaurant am Bahnhof ungläubig an. Er muss sich verhört haben. Denn das klang irgendwie, als wolle sie ihn und die Kinder einen Monat lang verlassen. Sagte sie England? Wovon redet sie eigentlich?

Amber wiederholt langsam die Rede, die sie mit Deborah geübt hat, nachdem sie ihre Freundin in die Sache eingeweiht hatte. »Ich finde, du bist vollkommen übergeschnappt«, war Deborahs Reaktion gewesen, als sie zwei große Starbucks-Tassen auf den Tisch stellte. »Und ich bin total neidisch. Aber was zum Teufel wird Richard dazu sagen?«

Allerdings.

»Wie bitte?«, fragt er noch einmal und schüttelt den Kopf, wie um ihn von den verwirrenden Gedanken zu befreien, die sich darin breitmachen, während Amber weiterspricht. Er sieht, wie sich ihre Lippen bewegen, und bemüht sich, ihren Worten einen Sinn zu entlocken.

»Teilst du mir gerade mit, dass du mich und die Kinder verlassen willst, um für irgendeinen Zeitschriftenartikel einen Monat in London zu leben?« Er schaut sie abwartend an, und Amber nickt hoffnungsvoll.

»Bist du noch ganz bei Trost?«, fährt er fort, die Stimme bedrohlich leise.

»Ich weiß, es klingt verrückt …«, setzt Amber an, da sie mit dieser Reaktion gerechnet hat, obwohl sie nicht gedacht hätte, dass er sie ganz so wütend ansehen würde.

»Verrückt? Du hast ja vollkommen den Verstand verloren. Ich versteh immer noch nicht. Was soll das Ganze? Warum willst du weg von uns?«

»Richard«, sie legt ihm die Hand auf den Arm, »ich will dich und die Kinder doch nicht verlassen. Ich liebe dich, und du weißt, dass ich die Kinder liebe, es ist nur, dass ich nicht mehr richtig glücklich bin, seit einer ganzen Weile nicht mehr. Ich verlasse euch nicht, es ist nur eine journalistische Fingerübung für einen Zeitschriftenartikel. Ich muss das einfach machen und wieder zu mir selber finden.« Sie seufzt und sucht nach den richtigen Worten. »Erinnerst du dich noch an unser Leben, bevor uns dieser ganze Highfield-Trott vereinnahmt hat? Das hat nichts mit dir und den Kindern zu tun. Sondern mit mir. Und in einem Monat bin ich wieder da. Ich verlasse euch nicht, es ist keine Trennung, nichts dergleichen. Richard«, fährt sie fort, als von ihm keinerlei Reaktion kommt. »Ich liebe dich. Verstehst du das? Ich will mit keinem anderen zusammen sein. Darum geht es nicht, okay? Es ist nur etwas, das ich tun muss.«

»Also steht dein Entschluss fest?«

»Na ja … noch nicht ganz. Ich weiß ja noch gar nicht, ob sie mich nehmen wollen, aber die Journalistin will nächste Woche rüberkommen und uns kennenlernen, sehen, wie wir leben und was für Leute wir sind.«

»Und wenn ich Nein sage? Ausgeschlossen?«

»Ich hoffe, du tust es nicht«, sagt Amber leise. »Denn ich muss es einfach machen. Ich hoffe, du verstehst die Gründe, die mich unzufrieden machen, warum ich das Gefühl habe, dass mein Leben festgefahren ist, und warum ich es tun muss. Wenn du mich liebst, lässt du mich.«

Richard atmet aus. »Ich kann einfach nicht glauben, dass du mir das antust.«

»Was denn?«, fragt Amber verzweifelt. »Ich nehme doch nur einen Monat Auszeit. Wenn du mit deinen Kumpels einen Monat wegfahren wolltest, würde ich dich auch gehen lassen.«

»Aber das ist doch genau der Punkt. Ich würde es gar nicht wollen. Ich würde nicht einen Monat weg sein wollen, und außerdem ist es nicht dasselbe. Du fährst ja nicht zur Kur oder irgendwohin mit deinen Freundinnen. Wenn ich dich richtig verstanden habe, versuchst du mir zu sagen, dass du wieder Single sein möchtest, dass du ein Singledasein ohne Mann und Kinder führen willst, und obwohl du jetzt sagst, es handelt sich nur um einen Monat, was zum Teufel soll ich davon halten, dass du so etwas auch nur erwägst? Ist es etwas, das du wirklich *willst*?« Richard wird immer lauter in seiner Wut.

»Wenn ich die Zeitschrift nicht gelesen hätte, würde ich es nie gewollt haben. Ich will nicht von dir und Jared und Gracie getrennt sein, nicht auf Dauer. Ich brauche einfach eine Pause. Und nicht weil ich wieder Single sein will, sondern weil ich mich erinnern will, wie das Leben einmal war. Ich habe das Gefühl, wenn ich in den Spiegel sehe, weiß ich nicht mehr, wer ich bin. Was ist aus der starken, erfolgreichen, unabhängigen Frau geworden, die ich einmal war? Wie konnte es so weit kommen, dass ich mich nur noch darüber unterhalte, wer letzte Woche was bei Rakers gekauft hat oder warum es so schwer ist, heutzutage zuverlässige Haushaltshilfen zu bekommen. Verstehst du nicht, Richard?« Jetzt ist Amber diejenige, die die Stimme hebt.

»Es hat nichts mit dir zu tun. Sondern damit, dass ich mich besinnen will, wer ich einmal war, dass ich mich jenseits dieser seichten Kleinstadtwelt wiederfinden muss. Ich bin eine Frau geworden, die nicht mehr weiß, wer sie ist. Es war mir früher einmal egal, ob ich mit den Frauen vom Klub mithalten konnte, aber jetzt habe ich mich diesem ganzen Mist bis zur Unkenntlichkeit angepasst, und ich will das nicht mehr. Ich will nicht mehr diese unsichere, zickige Person sein, zu der ich mich immer mehr entwickle. Ich brauche einfach nur eine Pause«, sagt sie mit Nachdruck. »Ich muss das Leben aus einem anderen Blickwinkel sehen, und das hier wäre eine einmalige Chance, die ich ergreifen muss.«

»Hab ich denn die Wahl?«, sagt Richard, und Amber merkt, dass sie ihm nicht in die Augen sehen kann.

Kapitel 14

Sarah Evans, deren Brief ganz oben auf dem Stapel der Einsendungen liegt, die es in die Endrunde geschafft haben, ist während der ersten drei Minuten, die Vicky mit ihr verbringt, noch eine absolut aussichtsreiche Kandidatin. Vicky fährt an einem herrlichen Junitag nach Oxford – die strahlende Sonne straft die kühlen Außentemperaturen Lügen, es herrscht fast kein Verkehr, und als sie die Autobahn verlassen hat und auf Landstraßen weiterfährt, spürt sie wieder dieselbe Hochstimmung, die sie jedes Mal überkommt, wenn sie Kate und Andy besucht.

»Das liegt bestimmt daran, dass unsere Vorfahren Bauern waren«, hat sie einmal zu Andy gesagt, der allerdings ihre Euphorie nicht ganz teilt. »Ich bin sicher, diese Leidenschaft fürs Land ist bei uns genetisch bedingt.« Ob nun Somerset, die Cotswolds oder Oxfordshire, Vicky hat jedes Mal das Gefühl, nach Hause zu kommen.

Sarah Evans lebt in einem malerischen, leicht heruntergekommenen Backsteinhaus außerhalb von Oxford, ganz wie sie es beschrieben hat. Ihre beiden West-Highland-Terrier kommen begeistert angesprungen und schlabbern Vicky gründlich ab, nachdem sie ihren Wagen in der Kieseinfahrt geparkt hat und ausgestiegen ist. Sarah erwartet sie am Ende des Weges, an jeder Hand ein Kind und mit einem fröhlichen Lächeln im Gesicht. Sie sieht genauso hübsch und sympathisch aus, wie sie in ihrem Brief auf Vicky wirkte.

»Ich bin Sarah«, sagt sie und macht sich einen Moment von den Kindern los, um Vicky die Hand zu schütteln. »Und das ist Jack. Sag Guten Tag, Jack.« Sie schaut Jack freundlich auffordernd an, aber er scharrt mit den Füßen im Kies und weigert sich, sie anzusehen. »Na komm schon, Jack, sag Hi zu Vicky. Das ist die Lady, von der ich dir erzählt habe. Sag einfach nur Hallo, Schatz.«

»Nein!«, sagt Jack schließlich und stößt seine Mutter grob zur Seite, dann saust er um die Ecke.

Vicky schaut ihm leicht fassungslos hinterher. Das war ein ziemlich doller Schubs. Sie sieht Sarah an, erwartet, dass sie ihn in irgendeiner Form zurechtweist, aber Sarah lacht nur nervös und entschuldigt ihn. »Er macht gerade eine schwierige Phase durch«, erklärt sie. »Hin und wieder tritt und schlägt er mich in letzter Zeit, aber ich weiß, dass er damit nur seinen Frust ablässt.«

»Aha«, nickt Vicky. »Wie alt ist er noch mal?«

»Sechs. Ich weiß, ich weiß. Manchmal denke ich auch, er wäre zu alt für so ein Verhalten, aber er hatte diese Phasen schon ein paarmal, und sie sind immer wieder schnell vorbeigegangen. Ehrlich, er ist nur ein sehr schlauer kleiner Junge, mit einer ziemlich ausgeprägten Persönlichkeit, wie Sie sehen. Jack!« Sie dreht sich um und hebt kaum merklich die Stimme, als ein Stein von dort angeflogen kommt, wo Jack zum letzten Mal in Sicht war. »Liebling! Habe ich dir nicht gesagt, du sollst die Mauer in Ruhe lassen? – Entschuldigen Sie, Vicky, Sie müssen ja einen grauenhaften ersten Eindruck von uns haben. Bitte warten Sie einen Moment. Komm, Will, lass uns mal schauen, was Jack macht«, und sie zieht Will hinter sich her und verschwindet um die

Ecke, dicht gefolgt von Vicky, die nun sehen kann, dass Jack im Begriff ist, eine Natursteinmauer zu demolieren. Offensichtlich ist es ein Projekt, das seit Langem im Gange ist und viel Zeit und Hingabe in Anspruch genommen hat, und angesichts der Tatsache, dass diese Mauer rund um den Garten führt, ein Tor und eine Laube einschließt und von Bäumen und Büschen gesäumt ist, gewinnt Vicky den Eindruck, dass niemand mit Ausnahme von Jack den Plan hat, diese Mauer einzureißen.

Denn eine Ecke ist bereits verschwunden. Mehrere große Steine liegen auf der Erde, andere sind etwas weiter fortgeschleudert worden, zumindest ist der Versuch erkennbar, und Vicky sieht jetzt, wie Jack auf einen Haufen Steine klettert, die einmal Teil der Gartenmauer waren, und versucht, unter größter Anstrengung einen riesigen Stein hinunterzuwuchten, wie er so lange tritt und schiebt, bis der Stein kippt und über den Rand rollt.

»Jack!«, sagt Sarah streng. »Hör auf, habe ich gesagt! Schluss damit. Sofort!«

»Ich hasse dich!«, schreit Jack auf der Mauer. »Halt's Maul.«

»Schätzchen, sag das nicht«, säuselt Sarah. »Es verletzt Mamas Gefühle, wenn du so was sagst.«

»Mir doch egal. Es stimmt aber. Ich hasse dich.« Ein weiterer Stein kommt angeflogen.

»Du darfst auch *Power Rangers* sehen«, sagt Sarah schließlich.

»Hurra!«, schreit Jack, springt von der Mauer und rennt ins Haus.

»Ein Glück, dass es Fernsehen gibt.« Sarah lächelt matt. »Es ist das Einzige, das mich davon abhält, wahnsinnig zu werden. O mein Gott, ich sollte Ihnen das gar nicht sagen, jedenfalls nicht, wenn ich die Frau sein will, mit der Sie tauschen. Normalerweise ist es nicht so chaotisch, wirklich nicht.«

»Keine Sorge«, sagt Vicky, während sie schon überlegt, wie sie sich schnellstmöglich davonmachen kann. Sie kann sich nichts Entsetzlicheres vorstellen, als vier Wochen in Jacks Gesellschaft zu verbringen. So herrlich das Haus ist, so idealtypisch Sarahs Leben zu sein scheint, nach zehn Minuten mit Jack weiß Vicky, dass es die Hölle wäre.

Der Tag wird nur noch schlimmer. Jack ist ein Genie, wenn es darum geht, Will zu tyrannisieren, der seinerseits gelernt hat, dass Schreien seine beste Verteidigung ist, und Sarah ist zu erschöpft, als dass sie der Situation irgendetwas anderes entgegensetzen könnte, als selber zu schreien.

In dem Chaos, Geschrei und Geheul entschuldigt sich Sarah ständig bei Vicky und beteuert, dass es normalerweise nicht so sei, dass die Jungen letzte Nacht nicht gut geschlafen haben und Jack sich nur darum so aufführt.

»Wann gehen sie denn ins Bett?«, erkundigt sich Vicky neugierig.

»Jack so gegen elf«, sagt sie. »Aber immerhin schaffen wir es, dass Will um neun einschläft.«

»Wirklich?«, fragt Vicky erstaunt. »Um elf? Glauben Sie, dass er da genügend Schlaf bekommt?«

»Wir haben versucht, ihn früher ins Bett zu bringen, aber er weigert sich, einzuschlafen. Und gestern war er noch bis morgens um eins putzmunter.«

»Natürlich ist er dann völlig übermüdet, aber auch Sie müssen ja total erledigt sein«, sagt Vicky mitfühlend.

»Jetzt verstehen Sie vielleicht, warum ich mit Ihnen tauschen will.« Sarah grinst gequält. »Ich würde wahrscheinlich die ganzen vier Wochen durchschlafen.«

Um vier lässt Vicky sich erleichtert in den Fahrersitz ihres Wagens sinken. »Endlich Frieden!«, seufzt sie und winkt Sarah, Will und dem Horrorknaben zum Abschied fröhlich zu, als sie aus der Auffahrt fährt. Bei der nächsten Parkbucht macht sie halt und ruft Janelle an.

»Kommt überhaupt nicht infrage«, sagt sie zu Janelle, die vor Lachen wiehert, als sie von Jack in allen Einzelheiten erfährt. »Ich könnte das keinen Tag aushalten, schon gar nicht einen Monat.«

»Nicht deine Wunschvorstellung?«

»Das Haus ist wunderschön, die Hunde sind toll, aber die Kinder sind ein Albtraum. Kommt nicht infrage.«

»Na schön«, sagt eine schmunzelnde Janelle. »Schauen wir mal, was der nächste Tag bringt. Wer war noch mal morgen dran?«

»Als Nächstes Sally Lonsdale. Sie klingt eigentlich etwas vielversprechender. Die Frau in Chislehurst, die mit dem Sinn für Humor.«

»Hast du den Fernsehleuten schon Bescheid gegeben, dass aus der Kandidatin von heute nichts wird?«

»Noch nicht. Sie wollten sich mit allen treffen, wenn ich mit ihnen durch bin, aber ich werde Hugh anrufen und ihm sagen, dass er Sarah streichen kann. Selbst wenn alles wie gemacht fürs Fernsehen ist, aber durch diese Hölle geh ich nicht.«

»Na, dann viel Glück für morgen. Vergiss nicht, mich auf dem Laufenden zu halten, Schatz. Macht doch eigentlich Spaß, oder?«, trällert Janelle, bevor sie auflegt.

Sally Lonsdale ist genau, was Vicky sich erhofft hat, nur kleiner. Zu klein, vermutet Vicky von Anfang an, um als Tauschpartnerin infrage zu kommen – ihre Sachen würden Vicky nie und nimmer passen. Mit ihrem strähnigen blonden Haar und dem breiten Cockneyakzent ist sie genauso klug, herzlich und lustig, wie Vicky sie sich vorgestellt hat, als sie mit Sally nach Erhalt ihres Briefes telefonierte.

»Verstehen Sie mich nicht falsch«, hatte sie am Telefon gesagt. »Ich liebe meinen Mann und meine Kids, und ich bin total ausgelaugt, und ich weiß auch, dass sie mich alle von Herzen lieben, aber das heißt noch lange nicht, dass sie wissen, was sie an mir haben. Das Beste wäre, mal vier Wochen hier zu verschwinden, obwohl noch die Frage ist, ob sie's überhaupt merken würden. Na ja, Sie hätten jedenfalls nichts weiter zu tun, als die Kids durch die Gegend zu kutschieren, dafür zu sorgen, dass der Kühlschrank immer voll ist, abends das Essen auf dem Tisch steht, und damit hat sich's eigentlich.«

Sallys Kinder sind älter, als Vicky dachte. Dave ist sechzehn, Daisy vierzehn und Pete elf. Sie sind noch nicht zu Hause, als Vicky vor der Station Road Nummer 745 parkt, und es dauert ein Weilchen, bis jemand an die Tür kommt, obwohl beim ersten Klingeln hysterisches Kläffen im Flur ertönt und Vicky kurz darauf hört, wie jemand schreit: »Aus, Pixie! Sei still! Bist du ruhig!«

Die Tür geht auf, und da steht Sally mit einem Shih-Tzu-Hund auf dem Arm, der aufgeregt japst. Sally gibt Vicky ein Küsschen auf die Wange und bittet sie herein. »Vorsichtig«, sagt sie, als sie über Farbeimer und zusammengerollte Teppiche im Flur steigen, »John, mein Mann, ist dabei, das Haus zu renovieren, und Sie wissen ja, wie Männer sind – nicht gerade bekannt für ihren Ordnungssinn!«

»Ist er da?«

»Schön wär's«, seufzt sie. »Das ist der Nachteil, wenn

man einen Handwerker geheiratet hat. Man denkt, au toll, man kann ein Vermögen sparen und in einem verdammten Palast leben, aber dann muss es ja so kommen, dass sie zu viele Jobs gleichzeitig übernehmen und die anderen immer Vorrang haben. Sehen Sie sich das an«, sagt sie und zeigt ins Wohnzimmer, in dem ein riesiges Loch klafft, wo einst ein Kamin stand oder demnächst einer stehen soll.

»Vor einem Jahr hat er die alte Gasheizung rausgenommen; seitdem warten wir auf den Kamin. Bis dahin muss ich mit diesem gähnenden Loch leben. Sie sollten erst die Küche sehen!« Sie verdreht die Augen.

Oh, wie wahr. Vicky zuckt zusammen, als sie eintritt. Die Hälfte des Fußbodenlinoleums ist verschwunden und gibt den Blick auf unbehandelte Holzdielen frei. Etliche Schranktüren fehlen, und ein paar Geschirrregale sind ausrangiert, sodass sich Berge von Tellern und Tassen in einem bedrohlichen Winkel auf der Arbeitsplatte türmen.

In der Mitte des Raumes aber thront ein herrliches Küchenmöbel aus solidem Ahornholz, auf dem eine massive Arbeitsplatte sitzt, mit ausziehbaren Rattankörben und kleinen Haken, an denen man Geschirrtücher aufhängen kann. Es ist bei Weitem der schönste Gegenstand in der Küche, wenn nicht im ganzen Haus.

»Ah, ich sehe schon, Sie liebäugeln mit dem Meisterstück und ganzen Stolz meines Mannes. Was ist das für ein Kerl, der die halbe Küche einreißt und dann mittendrin aufhört, um eine Kücheninsel mit Arbeitsplatte zu bauen? Nicht, dass ich sie nicht hinreißend finde«, sagt sie, »aber es hätte mich glücklicher gemacht, er wäre erst mal mit der verdammten Küche fertig geworden.«

»Wie halten Sie das aus?«, fragt Vicky entsetzt, nachdem sie festgestellt hatte, dass sich das ganze Haus mehr oder weniger in demselben Zustand befindet – überall wird renoviert oder umgebaut, und es gibt kein Zimmer, in dem die Arbeiten erkennbar abgeschlossen sind. Wo das Auge hinsieht, stapeln sich Kleider, Bücher und CDs, nichts hat seinen eigenen Platz, und nichts ist an seinem Ort.

»Er hat versprochen, es zu Ende zu bringen, und dann wird es angeblich ganz toll sein. Huch, da kommt ja der große Bauherr persönlich.«

»Irgendjemand zu Hause?« John, ein Zweimeterriese und doppelt so groß wie seine Frau, kommt in die Küche, umarmt Sally und hebt sie hoch, während er sie stürmisch auf den Mund küsst.

»Ach, hör doch auf.« Sie stößt ihn fort, lacht aber dabei, und Vicky lächelt über die unverhohlene Zärtlichkeit zwischen den beiden. Darum nimmt sie das alles auf sich, wird ihr klar. Weil sie ihn liebt. Weil alles andere egal ist.

Vicky verbringt den ganzen Tag bei ihnen, lernt die Kinder kennen und geht dann mit ihnen auf einen Drink in ihre Stammkneipe, wo sie allen stolz als das große Tier bei *Poise!* vorgestellt wird. Die Lonsdales sind das, was Vicky als Salz der Erde bezeichnen würde, wunderbare Leute, die kennenzulernen man sich nur wünschen kann, und sie verabschiedet sich gut gelaunt mit einem strahlenden Lächeln, kann sich aber nichts Schlimmeres vorstellen, als in diesem Haus wohnen zu müssen.

Sie weiß, sie würde in all dem Dreck und Staub verrückt werden. Und obwohl sie auf der Suche nach netten Leuten ist, ist es noch wichtiger, nette Leute zu finden, mit denen sie auch tauschen möchte. Der Sinn der Übung, sagt sie sich immer wieder, ist, zu erkunden, ob die Kirschen in Nachbars Garten wirklich besser schmecken, und es hätte keinen Sinn mit jemandem zu tauschen, dessen Kirschen schon vom Baum gefallen und, schlimmer noch, unter einem Berg aus losen Brettern und Farbeimern begraben sind.

Nein. So fantastisch die Lonsdales sind – Vicky will nicht, was sie haben. Und mit einem Seufzer stellt sie fest, dass es langsam eng wird und sie morgen ihre letzte Chance in England begutachtet – Hope Nettleton.

»Mein Gott, ich hoffe, sie ist die Reise wert«, sagt sie, als sie im Wagen sitzt und Leona in der Zeitschrift anruft, um ein wenig zu plaudern. Als Londoner Mädchen hat Vicky nicht mehr so viel Zeit in einem Auto verbracht, seit sie an der Uni war, und obwohl es herrlich ist, nicht im Büro zu sitzen und am helllichten Tag Radio One zu hören – ein Luxus, den sie ebenfalls seit ihrer Studentenzeit nicht genossen hat –, beginnen diese langen Touren im Wagen ein bisschen langweilig zu werden.

Zum Glück gibt es Ohrclips fürs Handy. Heute hat sie schon mit Jackie und Deborah telefoniert und plaudert jetzt, während sie durch die Vororte von Bath fährt und nach dem Weg sucht, mit Leona.

»O mein Gott«, haucht sie, als sie zwischen großen Steinsäulen mit alten steinernen Kreuzblumen-Spitzen in eine weitläufige Auffahrt einbiegt. »Das ist ja der Wahnsinn!«

»Was? Was denn?«, fragt Leona aufgeregt. »Bist du schon da? Wie sieht es aus?«

»Es ist riesig!«, schwärmt Vicky. »Und wunderschön. Für so ein Haus würde ich sterben. Das ist schon kein Haus mehr, das ist ein Palast.«

»Nein, ernsthaft, erzähl schon.«

»Ich glaube, es ist georgianisch. Weißer Stuck, Efeu oder etwas in der Art, das sich die Mauern hochrankt. Riesige geschosshohe Fenster. Blumenkübel mit Lorbeer rechts und links der Fenster, und es gibt einen, wie nennt man das – einen französischen Garten? Potager?«

»Beschreib ihn mal.«

»So eine Gartenanlage mit einem Muster aus niedrigen Hecken.«

»Ich glaube, das nennt man ein Parterre.«

»Na ja, also so ein Ding mit kleinen Bänkchen. Mein Gott. Es ist das herrlichste Haus, das ich je gesehen habe. Ich komme mir vor, als wäre ich zwischen die Seiten von *Schöner Wohnen* geraten.«

»Und dabei hast du es noch nicht mal von innen gesehen«, meint Leona.

»Du sagst es. Ich möchte mit diesem Leben tauschen«, winselt Vicky und verabschiedet sich schnell, als die Haustür aufgeht und eine hochgewachsene, dunkelhaarige Frau herausschwebt, um sie zu begrüßen.

»Sie sind bestimmt Vicky.« Hope Nettleton lächelt nervös, als Vicky aus dem Auto steigt und sofort Minderwertigkeitskomplexe bekommt, weil Hope Nettleton von dieser natürlichen Schönheit ist, der Frauen wie Vicky immer nur nacheifern können, und selbst mit tonnenweise Kosmetika und Make-up nicht erreichen. Vicky weiß, dass sie an einem guten Tag als hübsch durchgehen kann, an einem sensationellen vielleicht sogar als sehr hübsch, aber dann nur mit viel künstlicher Unterstützung, und Vicky ist die Erste, die sich eingesteht, dass sie morgens nach dem Aufwachen aussieht wie ein Monster.

Ein Blick auf Hope Nettleton, und sie weiß, dass *sie* nie wie ein Monster aussehen könnte, sie gar nicht weiß, was verquollene Augen und Pickel auf der Stirn sind, sie nie vor einem Wandspiegel gestanden und die wabbeligen Stellen an ihren Schenkel gequetscht und gestöhnt hat, wie viel Fett zwischen Finger und Daumen passt.

Hope Nettleton hat zweifellos noch nie in ihrem Leben einen »Bad Hair Day« erlebt. Sie ist eine von den hochgewachsenen, schlanken, eleganten Schönheiten. Große braune Rehaugen, eine perfekte schmale Nase, hohe Wangenknochen. Ihr Lächeln entblößt, wie Vicky bestürzt feststellt, eine Reihe strahlender, makellos weißer Zähne.

Ihr glänzendes kastanienbraunes Haar ist zu einem langen Pferdeschwanz gebunden, der sich straff über die Schulter ihrer faltenfreien weißen Bluse legt. Ihre leicht ausgestellten braunen Leinenhosen passen perfekt zu den sonnengebräunten Beinen, die Füße stecken in türkisgrünen, perlenbesetzten Sandalen.

Sie ist eine dieser Frauen, die sich bei Marks & Spencer einkleiden können und trotzdem so aussehen, als würden sie Armani tragen. Kurzum, sie ist alles, was Vicky nicht ist, alles, was Vicky immer sein wollte; und schlagartig fällt ihr ein, dass Hope Nettleton die Frau ist, deren Mann ihr untreu war. Wie kann ein Mann so einem wandelnden Traum untreu sein? Wie kann ein Mann sich etwas wünschen, das noch perfekter wäre als Hope Nettleton?

Wie sich bei mehreren Tassen Earl Grey in der von Mark Wilkinson im viktorianischen Stil eingerichteten Küche herausstellt (übrigens genau der Küche, die Vicky sich ausgesucht hätte, wenn sie in einem Haus wie diesem leben würde und nicht wüsste, wohin mit dem Geld), ist Adam Nettleton an Perfektion nicht interessiert.

Adam Nettleton, mutmaßt Vicky, erstickt an all dieser Perfektion, und die Frau, mit der er sich auf jene Affäre eingelassen hat und die Hope Nettleton überhaupt erst veranlasste, Vicky zu schreiben, ist das genaue Gegenteil von ihr.

»Das habe ich nie verstanden.« Hope sitzt ihr an der Arbeitsplatte in der Küche gegenüber und seufzt. »Ich hätte es verstanden, wenn sie atemberaubend wäre, wenn sie klüger oder hübscher oder lustiger wäre als ich. Aber ich kenne diese Frau, ich habe sie ein paarmal auf Firmenfeiern erlebt, und Adam und ich haben immer Witze darüber gemacht, wie langweilig sie war. Ist.«

Sie werden unterbrochen, als auf dem Kies draußen Autoreifen knirschen, und Hopes Miene hellt sich auf, als sie vor die Tür geht, um ihre Kinder in Empfang zu nehmen, die aus der Schule gekommen sind.

Vicky sieht, dass sie ihre Kinder vergöttert, und sie verbringen den Rest des Nachmittags mit den Mädchen in der Küche, wo sie Marmeladentörtchen backen; danach begleitet sie Hope und die Kinder zu ihrer Reitstunde in den Stallungen am Ende der Straße.

Vicky kann endlich hoffen, in mehr als einer Hinsicht. So könnte ich leben, denkt sie, und sie verspürt ein aufgeregtes Kribbeln im Magen, als ihr klar wird, dass das ihr Traumleben ist, dass das hier der perfekte Tausch sein könnte.

Hope ist oben und badet die Kleinste, während Vicky vor dem Haus auf den Steinstufen sitzt und sich von Sadie und Molly ein Stück vorführen lässt, als ein großer schwarzer BMW durch das Säulenportal gleitet.

»Daddy!«, rufen die Mädchen gleichzeitig, und Vicky steht auf, streicht sich das Haar zurück und wünscht, sie hätte mehr Zeit gehabt, ihr speckig glänzendes Gesicht zu pudern und ihre Lippen nachzuziehen. Sie möchte gern einen guten Eindruck machen.

»Hallo, meine Mädchen.« Adam steigt aus dem Wagen und gibt ihnen einen zerstreuten Kuss, dabei ruht sein Blick die ganze Zeit auf Vicky. »Wo ist Mami, und wer ist die hübsche Lady?«

Vicky sieht seine hochgeschobene Augenbraue, sein Lächeln, das – wenn sie nicht vollkommen verrückt ist – mit ihr zu flirten scheint, und sie weiß auf der Stelle, dass die Affäre, die Adam gebeichtet hat, nicht seine einzige war.

Sie spürt es an der Art, wie er ihr die Hand schüttelt, wie er sie von oben bis unten mustert, mit den Augen auszieht, vor Freude strahlt, als sie ihm sagt, warum sie hier ist.

»Also Sie sind die Frau, die einen Monat lang meine Frau sein wird?«, grinst er, ganz die Katze, die eine Schale Sahne gefunden hat. »Wunderbar. Wie ich gehört habe, werden Sie auch die Kleider tauschen? Ehrlich gesagt, stand ich der Sache ziemlich kritisch gegenüber, als Hope mir eröffnete, dass sie Ihnen geschrieben hat, aber jetzt, wo ich Sie kennengelernt habe, werde ich dafür sorgen, dass Hope ihre sexyste Unterwäsche hierlässt.«

»Oh, bitte«, sagt Vicky. »Ihre Frau ist viel zu schlank. Ich soll eigentlich mit einer tauschen, die dieselbe Größe hat wie ich. Aber ich schätze, ich könnte Hopes Hosen nicht mal über die Knöchel ziehen.«

»Sehr gut. Höher brauchen sie auch nicht zu gehen. Ich stand schon immer auf Frauen mit Hintern«, und während er Vicky bewundernd anschaut, erfasst sie plötzlich Horror.

»Ihnen ist hoffentlich klar«, sagt sie spröde, »dass, sollte ich mich für Hope entscheiden, kein Sex zwischen uns die Voraussetzung ist.«

»Klar, nicht die Voraussetzung. Aber eine Möglichkeit?« Er schaut sich um und vergewissert sich, dass die Mädchen außer Hörweite sind, dann tritt er näher an Vicky heran und senkt die Stimme. »Warum auch nicht, wenn zwei Leute sich zueinander hingezogen fühlen? Wenn nie jemand davon erfährt? Was kann es schaden? Es ist doch nur Sex.«

Vicky schüttelt angewidert den Kopf, als Hope mit der Zweijährigen im Arm aus dem Haus kommt und erfreut lächelt, als sie ihren Mann sieht.

»Hallo, Schatz«, sagt sie und bietet ihm die Wange zum Kuss an, und Adam gehorcht. Er zwinkert Vicky noch einmal heimlich zu, bevor er ins Haus geht.

»Was halten Sie von Adam?«, fragt Hope, als Vicky sich verabschieden möchte.

»Er macht einen … charmanten Eindruck«, bringt Vicky heraus. Ein Widerling, möchte sie sagen. Schmierig und eklig, und du hättest weiß Gott was Besseres verdient. Auch wenn er gut aussieht. Auch wenn er einen Haufen Geld verdient und dir dieses fürstliche Leben ermöglicht, aber er kann seinen Schwanz nicht in der Hose lassen. Schau dich an, und schau mich an. Wie umwerfend du bist und wie gewöhnlich ich bin, und trotzdem will er mit mir schlafen, aus dem einzigen Grund, weil ich nicht du bin, nur weil er immer damit durchkommt, nur weil schwächere, unsicherere Frauen als ich sich geschmeichelt fühlen, wenn ein Typ wie Adam mit ihnen flirtet.

Ich wünschte, du würdest ihn verlassen, möchte Vicky sagen. Stattdessen umarmt sie Hope und sagt: »Passen Sie auf sich auf. Ich melde mich«, und weiß schon im Davonfahren, dass sie keine Lust hat, vier Wochen damit zu verbringen, sich gegen Adams Avancen zu wehren, und dass auch die schroffste Zurückweisung ihn nur anfeuern würde.

Nein. Trotz all der wunderbaren Dinge, die Hope Nettleton besitzt, ist sie nicht diejenige, mit der Vicky tauschen will. Die Kirschen in diesem Garten sind schön, aber sauer, so viel ist klar. Könnte es sein, dass das ganze Experiment scheitert? Dass die einzigen Leute, in deren Garten die Kirschen süßer sind, ewig ihr Bruder und ihre Schwägerin sein werden? Und mit ihrer Schwägerin zu tauschen, das wäre dann doch eine zu schräge Vorstellung.

Na schön. Eine Chance hat sie noch, und das war von Anfang an Janelle Salingers Spitzenkandidatin. Amber Winslow.

Highfield, Connecticut, ich komme!

Kapitel 15

Amber schreckt aus dem Schlaf hoch. O mein Gott, sagt sie sich, es ist so weit. Heute, am 16. Juni, kommt Vicky Townsley aus London angeflogen und will sehen, ob sie den Ansprüchen genügt, um ihre Tauschpartnerin zu werden.

Arme Amber. Für sie geht es nicht um Vicky. Oder darum, dass Vicky eine Person sucht, deren Leben sie sich am meisten wünschen würde. Für Amber geht es darum, ob ihr Leben gut genug ist, dass es überhaupt jemand haben will, und sie hat große Angst, die Bedingungen nicht zu erfüllen. Gestern Abend hat sie sogar eine Schlaftablette genommen, und sie bleibt noch einen Moment im Bett liegen und überlegt, ob jetzt nicht Xanax das Richtige wäre, aber am Ende beschließt sie doch, lieber nichts einzunehmen – besser, sie stellt sich im vollen Bewusstsein den Dingen, als ein Zombie auf Droge zu sein –, zumal es heute noch jede Menge zu tun gibt.

Das Haus blitzt zwar vor Sauberkeit, aber sie muss noch frische Blumen kaufen, jedes Zimmer mit herrlich duftenden Blüten füllen. Kaffee mit Haselnussaroma muss gebrüht, Muffins müssen in den Ofen geschoben werden, damit sich hier der Traum eines jeden Immobilienmaklers entfalten kann, nur dass Amber nicht ihr Haus verkauft, sondern mit denselben Methoden versucht, ihren Lebensstil, sich *selbst* zu verkaufen.

Gracie hat ein neues Kleid nur für heute bekommen. Ein rosa Rüschen-Baumwollkleidchen, passende Söckchen und schwarze Lackschühchen von Mary Jane. Und Jared wird ein Chambray-Hemd tragen, blaue Chinos und Loafers, mit einem Hauch Haargel, immer ein Anblick zum Dahinschmelzen. Sie werden aussehen, als wären sie gerade einem Modekatalog entstiegen. Amber steht in Gracies Zimmer und bewundert das neue Kleid. Wer könnte so hinreißenden Kindern widerstehen?

Amber selbst hat sich für Understatement entschieden. Als Chamäleon, das sie nun mal ist, schwebt ihr für heute der Look der besten Freundin vor. Locker, herzlich, freundlich. Nichts Einschüchterndes, nichts, das Vicky Townsley gegen sie einnehmen könnte. Bequeme Kakihosen, ein rosa Kaschmirsweater mit Zopfmuster, Wildledermokassins von Tod's, das Haar zu einem strubbelig-mädchenhaften Pferdeschwanz geschlungen. Perfekte Leute mit einem perfekten Leben. Die Familie, die jeder eines Tages zu haben hofft, besonders ein Mädchen aus London um die dreißig.

Richard ist das Haar in der Suppe. Obgleich er von ungezwungenem Charme ist, unfehlbar gut gekleidet und so gut aussehend, dass immer noch Frauen zu ihm herüberschielen, wie Amber regelmäßig stolz bemerkt, wenn sie ausgehen, ist er über diese Journalistin nach wie vor nicht besonders glücklich, und genauso wenig hat er sich damit abgefunden, dass Amber sich überhaupt gemeldet hat und nun eine reale Chance besteht, dass Amber vier Wochen verschwinden wird und eine Frau, die er nicht kennt, ihren Platz einnimmt.

Richard hat seit dem Abend, an dem sie gestritten haben, kaum noch ein Wort mit ihr gewechselt. Sie kommunizieren hauptsächlich über die Kinder, und jedes Mal, wenn Amber versucht, das Thema anzusprechen, macht er dicht.

Und darum ist sie gestern Abend, als Richard ihr den Rücken zudrehte und sofort eingeschlafen ist, wieder aus dem Bett geschlüpft, hat sich unten an den Küchentisch gesetzt, einen Notizblock herausgezogen und Richard einen Brief geschrieben.

MEIN GELIEBTER RICHARD,

ich möchte, dass du eins weißt: Ich liebe dich heute noch genauso wie an dem Tag, als ich dir mein Jawort gab. Wenn überhaupt, liebe ich dich eher noch mehr. Als ich davon sprach, dass ich etwas verändern will, meinte ich nicht dich, denn du und die Kinder, ihr bedeutet mir so viel. Ich meinte damit nur, dass ich ein paar Fragen habe, dass es Probleme in meinem Leben gibt, mit denen ich irgendwie nicht fertig werde. Ich habe das Gefühl, dass es im Leben mehr geben muss, und falls man mich für den Tausch haben will (was übrigens noch gar nicht klar ist), würde ich es nicht tun, um meiner Familie zu entfliehen, sondern weil ich eine kleine Auszeit nehmen muss, damit ich auf diese Weise vielleicht herausfinden kann, was mir fehlt. Vielleicht ist es ja, dass ich wieder arbeiten muss. Vielleicht sollten wir tatsächlich überlegen, ob wir aus Highfield wegziehen. Aber im Moment fühlt es sich an, als würde in meinem Kopf alles durcheinandergehen und ich kann erst wieder klarsehen, wenn ich eine Pause mache. Hätte ich die Möglichkeit, dich und die Kinder mitzunehmen, würde ich es sofort tun, aber ich vermute, dass ich dann die Antworten nicht finden würde, die ich suche.

Ich liebe dich mehr als alles auf der Welt. Ich verspreche dir, dass das Ganze nichts mit dir zu tun hat und dass ich dich nicht verletzen will. Es wäre das Letzte, was ich wollte, und darum habe ich dir jetzt geschrieben. Ehrlich gesagt, das Ganze war eine spontane Sache, ich hätte nicht im Traum daran gedacht, dass ich als Kandidatin infrage käme. Aber heute kommt nun Vicky Townsley, die Journalistin. Sie wird hier sein, wenn du nach Hause kommst …

Ich finde es furchtbar, dass wir in den letzten Tagen kaum miteinander geredet haben. Ich finde es furchtbar, wie du dich von mir abwendest, wenn wir ins Bett gehen. Mir fehlt dein Lachen, dein Lächeln. Mir fehlt es, zusammen mit dir am späten Abend in der Wanne zu sitzen und uns gegenseitig unseren Tag erzählen. Ich liebe dich, liebe dich so sehr. Versuch bitte, mich zu verstehen!

Amber xxx

Als Amber zum vierten Mal an diesem Morgen die rostfreie Stahloberfläche der Mikrowelle poliert, während Lavinia mit gefüllten Blumenvasen an ihr vorbeisaust, sitzt Vicky im Flugzeug und drückt den Knopf, der ihren Sitz nach hinten kippen lässt, und lehnt sich genüsslich lächelnd zurück. Sie zappt sich durch die Filmkanäle in Erwartung des nächsten Films.

Nicht, dass sie sich sonderlich auf den Film konzentrieren kann, nicht, wenn es so viel gibt, woran sie denken muss. Sie hat ungelogen die ganze letzte Woche nicht mehr aufgehört zu strahlen, hat kaum an diese Reise und Amber Winslow gedacht. Denn Vicky glaubt zum ersten Mal im Leben, den Richtigen gefunden zu haben.

Okay, nicht ganz zum ersten Mal. Wenn Vicky ganz ehrlich ist, muss sie zugeben, dass sie das schon öfter gesagt hat. Obwohl sie fünfunddreißig und Single ist, obwohl sie allen erzählt, wie abgeklärt, abgestumpft und machoresistent sie inzwischen ist, muss ihr nur ein gut aussehender

Mann mit Grübchen tief in die Augen sehen und ihr sanft durchs Haar streichen, muss sich nur hinterrücks heranschleichen, wenn sie morgens Kaffee kocht, ihr die Arme um die Taille legen, sein Gesicht in ihrem Haar vergraben, und sie wird butterweich.

Genau das geschah, als Jamie Donnelly anrief.

Vicky lässt den Film sausen und widmet sich ganz jenem Film, der in ihrem Kopf abläuft, dem Film mit Vicky Townsley und Jamie Donnelly in den Hauptrollen.

Er ruft an! Und er ruft nicht nur an, er ruft an und flüstert, dass er unglaubliche Sehnsucht nach ihr hat. Dass die Zeitungen lügen, wie sie immer lügen. Dass er und Emma Soapworth alte Freunde sind, dass nichts vorgefallen ist und dass sie am nächsten Tag telefoniert und darüber gelacht haben – über die irrige Annahme, sie könnten etwas miteinander haben.

»Wirklich?«, fragt Vicky hoffnungsvoll, denn sie ist Journalistin, arbeitet für eine große Zeitschrift, nicht für irgendein Käseblatt, was ein großer Unterschied ist. Und sie sagt es hoffnungsvoll, weil sie es so sehr glauben will. Sie will nicht zynisch klingen, will ihn nicht der Lüge bezichtigen und fragen, warum sie die Zeitung nicht verklagt oder zumindest eine Richtigstellung verlangt haben.

»Wirklich«, bestätigt Jamie Donnelly in seinem sanften, ungeheuer sexy klingenden irischen Akzent. »Und dann habe ich deine Telefonnummer verloren, und mir fiel nicht mehr ein, für welches Magazin du arbeitest, und ich habe bei *Cosmopolitan* und bei *Company* angerufen, aber da kannte dich keiner, und ich hatte keine Ahnung, wie ich dich finden sollte.«

Natürlich ist es vollkommen plausibel, dass er ihre Nummer verloren hat. Und möglicherweise hat er es auch bei ein paar anderen Zeitschriften versucht. Komisch ist nur, wenn er wirklich so verzweifelt nach ihr gesucht hat, dass er nicht einfach ins Internet gegangen ist – heutzutage kann doch jeder alles und jeden finden, nur ist vielleicht nicht jeder so gewieft wie Vicky, vielleicht ist er einfach nicht drauf gekommen.

»Na, das klingt ja schmeichelhaft«, sagt Vicky und fühlt sich geschmeichelt.

»Ich konnte nicht aufhören, an dich zu denken. An unsere gemeinsame Nacht. Und als ich heute da reinkam und dich mit Hugh sah, konnte ich mein Glück nicht fassen. Das war, als hätte der liebe Gott meine Gebete erhört und dich extra nur für mich da hingesetzt.«

Und Vicky wird butterweich.

»Und ...«, sagt sie, nachdem sie sich wieder gefangen hat, »wollen wir uns sehen?« Ach du Scheiße, denkt sie. Halt den Mund. Sollte nicht eigentlich der Mann das vorschlagen?

»Wollte ich gerade fragen. Wie wär's mit heute? Was machst du heute Abend?«

Sag nicht Ja, denkt sie. Sag ihm, dass du bis nächste Woche keine Zeit hast. Tu's nicht, sag auf keinen Fall gleich Ja.

»Och, nichts Besonderes«, sagt sie, denn ihr Wunsch, ihn möglichst gleich zu sehen, ist stärker als alle rationalen Überlegungen. Ihre Fantasie macht sofort Überstunden – heute. Vielleicht ins Ivy? Hakkasan? Ein romantisches Dinner zu zweit. Sie stellt sich vor, wie sie zusammen das Restaurant betreten, alle zu ihnen herüberstarren, denn natürlich kennt jeder Jamie Donnelly, und dann schauen sie zu ihr und fragen sich, wer die Glückliche ist, die heute mit Jamie Donnelly Händchen halten darf, während er sie sanft zwischen den Tischen hindurchführt.

Und vielleicht warten ja die Paparazzi vor dem Lokal. Sie hat sie regelmäßig in den Restaurants angetroffen, die sie für ihre Arbeitsessen frequentiert. Wenn sie vor die Tür tritt, stehen sie dicht gedrängt draußen am Eingang, schauen erwartungsvoll hoch, sobald sie die Tür klappen hören, in der Hoffnung, dass Kylie oder Elle oder Jordan wieder nach Hause gehen. Sie werden garantiert einen Schnappschuss von ihr und Jamie machen, und morgen steht alles in der Zeitung.

Wie herrlich, wenn das geschehen würde. Wer alles davon erfahren würde. Der Mistkerl Michael, der sie wegen dieses dämlichen Models sitzen gelassen hat. Der andere Mistkerl, Clive, der behauptete, unsterblich in sie verliebt zu sein, und dann nie wieder anrief, nachdem sie mit ihm geschlafen hatte. Dabei hatte sie sechs Wochen lang nicht mit ihm geschlafen, weil sie es eigentlich gar nicht wollte. Sechs Wochen hatte sie gebraucht, um sich dazu durchzuringen, weil sie ihn als Freund so mochte, obwohl sie ihn körperlich überhaupt nicht attraktiv fand. Das Schwein hatte nie wieder angerufen.

Und was war mit den zickigen Gänsen aus der Schule? Eigentlich sollte sie mit fünfunddreißig keinen Gedanken mehr an sie verschwenden, aber erst vor Kurzem hat sie Catherine Enderley gegoogelt, nur so aus Neugierde, um dann zu erfahren, dass die größte Nervensäge der Klasse heute in einer öden spießigen Anwaltsfirma in Brighton arbeitet. Lieber Gott, dachte sie, mach, dass mich Catherine Enderley mit Jamie Donnelly in der Zeitung sieht. Mach bitte, dass Catherine Enderley, Rachel Myersen und Tara Barking mich alle mit meiner neuen großen Liebe Jamie Donnelly sehen – schlank, schön und strahlend glücklich.

»Wunderbar!«, sagt Jamie. »Ich komm zu dir. So um

neun? Ich hab um sieben ein Meeting in der Stadt, also kann ich schätzungsweise gegen neun da sein.«

»Weißt du noch meine Adresse?« Schnell überspielt Vicky ihre Enttäuschung. Na schön, dann eben keine Paparazzi. Dann eben heute Abend noch kein öffentlicher Auftritt, das kommt schon noch. Zuerst ein romantisches Abendessen. Prasselndes Kaminfeuer – obwohl es nicht echt ist, aber das künstliche Gasfeuer ist fast genauso gut und längst nicht so heiß, da wir ja immerhin Sommer haben –, ein herrliches Abendessen, o mein Gott, was soll ich kochen? Jamie, Nigella, könnt ihr mich bitte retten? Schenkt mir ein Essen, bei dem ihm das Wasser im Munde zusammenläuft, bei dem ihm klar wird, was ich für eine wunderbare Ehefrau wäre, dass er nie wieder zu McDonald's müsste ... vielleicht zum Nachtisch Erdbeeren mit Schokoladensauce vor dem Kamin. Sie würden sich abwechselnd füttern, immer wieder küssen, könnten nicht die Hände voneinander lassen.

»Ich habe mein Leben lang nach dir gesucht«, würde Jamie Donnelly sagen, und Vicky würde einfach nur still vor sich hin lächeln und nichts sagen, ihn mit einem einzigen kühlen Blick verrückt machen vor Begehren.

Versonnen denkt sie an die Show *Stars in Their Eyes*. Heute, lieber Matthew Kelly, werde ich Marissa Martin sein, sexy, verführerisch, supercool, und er wird rasend vor Leidenschaft. Heute wird er sich unsterblich in mich verlieben.

»Ich weiß deine Adresse noch«, sagt Jamie.

»Soll ich uns was zu essen machen?«, fragt Vicky in einem marissahaften Tonfall.

»Nein, mach dir keine Umstände. Ich esse vorher was. Bis nachher, Vicky«, und weg ist er.

Um neun sitzt Vicky mit einem Glas Rotwein in der Hand auf dem Sofa. Das Kaminfeuer läuft auf Hochtouren, Diana Krall schmachtet aus der Anlage, das Licht ist gedimmt, und sie trägt ein kurzes blaues Leinenkleid, darunter ihre beste und erotischste Spitzenunterwäsche.

Um halb zehn geht sie unruhig im Wohnzimmer auf und ab, fragt sich, wo er abgeblieben ist, ob er es vergessen hat oder, noch schlimmer, ob ihm vielleicht etwas zugestoßen ist.

Um halb elf kocht sie vor Wut. Und wenn ein Mädchen vor Wut kocht, weil ein Mann sie versetzt hat, hilft nur noch eins: die »Rache-Nummer«.

Nicht, dass es der Übeltäter je erfahren muss, aber Vicky weiß, dass an Schlaf nicht mehr zu denken ist, da sie zum Bersten angespannt ist. Und obgleich sie eine Stinkwut auf Jamie Donnelly hat, kann sie immer noch Daniel anrufen, der gleich um die Ecke wohnt und im Nu hier sein kann, selbst wenn er nicht der Richtige ist und es nie sein wird. Für heute Nacht ist er allemal der Richtige.

»Daniel? Ich bin's, Vicky.«

»Hey! Ich hab ewig nichts von dir gehört! Was für eine tolle Überraschung!« Und es stimmt, für Daniel ist es eine tolle Überraschung. Sein Techtelmechtel mit Maya, dem aufregenden Rotschopf, ist gerade vor einer Woche zuende gegangen. Ein paar Wochen vorher hatte sie verkündet, dass sie fest mit ihm zusammen sein wollte. Zwar hatte er sich zunächst darauf eingelassen – was soll man machen, wenn man derart genötigt wird? –, musste aber feststellen, dass seine Leidenschaft von da an drastisch abebbte, und wenig später rief er sie nicht mehr an und rief auch nicht zurück, bis sie genau das tat, was er sich erhofft hatte: ihn anrief, um ihm unter Tränen zu sagen, dass sie einen Besseren verdient hätte.

»Du hast vollkommen recht«, hatte er ihr geantwortet und versucht, zerknirscht zu klingen. »Du bist ein wunderbares Mädchen und hast einen Besseren verdient. Es tut mir leid, dass ich derjenige nicht sein kann.«

Vicky dagegen will nie mehr von ihm. Sie tut gar nicht erst, als hätten sie eine Beziehung. Sie ist einfach die saugute Nummer um die Ecke, die ihm nie eine feste Bindung abverlangt oder fragt, warum er sie nicht irgendwohin ausführt. Daniel schaut auf die Uhr. Viertel vor elf. Ideal.

»Na dann«, schnurrt er und lächelt, weil er weiß, dass Vicky um diese Zeit nur aus einem einzigen Grund anrufen kann, »zu dir oder zu mir?«

Daniel klingelt in dem Moment, als ein schwarzes Taxi vorfährt, aus dem ein hochgewachsener Mann aussteigt. Er bezahlt den Fahrer, dreht sich dann um und schaut an dem Haus hoch, vor dem Daniel steht.

Wahnsinn, denkt Daniel, das ist doch Jamie Donnelly. Einen Moment ist er versucht, einen der Sprüche aus *Dodgy* anzubringen oder ihm zumindest zu sagen, wie toll er die Show findet, aber nein, das wäre dann doch zu bescheuert. Aber irgendwas muss er sagen; eine solche Gelegenheit lässt man sich nicht entgehen.

»Alles klar, Kumpel?«, fragt Daniel und nickt ihm zu, als Vicky auf den Türöffner drückt und ihn hereinlässt. »Tolle Show«, hört er sich selbst sagen, wofür er sich in den Arsch beißen könnte.

»Alles klar.« Jamie nickt zurück. »Lassen Sie die Tür bitte auf?« Und sie gehen zusammen ins Haus.

»Haben Sie Freunde da oben?«, fragt Daniel, als sie die Treppen hochsteigen.

»Kommt ganz drauf an, wie man Freundschaft definieren will.« Jamie grinst und zwinkert ihm zu, und Daniel versteht und lacht verschwörerisch, bevor er den Gang hinunter zu Vickys Apartment geht. Wie merkwürdig. Jamie Donnelly folgt ihm. Dann muss es die Wohnung gegenüber sein, denn auf diesem Stockwerk gibt es nur zwei Apartments, aber war das nicht ein verheiratetes Pärchen mit Baby?

Und dann stehen sie beide vor Vickys Tür.

»Ach du Scheiße«, sagt Daniel, als ihm langsam dämmert, was hier läuft.

Jamie grinst und zuckt die Achseln. Seiner Erfahrung nach war die Wirklichkeit schon immer viel merkwürdiger als jeder Roman. »Möge der Bessere gewinnen«, sagt er freundlich, im vollen Bewusstsein, dass praktisch jedes Mädchen in London, vor die Wahl gestellt, sich für ihn entscheiden würde.

Vicky macht die Tür auf, in ihren Bademantel gehüllt, völlig abgeschminkt, und bedeckt entsetzt ihr Gesicht, als Daniel und Jamie Donnelly vor ihr stehen.

»O mein Gott!«, zischt sie und knallt die Tür wieder zu. »Einen Augenblick!«, ruft sie, rast ins Bad, um sich ihr Kleid zu schnappen, das über dem Wannenrand liegt, zieht sich die Unterwäsche wieder an und klatscht sich etwas Make-up ins Gesicht. Ach du Scheiße, denkt sie pausenlos, rennt wieder in den Flur und öffnet keuchend die Tür, vor der immer noch die beiden Männer stehen: ein breit grinsender Jamie und ein etwas unbehaglich wirkender Daniel.

»Jamie, ich dachte, du kommst nicht mehr«, sagt sie und zieht ihn in die Wohnung. »Und Daniel? Was machst du denn hier? Eine tolle Überraschung, aber ein bisschen spät, was? Ich ruf dich morgen an«, und sie beugt sich zu ihm vor und küsst ihn auf die Wange, dabei flüstert sie: »Tut mir leid, Dan, ich erklär dir alles morgen«, während sie ihn regelrecht wegschiebt, dann wieder hineingeht und sich an Jamie Donnelly schmiegt.

Daniel fühlt sich nicht wohl in seiner Haut. Nicht, weil er gegen Jamie Donnelly den Kürzeren gezogen hat. Er an ihrer Stelle hätte auch Jamie Donnelly genommen, logo. Aber Vicky hat ihn noch nie zurückgewiesen. Und sie sah gerade so niedlich in ihrem Bademantel aus, ohne Make-up, so blitzsauber und kuschelig. O Gott. Bloß nicht jetzt eine Schwäche für sie kriegen.

»Wo bist du die ganze Zeit gewesen?« Vicky macht sich von Jamie Donnelly los und setzt sich aufs Sofa. »Es ist elf. Ich dachte, du wolltest um neun kommen?« Sie hört den vorwurfsvollen Jammerton in ihrer Stimme und bremst sich schnell.

»Ich weiß, ich fühle mich ganz furchtbar«, sagt Jamie und nimmt ihre Hände in seine und schaut ihr tief in die Augen. »Das Meeting hat sich stundenlang hingezogen, und ich kam einfach nicht weg. Ich konnte überhaupt nur durchhalten, weil ich wusste, ich sehe dich hinterher noch. Ich verspreche, dass es nie wieder vorkommt. Kannst du mir verzeihen?« Und er nimmt ihr Gesicht in die Hände und küsst es zärtlich.

»Ich verzeihe dir«, sagt sie, als er ihr Gesicht wieder frei gibt. Was denn sonst?

Und so hängt Vicky während ihres Flugs in ihrem Sitz, lächelt versonnen oder erschaudert vor Lust, wenn sie sich jeden Augenblick dieser Nacht in Erinnerung ruft. Sie haben sich geliebt – und für Vicky war es so viel mehr als nur Sex. Dreimal, und jedes Mal war besser gewesen als das Mal davor. Aber er hatte auch wieder mit ihr gekuschelt. Sie ist in seinen Armen eingeschlafen, und sie haben zusammen gefrühstückt, und diese innige, zärtliche Zuneigung füreinander konnte sie sich unmöglich nur eingebildet haben.

Und wie er sie angeschaut, wie er sie berührt, wie er ihr durchs Haar gefahren ist, so was macht man nicht mit jemandem, mit dem man nur kurz mal ins Bett springt. Sie weiß, dass das hier anders ist. Weiß, dass das richtig ausbaufähig ist. Wer kann es ihr verdenken, dass sie in Gedanken kaum noch bei der Arbeit ist, dass sie zwar alle Notizen mitgebracht hat, die sie während ihrer zahlreichen Telefonate mit Amber Winslow gemacht hat, aber bisher kaum einen Blick darauf geworfen hat, nicht, solange in ihrem Kopf nur Jamie Donnelly Platz hat.

Als sie gegen Mittag auf dem Kennedy Airport landet und sich die lange Menschenschlange langsam an den Schaltern der Einwanderungsbehörde vorbeiwälzt, ist sie wieder in der Wirklichkeit angekommen. Sie ist da. In Amerika. Gleich wird sie ihre mutmaßliche Tauschpartnerin kennenlernen, denn wenn Amber Winslow es nicht wird, wer dann? Die einzige andere Möglichkeit wäre die wunderbare Sally Lonsdale, aber so sehr Vicky sie und ihre Familie mochte, entspricht Sally Lonsdales Leben nicht ganz ihrer Traumvorstellung.

Der Wagen mit Chauffeur bringt sie über den Merritt Parkway durch Westchester und schließlich an einem Schild vorbei, auf dem »Welcome to Connecticut« steht. Vicky verbringt die Zeit damit, ihre Notizen durchzuarbeiten, die Ringe unter ihren Augen mit Touche Eclat zu übertünchen – ein Glück gab's davon eine Probe in der Zeitschrift – und die Landschaft zu bewundern.

Sie ist herrlich. Selbst von der Autobahn aus kann Vicky Schindelhäuser erkennen, die wie gemalt aussehen, Swimmingpools in den Gärten, überall Bäume, Büsche, Hecken. Und bald erreichen sie die Ausfahrt für Highfield, fahren weiter über kleine Alleen, bis sich grüne Wiesen vor ihnen erstrecken und man die riesigen Villen erkennen kann, die am Ende jeder Zufahrt stehen. Als sie in die Sugar Maple Road einbiegen, kommt die lackglänzende schwarze Limousine endlich vor einem großen, wunderschönen Haus aus weißen Schindeln und Naturstein zum Stehen: schwarze Fensterläden, Asphaltauffahrt, großes Profibasketballnetz an der Garage.

Ein immens übergewichtig wirkender Golden Retriever bellt halbherzig, als Vicky die Wagentür aufmacht, dann rafft er sich auf, sie zu begrüßen, während Amber die Eingangsstufen heruntereilt, um Vicky herzlich die Hand zu schütteln.

»Oh, ich glaube einfach nicht, dass Sie tatsächlich da sind!«, sagt sie. »Ich glaube einfach nicht, dass Sie den ganzen Weg in die Vereinigten Staaten gemacht haben, um mich kennenzulernen, und ich bin so aufgeregt, und ich muss Ihnen so viel zeigen. O je, warum rede ich denn so viel? Kommen Sie herein, kommen Sie herein. Kommen Sie herein und machen Sie es sich gemütlich.«

Und Vicky betritt die Halle eines Hauses, das sich sofort anfühlt wie ihr neues Heim.

Kapitel 16

»Es ist der pure Wahnsinn«, flüstert Vicky, die vom Amberley-Jacks-Salon aus mit Janelle telefoniert.

»Wie meinst du das? Wie ist Amber?«, fragt Janelle und kramt in den Unterlagen auf ihrem Schreibtisch, bis sie die Fotos findet, die Vicky ihr vor ihrer Abfahrt gegeben hat.

»Sie ist toll, aber wichtiger noch, das Haus ist unbeschreiblich! Ich schwöre dir, Janelle, ich will ihr Leben. Ich will dieses Haus. Es ist monumental, sie haben einen Swimmingpool, und der Strand ist nur ein paar Orte weiter, und obwohl wir Juni haben, sind draußen fast siebenundzwanzig Grad! Ich will für immer bleiben.«

»Na, Gott sei Dank auch.« Janelle gibt einen Stoßseufzer von sich. »Denn ich weiß wirklich nicht, was wir gemacht hätten, wenn das jetzt nicht funktioniert hätte. Und was ist mit dieser *Desperate-Housewives*-Kiste? Ist sie eine verzweifelte Hausfrau?«

Vicky spricht noch leiser. »Ich sage dir, sie ist einfach perfekt. Sie hat diese perfekten, unglaublich weißen amerikanischen Zähne. Sie hat eine fantastische Figur und trainiert garantiert mindestens einmal täglich, und ich würde sagen, sie könnte Brittany Johnson lässig wegstecken.«

»O wie wunderbar!«, quietscht Janelle. »Und die Familie?«

»Ich hab sie noch nicht gesehen. Ich bin gerade erst angekommen und wollte mich nur kurz melden, damit du weißt, dass ich gut gelandet bin; du wolltest ja wissen, wie mein erster Eindruck ist. Ich schick dir eine Mail und berichte ausführlich, sobald ich mehr weiß.«

Vicky legt auf und geht zurück in die Küche, eine Küche, die übrigens ungefähr so groß ist wie Vickys Wohnung, wo sie Amber vorfindet, die gerade einen Teller mit verführerisch duftenden Muffins auf den Tisch stellt.

»Ich habe Kaffee gemacht«, sagt Amber und gießt ihr eine Tasse ein. »Und bitte greifen Sie zu.«

Vicky verputzt ein Muffin, bevor Amber sich überhaupt gesetzt hat.

»Wollen Sie denn nichts?« Vicky schiebt ihr den Teller zu.

»O nein!«, sagt Amber entsetzt. »Ich esse nie Feinzucker, außerdem reduziere ich gerade meine Kohlenhydratezufuhr; Muffins stehen im Moment leider nicht auf meinem Diätplan.«

»Oh.« Vicky kommt sich plötzlich total verfettet vor.

»Aber bitte beachten Sie mich gar nicht«, sagt Amber lächelnd. »Nehmen Sie noch eins. Bitte.«

»Auf keinen Fall. Nein. Vielen Dank. Na ja, ich schätze, das erklärt wahrscheinlich Ihre umwerfende Figur.«

»Es ist auch harte Arbeit.« Amber grinst. »Darum das Fitnessstudio im Keller. Möchten Sie vielleicht eine Führung durchs Haus? Die Kinder sind mit Lavinia im Spielzimmer, wir können danach zu ihnen gehen, wenn Sie alles angeschaut haben.«

»Das wäre toll«, sagt Vicky, die danach lechzt, den Rest des Hauses zu sehen, seit sie es betreten hat, und sie ziehen los.

Von der Küche geht ein Raum ab – der so genannte Great Room – das amerikanische Äquivalent eines Wohnzimmers, nur zehnmal größer –, mit der höchsten Decke, die Vicky je außerhalb einer Kathedrale gesehen hat, dann folgt das Empfangszimmer, von wo aus Vicky telefoniert hat, dann das Speisezimmer, in dem locker zwanzig Personen dinieren können, eine begehbare Anrichte, so groß wie Vickys Schlafzimmer, eine Gästesuite mit Bad sowie jeweils ein eigenes Büro für den Herrn und die Dame des Hauses, mit Kirschholzpaneelen und Terrassentüren, die auf eine rundum verglaste Veranda führen.

Und das ist nur das Erdgeschoss.

Oben erstrecken sich kilometerlange Flure, von denen diverse Zimmer abgehen, am Ende das Elternschlafzimmer mit einem Bad, das so groß ist wie das Schlafzimmer selbst, mitsamt zwei riesigen Ankleideräumen und einem angrenzenden Wohnzimmer.

Erst nachdem Vicky alle sechs Zimmer gesehen hat, alles eher Wohnbereiche mit begehbaren Kleiderschränken und eigenen Bädern, fällt ihr auf, dass die Kinder immer noch nicht in Sicht sind.

»Ins Spielzimmer gehen wir zuletzt«, sagt Amber. »Schauen wir uns erst noch den Keller an.«

»So was hab ich einfach noch nie gesehen«, sagt Vicky, die sich bemüht, nicht zu glotzen. Hier unten gibt es einen Fitnessraum, einen Weinkeller und einen Medienraum im Stil eines Zwanzigerjahre-Kinos, mit plüschroten Samtsitzen und einer Popcorn-Maschine in der Ecke.

Vicky weiß zwar, dass in Amerika angeblich alles größer und besser ist, aber das hier ist schon lachhaft. Kein Mensch lebt so, jedenfalls niemand, den sie kennt. Niemand außer der Queen und den Beckhams vielleicht, und die zählen irgendwie nicht.

Denn, mal ehrlich, wer außer den Royals und Prominenten kann es sich auch nur annähernd leisten, ein Haus von dieser Größenordnung zu unterhalten, mal abgesehen von einem eigenen Kino, auch wenn es klein ist! Ein Kino! Mit Popcorn!

»Ich muss Sie einfach mal was fragen.« Vicky dreht sich zu Amber um, die ihr das Haus zeigt, als sei es das Normalste von der Welt, als sei ihr Heim nichts Besonderes. »Sind Sie unsäglich reich? Ich weiß, so was fragt man nicht – bitte verzeihen Sie, Sie brauchen nicht zu antworten.«

»Nein, schon okay«, sagt Amber. »Und die Antwort lautet nein. Wie sind nicht – wie sagten Sie? – *unsäglich* reich. Mein Mann ist Börsenmakler, und ich würde sagen, er verdient ganz ordentlich, aber es gibt jede Menge anderer Leute in Fairfield County, die wesentlich mehr Geld zur Verfügung haben. Warum fragen Sie?«

»Na ja, dieses Haus«, keucht Vicky. »Es haut mich einfach um. Es ist riesig. Ich hab so was noch nie gesehen.«

Amber zögert, fragt sich, wie viel sie Vicky erzählen soll. Ach, zum Teufel. »Sie werden es nicht glauben«, sagt sie lächelnd, »aber ich bin in einem Trailer aufgewachsen.«

»Was meinen Sie mit ›Trailer‹? Meinen Sie so ein Wohnwagendings?«

»Mehr oder weniger. Ich bin in einer Wohnwagensiedlung aufgewachsen, wo mich meine alleinerziehende Mutter großgezogen hat. Wir hatten nichts. Buchstäblich gar nichts. Zum Anziehen bekam ich die abgelegten Sachen der Kinder von Freunden und Nachbarn. Wenn Sie mir damals erzählt hätten, dass ich eines Tages in so einem Haus leben würde, hätte ich Sie für verrückt erklärt.«

Vicky keucht noch mal. »Aber wie haben Sie den Absprung geschafft?«

»Mit einer Menge Arbeit und einem eisernen Willen. Richard hat einen völlig anderen Hintergrund, und auch er arbeitet sehr hart, aber bei mir schien es völlig ausgeschlossen zu sein, dass ich mir so ein Leben je leisten könnte. Inzwischen nehme ich es meistens als selbstverständlich hin, aber wenn ich Sie so staunen sehe, dann erinnere ich mich, wie anders mein Leben einmal war.«

»Aber das hier ist *schon* das größte Haus von allen Leuten, die Sie kennen?«

»Um Himmels willen, nein!«, lacht Amber. »Sie werden sogar sehen, dass die meisten dieser neuen Häuser sich mehr oder weniger gleichen. Manche sind nur ein bisschen größer und andere ein bisschen kleiner. Wir können gern Freunde besuchen, vielleicht morgen, damit Sie einen Vergleich haben.«

»Sehr gern«, sagt Vicky, aber man hört ihr an, dass sie keine Sekunde glaubt, jemand könnte ein größeres Haus haben als dieses hier.

»Gehen wir zu den Kindern«, sagt Amber und bleibt vor einer Tür stehen, die zu einem weiteren Flügel im Haus führt, wo Vicky eine komplette Nanny-Suite vorfindet, mit einer kleinen Küche, Wohnzimmer und natürlich dem Spielzimmer.

»Mami!« Jared schaut glücklich von seinem Schlagzeug in der Ecke auf.

»Jared, Schätzchen, komm und sag Miss Townsley Guten Tag«, sagt Amber.

Vicky geht auf ein Knie hinunter, um mit Jared auf Augenhöhe zu sein. »Sehr erfreut, dich kennenzulernen«, sagt sie und schüttelt ihm feierlich die Hand. »Draußen im Flur habe ich ein hervorragendes Schlagzeug gehört. Hast du ein Band abgespielt?«

»Nein!« Jared schüttelt den Kopf. »Das war *ich*.«

»Du?« Vicky sieht ihn verwirrt an. »Das kann nicht sein. Ich hab da jemanden richtig gut trommeln gehört. Ich glaube, es muss ein Drummer aus einer Rockband gewesen sein. Du hast eine CD laufen lassen, stimmt's?«

»Nein!«, sagt Jared und rennt zu seinem Schlagzeug. »Das war ich, hör mal«, und er drischt auf Trommel und Becken ein und veranstaltet einen Heidenlärm, während Vicky die Augen aufreißt und applaudiert.

»Wow!« Sie klatscht. »Das warst du wirklich. Du bist ja ganz fantastisch. Spielst du sonst noch ein Instrument?«

»Ja«, sagt Jared stolz. »Ich kann auch Klavier. Willst du mal hören?« Er nimmt Vicky an der Hand und zieht sie den Gang entlang ins Wohnzimmer. Amber geht hinterher und staunt, wie schnell Jared sich mit Vicky anzufreunden scheint, wie gut sie eindeutig mit Kindern umgehen kann.

»Sie sagten, Sie hätten keine Kinder?«, fragt sie Vicky, als sie nach unten gehen.

»Nein, aber zwei Nichten und einen Neffen, die ich wahnsinnig liebe.«

»Offensichtlich sind Sie Kinder gewöhnt. Jared ist nämlich selten gleich so zutraulich. Jar, wo ist Gracie?«

Jared zuckt die Achseln und öffnet die Wohnzimmertür. »Keine Ahnung.«

»Na, oder Lavinia?«

»Im Wäscheraum«, sagt er und fängt an, auf die Tasten des Klaviers einzuhauen.

»Vicky, entschuldigen Sie mich einen Augenblick?«, sagt Amber. »Ich gehe kurz Gracie suchen.«

Als Jared gerade sein nächstes Lied zum Besten gibt, geht die Tür auf, und vor ihnen steht eine Vision aus Schokolade. Sie ist etwa neunzig Zentimeter hoch, hat einen Bubikopf mit einer riesigen rosa Schleife an der Seite, trägt ein Rüschenkleid, das aussieht, als sei es ursprünglich pink gewesen; braune Kulleraugen werden erstaunt aufgerissen, als sie Vicky erblicken. Die Erscheinung ist fast vollständig, von der Nasenspitze bis zu den Knien, mit Schokolade verschmiert.

Hinter ihr kommt der übergewichtige Retriever angetappt, der begeistert mit dem Schwanz wedelt, während er dem kleinen Mädchen die Finger ableckt und dann versucht, ihm das Kleidchen abzuknabbern.

»O je«, sagt Vicky, die sich nicht sicher ist, was sie tun soll. »Ähm, hat deine Mutter dich schon gesehen?«

Das kleine Mädchen schüttelt den Kopf.

»Grace!« Jared springt von seinem Klavierschemel und baut sich streng vor seiner Schwester auf. »Wo hast du die Schokolade her? Ginger darf keine Schokolade bekommen. Das ist ganz gefährlich.«

»Nein!« Grace runzelt die Stirn, dann wirft sie sich auf das äußerst teuer aussehende Sofa, wo sie überall Schokospuren hinterlässt.

»Oh, Mist«, brummt Vicky. Mit den Kindern der eigenen Familie umzugehen ist das eine, aber diese Kinder sind nicht mit ihr verwandt, und sie ist wirklich nicht sicher, wie sie sich verhalten soll. Sie überlegt, ob sie Grace hochnehmen und aus dem Zimmer tragen soll, aber Grace kennt sie nicht.

»Komm, Grace«, sagt sie und hält ihr die Hand hin, woraufhin Grace ein klebriges, schokoladiges Händchen in ihre schiebt. »Gehen wir mal deine Mama suchen.«

Amber presst vor Entsetzen die Hand an ihren Mund. »O mein Gott«, sagt sie. »Gracie, was hast du da gegessen?«

»Ich habe die Schokolade gegessen, die in der Speisekammer ist«, verkündet Grace ernst und zieht sich einen Küchenstuhl heran.

»Fass ja nichts an!«, kreischt Amber; Vicky steht daneben und fühlt sich nutzlos.

»Soll ich sie sauber machen?«, fragt Vicky.

»Nein, keine Sorge, ich mach das schon.«

»Mom?« Jared kommt in die Küche gelaufen. »Grace hat Ginger Schokolade gefüttert.«

Amber schaut sie verzweifelt an. »Hast du das gemacht?«

Grace schüttelt den Kopf. »Nein, ich habe ihn nicht gefüttert. Ginger und ich haben die Schokolade gemeinsam gegessen.«

»O Gott«, seufzt Amber. »Wie viel Schokolade? Wo hast du sie her?«

Grace führt sie in die Speisekammer, wo Amber feststellt, dass Grace und Ginger fast den gesamten Vorrat an Schokolade auf dem obersten Regal weggeputzt haben. Die Indizien legen es nahe – auf dem Boden liegt ein Karton, den Grace als Trittbrett verwendet hat, um dann an den Regalbrettern wie auf einer Leiter hochzuklettern.

»Grace!«, sagt Amber streng. »Ich habe dir doch gesagt, dass du nichts aus der Speisekammer nehmen darfst. Und warum hast du Ginger Schokolade gegeben?«

»Schokolade ist für Hunde sehr gefährlich«, fährt Jared seine kleine Schwester vorwurfsvoll an, deren Unterlippe daraufhin zu beben beginnt. »Jetzt muss Ginger sterben, und du bist schuld.«

»O Jared, hör auf damit!«, sagt Amber, als Grace zu weinen anfängt, obwohl er nicht ganz unrecht hat. »Also schön.« Sie befeuchtet ein Küchentuch und wischt Grace Gesicht und Hände ab, dann zieht sie ihr das Kleid über den Kopf.

»Lavinia!«, ruft sie, und eine ältere jamaikanische Frau kommt herein und nickt Vicky kühl zu.

»Lavinia, ich muss mit Ginger zum Tierarzt. Bleibst du bei den Kindern?«

»Nein, Mami!« Gracie fängt jetzt an, laut zu heulen, und klammert sich an Ambers Beinen fest, während Lavinia versucht, sie wieder loszumachen. »Nein, Mami! Nein, Mami! Bleib bei mir!« Grace steigert sich in lautes Geheul hinein, und Amber spürt, dass ihr gleich der Geduldsfaden reißt, zumal Ginger jetzt wirklich ziemlich krank aussieht.

»Lavinia, schaff sie hier raus«, sagt sie schroff, als nun auch Jared anfängt zu weinen.

»Ich bleib bei ihnen«, sagt Vicky. »Machen Sie sich keine Sorgen, kümmern Sie sich um Ginger. Wir machen das schon.«

»O je, es ist mir so peinlich«, sagt Amber, während sie Ginger zur Tür bugsiert. »Ich schwöre, sie sind normalerweise überhaupt nicht so. Normalerweise sind sie wirklich liebe Kinder. Ich fasse es nicht, was wir hier für einen furchtbaren Eindruck auf Sie machen.«

»Die beiden sind hinreißend«, sagt Vicky. »Und jetzt los. Machen Sie sich keine Gedanken.«

»Mrs …« Jared hält inne. »Wie heißt du noch mal?«

»Vicky.« Vicky lächelt. »Meine Freunde sagen Vicky zu mir, darum kannst du mich auch Vicky nennen.«

»Oh.« Jared schaut sie bekümmert an. »Aber Mami und Dad sagen, ich soll Mr und Mrs zu Erwachsenen sagen.«

»Das verstehe ich sehr gut, aber ich mag es, wenn man mich Vicky nennt.«

Jared wirkt immer noch unentschlossen, dann strahlt er plötzlich. »Ich weiß«, sagt er. »Ich nenne dich Mrs Vicky!«

»Ah. Nur bin ich dummerweise nicht verheiratet, deshalb müsstest du eigentlich Miss Vicky zu mir sagen.« Sie beugt sich vor und flüstert: »Aber Vicky wäre mir immer noch am liebsten.«

»Wenn du nicht verheiratet bist, hast du auch keine Kinder?«

»Nee, keine Kinder.«

»Und keinen Daddy?«

»Nee. Ich hab nur mich.«

»Möchtest du Kinder haben?«

»Und wie. Ich mag Kinder total.«

»Ich hab einen Daddy.«

»Ja, ich weiß. Ich freu mich drauf, ihn kennenzulernen.«

Jared starrt Vicky an. Sie gefällt ihm. Er kann sie nur nicht einordnen. »Bist du eine Freundin von Mami?«

»Nicht ganz. Aber ich hoffe, wir werden bald gute Freundinnen sein.« Vicky zögert, überlegt, ob sie ihm erklären soll, dass sie vielleicht eine Weile hier wohnen wird, während Mami Urlaub macht, aber nein, das ist Ambers Aufgabe.

»Und, magst du Basketball?«, fragt Jared hoffnungsvoll.

»Na ja, ich hab's noch nie gespielt, aber ich wollte es schon immer lernen. Du siehst aus, als könntest du's richtig gut, wollen wir rausgehen, und du bringst es mir bei?«

»Ja! Cool!«, ruft Jared, rennt zur Hintertür und ist schon dabei, sich die Schuhe anzuziehen.

Als Amber mit einem Zweiwochenvorrat an Kohletabletten für Ginger zurückkehrt, hat Vicky mit Jared Körbe geworfen, den Kindern in der Küche beim Abendessen zugesehen – Chicken Nuggets und Pommes Frites, gefolgt von Eiscreme in der Waffeltüte –, mit ihnen im Garten und auf dem Klettergerüst gespielt, Gracie auf der Schaukel Schwung gegeben und Lavinia geholfen, beide zu baden.

Und die Kinder sind genauso wunderbar, wie sie auf dem Foto ausgesehen haben. Sie sind beide süß, gut erzogen und freuen sich sichtlich, dass eine Erwachsene wie Vicky sich so für sie interessiert. Als Amber hereinkommt, kuschelt sich Gracie mit dem Daumen im Mund und Lämmchen im Arm auf Vickys Schoß, bereit zum Schlafengehen.

Gracie schaut auf und sieht Amber, dann schließt sie wieder die Augen und fährt fort, Lämmchens rechtes Bein zu streicheln, ihr spezielles Wohlfühlzeichen.

»Wow!« Amber kann kaum glauben, wie problemlos die Kinder sich mit Vicky angefreundet haben, obwohl sie es verstehen kann. Unter anderen Umständen hätte Vicky auch ihre Freundin werden können, und wer weiß, vielleicht wird sie es ja, wenn das Ganze vorbei ist. Denn plötzlich fühlt es sich viel realistischer an als nur ein Traum. Die Tatsache, dass Vicky hier ist, die Tatsache, dass Amber sie mag, und, was wichtiger ist, dass die Kinder sie mögen, lässt Amber erleichtert seufzen.

Vier Wochen seine Familie nicht zu sehen, das ist schon eine lange Zeit, besonders wenn man die Frau, die einen ersetzt, gar nicht kennt. Aber schon nach den wenigen Stunden, die Vicky hier verbracht hat, weiß Amber, dass alles klappen wird. Dass Vicky sich genauso gut um die Kinder kümmern wird wie Amber. Wenn nicht besser, denkt sie mit einer kleinen Anwandlung von Schuldgefühlen, die sie schnell wieder verdrängt. Jetzt bleibt nur noch abzuwarten, ob Richard mitspielt.

Richard, der arme Richard, hat überhaupt keine Lust, nach Hause zu gehen und *die Journalistin* vorzufinden. Er weiß genau, dass sie Vicky Townsley heißt, aber er weigert sich innerlich, ihr einen Namen zu geben, verteufelt sie lieber als *die Journalistin* beziehungsweise die Frau, die sein Leben zerstören will.

Okay, okay, das klingt vielleicht ein bisschen sehr dramatisch, aber hätte diese *Journalistin* nicht ihre Story in *Poise!* veröffentlicht, hätte er damals nicht diese verdammte Zeitschrift gekauft und hätte Amber nicht geschrieben, würde das alles nicht passieren.

Als hätte er zurzeit nicht schon genügend Stress. Er würde zu gern mit Amber über seine Arbeit reden; andererseits will er nicht, dass sie sich Sorgen um ihn macht, und er schätzt mal, dass sich alles ziemlich bald von selbst lösen wird.

Das Letzte, was er bei all dem Druck gebrauchen kann, ist, dass *die Journalistin,* diese verdammte *Journalistin* auch nachher da sein wird, wenn er nach Hause kommt. Er ist stocksauer auf Amber. Heute früh im Zug hat er ihren Brief gelesen, aber er versteht sie trotzdem nicht. Wenn sie unglücklich ist, kann doch nur er die Ursache dafür sein, auch wenn er nicht weiß, was er falsch gemacht hat.

Sie kann noch so sehr beteuern, es sei keine vorübergehende Trennung, eher eine Art Experiment – seit wann verlässt eine glücklich verheiratete Frau Ehemann und Kinder für einen Monat? Einen ganzen Monat! Es ist ja nicht so, als würde sie sich mit ihren Freundinnen ein Wellnesswochenende gönnen – dafür hätte er Verständnis. Nein, sie will vier ganze Wochen fort und das Leben eines Singlemädchens führen, und das beunruhigt ihn am meisten.

Warum möchte sie Single sein? Warum will sie in eine Wohnung in der Nähe der Marylebone High Street ziehen, für eine Zeitschrift arbeiten, in Bars und Klubs herumhängen, zumal in London, wenn sie alles, was sie braucht oder sich nur wünschen kann, hier in Highfield hat?

Es ist ja nicht so, als würde er ihr Problem nicht verstehen – auch er findet den sozialen Konkurrenzdruck in Highfield anstrengend und nervig, besonders angesichts seiner derzeitigen Arbeitssituation, aber was um Himmels willen sollte sich daran ändern, wenn man einfach die Flucht ergreift? Was würden vier Wochen London – ausgerechnet London! – für einen Unterschied machen? Sie sagt, sie braucht eine Auszeit, aber was ist, und dieser Gedanke verunsichert ihn zutiefst, wenn ihr das andere Leben plötzlich besser gefällt?

Das ist seine größte Angst. Was, wenn sie lügt, wenn sie insgeheim vorhat, ihn zu verlassen, diesen Tausch nur zum Probelauf für ein neues Singledasein macht? Richards Leben ist vielleicht nicht perfekt, aber das eine, worüber er sich absolut sicher ist, ist Amber. Sie ist nach wie vor das Beste, was ihm je passiert ist, die einzige Frau, die er je hatte heiraten wollen, und obwohl ihn manchmal ihr mangelndes Selbstvertrauen irritiert, das dazu führt, dass sie zu Prada rennt und völlig unnötig Tausende von Dollar ausgibt, völlig gedankenlos, ist Amber immer noch die tollste Frau, die er je gekannt hat, und er will nicht, dass sich an ihrer Ehe etwas ändert.

Veränderung ist das größte Schreckensmoment in Richards Leben. Angst vor Veränderung hat ihn zehn Jahre bei Godfrey Hamilton Saltz ausharren lassen. Angst vor Veränderung hat ihn daran gehindert, dem Börsenparkett ein für alle Mal den Rücken zu kehren und seine unternehmerischen Fähigkeiten, von denen er fest überzeugt ist, als Eigentümer eines kleinen angeschlagenen Betriebs umzusetzen und diesen zu einem florierenden, profitablen Unternehmen auszubauen.

Angst vor Veränderung lässt ihn in Highfield bleiben und sonntagvormittags mit den Kindern zum Spielplatz gehen, wo er mit den anderen Vätern übers Geschäft palavert. Sie bewirkt, dass er ein paarmal im Jahr seinen Smoking anzieht und Amber zu den sozialen Events der jeweiligen Saison begleitet, lässt ihn zuvorkommend und charmant zu Frauen wie Suzy Bartlow und Nadine Potts sein, Frauen, deren Bosheit er förmlich riechen kann, deren ostentatives Gehabe ihn krank macht.

Es ist die Angst vor Veränderung, die ihn auf der Stelle treten lässt, obwohl er nicht mehr weiß, wie lange es noch so weitergehen kann. Angst vor Veränderung, die ihn dreimal in der Woche um 5:20 morgens in die Stadt pendeln lässt, in ein furchtbares Büro, wo ihm Leute bei allem, was er tut, über die Schulter schauen und darauf lauern, dass er endlich die enormen Verluste wieder hereinholt, die er verursacht hat, Leute, die ihn für wertlos halten, weil er nicht so viel verdient wie die anderen. Kein Wunder, dass er mit den Nerven am Ende ist.

Richard steht auf, als der Zug in Highfield einfährt, und atmet tief durch, als er auf den Bahnsteig tritt und zu seinem Wagen geht, den er an seiner üblichen Stelle auf dem Pendlerparkplatz abgestellt hat – dem Parkplatz, auf den er vier Jahre warten musste, den er nie aufgeben wird, selbst wenn er nicht mehr in der Stadt arbeiten würde …

Zeit, nach Hause zu gehen und sich *der Journalistin* zu stellen. Er wirft seine Aktentasche auf den Rücksitz und lässt den Wagen an. Vielleicht ist sie eine Schreckschraube, denkt er. Vielleicht wird Amber sie ja hassen, sich weigern, ihr die Kinder zu überlassen. Vielleicht muss das alles gar nicht passieren. Und mit diesem tröstlichen Gedanken fährt er heim.

Kapitel 17

Die vier Tage mit Vicky Townsley sind bei Weitem besser, als Richard erwartet hat. Nicht, dass er außer am Abend viel von ihr zu sehen bekommt, aber sie hat etwas sehr Süßes an sich, und es ist offensichtlich, was für einen Narren die Kinder an ihr gefressen haben, und plötzlich ist die Vorstellung nicht mehr ganz so erschreckend. Er fängt sogar an, die Sache im selben Licht zu sehen wie Amber – als ein Abenteuer.

Amber wirkt auf ihn so aufgeregt wie schon seit Jahren nicht mehr, und sie ist es auch. Sobald sie bemerkt hat, wie prima sich Richard und Vicky auf Anhieb verstehen, wusste Amber, dass alles gut sein wird, dass Richard für die Sache zu haben ist und Vicky absolut damit klarkommen wird, ihre Rolle einzunehmen. Jetzt macht sie sich nur noch Sorgen, ob sie Vickys Rolle einnehmen kann.

Amber hatte Richards Heimkehr an diesem Abend mit Grausen entgegengesehen, besonders in Anbetracht der Kaltfront, die in ihrem Hause herrschte. So charmant Richard ist, wenn er will, kann er richtig stur sein, und sie hatte eine Heidenangst, dass er Vicky vergraulen könnte, dass Vicky sich gegen sie entscheiden könnte, weil ihr Mann zu grob und feindselig ist.

Eine Frau, die sich ihres Mannes nicht ganz so sicher ist

wie sie, hätte sich angesichts Richards Verwandlung gewundert. Er war mit schlechter Laune aus dem Haus gegangen, mit finsterer Miene wieder heimgekommen und zum Charmebolzen mutiert, als Vicky und er sich zu unterhalten begannen.

Und Vicky ist ja auch attraktiv. Niedlich auf sehr englische Art. Helle Haut und rote Wangen, nette Figur, die allerdings noch viel besser sein könnte, wenn sie ein bisschen Fitness machen würde, und erstaunlich gute Zähne – obwohl es so erstaunlich nun auch nicht ist. Amber ist nur wie so viele Amerikaner davon ausgegangen, dass in England das Essen grottenschlecht ist und alle Menschen furchtbare Zähne haben.

»Guten Tag!« Vicky legt das Messer auf dem Hackbrett ab. Amber hat sie mit der Zubereitung des Salats betraut – nachdem sie beschlossen hat, das Abendessen zu kochen, weil sie Vicky zeigen will, dass sie eine perfekte Ehefrau und Mutter ist, dass sie durchaus nicht alles an Lavinia delegiert, sondern mit ihrer Wohltätigkeitsarbeit alle Hände voll zu tun hat, in einem Notfall mit dem Hund zum Tierarzt saust und dabei noch Zeit hat, toll auszusehen.

Mit anderen Worten, Amber versucht ihr zu beweisen, dass sie Superwoman ist. Und natürlich soll Vicky möglichst nicht erfahren, dass dies nicht der Fall ist.

Vicky schüttelt Richard freundlich die Hand und schenkt ihm ein aufrichtiges Lächeln; dass er so attraktiv ist, bringt sie ein wenig aus der Fassung. Vielleicht stimmt es ja, denkt sie, während sie in Richards veilchenblaue Augen lächelt und bemerkt, wie groß er ist, wie breit seine Schultern sind. Vielleicht stimmt es ja, dass in Amerika alles größer und besser ist, denn solche Männer werden drüben in England nicht mehr hergestellt, so viel ist klar. Dabei ist Richard gar kein übermäßiger Beau, er strahlt nur diese frische, uramerikanische Gesundheit aus, die Vicky so anziehend findet, und obwohl Richard keine Ahnung hat, welche Wirkung er auf Vicky hat, merkt er selbst, wie er sie aus freundlich zwinkernden Augen anschaut und das Grinsen, mit dem er ihr Lächeln erwidert, wesentlich herzlicher ausfällt, als er erwartet hat. Wer sagt's denn, vielleicht wird das ja alles doch nicht so schlimm.

Nicht, dass er Amber je untreu sein könnte. Nicht, dass er denkt, er könnte mit dieser Frau schlafen, aber sie ist wirklich niedlich! Mit diesem leichten englischen Akzent und ihren Apfelbäckchen.

Wie konnte er denken, diese Frau würde seine Ehe zerstören wollen? Wie sollte so eine süße Erscheinung in diesem verrückten kleinen Röckchen, dem raffinierten Top und den bestickten Ballerinas je zum Problem werden, und vor allem, wie kann es sein, dass sie nicht verheiratet ist?

»Sie sind *die Journalistin*?«, fragt Richard, und Amber strahlt, weil sie merkt, dass er Vicky mag, fasziniert von ihr ist. »Die Singlefrau aus London?«

»Ganz genau«, sagt Vicky mit einem Grinsen. »Die alte Jungfer, die nur eine Katze hat, die unbedingt heiraten will.«

»Wer? Sie oder die Katze?«, fragt Richard grinsend zurück.

»Beide!«, lacht Vicky.

»Aber wie kann das sein, dass Sie nicht verheiratet sind?« Richard ist echt verwirrt. »Sie sind doch so niedlich!«

Und Vicky, die solche Komplimente, derart unverblümte Komplimente von einem derart attraktiven Mann nicht gewohnt ist, wird puterrot, und Amber lacht. »O Richard! Du machst sie ganz verlegen!« Aber Amber ist entzückt über Richards Offenheit, glücklich, dass er sie niedlich findet – vielleicht würde er sich ja jetzt auf einen Tausch einlassen.

Amber zweifelt nämlich nicht an Richards Treue. Amber gehört nicht zu den Frauen, die in der Hinsicht Schlimmes durchgemacht haben. Das hat sie praktisch in allen anderen Lebensbereichen, aber die Männer in ihrem Leben sind der natürlichen Coolness, die sie früher ausstrahlte, immer verfallen, und sie war diejenige, die ging, nicht diejenige, die verlassen wurde.

Sie hat Freundinnen nie verstanden, die sich noch weiter mit Männern abgaben, von denen sie schlecht behandelt wurden, die ihren Männern verziehen, wenn sie ihnen eine Affäre gestanden. Beim Thema Untreue gibt es für Amber keine Kompromisse. Ihre Kindheit ist zu hart gewesen, als dass sie sich als Erwachsene Lügen und Problemen aussetzen wollte. Wenn Richard ihr untreu wäre, hätte ihre Ehe keine Zukunft. Aus. Keine Diskussion, keine zweite Chance. Amber würde ihn schlicht verlassen und noch mal von vorn anfangen.

Trotzdem hat sie auch nie erwartet, dass es passieren könnte. Einer der Gründe, warum sie sich in Richard verliebt hat, ist eine Eigenschaft, die ihn in ihren Augen besonders macht: seine Integrität, die Fähigkeit, Recht von Unrecht zu unterscheiden, sein fester moralischer Kern. Amber weiß, dass Richard kein Mann ist, der leichtfertig eine Affäre hätte. Nicht nur weil er weiß, dass Amber ihn umgehend verlassen würde, sondern weil er dazu tatsächlich nicht in der Lage wäre.

Richard ist durch und durch Familienmensch. Er liebt Amber, liebt seine Kinder, würde das alles nicht für ein kleines Abenteuer aufs Spiel setzen. Vielleicht stört Amber darum das Zwinkern in seinen Augen nicht, wenn er Vicky anschaut. Weil sie wirklich niedlich ist. Wie wunderbar, dass er das auch findet und trotzdem nie auf die Idee käme, mehr von ihr zu wollen.

»Schläft Vicky auf deiner Seite des Bettes, wenn du in London bist?«, fragt Richard Amber mit einem Grinsen, und sie verdreht Augen.

»Davon kannst du nur träumen, Richard«, sagt sie und sieht wie Vicky schon wieder rot geworden ist.

»O Gott«, stöhnt Vicky. »Ich mach mich hier total zum Narren. Angeblich bin ich eine professionelle Journalistin, und stattdessen machen Sie beide mich ständig so verlegen, dass ich mir wie ein Teenager vorkomme. Wenn das so weitergeht, muss ich erst mal raus und an die frische Luft.«

»Wie wär's mit einem Drink?«, sagt Amber. »Richard, Schatz, schenkst du uns ein bisschen Wein ein?«

»Jawohl, Schatz«, sagt Richard, beugt sich vor und gibt Amber einen Kuss, und jetzt weiß Amber, dass alles gut wird.

Der Abend ist ein Genuss. Vicky bringt sie mit ihren Geschichten über das Singledasein in London ständig zum Lachen und stellt ihrerseits eine Menge Fragen über das Leben in Highfield. Richard wird ziemlich still, als Amber erklärt, warum sie hier nicht hundertprozentig glücklich ist, aber schließlich gibt er zu, dass er es versteht, dass er denselben Druck spürt, unter dem Amber leidet, nur dass er ihm nicht so stark ausgesetzt ist, weil er tagsüber kaum da ist.

»Aber warum zieht ihr nicht einfach um, wenn euch der Konkurrenzdruck zu viel ist?«, fragt Vicky. Sie sind beim dritten Glas Wein angekommen und nach dem zweiten zum Du übergegangen.

Amber zuckt die Achseln. »Ich bin mir nicht sicher, ob es anderswo wesentlich anders wäre, solange es in erreichbarer Nähe zur Wall Street wäre. Außerdem haben die Highschools in Highfield einen sehr guten Ruf, was bedeutet, dass wir Unsummen sparen, weil wir unsere Kinder nicht auf Privatschulen schicken müssen; und in vielerlei Hinsicht ist diese Stadt ja auch wunderbar.«

»Die Lebensqualität ist exzellent«, stimmt Richard ihr zu. »Darum ist man ständig dabei, die Vor- und Nachteile abzuwägen, sich ständig zu fragen, ob es die Sache wert ist, und jedes Mal überwiegen dann die Vorteile irgendwie die Nachteile.«

Amber sieht Richard überrascht an. »Ich hatte keine Ahnung, dass dir das genauso stark zu schaffen macht wie mir.«

»Doch, ich rede nur nicht davon, weil ich sehe, dass sich daran vorerst nichts ändern wird, und außerdem – sei jetzt bitte nicht sauer – bist du dem ja auch wegen der Frauen, mit denen du dich umgibst, viel mehr ausgesetzt.«

Amber ist sichtlich aufgebracht. »Willst du damit sagen, dass ich mich freiwillig mit Suzy … und Nadine umgebe?«

Richard seufzt. »Ich wusste, es macht dich sauer. Und nein, ich sage nicht, dass du das freiwillig machst, aber deine Wohltätigkeitsarbeit für den Frauenklub machst du aus freien Stücken, und obwohl mir klar ist, dass das Ganze für einen guten Zweck ist, weißt du genauso gut wie ich, dass es nur ein äußerlicher Anlass für soziales Aufsteigertum ist und du dich dem ganzen Scheiß genauso wenig entziehen kannst wie all die anderen.«

Amber ist einen Augeblick still, dann zuckt sie die Achseln und sieht Vicky an. »Genau darum will ich tauschen. Wenn man Vorsitzende des Organisationskomitees für die Sommergala oder die Sommerhaustour ist, geht es nicht nur darum, Gelder für wohltätige Zwecke zu sammeln, sondern auch darum, welche der Frauen das Sagen hat, oder darum, anderen zu zeigen, dass man es zu was gebracht hat, und das ist so zickig, und« – Amber holt tief Luft – »… und ich muss einfach eine Zeit lang weg davon. Um eine neue Perspektive zu bekommen.«

Vicky schluckt. »Wow. Und ich dachte, dein Leben ist so perfekt.«

»Und weißt du was? Es ist auch ziemlich perfekt.« Amber macht eine Handbewegung, die alles um sie herum einbezieht. »Ich habe einen wunderbaren Mann und eine wunderbare Ehe, ich wohne in einem großen, wunderschönen Haus. Von außen gesehen, habe ich alles, was man sich nur wünschen kann, aber es ist einfach so viel *Zeug*. Manchmal schaue ich mir an, was ich alles habe, die Kleider im Schrank, das Personal, das wir benötigen, um das Ganze hier am Laufen zu halten, und dann will ich nur noch raus. Wünsche mir nur noch ein einfaches Leben. Ich möchte in einem kleinen Haus wohnen, mit zwei Paar Jeans und Turnschuhen. Ich will dieses viele Zeugs nicht mehr.« Sie klingt leidenschaftlich, und Richard blickt sie entsetzt an.

»Honey«, sagt er, »ich wusste ja gar nicht, dass du so empfindest.«

»Aber das versuche ich dir doch die ganze Zeit zu sagen«, sagt sie. »Darum musste ich mich auf Vickys Artikel melden. Weil ich nicht weiß, ob das Bedürfnis echt ist oder nicht. O Gott«, sagt sie. »Ich klinge wie eine Irre. Ich komme mir vor wie ein Pendel, das immer hin und her schwingt. Manchmal wache ich morgens auf und bin wahnsinnig glücklich mit meinem Leben. Ich gehe irgendwohin zum Lunch, trage meine Designerkleider, treffe mich mit Amberley Jacks und habe Spaß daran, obwohl ich immer das

Gefühl habe, dass alles nur Schau ist. Und an anderen Tagen stehe ich auf, und alles ist mir zu viel. Ich habe keine Lust, mit anderen Frauen zu wetteifern, zu sehen, wer das teuerste Outfit hat oder wer letztes Jahr bei Rakers das meiste Geld gelassen hat. Mir ist es egal, ob ich die neuste Balenciaga-Tasche habe oder nicht …«

Vickys Augen weiten sich erstaunt. »Ich dachte, wir sind hier auf dem Land?«, sagt sie. »Die Frauen hier haben Balenciaga-Taschen?«

Amber lacht. »Das dachte ich anfangs auch, aber es ist nicht so. Wir sind ein Vorort, und das ist, besonders in Highfield, etwas völlig anderes. O ja, und wie sie Balenciaga-Taschen haben, oder Birkin Bags, wenn sie Glück haben, aber nicht tagsüber, es sei denn, man trifft sich mit den Mädchen zum Lunch.«

»Also, was tragen sie tagsüber?«

»Normalerweise Sportklamotten – damit man aussieht, als würde man auf dem Weg ins Fitnesscenter nur eben etwas einkaufen. Was aber nicht heißt, dass man nicht dicke Diamantohrstecker tragen kann« – Amber zeigt mit angewidertem Blick auf ihre eigenen Diamantohrstecker, und Vicky lacht – »die neusten Pumas, irgendwelche niedlichen Yoga- oder Pilates-Hosen und eine schicke Tasche. Meine Liebe«, sie legt Vicky die Hand auf den Arm und sieht ihr in die Augen, »es ist alles eine Frage der Accessoires.«

»Ohne ein Spielverderber sein zu wollen«, sagt Richard, »aber läufst du nicht mehr oder weniger jeden Tag genau in dieser Aufmachung herum? Wer im Glashaus sitzt …«

»Das ist es doch gerade«, sagt Amber seufzend. »An manchen Tagen bin ich überzeugt, die richtige Tasche zu tragen sei lebensnotwendig, während ich andererseits mehr und mehr glaube, dass das alles vollkommen unwichtig ist –

seit wann entscheidet die Größe deiner Ohrringe oder das Etikett in deiner Tasche, was für ein Mensch du bist? Ich bin dieses Konsumdenken so leid, diesen Perfektionismus, die ständige Konkurrenz. Herrgott noch mal, so bin ich nicht erzogen worden. Ich weiß nicht mal, wie ich so werden konnte.«

»Wow, das war eine ziemliche Ansprache.« Richard schüttelt den Kopf und schaut seine Frau an.

»Es tut mir leid, Schatz, aber es stimmt. Das einzig Gute, das Einzige, was ich niemals ändern würde, ist meine Familie – mein Mann und meine Kinder.«

»Das heißt, es hat wirklich nichts mit mir zu tun?«, fragt Richard leise.

»Ach, Liebster.« Amber steht auf, geht um den Tisch herum und umarmt Richard von hinten, liebkost seinen Hals. »Ich liebe dich abgöttisch. Du bist das Beste, was mir je passiert ist. Wie könnte es etwas mit dir zu tun haben?«

Richard schaut hoch und sieht Vicky an. »Und wann soll diese Sache losgehen?«

Vicky lächelt. »Ich werde mich mit Hugh, dem Regisseur, in Verbindung setzen, um zu sehen, wann es ihm am besten passt, und dann können wir mehr oder weniger starten.«

»Regisseur?« Amber und Richard lösen sich aus ihrer Umarmung und sehen Vicky entgeistert an. »Was für ein Regisseur?«

»Ach so.« Vicky holt tief Luft. »Ich wusste doch, dass ich euch noch was sagen wollte.«

Es ist das einzige Hindernis. Richard weigert sich strikt, im Fernsehen aufzutreten. Und am Ende gibt Vicky klein bei, wohl wissend, dass sie die beiden nur so überreden kann, und so schön die Publicity für *Poise!* auch gewesen wäre, ohne Tausch gäbe es gar keine Fernsehshow, und die Zeitschrift hat Vorrang.

Zugegeben, sie ist ein bisschen enttäuscht. Obwohl sie Hugh Janus gesagt hat, dass sie nicht berühmt werden will, hat sie sich, seitdem die Dreharbeiten beschlossene Sache waren, schon auf den Ruhm und das damit einhergehende Geld gefreut. Freunden sich Stars nicht immer automatisch miteinander an? Sie könnte mit Julia Roberts die Klubs unsicher machen, vielleicht würden sie und Julia gute Freundinnen werden. Vicky könnte ihr helfen, die ersten schwierigen Jahre mit den Zwillingen zu überstehen, und Julia und Danny könnten am Wochenende mit den Kids zu Kate und Andy runterkommen.

Oder vielleicht Michael Douglas und Catherine Zeta-Jones. Mit denen würde sie sich sicher toll verstehen; sie kann sich vorstellen, wie die Kinder zusammen spielen, während sie und Jamie Donnelly mit Michael und Cat – nennen ihre Freunde sie Cat, fragt sie sich, oder vielleicht Cathy oder doch Cath? – Cocktails trinken, auf der Terrasse ihres Hauses auf den Bermudas.

Tja. Berühmt zu sein wäre vielleicht doch nicht so übel, so viel ist mal klar, aber Vicky hebt sich ihre Tagträume für ein andermal auf. Offensichtlich wird sie nun doch nicht Star einer Realityshow sein. Jetzt muss sie nur noch Hugh Janus anrufen und es ihm sagen und danach sehen, wie sie es Janelle beibringt.

Während Amber und Richard die Teller abräumen – Vicky hatte angeboten zu helfen, aber die Arme war schon fast komatös vom Jetlag und wurde ins Bett geschickt –, löst sich die Kaltfront zwischen den beiden komplett auf. Richard sieht Amber mit diesem gewissen Blick an, mit der hochgezogenen Braue, die ihr signalisiert, dass er Lust auf sie hat.

Normalerweise hätte Amber gestöhnt, sich schnell eine Ausrede einfallen lassen, ihre Periode oder Kopfschmerzen oder sonst etwas vorgeschoben, aber sie hat Richard in den letzten Tagen sehr vermisst, ihre Gespräche tagsüber – denn Richard ist einer von denen, die ihre Frau mehrmals am Tag anrufen, um zu hören, was sich zu Hause tut –, fand es furchtbar, wie kühl er ihr gegenüber war, seitdem sie ihm gesagt hat, dass Vicky kommen wollte. Da ist es doch das Mindeste, was sie tun kann.

Also gehen sie nach oben, Amber zieht sich ihren Pyjama an, klettert ins Bett und sinkt in Richards Arme. Fünfzehn Minuten später küsst sie ihn noch einmal auf den Mund, sagt: »Ich liebe dich«, knipst die Nachttischlampe wieder an und greift zu ihrer Illustrierten, während Richard ins Bad geht, um sich für die Nacht fertig zu machen.

»Ich mag sie«, sagt Richard, als er wieder ins Bett kommt und Ambers Hand hält, glücklich, dass er seine Frau wiederhat und der Status quo ihrer Ehe wiederhergestellt ist.

»Das hat man gemerkt.« Amber sieht ihn streng an, und er lacht. »Aber sie ist ja auch süß. Und schlau, und die Kinder mögen sie. Ich glaube, ihr werdet eine tolle Zeit zusammen haben. Mein Gott, vielleicht willst du am Ende gar nicht, dass ich wieder nach Hause komme.«

»Sag so was nicht.« Richard klingt vorwurfsvoll. »Aber ich gebe zu, sie ist wirklich viel netter als erwartet. Und wie sie redet, einfach reizend.«

»Solange du sie nicht zu reizend findest.« Amber lächelt. »Also fühlst du dich wirklich wohl damit? Dass ich die Sache durchziehe und vier Wochen nach London gehe?«

Richard zuckt die Achseln. »Muss ich wohl, oder? Wenn ich dich bitten würde, nicht zu fahren, würdest du dann bleiben?«

Amber zögert und sieht Richard in die Augen.

»Genau«, sagt Richard. »Ich weiß, dass dein Entschluss feststeht, darum muss ich ihn akzeptieren. Ich schätze, ich bin erleichtert, weil ich nicht mit irgendeiner grauenhaften Frau allein gelassen werde, solange du weg bist. So weiß ich, dass es wenigstens lustig werden kann.«

»Aber nur, wenn deine Bemerkung, dass sie auf meiner Seite des Bettes schlafen kann, bloß ein Witz war ...«

»Aber nur, wenn du dir nicht einbildest, dass du fremde Männer in Bars aufreißen und in deine superhippe Londoner Junggesellinnenbude mitnehmen kannst ...«, sagt Richard lächelnd.

Amber prustet verächtlich. »Pah, als würde mich irgendjemand wollen. Ich bin fünfunddreißig und Mutter von zwei Kindern. Wenn ich jetzt in einen Laden gehe, werde ich plötzlich nicht mehr als Miss, sondern als Ma'm angeredet. Wie konnte das so schnell passieren? Sag mal ehrlich, sieht Vicky viel jünger aus als ich? Denn sie wird immer noch mit Miss angeredet, da wette ich. Wie kommt es, dass ich aussehe wie eine Frau in den mittleren Jahren und sie nicht? Ob es nur daran liegt, dass ich Kinder habe? An den Abnutzungserscheinungen meines Körpers?«

»Erstens«, sagt Richard und streichelt ihr anerkennend über das Bein, »so süß Vicky ist – du hast eine viel bessere Figur, und das trotz zweier Kinder.«

»Wirklich?«, fragt Amber erfreut.

»Ganz bestimmt. Und zweitens trägt sie viel weniger Verantwortung als du. Ich sage es ungern, aber wie eine Mutter sieht sie nicht aus.«

»Und ich ja?«

»Du siehst wie eine Frau aus, die Erfahrungen im Leben gemacht hat, aber das liebe ich auch so an dir. Ich finde dich jetzt viel schöner als damals, als wir uns kennenlernten.«

Ambers Augen leuchten. »Im Ernst?«

»Im Ernst. Ich finde, du hast jetzt eine Reife, die ich an dir liebe.«

»Aber was ist damit?«, Amber berührt ihre Ärgerfältchen auf der Stirn, »und damit?« Sie zieht die Linien zwischen Nase und Mund nach. »Vicky hat solche Fältchen nicht.«

»Vermutlich Botox«, sagt Richard.

»Meinst du?«

Richard sagt achselzuckend: »Sie arbeitet nun mal für eine Frauenzeitschrift. Wahrscheinlich bietet man ihr jeden Tag zum Lunch Botox-Spritzen an, als Beilage zu ihrem Sandwich.«

»Mein Gott, daran hab ich gar nicht gedacht. Ich glaube, das mache ich auch. Botox. Mit diesen Falten fühle ich mich ganz alt.«

»Ich liebe deine Falten«, sagt Richard. »Es sind Spuren deines Leben. Ich liebe die paar Schwangerschaftsstreifen auf deinem Bauch, sie erzählen mir die Geschichte unserer Kinder. Und ich liebe deine kleinen Ärgerfalten«, er beugt sich vor und küsst sie. »Ich liebe deine Art, die Stirn zu runzeln, wenn du dich auf etwas konzentrierst. Ich will nicht, dass du sie dir wegmachen lässt. Ich liebe dich so, wie du bist.«

Amber lächelt ihn an und küsst ihn verliebt. »Weißt du, was für ein Glück ich mit dir habe?«

»Ja«, sagt er und küsst sie zurück. »Aber weißt du, was für ein Glück du mit mir hast?«

»Ja«, sagt sie glücklich. »Aber ehrlich, ein kleines bisschen Botox?« Sie runzelt die Stirn. »Nur hier?«

»Ach, schlaf endlich«, sagt Richard und lacht, dann knipst er seine Nachttischlampe aus.

Von da an ist alles einfach. Vicky begleitet Amber zum Kindergarten, wo sie Gracie abliefern, zum Baseballfeld, wo sie Jared absetzen, zum Lunch mit Deborah, bei der Vicky auf Anhieb eine Seelenverwandtschaft spürt, weil sie wie sie ein englisches Mädchen in der Fremde ist.

»Es wird eine großartige Geschichte«, sagt sie zu Janelle, als sie sie zum zweiten Mal anruft, nachdem sie ihr die schlechte Nachricht von der TV-Show schon überbracht hat. »Nur schade, dass sie keine Dreharbeiten wollen, denn das wäre richtig toll geworden.«

»Ich habe morgen eine Telefonkonferenz mit Hugh Janus«, sagt Janelle besänftigend. »Wir schauen mal, ob wir nicht ein anderes gemeinsames Projekt finden. Also haben wir das perfekte *Desperate-Housewives-Ambiente*, Süße?«

»An Ambers Leben gibt es nichts, worüber man verzweifeln könnte«, lacht Vicky. »Warte, bis du das Haus gesehen hast. Es ist ein verdammter Palast.«

»Glaubst du, sie kommt klar mit deiner kleinen Wohnung?«

»Weißt du was? Ich glaube, sie ist wesentlich stärker, als sie aussieht. Ich glaube, sie wird mit allem ganz fabelhaft klarkommen.«

Kapitel 18

»Wenn ich gewusst hätte, wie viel Arbeit damit verbunden ist«, stöhnt Vicky eines Abends, als ihre Schwägerin anruft und sich erkundigt, wie sie vorankommt, »hätte ich mich nie auf diese Sache eingelassen.«

»Was für Arbeit? Mistest du immer noch deine Wohnung aus?«

»Wie kann in eine so kleine Wohnung so viel Kram passen? Wie kann sich in so kurzer Zeit so viel Zeugs ansammeln? Ich wohne erst seit zwei Jahren hier, und trotzdem platzt alles aus den Nähten. Ich hatte keine Ahnung, wie viel vollkommen Überflüssiges hier herumliegt.« Vicky sitzt in dem winzigen zweiten Zimmer, das ihr als Büro dient, auf dem Fußboden, vor ihr ein Riesenberg Unterlagen.

Bisher hat sie unbezahlte Rechnungen gefunden, alle mindestens vier Monate alt, zwei Einladungen zu Partys (die sie beide nicht nur verpasst, sondern nicht einmal den Anstand hatte, abzusagen), eine Pressemitteilung über eine neue Methode, geplatzte Äderchen wegzulasern, die sie von der Arbeit mit nach Hause gebracht hat, da nicht unbedingt alle in der Arbeit wissen müssen, dass sie so eine Behandlung an den Beinen machen lassen will, und die sie seit Wochen gesucht hat, ihren Führerschein – was zum Teufel hat der hier zu suchen? Hat sie den nicht immer in der Tasche bei sich? – und ein paar Leserbriefe, die sie zu Hause beantworten wollte, die aber unter den anderen Papieren verschüttgegangen sind.

»Und was ist mit den Notizen für Amber?«, fragt Kate. »Wie weit bist du damit, sie in dein Leben einzuweisen?«

»Ich bin schon auf Seite dreiundzwanzig«, stöhnt Vicky wieder. »Beantwortet das deine Frage?«

»Klingt mir nach viel zu viel Arbeit. Und, sehen wir dich nun an diesem Wochenende? Du fehlst den Kindern, und offen gestanden weiß ich nicht, wie lange ich mir das Gejammer noch anhören kann.«

»Nichts zieht mehr als ein paar ordentliche Schuldgefühle, um mich aufs Land zu locken.« Vicky verdreht die Augen. »Vielen Dank, Kate.«

»So hab ich's doch nicht gemeint.«

»Okay. Entschuldige. Ich bin einfach so gestresst. Und ja, ich komme gern am Wochenende. Ich brauche unbedingt mal wieder Abstand von London, aber sag bitte den Kindern, dass ich mich ausruhen muss. Das Letzte, was ich will, ist, nächste Woche mit tiefen Augenringen in Connetticut anzukommen.«

»Au weia, nächste Woche schon. Ich kann es irgendwie immer noch nicht glauben, dass du das tatsächlich machst. Ich kann nicht glauben, dass es wirklich passiert, und so bald schon! Oh, bevor ich's vergesse«, sagt Kate und wechselt geschickt das Thema, »kannst du mir bitte, bitte ein bisschen Tarama von Waitrose mitbringen?«

Vicky seufzt. »Wie viele Packungen brauchst du diesmal?«

»Schaffst du zehn? So kann ich sie in der Tiefkühltruhe horten, bis du wieder da bist, obwohl, wenn Amber dich wirklich vier Wochen ersetzt, kann ich sie auch bitten, mir einen Vorrat mitzubringen, schätze ich.«

»Nutz doch ihre Lage schamlos aus und sag ihr, sie soll fünfzig mitbringen!«

Kate kichert begeistert. »Weißt du was, das ist eine hervorragende Idee.«

Vicky geht ins Bad und seufzt, als sie sich das Haar aus der Stirn streicht und ihr pickliges Kinn und die geränderten Augen im Spiegel betrachtet.

»Scheiße«, brummt sie. »Ich bin fünfunddreißig. In dem Alter kriegt man doch keine Pickel mehr.«

Sie ist erschöpft, hatte keine Ahnung, wie viel noch zu tun ist. Allen voran die Notizen: ausführliche Notizen über all ihre Freunde, denn Amber wird ihre Freunde übernehmen müssen, als sei sie schon immer hier gewesen – was hätte dieser Tausch sonst für einen Sinn, wenn man nicht voll und ganz im Leben der anderen aufgeht?

RUTH

Die wichtigste Person bei Poise!. *Sie ist meine äußerst kompetente, strahlende Assistentin (obwohl das Strahlen meistens von ihren Glitzer-T-Shirts stammt). Sie ist sehr klug, furchtbar effizient und organisiert und schafft es meistens, dass ich meine Termine einhalte. Sie ist außerdem ein wunderbares Gegenstück zu Caroline, die grauenhaft einschüchternd ist, wenn sie einen guten Tag hat, und ein Monster an allen anderen. Caroline und Ruth sind komischerweise befreundet, was mir aber Caroline vom Leib hält. Mach dir trotzdem um Caroline keine Sorgen. Alle wissen, dass du mich nur vertrittst, darum wird man nicht allzu viel erwarten, außerdem hinterlasse ich alles so, dass es einigermaßen fertig ist und du keine Probleme haben solltest. Leona – über sie später mehr – wird mehr oder weniger meinen Job mit übernehmen, solange ich weg bin. Du machst das schon. Ruth ist total süchtig nach Crunchie-Riegeln, also wenn du ihr Herz erobern willst, brauchst du ihr nur ein Crunchie aus der Kantine mitzubringen. Sie wird so tun, als sei sie verärgert, weil es ihre Diät über den Haufen wirft, aber sie wird dich dafür lieben.*

LEONA

Ich liebe sie, sie ist meine beste Freundin in der Arbeit und wird bestimmt auch deine werden. Sie ist Features-Redakteurin, was dem Job der Leiterin der Features-Abteilung sehr ähnlich ist, nur dass sie ein bisschen mehr Knochenarbeit machen muss und ich die tolleren Lunchtermine kriege. Aber sag ihr nicht, dass ich das gesagt habe. Sie kommt immer zu spät zur Arbeit – hat zwei kleine Kinder zu Hause –, ist witzig und sarkastisch und trägt meistens irrsinnig teure Designerklamotten, die immer bekleckert und ausgefranst sind und aussehen, als kämen sie vom Krabbeltisch bei Woolworth. Sie ist mein Fels in der Brandung und immer für einen Drink nach der Arbeit zu haben. Aber ihre Nanny macht um acht Uhr abends Schluss, also müsst ihr möglichst früh losgehen. Apropos, ich weiß nicht mal genau, wie viel du trinkst. Ich gehe immer davon aus, dass Amerikaner weder trinken noch rauchen, und ich hoffe, falls dies der Fall ist, dass du das während der vier Wochen, die du ich bist, ändern kannst, denn ich gestehe, dass ich gern ein Glas Wein trinke, und nach drei Gläsern fange ich dann mit den Zigaretten an – Marlboro Light.

So, jetzt hab ich dir meine größten Laster gebeichtet. Trinken und Rauchen in Gesellschaft, aber falls dir das Rauchen richtig, richtig eklig ist, musst du's nicht machen.

Kate und Andy, Luke, Polly und Sophie

Andy ist mein kleiner Bruder, Kate seine Frau und die Schwester, die ich immer haben wollte, und die drei frechen Äffchen sind natürlich mein Neffe und meine Nichten. Andy führt mehr oder weniger das Leben, das ich mir immer gewünscht habe. Sie wohnen in einem herrlichen Haus auf dem Land, und ich weiß, dass sie dir gefallen werden, weil sie dich an dein Zuhause erinnern werden, obwohl ihr Haus unendlich viel kleiner und unendlich viel versumpfter ist. Sie haben allerdings große zottelige Hunde, die dich an Ginger erinnern werden, und eben einen Haufen kleiner Kinder, die allerliebst und verschmust sind. Sie haben sich jetzt sogar Hühner angeschafft, aber darüber weiß ich noch nichts Genaues. Ich will sie noch mal besuchen, bevor ich fahre – wenn es also irgendwas Aufregendes zu berichten gibt, werde ich es tun.

Es genügt, zu sagen, dass ihr Haus meine Oase ist, und ich versuche, mindestens einmal im Monat hinzufahren, möglichst zweimal. Ich weiß, dass ich das an anderer Stelle schon mal geschrieben habe, aber ich bin in der Woche immer so viel unterwegs, normalerweise sind das irgendwelche Arbeitstreffen, dass ich am Wochenende am liebsten ruhige Dinge unternehme, und wenn gar nichts los ist, setze ich mich einfach in den Zug (der in Waterloo abfährt – ich hab dir den Fahrplan ans Schwarze Brett in der Küche gepinnt) und verbringe mit ihnen das Wochenende. Die Kinder lassen sich übrigens ganz leicht mit Smarties (der englischen Entsprechung von M&Ms) einwickeln. O mein Gott – das sieht ja so aus, als würde ich mir alle in meiner Umgebung mit Schokolade gefügig machen, oder? –, ich komme mir ganz furchtbar vor, was musst du von mir denken? … Trotzdem, wenn du mit ganz viel Smarties im Gepäck da runterfährst, kannst du nichts falsch machen. Ich habe Luke, Polly und Sophie von der Sache erzählt, aber sie haben nicht ganz begriffen, dass eine Lady mit einem komischen Akzent sie besuchen kommt, meine Sachen tragen und so tun wird, als sei sie ich.

Kate ist ja da und wird dir bei allem helfen. Sie ist unheimlich weise und vernünftig und immer zu Hause – ich weiß, dass ihr euch total gut verstehen werdet.

Vicky beschreibt ihr weitere Freundinnen, die vermutlich früher oder später auftauchen werden – Deborah, verheiratet mit drei Kindern in Hampstead, Jackie, Produzentin beim Rundfunk, und die anderen im Büro.

Und dann ist da natürlich noch Jamie Donnelly. Soll sie ihr von Jamie Donnelly schreiben? Weil sie sich in den letzten Wochen immer wieder mit ihm getroffen hat, obgleich es meistens spät am Abend war, wenn er nach einem Meeting anrief, weil er sie unbedingt sehen wollte. Aber es ist jetzt auch seine hektischste Zeit. Er stellt gerade eine neue Comedyshow auf die Beine, und sie hofft, dass sich das alles bald ändern wird. Er passt einfach so perfekt zu ihr. Sie kann sich vorstellen, richtig mit ihm zusammen zu sein, und sie weiß, dass es nur eine Frage der Zeit ist, bis auch ihm klar wird, dass sie füreinander geschaffen sind.

Denn es ist ja nicht so, als wäre er nicht total auf sie abgefahren. Und wenn sie zusammen sind, knistert es eindeutig. Und er war wirklich enttäuscht, als Vicky ihm von dem Tausch erzählte, dass sie volle vier Wochen in Amerika sein würde, obwohl sie leicht verstört war, als sie sah, wie er beim Anblick von Ambers Fotos auflebte.

»Sie ist eine verheiratete Frau!«, hatte Vicky in einem scherzhaften Tonfall gesagt. »Und mit dir zu schlafen ist im Tausch nicht inbegriffen.«

»Aber wenn ihr euer Leben tauscht, dann sollte es doch

so sein?«, hatte Jamie gesagt, immer noch anerkennend Ambers lange Beine und flachen Bauch betrachtend. »Mein Gott, hat sie wirklich zwei Kinder?«

»Hat sie. Und du glaubst doch hoffentlich nicht, dass ich mit ihrem Mann schlafen werde, oder? Wie würde dir das gefallen?«

»Würde mir nichts ausmachen«, hatte Jamie gesagt. »Ist ja alles für den Artikel.« Er hatte aufgeschaut und gesehen, wie entsetzt Vicky war. »Ach, komm her.« Er hatte die Arme ausgebreitet, und sie hatte sich dankbar in seine Umarmung fallen lassen. »Ich mach doch nur Spaß. Du bist die einzige Frau, mit der ich zusammen sein will.«

Du bist die einzige Frau, mit der ich zusammen sein will.

Du bist die einzige Frau, mit der ich zusammen sein will.

Du bist die einzige Frau, mit der ich zusammen sein will.

Na bitte! Warum um alles in der Welt hätte er das gesagt, wenn er es nicht ernst meinte? Vicky kostet die Worte aus, lässt sie auf der Zunge zergehen, schmeckt förmlich die Zärtlichkeit und das Begehren, die darin liegen. So soll es sein, denkt sie glücklich, entsinnt sich, wie er sie in die Arme schloss, versucht sich nicht vorzustellen, wie schwer es sein wird, vier Wochen auf ihn zu verzichten.

Jamie Donnelly

Ich treffe mich seit einiger Zeit mit ihm, aber er weiß, dass ich einen Monat lang dein Leben übernehmen werde, und denke eher nicht, dass du ihn viel zu sehen bekommen wirst. Aber, *falls er doch anruft, sag ihm, er soll dich unbedingt ins Soho House ausführen, weil er nämlich jeden dort kennt und dir das ganz bestimmt gefallen wird. Ich glaube nicht, dass dir sein Name was sagt, aber in England ist er sehr berühmt; er hat eine*

Comedyshow, die ein Riesenerfolg ist. Er ist Ire und sehr verschmitzt und sexy. Wir sind noch ganz am Anfang, aber ich hoffe, dass mehr daraus wird – er ist definitiv der Typ Mann, den ich immer gesucht habe.

Daniel

Ach, Daniel. Wie soll ich Daniel beschreiben? Er arbeitet beim Fernsehen, wohnt um die Ecke und hat die Bindungsangst erfunden, weshalb sich die Frauen um ihn reißen, weil sie alle glauben, er sei nicht zu haben, und das empfinden sie als große Herausforderung. Ich bin anscheinend die Einzige, die nicht unsterblich in ihn verknallt ist, infolgedessen mag er mich unheimlich und vertraut mir. Ich finde ihn herrlich, und er ist die perfekte Bettgeschichte. Sagt man in Amerika auch so? Er ist mehr oder weniger der Mann, den ich spätnachts anrufe, wenn ich Lust auf einen Mann habe. O mein Gott. Jetzt bist du wahrscheinlich zutiefst schockiert. Es tut mir wirklich *leid, aber ich führe nun mal das Leben eines Singlemädchens und kann nur hoffen, dass du dich noch an die Zeiten erinnern kannst, als du unverheiratet warst und es wahrscheinlich nicht anders gemacht hast. Wenn also irgendwann um Mitternacht das Telefon klingelt, ist es wahrscheinlich Daniel, und obwohl er weiß, dass ich eine Zeit lang fort sein werde, kann es sein, dass er sein Glück bei dir versucht. Oh, und bevor du mich für eine totale Schlampe hältst: Seit ich mit Jamie Donnelly zusammen bin, habe ich mit Daniel nicht mehr geschlafen, aber hin und wieder gehen wir auf einen Drink aus oder gemeinsam essen. Er ist nicht romantisch, aber lustig, und er ist ein guter Kerl, obwohl ich es entsetzlich fände, wenn ich mich in ihn verlieben würde. Also, sag nicht, ich hätte dich nicht gewarnt …*

Und dann kommen noch Notizen über ihren Alltag, ihre tägliche Routine, die Restaurants, in welchen Läden sie einkauft, sogar die Geheimzahl für ihre Bankkarte, obwohl es ihr schwerfällt, da man ihr eingetrichtert hat, niemandem je diese Nummer zu geben.

O mein Gott, denkt sie. Und wenn Amber nun eine Psychopathin ist? Wenn sie nach außen vollkommen normal erscheint, in Wirklichkeit aber eine alleinstehende, allein operierende Frau ist, die beabsichtigt, sich mein Leben anzueignen? Was, wenn sie mir mein ganzes Geld klaut (nicht, dass es da viel zu klauen gäbe …), mit Jamie Donnelly schläft, meinen Job in den Sand setzt, meine Klamotten zerfetzt … okay, okay. Vicky atmet tief durch. Sie macht sich lächerlich. Und dann schreibt sie ihre PIN hin.

Fleisch bekommst du beim Metzger um die Ecke, Käse im Laden gegenüber. Alles andere gibt es bei Waitrose auf der High Street (und halte Ausschau nach Madonna, ich hab sie da schon öfter gesehen). Ich bin eine unglaublich faule Köchin, obwohl ich mich hin und wieder von Nigella Lawson in der Glotze inspirieren lasse. Am Abend esse ich meistens nur Cracker und Dips mit etwas Gemüse. Praktisch alles, was man nicht kochen muss, aber ehrlich gesagt, ich bin abends sowieso meistens nicht zu Hause. Das Einzige, was ich immer im Kühlschrank vorrätig habe, ist Wein, Diet Coke und Schokolade, falls es mich mal überkommt.

Bei Providores gibt es einen fantastischen Kaffee, und das Orrery ist gleich gegenüber, wo man köstlich essen kann, aber Vorsicht: sehr teuer – nur zu empfehlen für Arbeitsessen, die du über Spesen abrechnen kannst!

Ich weiß, dass du es genießen wirst, die Geschäfte hier zu entdecken. VV Rouleaux hat fantastische Borten, obwohl ich mir nicht vorstellen kann, wofür man so was braucht. Aber es ist ein schöner Laden nur zum Stöbern. Kate schickt mich wegen der Kinderklamotten regelmäßig zu Rachel Riley – sie wird wahrscheinlich ein paar Bestellungen bei dir aufgeben, wenn in meiner Abwesenheit der Ausverkauf losgeht. Kate kann allem widerstehen, nur nicht einem Ausverkauf bei Rachel Riley. Oh, und Kate wird dich bitten, ihr Taramasalata von Waitrose mitzubringen. Mach es nur, wenn es kein Problem für dich ist. Sie ist nicht böse, wenn du Nein sagst.

Selfridges ist ein Stück die Straße runter, und jedes Mal, wenn ich einen Kaufzwang verspüre, gehe ich dahin – dort kannst du jedenfalls deinen Bedarf an Balenciaga-Täschchen decken, aber vergiss nicht, dir steht nur mein Monatsgehalt zur Verfügung, und ich kann mir definitiv nicht sehr oft Designerware leisten! (Ich hingegen werde das Shoppen in Highfield total genießen, aber keine Angst – ich habe genau gehört, dass Richard sagte, er möchte, dass du aufhörst, so viel Geld auszugeben!)

Ein Tipp noch für die Arbeit: Freunde dich mit Stella an, der Fashion-Redakteurin. Im Schrank in ihrem Büro liegen ständig Muster herum. Ich habe mir schon seit Jahren kein Make-up mehr gekauft, und meine halbe Garderobe besteht aus Klamotten, die von Fotostrecken übrig geblieben und schlicht vergessen worden sind. Sehr unethisch, zugegeben, aber ich verpfeif dich nicht, wenn du mich nicht verpfeifst …

Apropos Klamotten, ich habe meinen Schrank ausgemistet, weil mir meine Sachen plötzlich total peinlich sind, nachdem ich bei dir war und deinen fürstlichen Kleiderschrank mit lauter farblich abgestimmten Ensembles gesehen habe.

Das Erfreuliche ist, dass ich mich auf diese Weise von Unterwäsche getrennt habe, in der schon der Grauschleier saß – nicht, dass du meine Unterwäsche tragen musst, keine Sorge! –, aber so fühlte ich mich gezwungen, diese Sachen endlich wegzuschmeißen. Ich habe auch radikal alles aussortiert, was ich ein

Jahr nicht getragen habe, nur ist jetzt leider nicht mehr viel übrig geblieben.

Zur Arbeit trage ich meistens flache Schuhe, abends dann Absätze. Du wirst feststellen, dass ich einen kleinen Schuh- und Taschentick habe, aber welche Frau hat den nicht? Zum Glück habe ich alle meine Handtaschen ausgeräumt – ich wollte nicht, dass du einen Haufen Taschen voller Kram vorfindest, und ich bin ausgesprochen froh, dass ich das gemacht habe. Ich glaube, ich habe einen Vorrat an zerknüllten Tempos gefunden, der für ein Land der Dritten Welt reichen würde (obwohl ich mir nicht vorstellen kann, was sie damit anfangen wollen), sieben Lippenstifte, drei unentwickelte Filme, die ungefähr hundert Jahre alt sind, weil ich seit drei Jahren eine Digitalkamera habe, 67 Pfund und einen BH. Keine Ahnung, was da war, bitte frag nicht. Jetzt hast du also sehr viele supersaubere leere Handtaschen zur Auswahl, obwohl darunter leider keine Birkins sind wie bei dir! (Darauf freue ich mich total – dass ich endlich mal mit einer echten Hermès Birkin ausgehen kann!)

Ich verschlafe ständig und muss immer ins Büro hetzen. Der Wecker neben dem Bett funktioniert zwar, aber ich schlafe trotzdem meistens weiter, hoffentlich bist du da besser als ich. Manchmal gehe ich zu Fuß, wenn ich rechtzeitig genug auf bin, oder ich nehme die U-Bahn an der Baker Street; meine Monatskarte lasse ich dir hier. Sie schauen nie auf das Foto, aber falls du dich bei dem Gedanken nicht wohlfühlst, kannst du dir auch eine eigene besorgen, Poise! *wird dir dann den Preis erstatten.*

Ich frühstücke im Büro – einen Bagel, einen Joghurt und etwas Obst. Es wäre lächerlich, zu sagen, du müsstest dasselbe essen wie ich, also die Snackbar an der Ecke hat ein ziemlich großes Angebot, wenn das zu furchtbar für dich klingt. Andererseits, wie furchtbar können Bagel, Joghurt und Obst sein? Leona und Ruth haben alle meine Notizen über die Arbeit – ich hab sie separat dort deponiert –, und du wirst an den Redaktionsmeetings teilnehmen. Ich glaube aber nicht, dass Janelle erwartet, dass du irgendwas beisteuerst.

Ich bin zwar Mitglied in einem Fitnessklub, war aber seit einem halben Jahr nicht mehr da. Anfangs hatte ich so gute Vorsätze, dann konnte ich eine Woche nicht gehen, weil ich krank war, und dann hatte ich nicht mehr den Elan, wieder hinzugehen. Aber ich weiß, dass du viel Fitness machst, das Studio steht dir also offen, wenn du es brauchst. Die Mitgliedskarte steckt in meinem Portemonnaie neben der AA-Karte (das ist der britische Automobilklub).

Janelle hat gesagt, wir dürfen während des Tauschs nicht miteinander sprechen, was wahrscheinlich eine sinnvolle Entscheidung ist – es wäre schrecklich, wenn du alles furchtbar fändest und richtig unglücklich wärst, und umgekehrt. Ich bin sicher, die andere hätte dann so schreckliche Schuldgefühle, dass sie den Tausch abbrechen würde.

Ich hoffe, ich habe nichts übersehen, obwohl ich mit Sicherheit tausend Sachen vergessen habe. Wie soll man sein Leben auf ein paar Seiten Papier bringen? Aber ich weiß, dass du alles wunderbar schaffen wirst, und ich hoffe so sehr, dass alles so ist, wie du es dir vorgestellt hast. Ich habe einen Horror davor, dass du meine Wohnung zu winzig und grässlich findest, alles ein bisschen zu klein und unpraktisch, während ich mir in deinem Palast mit deinen süßen Kindern und der Nanny ein schönes Leben mache. Okay, ich bin schon still, nur für den Fall, dass sie dir wahnsinnig fehlen. Darum denk bitte dran, Kate anzurufen, wenn du Heimweh hast, und viel Glück bei allem!

Vicky hat die Stapel in ihrem Arbeitszimmer abgearbeitet, Unterlagen abgeheftet, die sie seit fast einem Jahr sortieren wollte, den Schreibtisch aufgeräumt, der seit seiner Zeit als

Ausstellungsstück bei Ikea keine Möbelpolitur mehr gesehen hat, Ordnung in ein Sammelsurium aus Büroklammern und Gummibändern in der obersten Schublade ihres Schreibtischs gebracht.

Sie hat ihren Computer in Angriff genommen, die Festplatte zerlegt und gesäubert, alle Pornoseiten gelöscht, die sie über die Jahre vielleicht mal angeklickt hat – aus Neugier, natürlich –, und alle Cookies getilgt.

Sie hat ihren Schrank umgeräumt, alles sauber gemacht, was sauber gemacht werden musste, alle Küchenschränke mit einem Lappen ausgewischt – dort wird Amber auf keine düsteren Geheimnisse mehr stoßen.

Kurzum, Vicky kann sich jetzt als Inbegriff des modernen Großstadt-Singlegirls präsentieren. Abgesehen davon, dass sie weniger Manolos im Schrank hat (aber ja, ein paar hat sie auch, leider nur ein paar), kann Vicky es locker mit Sarah Jessica aufnehmen.

Bleibt nur zu sehen, ob Amber es auch kann.

Kapitel 19

Amber unterdrückt ein gigantisches Gähnen, als sie die Autotür schließt und mit einer großen Latte in der Hand zur Ballettschule auf der anderen Straßenseite geht. Zum Glück hat Starbucks schon so früh geöffnet, denkt sie und bleibt wie angewurzelt stehen, als sie eine Schar von Frauen sieht, die vor der Ballettschule warten und ähnliche Pappbecher umklammern.

Amber schaut auf die Uhr. Es ist 6:23. Herrje, denkt sie und geht weiter, um sich hinten anzustellen. Die Anmeldung macht doch erst um acht auf. Amber hätte schwören können, sie würde die Erste sein, obwohl nun klar ist, dass zwölf andere Frauen genau dieselbe Idee hatten.

Amber zögert nur einen kleinen Augenblick. In der Schlange entdeckt sie mehrere Frauen aus dem Frauenklub, obwohl sie das nicht überrascht, denn alle wollen zu Miss Cynthia's Ballet Academy, und die Konkurrenz ist hart.

Es gibt zwei Ballettschulen in der Stadt. Miss Cynthia's und die Highfield Academy of Ballet. Amber hat sich die Highfield Academy nicht angesehen, weiß aber, dass die Mädchen, die dort hingehen, im Allgemeinen die sind, die bei Miss Cynthia's nicht genommen wurden.

Denn Miss Cynthia nimmt ihr Ballett ausgesprochen ernst. Das Angebot entspricht dem der Royal Ballet School in England, und die meisten Mütter glauben, Miss Cynthia sei Engländerin, es wird sogar gemunkelt, sie sei eine entfernte Cousine der Queen. Deborah, die Engländerin ist, hat allerdings gemerkt, als sie Miss Cynthia zum ersten Mal begegnete, dass ihr Akzent, wenn auch vertraut, irgendetwas Fremdes an sich hatte, das ziemlich sicher nicht englisch war.

Das war bei einem von Miss Cynthias Gruppentreffen gewesen, einer Einführungsveranstaltung für Eltern von potenziellen Starballerinas, bei der man sich die Schule ansehen und Miss Cynthia kennenlernen konnte. Im Gegensatz zur Highfield Academy of Ballet, die jeden nimmt, der anruft und sein Kind anmeldet, behält sich Miss Cynthia vor, die Eltern erst einmal auf Herz und Nieren zu prüfen, und dann die Kinder.

Diese Kennenlerntreffen veranstaltet sie nachmittags um vier Uhr und serviert dazu English Breakfast Tea, krustenfreie Gürkchensandwiches und englisches Teegebäck. Sie redet in einem näselndem aristokratischen Tonfall, der Camilla Parker Bowles vor Neid erblassen ließe.

Dennoch spitzte Deborah mit ihrer Teetasse in der einen und dem krustenfreien Gurkensandwich in der anderen Hand die Ohren, als Cynthia ihre Rede hielt, und plötzlich, mitten in Miss Cynthias Beschreibung der Kleiderordnung »ihrer Ballerinas« – bei ihr hießen die Mädchen stets nur Ballerinas –, wusste Deborah, was es war.

»Gibt es noch Fragen?«, sagte Miss Cynthia huldvoll lächelnd, nachdem sie geschlossen hatte, die Füße perfekt in Grundposition gebracht, den Kopf einen Hauch geneigt, sodass der kunstvoll geflochtene Nackenknoten gerade eben sichtbar wurde.

Deborah meldete sich. »Wo kommen Sie her?«, erkundigte sie sich freundlich, in ihrem wesentlich weniger feinen, aber unüberhörbar englischen Akzent.

»Ich wurde an der Royal Academy in Richmond ausgebildet«, sagte Miss Cynthia, obwohl den etwas Aufmerksameren im Publikum die leichte Anspannung in ihrer Stimme nicht entgangen war. »Weitere Fragen?« Sie schaute sich im Raum um, aber Deborah ließ sich nicht abwimmeln.

»Entschuldigung, ich meinte, wo sind Sie geboren? Weil man mir nämlich erzählt hat, Sie seien Engländerin, und ich deutlich einen Akzent bei Ihnen wahrnehme, den ich nicht ganz orten kann.«

»Ich habe fast mein ganzes Leben in Richmond verbracht«, zischte Miss Cynthia.

»Aber Sie klingen trotzdem ein klitzekleines bisschen australisch«, sagte Deborah. »Oder täusche ich mich?«

Miss Cynthia seufzte. Sie war noch nie öffentlich geoutet worden, und jetzt kam dieses nervige englische Mädchen und stellte sie vor allen bloß. Was konnte sie da noch machen?

»Mein Großvater war Engländer«, sagte sie. »Aber es stimmt. Ich bin in Sydney geboren.«

»Ha! Wusst' ich's doch!«, flüsterte Deborah in Ambers Ohr. »Wer so gestelzt redet, kann gar nicht echt sein. Von wegen Cousine der Queen. Ihr Großvater war wahrscheinlich Einbrecher.«

»Und, schickst du Molly zu Miss Cynthia?«, hatte Amber Deborah nach der Veranstaltung gefragt, da ihr auffiel, dass Miss Cynthia Deborah einen giftigen Blick hinterherschickte.

»Spinnst du? Damit die hochnäsige Ziege es an meinem Kind auslässt, dass ich ihr auf die Schliche gekommen bin? Keine Chance. Ich melde sie morgen bei der Highfield Academy an. Und du?«

»Ich weiß noch nicht«, hatte Amber mit einem Stirnrunzeln gesagt. »Ich glaube, Grace würde es hier toll finden, und mir gefällt auch irgendwie, wie ernst sie die Sache nimmt, wie sie die Mädchen ihre ›Ballerinas‹ nennt.«

»Deine Sache«, hatte Deborah achselzuckend gesagt, »aber Molly wird sowieso nie eine Ballerina, nicht mit dem Hintern. Den sie leider von ihrer Mutter hat, da kann man nichts machen, aber das Letzte, was ich will, ist,dass sie mit vier Jahren Komplexe kriegt, weil ihre Ballettlehrerin sie bei der Vorführung zum Baum oder sonst was macht.«

»Baum? Wovon redest du?«, hatte Amber lachend gefragt.

»Guck dir bitte diese Schenkel an.« Deborah zeigte auf ihre Beine. »Schon als ich vier war, waren sie so, nur kleiner natürlich. Ich war ungefähr dreißig Zentimeter größer als alle anderen und pummelig. Ich wollte unbedingt eine feenhafte Ballerina sein, aber meine Ballettlehrerin gab mir das Gefühl, ein feenhafter Elefant zu sein, und es machte die Sache nicht besser, dass ich jedes Jahr bei der Vorführung ein Baum sein musste. Alle anderen Mädchen durften glitzernde rosa Tutus und Diademe tragen und sich hübsch im Kreis drehen, während Harriet, die auch ziemlich füllig war, und ich im Hintergrund standen, in grünen Tutus, mit Baumkronen aus Zweigen und Blättern aus Papiertaschentüchern. Es war ein einziger Albtraum, sag ich dir.«

»O mein Gott, wie schrecklich«, sagte Amber und wischte sich die Lachtränen weg. »Nein, ich meine, es ist komisch, aber auch schrecklich. Wie kann man einem Kind nur so etwas antun? Aber ehrlich, ich glaube nicht, dass Miss Cynthia das tun würde. Ich habe gehört, dass bei den Vorführungen alle Rosa tragen.«

»Okay, dann würde Molly möglicherweise kein Baum sein müssen, aber ich finde es trotzdem besser, wenn sie in die andere Schule kommt. Ich habe gehört, dass sie da viel kreativer sind, und sie legen mehr Wert darauf, dass die Kinder ihren Spaß haben, als auf strengen Ballettunterricht. Gracie ist klein und zierlich, Miss Cynthia wird sie lieben.«

»Wahrscheinlich gebe ich sie zu Miss Cynthia's«, sagte Amber nickend, »obwohl ich dir zustimme, sie ist ein bisschen eine Ziege. Vielleicht schenke ich ihr zu Weihnachten dieses furchtbare australische Zeug, das sie alle essen. Wie heißt es noch mal? Marmite?«

»Nein, Marmite ist englisch. Du meinst Vegemite!« Deborah fing an zu lachen. »O ja, würdest du das bitte tun? Schenk ihr ein Glas Vegemite und ein Didgeridoo, damit sie ihre Heimat nicht vergisst.« Und da bekamen die beiden einen solchen Lachanfall, dass ihnen die Tränen herunterliefen.

Inzwischen liebt Gracie ihre Ballettstunden. Und Molly ihre. Amber hat weiterhin Vorbehalte gegenüber Miss Cynthia, besonders, nachdem eins der kleinen Mädchen, Hannah Greenberg, im letzten Kurs früher ausgestiegen ist. Sie war etwas fülliger geworden, und Suzy erzählte, wie sie Hannahs Mutter Rachel getroffen hatte. Da erfuhr sie, dass Miss Cynthia Rachel gebeten hatte, ein bisschen darauf zu achten, was Hannah aß, und Rachel war so entsetzt, dass sie Hannah sofort abgemeldet hatte.

Aber wer weiß, ob das tatsächlich auch stimmt, und solange Miss Cynthia nicht direkt etwas Unverzeihliches zu Amber sagt oder tut, wird Gracie weiter zu ihr gehen, auch wenn es bedeutet, sich jedes Mal vor Kursbeginn zu einer unsäglichen Uhrzeit, wie morgens um 6:23, anstellen zu müssen, um einen Platz zu ergattern.

»Amber!« Amber schaut auf und sieht Nadine vom Frauenklub, die etwas weiter vor ihr ansteht.

»Hi, Nadine!«, sagt Amber. »Wie geht's dir?«

»Prima«, sagt Nadine. »Und dir?«

»Ich hab wahnsinnig viel zu tun«, sagt Amber und lacht. »Ich weiß nicht, wo mir der Kopf steht.«

Nadine lächelt, und es folgt ein langes Schweigen, das Amber immer unbehaglich macht, und jetzt tut sie, was sie immer tut, wenn Leute einfach nur dastehen und sie stumm und abwartend betrachten: Sie fängt an zu brabbeln, ohne Punkt und Komma, nur um das peinliche Schweigen zu überbrücken.

»Ich fahre morgen nach London«, sagt sie. »Für vier Wochen, was ein einziger Wahnsinn ist, aber ich mache da diesen Lebenstausch für ein britisches Magazin, wo ich mit einem Singlemädchen tausche, und sie kommt rüber und probiert aus, wie es ist, verheiratet zu sein und Kinder zu haben, und ich kann nicht fassen, wie viel ich noch erledigen muss. Ich habe noch nicht einmal gepackt, ich weiß auch gar nicht, was ich mitnehmen darf, weil ich ihre Sachen tragen soll und sie meine, und jetzt weiß ich einfach nicht, worauf ich mich da eingelassen habe.« Amber holt tief Luft. Mist, denkt sie. Zu viele Informationen, wie immer.

»Du machst *was*?«, sagt Nadine, während die anderen Frauen, die zwischen ihnen stehen, sich auch umdrehen und Amber anstarren.

»Haben Sie gerade gesagt, Sie wollen mit einer anderen Frau das Leben tauschen?«, fragt eine der anderen Frauen, und plötzlich sind alle ganz Ohr.

»Sie verlassen vier Wochen Ihren Mann und Ihre Kinder?«, sagt eine blonde Frau in einem grünen Kaschmirpulli, die Amber nicht kennt, und plötzlich überkommt sie das wahnsinnige Verlangen, auf dem Absatz kehrtzumachen und wegzurennen.

»O Mann, bin ich neidisch«, fährt die Frau im grünen Pulli fort. »O mein Gott, wie mutig! Sie dürfen nach London fahren und vier Wochen lang so tun, als seien Sie Single? Kann ich mitkommen?« Und sie lacht, während Amber erleichtert ausatmet. Einen Moment lang hatte sie Angst, dass jetzt alle über sie herfallen würden: Wie kann sie nur ihre Kinder allein lassen, was ist sie nur für eine Mutter, was hat sie sich dabei gedacht, ihren Mann mit einer unverheirateten Frau allein zu lassen, weiß sie nicht, wozu so eine Situation unweigerlich führt?

Nicht, dass diese Frauen so eine Situation jemals erlebt hätten, aber Amber glaubt dennoch zu wissen, was diese Frauen denken. Weil sie alles selbst schon gedacht hat, und auch jetzt noch, da Richard sie morgen Mittag zum Kennedy Airport fahren wird, wo sie das Flugzeug nach London nehmen wird, auch jetzt noch kann sie nicht ganz glauben, dass das alles wirklich passiert.

Plötzlich kommt Leben in die Gruppe von Frauen, die vor ein paar Minuten noch im Halbschlaf vor sich hin dämmerten, an ihrem Kaffee nippten und versuchten, jeden Blickkontakt zu meiden, um ja nicht in ein Gespräch verwickelt zu werden. Sie stecken die Köpfe zusammen und wiederholen, was sie gerade gehört haben, und kurz darauf stehen sie alle um Amber herum, bombardieren sie mit Fragen, wollen wissen, warum sie sich dazu entschlossen hat, was ihr Mann dazu sagt, ob die Kinder ihr fehlen werden.

»Natürlich!«, sagt Amber. »Das ist das Allerallerschwerste an der Sache. Sie werden mir unheimlich fehlen. Trotzdem will ich wissen, wer ich war, bevor ich einen Mann und Kinder hatte. Wenn ich an die Zeit vor Richard zurückdenke, als ich noch in der Stadt arbeitete und ein eigenes Apartment hatte, dann fühlt sich das nicht mal an wie vor Ewigkeiten, sondern wie etwas aus dem Leben einer anderen Frau. Ich habe immer gesagt, dass ich mir gern hin und wieder bewusst machen würde, wer die richtige Amber ist, wer sie war, bevor sie ausschließlich über ihre Rolle als Ehefrau und Mutter definiert wurde, und jetzt hat sich mir diese einmalige Gelegenheit geboten. Ist das nicht verständlich?«

Und alle verstehen es. Alle sind obendrein eindeutig neidisch, und zum ersten Mal empfindet Amber keine Schuldgefühle mehr, sondern Vorfreude. Jetzt wird es endlich wahr.

»Ich wollte mich verabschieden.« Deborah kommt durch die Hintertür direkt zur Küche herein, mit einem Karton im Arm, der in Union-Jack-Geschenkpapier eingewickelt ist.

»Was ist das denn?«, fragt Amber und beäugt argwöhnisch das Päckchen.

»Das ist deine Überlebensausrüstung für London«, sagt Deborah schadenfroh. »Komm, mach auf, damit ich's dir erklären kann.«

Amber packt aus. Als Erstes entnimmt sie dem Karton ein *A–Z*. »Dein Stadtplan von London«, sagt Deborah. »Damit du dich nie verläufst.«

Als Nächstes kommt ein Handbuch des *Cockney Rhyming Slang* zum Vorschein. »Glaube mir, es steckt mehr dahinter als nur *apple and pears* für *stairs*. Das hier brauchst du, wenn sich die Taxifahrer mit dir unterhalten. Und was immer du tust, versuch es auf keinen Fall, und ich meine nie, nie, nie, selber mit Cockney, weil es unsäglich *naff* ist, wenn Amis das machen.«

»Naff?« Amber schaut sie verständnislos an.

»Uncool.«

Es gibt eine Menge Katzen-Leckerli, »damit du dich mit Vickys Katze anfreunden kannst. Ich weiß, du bist kein Katzennarr, und Katzen wittern so was sofort. Hiermit kannst du dich hoffentlich ein bisschen bei ihr einschleimen«; DVDs der Serien *Little Britain* und *Coronation Street,* »obwohl das Manchester, nicht London ist, aber es gehört zum britischen Kulturgut, und du solltest dir ein paar Folgen ansehen«; sowie ein rot-weißer Fußballschal, auf dem »Gunners« steht. »Pass auf, also erstens heißt Soccer in England Football, und jeder in England ist Fan von einem Fußballklub, und dein Klub ist natürlich Arsenal«, sagt Deborah vollkommen ernst.

»Aber sollte mein Klub nicht derjenige sein, den Vicky unterstützt?«, fragt Amber. »Außerdem hatte ich nicht den Eindruck, dass sie sich für Fußball interessiert.«

»Ist mir völlig egal. Du musst Arsenal-Fan sein, sonst bist du nicht mehr meine Freundin, und wenn du von ihnen sprichst, nenn sie Gunners, ›Gooners‹ gesprochen, okay?«

Amber zuckt die Achseln. »Wenn du meinst, obwohl ich mir nicht vorstellen kann, dass ich Fußballgespräche führen werde.«

»Und schließlich«, Deborah fischt ein kleines schwarzes Notizbuch unten aus dem Karton und überreicht es Amber, »darf ich dir meine eigens verfassten England-Notizen überreichen, die dir den Einstieg erleichtern werden.«

Amber blättert das Büchlein durch und fängt an zu lachen. »Nicht wirklich, oder?«, sagt sie.

»Was jetzt speziell?« Deborah reckt den Hals und liest mit. »Meinst du die Stelle, dass du in ganz normalen Gesprächen das Wörtchen *fuck* einflechten sollst, sooft du kannst, es sei denn, du redest mit Kindern?«

»Genau die.«

»Doch. Mein voller Ernst. Ich weiß, es klingt seltsam, aber wir in England fluchen ununterbrochen. Ehrlich. Kein Mensch wird bei *fuck* noch rot. Es ist ein super vielseitiges Wort. Man kann es als Adjektiv verwenden: *You're fucking bonkers* – du bist total bescheuert. Oder als Substantiv: *You old fucker* – du alter Arsch. Oder als Verb natürlich: *I was fucking him* – aber das wirst du in diesem Sinne hoffentlich nicht gebrauchen. Obwohl du auch sagen kannst: *I was completely fucked last night*, was einerseits bedeuten kann, dass du Sex hattest, aber auch, dass du total betrunken oder total müde warst.«

»Sag jetzt bitte, dass das ein Scherz ist.« Amber hat aufgehört zu lachen und schaut sie verwirrt an.

»*Fuck*, ich wünschte, es wär so.« Deborah grinst. »Wart's ab. Aber du musst das Ganze jetzt nicht gleich lesen, merk dir nur die wichtigsten Punkte. Und sag nie *Einen schönen Tag noch*, weil alle Engländer alle Amerikaner für beknackt halten und sich immer über sie lustig machen, weil sie »*Einen schönen Tag noch*« sagen. Und gib kein Trinkgeld außer im Restaurant oder in einem schwarzen Taxi, und da sind dann zehn bis fünfzehn Prozent üblich, nie zwanzig, und lass dich nicht von Fremden ansprechen.«

»Darf ich dich was fragen?«

»Klar.«

»Wenn alle in England andauernd *fucking, fucked* oder *fucker* sagen«, sagt Amber und schluckt, weil der Gebrauch des Wortes ungewohnt für sie ist, und das auch noch dreimal in einem Satz, »wie kommt es, dass ich das Wort noch nie aus deinem Mund gehört habe?«

»Meine Liebe, als ich nach Amerika zog, hab ich praktisch nichts anderes gesagt, aber dann merkte ich schnell, dass das *überhaupt* nicht gut ankam, und habe das Wort bewusst aus meinem Sprachschatz gestrichen.«

»Na ja …« Amber wirkt nicht überzeugt. »Ich weiß nicht, ob es mir gelingt, so zu fluchen, aber danke, dass du mich vorgewarnt hast. Wenigstens werde ich nicht total schockiert sein, wenn ich andere Leute fluchen höre.«

»Und die andere Sache«, sagt Deborah und stellt den Wasserkocher an, da sie weiß, dass Amber sich nicht daran stört, wenn sie sich eine Tasse Tee macht: »Du bist so ziemlich das Stadtgespräch, Mrs Winslow.«

»Wie meinst du das?«

»Ich hab vorhin Erin Armitage im Stop and Shop getroffen, und da hat sie mir lauter Fragen über euren Tausch gestellt. Suzy Potts war dann in dem neuen Miederwarenladen, den ich mir mal ansehen wollte, und sie hat mich auch gelöchert, und dann hab ich schnell noch bei Hallmark vorbeigeschaut, um dir eine Abschiedskarte zu besorgen, wo mich die Verkäuferin fragte, ob sie für die Lady gedacht sei, die eine Zeit lang ihr Leben tauschen will.«

»Nein!« Amber ist entsetzt.

»Ich fürchte, doch.«

»O mein Gott«, stöhnt sie. »Richard wird bestimmt total sauer, wenn er erfährt, dass er das Stadtgespräch ist.«

»Na, dann sag ihm lieber, er soll die nächsten vier Wochen abends lieber nicht weggehen«, sagt Deborah. »Aber traust du ihm wirklich mit einer anderen Frau im Haus? Ich meine, ich weiß, dass du ihm vertraust, und ich sag auch nicht, dass ich ihm nicht trauen würde oder ihn nicht für vertrauenswürdig halte, aber fühlst du dich wirklich wohl bei dieser Sache?«

»Natürlich fühle ich mich damit wohl«, erwidert Amber eine Spur zu schroff. »Richard und ich haben nun mal keine Geheimnisse voreinander. Er würde mir das nie antun.«

»Du hast recht. Entschuldige, ich hätte das nicht sagen sollen. Und du?«, fragt Deborah mit einem Augenzwinkern. »Was ist, wenn Vicky Townsley so einen Prachtkerl in der Hinterhand hat, mit dem du ein kleines Abenteuer haben könntest, von dem nie jemand etwas erfahren würde?«

»Auf gar keinen Fall«, sagt Amber streng. »Ich fass es nicht, dass du so was überhaupt fragst.«

»Auch wenn es nie herauskäme? Richard bräuchte nichts davon zu wissen, und es wäre ja nichts, was sich zu einer Beziehung entwickeln würde.«

»Aber *ich* würde es wissen«, sagt Amber entschieden. »Wofür hältst du mich eigentlich? Würdest du eine Affäre mit jemandem haben, wenn Spencer es nie erfahren würde?«

»Auf keinen Fall!« Jetzt ist Deborah an der Reihe, entsetzt auszusehen. »Nie und nimmer. Aber man wird ja wohl noch fragen dürfen.«

Später am selben Abend gehen Richard, Amber, Jared und Gracie ein letztes Mal zusammen als Familie essen.

Amber hat den Kindern schon erklärt, dass Mami vier Wochen Ferien macht – oder noch achtundzwanzigmal schlafen, was leider irgendwie viel länger klang – und dass die nette Lady, die Vicky heißt, so lange bei ihnen wohnen und auf sie aufpassen wird und dass Mami sie sehr lieb hat und jeden Tag schreiben wird und sie Mami auch schreiben können.

Trotzdem ist die Stimmung heute Abend ziemlich gedrückt. Richard ist sehr ernst, aber liebevoll, und alle wirken etwas angeschlagen. Sie gehen zu Becconi's, der Pizzeria im Ort, die mit clematisumrankten Pergolen vor dem Haus und weißen Papiertischdecken nach Höherem strebt, was aber nichts an der Tatsache ändert, dass die meisten ihrer Kunden Familien mit Kleinkindern sind, die ihre klebrigen Drinks über die Tischdecken verschütten und das durchweichte Papier von oben bis unten mit den Wachsbuntstiften bekrakeln, die Becconi's aufmerksamerweise für sie bereithält.

Mitten in ihrem Chefsalat mit Pizza – Amber wollte eigentlich nur Pizza, zwang sich aber, auch etwas Gesundes zu bestellen, obwohl ihr dann Gracie fast den ganzen Salat wegisst, wodurch sich die zusätzliche Pizza wiederum rechtfertigen lässt – werden ihre Augen feucht.

»Warum bist du traurig, Mami?«, fragt Gracie und streichelt mit ihrer kleinen Hand Amber den Rücken – genau das, was sie immer bei Gracie macht, um sie zu trösten.

»Ach, Liebling«, sagt Amber und lächelt, obwohl sie merkt, wie sich ihre Augen mit Tränen füllen. »Ihr werdet mir so fürchterlich fehlen«, und sie beugt sich hinunter und drückt Gracie ganz fest, dann dreht sie sich um und will Jared umarmen, der auf der anderen Seite neben ihr sitzt, sie jedoch abweist. Er will nicht uncool wirken, da ihm zwei Jungen vom Basketball-Sommerlager direkt gegenübersitzen und jetzt anfangen zu lachen und auf ihn zeigen. »Lass das, Mom«, sagt er und entwindet sich.

»Tut mir leid«, sagt Amber erst zu Jared, dann noch einmal zu Richard, der auch aussieht, als müsse er gleich weinen.

»So habe ich es mir nicht vorgestellt«, sagt sie leise und greift über den Tisch nach Richards Hand. »Ich dachte, es würde mir Spaß machen, aber jetzt weiß ich, dass ich mich nicht darauf hätte einlassen dürfen, und wenn ich es rückgängig machen könnte, würde ich es tun.«

»Wirklich?«, fragt Richard.

»Wirklich«, sagt Amber. Und sie meint es auch so. »Aber jetzt ist es zu spät, das weißt du auch. Ich werde dich so wahnsinnig vermissen, Richard. Du bedeutest mir die Welt, du und die Kinder.«

»Ich weiß«, Richard lächelt traurig. »Ich wünschte nur, du würdest nicht fahren.«

»Ich weiß.« Amber drückt seine Hand. »Ich auch.«

Die Kinder liegen im Bett. Richard und Amber sitzen auf der Terrasse und schauen in die Sterne; er schenkt ihr ein Glas Wein ein.

Dann erhebt sich Getrappel kleiner Füße, und Gracie steht in der Tür.

»Gracie, Schätzchen, was ist los?«, fragt Amber.

»Ähm. Ähm. Ähm.« Gracie überlegt lange, bevor sie das perfekte Problem gefunden hat, das ihre Anwesenheit rechtfertigen kann. »Ich brauche Bücher auf meinem Bett«, sagt sie ernsthaft.

»Okay. Ich bring dich nach oben«, sagt Amber, bringt sie wieder in ihr Zimmer und legt ihr Bücher aufs Bett. »So, und jetzt bleibst du schön liegen«, sagt Amber und gibt ihr einen Gutenachtkuss.

Eine Minute später wird neues Getrappel laut. Diesmal ist es Jared. »Gracie ist in meinem Zimmer«, jammert er. »Sie hat alle meine Bücher auf den Boden geschmissen.«

Amber steht auf und geht nach oben, wo sie eine grinsende Gracie in Jareds Zimmer vorfindet.

»Gracie!«, sagt sie streng. »Was habe ich dir gesagt? Geh sofort zurück in dein Bett. Ihr müsst beide längst schlafen. Wer jetzt noch mal aufsteht, bekommt Ärger.«

Sie steckt sie beide ins Bett, geht wieder hinunter, kuschelt sich an Richard und hört dann Geheule, das von beiden kommt.

»Jared!«, schreit Gracie. »Geh aus meinem Zimmer!«

»Nee!«, ruft Jared. »Geh du doch.«

»Na schön, es reicht.« Richard steht auf und geht die Treppe hinauf, und zwei Minuten später weinen beide Kinder, während Richard versucht, die beiden in ihre jeweiligen Zimmer zurückzuschaffen.

Amber seufzt, als sie nach oben geht, um Frieden zu stiften. Vielleicht ist diese Auszeit ja doch gar keine so schlechte Sache.

Kapitel 20

Vicky ist unendlich dankbar, dass Richard sie nicht am Kennedy Airport abholen kommt. Wäre sie Amber, hätte er es sicherlich getan, aber da er Amber vorhin erst ins Flugzeug nach London gesetzt hat und drei Stunden auf Vicky hätte warten müssen, hat er sich entschuldigt, weil er leider wieder zur Arbeit müsse.

So ist es doch viel besser, denkt Vicky und lehnt sich in der Luxuslimousine zurück, die sie gebucht hat und die sie nun nach Highfield, Connecticut, bringt. Sie liest in den Notizen, die Amber ihr gemailt hat, und wünschte, sie wären ein wenig ausführlicher, mehr wie ihre eigenen, aber vielleicht hat ja Amber als Mutter schlicht nicht die Zeit gehabt, und es ist auch nicht so, als wären nicht genug Leute in der Nähe, die ihr sicher helfen würden – Richard natürlich, Lavinia, die Kinder, die beste Freundin Deborah.

Hätte Vicky ihr ähnlich knappe Notizen hinterlassen, wäre Amber ziemlich aufgeschmissen – da ihr als einzige unmittelbare Hilfe nur Eartha zur Verfügung steht. Und von einer dicken fetten Wuschelkatze, die mitten in der Nacht aufs Bett springt und erwartet, dass man ihr die Kehle krault, ist nicht allzu viel Hilfe zu erwarten.

Vicky erfährt nun, dass sie alle die Vordertür nie benutzen, sondern immer durch den Seiteneingang gehen, der fast immer unverschlossen ist und direkt in den Flur führt – so etwas wie Kriminalität existiert in Highfield offenbar nicht. Die Schuhe werden dort gleich ausgezogen (genauer gesagt: die der Kinder), und die Kinder sind gehalten, ihre Jacken und Mäntel selbst aufzuhängen.

Tatsächlich handeln Ambers Notizen fast ausschließlich von den Kindern. Vicky freut sich darauf, nachmittags nach dem Sommercamp mit den Kindern auf den Spielplatz zu gehen und diverse Bauernhöfe mit ihnen zu besuchen, die sie im Internet gefunden hat. Sie hat sogar einen Ort in der Nähe aufgetan, der jeden Dienstagnachmittag Theatervorstellungen für Kinder anbietet, und schon Karten für ein paar Puppenspiele und andere Stücke besorgt.

Vicky ist fest entschlossen, eine wunderbare Mutter zu sein, womit sie nicht sagen will, dass Amber es nicht ist. Aber selbst in der kurzen Zeit, die sie beim letzten Mal hier verbracht hat, konnte Vicky erkennen, dass Amber eine vielbeschäftigte Frau ist, die ihren Kindern Liebe und Aufmerksamkeit schenkt, solange sie mit ihnen zusammen ist, aber offenbar nicht annähernd so viel Zeit mit ihnen verbringt wie beispielsweise Kate mit Luke, Polly und Sophie. Vicky hofft, dass sie sich während der vier Wochen jeden Nachmittag den Kindern widmen kann. Sie hat vor, ihnen Gerichte zu kochen, die sie selbst gern gegessen hat, als sie klein war – Fischstäbchen, Cottage Pie, Hackbraten, Wackelpudding mit Eiscreme –, aber wenn sie sich die Terminpläne der Kinder anschaut, die Amber ihr gemailt hat, muss sie zugeben, dass sie keinen Schimmer hat, wo sie für gemeinsame Unternehmungen die Zeit hernehmen sollen.

Sowohl Jared als auch Grace sind vormittags im Sommerlager, und wie es aussieht, ist mit Ausnahme des Freitags, an dem sie mit einem anderen Kind zum Spielen verabredet sind, für beide Kinder jeden Nachmittag in der Woche irgendeine Aktivität vorgesehen.

Jareds Terminkalender sieht so aus:

Montag 15:00: Basketballcamp
Dienstag 16:00: Little-League-Training
Mittwoch 15:30: Schwimmen
Donnerstag 16:00: Karate
Freitag 15:00: Spielkamerad
Samstag 16:00: Little-League-Spiel

Vicky atmet tief durch und schaut sich den Terminplan von Gracie an.

Montag 14:00: Ballett bei Miss Cynthia's
Dienstag 15:00: Malkurs
Mittwoch 15:00: Musikkurs
Donnerstag 16:00: Schwimmen
Freitag 15:00: Spielkameradin
Samstag: frei

Na fein, dass überhaupt mal einer frei hat, denkt Vicky, und: armer, armer Jared. Ihm bleiben nur die Sonntage, und sie muss an Kate denken, die alles Mögliche mit den Kindern macht. Wie Luke, Polly und Sophie den ganzen Tag im Haus und im Garten herumstromern, manchmal Frösche quälen, die sie im Teich finden, aber meistens Höhlen und Festungen im Wald bauen, wo Luke dann gezwungen wird, stillzusitzen, während ihm Polly und Sophie Tee in Tassen aus Eicheln und »köstliche Mahlzeiten« aus Kienäpfeln und Pampe servieren.

Wenn es regnet, rennen die drei im Haus herum oder schließen sich konspirativ im Schrank ein, wo sie sich mit

Walkie-Talkies und Ferngläsern als Spione betätigen und Kate, in fröhlicher Missachtung aller Umtriebe, mit einer Freundin am Küchentisch sitzt oder im Garten werkelt und Gemüse für das Abendessen erntet.

Vielleicht gelingt es ja, den rigiden Stundenplan der Kinder ein wenig aufzulockern, denkt Vicky. Die Welt wird nicht untergehen, wenn Jared eine Karatestunde ausfallen lässt oder Gracie mal nicht zum Schwimmen geht. Sie stellt sich vor, wie herrlich es wäre, mit ihnen ein Theater zu besuchen. Oder einfach zu Hause zu bleiben und gemütlich zu kochen oder auf einem Erlebnispfad in dem Naturpark zu wandern, den Vicky entdeckt hat. Es ist schön und gut, Ambers Rolle zu übernehmen, aber Vicky kann jetzt schon sehen, dass es Dinge gibt, die sie anders machen, vielleicht sogar verbessern würde. Vielleicht kann sie neue Denkanstöße geben, mit denen alle glücklicher wären.

Vicky hat schon beschlossen, dem Kindermädchen etwas mehr Freizeit zu geben. Lavinia schien nicht gerade begeistert zu sein, als ihr Vicky vorgestellt wurde, aber diesmal ist Vicky mit einer riesigen Schachtel Quality Street bewaffnet, da Amber ihr erzählt hat, dass Lavinia ein Faible für sie hat, und Vicky hofft, dass es ausreichend Munition ist, um sich ihre Unterstützung zu sichern.

Und obwohl sie Lavinia gern um sich haben wird, allein damit sie weiterhin bei der Wäsche und beim Saubermachen hilft, ist Vicky überzeugt, dass sie die Kinder nicht die ganze Zeit mit Lavinia aus dem Haus schicken wird. Wozu haben sie eine Mutter?

Das Haus ist merkwürdig still, als Vicky die Tür zum Seiteneingang öffnet, durch den kleinen Hausflur die Küche betritt und ihren sehr leichten Koffer abstellt. Nach oben in

Ambers Zimmer kann sie ihn nicht bringen, weil sie sich über eine Sache vollkommen einig waren, nämlich, dass Sex mit dem Ehemann nicht infrage kam. Nicht, dass Vicky Sex mit dem Ehemann im Sinne hatte, obgleich er attraktiv war, aber am besten, man stellte gleich von Anfang an klar, dass sie in getrennten Zimmern schlafen würden.

Auf dem Küchentisch liegt ein Zettel. Vicky geht näher und sieht, dass er an sie gerichtet ist.

Liebe Vicky,

willkommen! Ich wollte dich nur begrüßen und dir einen schönen Ausflug in mein Leben wünschen! Ich bin sehr nervös und aufgeregt, aber auch voller Vorfreude. Sicherlich geht es dir ganz genauso! Richard überlässt dir das Elternschlafzimmer und schläft unten im Gästezimmer, also geh ruhig nach oben und pack deine Sachen aus (aber welche??? Du wirst ja meine Kleider tragen und hast wahrscheinlich wie ich kaum etwas mitgebracht. Ist das nicht eine total verrückte Art zu reisen???). Also viel Glück, und Deborah hat gesagt, dass sie heute den ganzen Tag zu Hause ist, nur für den Fall, dass du irgendetwas brauchst. Und vergiss nicht, Jared und Gracie sind heute Nachmittag mit Freunden verabredet, aber Lavinia weiß auch Bescheid.

Mit liebevollen Grüßen

Amber

Mit liebevollen Grüßen?, denkt Vicky. O je. Denn sie hat natürlich einen ähnlichen Willkommensgruß hinterlassen und ihn, wie ihr jetzt dämmert, vermutlich total daneben mit »Dicke Umarmung und tausend Küsse« unterschrieben. Wieder ein Beweis, wie unterschiedlich sie die Dinge in Amerika handhaben.

Ein Winseln vor der Tür, und sie kann Ginger sehen, der durchs Fenster stiert. Sie öffnet ihm die Küchentür, und er stürmt herein, springt begeistert an ihr hoch, sodass sie von oben bis unten von matschigen Pfotenabdrücken übersät ist.

»O Gott.« Vicky versucht ihn zu vertreiben, aber fünfzig Kilo Golden Retriever schubst man nicht eben mal weg. »Ginger, aus!«, befiehlt sie, woraufhin Ginger eifrig japst und wieder an ihr hochspringt. »Ginger, mach Sitz!«, versucht sie es wieder, in ihrem gebieterischsten Tonfall. »Sitz!«, aber Ginger läuft im Kreis um die Kücheninsel herum, bevor er Vicky wieder anspringt.

»Na gut«, seufzt Vicky, beruhigt Ginger, indem sie ihn streichelt und sanft auf ihn einredet. »Dann muss ich mich wohl umziehen gehen. Wie schade, wie schade, es bleibt mir keine andere Wahl, als die umwerfenden Designersachen von Mami anzuziehen. O je, o je.« Sie lässt Ginger im Flur zurück – wobei sie endlich versteht, warum diese Diele im Hintereingang »mud room« genannt wird – und geht mit ihrem Koffer nach oben in Ambers Zimmer.

Na, denkt sie, das ist doch gleich viel, viel besser. Nicht umsonst ist Amber eine der besten Kundinnen bei Rakers. Ihr Schrank ist zum Bersten mit Klamotten gefüllt, von denen Vicky normalerweise nur träumt und die sie sich nur in sporadischen Anfällen extremer Fahrlässigkeit leistet. Hier sind Jäckchen von Michael Kors, TSE-Pullis, Kleider von Oscar de la Renta und natürlich die obligatorischen Manolo-Blahniks. Aber nicht nur zwei Paar, wie zu Hause in Vickys Schuhregal, sondern gleich reihenweise, genug, um die Manolo-Blahnik-Filiale von Highfield zu eröffnen. Und auf der anderen Seite im Schrank ist die Freizeitkleidung. Jede Menge Pumas und Nikes in allen erdenklichen Farben und Designs, Unmengen an Sportklamotten, Fleecejacken und -hosen in Leuchtgrün, Orange und schreiendem Pink.

Die guten Designersachen trage ich nicht jeden Tag. Ich hebe sie normalerweise für Gelegenheiten auf, an denen wir abends ausgehen, oder für Wohltätigkeitsveranstaltungen oder wenn ich in die Stadt fahre, und natürlich für die Treffen des Frauenklubs. Am Tag laufe ich meistens in Freizeitkleidung herum, aber natürlich musst du einfach das anziehen, worin du dich am wohlsten fühlst. Und ich weiß, dass du dich in die Birkins verliebt hast, also behandle sie gut, und pass auf, dass du sie nie unbeaufsichtigt herumstehen lässt! Viel Spaß …

O Gott, stöhnt Vicky, die lüstern die Birkins anstarrt und ein Chloe-Kleidchen, in das sie sich schon vor ein paar Monaten verguckt hat, als es in der *Vogue* abgebildet war. Ich teste nur mal, wie mir die Sachen stehen, denkt sie. Es ist keiner da, keiner kann mich sehen. Und schneller als man »Jimmy Choo« sagen kann, steht Vicky in ihrer Unterwäsche da und streift sich das Chloe-Kleidchen über.

Und es passt perfekt. Ursprünglich etwas fülliger als Amber, hat Vicky in den letzten Wochen rigoros gefastet, um in Ambers Sachen zu passen, und stellt erfreut fest, dass sie jetzt dieselbe Kleidergröße haben, obwohl Vicky nie so eine straffe, zellulitisfreie Haut haben wird wie Amber.

Vicky schlüpft in hohe Samtsandalen von Gucci, die ihre Fesseln umschmeicheln und so ungefähr das Sexyste sind, was sie je gesehen hat, dann hängt sie sich ein Chanel-Täschchen über die Schulter, wirft sich eine Nerzstola um den Hals und schwebt hinüber zu dem riesigen Wandspiegel. »Hallo, Darling«, sagt sie und macht kleine Kreise mit einer imaginären langen Zigarettenspitze aus Ebenholz. »Hab ich dir gefehlt?«

Spätestens an diesem Punkt merkt Vicky, wie albern das ist. Außerdem ist es immer der Punkt, an dem der Übeltäter erwischt wird, meistens von der Haushälterin oder dem Kindermädchen, und sie bekommt ein furchtbar schlechtes Gewissen, als sie sich Lavinias missbilligenden Blick vorstellt. Schnell zieht sie das Kleid wieder aus und tauscht es gegen ein Paar Stretch-Leggings und einen Fleecepulli ein, dann schlüpft sie in ein Paar Nikes, obwohl sie vermutet, dass Amber im Haus nie Schuhe trägt – diese Fußböden glänzen einfach zu perfekt.

Als Vicky in den Spiegel schaut, erkennt sie sich kaum wieder. Nie im Leben würde sie außerhalb eines Fitnessstudios diese Klamotten tragen, aber Amber hat merkwürdigerweise behauptet, es sei ihre tägliche Kluft. Zugegeben, sie fühlt sich unglaublich in den Sachen, aber sie sieht so … normal aus. So schäbig. Man wird doch diesen drögen Look irgendwie ein bisschen aufpeppen können. Und da fällt ihr ein: das Täschchen von Balenciaga oder Prada. Die Diamantohrstecker.

Zehn Minuten später betrachtet Vicky sich erneut im Spiegel, und diesmal lächelt sie. Ambers Diamantstecker von vier Karat funkeln an ihren Ohren, das schwarze Birkin-Täschchen baumelt lässig am Arm, und sie hat etwas Make-up aufgetragen, etwa so viel, wie Amber trug, als sie sich das erste Mal getroffen hatten.

»Schon viel besser.« Vicky nickt und grinst. »Jetzt bin ich in meiner neuen Rolle angekommen.« Und mit federndem Schritt, der sicherlich mehr ihrer Stimmung als den Nikes zuzuschreiben ist, geht Vicky nach unten.

Eine Stunde später hat sie Küchenschränke und Schubladen auf den Kopf gestellt. Teetassen hat sie zwar gefunden, aber keine Teebeutel, obwohl in der Speisekammer sämtliche Sorten Kräutertees der Welt vorhanden sind; aber Vickys Motto lautet nun mal: Wenn's nicht Tetley ist, ist es nicht Tee. Sie hat den Fernseher gefunden (raffiniert versteckt in einem Schranksystem integriert), die wenigen Bücher im Haus geortet (in einem Raum, den Amber als die Bibliothek bezeichnet hat und der anscheinend so genannt wird, weil sich dort die einzigen Bücherregale im Haus befinden, auf denen die einzigen Bücher im Haus stehen: Richards Wirtschaftsfachbücher). Sie hat das Radio vom Wäscheraum in die Küche mitgenommen, damit das Haus nicht so unheimlich still ist. Und jetzt? Sie trommelt mit den Fingern auf den Küchentisch. Was soll sie jetzt mit sich anfangen?

Auf der anderen Seite des Atlantiks liegt Amber auf Vickys Bett und genießt es, angekommen zu sein. In Heathrow hat sie sich ein schwarzes Taxi genommen, obwohl ihr Vicky dringend davon abgeraten hat, weil es unsäglich teuer wäre, und außerdem zwanzig Prozent Trinkgeld gegeben, obwohl Deborah gesagt hat, dass kein Mensch das macht, aber sie hat es nicht über sich gebracht, ihm weniger zu geben.

Der Fahrer war eindeutig entzückt gewesen und hatte gesagt, eine schöne Lady wie sie kutschieren zu dürfen sei schon eine Belohnung in sich, und Amber hatte gelächelt und sich gefragt, ob die Männer in England alle so charmant sind.

Sie fand es toll, die Marylebone Street hinunterzufahren, stellte fest, dass sie genauso war, wie sie sich die Straße erträumt hatte, eigentlich noch viel schöner. War das da hinten ein Aveda-Laden? Juchu! Single zu sein im Shopping-Paradies. Was will ein Mädchen mehr?

Vickys Apartment entpuppte sich als ein *Walk-up*, wie man in Amerika sagt, das heißt, es gab keinen Fahrstuhl. Das kleine Mietshaus gleich neben der Hauptstraße war dunkel und roch auch ziemlich merkwürdig, als sie das schmale Treppenhaus hinaufging, und zum ersten Mal seit ihrer Ankunft dachte Amber: Und wenn es ganz grauenhaft ist? Was, wenn Vicky in einem Dreckloch wohnt? Obwohl sie Fotos gesehen hat, ist sie eindeutig benachteiligt, da sie Vickys Leben nicht im Vorfeld begutachten konnte, so wie Vicky das ihre.

Aber nachdem es ihr gelang, den Schlüssel ins Schloss zu bekommen und aufzusperren, war Amber begeistert. Diese Wohnung – sie muss sich erst noch daran gewöhnen, Wohnung und nicht Apartment zu sagen – war hell und luftig, sonnendurchflutet, was über die ziemlich kleine Quadratmeterzahl hinwegtäuschte. Äußerst geschmackvoll in neutralen Farben gestrichen, mit Farbtupfern, die von den Büchern rührten, von denen es an die Tausende geben musste.

Bücherregale vom Boden bis zur Decke säumten die Wände des Wohnzimmers, Bücher stapelten sich kunstvoll auf dem Kaffeetischchen, zwischen indischen Schmuckstücken und balinesischen Reisschalen. Ein echtes Zuhause, dachte Amber glücklich, eine Wohnung voller schöner und persönlicher Gegenstände, die die Besitzerin über Jahre gesammelt hat, ein Ort, an dem sich Amber garantiert wohlfühlen wird. Sie nahm einen zarten Silberteller in die Hand und fuhr mit dem Finger über den glatten Rand.

»Ist das herrlich hier«, sagte sie und hatte Lust, ausgelassen durchs Zimmer zu toben, aber stattdessen sah sie sich den Rest der Wohnung an.

Ah, dachte sie beim Anblick der Küche. Vielleicht nicht ganz so perfekt wie gedacht. Die Küche war ein kleiner, fensterloser L-förmiger Raum, der vom Wohnzimmer abging. All die coolen Einbauschränke aus Ahornholz und schicken Arbeitsflächen aus Granit konnten nicht darüber hinwegtäuschen, dass diese Küche winzig war, mit einem kleinen Kühlschrank, in den kaum mehr als ein paar Seltersflaschen passten.

Kein Wunder, dass sie nie zu Hause isst, dachte Amber. In den Kühlschrank geht ja nichts rein. Andererseits ist Amber nicht gerade für ihre Kochkünste berühmt, daher ist es vielleicht gar nicht schlimm. Zumindest ist diese Küche noch einen Hauch größer als die in dem Apartment, das sie bewohnte, als sie Richard kennenlernte, und wenn sie damit zurande kam, schafft sie es hier allemal. Alles ist relativ, fand sie, und ihren eigenen Viking-Herd benutzt sie ehrlicherweise so gut wie nie.

Das Schlafzimmer war hübsch. Riesige Fenstertüren vor einem herrlichen schmiedeeisernen Balkon, die sie öffnete, sodass die schlichten Leinengardinen vom Wind gebauscht wurden. Die Schränke waren wesentlich kleiner als die Dimensionen, an die sie gewöhnt ist, und beim Betrachten der Kleider schüttelte sie den Kopf. Nicht weil ihr der Anblick nicht gefallen würde – sie freut sich schon darauf, den britischen Boho-Chic auszuprobieren –, sondern weil alles so eng zusammengequetscht ist; die Sachen müssen dabei ja grauenhaft verknautschen. Amber hat gelernt, dass zwischen den Bügeln ein Abstand von zweieinhalb Zentimeter bestehen muss, und sie fragte sich, ob Vicky etwas dagegen hätte, wenn sie ihre Schränke ein wenig aussortiert.

Als sie die Badezimmertür öffnete, kam Eartha herausgeschossen. Sie war versehentlich bei Vickys Abreise dort eingeschlossen worden, und sie war keine glückliche Katze, obwohl sie nun, da jemand da war, sehr, sehr glücklich wirkte, als sie um Ambers Knöchel strich, begeistert schnurrte und ihr Gesicht an ihrem Bein rieb.

»Hallo, süße kleine Miezekatze.« Amber ging in die Hocke und streichelte sie. Nicht, dass Amber eine Schwäche für Katzen hatte, aber so lautes Schnurren hat sie noch nie gehört, und die Katze schien sie zu mögen. Wer kann da noch widerstehen, wenn er so leidenschaftlich geliebt wird?

»Warte mal«, sagte Amber und lief ins Wohnzimmer, öffnete den Koffer und entnahm ihm die Tüte mit Katzen-Leckerlis von Deborah. Sie fütterte Eartha, die sofort auf Ambers Schoß sprang, um sich noch mehr Schmuseeinheiten zu holen.

»Wir beide werden uns ganz prima verstehen«, sagte Amber, nahm sie vom Boden auf und wiegte sie wie ein Baby im Arm, was Eartha nicht das Geringste auszumachen schien. Und dann ging Amber das Badezimmer inspizieren.

Es hätte eigentlich keine Überraschung sein dürfen. Ihre Dusche zu Hause war die Mutter aller Duschen. Eine Dusche, die nicht einen Duschkopf hatte, auch nicht zwei, sondern acht. Einen riesigen an der Decke und sieben weitere, die von allen Seiten ihrer gigantischen, übergroßen Duschkabine sprühen, die fast schon ein Raum in sich ist. Tatsächlich muss sie bei näherem Hinsehen feststellen, dass Vickys winziges Badezimmer etwas kleiner ist als Ambers Dusche.

Aber was viel schlimmer war, es gab gar keine Dusche. Es gab eine Badewanne mit Schlauch, dem nach vorsichtigem Öffnen des Wasserhahns ein schwaches Tröpfeln entrann. Mist. Man hat sie vor den Briten und ihren Duschen gewarnt, aber sie hätte nicht gedacht, dass diese Zustände heute noch herrschen.

Wie das englische Essen. Jahrzehntelang hatten sich die Amerikaner lustig gemacht, dass die Briten das fürchterlichste Essen auf der ganzen Welt hätten, dann aber brachte vor Kurzem die Zeitschrift *Gourmet* eine ganze Nummer darüber, dass Großbritannien das beste Essen auf der Welt hätte.

Kann man Amber verdenken, wenn sie automatisch davon ausgeht, dass die Duschen eine ähnliche Kehrtwende vollzogen haben?

Sie seufzte enttäuscht und fand sich damit ab, dass sie sich eben an Wannenbäder gewöhnen musste. Igitt. In seinem eigenen Dreckwasser zu weichen. Vielleicht sollte sie immer zweimal hintereinander baden, einen Waschgang und einen Spülgang machen, oder sich vielleicht nur einfach mit einem Schwamm waschen. Aber als sie da im Bad stand, fasste Amber einen Entschluss: Ich werde nicht zulassen, dass etwas so Idiotisches wie die Abwesenheit einer anständigen Dusche mir meinen Aufenthalt verhagelt. Ich werde mich wunderbar amüsieren.

Und an diesem Punkt ließ sie sich mit einem breiten Grinsen aufs Bett plumpsen, dicht gefolgt von Eartha, die ihr auf den Bauch kletterte und es sich dort gemütlich machte. Und so begann ihr erster Tag in Vickys Leben.

Kapitel 21

Vicky hätte nicht gedacht, dass sie sich hier so fremd fühlt. Sie blickt sich andauernd um, ganz als müsse sie andere um Erlaubnis bitten. Ist es okay, das Auto zu nehmen? Darf sie sich einfach aus dem Kühlschrank bedienen? Ist es an der Zeit, Ginger zu füttern, oder bettelt er immer so? Und das Wichtigste – was soll sie tun, bis die Kinder nach Hause kommen?

Von Lavinia keine Spur, wahrscheinlich, weil sie unterwegs ist, um die Kinder von ihren diversen Aktivitäten aufzugabeln, und das Letzte, was Vicky möchte, ist eine hereinspazierende Lavinia, die sie bei einer unsäglich verwöhnten Untat ertappt, zum Beispiel mitten am Tag *Oprah* zu gucken. Darum macht sie sich einen Bagel – der Jetlag hat einen Heißhunger in ihr geweckt, obwohl sie heute schon um die acht Mahlzeiten intus haben muss –, setzt sich an den Küchentresen und blättert die Kataloge durch, die sich dort stapeln.

Im Katalog von Neiman Marcus findet sie drei Paar hinreißende Schuhe, die sie sich aber nicht leisten kann. Bei J. Jill bewundert sie einen bauschigen, chiffonartigen Rock, und das Angebot von Frontgate löst minutenlange Fantasien über verschiedenes Poolzubehör aus, und sie fragt sich, ob Amber und Richard schon eine dieser unwiderstehlichen Luftmatratzen angeschafft haben, mit dieser Vertiefung an der Seite, in die genau ein Piña Colada passt.

Denn schließlich haben sie den Swimmingpool dazu, und Amber gehört zu den Frauen, die von April bis Oktober diesen gleichmäßig braunen Teint haben. Vicky hat Filme gesehen, in denen Frauen den ganzen Vormittag am Pool verbringen, an ihrer Sonnenbräune arbeiten und sich in der Regenbogenpresse über den letzten Promi-Klatsch auf dem Laufenden halten, und sie hofft sehr, dass sie die Zeit finden wird, es ihnen gleichzutun, obwohl Ambers Terminplan eigentlich nicht aussieht, als wäre darin für Sonnenbaden Platz.

Heute ist ein strahlender Augusttag, und das Wasser sieht immer verlockender aus. Vicky geht auf die Terrasse, taucht den Finger ein und lächelt verzückt. Fast so warm wie ein Wannenbad – ganz nach Vickys Geschmack. Ach, zum Teufel. Die Zeit muss sein, kurz reinzuspringen, und als sie sich im Schuppen mit dem Poolzubehör umsieht, stellt sie fest, dass sich Amber und Richard natürlich genau so eine Luftmatratze mit der Mulde für den Drink gekauft haben – welcher Protzpalastbesitzer, der etwas auf sich hält, hätte so was nicht –, und sie holt sie hervor und legt sie vorsichtig am Rand des Pools ab, bevor sie noch einmal ins Haus geht und sich vergewissert, dass sich der Stundenplan der Kinder auch nicht geändert hat.

Hat er nicht. Am Freitagnachmittag gehen die Kinder zu ihren Freunden, und da es erst halb vier ist, wird es noch Stunden dauern, bis Lavinia mit den Kindern nach Hause kommt. Obwohl Vicky fest entschlossen ist, die beste Mutter der Welt zu sein, kann sie damit immer noch anfangen, wenn die Kinder wieder da sind. Zugegeben, sie hatte sich vorgenommen, den Nachmittag damit zu verbringen, ihnen ein Gericht aus ihrer Kindheit zu kochen, aber sie kann mit der ganzen Mutterkiste genauso gut auch morgen noch anfangen, und ein flüchtiger Blick in den Gefrierschrank bestätigt ihr, dass er bis zum Bersten mit Pizza und Chicken Nuggets gefüllt ist. Es kann also keine Rede davon sein, dass die Kinder verhungern würden, wenn sie nicht kocht. Abgesehen davon, dass Amber nie kocht, Vicky einen langen Flug hinter sich hat und müde ist. Ein paar Minuten, um ihre käseweiße Haut loszuwerden – Markenzeichen eines typischen Londoner Mädchens –, werden ihr ja wohl vergönnt sein.

Ah, warum nicht gleich so, denkt Vicky genüsslich lächelnd, als sie sich im Pool auf der Luftmatratze räkelt und die Stille genießt. Herrje, denkt sie, wie schafft Amber es nur, sich aufzuraffen und aus dem Haus zu gehen? Würde sie hier wohnen, wäre sie den ganzen Tag am Pool. Das ist ja wie Urlaub. Welcher normale Mensch kann sich im Ernst etwas anderes wünschen, als immer nur hier zu liegen?

Ihr Badeanzug befindet sich unten in den Tiefen ihres Koffers, und das Letzte, worauf sie im Moment Lust hat, ist mit dem Auspacken anzufangen. Niemand ist da, niemand kann sie sehen; sie will nichts weiter als nur eben sehen, wie es sich anfühlt, auf dieser tollen Luftmatratze zu treiben, auch wenn sie nur in BH und Höschen ist. Es ist ja nicht so, als hätte sie so was noch nie gemacht. Obwohl – würde sie sich in einem Londoner Park ausziehen, dann wahrscheinlich nicht gerade in einem schwarzen Pushup-Spitzen-BH, aus dem praktisch alles, was sie hat, hervorquillt, und in einem lila G-String. Aber sie will ja nur ein Viertelstündchen hier liegen, da war es das Schnellste und Praktischste, sich rasch auszuziehen, ihre Sachen auf einer Sonnenliege abzulegen, und fertig.

Vicky schließt die Augen und denkt an ihre Kindheit, erinnert sich, wie sie ihren Eltern in den Ohren lag, einen Swimmingpool anzuschaffen, wie sie allen Ernstes verkündete, dass sie sich zu ihrem achten Geburtstag nichts wünschte außer einem Swimmingpool und dass sie sterben würde, wenn sie keinen bekäme.

Um die Ecke wohnte eine Familie, die Simpson hieß und einen Swimmingpool besaß. Vicky wusste, dass sie ungeheuer reich sein mussten, und obwohl deren Tochter Cathy nicht ihre beste Freundin war, wurden die Kinder der Nachtbarschaft hin und wieder zum Schwimmen eingeladen.

Dann hatten sich die Eltern von Samantha Payne ein neues Haus gekauft. Es hatte auch einen Swimmingpool, und zwar drinnen, und wenn sie alle bei ihr baden durften, war das Wasser so heiß, dass Dampf aufstieg und das Glasdach beschlug.

»*O bitte, bitte.*« Vicky kann sich noch genau an ihren flehentlichen Tonfall erinnern. Aber ihre Eltern hatten nur gelacht und gesagt, dass ein typischer englischer Sommer die Anschaffung nicht rechtfertigte – bildete Vicky sich denn ein, sie hätten Geld wie Heu?

Und jetzt ist sie hier, denkt sie glücklich, endlich in ihrem Swimmingpool, obwohl er ihr nur einen Monat lang gehört. Aber sie wird ihn ganz bestimmt nutzen, sooft sie kann, selbst wenn sie dafür ein paar von Ambers Charity-Treffen verpasst, na und? Es muss doch mindestens genauso wichtig sein, Amber in nichts nachzustehen, was ihr Äußeres betrifft, und plötzlich hat eine gute Sonnenbräune oberste Priorität.

»Vicky! Vicky!«

Wie aus weiter Ferne dringt die Stimme zu ihr vor. Vicky öffnet widerwillig die Augen. Sie treibt gemütlich auf ihrer Luftmatratze im Swimmingpool, tief versunken in einen wunderbaren Traum, allein auf einer Jacht mit Jamie Donnelly, der sie gerade küssen will (obwohl er nicht aussieht wie Jamie Donnelly, im Grunde gar kein Gesicht zu haben scheint, wie stets in ihren Träumen dieser Art – sie muss sich unbedingt mal schlaumachen, was das zu bedeuten hat –, aber göttlich fühlt es sich trotzdem an), und jetzt vermasselt ihr irgendwer am Ufer den schönen Kuss, weil er ihren Namen ruft.

Nur steht niemand am Ufer, sondern Lavinia am Rande des Pools, mit Gracie auf dem Arm und Jared an der Hand, der von einem Fuß auf den anderen hüpft und verkündet, er wolle auch baden.

Vicky blinzelt, um die Gestalten besser erkennen zu können, und sieht jetzt, dass neben dem Tor noch eine andere Frau mit drei Kindern steht. Sie versucht, sich richtig wach zu rütteln, gelähmt vor Entsetzen, dass sie an ihrem ersten Tag im Swimmingpool eingeschlafen ist und sich zu allem Übel auch noch Besuch eingestellt hat. Was für ein grauenhafter erster Eindruck! Welche Mutter würde je so was machen?

»O Gott, Lavinia, es tut mir so leid!« Vicky paddelt an den Rand des Swimmingpools und klettert ziemlich ungraziös heraus. »Ich muss eingeschlafen sein. Wahrscheinlich der Jetlag! Ist mir das peinlich!« Dann ist ihr gleich alles noch peinlicher, als sie vor ihnen steht und ihr bewusst wird, was sie anhat: einen sexy Spitzen-BH, der ihr vermutlich zu klein ist, und einen lila Tanga.

»Ihre blasse Haut hätte ein bisschen Sonnencreme

vertragen können«, sagt Lavinia pikiert. »Sie sind ja krebsrot.«

»O nein!«, stöhnt Vicky und kämpft tapfer gegen die Tränen an, und erst als sie in verzweifelter Hast ihre Sachen überzieht, nimmt sie das höhnische Gelächter und die Pfiffe hinter sich wahr.

Sie dreht sich um und sieht eine Gruppe mexikanischer Gärtner, die auf ihre Harken gelehnt dastehen und sie anerkennend angrinsen, während sie sich eifrig auf Spanisch unterhalten.

»Mann, verpisst euch«, hätte sie gern gesagt, kann es sich aber gerade noch verkneifen, da ihr einfällt, dass sie immer noch um einen guten ersten Eindruck bemüht ist und fünf kleine Kinder in der Nähe sind, die das nicht unbedingt zu hören brauchen.

»Es tut mir so leid«, sagt sie noch einmal zu Lavinia. Sie ist jetzt angezogen, aber sie ist vor lauter Scham immer noch ganz rot im Gesicht.

»Ich heiße Vicky«, sagt sie zu der anderen Mutter. »Ich bin einen Monat hier.«

»Und haben sich schon gut eingelebt, wie ich sehe«, sagt die andere Mutter, aber nicht unfreundlich und mit einem kleinen Zwinkern. »Ignorieren Sie einfach die Gärtner«, fährt sie fort. »Das war bestimmt ihr schönstes Erlebnis diesen Sommer. Und ich bin Nadine. Die Kinder haben heute Nachmittag zusammen gespielt, ich bin nur noch mal vorbeigekommen, um den Zettel mit der Genehmigung abzuholen, den die Kinder brauchen, um nächste Woche auf den Ausflug mitkommen zu können. Amber wollte ihn abgeben, aber wahrscheinlich hat sie es vergessen. Wissen Sie, wo er sein könnte?«

»Ähm, Lavinia, wissen Sie das?«

»Nee.«

»Dann sollten wir vielleicht reingehen und ihn suchen«, sagt Vicky freundlich. »Er wird schon irgendwo sein. Hi, Gracie!« Vicky beugt sich vor, um Gracie zu begrüßen. Sie ist sicher, dass sich die Kleine an sie erinnert, sich freut, sie wiederzusehen, da sie sich beim letzten Mal so gut verstanden haben, aber ohne Amber in der Nähe ist Gracie plötzlich schüchtern, versteckt sich hinter Lavinias Beinen und weigert sich, Vicky in die Augen zu sehen.

Toller Start, denkt Vicky. Wenigstens kann es nicht schlimmer werden.

Die Genehmigung ist unauffindbar. Lavinia verschwindet, um die Wäsche zu erledigen, und lässt Vicky mit zwei Kindern, Nadine, Nadines Kindern und einem verbummelten Zettel allein.

Vicky kommt sich vor wie ein Spion, als sie sämtliche Schreibtischschubladen, Jareds und Gracies Rucksäcke und diverse Jackentaschen durchsucht. Nichts.

»Besteht die Chance, eine andere zu bekommen?«, fragt sie. »Ich könnte doch gleich Montag früh als Erstes zum Ferienlager gehen und eine neue besorgen?«

»Sie können es versuchen«, sagt Nadine. »Obwohl sie gesagt haben, dass heute der letzte Termin für die Anmeldung ist und keiner ohne Genehmigung mitkommen darf.«

»Wohin?«, fragt Jared, der auf Socken in die Küche gerutscht kommt und scharf abbremst, gefolgt von Nadines Sohn, der unweigerlich mit ihm kollidiert.

»Zum Zoo in der Bronx«, sagt Nadines Sohn. »Du darfst aber nicht mitkommen, weil du keine Erlaubnis hast.«

»Ich will aber in den Zoo.« Jareds kleines Gesicht fällt in sich zusammen.

»Keine Sorge«, sagt Vicky besänftigend. »Bis Montag hab ich das geregelt. Du kannst trotzdem mitfahren. Ich werde das mit den Leuten im Ferienlager regeln.«

»Kann ich auch in den Zoo?« Gracie kommt herein und blickt Vicky hoffnungsvoll an. Offenbar hat sie beschlossen, dass sie jetzt doch mit ihr redet.

Vicky schaut Nadine an.

»Nein, Schätzchen«, sagt Nadine. »Da dürfen nur die Großen mit.«

»Aber ich will auch in den Zoo!« Gracie bricht in lautes Geheul aus, und Nadine haucht Vicky ein stilles »Sorry« zu. Vicky findet plötzlich, dass Nadine vielleicht doch nicht so nett ist, wie sie auf den ersten Blick erschien.

»Ich geh jetzt besser«, sagt Nadine, sammelt ihre Kinder ein und schiebt sie zur Hintertür hinaus. »Sagt Auf Wiedersehen zu Jared und Gracie, Kinder.« Ihre Kinder bleiben stumm.

»Sagt Auf Wiedersehen zu Mrs …? Wie war noch gleich der Name?«

»Oh, ich bin keine Mrs«, sagt Vicky und lacht. »Einfach nur Vicky.«

»Ich würde es vorziehen, wenn die Kinder Sie beim Nachnamen nennen, Mrs oder Miss.«

»Oh. Verstehe. Nun ja, in dem Fall dann Miss Townsley, schätze ich.«

Nadine nickt. »Sagt Auf Wiedersehen zu Miss Townsley.«

Und die Kinder sagen wieder nichts, während Nadine mit ihnen loszieht, Vicky auf einen Küchenhocker plumpst und sich fragt, warum die Worte Miss Townsley ihr plötzlich das Gefühl geben, die älteste alte Jungfer auf der ganzen Welt zu sein.

»Wie ist sie so?«, fragt Suzy. Nadine hat das Handy eingeschaltet, sobald sie aus Ambers Ausfahrt herausfährt.

»Total unorganisiert. Und eine Schlampe. Ich kann gar nicht beschreiben, was sie anhatte, als wir da ankamen. Sie hat selig auf einer Luftmatratze im Swimmingpool geschlummert und hatte nichts am Leib außer ihrer schwarzlila Spitzenunterwäsche. Ist das nicht unglaublich?«

»Nicht wahr!« Suzy ist geschockt, möchte Details hören, findet es wunderbar, dass an Ambers Leben nicht alles so perfekt ist, wie es scheint. »Ich fass es nicht, dass Amber so ein Flittchen zu sich ins Haus lässt! Sie hat Reizwäsche im Pool getragen? Das ist ja ekelhaft! Meinst du, Richard ist vor ihr sicher?«

»Niemals«, sagt Nadine lachend. »Nicht, dass sie besonders umwerfend wäre, aber ich würde mich jedenfalls hüten, so eine mit meinem Mann allein zu lassen. Spinnst du? Es kann nur einen Grund geben, warum Amber so was machen würde, und zwar den, dass ihre Ehe den Bach runtergeht, meinst du nicht auch?«

»Absolut. Eine andere Frau ins Haus zu lassen, die sie einen ganzen Monat lang ersetzt! Ich meine, eine Woche lang oder für eine Fernsehshow oder etwas in der Art, da könnte man es noch verstehen, aber einen ganzen Monat! Das beweist doch nur, dass mit deren Ehe eindeutig etwas nicht stimmt.«

»Genau, und dabei tun sie nach außen immer so perfekt. Da sieht man mal wieder, dass man nie wissen kann, was sich hinter verschlossenen Türen für Dramen abspielen.«

»Also du meinst, sie wird, du weißt schon, Richard nachstellen?« Suzy ist atemlos vor Aufregung angesichts der neuen, unverhofften Klatschgeschichte. Als Amber von den anderen Frauen wegen des Tauschs ausgehorcht wurde, hatte sie mit keinem Sterbenswörtchen erwähnt, dass sie es tat, weil sie unglücklich war – nicht auszudenken, was geschähe, wenn diese Frauen erfuhren, dass ihr Leben nicht superperfekt war. Sie hatte nur gesagt, dass es sich um eine Art soziologisches Experiment handelte, dass eine Freundin von ihr bei einer britischen Zeitschrift arbeitete und sie gebeten hatte, mitzumachen, und sie neugierig war, ob sie sich immer noch als Singlemädchen durchschlagen könnte.

Es war das größte Geschenk, das sie dem Frauenklub machte, seit sie letztes Jahr ihr komplettes Tafelservice von Villeroy & Boch gespendet hatte.

Die Leitungen in Highfield waren tagelang heiß gelaufen, und just zu dem Zeitpunkt, als der Tratsch langsam abzuebben drohte, bekam er durch diese Sensationsmeldung wieder neuen Aufschwung. Das Mädchen, das Amber einfach nur als nettes Mädchen beschrieben hat, als alleinstehende Journalistin aus London, ist in Wirklichkeit eine Schlampe! Ein männermordender Vamp in schwarzer Reizwäsche, der schon in unzähligen Affären verheiratete Männer verschlissen hat! Sie hat Nadine mehr oder weniger anvertraut, dass sie in Ambers Bett schlafen wird! Und sie hat durchblicken lassen, dass sie Richard unglaublich gut aussehend findet! Was sagt man dazu – wo doch alle dachten, die beiden würden die ideale Ehe führen!

O je. Wer sagt, dass das Leben in den Vororten langweilig ist?

»So, Leute, wer will Pizza zum Abendbrot?« Vicky hat die Pizza schon in den Ofen geschoben und die Kinder aus dem Spielzimmer geholt. Lavinia ist wie vom Erdboden verschluckt.

»Ich mag keine Pizza«, sagt Gracie, die schmollend neben ihrem Stuhl steht.

»Und ich hatte schon zum Mittagessen Pizza«, sagt Jared. »Ich mag nicht noch mal Pizza. Ich mag was anderes.«

»Oh.« Scheiße. Was nun? Wäre sie zu Hause bei ihren Nichten und ihrem Neffen, würde sie sagen, gegessen wird, was auf den Tisch kommt. Oder Kate zitieren, die immer sagt, dass sie kein Restaurant betreibt, und Kate weiß, wovon sie spricht.

Polly und Sophie haben immer gern und alles gegessen, Luke hingegen ist das totale Mäkelpaket. Am Anfang hat sich Kate noch ein Bein für ihn ausgerissen und ihm Alternativen geboten, später dann waren die Mahlzeiten zu einer einzigen Aneinanderreihung von Bestechungen geworden. »Noch einen Happen, dann bekommst du ein Eis hinterher, noch zehn Bissen, und du darfst *Star Wars* gucken.«

Nach einer Weile war sie die ewigen Kämpfe leid. Sie versuchte es mit einer neuen Taktik: Wenn das Essen auf dem Tisch steht, liegt es bei ihnen. Wenn Luke nicht essen will, wird er nicht gezwungen, aber nachdem er den Tisch verlassen hat, bekommt er auch nichts anderes mehr.

Vicky hält Kate für ein Genie in Sachen Kindererziehung und versucht ihr in allem nachzueifern, wenn sie mit ihren Nichten und ihrem Neffen zusammen ist. Aber das hier sind nicht Kates Kinder. Und ihre sind es auch nicht, und sie ist hier nicht zu Hause, und mit einem Anflug von schlechtem Gewissen wird ihr klar, dass sie die Kinder hätte fragen müssen, bevor sie eine Pizza in den Ofen schob, weil sie dachte, damit könne sie nichts falsch machen.

»Okay, tut mir leid, Kinder«, sagt sie. »Worauf habt ihr Appetit?«

»Auf Hotdogs«, sagt Jared und steht auf, dicht gefolgt von Gracie, die verkündet, sie hätte gern ein gegrilltes Käsesandwich.

Zehn Minuten später sagt Jared, dass ihm das Würstchen nicht schmeckt, das Vicky in einem Topf mit kochendem Wasser heiß gemacht hat. »Mom tut Hotdogs immer in die Mikrowelle«, quengelt er. Komisch, denkt Vicky, so quengelig und schwierig hat sie ihn gar nicht in Erinnerung.

»Und ich mag das nicht«, sagt Gracie und schiebt ihr Käsesandwich weit von sich. »Mami macht es anders.«

Irgendwann bringt Vicky ein Abendbrot zustande, das die beiden zufriedenstellt. Allerdings besteht es aus Schokokeksen, Muffins und Eiscreme.

Um sechs gibt sie endlich auf und ruft Lavinia, damit sie ihr beim Baden der Kinder zur Hand gehen kann. Es ist jetzt elf Uhr nachts in England, sie hat einen verdammt langen Tag gehabt, und ihre Haut kribbelt und spannt entsetzlich nach ihrem ungewollten Nickerchen im Pool.

Um sieben ist Gracie im Bett, nachdem ihr Vicky dreimal *Ein Tiger kommt zum Tee* vorgelesen hat, ein Buch, das sie ihr aus London mitgebracht hat und das bei Gracie fantastisch ankommt.

Um halb acht hat Vicky endlich Jared von seinem Zuckerkick beruhigt und ins Bett gepackt, und sie kann sich gerade noch zum Elternschlafzimmer hochschleppen und den Koffer auspacken, als das Telefon klingelt.

»Hi, Vicky, Richard hier.«

»Oh, hallo!«

»Ich rufe nur an, um dir zu sagen, dass ich heute später komme. Es tut mir leid, ich dachte, wir könnten zusammen zu Abend essen und ich würde dir ein bisschen erzählen, wie hier alles funktioniert, aber ich sitze in einem Meeting fest und werde wahrscheinlich vor zehn nicht zu Hause sein. Wie war dein erster Tag?«

»Anstrengend«, sagt sie. »Und seltsam. Ich will bei allem, was ich tue, um Erlaubnis bitten, bis mir wieder einfällt, dass ich ja die Mutter und diejenige bin, die alles erlaubt oder verbietet. Und dann hab ich Nadine kennengelernt und bin im Swimmingpool eingeschlafen, und jetzt habe ich einen Sonnenbrand, und es war unsäglich peinlich …« Sie verstummt. Sie muss Richard ja nicht unbedingt erzählen, dass sie halb nackt in seinem Swimmingpool gelegen hat.

»Mach dir keine Sorgen. Ich freue mich, dass mal jemand außer den Kindern den Pool benutzt. Amber hatte mich so sehr gebeten, den Pool anzuschaffen, und jetzt hat sie nie Zeit, ihn zu benutzen. Du musst unheimlich vorsichtig mit der Sonne sein, sie ist stärker, als man denkt.«

»Vielen Dank. Das weiß ich jetzt auch. Die Kinder wollten, dass du ihnen noch mal Gute Nacht sagst.«

Richard seufzt. »Ich weiß. Das wollen sie immer. Ich werde nächste Woche ganz bestimmt früher zu Hause sein. Bist du noch auf, wenn ich heimkomme?«

»Ich bezweifle es. Ich kann gerade noch mit Mühe die Augen aufhalten. Ich glaube, ich geh jetzt ab in die Falle.«

»In die Falle?«

»Ins Bett.«

»Ah. Okay. Also, dann seh ich dich morgen früh. Schlaf schön.«

»Danke, Richard. Bis morgen früh.« Und als Vicky den Hörer auflegt, wird ihr klar, dass sie zum ersten Mal im Leben wie eine Ehefrau geklungen hat und sich auch so vorkam, und plötzlich ist sie sich gar nicht mehr so sicher, ob das Ganze wirklich eine so tolle Sache ist.

Kapitel 22

Ich komme mir dermaßen touristisch vor, denkt Amber, als sie auf dem Weg zu den Büroräumen von *Poise!* auf der South Audley Street den Gloucester Place überquert.

So viele Menschen in den verschiedensten Formen und Größen, die alle eilig ihren jeweiligen Arbeitsplatz ansteuern. Amber wird bewusst, dass es Jahre her ist, seit auch sie zu diesen Werktätigen gehörte, eine von Tausenden Büroarbeitern war, die mit einem Pappbecher Kaffee in der Hand in die Firma hetzen. Jahre. Ewigkeiten. Als Ehe und Kinder Dinge waren, die noch Äonen entfernt zu sein schienen.

Ob man mir anmerkt, dass ich nicht echt bin?, fragt sich Amber, die am liebsten vor jedem Laden stehen bleiben und sich die Auslagen ansehen würde. Aber sie möchte nicht als das erscheinen, was sie ist – als Touristin, die so tut, als sei sie in London zu Hause.

Sie hat sich für ihren ersten Arbeitstag viel Mühe mit ihrem Aussehen gegeben. Obwohl sie sich unmittelbar in Vickys Boho-Garderobe verliebt hat, ist es dann doch etwas anderes, diese Sachen auch zu tragen. Außerdem stellte sich bei näherer Prüfung heraus, dass die Kleider in Vickys Schrank offenbar in vier Größen daherkommen. Wenn sie einen Rock anprobierte, ließ sich nie vorhersagen, ob er wie angegossen passte oder ihr gleich wieder bis zu den Knöcheln runterrutschte.

Vickys Gewicht ist eindeutig nicht konstant – so wie es aussieht, rangiert sie zwischen Größe 36 und 42, und da Amber eher zu 34 als 36 tendiert, kommen drei Viertel der Sachen in Vickys Kleiderschrank schon einmal nicht für sie infrage.

Zum Glück haben sie dieselbe Schuhgröße, und heute früh hat Amber einen gelben Seidenpulli mit einem bestickten schokoladenbraunen Rock, Slippern mit Goldperlen und einem gelben Mantel kombiniert, den Vicky bei einer Verkaufsshow von Designerklamotten erstanden und nicht einmal getragen hat, bevor sie ihn in die hinterste Ecke ihres Schranks stopfte und sofort wieder vergaß.

Amber bewundert sich in einem Schaufenster. Sie sieht perfekt aus. Hip, schick, und auf gar keinen Fall wie eine Vorortsmutter von zwei Kindern. Mit Vickys Gucci-Sonnenbrille auf der Nase fühlt sie sich wie der Inbegriff einer Leiterin des Features-Ressorts bei *Poise!* – Modeikone für Tausende von Frauen im ganzen Land.

Amber weiß natürlich nicht, dass Vicky den Mantel in einem Panikanfall gekauft hat und Knallgelb in London eine Unfarbe ist. Sie weiß auch nicht, dass der Rock von H & M stammt und von jeder zweiten Frau unter sechsundzwanzig in London gekauft wurde, und nur von ganz wenigen über Fünfunddreißigjährigen, darunter Vicky.

Nicht ganz der Trendsetter, wie sie vielleicht glaubt.

Trotzdem spürt und genießt sie die anerkennenden Blicke der britischen Männer. Mein Gott, denkt sie, und ein Lächeln huscht über ihr Gesicht, ich bin immer noch attraktiv! Wer hätte das gedacht? Denn zu Hause in Highfield gibt es keine Männer, die ihr anerkennende Blicke zuwerfen könnten, selbst wenn sie wollten. Morgens um diese Uhrzeit haben die Männer bereits den Pendlerzug in die City genommen und sitzen am Schreibtisch. Wieder zu Hause in Highfield, sind sie viel zu sehr mit Frau und Kindern beschäftigt, um sich noch die Zeit zu nehmen, anderen Frauen hinterherzusehen. Wer interessiert sich außerdem für verheiratete Frauen?

Aber Amber ist heute keine Ehefrau! Zugegeben, das Wochenende war nicht das beste gewesen – selbst auf der Marylebone High Street kann man nicht endlos einkaufen, um das Heimweh im Keim zu ersticken, das sie plötzlich erwischte hatte. Es ist das erste Wochenende, das Amber je ohne ihre Kinder verbracht hat.

Sonnabend war herrlich. Sie hatte bis mittags geschlafen – welch Luxus, endlich wieder ausschlafen zu dürfen! –, hatte sich in einem Straßencafé ein Croissant und einen Kaffee bestellt, war dann den größten Teil des Nachmittags herumgeschlendert und hatte sich die Auslagen der Schaufenster angesehen.

Den Samstagabend hatte sie zu Hause vor dem Fernseher verbracht, gestaunt darüber, wie groß die Unterschiede zum amerikanischen Fernsehen waren, leicht entsetzt über die Sprache – war es wirklich erlaubt, ununterbrochen das böse F-Wort im normalen Fernsehen zu sagen? – und den Sex, der anscheinend auf allen Kanälen lief.

Sonntag gegen Mittag dann holte die Realität sie ein. Immer noch müde von ihrem Jetlag und einsam noch dazu, saß Amber eine Weile auf Vickys Bett und schaute sich Fotos von Richard und den Kindern an, und dann vergoss sie ein paar Tränen.

»Ich weiß nicht, ob ich das einen Monat lang schaffe«, flüsterte sie und streichelte Gracies Gesicht auf dem Bild.

»Was habe ich mir bloß dabei gedacht?« Dann stand sie auf, griff sich die Notizen, die Vicky ihr auf der Arbeitsplatte hinterlassen hatte, und rief Kate an.

»Amber! Hallo!« Kates Stimme klang herzlich und freundlich, und Amber wusste sofort, dass sie sie mochte, dass sie sich gut verstehen würden. »Willkommen in England, oder sollte ich besser sagen, willkommen in Vickys Welt!« Sie kicherte. »Wie kommst du zurecht?«

»Möchtest du die Wahrheit hören oder das, was ich eigentlich sagen müsste?«

»Wie wär's mit beidem? Fang mit dem an, was du eigentlich sagen müsstest, und dann sag mir die Wahrheit.«

»Na ja, also gestern war es herrlich, einfach so viel Zeit für mich allein zu haben. Ich habe ausgeschlafen, bin einkaufen gegangen, musste an niemanden denken als an mich selbst, was ich seit Jahren nicht mehr kenne. Ich habe ferngesehen, ohne mich darum kümmern zu müssen, dass andere ihr Abendessen bekommen, ohne dass ein Mann ständig grantelt, weil er Realityshows nicht ausstehen kann, und ich habe im Bett gesessen und gelesen und Schokoladenkekse gegessen und alles vollgekrümelt, und keiner war da, der sich darüber beschwert hat – außer Eartha, und die war ausgesprochen glücklich.«

»Klingt himmlisch«, stöhnte Kate.

»War es auch. Und heute fehlen mir die Kinder, und mir fehlt mein Mann. Ich bin ständig den Tränen nahe und fühle mich wahnsinnig einsam. Und ich weiß nicht mal, warum ich dir das alles erzähle, wo ich dich nicht einmal kenne, und es tut mir leid, aber ich weiß nicht, welcher Teufel mich geritten hat, als ich mich auf diese Sache eingelassen habe, und das ist erst der zweite Tag. Wie soll ich einen ganzen Monat überstehen?«

»Du armes Ding! Ich würde sagen, komm uns sofort besuchen, aber bis du hier wärst, müsstest du schon wieder losfahren, aber ich kann es dir gut nachfühlen. Ich hab Vicky immer damit aufgezogen, dass ich auf der Stelle mit ihr tauschen würde, aber ich verstehe genau, was du meinst. Du willst zwar tauschen, aber nur für einen Tag oder so, nur um wieder zu wissen, wer du eigentlich warst, bevor du geheiratet und Kinder bekommen hast.«

»Ganz genau! Ich hatte einfach das Gefühl, mich selbst zu verlieren, und jetzt geht's mir irgendwie so, dass ich denke, okay, Leute, ich weiß es wieder, aber vielen Dank auch, ich will jetzt in mein eigenes Leben zurück.«

Kate lachte. »Die Sache ist nur, dass es eine einmalige Chance ist. Vicky hat mir erzählt, du hattest das Gefühl, dein Leben sei festgefahren, darum könntest du die Zeit vielleicht nutzen und dir überlegen, was du machen willst, was dir vorschwebt.«

»Ich weiß, du hast recht, aber im Moment habe ich nur Angst. Ich weiß wirklich nicht, was ich mir dabei gedacht habe.«

»Amber, nichts geschieht ohne Grund. Vicky hat aus irgendeinem Grund dich ausgesucht, jetzt musst du nur herauskriegen, aus welchem. Bis dahin mach ein paar Anrufe. Melde dich bei ein paar Leuten aus Vickys Leben, ruf ihre Freunde an und verabrede dich mit ihnen. Wenn du keine Pläne machst, werden dir die vier Wochen nicht nur vorkommen wie vier Jahre, du wirst auch nichts erreicht haben, und du sollst doch eigentlich Vickys Leben leben, oder? In ihre Fußstapfen treten.«

»Du hast recht, du hast vollkommen recht. Ich mach das. Ich werde gleich ein paar Leute anrufen.«

»Und nächstes Wochenende möchte ich, dass du zu uns

aufs Land kommst. Vicky ist ständig hier, und du kannst meine Bande bemuttern, während ich mich ein Stündchen hinlege. Wie klingt das?«

»Perfekt!« Amber hatte gelacht, und als sie den Hörer auflegte, wusste sie, dass sie eine neue Freundin hatte.

Am Sonntagabend ging es ihr dann schon ein bisschen besser. Sie hatte sich für Dienstag mit Deborah und Dick zum Essen verabredet, und am Donnerstag wollte sie mit Jackie in eine Vorpremiere gehen. Sie hatte noch bei ein paar anderen Leuten eine Nachricht hinterlassen, und als sie ins Bett ging, hatte sie das Gefühl, allmählich doch noch das Licht am Ende des Tunnels zu sehen.

Und jetzt ist sie da. Sie steht vor dem Bürohaus von *Poise!*, stößt die Schwingtüren auf und nennt dem Mann am Empfang ihren Namen, worauf er sie bittet, noch einen Moment auf einem der modernen lila Sofas in der Lobby Platz zu nehmen.

Kurz darauf schickt er sie hinauf in den sechsten Stock, und als der Fahrstuhl nach oben saust, hat Amber das Gefühl, ihr Herz am Empfang liegen gelassen zu haben. Ihre Nerven liegen blank, und vor lauter Aufregung wird ihr hundeelend. Dann gehen die Türen auf, und sie blickt in das freundliche Gesicht von Ruth.

»Du bist Amber, stimmt's?«, sagt Ruth und schüttelt ihr herzlich die Hand. »Komm, wir holen dir erst mal eine Tasse Tee, und dann stell ich dich allen vor. Wir freuen uns so sehr, dass du bei uns bist, wir sind hier alle hoffnungslose Fans von *Desperate Housewives*, und Vicky hat erzählt, dass es bei dir zu Hause genauso aussieht, also sind wir ganz wild auf Einzelheiten.«

»Oh.« Amber hatte im Scherz gesagt, sie könnte gut eine von den *Desperate Housewives* sein. Sie hat nicht damit gerechnet, dass man das ernst nehmen würde. Andererseits, wer sonst würde sich auf eine Anzeige mit dem Angebot melden, sein Leben mit einer anderen zu tauschen? Wer sonst würde seinen heiß geliebten Mann und seine ebenso heiß geliebten Kinder ganze vier Wochen zurücklassen, um noch einmal ein Single sein zu können? Doch nur eine »verzweifelte Hausfrau«. Und mit einem resignierten Seufzer folgt sie Ruth in die Küche, wo die unvermeidliche Tasse Tee auf sie wartete.

Als Amber zur Toilette geht, kommt Leona in die Küche gerannt. »Ist sie da? Wie sieht sie aus? Was meinst du? Eher wie Brittany Johnson? Oder Bree? Vicky hat gesagt, sie ist eher der Typ Bree, aber mit Beinen von Brittany Johnson. Stimmt das?«

»Pst. Sie scheint richtig nett zu sein, und sie ist gleich wieder da. Aussehen tut sie allerdings wie eine Banane.«

»Wie bitte?«

»Im Ernst. Wie eine Banane. Sie trägt Knallgelb und Braun. Ich kriege Hunger nur beim Hinschauen.«

»Hey, sei nicht so gemein zu der Ärmsten. Sie ist gerade erst angekommen. Außerdem – war's nicht so, dass sie Vickys Sachen tragen muss? Vicky hat nichts in Knallgelb.«

Amber kommt um die Ecke, und Ruth stellt ihr Leona vor.

»Was immer du brauchst, frag einfach«, sagt Leona. »Wir teilen uns einen Schreibtisch und werden sehr eng zusammenarbeiten, darum werde ich dir bei allem unter die Arme greifen. Ich muss nur kurz zur Chefredakteurin, aber danach zeig ich dir alles.«

»Wie ist sie?« Janelle spinxt durch die Jalousie neben ihrer Bürotür, als Leona hereinkommt.

»Macht einen netten Eindruck. Sieht aus wie eine Banane.«

»Schatz, was um Himmels willen soll das heißen?«

»Ich meine, sie sieht aus wie eine Banane. Sie trägt ein unheimlich haarsträubendes Gelb. Man sucht nach seiner Sonnenbrille.«

»Aber ist sie eine *Desperate Houswewife*?«

»Ich würde sagen, verzweifelter als in so einem Gelb kann man gar nicht sein.«

»Oh, da ist sie ja!« Janelle klatscht in die Hände, als sie sieht, wie Ruth mit Amber die Runde macht. »Was für eine tolle Farbe. Wie kommt es, dass nur Amerikanerinnen diese herrlichen Bonbonfarben tragen können? Rasend schick«, sagt sie nachdenklich. »Und das perfekte Mittel gegen einen trüben Wintertag. Wo ist Stella? Bist du ein Schatz und holst mir Stella? Mir schwebt für Weihnachten Obstschale vor. Orange, gelb und lila. Fantastisch! Und bring doch bitte Amber herein, damit ich ihr Guten Tag sagen kann.« Janelle sieht voller Bewunderung Amber hinterher, die allen die Hand schüttelt und denen zuwinkt, die an weiter entfernten Schreibtischen sitzen, und Leona schlüpft wieder aus dem Büro.

»Und?« Ruth hat sowohl Amber als auch Stella bei einer verzückten Janelle abgeliefert. Leona sieht sie fragend an.

»Und was?«, fragt Ruth zurück.

»Na ja. Janelle hat offensichtlich mal wieder einen neuen Schwarm.« Leona verdreht die Augen. »Sie hat ihr praktisch die Füße geküsst.«

»Zugegeben, sie ist sehr hübsch, aber ich finde nach wie vor, sie sieht aus wie eine Banane.«

»Dann gewöhn dich besser dran. Janelle hat beschlossen, dass Bananen, Apfelsinen und Pflaumen in die Weihnachtsausgabe kommen.«

»Wovon redest du eigentlich?«

»Guck doch«, Leona zeigt auf Janelles Büro, wo Janelle sichtlich begeistert herumgestikuliert, auf Ambers Pulli zeigt, während Stella nickt und ein paar eigene Ideen beisteuert.

Janelles Tür geht auf, und Ruth und Leona stecken sofort die Köpfe zusammen, tun so, als seien sie furchtbar beschäftigt.

»... und du musst unbedingt einmal zu Stephen und mir zum Essen kommen«, sagt Janelle. »Wir laden ein paar Freunde dazu ein, machen dich mit wunderbaren Leuten bekannt. Und wenn du irgendwas brauchst, klopf einfach an, ansonsten werden sich die Mädchen um dich kümmern, nicht wahr, Mädchen?« Und die stellvertretende Chefredakteurin, die Celebrity- und Gesundheits-Redakteurinnen schauen alle auf, alles gestandene Frauen in den Dreißigern und Vierzigern, alles verheiratete Frauen mit Kindern, alle dazu verdonnert, für ihre Chefredakteurin ewig »die Mädchen« zu sein. »Natürlich«, sagen sie wie aus einem Munde. »Gern.«

»Ich dachte, sie soll Vickys Leben leben?«, flüstert Ruth, als Amber hinausgeht, um sich einen Kaffee zu holen.

»Tut sie doch. Wieso?«

»Wann hat Janelle zum letzten Mal eine Dinnerparty zu Ehren von Vicky geschmissen?«

»Schätzchen«, sagt Leona in einer täuschend ähnlichen Nachahmung von Janelles Singsang, »wäre Vicky eine Winslow, würden Stephen und ich sie ständig zum Dinner bei uns haben. Nimm's nicht persönlich, Schatz, aber sie ist uns fast ebenbürtig, und wäre sie keine Amerikanerin, könnte ich sogar erwägen, mit ihr befreundet zu sein.«

»Na, das wird auf jeden Fall interessant«, sagt Ruth. »Und was soll sie jetzt eigentlich machen, solange sie hier ist?«

»Verdammt gute Frage«, sagt Leona. »Ich habe keinen blassen Schimmer.«

Amber ist keine junge Praktikantin und kann auch nicht so behandelt werden; sie die Zeitungsausschnitte sortieren oder Sandwiches holen zu lassen kommt also nicht infrage. Sie ist keine Journalistin, daher kann man sie nicht bitten, Beiträge für die nächste Ausgabe zu schreiben. Sie ist eine selbstbewusste, erschreckend gut aussehende amerikanische Hausfrau und Mutter und stellt als solche ein kleines Problem dar.

Denn es war ja von Anfang an nicht vorgesehen, dass Amber Vickys Platz auch in der Arbeit einnehmen sollte. Wie soll auch eine blutige Anfängerin einfach hereinspazieren und die Leiterin des Features-Ressorts ersetzen, wenn sie vom Journalismus keine Ahnung hat? Natürlich gibt es ein paar Dinge, die Amber machen könnte, aber nichts davon läge in Vickys Aufgabenbereich.

Sie kann an den Redaktionskonferenzen mit Janelle teilnehmen, obwohl jede der Anwesenden weiß, dass es mehr der Höflichkeit als der Hoffnung geschuldet ist, sie könne etwas Wesentliches beisteuern. Man könnte sie eventuell mit kleinen editorischen Texten betrauen, obwohl Vicky schon seit Jahren keine mehr schreibt.

Vielleicht könnte sie die Tausende von ungefragt eingesandten Hintergrundstorys durchsehen, die jeden Tag auf dem Schreibtisch der Features-Chefin landen, und wer weiß, unerfahren, wie sie ist, macht sie sich ja vielleicht die Mühe, ein paar von ihnen zu lesen, bevor sie sie in den Papierkorb wirft.

Sie wollen auf keinen Fall, dass sie herumsitzt und sich langweilt, und schließlich ist es Leona, die die perfekte Lösung findet. »Sie soll eine Story recherchieren!«, sagt sie. »Auf diese Weise braucht sie nicht im Büro zu hocken, und es ist etwas, das auch Vicky vielleicht mal alle Jubeljahre macht –«

»Quatsch!«, unterbricht Ruth sie. »Vicky geht nur dann recherchieren, wenn sie es in Luxusferienanlagen in Thailand tun kann.«

»Na schön, stimmt auch wieder, aber warum schicken wie sie nicht auf eine Pressetour? Wenn sie sich nicht ausdrücken kann, schreiben wir es eben um. Jetzt müssen wir nur noch ein Thema finden und sie darauf ansetzen; Ruth, sieh doch bitte mal die Pressemitteilungen durch, die in der letzten Woche hier angekommen sind, und such alles raus, was irgendwie interessant klingt, und leg es mir auf den Schreibtisch.«

»Was soll ich in der Zwischenzeit mit Amber machen?«

»O Gott«, stöhnt Leona. »Ach, ich hab's! Wir machen doch diese Story, dass Frauen sich Zeit für sich nehmen sollen, wenn ihnen die Kinder über den Kopf wachsen. Ich frage sie, ob sie uns einen Kasten mit zehn Dingen schreibt, die Frauen Luft zum Atmen geben. Sie ist Mutter. Ich bin sicher, sie kann das. Und diese Pressemitteilungen bitte noch heute Nachmittag.«

Amber hat seit etwa fünfzehn Jahren außer Einkaufslisten und Weihnachtskarten nichts Richtiges mehr geschrieben – nicht seit ihrer Collegezeit. Sie verbringt den Vormittag damit, britische Zeitungen und Magazine zu lesen, um sich mit ihnen vertraut zu machen, holt sich ein Sandwich von Pret à Manger, das sie zusammen mit den anderen Mädchen an ihrem Schreibtisch isst, dann verbringt sie den Nachmittag damit, sich den Kopf über Dinge zu zerbrechen, die Frauen Luft zum Atmen geben.

Um sechs stellt sie fest, dass sie den ganzen Tag nicht an Jared, Gracie oder Richard gedacht hat. Sie hat sich an dem Geplänkel beteiligt, das zwischen den Schreibtischen hin und her geht, dabei auch die vielen Fragen über ihr Leben in Amerika beantwortet, und zum ersten Mal seit Jahren hat sie das Gefühl, tatsächlich mal ihren Grips benutzt zu haben.

Um sechs kommt Leona und gratuliert ihr.

»Ich hab gerade deinen Text gelesen, und er ist perfekt!«, sagt sie. Und sie meint es ernst. »Wir bringen ihn so, wie er ist. Wie es aussieht, sollten wir dir mehr Sachen zum Schreiben geben.«

»Wirklich?« Amber ist hocherfreut. Und überrascht.

»Wirklich. Offensichtlich bist du ein Naturtalent. Hör mal, ich muss gleich los zu einem Screening im Charlotte Street Hotel. Hättest du Lust mitzukommen?«

»Furchtbar gern«, sagt Amber, »aber ich bin total müde. Ginge auch ein andermal?«

»Natürlich«, sagt Leona. »Am Donnerstag ist wieder eins in Soho. Wie klingt das?«

»Da geh ich schon mit Jackie aus«, sagt Amber.

»Herrje!« Leona lacht. »Du bist schon ausgebucht, was? Pass auf, wie wär's mit morgen, Lunch? Lass uns in ein nettes Lokal gehen.«

»Wunderbar!«, sagt Amber. »Schon notiert.« Und als Amber im Fahrstuhl nach unten fährt, an Selfridges vorbei nach Hause läuft, eine Abkürzung durch die Hinde Street nimmt, stellt sie fest, dass sie die ganze Zeit am Strahlen ist.

Vielleicht war das Ganze doch kein Fehler.

Kapitel 23

»Aua!«

Richard schaut auf und verzieht mitfühlend das Gesicht, als er Vicky vorsichtig in die Küche staksen sieht. Sie bemüht sich sichtlich, zu vermeiden, dass ihre Schenkel aneinanderreiben oder die Arme ihren Körper berühren.

»Ich weiß.« Vicky ringt sich ein Lächeln ab, obwohl es bewirkt, dass sich ihre Gesichtshaut spannt und höllisch heiß wird. »Ich hab's wohl gestern ein bisschen übertrieben.«

»O Gott«, Richard springt auf und geht zum Medizinschränkchen auf der anderen Seite der Küche. »Du solltest lieber gleich was drauftun. Ich glaube, das hier wird dir helfen«, und er reicht ihr eine Flasche Galmeilotion.

»Vicky?« Gracie hat Vicky die ganze Zeit unentwegt angestarrt.

»Ja, Schatz?« Vicky hört auf, die Flasche zu schütteln, und sieht Gracie an.

»Warum hat dein Gesicht die Farbe von meinen Socken?« Und sie streckt die Beine aus, um ihre lila Söckchen zu präsentieren.

»Das ist nicht die Farbe von deinen Socken, Dummkopf«, mischt sich Jared ein, »deine Socken sind lila, und Vickys Gesicht ist rot. Rot wie … die Feuerwehr.«

»Nein!« Gracies Stimme klettert empört eine Oktave höher. »Genau wie meine Socken!«

»Oh, das hoffe ich wirklich nicht, mein Schatz, denn das wäre richtig gruselig«, sagt Vicky und beugt sich zu Gracie hinunter und drückt sie, obwohl es ihr wehtut. »Aber das passiert nun mal, wenn man sich nicht ordentlich mit Sonnencreme einreibt.«

»Also ist das ein Sonnenbrand?«, fragt Jared neugierig.

»Das ist nicht nur ein Sonnenbrand«, sagt Vicky mit einem erleichterten Seufzen, als sie die wohltuende weiße Flüssigkeit auf ihrem Gesicht verteilt, während ihr die Kinder fasziniert zusehen. »Das ist praktisch ein Sonnenbraten. Und ich bin nicht mehr Vicky, ich bin eine gegrillte Vicky. Und es ist sehr, sehr schmerzhaft.«

Richard schüttelt den Kopf. »Ich kann immer noch nicht glauben, dass du dich nicht eingecremt hast. Es waren sechsunddreißig Grad gestern.«

»Na ja, ich hatte auch nicht vor, auf der Luftmatratze im Swimmingpool einzuschlafen, und zweitens dachte ich, dass meine Haut mehr aushält. Du redest immerhin mit einer, die sich früher beim Sonnenbaden im Garten mit Olivenöl eingeschmiert hat.«

»Olivenöl?« Richard verschluckt sich fast an seinem Kaffee vor Lachen. »Das ist klingt ja total gefährlich. Und du musst entsetzlich gestunken haben.«

»Hast du eine Ahnung! Ich habe köstlich geduftet. Dazu eine Prise Salz, ein bisschen Pfeffer, ein paar Tröpfchen Zitrone – ich war zum Anbeißen.«

»Konnte man dich wirklich anbeißen?«, fragt Jared ernst, Jared, der jetzt in einem Alter ist, wo er alles aufschnappt. Selbst wenn es den Anschein hat, als sei er völlig vom Fernsehen absorbiert, wird er immer noch jedes Fitzchelchen eines interessanten Erwachsenengesprächs im Nebenzimmer hören, um dann im unpassendsten Augenblick die unpassendsten Fragen zu stellen.

»Nein, Jared«, sagt Richard, »das ist nur eine Redewendung. Aber im Ernst, Vicky, hast du dich mit dem Olivenöl nicht wahnsinnig verbrannt?«

»Nein«, sagt sie achselzuckend. »Meine Haut bekam davon einen herrlich goldenbraunen Farbton, aber vermutlich lag es auch daran, dass die englische Sonne nicht so stark brennt. Ich hab mich ja sogar auf einem großen Bogen Alufolie gesonnt.«

Richard muss wieder lachen. »Und ich dachte, du machst Witze, als du von einer gegrillten Vicky gesprochen hast.«

»Dad?« Jared tippt ihn auf den Arm. »Was ist eine Redewendung? Wenn man eine Rede umdreht?«

»Nein, Jar, das ist nur eine Art, wie man etwas sagt, sodass ...«, er stockt und verdreht die Augen Richtung Vicky. »Es ist kompliziert, Jar. Ich erkläre es dir, wenn du ein bisschen älter bist. Vicky, da drüben steht Kaffee, und weil heute Sonnabend ist, habe ich arme Ritter und Rührei gemacht. Bedien dich einfach.«

Und Vicky bedient sich, setzt sich mit einem riesigen Teller voller armer Ritter, Speck, Rührei und Ahornsirup an den Tisch und liest die *New York Times*, während Richard den Finanzteil liest und Gracie und Jared ins Wohnzimmer rennen, um sich eine Kindersendung im Frühstücksfernsehen anzusehen.

An das hier, denkt Vicky, als sie ihren Kaffee trinkt und einen verstohlenen Blick auf Richard wirft, der heute ein Polohemd und Kakishorts trägt, *an das hier* könnte ich mich gewöhnen. Ach, hör auf, ermahnt sie sich. Das Letzte, was du jetzt gebrauchen kannst, ist, auf den Mann einer anderen scharf zu sein. Und außerdem ist sie gar nicht speziell auf Richard scharf, stellt sie fest. Sondern auf das ganze Programm: an einem Samstagmorgen arme Ritter und frischen Kaffee von einem gut aussehenden Mann serviert zu bekommen, mit ihm an einem schönen antiken Tisch neben der großen Terrassentür zu sitzen, während das Sonnenlicht in den Raum fällt und sich in den Orangensaftgläsern fängt, schweigend und in friedlicher Eintracht mit einem anderen Menschen die Zeitung zu lesen, jeder für sich und trotzdem zusammen.

Genau das möchte ich mit Jamie Donnelly haben, denkt sie. So stelle ich mir das Leben mit ihm vor, dieses Gefühl will ich mit ihm, obwohl es schwer ist, wenn sie sich immer nur spätabends sehen, wenn alles noch im Anfangsstadium ist, wenn nach wie vor Leidenschaft die treibende Kraft in ihrer Beziehung ist.

Vicky hätte gern einen Knopf, auf den sie drücken könnte, um ihre Beziehung mit Jamie Donnelly genau an den Punkt vorzuspulen, den sie gerade erlebt, aber sie versucht, dem Impuls zu widerstehen. Sie hat ihn schon zu oft verspürt und sich damit nichts als Probleme eingehandelt. Man kann ihr ohnehin nicht vorwerfen, die Dinge langsam anzugehen, und jedes Mal, wenn Vicky meint, diesmal endlich Mr Right kennengelernt zu haben, stürzt sie sich Hals über Kopf in die Beziehung, die stets demselben Muster folgt: Die Männer lernen sie kennen, verlieben sich unsterblich in sie, weil sie glauben, dass sie so ist, wie sie scheint – unabhängig, witzig, leicht distanziert. Sobald sie ihr vollkommen verfallen sind, glaubt Vicky, sich von ihrer wahren Seite zeigen zu können, und wird zärtlich, zutraulich, abhängig. In der Überzeugung, dass es diesmal die wahre Liebe ist, macht sie Andeutungen über ihre Pläne für die Zukunft, erzählt von ihrem Kinderwunsch und dass sie mit einem Haufen Haustieren auf dem Land leben will. Sie hört auf, abends mit ihnen essen zu gehen, und fängt stattdessen an, für sie zu kochen, zu beweisen, was für eine tolle Ehefrau sie abgeben würde.

Und wenn ihre Wäsche gewaschen werden muss, das Gästezimmer aufgeräumt oder ein Brief zur Post gebracht werden muss, wird Vicky auch das erledigen, alles für die Liebe und ihre gemeinsame Zukunft.

Manchmal dauert es drei Wochen, manchmal drei Monate, nur selten länger, aber irgendwann suchen sie alle das Weite, immer mit der Begründung, sie seien noch nicht bereit für das, was Vicky vorschwebt. Sie hätten gedacht, dass ihr Verhältnis ausgeglichen sei, aber Vicky erwarte offenbar viel mehr, als sie geben können. Und dann ist Vicky wieder allein, überzeugt, dass sie irgendwas falsch gemacht hat, überzeugt, dass sie ihren Mr Right nie finden wird.

Aber wenn sie ihren Mr Right nun doch finden würde, wenn sogar Jamie Donnelly ihr Mr Right wäre, dann würde sie so und nicht anders ihre Samstagvormittage mit ihm verbringen wollen. Ruhig beieinandersitzen und Zeitung lesen, wobei gelegentlich einer dem anderen etwas Interessantes oder Lustiges vorliest, anschließend mit den Kindern irgendwo essen gehen, dann vielleicht im Park oder auf der Heide ein Spaziergang mit dem Hund.

Richard spürt, dass Vicky ihn ansieht, und schaut auf. »Ich bin unhöflich, was?«, sagt er und legt die Zeitung zur Seite. »Entschuldige. Ich weiß nur nicht genau, wie ich mich verhalten soll. Amber hat mir andauernd gesagt, ich soll dich behandeln wie sie, was natürlich völliger Quatsch ist und außerdem unmöglich, da ich dich ja kaum kenne. Also bin ich hin und her gerissen, ob ich höflich und aufmerksam sein und dir genau erklären soll, wie unser Leben aussieht, oder ob ich einfach mache, was ich normalerweise an einem Samstagvormittag tue, nämlich nur hier sitzen. Aber jetzt sehe ich, dass es völlig ungehobelt ist und du sicherlich eine Menge Fragen hast. Also schieß los. Frag mich, was du willst.«

»Hey!« Vicky lacht und hebt die Hände. »Ich hab gar keine Fragen. Ich dachte nur, wie merkwürdig dieses ganze … Experiment ist. Ich hätte nie geglaubt, dass ich wirklich erfahren würde, wie es ist, verheiratet zu sein und Kinder zu haben, aber eben, als ich dich ansah, wie du dasitzt und Zeitung liest, dachte ich, jetzt weiß ich genau, wie es sich anfühlt, und das hätte ich nicht erwartet, und schon gar nicht gleich am ersten Tag.«

»Und, wie fühlt es sich deiner Meinung nach an?«

»Im Moment sehr angenehm. Entspannt. Gemütlich. Herrlich, dass du dasitzt und Zeitung liest und nicht meinst, du müsstest mich unterhalten. Genau so sollte es sein, nur hätte ich nicht gedacht, dass dir das so schnell gelingt.«

»Du meinst, so schnell schon unhöflich zu sein«, grinst Richard.

»Genau!«, lacht Vicky.

»Na ja, ich verstehe, was du damit meinst, aber das hier ist kein typischer Samstagvormittag.«

»Ach nein? Wieso nicht?«

»Erstens benehmen sich die Kinder vorbildlich, weil du da bist, aber da warten wir mal ab, wie lange das anhält. Zweitens ist Fernsehen am Sonnabendvormittag nur ganz selten erlaubt. Amber will nicht, dass sie fernsehen, und sie erlaubt es meistens nur dann, wenn nichts mehr geht, darum langweilen sie sich um diese Zeit schon und quengeln, dass wir endlich etwas mit ihnen unternehmen sollen. Außerdem sind wir selten so gut organisiert. Mein Geständnis des Tages ist, dass ich dir zu Ehren das Frühstück schon gestern Abend vorbereitet habe, darum war heute früh nicht mehr viel zu tun. Normalerweise rennen Amber und ich hin und her und machen Frühstück für die Kinder, holen Getränke, bereiten etwas für uns selber zu und schlichten die ganze Zeit Streitigkeiten zwischen Jared und Gracie. Glaube mir, heute fühlt es sich an wie ein Ferientag.«

»Vielleicht zeigt dir ja der Lebenstausch, wie man das anders angehen könnte?«, sagt eine grinsende Vicky.

»Wie denn?«

»Na ja, vielleicht lernt ihr dabei, die Dinge ein bisschen besser zu organisieren«, sagt sie lachend, aber Richard schüttelt den Kopf.

»Ein schöner Vorsatz, aber ich kann mir nicht vorstellen, dass Amber und ich uns dauerhaft daran halten.«

»Und, was steht für den Rest des Tages auf dem Programm?«

»Ich dachte, wir könnten nach Weston auf den Bauernmarkt fahren. Es ist ja viel einfacher, Obst und Gemüse im Supermarkt zu kaufen, aber der Bauernmarkt ist ein echtes Erlebnis. Ich dachte, wir grillen heute Abend, da können wir alles, was wir für den Salat brauchen, auf dem Markt besorgen. Außerdem bekommst du dann einen echten Bauernmarkt zu sehen.«

»Klingt perfekt!«

»Wir können mittags mit den Kindern irgendwo was essen und eine Weile dableiben. Um vier bringe ich Jared dann zu seinem Spiel der Little League, und du bist herzlich eingeladen, mitzukommen, du kannst aber auch hierbleiben und mit Gracie schwimmen.«

Vicky zeigt auf sich. »Ich glaube, das Letzte, was ich heute machen werde, ist Baden«, sagt sie lachend.

»Du könntest einen Wetsuit tragen«, sagt Richard.

»Aua! Schon der Gedanke tut weh, einen Wetsuit über meine arme geschundene Haut zu streifen. Kommt nicht infrage. Ich werde mich heute bedecken und vom Pool fernhalten.«

»Okay. Also gib mir zwanzig Minuten, ich mach noch einen Anruf, und dann fahren wir los.«

»Super«, sagt Vicky, als Richard aufsteht und nach oben geht. Mist, denkt sie. Ich wünschte, mir wäre nicht aufgefallen, was für tolle Beine er hat.

Sie fahren zum Bauernmarkt und kaufen körbeweise Tomaten, Gurken, Salat und Zwiebeln ein, die am Morgen geerntet wurden. Sie kaufen frischen Honig und Blumen und selbst gemachten, klebrigen Nusskuchen, den sie mit süßer Limonade herunterspülen.

Jeder, dem sie auf dem Markt begegnen, macht eine Bemerkung über Vickys Hautfarbe. »Wow, das sieht böse aus«, sagen sie, einer wie der andere, und alle sind neugierig, wie jemand so nachlässig sein kann, bis Vicky den Mund aufmacht und klar wird, dass sie Engländerin ist.

Es geht so weit, dass Vicky ganz allein davon anfängt, noch bevor sie darauf angesprochen wird, und bald macht auch Jared mit, der sie zu Ständen führt, an denen sie noch nicht waren, sich neben sie stellt und auf ihr Gesicht zeigt. »Das ist Vicky, und sie kommt aus England, und gestern ist sie auf einer Luftmatratze im Swimmingpool eingeschlafen, weil sie Jetlag hatte.«

Vom Bauernmarkt aus fahren sie zu Gymini Stars, damit die Kinder eine Zeit lang aus der Sonne kommen und sich an den Geräten austoben können, und von dort aus gehen sie in einem Diner zu Mittag essen.

Und alles ist genauso herrlich, wie Vicky es sich vorgestellt hat.

Dann machen sie einen Abstecher nach Hause, holen Ginger ab und fahren mit ihm zum Lake Mohegan. Ginger ist völlig aus dem Häuschen. Ein Spaziergang bis zum Ende der Auffahrt und zurück, wenn Lavinia die Post aus dem Briefkasten holt, ist für ihn normalerweise das höchste der Gefühle. Amber hatte sich fest vorgenommen, jeden Morgen mit ihm im Park spazieren zu gehen, als sie ihn anschafften, aber das war vor Gracie, vor ihrer Wohltätigkeitsarbeit, bevor ihr das Leben in die Quere kam.

Darum rennt Ginger nicht nur umher, sondern springt in den See und schwimmt aufgeregt dem Stöckchen hinterher, das Richard ins Wasser wirft, während die Kinder am Ufer auf und ab hüpfen und vor Freude quietschen, als Ginger herauskommt, sich schüttelt und sie alle nass macht.

Vicky bringt Ginger zum Auto und versucht ihn mit einer Decke abzureiben. Eine Frau, die gerade ihren eigenen Golden Retriever in ihrem Auto verstaut, hat vorhin am See ganz in ihrer Nähe gestanden. Jetzt schaut sie lächelnd zu Vicky herüber.

»Sie haben eine wunderbare Familie«, sagt sie, und Vicky spürt, wie sie das traurig und gleichzeitig froh stimmt.

»Danke«, sagt sie, denn sie weiß, diese Familie ist zwar nicht ihre, aber die Möglichkeit einer Familie besteht. Sie versteht sich mit den Kindern, sie fühlt sich wohl in Richards Gegenwart, sie sieht endlich, dass die Ehe nicht wie bisher nur ein unerfüllbarer Wunschtraum ist, der ihr ewig verschlossen bleiben muss. Sie könnte das hier auch haben. Sie gehört zu denen, die von anderen Frauen beneidet werden.

Darum überkommt Vicky jetzt ein Glücksgefühl, denn sie hätte nie geglaubt, dass sie diese Frau sein könnte. Sie dachte immer, dass jeder, der sie sieht, auf der Stelle wissen würde, dass sie eine alleinstehende Journalistin mit einer unsäglichen Negativbilanz in Sachen Männer ist; aber vielleicht hat sie sich ja total geirrt. Vielleicht ist das ja der Anfang eines neuen Lebens, eine Art, sich ein neues Leben anzueignen. Vielleicht hätte sie das schon vor Jahren tun sollen. Vielleicht ist dieses Experiment doch nicht ganz so merkwürdig.

Und Richard? Wie geht es Richard dabei? Er staunt genauso wie Vicky, wie normal sich alles anlässt. Zugegeben, heute ist kein typischer Samstag, aber anstatt sich wie erwartet bei dieser ausländischen Journalistin förmlich und höflich geben zu müssen, fühlt er sich in ihrer Gegenwart viel wohler als angenommen, findet das Ganze lange nicht so fremd, wie er dachte.

Sie hatte ihm bei der ersten Begegnung schon gefallen, aber er hätte nicht geglaubt, dass er sie so nett finden würde. Und Richard sieht jetzt plötzlich, wie sehr ihm Freundschaften mit Frauen fehlen, da die einzigen Frauen in seinem Leben Amber und seine Mutter sind.

Das Börsenparkett bei Godfrey Hamilton Saltz ist fast eine reine Männerdomäne, die Zugfahrten in die City und zurück vergehen entweder mit Zeitungslektüre oder Gesprächen mit anderen – männlichen – Pendlern, und abgesehen von den Abenden, an denen sie mit anderen Ehepaaren zusammenhocken, hat Richard keine Ahnung, wann er zum letzten Mal so viel Zeit mit einer Frau verbracht hat, mit der er weder verwandt noch verheiratet ist.

Schlimmer noch, bis heute hatte er auch keine Ahnung,

wie sehr es ihm gefehlt hat. Als er noch studierte, waren seine besten Freunde zwei Frauen gewesen: Michelle und Cristina. Sie hatten alles zusammen unternommen, und als er Amber kennenlernte, konnte er es gar nicht erwarten, sie den beiden vorzustellen, weil er überzeugt war, dass sie im Nu die dicksten Kumpel sein würden.

Aber der Fall trat nie ein, teilweise, weil Michelle sich um die Zeit einen Ehemann zulegte und teilweise, weil Cristina schon immer heimlich in Richard verknallt war und nicht mit der Tatsache klarkam, dass er mit Amber erst eine ernsthafte Beziehung einging und sie dann heiratete.

Cristina zog nach San Diego, und ein paar Jahre hielt Richard losen Kontakt mit ihr, aber seit zwei oder drei Jahre schicken sie sich nur noch Weihnachtskarten, und erst jetzt, als sich der Tag, den Richard mit Vicky verbringt, seinem Ende nähert, denkt er an seine alte Freundin, und wie sehr er die Freundschaft mit einer Frau vermisst.

Bis heute ist ihm nie aufgefallen, wie ungewöhnlich es ist, als verheirateter Mann mit einer Frau befreundet zu sein. Ist sie Single, unterstellt jeder, dass sie eine Affäre haben, und ist sie verheiratet, unterstellen die Leute es auch. Wie kommt es eigentlich, denkt er, dass so etwas dermaßen verpönt ist, dass man mit Personen des anderen Geschlechts nicht befreundet sein darf, sobald man verheiratet ist?

Vielleicht wäre es anders geworden, wenn Cristina und Michelle auch nach Highfield gezogen wären. Vielleicht wären sie dann alle befreundet, und es wäre völlig in Ordnung, wenn er hin und wieder mit einer von beiden essen oder in die Kneipe ginge, ohne dass sich die ganze Stadt das Maul zerreißen oder Amber es als Affront empfinden würde.

Aber Amber hat genauso wenig männliche Freunde wie er weibliche, und würde er sie durch das Fenster eines Restaurants mit einem anderen Mann beim Lunch sitzen sehen, würde er absolut das Schlimmste befürchten, so viel ist klar.

Aber wie schade! Wie viel ist ihm entgangen! Er hat vergessen, wie sehr er die Gesellschaft von Frauen immer genossen hat, was besonders auf diese Frau zutrifft, die sich ziemlich von den Frauen unterscheidet, die er früher kannte.

Er fragt sich, ob es eine kulturelle Sache ist, denn Vicky ist wesentlich schlauer und witziger als die meisten Leute, die er hier draußen kennt, und sie hat etwas Offenes und Ehrliches, das er nicht gewohnt ist. Sie hat ihm schon ausführlich von dem Mann erzählt, mit dem sie ausgeht – diesem Jamie Donnelly –, und ihn um seine Meinung gebeten, obwohl er ihr nicht gesagt hat, was er davon hält.

Was er davon hält, ist Folgendes: Wenn ein Mann immer nur spätabends anruft, wenn er nur nachts vorbeikommen will, wenn er ein Mädchen nicht zum Essen ausführt und auch seinen Freunden nicht vorstellt, wenn er ihr nicht Zeit und Aufmerksamkeit widmet, dann ist es keine Beziehung. Sondern eine Bettgeschichte.

Und dann stellt er sich unwillkürlich vor, wie Vicky im Bett sein könnte, und schon der Gedanke bewirkt, dass er sich am liebsten in den Hintern treten würde. Hör auf!, sagt er sich. Du bist ein glücklich verheirateter Mann. Und er bemüht sich, den Rest des Tages nicht mehr daran zu denken.

Was ihm viel schwerer fällt, als ihm lieb ist.

Kapitel 24

Am Freitagnachmittag ist Amber total erschöpft. Wenn ich wieder zu Hause bin, beklage ich mich nie wieder, denkt sie, und ihr fällt ein, was sie Deborah ständig erzählt, dass sie völlig erledigt sei, obwohl sie nur in der Stadt war und irgendwelche Besorgungen gemacht hat.

In dieser zurückliegenden Woche hat sie nämlich tatsächlich etwas geleistet. Nach dem durchschlagenden Erfolg ihrer zehn Tipps gegen Kinder-und-Haushalt-Burnout hat Leona ihr mehr und mehr zu tun gegeben. Es war gar nicht mehr nötig gewesen, Amber auf eine Pressetour zu schicken, um sie aus dem Weg zu haben.

Ob es nun die Frage war, wie eine Frau feststellen könnte, ob ihr Mann eine Affäre hatte (Amber fand das gespenstisch einfach, und sie schätzt sich glücklich, noch nie mit der Situation konfrontiert gewesen zu sein, dass Richard plötzlich Mitglied in einem Sportklub wurde oder sich am Morgen mit Aftershave überschüttet ...), oder eine Liste der »besten neuen Selbstbräuner des Sommers« – ihr hat die Arbeit unglaublich Spaß gemacht.

Hauptsächlich, stellt sie fest, weil sie sich wieder jung fühlt. In einem betriebsamen, mitunter hektischen Büro zu sitzen, umgeben von jüngeren Mädchen, die sich alle nach der neuesten Mode kleiden und bei denen sie Gleiche unter Gleichen ist und nicht »Mami« – das alles gibt Amber einen Adrenalinkick, den sie seit der Zeit, als sie noch arbeitete, nicht mehr empfunden, ja vollständig vergessen hat.

Genau das hat mir gefehlt, denkt sie irgendwann am Donnerstag, als die Mädchen sie fragen, ob sie ins Truc Vert zum Lunch mitgehen möchte, wo sie dann alle um einen alten Holztisch herumsitzen und scherzen und lachen und köstliche Salate essen und Weißwein trinken.

»Erzähl doch mal von deinem Leben in Amerika, Amber«, sagt Ruth. »Ist es total anders? Was macht Vicky jetzt in diesem Moment?«

»In diesem Moment?« Amber schaut auf die Uhr. »Jetzt ist es halb neun in der Früh, da wird sie gerade unter der Dusche sein, während unsere Nanny die Kinder anzieht und sie für das Sommercamp fertig macht, obwohl ich sie manchmal auch fahre. Von daher kann es sein, dass Vicky in diesem Moment die Kinder anzieht oder ihnen ihre Mittagsbrote einpackt.«

Sie kann ja nicht ahnen, dass Vicky beschlossen hat, die tollste Mutter aller Zeiten zu sein und Lavinia jetzt morgens länger freigibt. Sie will möglichst alles selbst machen und sehen, wie es sich anfühlt, rund um die Uhr Mutter zu sein, und das ohne die Privilegien des Wohlstands, wozu ein ganztägiges, einwohnendes Kindermädchen eben auch gehört.

Um halb neun an diesem Morgen versucht Vicky, Gracie zu überreden, ihre Schnabeltasse zu nehmen, die aber darauf besteht, aus einer »Großmädchentasse« zu trinken und, wie Vicky befürchtet hat, sich die Milch komplett über ihr Kleid kippt. Gracie bekommt einen Schreianfall, als

Vicky sie nach oben trägt, um ihr etwas anderes anzuziehen, während Jared sich weigert, am Tisch sitzen zu bleiben und sein Muffin zu essen.

Als Gracie wieder angezogen ist, rennt sie ins Spielzimmer und taucht sich selbst und den Großteil des Zimmers in grüne Farbe. Als Vicky die Pausenbrote eingewickelt hat und endlich die Kinder ruft, sind sie schon eine Viertelstunde zu spät dran, doch da haben die beiden angefangen, sich um die grüne Farbe zu streiten, mit der sie jetzt beide bedeckt sind.

»O Gott«, stöhnt sie und kämpft verzweifelt gegen aufwallende Frusttränen an, denn Jared hatte in der letzten Nacht dreimal schlecht geträumt und kam jedes Mal zu ihr ins Zimmer, und im Moment will sie nichts weiter als zurück ins Bett kriechen und schlafen. »Lieber Gott, gib mir bitte die Kraft, das durchzustehen.«

Sie fährt Jared und Gracie zum Camp, und als sie endlich allein im Wagen sitzt, atmet sie erleichtert auf. Dieses Getue um die Erfüllung in der Mutterschaft ist ihrer Meinung nach maßlos übertrieben.

»Meinst du, deine Kinder strengen sich an, ihr zuliebe brav zu sein, was denkst du?«, fragt eine grinsende Leona.

»Oh, ganz bestimmt«, sagt Amber, die nicht weiß, dass ihr Spielzimmer gerade einen frischen grünen Anstrich erhalten hat, wenn auch in abwaschbarem Grün. »Meine Kinder sind sehr gut erzogen.«

Und sie erzählt ihnen von ihrem Leben. Über ihre Wohltätigkeitsarbeit. Was sie alles organisiert hat. Die gesellschaftlichen Ereignisse.

»Aber was tust du sonst?«, fragt Ruth verwirrt.

»Genügt das nicht?«

»Ich weiß nicht«, sagt Leona. »Machst du das hier nicht, weil du das Gefühl hattest, du seist nicht ausgefüllt?«

Amber nickt langsam. »Das stimmt. Ich habe das Gefühl, dass ich meine Tage damit verbringe, alles Mögliche zu tun und viel beschäftigt zu sein, aber nur mit Dingen, die nicht wirklich zählen. Obwohl es Charity-Arbeit ist, merke sogar ich, dass es dabei nur vordergründig um wohltätige Zwecke geht. Niemandem ist es wirklich wichtig, Spenden für ein neues Rehazentrum oder ein Heim für Obdachlose zu sammeln, sondern in erster Linie geht es darum, wer bei der Gala die teuersten Klamotten trägt und wer das größte Haus hat. Und am meisten ärgert mich, dass ich dabei mitmache. Obwohl ich das Spiel genau durchschaue und es falsch finde, mache ich mit. Ich habe diese Designerfirma, Amberley Jacks, damit beauftragt, unser Wohnzimmer einzurichten, und –«

»Ich kenne Amberley Jacks!«, unterbricht Leona. »Ich habe gerade einen Artikel über sie in *W.* gelesen. Die sind zurzeit total angesagt.«

»Das ist es ja. Ich habe sie engagiert, weil die anderen neidisch sein würden, und wisst ihr was?«

»Was?« Die Frauen beugen sich neugierig vor.

»Der Raum sieht aus wie Kotze.«

»Neiiiiin!« Sie lehnen sich wieder zurück.

»Doch. Er ist fliederfarben, verdammt. Flieder und pflaumenblau. Jedes Mal, wenn ich reingehe, muss ich würgen.«

»Aber wenigstens hast du es erkannt«, sagt Leona ernst. »Hebt dich das nicht automatisch von den anderen ab?«

»Vielleicht. Aber es macht mich nicht besser. Ich wäre nur besser, wenn ich damit aufhören würde. Es ist wie der alte Spruch, wo drei Frösche auf einem Baumstamm sitzen und zwei beschließen, runterzuspringen – wie viele bleiben drauf?«

»Einer?«, rät Ruth.

»Nee, drei. Das ist es nämlich. Sie haben nur *beschlossen* zu springen, aber dabei ist es dann geblieben. Es geht ja nicht so sehr darum, was einem im Leben wichtig ist, sondern es auch in die Tat umzusetzen.«

Leona lächelt und bestellt noch einen Kaffee. »Na, aber das machst du doch gerade, oder? Du bist hier und führst das Leben eines Singlemädchens.«

»Ich weiß. Ich glaube wirklich, dass es der erste Schritt ist, aus dieser Tretmühle herauszukommen.«

»Gefällt es dir eigentlich dort, wo du wohnst?«

»Nein. Eigentlich nicht.«

»Warum zieht ihr nicht weg?«, fragt Stella.

»So einfach ist das nicht. Mein Mann muss jeden Morgen den Zug in die Stadt nehmen, und die Anzahl der Orte, die noch in zumutbarer Nähe zur Wall Street liegen, ist begrenzt. Außerdem glaube ich, dass ich schon immer Angst vor Veränderungen hatte. Ich musste mich dermaßen anstrengen, um dahin zu kommen, wo ich jetzt bin, und obwohl mich dieses Äußerliche einerseits wahnsinnig stört, finde ich es andererseits herrlich, in einem schönen großen Haus zu wohnen und mir teure Kleider kaufen zu können, weil ich praktisch mit nichts aufgewachsen bin. Nicht, dass mir das alles wirklich wichtig ist, aber als ich klein war, waren wir so arm, darum staune ich immer wieder über all die Dinge, die wir uns leisten können, und wie weit ich es gebracht habe.«

»Obwohl dir das nicht dein Job, sondern der deines Mannes ermöglicht?«

»Autsch«, lacht Amber.

»Au weia, tut mir leid«, sagt Leona. »Das klang jetzt viel boshafter, als es gemeint war.«

»Nein, ist doch okay. Du hast ja recht. Ich steure überhaupt nichts dazu bei. Vielleicht ist das ja der Punkt, den ich ändern sollte. Vielleicht sollte ich arbeiten, einen Job finden, etwas für mich tun, etwas Handfestes. Und ich muss euch sagen, obwohl ich erst ein paar Tage bei euch bin, dass ich jede Minute genieße.«

»Selbst wenn du über diese Scheißfarm schreiben musst?«, fragt Ruth in Anspielung auf den Artikel über die neuste und tollste Wellnessfarm, bei der fünf Einläufe am Tag auf dem Programm stehen.

»Selbst über diese Scheißfarm zu schreiben hat mir Spaß gemacht«, erwidert Amber. »Obwohl ich nicht sicher bin, ob ich das noch sagen würde, wenn ich mich der Prozedur tatsächlich unterziehen müsste. Vielleicht würde ich anders darüber denken, wenn ich aus Kalifornien käme, aber da das nicht der Fall ist, können sie ihre Scheiße gern behalten, vielen Dank.«

Am Freitag nach der Arbeit geht sie noch schnell auf einen Drink in die Blue Bar des Berkeley, zieht dann aber nicht mit den anderen ins Hospital weiter – Janelle ist dort Mitglied und kann sie alle einschleusen –, sondern beschließt, nach Hause und früh ins Bett zu gehen.

Genau das Richtige, denkt sie, als sie nach einer ziemlich unbefriedigenden, aber wenigstens heißen Dusche in ihren Pyjama schlüpft und mit ihrem Abendessen, das aus einer Riesentüte Nachos besteht, aufs Sofa sinkt.

Schon bei *Will and Grace* muss sie andauernd gähnen, und als *Big Brother* startet und sie gerade endgültig ins Bett gehen will, klingelt es.

Viertel nach zehn. Wer zum Teufel steht um Viertel nach zehn vor der Tür, besser gesagt vor Vickys Tür? Und was soll sie tun? Wäre sie in Highfield, würde Richard sich darum kümmern, aber andererseits würde in Highfield kein Mensch es *wagen*, um diese Uhrzeit noch zu klingeln. Ganz Highfield schläft normalerweise um diese Zeit. Wäre sie eine alleinstehende Frau in Manhattan, würde sie das Klingeln einfach ignorieren, aber hier? Sie ist sich ziemlich sicher, dass Vicky nachschauen würde, wer da ist, darum geht sie schließlich zur Gegensprechanlage und sagt nach kurzem Zögern: »Hallo?«

»Hi, Vix«, meldet sich eine Stimme. »Ich bin's, Dan.«

»Ähm. Ich bin nicht Vicky«, sagt Amber, der jetzt klar wird, dass es dieser Dan sein muss, den Vicky erwähnt hat. »Ich bin Amber. Vicky ist ein paar Wochen in Amerika. Kann ich ihr etwas ausrichten?«

»O Scheiße«, brummt es undeutlich durch die Anlage, und Amber hat den Verdacht, dass Dan ein klitzekleines bisschen beschwipst sein könnte. »Darf ich vielleicht trotzdem reinkommen?«

»Oh.« Amber schaut an sich herab. Sie kann unmöglich so spät am Abend noch einen fremden Mann im Pyjama empfangen. Abgesehen davon, was die Nachbarn davon halten könnten, was würde Richard sagen? Wie würde sie das finden, wenn Richard spät in der Nacht noch Frauen hereinlassen würde, wenn sie nicht da ist?

Aber es geht ja hier nicht um Richard. Sondern darum, dass sie jetzt Vickys Leben lebt und tun und lassen soll, was Vicky tun und lassen würde. Und so viel ist klar: Wenn Vicky jetzt hier wäre, würde sie Daniel hereinlassen. Mehr muss sie gar nicht tun: ihn hereinlassen, ihm vielleicht einen Tee kochen, freundlich sein und ihn wieder nach Hause schicken. Sie ist gern bereit, sich mit ihm anzufreunden, völlig unverbindlich natürlich.

Daniel blinzelt, als sein glasiger Blick auf den äußerst attraktiven Rotschopf fällt, der ihm die Tür öffnet. Sie ist einen Hauch größer als Vicky, fast so groß wie er selbst, und obwohl sie in Pyjama und Bademantel steckt, sieht sein geschultes Auge, wie sexy, schlank und geschmeidig ihr Körper ist. Schau mal einer an. Was für eine hübsche Überraschung.

»Hal-lo!«, grinst Daniel, der im Türrahmen lehnt und versucht, ein bisschen weniger blau – und wackelig auf den Beinen – zu wirken, als er ist.

»Hallo.« Amber lächelt höflich, aber förmlich, als sie ihm die Hand hinhält, die Daniel begeistert und eine Ewigkeit, wie es ihr vorkommt, schüttelt, während er Amber tief in die Augen sieht und mit eisernem Griff ihre Hand umklammert. »Möchtest du eine Tasse Tee?«, fragt Amber schließlich und löst mit einem heftigen Ruck ihre Hand, während sie inständig hofft, dass er Nein sagt, obwohl sie weiß, dass er als Engländer unweigerlich Ja sagen wird.

Amber stellt mehr und mehr fest, dass eine Tasse Tee das britische Allheilmittel in allen Lebenslagen ist. Sie hat sich hier mit Begeisterung die eine oder andere Seifenoper angesehen, wobei ihr regelmäßig aufgefallen ist, dass, ganz gleich, welch herbe Schicksalsschläge die Protagonisten hinnehmen müssen, ob sie nun gerade erfahren haben, dass der Ehemann im Sterben liegt, die Tochter Drogen nimmt oder sie nur noch vierundzwanzig Stunden zu leben haben, irgendwann immer jemand sagt: »Na komm, jetzt trink erst mal eine schöne Tasse Tee. Dann fühlst du dich gleich wieder besser.«

»Tasse Tee wär toll«, sagt Daniel und folgt einer widerstrebenden Amber in die Küche, während er ihre grazilen Fesseln bewundert.

»Ehrlich gesagt, ich hatte diese Geschichte vollkommen vergessen«, sagt er grinsend, als Amber Wasser in den Kessel füllt. »Abgesehen davon, dass Vicky kein Wort davon sagte, dass du, na ja, du weißt schon …«

»Nein, keine Ahnung. Was denn?« Er ist zwar betrunken, und sie ist nicht zu haben, aber er ist ein Mann, und ein sehr gut aussehender obendrein, der irgendwie begeistert von ihr zu sein scheint. Amber kann sich nicht erinnern, wann man das letzte Mal offen mit ihr geflirtet hat. Und wenn er ein bisschen besoffen ist, na und? Das heißt noch lange nicht, dass sie sich nicht mehr über Komplimente freuen kann.

»Na ja, du bist ja wohl ziemlich appetitlich, oder?«, sagt Daniel, und Amber kann sich nicht beherrschen. Sie prustet vor Lachen los.

»Appetitlich?«, fragt sie schließlich, immer noch glucksend. »Was um Himmels willen soll *das* denn heißen?«

»Du weißt schon«, sagt Daniel. »Sexy. Nett. Attraktiv.«

»Na, vielen Dank für das Kompliment, aber nur damit du's weißt, ich bin auch verheiratet.«

Daniel horcht auf. Das ist Musik in den Ohren eines Mannes mit panischer Bindungsangst. Was könnte verlockender sein als eine umwerfende Rothaarige, die nicht nur verheiratet ist, sondern deren Mann sich auch noch auf der anderen Seite des Atlantiks befindet? Niemand bräuchte je etwas davon zu erfahren. Niemand könnte es weitererzählen. Idealer geht es gar nicht.

»Umso besser«, sagt Daniel lüstern. »Verheiratete Frauen sind genau nach meinem Geschmack.«

»Apropos«, sagt Amber, die zu überspielen versucht, dass sie rot geworden ist, nicht weil sie Daniel anziehend findet, sondern weil sie Situationen wie diese nicht mehr kennt. »Milch und Zucker?«

»Ja bitte. Also du bist der Frauentausch.«

»Vorsicht! Was sollen die Leute sagen?«

Daniel zieht eine Augenbraue hoch. »Dann sollten wir ihnen vielleicht ein bisschen Gesprächsstoff liefern ...«

Amber lacht herzlich. »Herrje. Du lässt nicht locker, was?«

»Nicht, wenn ich etwas sehe, das ich haben will.«

Amber beschließt, es anders anzugehen. Schließlich ist sie Mutter, und hier ist ein Mann, der sich wie ein ungezogenes Kind aufführt. »Komm mit, Daniel«, sagt sie streng. »Du setzt dich jetzt ins Wohnzimmer. Wenn du deinen Tee ausgetrunken hast, bekommst du noch einen starken Kaffee, damit du wieder nüchtern wirst, und dann schicke ich dich nach Hause.«

»Zu Befehl, Frau Lehrerin«, sagt Daniel und grinst, während Amber den Kopf schüttelt und seufzt. »Also, wie kommt es, dass dich dein Mann einen ganzen Monat nach England gehen lässt?«

»Ich dachte, du hättest die Geschichte mit dem Tausch vollkommen vergessen?«

»Jetzt dämmert es langsam wieder. Aber ganz ernsthaft, was für ein Mann lässt seine Frau, die so niedlich ist wie du, so lange aus den Augen?«

»Na ja, er war auch dagegen. Ich habe mich ohne sein Wissen beworben, und als dann Vicky sich für mich entschied, hatte ich das Gefühl, dass ich es durchziehen muss, aber glaube mir, froh war er darüber ganz und gar nicht.«

»Und was glaubst du, wie Vicky sich mit ihm versteht?«

»Egal, worauf du anspielst, mein Mann ist genauso treu wie ich. Keiner von uns ist der Typ, der eine Affäre haben könnte.«

»Wer spricht denn gleich von Affäre? Mir schwebt eine heiße Nacht vor.«

»Mit dir und deiner Bierfahne?« Daniels Flirterei macht sie furchtloser, als sie normalerweise ist, und einen Moment lang fühlt sie sich wie eine ungebundene Frau, erfolgreich und daran gewöhnt, ihre Sinnlichkeit einzusetzen, um zu bekommen, was sie will oder nicht will. Tatsächlich hat Amber zum ersten Mal, seit sie hier ist, plötzlich eine genaue Ahnung, was es heißen könnte, Vicky zu sein, ein Mädchen in London, das frei und ungebunden ist, und es ist genauso überwältigend und aufregend wie vor all den Jahren, als Amber selbst noch Single war.

»Ich würde mir dir zuliebe auch die Zähne putzen.«

»O bitte!«, lacht Amber. »Sei nicht so kindisch!«

»Okay, okay.« Daniel gibt sich geschlagen und hebt beschwichtigend die Hände. »Kann ich also davon ausgehen, dass ich nicht über Nacht bleiben werde?«

»So ist es, es sei denn, das Sofa ist dir bequem genug.«

»Klingt doch klasse«, sagt Daniel. »Passen wir beide drauf?«

»Haha. Pass auf, es ist ziemlich spät, und ich fahre morgen früh zu Vickys Bruder und Schwägerin aufs Land. Ich glaube wirklich, du solltest jetzt gehen.«

»Okay, okay, alles klar. Ich merke, wenn mein Typ nicht verlangt wird. Aber wie wär's mit einem Abendessen am Sonntag? Ich wette, du kennst unser Viertel noch gar nicht.«

»Eigentlich meine ich es inzwischen ganz gut zu kennen. Ich war einkaufen bei Waitrose und Selfridges, zum Lunch im Giraffe, zum Kaffeetrinken im Providores …«

»Aha. Aber wie sieht's mit den anderen Stadtteilen aus? Wir könnten doch irgendwohin gehen, wo ich dir ein ordentliches britisches Essen spendieren kann?«

»Meinst du Steak und Kidney Pie mit Trifle zum Nachtisch?«, fragt Amber misstrauisch.

»Nein. Na ja, ich meine, vielleicht steht das sogar auch auf der Speisekarte, aber ich könnte dich in ein tolles Restaurant ausführen. Wir könnten uns ein bisschen besser kennenlernen. Na komm. Sag Ja.« Amber zögert noch, aber dann sagt Daniel etwas, das sie umstimmt: »Wenn du Vicky wärst, würdest du Ja sagen, ohne groß zu überlegen.«

»Wenn ich Vicky wäre, würde ich dich jetzt nicht nach Hause schicken«, erwidert Amber schlagfertig.

»Sehr richtig. Heißt das, ich kann bleiben?«

»Heißt es nicht. Gute Nacht, Daniel.«

»Aber Dinner am Sonntag?«, fleht er, noch als sie ihn zur Wohnungstür schubst.

»Ich weiß nicht«, sagt sie. »Lass mich drüber nachdenken.«

»Mein Gott«, stöhnt Daniel, als Amber ihn hinausbugsiert hat. »Nichts macht mich mehr an als eine Frau, die sich lange ziert. Weißt du was, ich könnte mich glatt in dich verlieben.«

»Oh, benimm dich.« Amber schickt ihm den Spruch von Austin Powers hinterher, als sie die Tür schließt, dann stellt sie überrascht fest, dass sie grinst, während sie über den Flur ins Badezimmer geht, um sich die Zähne zu putzen.

»Amber!« Kate schließt Amber liebevoll in die Arme. Amber erwidert zaghaft die Umarmung, da sie solche Zurschaustellungen von Herzlichkeit nicht gewohnt ist, besonders nicht von den Engländern, die sie immer für besonders reserviert hielt. »Ich freu mich so, dass du da bist! Und schau dich an, wie glamourös und umwerfend du aussiehst! Unser kleines Kaff wird kopfstehen! Kinder! Kommt her und sagt Amber Guten Tag.«

Luke, Polly und Sophie, die hinter Kate hergetrottet sind, treten nun schüchtern vor und begrüßen sie.

»O mein Gott!«, entfährt es Amber. »Sie sprechen ja alle mit diesem perfekten britischen Akzent! Wie niedlich!«

»Ich kann auch amerikanisch sprechen, wenn ich will«, sagt Luke.

»Na los«, sagt Amber. »Was kannst du sagen?«

»Möge die Macht mit dir sein«, sagt Luke in einem gedehnten Kaugummi-Amerikanisch, und Amber klatscht.

»Sehr gut!«, sagt sie. »Das war perfekt.«

»Komm.« Kate hakt sich bei Amber ein und führt sie zum Wagen. »Andy ist zu Hause geblieben und kümmert sich um die Hennen. Leider ist der Hühnerstall nicht ganz so sicher, wie wir dachten. Letzte Nacht ist ein Fuchs eingedrungen und hat drei Hühner erwischt, bevor die Hunde ihn verjagen konnten.«

»Miss Martha und Dottie und Darth Vader sind jetzt im Himmel«, sagt Sophie und greift im Gehen nach Ambers Hand.

»Darth Vader?«, fragt Amber und hebt eine Augenbraue.

»Ähm, ja. Ich denke, es versteht sich, dass Darth Vader – oder Miss Vader, wie sie auch genannt wird, Pardon, genannt wurde – Luke gehörte.«

»Ein interessanter Name.« Amber grinst Luke an.

»Ich weiß. Sie war meine erste Henne, aber es ist okay, weil ich eine neue bekomme, und die nenn ich dann Flash.«

»Flash?«

»Ja. Aus *Die Unglaublichen.*«

Kate zuckt mit den Schultern und verdreht die Augen, als sie ihren verbeulten alten Saab erreichen. »Es ist seine neueste Leidenschaft, gerade auf DVD erschienen.«

Sie nehmen die Landstraße, und Kate zeigt ihr Landgasthäuser, Bauernhöfe und die Läden, in denen sie einkauft.

»Das ist unsere Schule!« Die Kinder hopsen auf der Rückbank, beugen sich vor und versperren Amber mit den Armen die Sicht, um ihr weitere Dinge zu zeigen. »Das ist unser Spielplatz. Da habe ich Ballettstunde!«

»Na, fühlst du dich jetzt ein bisschen mehr zu Hause?«, fragt Kate lachend und schaut Amber an, als sie an einer Ampel warten müssen.

»Abgesehen von ihrem englischen Akzent, unbedingt«, sagt Amber grinsend, und es ist wahr. Sie hat wieder das Gefühl, dazuzugehören. Zu einer Familie, auch wenn es nicht ihre eigene ist.

Andy wartet vor dem Haus, als sie eintreffen, und verscheucht die Hunde.

»Hallo!«, sagt er, schüttelt ihr herzlich die Hand und schaut sie lächelnd an. »Soll ich dich Amber oder Vicky nennen?«

»Ich glaube, Amber wäre perfekt«, sagt Amber.

»Gut. Also Amber, wie wär's, wenn wir uns in die Küche setzen und eine schöne Tasse Tee zusammen trinken?«

Amber wird mitten aus ihrem schönen Tee gerissen, weil sie unbedingt nach oben gehen und Sophies und Pollys Zimmer bewundern muss, danach bestehen die Kinder darauf, dass sie mit ihnen in den Gemüsegarten geht und ihnen hilft, Erbsen für das Mittagessen zu pflücken. Außerdem will Luke ihr zeigen, wo Darth Vader begraben werden soll.

»Begraben?«, flüstert Amber Kate zu. »Wollt ihr die Hühner nicht essen?«

»Leider nein. Es waren eher Legehennen, außerdem hatten sie noch nicht genug Fleisch auf den Rippen, aber ich bin gar nicht abgeneigt … Ich glaube, Flash und ihre beiden Gefährtinnen werden Brathühner sein, obwohl ich die Gesichter lieber nicht sehen will, wenn Flash eines Abends mit Kartoffeln serviert wird.«

»Komm!« Luke steckt den Kopf zur Küchentür herein. »Amber, beeil dich!«

Amber und die drei Kinder gehen Erbsen ernten, und als sie sie im Haus abliefern, bereitet Kate gerade einen großen Salat zu.

»Was kann ich tun?«, fragt Amber, die nur herumsteht und Kate bei der Arbeit zusieht.

»Den Kindern macht es Spaß, die Erbsen zu enthülsen, der Lachs ist eingelegt und muss nachher nur noch in die Pfanne. Ich glaube, wir sind so weit fertig. Andy kümmert sich um die Getränke, aber vielleicht könntest du draußen den Tisch decken? Wäre das okay?«

»Natürlich«, sagt Amber, und Kate zeigt ihr, wo sie Geschirr und Besteck findet.

»Was für Haushaltshilfen hast du unter der Woche?«, fragt Amber, als sie ihr Mittagessen beendet haben und die Kinder zum Bach am Ende des Gartens hinuntergelaufen sind, um Steinchen zu werfen. Die Erwachsenen trinken weiter Wein, reden von Kaffee, sitzen aber viel zu gemütlich und faul in der Sonne, um sich aufzuraffen und Wasser aufzusetzen.

»Haushaltshilfen? Mrs Reilly kommt zweimal die Woche zum Saubermachen und hilft bei der Wäsche.«

»Und für die Kinder?«

»Na ja, sie ist unheimlich lieb zu den Kindern, aber sie ist keine Nanny, wenn du das meinst. Sie ist die Frau fürs Grobe.«

»Wie, fürs Grobe?«

»Na ja. Sie macht eben nur sauber.«

»Und wer kümmert sich um die Kinder?«

»Sie sitzt vor dir«, sagt Andy und lacht. »Kate ist Ehefrau, Mutter, Kindermädchen, Gärtnerin, Cheftellerwäscherin und Innenarchitektin.«

Kate bemerkt Ambers Gesichtsausdruck. »Schau nicht so entsetzt, Amber. Ich hätte gern eine richtige Haushaltshilfe, aber so was können wir uns nicht leisten.«

Andy sieht sie zutiefst niedergeschlagen an. »Hättest du wirklich gern jemanden, der dir mit den Kindern hilft?«

»Nein, eigentlich nicht, Schatz. Nur, wenn sie müde und quengelig sind. Um der Wahrheit die Ehre zu geben, ich hatte für Sophie eine Säuglingsschwester und fand es furchtbar, dass sich eine andere Frau um mein Baby kümmert. Ich weiß, es ist bestimmt der totale Luxus, ein Au-Pair-Mädchen oder eine Nanny zu haben, und ich glaube auch nicht, dass es falsch ist, eine zu haben. Ich hätte einfach nur das Gefühl, dass ich mein Leben nicht mehr selbst steuere, wenn sich andere Leute außer mir um alles kümmern.«

»Das ist es!«, ruft Amber plötzlich. »Genauso geht es mir! Kate, du hast es auf den Punkt gebracht!«

»Wie meinst du das?«

»Ich meine, dass ich keine Kontrolle mehr über mein Leben habe. Ich habe ein Kindermädchen rund um die Uhr, ich habe eine Putzkolonne, die dreimal die Woche anrückt und mein Haus bis in den letzten Winkel sauber macht, ich habe ein Gärtnerteam und diesen Kerl, der regelmäßig kommt, um den Swimmingpool zu warten. Andere Leute richten mein Haus ein, und die Nanny kocht. O Mist«, sagt sie und wird ganz still, als ihr die Realität ihres Lebens bewusst wird. »Ich lebe mein Leben, habe aber nichts damit zu tun. Genau das ist faul daran.«

»Aber wenn du nichts damit zu tun hast, wie kannst du es dann leben?«, fragt Kate sanft.

»Das ist es ja.« Amber schüttelt den Kopf, überwältigt von der niederschmetternden Erkenntnis. »Ich lebe ja gar nicht. Ich existiere nur, stehe die ganze Zeit irgendwie neben mir, sehe zu, wie sich mein Leben vor mir abspult wie ein Film! O mein Gott, habt ihr eine Ahnung, wie mich das umhaut? Ich meine, schaut euch an. Ihr kümmert euch allein um eure Kinder, kocht eigenhändig dieses köstliche Essen, tragt die Verantwortung für alles.«

»Du meinst wohl, *ich* trage die Verantwortung für alles«, sagt Andy, und Kate verdreht die Augen.

»So perfekt ist es ja auch nicht immer«, sagt Kate lachend. »Du bist zufällig an einem herrlichen englischen Sommertag hier, an dem die Kinder sich vorbildlich benehmen. An einem Tag wie diesem könnte das jeder hinkriegen. Aber wenn es regnet und wir verdonnert sind, im Haus zu hocken, wenn wir alle schlechte Laune haben, dann hätte ich gern jemanden, der mir das abnehmen könnte, damit ich ein bisschen Ruhe habe.«

»Ich denke, es dreht sich darum, die richtige Balance zu finden«, sagt Amber leise. »Und ich weiß jetzt, dass mein

Leben im Moment total aus dem Gleichgewicht geraten ist.«

»Na dann, auf das richtige Gleichgewicht«, sagt Andy und schenkt ihnen noch einmal nach.

»Und auf mehr herrliche Sommertage.« Kate lächelt, und sie heben die Gläser und prosten sich zu.

Kapitel 25

Ist es wirklich möglich, das Leben einer anderen Frau zu übernehmen? tippt Vicky in ihren Laptop. Es ist Freitagmorgen, und sie sitzt an der Arbeitsplatte in der Küche, während Lavinia hinter ihr herumfuhrwerkt, um Ordnung nach dem Frühstück zu schaffen. Wie immer um diese Tageszeit sieht es hier aus, als hätte eine Bombe eingeschlagen.

Die Kinder sind im Feriencamp, und obwohl Amber um diese Zeit normalerweise im Fitnesscenter wäre, hat Vicky angesichts ihrer zwar heilenden, aber immer noch schmerzenden Haut beschlossen, erst am Montag damit anzufangen, zumal es in Anbetracht der Ruhe, die gerade eingekehrt ist – das brasilianische Reinigungsteam kommt erst in einer halben Stunde –, der perfekte Moment zu sein scheint, endlich damit anzufangen, ihre Eindrücke niederzuschreiben.

Denn das ganze Experiment ist so anders als erwartet. Vicky hätte nicht gedacht, wie schwierig es sein würde, in das Leben einer anderen einzutauchen, obwohl sie sich gut vorstellen kann, dass es Amber leichter fällt, da sie ja die Erfahrung als Single schon gemacht hat und ziemlich genau weiß, was es beinhaltet.

Aber hier zu sein und so zu tun, als sei man verheiratet, das fühlt sich auch genauso an: als würde man nur so tun.

Vicky kommt sich hauptsächlich vor, als säße sie in einem Film, nur dass sie darin die Hauptrolle spielt. Dass sie in Amerika ist, macht es auch nicht besser, wo alles so fremd und aufregend ist, und so viel schillernder als zu Hause. So viel ist klar, englische Vororte können sich eine Scheibe von amerikanischen Vororten abschneiden, besonders von solchen in Connecticut.

Vicky hat noch nie im Leben so viel Perfektion auf einem Haufen gesehen. Angefangen mit der Art, wie die Frauen sich anziehen – diese perfekten, pink-grün geblümten Lily-Pulitzer-Hosen mit den unglaublich süßen Sandalen von Jack Rogers dazu –, bis hin zu selbst gebackenen Pasteten und Kuchen, die sie auf Dinnerpartys mitbringen. Obwohl sie das nur von Deborah weiß, da Vicky bisher noch nicht eingeladen wurde, obwohl sie hofft, dass sich das demnächst ändern wird.

Und ein Glück, dass es Deborah gibt, Deborah, die bisher ihr Fels in der Brandung war, die schon so oft vorbeikommen musste, um ihr aus der Patsche zu helfen, dass es fast schon peinlich ist.

Am Montag stand die Ölfirma vor der Tür, um den Tank aufzufüllen. Vicky hatte keine Ahnung, wo sie die Leute hinführen sollte, und Richard konnte sie nicht erreichen. Deborah eilte zur Rettung. Am Dienstag wartete das Reinigungsteam geduldig und höflich lächelnd in der Küche darauf, bezahlt zu werden. Vicky hatte keine Ahnung, wo das Geld war, also kam Deborah mit dem Geld angesaust, das ihr Richard prompt zurückzahlte, einen Hauch genervt, weil Vicky nicht gewusst hatte, wo sie suchen sollte. (»Hat dir Amber das denn nicht gesagt?«, sagte er und zeigte ihr eine Schublade im Küchenregal, in der ganz hinten ein dicker Umschlag mit Geldscheinen lag, mit der Aufschrift

»Haushaltsgeld«. Nee, hatte sie nicht.) Jetzt weiß sie, warum Ambers Notizen so kurz und knapp waren. Weil sie praktisch nichts darin erwähnt hat. Vicky hatte keine Ahnung, dass die Leute von der Zeckenabwehr kommen wollten, um den Garten einzusprühen, und die Kinder danach nicht draußen spielen durften. Das war an dem Tag, als sie Jared und Gracie abends ein Picknick versprochen hatte und sich etwas anderes ausdenken musste, nachdem der große Laster vorgefahren war und ein stämmiger Mann ihr mitgeteilt hatte, dass der Garten bis zum nächsten Morgen Tabuzone war.

Überhaupt Zecken – seit wann sind Zecken so ein wahnsinniges Problem? Aber wo sie steht und geht, reden die Leute von der schrecklichen Lyme-Borreliose, die von Hirschzecken auf Menschen übertragen wird. Amber hatte nicht erwähnt, ob sie die Kinder jeden Abend beim Baden auf Zecken überprüft, von denen Deborah sagt, dass sie etwa so groß sind wie eine Sommersprosse, was Vicky in helle Panik versetzt hat, denn wie soll sie um Himmels willen eine Zecke von einer richtigen Sommersprosse unterscheiden, wenn sie noch nie im Leben eine Zecke gesehen hat? Sie ist überzeugt, dass sie es nicht könnte, selbst wenn man sie mit vorgehaltener Pistole dazu zwingen würde …

Schon nach wenigen Tagen wird Vicky klar, warum Amber den abendlichen Zeckencheck unterschlagen hat, oder die Tatsache nicht erwähnt hat, dass man Jared nur Butterbrote mitzugeben braucht, weil er nichts anderes isst, nicht einmal Eiersalat. Auch darüber, dass man Gracie keine Erdnussbuttersandwiches schmieren darf, hat sie nichts gesagt – was Vicky schmerzlich erfahren hat, als der Kursleiter in Gracies Sommercamp sie zu sich zitierte und streng rügte. Das Camp, erklärte er ihr, sei eine nussfreie Zone, da viele Kinder unter einer schweren Nussallergie litten.

Vicky stellt fest, dass Amber all das nicht erwähnt hat, weil Amber es nicht *weiß*. Lavinia, die in dieser einen Woche so viel Freizeit genossen hat wie seit Jahren nicht mehr, hat irgendwann beschlossen, dass Vicky doch nicht das Böse schlechthin ist, und wurde immer zutraulicher. Unter anderem hat sie ihr erzählt, wie wenig Zeit Amber mit den Kindern verbringt.

Wer macht morgens die Pausenbrote für die Kinder und packt sie ein? Lavinia. Wer badet sie jeden Abend und macht die Zeckenkontrolle? Lavinia. Wer fährt sie zu ihren meisten Terminen, mit Ausnahme der Verabredungen, bei denen Ambers Freundinnen dabei sind? Lavinia natürlich.

Und trotzdem sind die Kinder wunderbar, viel wohlerzogener, als Vicky erwartet hat, und sie kann nicht verstehen, warum Amber, die doch genauso nett zu sein scheint und immer beteuert, wie sehr sie ihre Kinder liebt, nicht mehr Zeit mit ihnen verbringt.

»Oh, sie hat unheimlich viel zu tun«, sagt Lavinia, die trotz Überarbeitung und Unterbezahlung loyal ist und Amber und Richard gern hat. »Diese ganze Wohltätigkeitsarbeit. Spenden für die Kirche zu sammeln. Sie ist eine sehr beschäftigte Lady.«

Und genau da liegt der Hund begraben. So sehr Vicky es Amber gleichzutun versucht, sie kann einfach nicht verstehen, womit denn Amber so wahnsinnig beschäftigt sein soll. Vicky hatte genügend Zeit, davon zu träumen, sich im Pool auf der Luftmatratze zu aalen – sie hofft, dass sich ihre Haut nächste Woche so weit regeneriert haben wird, dass sie diesen wunderbaren Plan umsetzen kann, dann aber mit Lichtschutzfaktor 30. Sie hatte wirklich genügend Zeit. Zeit, in der Vicky gemächlich durch das riesige Haus stromerte und sich fragte, ob sie nicht vielleicht ein bisschen Staub wischen sollte, bevor ihr einfiel, dass dafür ja das Putzteam zuständig ist. Vielleicht sollte sie die dreckigen Sachen der Kinder waschen, aber damit war Lavinia beschäftigt.

Also hat sie den Kindern das Abendessen gekocht und Richard fürstliche Dreigängemenüs zubereitet. Obgleich Vicky nicht gerade berühmt für ihre Kochkünste ist, kann sie sich durchaus an ein Rezept halten, und Jared und Gracie hat sie schon alle Leibspeisen aus ihrer Kinderzeit aufgetischt.

Richard ist überglücklich. Er hat sich schon so sehr an kalte Pizza und Take-aways aus den diversen Restaurants in Highfield gewöhnt, und plötzlich hat er letzte Woche jeden Abend ein richtiges selbst gekochtes Abendessen bekommen.

Die Kinder sind allerdings nicht ganz so froh. Ehrlich gesagt sind ihnen diese fremdländischen Speisen ziemlich suspekt. Würstchen in Yorkshirepudding kam bisher bei ihnen am besten an, aber auch nur, weil sie sich einen Riesenspaß daraus machten, die Würstchen wieder an ihren ursprünglichen Ort in den Teig zu tun. Beide weigerten sich strikt, auch nur einmal abzubeißen. Selbst Lasagne, ein Gericht, von dem Vicky sich besonders viel versprochen hat, war der totale Flop. Sie hatte es mit drei Käsesorten, einer Idee Senf und ein wenig Muskatnuss zubereitet, und sogar Vicky staunte, wie köstlich es schmeckte.

»Das ist nicht Lasagne«, hatte Jared verkündet, misstrauisch die Auflaufform begutachtend, die Vicky auf den Tisch gestellt hatte.

»Doch, Jar. Ich hab sie ja selber gemacht.«

»Aber sie hat die falsche *Farbe*«, hatte er gesagt und seinen Teller weit von sich geschoben.

»Probier doch mal einen Happen. Es schmeckt wunderbar«, hatte Vicky gesagt und zur Demonstration zwei Bissen auf einmal verschlungen, während sie verzückte Laute von sich gab. »Hmmm. Hmmmm. Jamjamjam. So was von oberlecker.«

Aber Jared weigerte sich, auch nur zu kosten. Gracie hingegen langte beherzt zu und spuckte gleich wieder alles quer über den Tisch.

Nee. Ihre Kochkünste sind nicht gerade der Hit gewesen, und mit einem Anflug von Schuldgefühlen greift Vicky nun wieder auf den Vorrat an Pizza und Chicken Nuggets im Tiefkühlfach zurück.

Diese Mutterkiste ist lange nicht so toll, wie sie immer geglaubt hat, wenn sie als heiß geliebte Tante bei Andy und Kate zu Besuch war. Jared und Gracie streiten sich pausenlos, und ständig muss sie dazwischengehen und schlichten. Dazu das ewige Gejammer und Geheul, das einsetzt, sobald sie aufwachen, und gewöhnlich erst kurz vor dem Schlafengehen endet.

An den ersten drei Tagen waren sie vorbildlich. Vicky dachte zuerst, sie sei in einen Werbespot für unheimliche Kinder geraten – Kinder von einem anderen Planeten, die ganz normal aussehen, sich aber viel besser benehmen. Leider hatte sich der Kitzel, eine neue Mutter zu haben, am vierten Tag bereits wieder gelegt, dann setzte das Gezanke wieder ein, ganz abgesehen davon, dass die beiden permanent fragen, wann denn ihre richtige Mami wiederkommt.

Gracie nimmt es am schwersten, und Vicky hat sich besondere Mühe gegeben, schöne Sachen mit ihr zu unternehmen, sie von der Tatsache abzulenken, dass Amber nicht da ist, und als sie irgendwann in der Küche saß und ein Puppenhaus aus einem der Schuhkartons von Manolo Blahnik bastelte, von denen sich Dutzende in Ambers Schrank stapeln – sie hat doch sicherlich nichts dagegen … wofür hebt sie so was überhaupt auf? –, wurde Vicky plötzlich klar, was für ein Opfer Amber mit dem Tausch gebracht hat. Für Vicky war es ein Leichtes, ihr Singledasein aufzugeben und in ein Leben einzutauchen, von dem sie überzeugt ist, dass es besser ist als ihr altes.

Aber wie konnte Amber sich auf so etwas einlassen? Wie konnte sie ihrem Mann und ihren Kindern so leichtfertig den Rücken kehren? Und sei es nur vorübergehend; Vicky muss sich trotzdem wundern, dass sie es gemacht hat. Dass irgendeine Frau den Wunsch dazu verspüren kann, besonders mit so süßen Kindern und einem so netten Mann wie Richard und einem derart sorgenfreien Lebensstil.

Obwohl Vicky andererseits auch versteht, dass man in dieser scheinbar perfekten Welt auch auf der Strecke bleiben kann. Entweder mit den Kindern beschäftigt oder im absoluten Nichtstun gefangen, ohne Job oder etwas, das sie auf Trab hält. Vicky kann sich schlicht nicht vorstellen, dass Amber nicht durchdreht vor Langeweile.

Weshalb sie wahrscheinlich auch so viel Wohltätigkeitsarbeit macht. Apropos. Vicky konsultiert noch einmal die Termine des Frauenklubs, die einzigen, die Amber in vorbildlicher Weise akribisch aufgelistet hat. Da sie weiß, dass vor der nächsten Woche keine Wohltätigkeitsveranstaltungen auf dem Programm stehen, hat sie abgesehen von dem flüchtigen Blick, den sie im Flugzeug darauf geworfen hat, nicht noch einmal draufgeschaut, und plötzlich stehen ihr die Haare zu Berge.

Freitag, 17. August, 12:00, Schmuckpräsentation mit Lunch bei uns zu Hause. Die Schmuckdesignerin heißt Sonia Parkinson und wird so gegen elf auftauchen, um ihre Sachen aufzustellen. Das Essen habe ich bei Rosemary & Thyme in der Stadt bestellt. Du müsstest es am Morgen abholen, aber du solltest auch noch einen großen Salat machen und frisches Brot aus der Bäckerei holen. Außerdem bereite ich meistens einen Teller mit Früchten und Schokokeksen und Zitronenküchlein vor – das gibt es alles bei Heywood Farms. Manchmal mache ich ein paar Kannen Eistee und stelle eine Auswahl an Säften dazu. Zuerst kommt Sonia und legt ihre Ware aus, dann folgen um zwölf die Frauen, die sich wahrscheinlich alles anschauen, während sie essen. Es tut mir leid, dass ich dir das aufbürde, aber ich hatte es geplant, bevor wir wussten, dass wir tauschen werden! Aber du schaffst das schon, da bin ich sicher …

Schaffst das schon? Vickys Herz beginnt zu hämmern. Wie soll sie das hinkriegen, wenn es zehn Uhr ist und sie hier ahnungslos im Pyjama am Laptop in der Küche sitzt und Gott weiß wie viele Frauen in zwei Stunden zum Lunch aufkreuzen? Scheiße. Scheiße, Scheiße, Scheiße.

»Lavinia!«, kreischt Vicky unten am Treppenabsatz.

»Ich bin oben bei der Wäsche«, erklingt es aus weiter Ferne.

»Okay, ich komme rauf. Wir haben einen Notfall.« Und Vicky rennt nach oben, um Lavinia zu überreden, ihr zu helfen.

Lavinia fährt das Essen abholen, während Vicky Tee kocht, in Krüge mit Tausenden von Eiswürfeln füllt und betet, dass er kalt ist, bis die Frauen eintreffen.

Dann beginnt sie mit der Zubereitung des Salats, mit dem wenigen, was ihr aus dem Eisschrank zur Verfügung steht – einige leicht angewelkte Salatblätter, die hoffentlich noch drei Stunden durchhalten, zwei Dutzend Cocktailtomaten und jede Menge rote Zwiebelringe. Hoffentlich hat Lavinia noch Zeit, von unterwegs weitere Zutaten für den Salat mitzubringen.

Beim Stöbern in der Speisekammer findet sie ein paar Pappteller – keine Ahnung, wie Amber ihre Einladungen gestaltet, aber da Vicky absolut nicht weiß, mit wie vielen Personen sie zu rechnen hat, lassen sich heute wohl Pappteller kaum vermeiden –, Papierservietten, davon die Hälfte in einem wunderschön bedruckten Blau, die andere offensichtlich von Gracies drittem Geburtstag übrig geblieben, da sie Barbie-Motive tragen. »Ach, scheiß drauf«, brummt Vicky und stapelt die blauen Servietten über die Barbies, in der Hoffnung, dass nicht allzu viele Gäste kommen und die unteren gar nicht gebraucht werden.

Und dann klingelt es.

»Hi. Ich bin Sonia«, sagt eine Frau, umgeben von Schachteln und Kartons. Sie wirkt leicht entgeistert, dass ihr um elf Uhr vormittags jemand im Pyjama die Tür öffnet. »Ist Amber da?«

»Ähm, nein. Sie ist in England. Ich bin Vicky und ersetze sie vorübergehend.«

»Aha!« Sonia grinst. »Sie sind die Tauschpartnerin?«

»Vorsichtig«, sagt Vicky. »Wir tauschen ja nur Lebensbereiche. Was würden sonst die Leute denken?«

»In dieser Stadt? Na, was meinen Sie? Die Leute denken

jetzt schon alle, dass Sie der männermordende Vamp sind, der hier ist, um Amber Richard auszuspannen.«

»O mein Gott! Nicht im Ernst?«

»Doch«, sagt Sonia lachend. »Aber keine Sorge. Sie wirbeln einfach nur ein bisschen Staub auf, und alle haben was zum Klatschen. Für mich ist das super, da wir heute einen ziemlichen Andrang haben werden, weil natürlich alle unbedingt wissen wollen, wie Sie aussehen.«

»Auch das noch«, stöhnt Vicky. »Ich kann nicht fassen, dass ich das Stadtgespräch bin. Ich meine, jetzt mal echt: Sehe ich in Ihren Augen aus wie ein Vamp?«

»Nein, aber bitte sagen Sie mir nicht, dass Sie beabsichtigen, beim Lunch im Pyjama zu erscheinen? Obwohl, wer weiß, vielleicht kreieren Sie ja einen neuen Look.«

»Ich muss noch duschen, bin aber immer noch nicht dazu gekommen. Erst vor einer Stunde habe ich von diesem Lunch erfahren, und jetzt muss ich alles vorbereiten. Ich habe noch überhaupt nichts geschafft.«

»Keine Blumen? Keine Kerzen? Kein Raumspray?«, fragt Sonia entsetzt. Vicky ist sich nicht ganz sicher, ob sie Spaß macht oder es ernst meint.

»Auf jeden Fall bin ich heilfroh, dass Amber nicht sieht, wie bescheuert ich mich anstelle.« Das Geräusch klimpernder Schlüssel lässt Vicky aufhorchen. Sonia folgt ihr in die Küche, wo Lavinia gerade dabei ist, Einkaufstüten auf den Tisch zu stellen.

»Gott sei Dank!«, sagt Vicky. »Das Essen.«

»Sie haben die Bestellung verbummelt«, sagt Lavinia, »und sie hatten kaum noch was da, darum habe ich im Supermarkt ein paar Sachen besorgt. Ich konnte ja schlecht mit leeren Händen nach Hause kommen, oder?«

»Und was hast du besorgt?«

»Lasagne und Hackbraten.«

»Was? O Gott. Was ist mit dem Salat? Hast du die Salatsachen gekauft?«

»Ach herrje!« Lavinia ächzt. »Ich *wusste* doch, dass ich was vergessen habe. Aber das Obst und die Küchlein habe ich mitgebracht. Jetzt muss ich aber los und Gracie abholen. Bis nachher.« Und Lavinia überlässt es Vicky, die Tüten auszupacken, die nun den Tränen nahe ist, als sie den unappetitlichen, matschigen Nudel-Käse-Mix und den wenig verlockenden Hackbraten in den Aluschalen begutachtet.

»Na ja, also, das wird auf jeden Fall ... *anders*«, sagt Sonia, die sich jetzt daran macht, ihre Schachteln auszupacken und Halsketten und Ohrringe auf der Arbeitsfläche in der Küche zu arrangieren. »Ich kann mir nicht vorstellen, dass auch nur eine von denen Lasagne oder Hackbraten gegessen hat, seit sie sieben war.«

»Abgesehen davon sieht es auch noch grauenhaft aus. Ich weiß, Amber würde es nie und nimmer so machen, aber der Vorteil ist, dass sich wenigstens alle freuen, wenn sie wieder da ist. Es wird wahrscheinlich das furchtbarste Lunch ihres Lebens. Vergammelter Salat, Barbie-Servietten und Hackbraten mit wabbeliger Lasagne.«

»Ich würde mir nicht allzu große Sorgen machen«, sagt Sonia lachend. »Die meisten Frauen werden sowieso nichts essen. Hackbraten ist rotes Fleisch, Nudeln und Käse, das sind viel zu viele Kohlenhydrate. Schade, dass Sie nicht mehr Salat dahaben, aber sie kommen ja nicht wegen des Essens, sondern weil sie sehen wollen, was die anderen anhaben. Und um meinen Schmuck zu kaufen, hoffentlich.«

»Ach du Scheiße!«, schreit Vicky und schaut auf die

Küchenuhr. »Ich hab genau noch eine Viertelstunde. Wenn es klingelt, machen Sie bitte auf?« Und ohne eine Antwort abzuwarten, sprintet sie die Treppe hoch.

Keine Zeit zum Duschen, keine Zeit für Make-up und Haare, die dringend gewaschen werden müssten. Vicky bindet sich einen Pferdeschwanz, bevor sie Ambers Schrank durchforstet. »Was soll ich anziehen, was soll ich anziehen?«

Ausgerechnet heute ist eindeutig kein guter Tag: Vicky kennt diese Sorte Tage zur Genüge. Sie kann an einem Samstag ihre Lieblingsjeans tragen und sich wie eine strahlende Göttin fühlen – sexy, gertenschlank, umwerfend –, und am Sonntag, nur einen Tag darauf, sieht sie in denselben Jeans wie ein Monster aus: hässlich, fett und widerlich.

Heute ist so ein ›Sonntag‹, und es sind nicht mal ihre eigenen Klamotten. Sie hatte angenommen, dass Amber und sie eine Größe tragen, nur muss sie in diesem Augenblick schmerzlich feststellen, dass sie in der Woche, seit sie hier ist, offensichtlich mehr gegessen hat, als gut für sie ist, wahrscheinlich, um ihr Unbehagen zu kaschieren. Und jetzt ist alles zu eng und kneift, und was Ambers Jeans von Chip & Pepper angeht: Die kriegt sie gerade mal bis über die Knie, und dann ist Schluss.

Amber hatte erzählt, dass sich die Frauen füreinander aufbrezeln, hat nicht auch Sonia das gerade bestätigt? Aber was heißt das genau? Heißt das Jeans mit hochhackigen Boots oder Cocktailkleid?

In den vier Minuten, die ihr verbleiben, entscheidet sich Vicky schließlich für ein knielanges schwarzes Baumwollkleid im Audrey-Hepburn-Look mit einer silbernen Seidenschleife am Busenansatz. Es passt, es zwackt nicht, und im Holly-Golightly-Rausch hängt sich Vicky auch noch mehrere Modeschmuck-Perlenketten um den Hals, schlüpft in schwarze Samt-Slingpumps und türmt das Haar zu einer Bienenstock-Frisur. Keine Zeit für Make-up, außer einmal kurz den Lippenstift angesetzt, keine Zeit für den prüfenden Blick in den Spiegel, als es klingelt. Es muss einfach so gehen.

»Bist du unterwegs auf eine Party?« Deborah steht grinsend in der Tür, gibt Vicky zur Begrüßung ein Küsschen und stellt eine große Tortenschachtel auf dem Tisch ab.

»O mein Gott, du willst mir sagen, dass das völlig daneben ist, oder?« Vicky mustert Deborahs Outfit, das aus Chinos und einer rosa Leinenbluse besteht, und macht Anstalten, wieder nach oben zu rennen und sich umzuziehen.

»Nein, keine Sorge, ich hab dich nur hänseln wollen. Außerdem würde ich an deiner Stelle nie nach dem gehen, was ich trage – ich bin immer gerade auf dem Weg zum Stall oder komme von dort. Ich bin mit Abstand die Schlechtgekleidetste hier, obwohl mir das ehrlich gesagt völlig schnurz ist. Außerdem siehst du toll aus in dem Kleid. Ich habe immer zu Amber gesagt, es ist total Audrey.«

»Na ja, das war auch der Look, der mir vorschwebte.«

»Also bitte. Und kümmre dich nicht drum, was die anderen tragen. Die Hälfte wird in nagelneuen Designer-Outfits von Rakers erscheinen, die sie nur für diesen Anlass gekauft haben, und jetzt mal ehrlich, hat man Lust, sich auf einen so albernen Wettkampf einzulassen? Und, wie hast du das heute alles hinbekommen? Amber hat mir erzählt, dass sie das Essen bei Rosemary & Thyme bestellt hat, übrigens mein Lieblingscaterer.«

»Ach ja. Ich fürchte, an der Front hat's ein kleines Debakel gegeben«, sagt Vicky. »Sie haben die Bestellung verschlampt, und ich hatte Lavinia beauftragt, die Sachen abzuholen, darum ist sie schnurstracks zu Stop and Shop gegangen und mit Lasagne und Hackbraten wiedergekommen.«

»Bitte noch mal?«

»Du hast dich leider nicht verhört.«

»Ach, na ja. Die meisten Frauen essen sowieso nichts. Und mich stört es gar nicht. Ich liebe Lasagne.«

»Ich bin mir nicht ganz sicher, ob du die hier auch lieben wirst. Sie hat diesen beängstigend orangen Farbton.«

»Hmm. Plastiklasagne. Noch besser.« Und Vicky muss lachen. »Ehrlich«, fährt Deborah fort, »Amber ist bei solchen Anlässen immer fürchterlich nervös. Viel besser, wenn man es locker nimmt, außerdem kann es dir sowieso egal sein. Du bist Journalistin, nicht eine der Frauen von Stepford.«

»Ich weiß«, sagt Vicky gequält, »aber ich bin eine Journalistin, die versucht, eine Zeit lang wie eine von denen zu sein. Ich hatte gehofft, dass ich das besser hinkriegen würde.«

»Na ja, es ist ja noch niemand da. Lass uns in die Küche gehen, ich helfe dir noch rasch, alles aufzubauen, und falls du noch Zweifel hast: Du machst das ganz toll.«

»Wirklich? Findest du?«

»Ja, wirklich, und das meine ich ganz im englischen Sinn.«

»Im Gegensatz wozu?«

»Im Gegensatz zum amerikanischen. Nicht, dass ich nicht gern hier lebe, weil ich es total schön finde, aber ich glaube schon, dass die meisten Frauen hier eine echte Macke haben. Wenn ihre Kinder nur Luft holen, klatschen sie verzückt in die Hände und sagen: ›Das machst du toll! Ganz toll!‹ Ich bin in meiner Kindererziehung viel englischer. Was mich betrifft, ist freundliche Kritik eine Grundvoraussetzung, damit sie ein gesundes Maß an Selbstunterschätzung bekommen.«

Vicky lacht.

»Na jedenfalls, du machst das wirklich toll. Es ist verdammt schwer, das Leben einer anderen zu übernehmen, und du bist noch nie verheiratet gewesen. Allein die Tatsache, dass Jared und Gracie dich offensichtlich vergöttern, ist der beste Beweis, wie gut du deine Sache machst. Glaube mir, sie kommen weiß Gott nicht so gut mit jedem klar, und wie ich höre, verstehst du dich auch mit Richard.«

»O Gott«, stöhnt Vicky, »ich schätze mal, du hast die Gerüchte auch gehört?«

»Welche Gerüchte? Dass du Richard verführt hast und jede Nacht mit ihm im Ehebett schläfst?«

»Ja, das müssten sie sein.«

»Nein. Die hab ich nicht gehört. Aber wenn ja«, Deborah blickt sie scharf an, »dann sag mir bitte, dass sie völlig aus der Luft gegriffen sind, denn ich kann dich wirklich gut leiden. Aber wenn ich erfahren würde, dass du ein Verhältnis mit dem Mann meiner besten Freundin hast, würde ich dich hassen, und das will ich auf keinen Fall.«

»Hand aufs Herz, ich habe kein Verhältnis mit Richard«, sagt Vicky und dankt ihrem Glücksstern, dass es just in diesem Moment klingelt. Diese Unterhaltung will sie um keinen Preis weiterführen. Genauso wenig wie den Gedanken daran. Darum fragt sie sich, wieso er ihr andauernd im Kopf herumspukt.

Es ist ja nicht so, als wäre sie nicht vollkommen glücklich mit Jamie Donnelly. Okay, vielleicht ist es ein bisschen verfrüht, von einer festen Beziehung zu sprechen, zumal sie ihn ein paarmal angerufen hat (ja, sie weiß, dass die Regeln des Lebenstauschs das streng verbieten, aber es braucht ja niemand zu wissen) und er nie zu Hause war und auch nicht zurückgerufen hat.

Und sie ist auch nicht der Typ, der etwas mit einem verheirateten Mann anfangen würde. Nur, wenn man auf so engem Raum mit jemandem zusammenlebt und das Haus, die Kinder, das Leben miteinander teilt, dann schafft das eine Intimität, die sich nicht ignorieren lässt, und obwohl Vicky ehrlich nicht die Absicht hat, dass sich die Sache weiterentwickelt, kann sie sich doch gut vorstellen, wie so etwas passieren könnte.

Nicht, dass es dazu kommen wird, aber es ist eben nicht vollkommen abwegig, das ist alles.

Die Abende, die Richard mit Vicky verbringt, unterscheiden sich ziemlich von den meisten Abenden mit Amber. Obwohl sie hin und wieder zusammen baden, hat Amber normalerweise schon gegessen, wenn er nach Hause kommt, und dann tauschen sie sich flüchtig darüber aus, wie ihr jeweiliger Tag gewesen ist, bevor Amber ins Wohnzimmer geht und fernsieht und er sich in sein Arbeitszimmer zurückzieht und sich an die anfallenden Rechnungen macht. Manchmal setzt er sich um neun zu ihr, und sie sehen sich gemeinsam etwas an, aber insgesamt geht Amber zuerst ins Bett, um zu lesen, und wenn er nach oben kommt, schläft sie schon oder ist kurz davor.

Sonntagabend ist ihre »Datenight«. Da kommt ein Babysitter, sie gehen zum Essen aus und haben später Sex. Der sich in letzter Zeit etwas flüchtig anfühlt. Richard würde gern mal etwas Neues ausprobieren, fände es toll, wenn Amber sich, na ja, zur Abwechslung auch mal ein bisschen mehr *bewegen* würde, aber er hat sich damit abgefunden, dass es – so wie es ist – das Beste ist, was er im Moment von ihr erwarten kann.

Aber wenn er jetzt nach Hause kommt, wartet Vicky immer mit dem Essen auf ihn – Vickys Eltern haben abends stets gemeinsam gegessen, darum geht sie davon aus, dass man es so macht.

Sie haben also zusammengesessen und gegessen und sich Zeit gelassen, haben sich gegenseitig Geschichten erzählt und ein paar Gläser Wein geleert, und das alles hat Richard an die erste Zeit mit Amber erinnert, an die Aufregung, jemand Neues kennenzulernen, noch nicht alles über den anderen zu wissen, langsam die Schichten abzublättern und den Menschen zu finden, der sich darunter verbirgt.

Und nun, da er sie näher kennenlernt, muss Richard sich eingestehen, dass er Vicky attraktiv findet. Nicht, dass er auf falsche Gedanken käme – so einer ist er nicht; Angucken ja, Anfassen nein –, aber wie herrlich ist es, sich jeden Tag auf den Abend freuen zu können. Es ist derzeit der eine Lichtpunkt seiner Tage, die ihm immer bizarrer vorkommen. Daheim ist der einzige Ort, wo er noch das Gefühl hat, die Kontrolle zu haben: als starker Familienvater, als Mann, der alles richten kann. Und obwohl er bezüglich Vicky Townsley keinerlei Absichten hegt, genießt er doch diese sorglose Ablenkung, die sie ihm gewährt, wenn er abends zur Tür hereinkommt. Das ist so viel entspannter als mit dem quälenden Gedanken in den Flur zu treten, wie viel Geld seine Frau heute wieder ausgegeben hat.

»Hallo. Ich bin Vicky. Ich bin die Journalistin, von der ihr alle gehört habt, die mit Amber eine Zeit lang tauscht, und nein, ich schlafe nicht mit Richard und habe auch nicht die Absicht, und ja, ich weiß, dass ich für den Anlass total unpassend angezogen bin.« Vicky hat die Nase voll von all dem Geflüster und den scheelen Blicken und der aufgesetzten frostigen Höflichkeit.

»Im Gegenteil, ich finde das Kleid wahnsinnig hübsch«, sagt Suzy und befühlt den Stoff.

»Oh, vielen Dank! Dann bist du die Erste. Ich habe heute eindeutig die Kleiderordnung verfehlt.« Vicky mustert Suzys Jeans von Seven for all Mankind, die Manolo-Boots und die rosa perlenbesetzte Dschellaba. »Aber jetzt kann ich's nicht mehr ändern, und ich hab's satt, dass sich alle das Maul über mich zerreißen.«

»Dann ignorier sie einfach«, sagt Suzy und hakt sich bei Vicky ein und begleitet sie in die Küche, wo sie jäh stehen bleibt, als sie die – immer noch nicht angerührten – Speisen auf dem Tisch sieht. »Nicht jeder muss perfekt sein, und es ist auch keine leichte Aufgabe. Als ich mein erstes Lunch für die Mädchen gab, habe ich die Blumen bei Heywood Farms bestellt – ist das zu fassen? Es waren die ekligsten Nelken, die man je gesehen hat, aber ich wusste es nicht besser. Ich hoffe, Amber hat dir gesagt, dass du sie bei Blossom bestellen musst.«

»Eigentlich hat sie Blumen gar nicht erwähnt. Ich habe auch keine Blumen besorgt. Ich konnte gerade noch das Essen organisieren – wie du siehst, eine Katastrophe.«

»Du meinst, das ist unser Lunch?« Suzy beäugt die Lasagne, die immer noch reichlich abweisend aussieht, obwohl sie sich inzwischen in Ambers bester Majolika-Form präsentiert. »O je! Ich dachte, das wäre für die Kinder!«

»Ähm, nein. Ich bin sicher, es schmeckt besser, als es aussieht.«

»Ach, mach dir keine Sorgen.« Suzy tätschelt ihr freundlich den Arm. »Man kann von keinem erwarten, dass er gleich beim ersten Mal alles richtig macht. Und jetzt komm mit ins Wohnzimmer und erzähl mir alles über Richard.«

Kapitel 26

»Geliebter Gatte«, fragt Kate, als sie ins Haus gehen, um Limonade zu holen, nachdem sie den ganzen Nachmittag auf Sonnenliegen herumgelegen, den Kindern beim Spielen zugesehen und Zeitung gelesen haben »ist es dir inzwischen gelungen, den Hühnerstall zu reparieren, und hast du mit Hühner-Bill über Ersatzhennen gesprochen?«

»Du wirst lachen, ich *habe* den Hühnerstall repariert«, erwidert Andy grinsend, »und Bill bringt nachher noch ein paar neue Vögel vorbei, außerdem wollte er sich noch mal vergewissern, ob der Stall auch wirklich fuchssicher ist.«

»Hühner-Bill?«, fragt Amber erstaunt.

Andy zuckt die Achseln. »Das ist so eine Angewohnheit. Kaum einer wird von uns je bei seinem richtigen Namen genannt. Garten-Robert, Funken-Jake –«

»Funken-Jake?«

»Unser Elektriker«, erläutert Kate lachend, »und ein ziemlich schnuckeliger, kann ich dir sagen.«

»Allerdings«, sagt Andy seufzend. »Außer einer fachlichen Qualifikation ist offenbar eine weitere Voraussetzung, dass mein geliebtes Weib eine Schwäche für ihn haben muss.«

»Aber keine heftige«, sagt Kate schmollend, »nur eine kleine, nicht mal richtige. Außerdem kann ich ja nichts dafür, dass ich mich von diesen großen starken Männern so unglaublich beschützt fühle, wenn sie sich um mich kümmern.«

»Jake kümmert sich nicht um dich, Kate, er kümmert sich um die Leitungen.«

»Aber sie vermitteln mir trotzdem alle ein Gefühl von Sicherheit, und das ist mehr oder weniger dasselbe.«

»Und was ist mit mir?« Andy lacht und tritt hinter Kate, umarmt sie und liebkost ihren Hals. »Verschaff ich dir ein Gefühl von Sicherheit?«

»Ach hau ab, du dicker Klops«, sagt sie zärtlich. »Geh zurück zu deinen Hühnern, und lass mich in Frieden.«

»Ich fasse es nicht, dass du in Gegenwart deines Mann zugibst, dass du für andere schwärmst«, sagt Amber, nachdem Andy Kates Rat tatsächlich befolgt hat und wieder zu seinen Hühnern zurückgekehrt ist.

»Wieso? Ich mach doch nur Quatsch. Er weiß genau, dass ich ihn nie hintergehen würde, und das, obwohl ich Jake schon mal ohne Hemd gesehen habe und zugeben muss, dass einem bei dieser Bauchmuskulatur das Wasser im Mund zusammenläuft.« Sie schaudert leicht und grinst dann.

»Aber traut er dir?«

»Natürlich!« Kate lacht. »Ich würde nie was mit einem anderen Mann anfangen. Es macht nur Spaß, hin und wieder hinzusehen. Machst du so was nie mit deinem Mann?«

»Um Himmels willen, nein. Mein Mann wäre am Boden zerstört, wenn ich sagen würde, ich hätte eine Schwäche für irgendjemanden. Das fände er überhaupt nicht komisch.«

»Oh. Das hört sich an, als sei er ein sehr ernster Typ.«

»Nein, ist er gar nicht«, und dann hält Amber inne. Denn ihr wird klar, dass Richard zwar von Natur aus nicht ernst ist, aber sie gehen mit Sicherheit viel ernster miteinander um als Kate und Andy. Tatsächlich kann sich Amber nicht erinnern, wann sie sich das letzte Mal so gehänselt haben wie die beiden vorhin beim Mittagessen, und herzlich darüber lachen konnten.

»Vielleicht sind wir zu ernst«, denkt Amber laut. »Vielleicht ist das ein Teil meiner Unzufriedenheit. Vielleicht haben wir einfach vergessen, wie man Spaß miteinander hat.«

Kate legt ihr Küchenhandtuch weg und schaut Amber an. »In der Ehe sollte es um Spaß gehen«, sagt sie sanft. »Um Freundschaft, Lachen, Vertrauen – und Spaß. Wenn es keinen Spaß macht, wenn man alles nur noch ernst nimmt, wozu das Ganze? Du weißt, dass ich seit fünfzehn Jahren mit Andy zusammen bin, und es funktioniert immer noch, weil er mein bester Freund ist und er mich immer noch zum Lachen bringt. Zugegeben, nicht andauernd, und manchmal werden wir total von der Arbeit und den Kindern und dem Leben aufgefressen, aber er ist immer noch der, den ich anrufen will, wenn irgendwas Wichtiges passiert, immer noch der, der mich am meisten zum Lachen bringt.«

Amber hört gebannt zu, die Augen auf Kate gerichtet, in Gedanken auf der anderen Seite des Atlantiks bei ihrer Familie in Connecticut. Wir haben früher auch viel gelacht, denkt sie. Anfangs, bevor das Leben so verrückt wurde mit den Kindern, mit dem Frauenklub, das ganze Leben eben.

Und es kommt ihr vor, als hätten plötzlich die mittleren Jahre mit aller Macht zugeschlagen. Richard ist permanent erschöpft von der ewigen Hin- und Herfahrerei, sieht die Kinder kaum noch, und Amber ist so sehr damit beschäftigt, mit den anderen mitzuhalten, dass sie keine Zeit mehr findet, einmal Pause zu machen, zu entspannen, sich an ihren Kindern zu freuen, an ihrem Mann, in der Art und

Weise Spaß zu haben, wie das bei Kate und Andy offensichtlich der Fall ist.

Heute ist das beste Beispiel. Sie haben eigentlich gar nichts Richtiges unternommen: nichts außer Erbsen pulen, im Garten spielen, auf der Sonnenliege fläzen, einmal kurz zum Supermarkt in der Nähe fahren und ein bisschen Brie und Käsecracker für heute Abend kaufen. Dennoch war es der idyllischste Samstag für Amber seit langer Zeit. Zugegeben, es hilft, dass sie mitten auf dem Land sind, dass die Sonne strahlt und Bienen und Schmetterlinge um den Lavendel herumsummen, der sich über die Mauer der Terrasse ergießt, wo sie gelegen haben, und sie, von den lachenden und hin und wieder streitenden Kindern abgesehen, nur Vogelgezwitscher und gelegentlich ein Flugzeug in der Ferne gehört haben.

Aber könnten sie das zu Hause nicht auch haben? Es ist ja nicht so, als lebten sie noch in der Stadt. Wenn man's recht bedenkt, meint Amber sich jetzt zu erinnern, dass man auch in ihrem Garten nichts als Vogelgesang und gelegentlich ein Flugzeug in der Ferne hört.

Amber hat irgendwie nie die Zeit, es so zu genießen wie heute. Die Samstage sind ausgebucht mit Frühstück im Diner, einem Abstecher in den Buchladen, Verabredungen mit Spielkameraden der Kinder, Lunch im Deli und, nur wenn sie es dazwischenschieben können, Schwimmen im eigenen Pool, und selbst dann geht Amber selten ins Wasser, weil sie vermeiden will, dass ihr Haar nass wird, weshalb Richard ein Weilchen mit den Kinder herumplanscht, während Amber Zeitung liest.

Als sie eingezogen waren, hatte Amber kaum schlafen können, so sehr hatte sie sich auf den Swimmingpool gefreut. Da träumte sie noch von langen, müßigen Tagen, Tagen wie diesem, an denen sie mit den Kindern im Pool spielen, mit einem Drink in der Hand auf der Luftmatratze treiben konnte, vielleicht nähme sie sogar ein sinnliches Badevergnügen mit Richard um Mitternacht oder schlief mit ihm in einer lauen Sommernacht unter der mit Glyzinien bewachsenen Pergola.

Die traurige Wahrheit ist, dass sie den Pool kaum nutzen. Die traurige Wahrheit ist, dass sie nicht lebt, wie sie immer leben wollte. Die traurige Wahrheit, wie ihr schlagartig bewusst wird, als sie Kate so zuhört, ist, dass sie und Richard so sehr damit beschäftigt sind, einem Ziel in der Zukunft nachzujagen, dass sie sich nicht mehr die Zeit nehmen, um einfach mal fünfe gerade sein zu lassen und den Moment zu genießen.

Und der Moment ist doch gar nicht mal so übel, denkt Amber. Nicht, dass Highfield unbedingt ihre Wahl wäre, jetzt nicht mehr, aber würde sie sich aus der Wohltätigkeitsarbeit zurückziehen, mehr Zeit mit den Kindern verbringen, sich mehr auf ihre Familie und Freunde konzentrieren – und zwar genau in dieser Reihenfolge –, könnte sie dann nicht viel mehr genießen, was sie hat?

»Richard ist ein wunderbarer Mann«, sagt Amber schließlich zu Kate. »Und mein bester Freund. Ich glaube, wir beide sind so sehr von unserem Leben vereinnahmt worden, so sehr in Stress und Hektik gefangen, dass wir aufgehört haben, uns aneinander zu freuen. Es ist nicht, dass wir uns nicht lieben, das tun wir nämlich sehr, aber ich kann mich ganz ehrlich nicht erinnern, wann wir das letzte Mal Spaß zusammen hatten.«

Amber holt tief Luft. »Ich weiß, ich bin erst eine Woche hier, aber ich habe das Gefühl, eine Erleuchtung nach der anderen zu haben. Ich war so nervös, nach England zu kommen, so überzeugt, eine falsche Entscheidung getroffen zu haben, dass ich in letzter Minute fast noch gekniffen hätte, aber jetzt wird mir klar, warum ich hier bin.«

Kate schaut sie fragend an.

»Ich brauchte eine Weile Abstand von meinem Leben, um es richtig erkennen zu können. Ich wusste, dass ich nicht glücklich bin, aber ich liebe meinen Mann und meine Kinder, nur wusste ich einfach nicht, woran es liegt. Und während der letzten Woche habe ich gemerkt, dass es mir fehlt, etwas für *mich* zu tun, etwas, das meinen Geist beansprucht, etwas, bei dem ich mich nützlich fühle; und außerdem wird mir jetzt klar, dass ich nicht in mein Leben eingebunden war. Ich sehe, wie du das hier mit deinen goldigen Kindern machst, ohne Personal, und hervorragend damit fertig wirst. Ich hatte solche Angst, dass es mich überfordern würde, mich um meine Kinder selbst zu kümmern, dass ich stattdessen weglaufe und mein Leben damit verbringe, mich von dieser blöden Charity-Arbeit aufreiben zu lassen. Mein Gott, Kate, ich bin so froh, dass ich dieses Wochenende zu euch gekommen bin. Ich sehe jetzt ganz klar, was ich falsch gemacht habe und was ich tun muss, um es wieder zu richten.«

»Siehst du?«, sagt Kate fröhlich. »Nichts geschieht ohne Grund. Ich frage mich nur, wie Vicky klarkommt, ob sie auch schon irgendwelche Erleuchtungen hatte, während sie dein Leben lebt.«

Amber zuckt traurig mit den Schultern. »Ich würde wahnsinnig gern zu Hause anrufen, aber es ist gegen die Regeln.«

»Sind Regeln nicht dazu da, gebrochen zu werden?«, grinst Kate.

»Meinst du, ich soll anrufen?«

»Unbedingt«, sagt Kate und reicht ihr das schnurlose Telefon. »Und wenn ihr geredet habt, lass mich kurz mit Vicky sprechen. Obwohl ich finde, dass du ein toller Ersatz bist und es richtig schön mit dir ist, aber sie fehlt mir.«

Amber nimmt das Telefon und wählt, und legt dann leise wieder auf, als der Anrufbeantworter angeht.

»Hätte ich mir denken können«, sagt sie mit einem Blick auf ihre Armbanduhr. »Am Samstag sind die Kinder wahrscheinlich gerade auf dem Weg zum Spiel der Little League, und Richard ist diese Woche Ersatzcoach, darum wird er sein Handy abgeschaltet haben. Ich schätze, es ist die gerechte Strafe, weil ich versucht habe, gegen die Vorschriften zu verstoßen.«

»Ich weiß, dass dir deine Kinder unglaublich fehlen, aber ist es nicht auch schön, diese Freiheit zu genießen?«

Amber runzelt nachdenklich die Stirn. »Ja und nein. Ich glaube, eine Woche Leben tauschen wäre perfekt gewesen. Jetzt weiß ich nicht, was ich mir dabei gedacht habe, mich darauf einzulassen, meine Familie einen ganzen Monat zu verlassen. Mir macht nur Mut, dass diese Woche im Nu vorbei war und die nächsten drei Wochen hoffentlich genauso schnell vergehen. Dieses Aha-Erlebnis, alles machen zu können, worauf ich Lust habe, war die ersten drei Tage unglaublich toll, aber jetzt habe ich nur noch Sehnsucht nach meiner Familie, nach meinem Leben, obwohl ich trotzdem froh bin, dass ich das gemacht habe.«

»Na, ich bin auch sehr froh, dass du es gemacht hast. Ich hab das richtig genossen, dich heute hier zu haben. Bleibst du das ganze Wochenende?«

»Ich würde heute gern bei euch übernachten und mich morgen wieder auf den Weg machen. Ein Freund von Vicky will mich zum Essen ausführen.«

»Welcher Freund?«

»Daniel.«

»Ah. Freund im weitesten Sinne.« Kate grinst.

»Ja, ganz genau. Nicht, dass ich verpflichtet bin, es Vicky in dieser Situation gleichzutun«, fügt Amber lächelnd hinzu, »aber er kam neulich noch in der Nacht betrunken vorbei und schien ziemlich von mir angetan zu sein. Ich hoffe nicht, dass er das für ein Date hält.«

»Weiß er, dass du verheiratet bist?«, fragt Kate.

»Ja. Absolut. Offenbar hat ihn das nur noch weiter angestachelt. Wenn ich mich recht entsinne, sagte er irgendwas von einer ›heißen Nacht‹.«

Kate muss schallend lachen. »Und du hast gesagt, dein Leben wäre langweilig.«

»Hab ich nie gesagt!« Amber stimmt in das Lachen ein. »Aber ich möchte gern auch Vickys Freunde kennenlernen, darum denke ich, ich sollte zusagen.«

»Du musst auf jeden Fall zusagen.« Kate nickt. »Und es gibt nichts Netteres, als von einem attraktiven Mann angeschwärmt zu werden, besonders wenn man sich wie eine alte Ehefrau vorkommt, die keiner mehr anguckt.«

»Genau«, sagt Amber. »Und attraktiv ist er weiß Gott.«

»Siehst du?«, freut sich Kate. »Vielleicht gelingt es ja doch noch, dass du mal eine harmlose kleine Schwäche für einen anderen Mann entwickelst.«

Amber drückt Kate fest zum Abschied, küsst die Kinder, umarmt Andy kurz und bedankt sich dann bei allen überschwänglich für eins der schönsten Wochenenden ihres Lebens.

»Bitte komm uns wieder besuchen«, flüstert Kate ihr ins Ohr. »Es war so schön, dich bei uns zu haben, und die Kinder sind dir auch verfallen.«

»Ganz bestimmt«, sagt Amber. »Vicky hat es so gut, eine Familie wie euch zu haben.«

»Und deine Familie hat's gut«, sagt Kate lächelnd, »eine Mami und Ehefrau wie dich zu haben.«

Daniel kommt um sechs, um Amber abzuholen, in der Hand einen Strauß blühender Pfingstrosen.

»Damit wollte ich mich erst mal entschuldigen«, sagt er verlegen, als sie ihm öffnet. »Peinlich, wie ich mich neulich abends verhalten habe. Betrunken an deiner Tür aufzukreuzen war vermutlich nicht die beste Art, mich einzuführen, aber ich hoffe, ich kann dir heute Abend beweisen, dass ich gar nicht so furchtbar bin.«

»Was für wunderschöne Blumen«, sagt Amber. »Komm doch rein, bis ich sie ins Wasser gestellt habe, und dann gehen wir, ja?«

»Sehr gut«, sagt Daniel. Er findet Amber noch bezaubernder, als er sie in Erinnerung hat. Sie besitzt diese kühle Reserviertheit, die er schon immer unwiderstehlich fand, jene exotische Weltgewandtheit, über die ganz bestimmte Amerikanerinnen zu verfügen scheinen.

»Wohin gehen wir?«, fragt Amber aus der Küche.

»Überraschung!«, ruft Daniel zurück.

Amber erscheint in der Tür, die Pfingstrosen jetzt in einer bauchigen Vase, die sie vorsichtig auf den Kaffeetisch stellt. »Ich mag keine Überraschungen«, sagt sie.

»Diese wird dir aber gefallen«, sagt er. »Hör mal, bitte entspann dich. Ich habe nicht die Absicht, mit dir zu flirten oder dich anzubaggern. Ich bin auf ein freundschaftliches Dinner aus, genauso wie es mit Vicky wäre.«

»Außer, dass du hinterher mit Vicky ins Bett gehen würdest, oder?«

»Stimmt«, sagt Daniel achselzuckend. »Trotzdem ist es keine Liebeskiste bei Vicky und mir. Wir sind Freunde mit kleinen Zusatzleistungen, und ich erwarte ganz bestimmt nicht von dir, dass du hinterher mit mir ins Bett gehst.« Obwohl ich mich nicht mit Händen und Füßen wehren würde, wenn du es möchtest, denkt er.

»Okay«, sagt Amber lächelnd. »Es fühlt sich nur so komisch an. Du darfst nicht vergessen, dass ich eine verheiratete Frau und Mutter bin, ich gehe nie mit Männern essen, die ich nicht kenne, so was hab ich seit vielen Jahren nicht mehr getan, und obwohl ich weiß, dass es kein Date ist, fühlt es sich einfach an wie … na ja, wie ein Date.«

»Es ist kein Date«, sagt Daniel, macht ihr die Tür auf und scheucht sie nach unten zu seinem Auto. »Es ist nur ein Abend.«

Daniel hat keinen Tisch im Restaurant bestellt. Stattdessen hat er den Delikatessenladen um die Ecke leer gekauft: frischen Prosciutto und Parmaschinken, exotische Käsesorten, knuspriges Baguette, Paprika, eingelegt in nussiges Olivenöl und Chili, zwei Flaschen eisgekühlten Pinot Grigio in der Kühlbox.

»Oh, Wahnsinn!«, sagt Amber entzückt, als sie am Rande des Regent Park halten und Daniel den Weidenkorb und die Eisbox aus dem Kofferraum hervorholt. »Ein Picknick! Fantastisch!«

Daniel grinst erfreut. »Ich dachte, ein urenglisches Picknick wäre die perfekte Einführung in London für unseren amerikanischen Gast. Leider ist das Essen eher mediterran, aber doch besser als Würstchen mit Kartoffelbrei, dachte ich.«

»Nein, es ist perfekt. Hast du das Wetter auch arrangiert?«

»Selbstverständlich«, sagt Daniel und nickt ernst, während sie durch den Park schlendern, den Softballspielern ausweichen, sich durch andere Picknickgesellschaften schlängeln, die sich über die Grünanlagen verteilen. »Hab heute früh kurz mit Petrus telefoniert.«

»Okay, jetzt bin ich entspannt.« Amber grinst. »Das ist wirklich kein Date. Das ist nur ein herrlicher Ausflug an einem Sommerabend.«

»Sollen die Leute noch mal sagen, ich wüsste nicht, wie man eine Frau glücklich macht ...« Daniel verdreht die Augen.

»Na, ich würde sagen, im Moment machst du diese Frau absolut glücklich«, sagt Amber unschuldig, und Daniel widersteht der Versuchung, etwas Anzügliches zu erwidern. Jetzt nicht. Noch nicht. Aber mein Gott, sie ist umwerfend, und wer weiß, was nicht alles nach ein paar Gläschen Wein passieren kann ...

Kapitel 27

Der Schmuckverkauf war ein Riesenerfolg. Obwohl sich kaum eine der Frauen am Büfett bedient hat, wie Sonia richtig vorhergesehen hatte, wurden fast alle Stücke verkauft. Sonia war anfangs ein wenig beunruhigt, aber als Heidi bei einer Goldkette im Wert von 1 200 Dollar zugriff, gab es auch für die anderen kein Halten mehr.

Zu jeder guten Party gehört ein bisschen Drama, und so konnte sogar Vickys Schmuckparty mit einer kleinen Tragödie aufwarten, als Nadine aufkreuzte, angeblich Suzys beste Freundin. Die beiden – Nadine und Suzy – begrüßten einander mit Küsschen und gegenseitigen Komplimenten über ihr tolles Aussehen, dann verbrachten sie den Rest des Nachmittags damit, sich gegenseitig zu ignorieren und sich im Flüsterton innerhalb der Cliquen zu unterhalten, die sich auf beiden Seiten des Raumes gebildet hatten.

»Was ist denn hier los?«, hatte Vicky entgeistert gefragt, nachdem sie auf eine fast in Tränen aufgelöste Nadine in der Küche gestoßen war, die von zwei anderen Mädchen getröstet werden musste. Die drei hatten heftig getuschelt und waren schlagartig verstummt, als Vicky hereinkam, um dann ihr Gespräch wieder fortzusetzen, sobald sie sahen, dass es nur Vicky war.

Deborah verdrehte die Augen, als Vicky sie fragte. Offenbar hatte Nadine einem der anderen Mädchen in leicht angetrunkenem Zustand und in der Annahme, sie würde es für sich behalten, gestanden, dass sie Suzys Mann wegen seines bedauerlichen Überbisses insgeheim »Goofy« nannte.

Das hatte sich sofort zu Suzy herumgesprochen, woraufhin offener Krieg ausgebrochen war. Da es sich aber um einen Krieg unter vermeintlich erwachsenen Frauen handelte, wurden die Kämpfe nicht in der direkten Konfrontation ausgefochten: Suzy hatte Nadine einfach kaltgestellt, und die wusste nun nicht, wie ihr geschah.

Nadine rief andauernd bei Suzy an und hinterließ ihr Nachrichten auf dem Anrufbeantworter, aber Suzy rief nie zurück, blockierte alle Privatnummern, sodass die Anrufer gezwungen waren, ihre Nummer preiszugeben, und sobald sie sah, dass Nadine am anderen Ende war, ging sie nicht ran. Und das, obwohl sie eigentlich dicke Freundinnen waren, die fünfmal am Tag miteinander telefonierten. Nach ein paar Tagen Funkstille wusste Nadine, dass irgendetwas faul war.

Aber sie konnte sich einfach nicht denken, was sie verbrochen hatte, erinnerte sich nicht an ihre Bemerkung über »Goofy« und hinterließ ein paar Nachrichten bei Suzy auf Band, in denen sie sie anflehte, ihr doch bitte zu sagen, was geschehen war. Suzy sei eine wunderbare Freundin, und Nadine würde wissentlich nie etwas tun, was sie verletzen oder kränken könnte.

Doch Suzy antwortete nicht. Stattdessen stellte sie eine Schlachtordnung auf und rekrutierte ihre Armee, wobei sie sicherstellte, dass sie die coolsten, hübschesten und reichsten Frauen auf ihre Seite zog. »Was für eine *Kuh*«, sagte sie dann über Nadine, und die anderen, überglücklich, als Arbeitsbienen die Bienenkönigin bedienen zu dürfen, schüttelten fassungslos den Kopf. Wie konnte Nadine nur so gemein sein.

Nadine war endgültig klar, dass sie aussortiert worden war, als sie vor zwei Tagen an Suzys Haus vorbeifuhr und die Einfahrt mit Wagen zugeparkt war, die alle Suzys Freundinnen gehörten. Wo von Rechts wegen Nadines Wagen hätte stehen sollen – ganz vorn, da sie normalerweise die Erste war, die eintraf, um zu helfen, wenn Suzy zu einem ihrer berüchtigten Kaffeevormittage einlud –, stand Heidis Lincoln Navigator, der sie in seiner champagnerfarbenen Herrlichkeit hämisch anzugrinsen schien.

Nadine hätte beinahe angehalten, wollte hineinspazieren, als sei nichts gewesen, als wäre sie nicht absichtlich von einem Treffen ausgeschlossen worden, bei dem sie sonst immer als Vizebienenkönigin fungierte. Aber natürlich fehlte ihr dazu der Mut. Sie könnte so etwas nie tun und fuhr stattdessen völlig verheult nach Hause und hinterließ drei Freundinnen eine Nachricht, unter anderem auch der, die die Goofy-Geschichte gegenüber Suzy ausgeplaudert hatte, und fragte sie alle, was sie nur getan haben könnte, dass Suzy sie ignorierte.

Suzy wäre nie so plump gewesen, Nadine persönlich zu ignorieren. Ihre Folter ist viel subtiler. Nadine gegenüber ist sie von verbindlichem Charme, nur wenn ihr Nadine den Rücken kehrt, wetzt sie das Messer.

»Mein Gott«, sagt Vicky, nachdem ihr Deborah die ganze Sache erzählt hat. Deborah weigert sich, für die eine oder andere Seite Partei zu ergreifen, wobei ihr auch klar ist, dass sie weder cool, hübsch noch reich genug ist, als dass eins der Lager sich um sie reißen würde. »Das hört sich ja an, als wären sie alle immer noch zwölf.«

»Ich bin nicht sicher, ob Frauen sich mit dem Alter so besonders ändern«, sagt Deborah am nächsten Tag, als sie beide bis zur Hüfte im Pool stehen, während die Kinder herumplanschen und vergnügt quietschen. »Vielleicht ist das ja typisch amerikanisch oder typisch kleinstädtisch, aber die Cliquen hier sind mehr oder minder wie damals in der Schulzeit.«

»Suzy ist eindeutig die Bienenkönigin«, sagt Vicky und erinnert sich an ihre eigene Schulzeit, als Catherine Enderley dieses Amt innehatte. Das hübscheste – und zickigste – Mädchen in der Klasse, die einem an einem Tag ihre Freundschaft schenkte wie eine kostbare Perle und einen am nächsten Tag behandelte, als sei man ein Stück Dreck.

»Und alle suchen natürlich die Nähe der Königin«, sagt Deborah. »Was ihr viel mehr Macht gibt, als sie verdient hat. Darum kann sie es sich leisten, eine falsche Schlange zu sein, trotzdem ist sie immer noch die, mit der alle befreundet sein wollen.«

»Aber warum?«, fragt Vicky, weil sie es wirklich nicht versteht. »Warum wollen sie mit jemandem befreundet sein, der so zickig ist?«

»Ich glaube, dass ein paar von ihnen unheimlich starke Minderwertigkeitsgefühle haben. Zum Beispiel Nadine. Sie ist kein schlechtes Mädchen, aber sie hat nicht das geringste Selbstbewusstsein.«

»Du machst Witze!«, sagt Vicky. »Aber sie scheint doch alles zu haben. Sie ist hübsch, nicht doof, sogar witzig. Netter Mann, süße Kinder. Warum sollte sie Komplexe haben?«

Deborah zuckt die Achseln. »Warum überhaupt eine von uns? Aber ich glaube, sie hat sich an Suzy gehängt, weil es ihr das Gefühl gibt, etwas wert zu sein – sich fest mit einer zu verschwören, die alles hat, was sie sich auch wünscht, alles ist, was sie sein will. Wenn sich diese Person herablässt, mit Nadine befreundet zu sein, dann färbt dieser Glanz unweigerlich auch auf Nadine ab, und das hebt ihren Status vor sich selbst und vor den anderen.«

»Und wie ist das bei Amber?« fragt Vicky neugierig. »Wie passt sie da rein?«

Deborah lächelt. »Genau. Amber. Verdammt gute Frage, weil Suzy Ambers größte Konkurrentin ist, obwohl Amber total hin und her gerissen ist, ob sie es überhaupt sein will.«

»Wie meinst du das?«

»Na ja, Amber ist eine Winslow, was hier unheimlich wichtig ist, und ganz gleich, wie viel Geld Suzys Mann verdient, sie werden immer Neureiche sein. Gegen die alteingesessenen großen Patrizierfamilien wie die Winslows, deren Vorfahren auf der *Mayflower* rüberkamen, kann er nicht anstinken. In dieser Hinsicht hat Suzy von Anfang an die schlechteren Karten. Außerdem ist Richard total erfolgreich und ihr Haus das einzige, das sich annähernd mit Suzys Haus messen kann, obwohl Amber viel diskreter ist als Suzy und nicht ganz so protzen muss – es sei denn, sie ist stark verunsichert oder es steht ein Klubtreffen an. Auf jeden Fall ist Amber die Einzige, die sich mehr oder weniger denselben Lebensstandard leisten kann wie Suzy.«

»Aber das ist doch nur Geld«, sagt Vicky verwirrt. »Ist Suzy wirklich so oberflächlich, dass sie alle Leute nach ihrem Geld beurteilt, nach ihrem Besitz, der Größe ihres Hauses, welche Designerlabels sie tragen?«

»Tja, ich fürchte, ja!«, sagt Deborah lachend. »So funktioniert das amerikanische Klassensystem. Anstatt die Leute nach ihrem Akzent zu beurteilen, wie wir das im guten alten England tun, beurteilen sie einen hier nach deinem Geld. Und wie viel Geld du hast, bestimmt mehr oder weniger deine Klassenzugehörigkeit, ganz gleich, woher du kommst.

Schau dir Amber an, sie ist Suzys größte Rivalin und in einer schäbigen Wohnwagensiedlung aufgewachsen.«

»Weiß Suzy das?«

»Es wäre ihr egal. Das ist es ja gerade. Es zählt nicht, wo du herkommst, es zählt, wo du jetzt stehst, und ich muss sagen, so furchtbar sich das manchmal anfühlt, es gehört immer noch zu den Dingen, die mir an Amerika am besten gefallen. Dass du mit nichts anfangen kannst und alles erreichen kannst, solange du einen Traum hast und bereit bist, hart dafür zu arbeiten.«

»Nur blöd, wenn du als Desperate Housewife in einem Vorort lebst und versuchst, mit der Bienenkönigin mitzuhalten.«

»Kann sein, aber mir macht das nichts. Mich als Engländerin akzeptiert man hier sowieso nie ganz«, sagt Deborah. »Das Beste ist, sich vom Rampenlicht fernzuhalten und einfach still zuzusehen. Verdammt guter Stoff für ein Buch, denke ich immer.«

»Du bist schon die Zweite, die das vorschlägt.« Vicky hält inne, als ihr einfällt, dass Hugh Janus etwas von einem Buch gesagt hat, doch dann kommt Gracie angeschwommen, klettert auf ihren Rücken und bedrängt sie unter viel fröhlichem Kreischen, mit ihr bis zum tiefen Ende zu schwimmen.

»Also, solltest du es vor mir tun, vergiss mich bitte nicht in deiner Danksagung«, sagt Deborah grinsend, als Vicky verschwindet, um Gracie bei den anderen Kindern abzuliefern, die sich auf den Stufen am tiefen Ende versammelt haben.

In der nächsten Woche kommt Vicky allmählich in Schwung. Sie ist vielleicht noch nicht ganz in Ambers Rolle angekommen, aber sie hat das Gefühl, auf dem besten Weg zu sein. Die Kinder sind jetzt zutraulicher, und auch

Lavinia ist wesentlich freundlicher und hilfsbereiter geworden, nachdem ihr Vicky weiterhin sehr viel Freizeit lässt, da sie nach wie vor herausfinden will, was das Leben einer Ehefrau und Mutter wirklich ausmacht.

Weil Lavinia die Kinder nicht mehr von einem Termin zum nächsten kutschiert, sitzt sie nun selbst vor der Tür von Gracies Ballettklasse und versucht, Small Talk mit den anderen Müttern und Nannys zu machen. Vicky muss feststellen, dass das Gefühl von Entspannung und sogar Langeweile der ersten Woche trügerisch war: Jetzt vergehen die Tage wie im Flug, und sie scheint so gut wie keine Zeit mehr für sich selbst zu haben.

Vorbei die Vormittage, an denen sie auf der Luftmatratze im Pool aalte, während die Kinder im Sommercamp waren. Inzwischen ist Vicky um diese Zeit im Stop and Shop oder im Gartencenter – sie hat beschlossen, sich Ambers Blumenbeet hinter dem Swimmingpool vorzuknöpfen, das aus einer seltsamen Mischung aus Pachysandra und Unkraut besteht – oder im Eisenwarenladen, auf dem Postamt oder an einem der anderen Millionen Orte, wo sie in der kurzen Zeit, nachdem sie Gracie im Camp abgeliefert hat, ihre Besorgungen macht, bevor sie sie für ihren Mittagsschlaf zu Hause wieder abholt.

Am Ende des Tages ist sie wie immer müde. Sie hat heute schon am späten Nachmittag die Bettzeit der Kinder herbeigesehnt, damit sie endlich Diana Krall auf der Stereoanlage in der Küche hören und dabei mit einem großen köstlichen Glas Chardonnay gemütlich für sich und Richard kochen kann.

Aber Richard hat gerade angerufen und gesagt, dass er später nach Hause kommt, noch ein Geschäftsessen hat und sie ihn nicht einzuplanen braucht.

Um halb acht bereitet sich Vicky gerade einen Salat, als Gracie am Absatz der Hintertreppe vor der Küchentür steht.

»Gracie, Schatz«, Vicky eilt zu ihr, »was machst du denn noch hier? Was ist los?«

Gracies kleines Gesicht fällt in sich zusammen, und sie drückt ihr Lämmchen fest an sich. »Ich will meine Mami«, schluchzt sie, als Vicky versucht, sie in den Arm zu nehmen.

»Mami kommt bald wieder nach Hause«, sagt sie sanft. »Du fehlst deiner Mami auch ganz doll, und sie ist bald wieder da, das versprech ich dir.«

»Aber sie soll jetzt kommen!«, heult Gracie, stößt Vicky weg und trommelt mit ihren kleinen Fäusten auf die unterste Stufe. »Ich will meine Mami jetzt haben! Sie soll nach Hause kommen!« Und wieder fängt sie an, hemmungslos zu schluchzen.

Ich will sie auch, denkt Vicky. Ich weiß nicht, wie ich dieses Kind besänftigen soll, und ich weiß, wie es sich anfühlt, wenn man sich nach seiner Mutter sehnt und sie nicht kommt. Was habe ich mir überhaupt dabei gedacht, diesen Tausch für einen Monat auf mich zu nehmen, verdammt noch mal! Einen ganzen Monat! Viel zu lang. Eine Woche hätte vollkommen genügt, und genau wie jetzt offensichtlich für Gracie wirkt auch bei Vicky der Reiz des Neuen nicht mehr.

Lieber Gott, hilf mir, dieses kleine Mädchen zu trösten, mach, dass es ihr bald besser geht, vor allem mach, dass sie endlich aufhört zu heulen, weil ich nicht mehr weiß, was ich machen soll.

Vicky braucht eine halbe Stunde, um Gracie zu beruhigen. Schließlich schafft sie es, sie ins Bett zu legen, wo sie mit Schluckauf in ihr Kopfkissen weint, bis sie einschläft, mit feuchten Wangen und einem tränennassen Pyjamakragen.

Erschöpft geht Vicky wieder nach unten, dann hört sie ein Geräusch von der Treppe her, diesmal in der Halle. Dort findet sie Jared vor, der ebenfalls auf der untersten Stufe sitzt – vielleicht ist das eine Familientradition –, und obwohl er nicht weint, hat er feuchte Augen.

»Jared, mein Schatz«, sagt Vicky, »alles in Ordnung? Was ist los?«

»Ich vermisse meine Mami auch«, sagt Jared und kämpft tapfer gegen die Tränen an.

»Ich weiß«, sagt Vicky, setzt sich neben ihn und nickt. »Ich weiß, Jared, ich ja auch. Sie kommt aber bald wieder, versprochen.«

»Aber warum ist sie so lange weg?«, fragt Jared. »Es ist jetzt schon so lange, warum musste sie so lange wegfahren?«

»Ich weiß es wirklich nicht«, sagt Vicky, und diesmal stimmt es sogar.

Als Richard um zehn nach Hause kommt, nimmt er an, dass im Haus alle schlafen. Vicky hatte gesagt, dass sie erschöpft sei und deshalb sein Meeting gerade recht käme, weil sie früh ins Bett gehen wolle.

Im Haus ist zwar alles still, aber in der Küche brennt noch Licht, und als er leicht wankend hineingeht, um es auszuschalten (er hat mehr Alkohol getrunken, als typisch für ihn ist), stellt er fest, dass auch die Lichter am Swimmingpool an sind und Vicky gemächliche Schwimmzüge macht.

Wie komisch, denkt er. Er und Amber haben immer behauptet, wie sehr sie sich darauf freuten, nachts zusammen im Pool zu baden. Als sie das Haus planten, hatten sie sogar vom Balkon des Schlafzimmers aus eine Treppe zur Terrasse bauen lassen, genau zu diesem Zweck, aber abgesehen von ihrem ersten Sommer hier, als sie nachts ein paarmal badeten, haben sie den Pool nicht mehr benutzt.

Er würde gern nachts schwimmen, aber Amber liegt meistens um neun im Bett. Die paar Male, an denen er ein kleines Bad um Mitternacht vorgeschlagen hat, hat Amber die Augen verdreht oder gelacht, als hätte er ihr einen kleinen Ausflug zum Mond vorgeschlagen, während die Kinder schlafen.

Inzwischen hat er sich daran gewöhnt. Amber gibt ihm abwesend einen Kuss, wenn sie im Wohnzimmer zusammen fernsehen, dann verschwindet sie nach oben ins Bett, wo sie ihren Baumwollpyjama anzieht und mit ihren Büchern oder Zeitschriften unter die Decke krabbelt.

Es ist so merkwürdig, jemanden spätabends schwimmen zu sehen, es war schon immer Richards liebst Zeit zum Baden. Als kleiner Junge ist er nachts immer mit seinen Geschwistern zum Teich gegangen. In den heißen Sommernächten haben sie dann Fackeln angezündet und sind losmarschiert, sind vom Steg in das kühle Nass gesprungen, und das Einzige, was man hörte, war das Zirpen der Grillen im Gebüsch. Der Himmel war wie eine Decke aus schwarzem Samt, gesprenkelt mit kleinen Stecknadelköpfen aus dem Licht Tausender Sterne und manchmal dem warmen Glühen eines Vollmonds.

Schwimmen in der Nacht hat ihn immer beruhigt, an seine Kindheit erinnert, besonders hier, wo auch die Grillen zu hören sind, sich leichter Nebel über der Wasseroberfläche erhebt und sich in einer klaren Nacht der Mond im schwarzen Pool spiegelt.

Richard geht durch die Küchentür hinaus auf die Terrasse und winkt Vicky zu, die jetzt ans untere Ende des Pools geschwommen kommt. Die Terrassenbeleuchtung reicht gerade aus, dass er ihr Handtuch dort liegen sehen kann, neben einem Glas Wein und einer halb geleerten Flasche.

»Amüsierst du dich?«, fragt er und hockt sich an den Beckenrand.

»Es ist traumhaft«, sagt sie grinsend. »Es ist so eine herrliche Nacht, und ich habe beschlossen, dass ich eines Tages einen reichen Mann heiraten muss, weil ich nicht glaube, dass ich ohne Swimmingpool noch leben kann.«

»Was ist mit diesem Mann, von dem du mir erzählt hast – Jimmy? Könnte er dir den Lebensstandard bieten, an den du dich offenbar in Windeseile gewöhnt hast?«

»Er heißt Jamie, und ja, ich glaube, das könnte er wahrscheinlich. Es hängt ganz davon ab, wie berühmt man ist. Wenn man Glück hat und in der Oberliga spielt, bekommt man eine große alte Villa auf dem Land mit Swimmingpool. Natürlich ist das einzige Problem, dass man ihn nur ungefähr drei Tage im Jahr benutzen kann, weil das Wetter so grauenhaft ist, aber was soll's, drei himmlische Tage sind besser als nichts.«

»Das heißt, du willst unbedingt einen reichen Mann heiraten?«, hakt Richard leicht irritiert nach.

»Nein, eigentlich nicht«, lacht Vicky. »Mal ehrlich, ich kann es mir gar nicht erlauben, große Ansprüche zu stellen. Ich muss nehmen, was ich kriege ...«

»Du bist wunderbar«, sagt Richard, der nicht wollte, dass es so herauskommt, wie es plötzlich klingt.

»Ähm. Na ja. Danke«, sagt Vicky verlegen, weiß nicht, wie sie reagieren soll, froh, dass die Terrassenbeleuchtung so schwach ist und man nicht sehen kann, dass sie rot geworden ist. »Und, kommst du rein?«, ruft sie und schwimmt in die andere Richtung, um das Gefühl abzuschütteln, das Richards Worte in ihr ausgelöst haben, und um ihr knallrotes Gesicht ins Dunkel der Nacht zu tauchen. Scheiße, denkt sie. Warum hab ich das gerade gesagt? So habe ich es doch nicht gemeint. Ich wollte nicht, dass du mit reinkommst. Bitte nicht!

»Klar!«, sagt Richard grinsend. Und er beginnt sich auszuziehen. Und obwohl es mitten in der Nacht ist und die Lampen am Pool nicht an sind, haben sich Vickys Augen schon so weit an die Dunkelheit gewöhnt, dass sie alles sehen kann, und obgleich sie weiß, dass das der Mann einer anderen Frau ist, wird man ja wohl mal gucken dürfen, oder? Aber ein lüsterner Schauer fährt durch sie hindurch, als sie ihm dabei zusieht, wie er sein Hemd auszieht, und sie würde am liebsten aus dem Pool steigen und ins Haus rennen, sich in Sicherheit bringen, bevor sie irgendwas tut, was sie später bereuen könnte. Aber ihre Beine sind irgendwie aus Blei, und sie bleibt, wo sie ist. Sie hält sich nur am Beckenrand fest, als Richard sich ins Wasser gleiten lässt, mit nichts am Leibe als seinen Boxershorts.

»Wow«, sagt er. »Das ist toll. Ich kann mich nicht entsinnen, wann ich das letzte Mal nachts geschwommen bin.«

»Nicht dein Ernst! Wenn das mein Haus wäre, würde ich das jede Nacht machen.«

Sie schwimmen in entgegengesetzten Richtungen aneinander vorbei, hin und her, reden nicht, horchen nur auf die Geräusche der Nacht. Und dann hält Vicky an, um Luft zu holen, da sie so viel sportliche Ertüchtigung nicht gewohnt ist, und kauert sich an den Rand, lauscht auf ihre eigenen Atemzüge, als sie Richards Atem neben sich spürt.

Keiner von beiden sagt etwas. Vicky fühlt sich wie gelähmt, ohne Zeitgefühl und schwebend, und sie denkt sich gar nichts, als sie sich dorthin dreht, wo sie gerade noch Richards Silhouette ausmachen kann, und sie denkt sich immer noch nichts, als sie seine Hände spürt, die sich leicht auf ihre Schultern legen, und sie sich zu ihm hinbewegt, nah genug, dass sie seinen Atem auf ihren Lippen spüren kann, näher und immer näher …

»Daddy!« Eine Stimme auf der Terrasse lässt sie zusammenzucken und schuldig auseinanderfahren. Richard klettert sofort aus dem Pool.

»Schätzchen?«, sagt er zu Gracie, die mit Lämmchen in der Hand dasteht. »Was ist los, meine Kleine? Keine Angst, Daddy ist ja da. Daddy passt auf, dass dir nichts passiert«, und er hebt sie hoch und trägt sie ins Haus.

Kapitel 28

»Ich warne dich«, sagt Amber und droht Daniel mit dem Zeigefinger. »Das ist kein Date, und dir ist streng verboten, mit mir zu flirten.«

»Ich muss aber mit dir flirten.« Daniel grinst und breitet die Decke unter einem großen alten Ahornbaum aus. »Das ist mein Job.«

»Dann versuch es ein bisschen weniger als Arbeit zu sehen und etwas mehr als …«

»… Vergnügen?«, beendet er den Satz, wobei er schon wieder grinst.

»Nein, das wollte ich überhaupt nicht sagen.« Amber muss wider Willen lächeln. Selbstverständlich ist sie nicht interessiert. Selbstverständlich wird sie nicht zulassen, dass hier etwas passiert, aber wie lange ist es eigentlich her, dass sich jemand traute, mit ihr zu flirten? Genauer gesagt, wann war sie zum letzten Mal mit einem Mann, der nicht ihr Ehemann war, einen ganzen Abend allein?

Das Singledasein fehlt mir ja gar nicht, grübelt sie, während sie Daniel dabei hilft, die Behälter zu öffnen und auf der Decke zu arrangieren. Es ist die Aufregung, die mir fehlt. Wie herrlich ist es, einmal etwas anderes zu machen, aufmerksam behandelt zu werden, sich wieder richtig als Frau zu fühlen.

Denn genau dieses Gefühl hat Amber gefehlt. Fühlt sie sich wie eine Ehefrau? Aber ja. Wie eine Mutter? Zweifellos. Aber wie eine Frau? Ausgesprochen selten in letzter Zeit. Nur selten fühlt sie sich verführerisch, weiblich, sinnlich. Nur selten ist sie sich ihrer eigenen, früher einmal starken Sexualität bewusst.

Als Mutter ist sie ein entsexualisiertes Wesen geworden, stellt sie entsetzt fest. Mit all der Leidenschaft, die sie früher ihrem Mann entgegenbrachte, werden nun ihre Kinder überschüttet, und der Rest ist ein Gefühl von Gemütlichkeit: Sie betet Richard an, fühlt sich bei ihm sicher, warm und heimelig und würde ihre Ehe nie hinterfragen, aber sie hat so ziemlich komplett das ungestüme Gefühl vergessen, wie es ist, wenn man sich sexy fühlt, wenn man begehrt wird.

Und Daniel? Was hatte Vicky in ihren Notizen beschrieben? Eine Bettgeschichte – Amber schmunzelt, als sie sich an die ungewöhnliche Wendung erinnert. Es ist doch ganz natürlich, dass ihr in seiner Gegenwart Sex in den Sinn kommt, und wenn nur, weil sie weiß, dass er in Vickys Leben diese Rolle spielt.

Wie praktisch, denkt sie. Aber wie schwierig, es dabei zu belassen. Wie kann das gehen, regelmäßig mit jemandem schlafen, zumal mit einem, der ein Freund ist, ohne dass mehr daraus wird, ohne dass tiefere Gefühle mit ins Spiel kommen?

Daniel sitzt ihr gegenüber und gießt Wein in einen Plastikbecher, bevor er ihn ihr mit einem zerknirschten Lächeln reicht.

»Prost«, sagt er, »tut mir leid wegen der Becher. Die Kristallgläser waren in der Spülmaschine.«

»Jetzt weiß ich, dass du lügst«, entgegnet Amber schlagfertig. »Kristall kommt *nie* in die Spülmaschine. Aber trotzdem Prost. Auf – was? Auf den Lebenstausch!«, sagt sie schließlich.

»Sagtest du Frauentausch?« Daniel tut, als hätte er sich verhört. »Darauf trink ich gern. Aber hallo. Auf den Frauentausch. Und alle, die ihm verfallen sind.«

Amber schüttelt den Kopf. »Bist du immer so unverbesserlich? Und wenn ja, wie hält Vicky es mit dir aus?«

»Die Antwort ist nein, bin ich nicht immer, nur in Gegenwart toller Amerikanerinnen mit Wahnsinnsbeinen.« Er mustert sie anerkennend. »Und Vicky hält es mit mir aus, weil wir in erster Linie Freunde sind und Liebhaber erst in zweiter Linie, würde ich sagen, obwohl sie sowieso nicht mehr mit mir schläft, seit Jamie Donnelly auf der Bildfläche erschienen ist.«

»Und, ärgert dich das?«

»Wieso? Weil sie mich jetzt verschmäht oder weil sie mit Donnelly zusammen ist?«

Amber zuckt mit den Schultern. »Ich weiß nicht. Eins von beidem oder beides?«

»Na ja, natürlich bin ich leicht enttäuscht, wenn mir, na ja, danach ist und sie mich mit netten Ausreden und einem keuschen Gutenachtkuss abserviert, aber ich glaube, du möchtest wissen, ob ich eifersüchtig bin, und die Antwort ist eindeutig nein.«

»Okay. Dann kommt noch eine Frage: Werdet ihr, du und Vicky, je etwas anderes sein als Freunde?«

»Nee«, sagt Daniel, ohne eine Sekunde nachzudenken.

»Aber wie kannst du dir so sicher sein? Wenn ihr Freunde seid und euch mögt und miteinander schlaft, wie kann es sein, dass ihr keine Beziehung habt?« Amber ist ihre Verwirrung deutlich anzusehen. »Ich meine, was gehört denn noch dazu?«

»Was noch? Chemie natürlich.«

»Aber Chemie muss doch zwischen euch vorhanden sein, sonst würdet ihr nicht immer wieder miteinander schlafen?«

»Na ja, im Bett ist die Chemie sicherlich da, schätze ich«, sagt Daniel, »aber das andere, das auch dazugehört, Leidenschaft, Verliebtheit, das gewisse *je ne sais quoi*, das fehlt, und wenn das fehlt, hat das Ganze ja keinen Sinn, oder?«

Amber lacht, während Daniel ihr Glas auffüllt: Er ist begeistert, wie schnell sie ihr erstes Glas gekippt hat; was gibt es Schöneres als einen beschwipsten Rotschopf an einem heißen Sommerabend.

»Was gibt's da zu lachen?«, fragt er.

»Weil du so naiv bist!«, sagt sie. »Dieses *je ne sais quoi* gibt es doch gar nicht, jedenfalls nicht als Grundlage einer echten Beziehung. Echte Beziehungen basieren darauf, dass jeder der beste Freund des anderen ist, dass man ehrlich miteinander umgeht und zusammen lachen kann und sich versteht, dass man integer ist. Das hat nichts mit irgendeinem *je ne sais quoi* zu tun, das nach fünf Minuten verfliegt, sobald man verheiratet ist und Kinder hat.«

»Das klingt fast so, als hätte man dich geschickt, um mich zu irgendwas zu überreden«, sagt Daniel und schaut sie misstrauisch an.

»Ich schwöre hoch und heilig, dass das nicht der Fall ist«, sagt Amber ernst. »Ich höre immer nur, wie Singles von Lust und Leidenschaft sprechen, und finde, das allein darf nicht die Basis für eine Beziehung sein. Was dich mit Vicky verbindet, ist Freundschaft und ein tolles Sexleben, und ehrlich gesagt ist mir schleierhaft, wie das noch besser werden kann.«

»Willst du damit sagen, du erlebst mit deinem Mann keine Leidenschaft?« Das wird ja immer besser, denkt Daniel.

»Nein, ganz und gar nicht.« Amber findet eine so direkte Frage von einem relativ Fremden ziemlich unverschämt. »Natürlich tu ich das, aber es ist eine andere Form von Leidenschaft. Es ist die Leidenschaft, die entsteht, wenn man viele Jahre zusammen ist, Kinder gemeinsam großzieht, Dinge gern gemeinsam macht. Leidenschaft, die daher rührt, dass man weiß, wie der andere funktioniert, was sein ganzes Wesen ausmacht.« Und während sie das sagt, denkt Amber an Richard, stellt sich vor, wie er morgens neben ihr aufwacht, mit strubbeligem Haar und verschlafenen Augen, und denkt daran, wie er immer noch, nach all den Jahren, die Arme um sie schlingt und sie jeden Morgen ein paar Minuten umarmt, ihr seine Lippen in den Nacken drückt, während sie noch einmal einschläft, wie er »Ich liebe dich« flüstert, kurz bevor er aufsteht und unter die Dusche geht.

Sie denkt daran, wie Richard mit den Kindern ist. Was für ein wunderbarer Vater er ist. Wie Stolz in ihr aufsteigt, wenn sie sieht, wie er Gracie sanft in den Arm nimmt und herumträgt, wie er ihr einen »Eskimokuss« gibt und seine große Nase an der kleinen Stupsnase seiner Tochter reibt, während Gracie verzückt gluckst.

Sie denkt daran, wie er an ihr vorbeigeht, während sie sich fertig macht, in T-Shirt und Unterhosen vor dem Spiegel sitzt, und sie mustert, wie er dann stehen bleibt und sie drückt, sie küsst, ihr leicht über den Rücken streicht, wie er ihr immer zeigt, wie sehr er sie liebt.

Und Amber? Erwidert sie diese Gesten? Anfangs nicht, weil sie einem Mann wie Richard noch nie begegnet war, stattdessen nur Männer gekannt hatte, die sich weigerten, sich mit öffentlicher Zurschaustellung von Zärtlichkeit zu einer Beziehung zu bekennen; aber inzwischen tut sie es ihm gleich. Zersaust ihm das Haar, wenn sie am Samstagmorgen in der Küche an ihm vorbeigeht, wenn er an der Arbeitsplatte sitzt, einen Bagel isst und das *Wall Street Journal* liest. Schmiegt sich an ihn, wenn er am Sonntag arme Ritter und Eierkuchen macht, während die Kinder zugleich glücklich und peinlich berührt zusehen, wie sie in der Küche stehen und sich umarmen und küssen.

Ein Schluchzer sitzt ihr in der Kehle. O Gott. Er fehlt ihr. Die Kinder fehlen ihr. Ihre Familie fehlt ihr. Und jetzt versteht sie, warum Richard sich über ihr Fortgehen so geärgert hat. Was hat sie sich dabei gedacht, ihre Familie einen ganzen Monat zu verlassen? Einen Monat! Wie weltfremd kann man eigentlich sein?

Daniel sitzt da und beobachtet, wie ihr Gesichtsausdruck von ernsthaft zu nachdenklich und traurig wechselt. Scheiße, denkt er, das war eine Frage, die absolut nach hinten losging.

»Trink aus«, sagt er schnell in einem aufgesetzt munteren Tonfall. »Wir müssen noch eine Menge Wein wegputzen. Ich kann nicht zulassen, dass du hier sitzt und aussiehst, als würdest du gleich in Tränen ausbrechen. Hier, nimm noch von der Pastete und erzähl mir lieber, was derzeit in den Büroräumen von *Poise!* alles los ist.«

Es klappt. Amber berichtet von ihrer Zeit dort, dass man ihr ein paar Sachen zum Schreiben gegeben hat, dass Leona begeistert von ihrer Arbeit ist. Sie erzählt ihm, wie sich das anfühlt, nach all den Jahren endlich wieder ihren Verstand benutzen zu können, dass sie vielleicht ein Talent entdeckt hat, von dem sie nie wusste. Daniel nickt die ganze Zeit, hört ihr aufmerksam zu und gibt ihr das Gefühl, die faszinierendste Frau der Welt zu sein.

Und dann ist Daniel an der Reihe. Er erzählt ihr von seinem Job als Fernsehproduzent, bringt sie mit Geschichten über Shows zum Lachen, berichtet von Dingen, die schiefgelaufen sind. Er ist geübt in der Kunst, hübsche Frauen mit Charme und Humor zu verführen; seine Anekdoten sitzen perfekt und haben den erwünschten Effekt. Im Nu ist die Traurigkeit in Ambers Augen so gut wie verschwunden, und einmal muss sie so lachen, dass sie den Schluck Wein, den sie im Mund hat, herausprustet.

Sie haben jetzt die zweite Flasche angebrochen, und Daniel fragt sich, ob er es wagen kann. Sie sendet definitiv Signale aus, ihre Körpersprache ist entspannter, die Förmlichkeit und kühle Zurückhaltung haben dank seiner Geschichten und durch den Alkohol abgenommen. Ich frage mich, denkt er und schaut auf ihre Lippen, ich frage mich, ob ich mein Glück probieren soll.

Noch nicht, denkt er, obwohl sie unwiderstehlich aussieht. Es wäre falsch, es total zu vermasseln, bevor er nicht absolut sicher ist, dass er eine Chance hat.

»Daniel?« Eine Stimme unterbricht seinen Traum, er und Amber schauen auf. Vor ihnen steht ein Mann in T-Shirt und Shorts, Basecap auf dem Kopf und Softballschläger in der Hand. Er nimmt die Kappe ab und grinst. Es ist Hugh.

»Hugh!« Daniel rappelt sich auf und schüttelt ihm erfreut die Hand. »Wie geht's dir, Kumpel? Was machst du hier?«

»Softballspiel mit der Firma«, sagt Hugh. »Wir sind gerade fertig geworden.«

»Ich hab dich ewig nicht gesehen. Wie läuft's in der Welt der Dokus?«

»Bisschen schleppend zurzeit, aber ich kann mich nicht beklagen«, sagt Hugh, dann schaut er nach unten und lächelt Amber an, wartet, vorgestellt zu werden, merkt plötzlich, dass sie ihm bekannt vorkommt, weiß aber nicht genau, woher, bis sie spricht.

»Wir haben miteinander telefoniert«, sagt sie in ihrem charakteristischen amerikanischen Akzent. Sie hat Hugh sofort an seiner Stimme erkannt. »Ich bin Amber Winslow. Ich fürchte, es ist meine Schuld, wenn es zurzeit nur schleppend geht. Sie haben mich damals angerufen, als ich noch in den Staaten war.«

»Natürlich!« Hugh Janus beugt sich vor und schüttelt ihr die Hand. »Ich verstehe aber auch, warum Sie keine Dokushow wollten. Es ist nicht jedermanns Sache. Andy Warhol hat zwar gesagt, jeder könnte fünfzehn Minuten lang berühmt sein ...«

»... aber nicht jeder *will* fünfzehn Minuten lang berühmt sein?«, beendet Amber seinen Satz, und er lacht.

»Oder wie bei Ihnen, nicht mal eine Minute, wie ich vermute«, sagt Hugh.

»Das stimmt. Ich hoffe dennoch, ich habe Ihre Pläne nicht allzu sehr durcheinandergebracht.«

»Nein, wir machen die Show trotzdem«, sagt Hugh. »Wir haben uns ein paarmal mit Janelle Salinger bei *Poise!* getroffen, und wenn sie die Story über die Erfahrungen mit dem Tausch bringen, werden sie weitere Leute anheuern, die so was machen wollen, und davon werden wir dann hoffentlich eine Doku drehen.«

»Wie, Sie meinen, Vicky wird das Ganze noch mal machen?«, fragt Amber entsetzt.

»Nein«, sagt Hugh lachend. »Nicht Vicky. Aber wir werden uns nach alleinstehenden Karrierefrauen und verzweifelten Hausfrauen umsehen, die auch einen Monat tauschen.«

»Wollen Sie damit sagen, ich wäre eine verzweifelte Hausfrau?«, fragt Amber.

»Nicht im Geringsten. Ich habe Fotos von Ihrem Haus gesehen, wissen Sie noch? Bei der Villa kann absolut keine Verzweiflung aufkommen. Mein Gott. Ich würde alles dafür geben, so ein Haus zu haben, ganz zu schweigen von dem Pool im Garten. Außerdem war die Firma nicht besonders angetan von der Vorstellung, ein Team nach Amerika schicken zu müssen, Sparmaßnahmen und so weiter und so weiter, und jetzt können wir alles hier drehen.«

»Also ist es gut, dass wir uns geweigert haben?«

»Verdammt gut. Und wie geht's Vicky so? Ich weiß, dass sie keinen Kontakt haben darf, aber ein bisschen werden Sie doch erfahren haben?«

»Sie redet mit Janelle, aber Janelle hält dicht. Ich glaube, sie hat Angst, wenn sie mir etwas erzählt, bekomme ich solches Heimweh, dass ich mich ins nächste Flugzeug setze.«

»Und, würden Sie?«

»Ja. Ich bin wirklich gern hier und genieße es, wieder zu arbeiten, obwohl mir klar ist, dass ich eher so tue als ob, aber mir fehlt einfach meine Familie so wahnsinnig. Ich glaube, mir ist durch die ganze Sache bewusst geworden, dass es in dieser Phase meines Lebens gut wäre, wenn ich etwas anderes neben meiner Rolle innerhalb der Familie finde, und auch neben meiner Wohltätigkeitsarbeit.«

»Das heißt, Sie wollen wieder anfangen zu arbeiten?«

»Ja. Rasend gern. Ich weiß nur nicht, was das sein soll,

aber das Schreiben macht mir großen Spaß, also wer weiß, vielleicht setze ich mich ja noch hin und schreibe den großen amerikanischen Roman.«

»Oder aber Sie und Vicky holen aus der ganzen Geschichte noch einen Buchvertrag raus«, sagt Hugh.

»Also das«, sagt Amber grinsend, »hört sich nach der besten Idee des Tages an.«

»Ich dachte, *das* hier war die beste Idee des Tages«, brummt Daniel vorwurfsvoll und zeigt auf das Picknick. Er wünschte, Hugh würde sich endlich verziehen, aber der macht keinerlei Anstalten.

»Darf ich nicht auch mal zwei gute Ideen am Tag hören?«, sagt Amber lächelnd. »Hugh, wollen Sie sich nicht zu uns setzen und ein Glas Wein mit uns trinken?«

»Klar«, sagt Hugh lächelnd, lässt sich auf die Decke fallen und grinst Daniel an. »Ich würde ja jetzt sagen, ich hoffe, ich platze nicht irgendwo rein, weil mir das sehr nach einem romantischen Picknick für zwei aussieht, aber Dan, alter Freund, Vicky hat mir Fotos von Ambers Mann gezeigt, und er sieht aus wie ein griechischer Gott.«

»Oh, bitte!«, lacht Amber, während Daniel Hugh im Stillen verflucht und sich wünscht, er würde sich in Luft auflösen.

»Und wie kommt es, dass so viele tolle Singlemänner in London herumlaufen?«, fragt Amber nach einer Weile, als sie zu dritt die zweite Flasche Wein fast geleert haben. »Genauer gesagt, wie zum Teufel kann es sein, dass angesichts der vielen tollen Singlemänner Vicky sich immer noch keinen geschnappt hat?«

»Sie trifft sich mit Jamie Donnelly«, erinnert sie Daniel.

»Aha!«, sagt Hugh. »Ich wusste doch, dass da was läuft.

Wir hatten neulich einen Lunchtermin mit Vicky, als Donnelly dazukam – er ist ein alter Kumpel, wir haben mal eine Show zusammen gemacht –, und plötzlich war da dieses eindeutige Knistern zwischen den beiden. Jamie Donnelly, guck mal an. Na, da sollte sie sich in Acht nehmen. Er ist nicht gerade ein Kostverächter.«

»Das kannst du laut sagen«, lacht Daniel, und Amber runzelt die Stirn.

»Wie meinen Sie das?«, fragt sie.

»Er hat den Ruf, ein eingefleischter Casanova zu sein«, sagt Hugh. »Man sieht ihn mehr oder weniger jeden Abend mit einer anderen Frau am Arm.«

Amber ist sichtlich geschockt. »Aber ich glaube, dass Vicky ihn wirklich mag. Weiß sie das?«

»Na, also wenn sie Zeitung liest, wovon ich ausgehe, dann sollte sie es wissen. Es ist nicht gerade ein Geheimnis.«

»Aber ich hatte den Eindruck, sie stellt sich vor, dass etwas Ernstes daraus werden könnte«, beharrt Amber. »Ehrlich, ich habe mit ihr über ihn gesprochen, sie macht sich ganz bestimmt Hoffnungen mit diesem Kerl.«

Hugh hebt eine Braue, wie auch Daniel, denn nicht einmal er hat gewusst, wie ernst es Vicky mit Jamie ist.

»Wirklich?«, sagt Hugh. »Na ja, vielleicht täusche ich mich ja. Vielleicht hat er endlich die Frau gefunden, die ihn zähmen kann. Ich hoffe es. Vicky ist ein nettes Mädchen, sie hat es verdient, einen guten Mann zu finden. Was ist mit dir, Dan? Wann hast du vor, dein wildes Junggesellenleben zu beenden?«

»Nicht in unmittelbarer Zukunft«, sagt Daniel. »So viele Frauen, so wenig Zeit. Und wie geht's Lara? Seid ihr inzwischen verheiratet?«

Hughs Gesicht sackt zusammen. »Nein. Noch nicht verheiratet. Es läuft im Moment nicht besonders gut. Wir haben zum ersten Mal eine richtige Krise, und zurzeit hangeln wir uns nur von Tag zu Tag.«

»Oh, das ist furchtbar.« Amber legt Hugh die Hand auf den Arm. »Ich hoffe, es geht wieder vorüber.«

»Danke«, sagt Hugh. »Ich schätze, es kommt, wie es muss, so oder so.« Er schaut auf die Uhr. »So, ich sollte besser wieder los. Ich störe sowieso schon viel zu lange, aber vielen Dank für den Wein. Toll, dass ich Sie jetzt sogar richtig kennenlernen konnte, Amber. Viel Glück bei allem, was noch vor Ihnen liegt.«

»Danke, Hugh.« Sie steht auf. Anstatt ihm die hingehaltene Hand zu schütteln, umarmt sie ihn spontan, mütterlich und beschützend, klopft ihm auf den Rücken, wie um zu sagen, dass alles wieder gut wird. Denn würde das Vicky nicht genauso tun?

Daniel ist sauer. Der Abend war so gut gelaufen, bevor Hugh Janus kam. Sie waren gerade so schön in Schwung gekommen, er hatte definitiv gedacht, dass er Chancen bei ihr hatte. Dann kam Hugh, und alles war wieder verpufft. Amber hing wieder ihren trüben Gedanken nach, und er konnte sehen, wo er blieb.

Als sie vor dem Haus stehen, dreht Amber sich um und umarmt ihn. Als sie so dastehen und er sich fragt, ob jetzt der Zeitpunkt gekommen ist, an dem er ihr Haar anhebt und ihr einen leichten Kuss auf die nackte Schulter setzt, spürt er, wie sie ihn in genau derselben mütterlich-besänftigenden Art tätschelt wie eben Hugh Janus. Und jetzt weiß er, wenn es je an diesem Abend einen Punkt gegeben hat, an dem etwas hätte passieren können, an dem Amber ihr anderes Leben vorübergehend auf Eis gelegt und sich einen Moment auf ihn eingelassen hätte, dass dieser Moment ein für alle Mal vorbei ist.

Und er ist nicht sicher, ob es ihn jemals wieder geben wird.

»Es war ein herrlicher Abend«, sagt Amber und macht sich lächelnd von ihm los, dann geht sie auf die Zehenspitzen und küsst ihn auf die Wange. »Ich finde, du bist ein wunderbarer Mann, und wäre ich nicht verheiratet, würde ich mich von all der Aufmerksamkeit, die du mir den ganzen Abend entgegengebracht hast, mehr als nur ein bisschen geschmeichelt fühlen, obwohl ich das Gefühl habe, dass du mich anders behandelt hättest, wenn ich nicht verheiratet wäre.« Die schroffe Aussage wird durch Ambers mildes Lächeln abgeschwächt.

»Wie meinst du das?«

»Ich meine, dass du genau das willst, was dir nicht gehört. Dass dich vor allem der Kick der Eroberung anmacht, der Reiz des Unerreichbaren, und dass du es in dem Moment, wenn es in deinem Besitz ist, nicht mehr haben willst.«

Daniel will protestieren, aber der Wein hat seinen Verstand benebelt, und er bekommt die Worte nicht richtig heraus, darum zuckt er nur mit den Schultern und lächelt. »Ich glaube«, sagt er endlich, »dass ich dir immer dieselbe Aufmerksamkeit geschenkt hätte, ganz gleich, ob du in festen Händen bist oder nicht.«

»Das freut mich sehr«, sagt sie und macht die Haustür auf, bleibt noch einmal stehen und schaut Daniel an. »Vielen Dank für einen himmlischen Abend«, sagt sie. »Können wir das wiederholen? Als Freunde?«

»Natürlich«, sagt Daniel. »Ich ruf dich an«, und er winkt

und geht davon, ziemlich sicher, dass er Amber nie mehr wiedersehen wird, und falls doch, so hat er seine einmalige Chance gehabt und verspielt.

Amber sitzt im Schneidersitz auf Vickys Bett und breitet Fotos von ihrer Familie auf der Decke vor sich aus, dann fängt sie an zu weinen. Dieser Sehnsuchtsschmerz ist einfach nicht mehr auszuhalten.

»O Scheiße«, sagt sie laut und in bester englischer Manier, bevor sie zum Telefon greift. Es ist ihr egal, dass sie nicht anrufen darf, auch, dass es fünf Uhr nachmittags ist, beinahe Abendbrotzeit für die Kinder und in ihrem Haus gewöhnlich Geisterstunde genannt. Ich will Richard, denkt sie. Ich bin weit weg von zu Hause, und ich bin einsam, und ich will die Stimme meines Mannes hören. Ich will hören, dass alles in Ordnung ist, weil ich das nicht mehr machen will. Ich will nicht hier sein. Ich will nach Hause, wo ich hingehöre.

Das Telefon läutet und läutet, und Amber hört, wie der Anrufbeantworter anspringt und sich merkwürdigerweise Vickys deutlich akzentuierte englische Stimme meldet. »Sie haben die Winslows erreicht«, hört sie. »Wir können Ihren Anruf gerade nicht entgegennehmen, aber bitte hinterlassen Sie Ihren Namen und Ihre Telefonnummer nach dem Piepton, einer von uns wird Sie dann gern zurückrufen.«

»O mein Gott«, flüstert Amber und legt den Hörer auf, ohne eine Nachricht zu hinterlassen, holt tief Luft. »Ich weiß, ich habe mich freiwillig für diese Sache gemeldet, aber wieso habe ich plötzlich das Gefühl, in Gefahr zu sein? Warum gehen bei mir alle Alarmsignale an?« Amber hat nicht mit Vickys Stimme auf ihrem Anrufbeantworter gerechnet, auch nicht mit dem, was sie jetzt plötzlich und unerklärlicherweise empfindet.

Angst.

Amber schaudert, als ihr ein neuer Gedanke kommt. Was ist, wenn eine andere Frau versucht, mir mein Leben zu stehlen?

Kapitel 29

»Vicky hatte gestern Nacht ein Aua, aber Daddy hat es geküsst und wieder heil gemacht«, verkündet Gracie am Frühstückstisch, und Vicky zuckt zusammen.

»Sie hatte es im Gesicht«, sagt Gracie, während Vicky rot anläuft, obwohl niemand außer den Kindern in der Nähe ist, da Richard – Gott sei Dank – schon unterwegs zur Arbeit ist und Lavinia heute ausschlafen kann.

Scheiße, hatte Vicky letzte Nacht still geflucht, als sie sich in einen Frotteebademantel hüllte und ins Haus ging. Leise glitt sie an Gracies Zimmertür vorbei, hörte, wie Richard Gracie sanft beruhigte und wieder ins Bett brachte. Sie zögerte kurz, fragte sich, ob sie hineingehen sollte, wollte aber nicht mit Richard konfrontiert werden, wollte nicht daran erinnert werden, was gerade fast passiert wäre, denn das gehörte nicht zum Plan. Eine Affäre mit einem verheirateten Mann war das Letzte, was sie wollte.

Und obwohl sie wusste, dass das anhaltende Knistern zwischen Richard und ihr keine Einbildung war, hatte sie nicht vor, dass sich daraus irgendetwas entwickelte. Selbst gestern Nacht hatte sie damit nicht gerechnet, hatte nicht erwartet, dass Richard sich die Sachen vom Leib reißen und in den Pool springen würde.

Es war ja nicht so, als hätte Richard die Falsche geheiratet und jetzt plötzlich seine Traumfrau, eine echte Seelenverwandte gefunden. Wenn etwas passiert wäre, dann offensichtlich, weil Richard einsam war, sich von seiner Frau verlassen fühlte, weil er Trost suchte, nicht weil er plötzlich fand, dass er verrückt nach Vicky war.

Vicky saß auf dem riesigen Ehebett in ihren Bademantel gehüllt und wartete mit klopfendem Herzen, dass Richard hereinkäme, damit sie wenigstens darüber sprechen könnten. Ich sage ihm, dass es ein Fehler war, dachte sie. Sage ihm, dass wir uns die nächsten zwei Wochen lieber aus dem Weg gehen sollten, bis es wieder Zeit ist für mich zu fahren, und als sie an zu Hause dachte, merkte sie, wie Heimweh sie packte.

Das Leben hier war wunderbar, daran gab es nichts zu deuteln, aber es war nicht ihr Leben, und plötzlich fehlte ihr ihre kleine Wohnung an der Marylebone High Street. Plötzlich fehlte ihr der Metzger um die Ecke, der Kaffee im Providores, das Lunch beim Japaner.

Ihr fehlte die Arbeit. Ihr fehlten Leona, Ruth und sogar Janelle. Ihr fehlte es, ständig von Leuten umgeben zu sein: Selbst an den Wochenenden, selbst an Tagen, wenn sie es vorzog, sich in ihrer Wohnung zu verkriechen, stundenlang vor der Glotze zu hängen oder ihre Lieblingsfilme auf DVD anzuschauen, selbst dann wusste sie, dass sie von Leuten umgeben war und sie einfach nur durch die Tür zu gehen brauchte, wenn sie sich einsam fühlte.

So still und friedlich es hier war, aber wenn sie irgendwohin wollte, Leute besuchen oder etwas unternehmen, musste sie in Ambers riesigen Geländewagen steigen und in die Stadt fahren. Es kam nie jemand einfach mal vorbei, und niemand schien je zu Fuß zu gehen. Sie hatte sogar ein paarmal versucht, Freunde von Jared spontan einzuladen, aber die Mütter waren entsetzt von der Vorstellung, dass ihre Kinder einfach nach dem Camp mit zu ihm nach Hause gehen sollten – obwohl sie natürlich gern bereit waren, für Donnerstag in drei Wochen um 15:00 einen Termin auszumachen.

Ihre kurze Begegnung mit dem Frauenklub hatte sie überzeugt, dass es ihre Sache nicht war, nicht einmal für Recherchezwecke, weil die Zickereien sie unheimlich an ihre Schulzeit erinnerten, und die wollte sie eigentlich so weit wie möglich hinter sich lassen.

Bei aller Perfektion an der Oberfläche durchschaute Vicky, dass dieses Leben genau das war: oberflächlich. Ihr Singleleben mit einem Kreis von tollen Freunden, einer chaotischen Garderobe, die eine Mischung aus Kaufhausklamotten und dem gelegentlichen herabgesetzten Designerstück darstellte, ihre geliebte Katze – mein Gott, wie sehr ihr Eartha fehlte –, ihr Singledasein war vielleicht nichts im Vergleich zu alledem, vielleicht etwas, das diese Frauen gern hinter sich gelassen hatten, aber als sie so auf Ambers Bett saß, die Arme um die Knie geschlungen, und versuchte, in dem von der Klimaanlage gekühlten Raum nicht zu zittern, wurde Vicky plötzlich klar, dass sie ihr Leben gegen nichts in der Welt eintauschen wollte.

Ambers Kinder waren zum Anbeißen, aber es waren nicht ihre. Und Richard war zum Anbeißen, dachte sie traurig, aber auch er gehörte nicht ihr. Es war ein Experiment, das möglicherweise total in die Hosen gegangen war, aber es hat sie gelehrt, das zu schätzen, was sie hat. Kirschen in Nachbars Garten sehen vielleicht aus, als würden sie besser schmecken; das heißt aber noch lange nicht, dass sie es wirklich tun.

Und vielleicht wollte Vicky nur nach Hause wegen allem,

was vorgefallen war, vielleicht, weil sie sich schämte und gedemütigt fühlte, und vielleicht, weil sie nicht wusste, wie sie am nächsten Morgen Richard in die Augen sehen sollte.

Am nächsten Morgen ist Richard schon unterwegs in die Arbeit, als Vicky aufsteht, worüber sie ungeheuer erleichtert ist. Natürlich werden sie irgendwie über die Sache reden müssen, und sie wünschte, sie wüsste, was er zu Gracie gesagt hat, denn irgendetwas muss er ihr ja gesagt haben, da sie offensichtlich etwas gesehen hat, was einer Erklärung bedurfte, aber darum wird sich Vicky später kümmern, dachte sie jedenfalls, bis Gracie die Aua-Bombe platzen ließ.

Na ja, denkt Vicky, als sie sich fluchtartig vom Tisch abwendet und sich an der Kaffeemaschine zu schaffen macht, wenigstens weiß ich jetzt, was er gesagt hat.

»Wo ist denn dein Aua?«, fragt Jared misstrauisch.

»Auf der Nase«, sagt Vicky, geht zum Tisch zurück und beugt sich zu ihm hinunter. »Ich bin so schnell geschwommen, dass ich mir die Nase am Beckenrand gestoßen habe, ist das zu fassen? Ist noch ein Kratzer zu sehen? Oder eine Beule? Irgendwas?«

Jared untersucht sorgfältig ihre Nase und schüttelt den Kopf. »Nichts«, sagt er, bevor er sich wieder seiner Schale mit Cheerios zuwendet. Gott sei Dank. Vicky kann wieder befreit durchatmen, als Jared und Gracie anfangen zu zanken, wer die Rückseite der Cheerioschachtel lesen darf.

Nachdem Vicky die Kinder zum Camp gebracht hat, ist eine Nachricht von Richard auf dem Anrufbeantworter. »Hallo Vicky, ich wollte nur sagen, dass hier heute in der Arbeit die Hölle los ist und ich erst sehr spät nach Hause komme, also plan mich bitte nicht zum Essen ein. Hab einen schönen Tag und grüß die Kinder. Ciao.«

Nichts. Nicht die kleinste Andeutung, dass irgendwas vorgefallen ist, und die Befürchtungen, die Vicky die ganze Zeit niedergedrückt haben, beginnen sich zu verflüchtigen. Vielleicht macht sie ja viel zu viel Tamtam um die Sache. Mein Gott, so was kommt in den besten Familien vor, vielleicht hat es ja gar nichts zu bedeuten. Wichtig ist doch nicht, was passiert ist, sondern was nicht passiert ist, und Richards ganz alltäglicher Nachricht nach zu urteilen, wird auch nichts mehr passieren.

Ich werde einfach nicht mehr dran denken, beschließt Vicky, greift zum Telefon und ruft Deborah an. Einfach so tun, als sei nichts passiert.

»Hey, gerade habe ich an dich gedacht«, sagt Deborah. »Kennst du diesen irischen Komiker Jamie Donnelly?«

»Äh … ja«, sagt Vicky, die sich sicher ist, Deborah nichts von Jamie Donnelly erzählt zu haben.

»Hast du heute schon die englischen Zeitungen gesehen?«

Vickys Herz beginnt heftig zu schlagen. »Nein – wieso? Was ist passiert?«

»Nur, dass er Brittany Johnson vögelt! Glaubst du das? Kannst du mir sagen, was so eine Wahnsinnsfrau wie Brittany Johnson in so einem miesen kleinen Komiker und Playboy wie Jamie Donnelly sieht?« Langes Schweigen. »Vicky? Vicky? Bist du noch dran?«

»Ja«, sagt Vicky und ringt mit den Tränen.

»O Gott, wahrscheinlich hältst du mich jetzt für total bescheuert«, sagt Deborah. »Aber ich bin nun mal süchtig nach jedem Showbiz-Klatsch. Tut mir leid, ist mein heimliches Laster. Ich gehe jeden Morgen ins Internet und lese die britischen Schundblätter, und Spencer darf nicht in den

Drugstore gehen, ohne mir *US* und *People* mitzubringen. Findest du mich jetzt total blöd? Soll ich einfach den Mund halten?«

»Nein, überhaupt nicht«, bringt Vicky schließlich hervor. »Ist doch völlig okay. Hör mal, ich muss Schluss machen. Ich ruf dich zurück, ja?«

»Klar«, sagt Deborah und fragt sich, womit um alles in der Welt sie Vicky brüskiert haben kann. »Hör mal, ist alles in Ordnung? Hab ich was Falsches gesagt?«

»Nein, gar nicht, es ist nur jemand an der Tür. Ich ruf dich wieder an. Versprochen.« Vicky legt auf, geht an Ambers Computer und liest die Onlineausgabe der *Sun*, wo sie die Story mit eigenen Augen sehen kann. Und obwohl Vicky normalerweise nie etwas glaubt, was sie in der Zeitung liest, prangt da dick und fett ein Foto von Jamie und Brittany, die gerade dabei sind, sich heftigst abknutschen, aufgenommen im Soho House am Freitagabend. Diesmal kann es keine Erklärung dafür geben. Kein Schmus à la »Brittany und ich sind alte Freunde«. Er hat sie belogen, und er hat sie betrogen.

»Arschloch!«, brüllt sie den Bildschirm an und drischt wütend auf den Schreibtisch ein. »Du beschissenes Oberarschloch!«

»Vicky?« Eine verängstigte Lavinia schaut zur Tür herein. »Alles okay?«

»Nein!« Vicky bricht in Tränen aus, und Lavinia eilt herbei und nimmt sie in den Arm und versucht sie zu trösten. »Nein, ist es nicht, verdammt noch mal. Ich will nach Hause.«

Eine Stunde später trinkt Vicky einen Tee, und die Tränen sind endlich versiegt. Na super, denkt sie. Ich kriege meine Tage und habe den schlimmsten PMS-Anfall meines Lebens, ich wäre fast mit einem verheirateten Mann ins Bett gegangen, und der Mann, mit dem ich den Rest meines Lebens verbringen wollte, schläft jetzt mit Brittany Johnson. Ausgerechnet Brittany Johnson. Wer kann es mit der schon aufnehmen? Ich will hier nicht mehr bleiben, egal, ob mein Job das so vorsieht oder nicht, und ich bin müde, ich bin stinksauer, und es steht mir bis hier, und wäre ich nicht fünfunddreißig, würde ich sagen, ich will zu meiner Mami.

»Na ja«, brummt sie und tunkt einen Keks in die Tasse. »Wenigstens kann es heute nicht mehr schlimmer kommen …«

»Wisst ihr was?«, sagt sie, als sie die Kinder vom Sommercamp abholt. »Ich habe beschlossen, dass wir heute die Stunden sausen lassen und etwas Besonderes unternehmen. Wir gehen ins Aquarium und essen den ganzen Nachmittag Eis!«

»Yippee!«, jubeln Jared und Gracie auf dem Rücksitz. »Wir wollen Eis! Wir wollen Eis!«

Aus purem Egoismus hat Vicky beschlossen, dass sie ins Aquarium gehen möchte. Sie hat die Termine und Kurse der Kinder abgesagt, weil sie die Routine leid ist. Und das nach nur zwei Wochen, denkt sie bissig. Verstehe einer, wie Amber das aushält. Vicky ist außerdem immer schon gern ins Aquarium gegangen, findet es unglaublich beruhigend, in den abgedunkelten Räumen umherzuschlendern und Fische zu beobachten. Selbst heute noch geht sie regelmäßig allein ins Londoner Aquarium, verbringt ein paar Stunden dort, bis sie ihre Mitte wiedergefunden hat, und fühlt sich unendlich viel besser, wenn sie wieder geht.

Sie fahren zum Maritime Center nach Norwalk, halten unterwegs bei Mr Chubby's, um das erste Eis des Nachmittags zu kaufen, dann stellen sie den Wagen auf dem

Parkplatz ab und schließen sich den Horden derjenigen an, die alle dieselbe Idee haben – in einem Aquarium mit Aircondition Zuflucht vor der sengenden Hitze zu suchen.

Gracie legt ihre kleine Hand in Vickys, den Daumen der anderen fest im Mund, während sie umherschlendern und die Seepferdchen anschauen. Die Kinder hüpfen vor Freude, als sie ein Bassin entdecken, in dem alle Fische schwimmen, die in *Findet Nemo* vorkommen.

Die Schildkröten sind riesengroß und majestätisch, die Haie von gespenstischer Eleganz, und als sie sich vor das Becken mit den Quallen setzen und ihnen dabei zuschauen, wie sie in ihrer phosphoreszierenden Pracht aufsteigen und wieder herabgleiten, stoßen die Kinder plötzlich einen Jubelschrei aus.

»Daddy!«, rufen beide und rennen zu Richard hinüber, der in Schlips und Anzug, die Aktentasche zu seinen Füßen, auf einer Bank sitzt, die Quallen anstarrt und seine Kinder jetzt wie vom Donner gerührt ansieht.

»Richard?« Jetzt ist Vicky an der Reihe, verdattert auszusehen. »Was machst du denn hier?«

Und Richard, dem selbstsicheren, wortgewandten, freundlichen Richard scheint es ausnahmsweise die Sprache verschlagen zu haben.

»Kaufen wir den Kindern erst mal ein Eis«, sagt er schließlich. »Und dann erklär ich das.«

»Wir wollen Eis! Wir wollen Eis!«, schreien die Kinder, und obwohl sie gerade erst ein großes Eis bei Mr Chubby's verputzt haben, gestattet Vicky es, weil Richard eindeutig einiges zu erklären hat, und wenn Eiscreme hilft, die Kinder ruhig zu halten, und Richard ein bisschen Luft gibt, seine Sache zu erläutern, dann soll es so sein.

Die Ereignisse der letzten Nacht sind restlos vergessen. Als Vicky sich schließlich erinnert, was beinahe geschehen wäre, fragt sie sich kurz, ob sie es nicht doch geträumt hat.

»Du hast was?«, fragt Vicky. Der Schock steht ihr ins Gesicht geschrieben.

»Ich habe meinen Job verloren«, sagt Richard zum zweiten Mal, schaut auf die Tischplatte, kann ihr nicht in die Augen sehen.

»Aber was soll das heißen, du hast deinen Job verloren? Wann? Wieso bist du hier im Aquarium? Ich versteh das nicht. Wie konnte das passieren, dass du deinen Job verlierst?«

»Ich bin vor einem halben Jahr entlassen worden«, sagt Richard leise, während Vicky vor Schreck der Unterkiefer herunterfällt.

»Vor einem halben Jahr?«, wiederholt sie ungläubig.

»Ja. Vor einem halben Jahr. Sie sparen ein. Letztes Jahr ist nicht toll gelaufen, da haben sie ein paar von uns entlassen.«

»Aber wieso weiß Amber nichts davon? Ich begreife nicht, wie du ihr etwas so Wichtiges verschweigen konntest. Ein halbes Jahr lang! Das heißt, du gehst morgens im Anzug ›zur Arbeit‹, und alles ist nur Schau? Du verbringst deine Tage hier? Das ist das Verrückteste, was ich je gehört habe.«

»Du warst noch nie in meiner Situation, also verurteile mich nicht vorschnell«, sagt Richard schroff, und Vicky richtet sich in ihrem Stuhl auf und entschuldigt sich.

»Ich habe eine Frau und zwei Kinder, die ich ernähren muss, ganz zu schweigen davon, dass wir in Highfield wohnen, was mir nicht ganz so auf der Tasche liegt wie Greenwich, aber wir sind auf dem besten Weg dahin.«

»Aber wie … ich meine, wie wirkt sich das finanziell aus? Hast du überhaupt –«

»Die Antwort lautet: nicht viel. Ich habe eine Abfindung bekommen, aber nicht annähernd, was ich erwartet hatte, und nicht annähernd genug, um unseren Lebensstil hier aufrechtzuerhalten. Wir sind ziemlich pleite, und ich habe keinen neuen Job gefunden, und ich weiß nicht mehr, was ich machen soll.«

Die Angst zeigt sich plötzlich in seinem Gesicht, und Vicky hat das Gefühl, nicht mehr mit Richard dem Mann, sondern mit Richard dem Jungen zusammenzusitzen, und plötzlich überkommt sie großes Mitgefühl.

»Es tut mir so leid«, flüstert sie. »Aber ich fass es nicht, dass du Amber nichts davon erzählt hast. Du musst es ihr sagen.«

»Ich weiß«, sagt er. »Ich weiß nur nicht, wie. Sie liebt ihr Leben hier, und sie schmeißt das Geld zum Fenster raus, und es ist einfach nichts übrig. Ich überziehe meine Kreditkarte immer mehr und stehe unter einem wahnsinnigen Druck. Darum gehe ich ins Aquarium. Hier ist so ungefähr der einzige Ort, an dem ich mich entspannen kann und an nichts denken muss, wo ich einfach nur abschalten und die Quallen anschauen kann.«

Vicky lächelt sanft. »Ich weiß, was du meinst. Aber Amber liebt dich, sie wird es verstehen.«

»Natürlich liebt sie mich, aber wir werden große Abstriche machen müssen, und ich bin mir nicht sicher, ob Amber dazu bereit ist, weiß nicht, ob sie sich das vorgestellt hat, als sie mich heiratete.«

»Da bin ich anderer Meinung«, sagt Vicky. »Sie hat dich gewollt, in guten wie in schlechten Zeiten, und außerdem hat sie mir erzählt, dass sie aus ganz bescheidenen Verhältnissen stammt. Sie weiß also, wie das ist, wenn man sich eine Zeit lang durchbeißen muss.«

»Aber dahin wollte sie doch nie wieder zurück. Sie dachte, wenn sie einen Winslow heiratet, ist sie auf der sicheren Seite.«

»Und dass sie auf der sicheren Seite ist, weil du sie liebst – zählt das nichts?«

»Nur im Märchen. Im richtigen Leben zählt nur, dass man sich liebt *und* in der Lage ist, die Kinder auf eine Privatschule zu schicken, und sollte man sich dennoch für eine öffentliche Schule entscheiden, muss man sich wenigstens flankierende Maßnahmen wie Ballettstunden, Judo, Musikunterricht und sonst was leisten können. Im richtigen Leben muss man dafür Sorge tragen, dass sich seine Frau immer das neuste Pucci-Kleid kaufen kann, um mit den Suzys und Nadines mitzuhalten«, sagt er bitter, »und man muss ein Vermögen für die angesagtesten Innendekorateure ausgeben, nur damit alle Welt hereinspazieren und sich vergewissern kann, dass wir die Idioten sind, die Unsummen für ein ekliges lila Empfangszimmer ausgegeben haben.«

Vicky verschluckt sich fast vor Lachen. »O mein Gott, tut mir leid«, sagt sie betreten. »Ich meine, es stimmt ja, was du sagst, und es ist nicht komisch, aber euer Empfangszimmer ist wirklich ziemlich die Härte. Ich wollte ja nichts sagen …«

»Ich weiß«, sagt Richard und ringt sich sogar ein kleines Lächeln ab. »Aber all das bedeutet Amber so viel. Ich weiß nicht, wie ich ihr sagen soll, dass wir uns das alles nicht mehr leisten können.«

»Wovor hast du Angst?«, fragt Vicky leise. »Wovor hast du am meisten Angst?«

Richard schweigt eine Weile. »Ich weiß nicht«, sagt er schließlich. »Vielleicht, dass sie mich verlässt.«

»Aber du kannst nicht so weitermachen und ihr nichts sagen. Du musst es ihr erzählen.«

»Und wie soll ich das bitte schön während eurer verrückten Tauschgeschichte machen? Das geht nicht einfach so am Telefon.«

Vicky nickt zustimmend. »Weißt du was?«, sagt sie. »Ich glaube, ich bin mit der Sache durch.«

»Wie meinst du das?«

»Ich meine, dass ich das jetzt zwei Wochen mache, und ich finde, es reicht. Es ist ein tolles Experiment, und ich habe eine Menge dabei gelernt. Erstens, dass es nicht möglich ist, das Leben eines anderen Menschen zu leben. Selbst wenn man seine Kleider trägt und all die Dinge tut, die er auch tut, wird man doch nie ganz genau wissen, wie er sein Leben führt. Zweitens hat es mir die Erkenntnis gebracht, das zu schätzen, was ich habe. Ich dachte immer, das hier wäre das Leben, das ich mir wünsche, aber jetzt, wo ich hier bin, will ich nur noch nach Hause. Ich habe keine Ahnung, was Amber macht, aber ich würde mich stark wundern, wenn es ihr nicht genauso geht. Sie hat dich und die Kinder verlassen, Herrgott noch mal; wahrscheinlich kommt sie um vor Heimweh. Morgen früh rufe ich meine Chefredakteurin an«, sagt Vicky entschlossen. »Und sage ihr, dass Schluss ist. Du musst es Amber ins Gesicht sagen, und ich muss wieder nach Hause.«

»Das würdest du machen?« In Richards Gesicht spiegeln sich gleichzeitig Erleichterung und Sorge.

»Ich *werde* es sogar machen. Denk nur an den alten Spruch: Es gibt nichts, wovor man Angst haben muss, außer vor der Angst. Und ich verspreche dir, dass es nicht so schlimm wird, wie du denkst. Du denkst, dass Amber in Highfield glücklich ist, aber nach allem, was sie mir erzählt hat, ist sie gar nicht so zufrieden mit ihrem Leben, wie du meinst. Um Gottes willen, nicht mit dir!«, sagt Vicky schnell, als sie Richards entsetzten Gesichtsausdruck sieht. »Nur dieser ewige Druck, diese ewige Konkurrenz. Es macht sie bei Weitem nicht so glücklich, wie du dir einbildest. Ehrlich gesagt, mein Eindruck war eher, dass sie nicht weiß, wie sie da wieder herauskommt. Vielleicht ist das genau, was ihr braucht, alle beide. Vielleicht könnt ihr woanders noch mal neu anfangen. Amber hat mir erzählt, ihr bleibt nur in Highfield, weil du in die Stadt pendeln musst.«

»Hat sie gesagt? Ich dachte, wir bleiben nur in Highfield, weil sie es so toll findet.«

»Na, eins beweist es auf jeden Fall«, sagt Vicky und lächelt: »Dass ihr zwei dringend reden müsst.«

»Darling!«, meldet sich Janelle am Telefon, und Vicky wird es warm ums Herz. »Wie läuft's denn so? Und du böses Mädchen! Du weißt genau, dass du hier nicht anrufen sollst!«

»Ich weiß, Janelle, und es tut mir leid, aber es ist was passiert.« Dann erzählt sie ihr die ganze Geschichte, wobei sie nur die Sache mit sich und Richard im Swimmingpool auslässt.

Als Janelle endlich aufhört, vor Aufregung zu beben – »O Schatz, das gibt ja eine fantastische Story ab!« –, seufzt sie. »Na ja, mir wäre eigentlich lieber, du würdest noch die zwei Wochen bleiben, aber wenn du wirklich meinst, du hast genug Material für deinen Artikel zusammen, dann denke ich, dass ich mit Amber reden und sie fragen könnte, was sie davon hält. Nur wirklich schade, wenn sie jetzt schon fährt. Stephen und ich wollten ihr zu Ehren eine tolle Dinnerparty veranstalten, obwohl, ich schätze mal, du könntest an ihrer Stelle kommen und uns alles erzählen.«

Vicky am anderen Ende der Leitung in Amerika verdreht die Augen und grinst. Wie beruhigend, dass manche Dinge sich nie ändern. »Würdest du mit Amber reden und sie fragen, ob sie nach Hause kommen will?«, sagt Vicky.

»Ich habe eine bessere Idee«, sagt Janelle. »Ich sehe sie da drüben an deinem Schreibtisch sitzen. Frag sie einfach selber.«

»Amber Winslow«, meldet sich Amber geschäftsmäßig.

»Amber! Ich bin's, Vicky!«

Eine Pause entsteht. »Entschuldigung – welche Vicky?«

Vickys Augen weiten sich leicht. Zwei verdammte Wochen, denkt sie, und schon bin ich ›welche Vicky‹?

»Vicky Townsley?«, sagt sie leicht pikiert. »Deine Tauschpartnerin, weißt du noch?«

»Oh, Vicky!« Ambers Stimme überschlägt sich vor Freude. »O mein Gott! Tut mir so leid. Ich dachte, du wärst wieder so eine PR-Frau! Hier rufen ununterbrochen Leute von PR-Agenturen an und machen mich verrückt. Wie geht es dir? Und wie geht es den Kindern? Und Richard? Warum rufst du mich an? Ich dachte, wir dürften keine privaten Telefonate führen …«

»Weiß ich«, sagt Vicky. »Und es geht allen gut, nur fehlst du ihnen wahnsinnig. Ich glaube, besonders Gracie nimmt es ziemlich schwer …« Vicky hört, wie Amber schluckt.

»Es ist so«, fährt sie fort. »Ich glaube, dass ich eigentlich genug habe. Zwei Wochen habe ich jetzt in deinem Leben verbracht, und auch wenn es wunderbar gewesen ist, kann ich mir nicht vorstellen, was in den nächsten zwei Wochen noch passieren könnte, um meine Story noch groß zu verändern oder zu verbessern.«

»Was willst du damit sagen?«

»Na ja, ich schätze, ich will fragen, ob du einverstanden wärst, wenn wir das Ganze abkürzen und wieder zurücktauschen?«

»Meinst du, gleich?« fragt Amber. »So etwas wie morgen?«

»Na ja. Nicht unbedingt morgen, aber doch eher früher als später. Ehrlich gesagt sehne ich mich total nach meinem alten Leben, und ich kann mir nicht vorstellen, dass wir beide noch tiefe neue Erkenntnisse gewinnen, wenn wir das Ganze länger fortsetzen. Aber ganz klar, wenn du nicht einverstanden bist, bleibt jeder, wo er ist.«

»Nicht einverstanden?« Amber widersteht dem Drang, vor Freude laut zu jubeln. »Bist du verrückt? Ich komme um vor Heimweh! Ich will nichts weiter als wieder zu meiner Familie zurück. Das ist die schönste Nachricht aller Zeiten! Ich fahre nach Hause! Hurra!«

»Heißt das, du hast keinen Spaß?«, fragt Vicky.

»Ich amüsiere mich ganz köstlich«, sagt Amber. »Aber ehrlich gesagt weiß ich nicht, was mich da geritten hat, als ich dir schrieb und mich dann tatsächlich auf die Sache eingelassen habe. Obwohl mir klar geworden ist, dass ich unbedingt wieder arbeiten will.«

»Schreibst du Artikel?«

»Ich schreibe mehr, als ich gedacht hätte, und wie es aussieht, habe ich sogar ein Händchen dafür. Ich habe daran gedacht, mich vielleicht nach einem Job umzusehen, wenn ich wieder zu Hause bin, vielleicht bei einem Lokalblatt oder so.«

»Also hast du schon etwas über dich herausgefunden? Es war keine Zeitverschwendung?«

»Mein Gott, überhaupt nicht! Ich habe das Gefühl, hier eine gute Portion Realität mitbekommen zu haben. Und ich habe gelernt, dass ich in meinem Leben mehr brauche als den Frauenklub. Ich will mich nützlich machen, ich will das Gefühl haben, gebraucht zu werden, mich über mehr zu definieren als über meine Rolle als Ehefrau, Mutter oder Mitglied in irgendeinem Wohltätigkeitsverein.«

»Also, soll ich schon mal nach Flügen schauen?«, fragt Vicky.

»Unbedingt!«, antwortet Amber und grinst. »Und heißt das, ich kann jetzt mit meinen Kindern reden?«

»Ich finde, es spricht nichts dagegen«, sagt Vicky. »Einen Moment. Jared! Gracie«, ruft sie nach oben ins Spielzimmer. »Geht mal ans Telefon. Jemand will euch Hallo sagen!«

Kapitel 30

Trotz Richards Angst, seiner Frau gestehen zu müssen, dass er nicht der erfolgreiche Jäger ist, für den sie ihn hält, dass er als Brötchenverdiener versagt hat, dass ihm während der letzten sechs Monate jeden Morgen ein Loser aus dem Spiegel entgegenstarrte, empfindet er so etwas wie Erleichterung, dass er ihr endlich reinen Wein einschenken kann.

Der Druck, mit einer Lüge zu leben, hat seinen Tribut gefordert, seine Angst, nicht der Mann zu sein, für den seine Frau ihn hält, hat ihm mehr Stress bereitet, als ihm klar war. So sehr er sich über Ambers Abreise geärgert hat, so wenig er das Ganze nachvollziehen konnte, kam er doch nicht umhin, es als Strafe Gottes zu sehen, dass er den hohen Ansprüchen eines Highfield-Ehemanns nicht gerecht werden konnte.

Die Wahrheit war, dass er zwar darunter litt, keine Stelle zu haben, sich gedemütigt und wertlos fühlte, weil es ihm nicht gelungen war, gleich wieder einen neuen Job an Land zu ziehen. Aber er konnte auch nicht ehrlichen Gewissens sagen, dass er seine Arbeit liebte. Das tat er schon lange nicht mehr, seit Jahren nicht.

Anfangs hatte ihm der Parketthandel noch Spaß gemacht, hatte er die Hektik und den Kitzel des Geldverdienens genossen, das Auf und Ab der Emotionen bei jedem großen Gewinn und Verlust, wobei die Gewinne in der Regel die Verluste weit übertrafen.

Er war kein junger Kerl mehr, musste aber feststellen, dass er zunehmend von jungen Kerlen umgeben war, die Jahr für Jahr jünger wurden, alle mit derselben Getriebenheit, Leidenschaft und Ambition, die er aus seiner eigenen Anfangszeit noch vage in Erinnerung hatte.

Er weiß nicht mehr, wann ihn der Ehrgeiz allmählich verließ, vermutlich um die Zeit, als sie nach Highfield gezogen waren. Nicht, dass irgendwas mit Highfield nicht stimmte, aber es war schon ein gewaltiger Schock gewesen, in den Vorort zu ziehen: Die Pendelei ging ihm schwer auf die Knochen, und Amber, die aus der Stadt gezogen war, »um die Kinder in einer natürlichen Umgebung großziehen zu können«, schien ständig unter Druck zu stehen, wie sie die Kreise beeindrucken könnte, in denen sie sich jetzt bewegte.

Die Wahrheit ist, dass Highfield wider Erwarten ein viel gefährlicheres Pflaster ist als Manhattan. In Manhattan wusste man wenigstens, woran man war. Man wusste, dass die Kinder Qualen dulden mussten, damit sie eine der Handvoll Privatschulen aufnahm, in die alle mit einem gewissen Anspruch ihre Sprösslinge schicken wollten. Man wusste, dass man Himmel und Hölle in Bewegung setzen musste, um ihnen den denkbar besten Start im Leben zu ermöglichen. Und wenn es bedeutete, einen Privatlehrer anzuheuern, damit ein Dreijähriger eine Grundlage in Französisch hatte, um beim Aufnahmegespräch Eindruck zu schinden, dann musste es eben sein.

Aber Highfield war ja angeblich anders. Alle, die aus der Stadt dorthin gezogen waren, sagten, sie hätten sich für Highfield entschieden, um dem ganzen Stress zu entkommen, um auf dem Land zu sein, wo es Wiesen und Bäume gab. Sie wollten, dass ihre Kinder an der frischen Luft aufwuchsen und die »unglaublich guten« staatlichen Schulen besuchten. Nur weg von dem ewigen Konkurrenzkampf.

Sie sagten, dass sie an Highfield diesen speziellen Neuengland-Charme liebten, gepaart mit genau dem Quäntchen Weltläufigkeit, bei dem sich jeder ehemalige Manhattan-Bewohner zu Hause fühlt. Das große Kunstfestival jedes Jahr, zu dem die Leute aus nah und fern anreisen und sich in dem Städtchen verlustieren, das in den Zwanzigerjahren von Künstlern, Schauspielern und Schriftstellern aufgebaut worden war.

Auf dem Papier hatte Highfield ideal ausgesehen, aber je mehr New Yorker zuzogen, desto mehr städtische Werte brachten sie mit, und Richard braucht Amber nur anzuschauen, um zu sehen, wie wenig sich ihr Leben nach ihrem Umzug im Grunde verändert hat.

Er liebt Amber ja gerade deswegen, weil sie nicht Teil dieser Welt ist. Weil sie nie reich war. Weil sie nichts von ihm erwartet hat. Aber die bescheidenen Verhältnisse, aus denen sie stammt, haben ihr eine chamäleonhafte Eigenschaft verliehen – Amber kann sich in alles verwandeln, dem sie sich ihrer Meinung nach anpassen muss, und obgleich Richard klar ist, dass die Amber, die in einem Kleid von Oscar de la Renta zur Gala des Frauenklubs geht, nicht die Amber ist, die er geheiratet hat, weiß er auch, dass sich das nicht ändern wird, solange sie hier leben.

Bis vor einem halben Jahr hat es ihm nichts ausgemacht. Er war mehr als in der Lage, ihr eine mondäne Garderobe zu ermöglichen, ein Wohnzimmer von Amberley Jacks, ihre Supervilla, die alle anderen in den Schatten stellt, aber nun wird er ihr sagen müssen, dass es damit vorbei ist, und obwohl er erleichtert ist, dass er ihr endlich seine Blamage beichten kann, dass er sein Geheimnis mit der wichtigsten Frau in seinem Leben teilen kann, weiß er, dass sie alles von Grund auf ändern müssen, und die Angst davor, was Amber dazu sagen wird, macht ihn krank.

Wie sehr hat er gebetet, dass es dazu nicht kommt. Er hat die ersten zwei Monate damit verbracht, jeden anzurufen, den er kennt, jeden zu fragen, ob er etwas für ihn hat, irgendeinen Job; er hat Headhunter angerufen, die er selber einmal in Anspruch genommen hat, um neue Leute für sein Team zu finden, die, Ironie des Schicksals, ihre Stelle noch haben.

Sie hatten sich alle gern mit ihm getroffen, manche zum Lunch, manche in ihren Büros, wo es vielversprechende, schmeichelhaft lange Gespräche gegeben hatte, aus denen nie etwas geworden war. »Der Markt ist furchtbar zurzeit«, musste er sich immer wieder anhören. »Selbst für einen in deiner Position«, was unweigerlich tragische Geschichten von geschätzten Mitarbeitern in der Bank nach sich zog, die auf der Karriereleiter wesentlich weiter oben gestanden und ihre Posten viel länger innegehabt hatten als er, die man auch entlassen musste.

»Wenn ich irgendwas für dich tun kann«, hatte es immer geheißen, wenn sie ihm zum Abschied die Hand schüttelten und ihm ihre Visitenkarte überreichten. Aber das eine, was er von ihnen wollte, konnten sie nicht für ihn tun: ihm einen Job geben.

Und je mehr Zeit vergangen war, desto mehr hatte er sich seinen Tagträumen hingegeben, hatte Stunden im Aquarium verbracht, sich den hypnotisch schwebenden Quallen überlassen und sich ausgemalt, was er wirklich gern tun würde.

Denn die Wahrheit ist, dass er eigentlich gar nicht in die City zurückwill. Er hat die Nase voll von der Wall Street, er ist total ausgebrannt, und Geld bedeutet ihm einfach nicht so viel wie seinen jüngeren, aufstrebenden Kollegen, die nach dem Kick eines Deals giepern und nach den obszön hohen Prämien, die sie am Ende des Jahres mit nach Hause nehmen, und das, obwohl der Markt so »furchtbar« war.

Seine Familie hat nie Geld gehabt, und es hat ihm nicht geschadet. Er hat die schönsten Erinnerungen an seine Kindheit, und wenn die Zeiten richtig schlecht waren, dann hatten sie daraus ein Abenteuer gemacht. Er entsinnt sich an das eine Weihnachtsfest, als sie sich weder Christbaumschmuck noch einen Weihnachtsbaum leisten konnten. Da hatten sie im Garten eine kleine Kiefer geschlagen und die Dekoration selbst gebastelt; die Brüder hatten mit emsiger Konzentration Papierlampions ausgeschnitten, während seine Mutter in ihrem alten Ohrensessel am Kamin saß und mit seinen Schwestern lange Ketten aus Popcorn aufzog.

Richard weiß, dass man sein Glück mit Geld nicht kaufen kann, und er weiß, dass auch Amber es im Grunde ihres Herzens weiß. Und sein Traum? Irgendwo eine kleine Firma zu kaufen, vielleicht einen Familienbetrieb in der Nähe, wo er wohnt, damit er mittags zum Essen nach Hause kommen, Zeit mit den Kindern verbringen, seine Familie wieder kennenlernen kann.

Was Richard sich wünscht, ist ein einfacheres Leben, das, von dem er geträumt hat, als er nach Highfield zog. Er will seine Kindheit wieder aufleben lassen, will, dass seine Kinder glücklich sind, wenn sie an einem Bach in der Nähe Stöckchen werfen oder auf einer Wiese Fangen spielen – nicht ständig vom Kindermädchen von einem Unterrichtstermin zum nächsten kutschiert werden müssen, nicht

Stunden mit hirnrissigen Computerspielen verbringen. Er will nicht, dass Gracie sich zu einer dieser Neunjährigen entwickelt, wie er sie am Wochenende überall in Highfield sieht: Miniaturausgaben ihrer Mütter in glitzernden, bauchfreien T-Shirts, Minihandtäschchen von Louis Vuitton über den Schultern, mit dem jetzt schon perfektionierten angeödeten Gesichtsausdruck, wenn sie sich im Nagelstudio das Handy ihrer Mutter borgen und mit ihren Freundinnen tratschen und dabei gekonnt-nonchalant die Finger spreizen, während sich eine kleine Koreanerin über sie beugt und ihnen die Nägel lackiert. Die Mädchen kauen Kaugummi und schlagen die Beine übereinander und ignorieren die Maniküre in dem Versuch, mondän zu erscheinen. Wie ihre Mütter.

Er will nicht, dass Jared unbedingt die neuesten Sportschuhe von Nike haben muss, weil es die einzig coolen sind, will nicht, dass er mit jener Anspruchshaltung auftritt, die daher rührt, Kind wohlhabender, aber nie anwesender Eltern zu sein, von Vätern, die an der Wall Street arbeiten, und Müttern, die sich mit ihrer Wall-Street-Witwenschaft arrangiert haben, indem sie sich in die Komiteearbeit stürzen, ihren Frauenklub, ihre Elternversammlungen, immer darauf bedacht, ihr Bestes zu geben, das Beste aus ihren Kindern zu machen, die schlausten, hübschesten, sportlichsten, schlanksten, vorzeigbarsten Kinder zu haben – und dennoch nie zufrieden sind, selbst wenn sie alles erreicht haben.

Auch Amber scheint es offenbar zu wollen. Manchmal vielleicht nicht, aber wie wird sie damit klarkommen, wenn er ihr sagt, dass sie diesen Standard nicht mehr halten können? Der Markt wird nicht besser, die Hoffnungen, die er in den ersten paar Wochen nach seiner Entlassung noch hatte, sind restlos verpufft, und ständig trifft er Männer, die in derselben Lage sind wie er, nur dass sie schon länger arbeitslos sind als er, manche seit Jahren.

Kann Amber den anderen noch in die Augen sehen, wenn er ihr eröffnet, dass sie sich ihren Lebensstil nicht mehr leisten können? Dass ihr einziger Aktivposten das Haus ist – sein Finanzberater hat ihm immer gesagt, dass sie keine Rücklagen bräuchten, bis sie vierzig sind, und bis dahin sind es noch ein paar Jahre. Er hat sich nie Sorgen um ihre Zukunft gemacht, ist davon ausgegangen, dass sein Einkommen ihnen einen hohen Lebensstandard sichern würde – und jetzt werden sie ihr Haus verkaufen müssen.

Es ist der letzte Ausweg, aber wenn er nicht morgen noch einen Job bekommt, sieht er keinen anderen Weg. Wenn sie das Haus verkaufen, haben sie genügend Eigenkapital, sich nach etwas wesentlich Kleinerem umzusehen, und sie könnten trotzdem gut leben, obwohl Rakers dann nicht mehr infrage käme, die Weihnachtskarte von Amberley Jacks ausbliebe und sie garantiert zum Gespött der ganzen Stadt würden – ein gefundenes Fressen für Frauen wie Suzy und Nadine.

Was vielleicht die Sache ist, vor der er sich am meisten fürchtet. Ihm sind sie völlig schnuppe, aber er weiß, wie demütigend es für Amber sein wird. Er würde sich auch in einer unscheinbaren Hütte vollkommen wohlfühlen, denn Amber hat genügend Stil, um sie wunderschön einzurichten, aber wie würde Amber diese Veränderungen erklären? Ist sie stark genug, um das auszuhalten, wenn man sich das Maul über sie zerreißt und ihre sogenannten Freundinnen im Frauenklub sie bemitleiden?

Aber Amber ist stark, sagt er sich. Sie hat schon Schlimmeres durchgemacht und schon früher ihre Fähigkeit unter Beweis gestellt, sich aus dem Schlamm zu ziehen und etwas aus sich zu machen. Wenn sie es damals konnte, kann sie es jetzt auch. Das Ganze zu akzeptieren wird ihr zuerst schwerfallen, das weiß er, aber wenn sie so weit ist, werden sie es schaffen.

Bitte, lieber Gott, mach, dass sie es schaffen.

Amber kommt durch den Zoll und schaut in die Menge erwartungsvoller Gesichter in der Ankunftshalle des Kennedy Airports. Richard hat ihr einen Wagen bestellt, und sie sucht die hochgehaltenen Schilder nach ihrem Namen ab, will so schnell wie möglich ins Auto und nach Hause.

Und dann sieht sie sie. Richard, so groß, so gut aussehend, so vertraut, Gracie auf dem Arm, seine andere Hand auf Jareds Kopf. Ein Strahlen breitet sich über ihr Gesicht, und sie rennt los, dann haben Gracie und Jared sie entdeckt, und Jared stürzt ihr mit ausgestreckten Armen und heller Freude im Gesicht entgegen.

»Mami!«, schreit er und wirft sich ihr in die Arme, gefolgt von Gracie und Richard.

Amber sagt nichts. Umarmt nur ihre Kinder, so fest sie kann, während ihr Tränen die Wangen herunterlaufen. O Gott, denkt sie. Wie konnte ich sie allein lassen? Dann steht sie auf, während die Kinder immer noch an ihren Beinen hängen, und küsst Richard, und plötzlich fühlt sie sich befangen und ein bisschen verlegen.

»Hallo«, flüstert sie, als sie sich aus der Umarmung lösen und sich anlächeln.

»Selber hallo«, sagt er. »Froh, wieder hier zu sein?«

»Und wie!«, sagt sie und hakt sich bei ihm ein. Als sie den Wagen auf dem Parkplatz erreicht haben, ist die Befangenheit verflogen. Amber kann nicht aufhören zu grinsen, so überglücklich ist sie, endlich wieder da zu sein, wo sie hingehört.

»Wir haben dich vermisst, Mami!«, sagt Jared, als sie auf der Autobahn sind.

»Ja, Mami. Warum bist du so lange weg gewesen?«, ertönt Gracies Stimmchen auf dem Rücksitz.

»Keine Sorge, Kinder«, sagt Amber. »Mami fährt nie wieder weg. Mami wird bis ans Ende ihrer Tage in Highfield bleiben«, und sie dreht sich zu Richard um und drückt ihm lächelnd die Hand. Bildet sie sich das ein, oder ist er gerade ein bisschen blass geworden?

»Ist alles okay, Rich?«, fragt sie.

Er wendet sich ihr zu und lächelt. »Alles wunderbar«, sagt er. »Ich dachte, wir machen den Kindern Abendbrot und gehen dann anschließend noch was essen. Ich habe uns um acht einen Tisch bei La Plage reserviert. Schaffst du das noch, oder bist du zu müde?« La Plage ist ihr Lieblingsrestaurant in Highfield, das sie viel zu selten besuchen. Es ist der perfekte Ort für Richards Geständnis, schon allein weil es unmöglich wäre, in dieser gedämpften eleganten Atmosphäre eine Szene zu machen, weil an mindestens drei anderen Tischen garantiert Leute sitzen, die sie kennen, da das La Plage einer der wenigen Orte in Highfield ist, in denen man auf jeden Fall »gesehen werden« will.

»O Schatz, ich bin total erschossen. In England ist es jetzt …«, sie schaut auf ihre Uhr, »elf, und ich würde am liebsten nur mit dir und den Kinder zusammen sein. Könnten wir La Plage auf morgen Abend verschieben? Können wir uns heute nicht einen ruhigen Abend machen und früh ins Bett gehen?«

»Aber es gibt so viel zu reden«, sagt Richard, der weiß, dass er das nicht noch einen Abend verschieben kann, denn es überfordert ihn allmählich, sein Geheimnis mit sich herumzuschleppen. »Ich will alles über London erfahren.«

»Aber die Vorstellung, mich noch umzuziehen und auszugehen, ist mir einfach zu viel«, sagt Amber.

»Bleib zu Hause, Mami!«, rufen Jared und Gracie auf dem Rücksitz. »Geh nicht! Bleib zu Hause.«

»Siehst du?« Amber grinst. »Du bist überstimmt. Aber was hältst du davon, uns was vom Chinesen kommen zu lassen und auf der Veranda zu essen, wenn die Kinder im Bett sind. Dazu ein paar Gläser Wein, ich erzähle dir ein bisschen von London, und du kannst mir erzählen, wie es hier mit Vicky war. Wie war es hier mit Vicky? Versichere mir, dass du nicht mit ihr geschlafen hast«, sagt sie halb im Scherz. Und halb nicht.

Richard schaut sie an und lächelt, ist unendlich dankbar, dass es bei diesem gewissen Moment mit Vicky geblieben ist, denn er weiß, dass er ein grottenschlechter Lügner ist. Wenn irgendetwas passiert wäre, würde Amber es merken, weil sie ihn immer durchschaut.

»Hand aufs Herz.« In bester Bill-Clinton-Manier legt er seine Hand aufs Herz. »Ich hatte nie Sex mit dieser Frau.«

»Und auch keine Blowjobs?«

Er grinst. »Auch keine Blowjobs.«

»Gut«, sagt Amber. »Aber du verstehst, dass ich fragen musste.«

»Natürlich. Und du hast mir gefehlt. Ganz, ganz wahnsinnig.«

»Du mir auch. Ganz, ganz wahnsinnig.«

Die Kinder brauchen eine Weile, bis sie endlich zur Ruhe kommen. Die Aufregung über Ambers Heimkehr bewirkt, dass sie permanent kichernd am Fuß der Treppe auftauchen, lange nachdem sie – mehrfach – ins Bett gesteckt wurden.

Amber und Richard sitzen draußen, und Amber berichtet vergnügt und begeistert von London. Wie erfrischend es war, wieder »echte« Leute um sich herum zu haben, über das Gefühl, etwas Richtiges zu leisten, indem sie Beiträge für die Zeitschrift schrieb, wie ihr daraufhin klar wurde, dass sie wieder arbeiten möchte. Nein, arbeiten *muss*. Nicht ganztags, niemals ganztags, aber sie muss etwas machen, das sie geistig fordert.

»Und der Frauenklub tut das nicht?«, fragt Richard grinsend.

»O mein Gott«, sagt sie. »Das ist das Letzte, was mir gefehlt hat. Wie ist Vicky mit dem Klub klargekommen? Wie war die Schmuckpräsentation? Hat sie die Suzy-Hölle überlebt?«

»Sie hat sich sogar ziemlich wacker geschlagen. Sie hat sich mit Deborah angefreundet und ihre Sache gut gemacht, obwohl sie dich natürlich nicht ersetzen konnte.«

»Mochtest du sie? Hast du dich gut mit ihr verstanden? Na komm, gib's zu, fandest du sie nicht sehr attraktiv?«

»Mein Gott, gibst du endlich Ruhe? Wieso fragst du mich das andauernd? Vielleicht hast du mir ja was zu sagen?«

»Vielleicht habe ich das«, hänselt sie ihn und greift über den Tisch, um sich noch ein bisschen von dem Sichaun-Gemüse zu nehmen. »Ich hatte ein Date, und er hielt mich für die bezauberndste Frau auf der Welt.«

»Nicht im Ernst?«, fragt Richard entsetzt. »Du hattest ein Date und erzählst mir auch noch davon – ich frage mich: wieso?«

Amber zuckt mit den Achseln und lächelt frech. »Ach, sei nicht albern. Ich hab nichts angestellt. Ich würde nie etwas anstellen, es war einfach nur so merkwürdig mit Vickys Freund Daniel. Er bestand darauf, mich auszuführen, und ich dachte natürlich, nur in aller Freundschaft, aber dann hat er dieses hochromantische Picknick organisiert und unglaublich mit mir geflirtet.«

»Ich verstehe immer noch nicht, warum du mir das erzählst.«

»Weil du mein bester Freund bist und ich dir alles erzähle, und weil mir dabei klar wurde, dass ich nie wieder Single sein will und nie wieder ein Date haben oder mit irgendeinem anderen außer mit dir flirten will, mein geliebter Ehemann. Obwohl ich zugeben muss, dass es verdammt nett ist, wenn jemand nach all den Jahren mit einem flirtet.«

»Na, da bin ich aber froh, dass er dich glücklich gemacht hat.« Richard muss schlucken. »Und jetzt muss ich dir etwas erzählen.« Er holt tief Luft und schaut zur Seite, unfähig, ihr in die Augen zu sehen, und Amber fängt an zu zittern, beinahe ohnmächtig vor Angst.

»O Gott«, flüstert sie. »Du hast was mit Vicky gehabt, stimmt's? Du hast doch mit ihr geschlafen. O mein Gott.«

»Nein!« Richard schaut ihr in die Augen. »Hab ich nicht. Es ist etwas ganz anderes. Ich …«

»Was?« Eine Pause entsteht, und Richard überlegt, wie er es ihr am besten sagt. »Was?«, kreischt sie, in panischer Angst vor dem, was er ihr gleich eröffnen wird.

»Ich habe meinen Job verloren«, sagt Richard schließlich langsam und blickt sie an.

»Das ist es? Du hast deinen Job verloren?« Amber lacht vor Erleichterung laut auf. »Herrje. Ich dachte, du sagst jetzt, du hast Krebs oder jemand ist gestorben oder es ist etwas richtig Furchtbares passiert. Du hast deinen Job verloren? Armer Schatz. Aber du kriegst schon wieder einen neuen.« Sie steht auf und setzt sich auf seinen Schoß, küsst ihn auf die Wange und säuselt ihm ins Ohr. »Mein begabter, kluger, gut aussehender Mann wird in null Komma nichts wieder einen neuen Job finden. Das ist keine große Sache. Du wirst sehen.«

»Nein, du verstehst nicht.« Richard lehnt sich zurück und räuspert sich. »Ich habe meinen Job schon vor einer ganzen Weile verloren. Es ist mir nicht gelungen, einen neuen zu finden, und, na ja, jetzt sind wir mehr oder weniger pleite.«

»Wie bitte?« Amber rutscht von seinem Schoß herunter und stellt sich vor ihn hin. »Was soll das heißen vor einer ganzen Weile? Wie lange ist das her?«

»Ein halbes Jahr.«

Es folgt ein Schweigen, das eine Ewigkeit zu dauern scheint. Dann schreit sie: »Ein halbes Jahr? Ein halbes Jahr?« Amber klingt fast hysterisch. »Du hast vor einem halben Jahr deinen Job verloren und mir nichts davon gesagt. Was hast du dir dabei gedacht? Wie kannst du so was machen? Ein halbes Jahr? Ein halbes Jahr?«

»Pst. Du weckst die Kinder.«

»Es ist mir egal, ob ich die Kinder wecke. Nicht egal ist mir, dass mein Mann mich ein halbes Jahr lang belogen hat. Dann hast du mich also jeden Morgen belogen, als du in Krawatte und Anzug zur Arbeit gegangen bist? O mein Gott. Wer bist du? Ich kenne dich nicht mal.« Und Amber bricht in Tränen aus.

»Ich habe es dir nicht erzählt, weil ich nicht konnte«, sagt Richard. »Zuerst dachte ich, ich würde sofort wieder eine neue Stelle finden, und wollte es dir einfach hinterher erzählen. Ich hatte am Anfang auch eine Reihe von Bewerbungsgesprächen, aber es ist nie etwas draus geworden, und darum muss ich es dir jetzt sagen.«

»Sagtest du, dass wir pleite sind?«, fragt Amber leise.

»Ja.«

»Gab es eine Abfindung?«

»Sie ist schon verbraten. Wir haben ein halbes Jahr davon gelebt.«

»Du widerlicher, verantwortungsloser Idiot«, schreit Amber. »Wenn du es mir gesagt hättest, wäre uns schon irgendwas eingefallen. Stattdessen lügst du mich an, mich, deine Frau, den Menschen, der dir eigentlich von allen am nächsten stehen sollte, und jetzt haben wir kein Geld mehr. Und? Was passiert jetzt? Was soll ich dazu sagen? Was sollen wir machen?«

Richard holt tief Luft. »Wir müssen das Haus verkaufen.«

»O mein Gott.« Amber schüttelt den Kopf und schaut zum Himmel hinauf. »Womit habe ich das verdient?«

Kapitel 31

»Hallo, ich bin's, Daniel. Ich wollte wissen, ob du Lust hast, am Sonnabend ins Theater mitzu–«

»Daniel!« Vicky rennt zum Telefon, nimmt ab und unterbricht Daniel beim Aufsprechen seiner Nachricht.

»Amber?« Daniel klingt hoffnungsvoll.

»Nein! Ich bin's! Vicky! Ich bin wieder da!«

»Oh.« Daniel versucht vergeblich, seine Enttäuschung zu kaschieren.

»Na, vielen Dank.« Vicky prustet vor Lachen. »Bitte überschlag dich nicht vor Begeisterung, sonst bilde ich mir noch was drauf ein.«

»Entschuldige, Vix«, Daniel hat sich wieder gefangen. »Aber ich dachte, du bist noch ungefähr eine Woche in den USA. Hab ich mich irgendwie vertan?«

»Nee. Du hast schon recht, aber wir haben beschlossen, die Sache abzukürzen. Ich hab dich einfach zu sehr vermisst.«

»Haha. Jetzt weiß ich, dass du Witze machst. Jamie Donnelly, meinst du wohl.«

Vicky verstummt, denkt an die Zeit, die sie darauf verschwendet hat, sich nach Jamie Donnelly zu sehnen, dann reißt sie sich zusammen. »Wie es aussieht, vögelt Jamie Donnelly jetzt Brittany Johnson«, sagt sie. »Es ist aus mit Jamie. Verlogenes Arschloch.«

»Aber du hast doch gewusst, dass er ein Frauenheld ist«, protestiert Daniel.

»Ja, aber ich in meiner Naivität habe mir eingebildet, ich könnte die Frau sein, die ihn umkrempelt.«

»Ihr seid doch alle gleich.« Daniel lacht. »Ihr denkt alle, ihr könntet uns Männer erziehen.«

»Einspruch, Euer Ehren«, sagt Vicky. »Was dich betrifft, weiß ich genau, dass du ein hoffnungsloser Fall bist, und ich bin nicht nur überzeugt, dass ich nicht die geringste Chance hätte, dich zu erziehen, ich würde es nicht mal versuchen.«

»Herzlichen Dank.« Jetzt tut Daniel beleidigt. »Aber dein amerikanisches Gegenstück, die hätte mich umkrempeln können. Mein Gott, war die toll. Ernsthaft. Ein echter Herzensbrecher.«

»Quatsch!«, schnaubt Vicky. »Ich meine, ja, sie ist toll, aber du warst doch nur aus einem Grund so begeistert von ihr: weil sie glücklich verheiratet ist und sie dich nicht mal in Erwägung ziehen würde. Es ist das Jagdfieber, mein lieber Dan. Wenn Amber dich aus großen Augen angesehen und gesagt hätte, o Daniel, ich weiß nun, dass es ein Fehler war, Richard zu heiraten, denn du bist der Mann, den ich mein Leben lang gesucht habe, dann hättest du doch sofort die Flucht ergriffen.«

»Okay, vielleicht hast du recht«, brummt Daniel. »Aber vorher hätte ich erst mal mit ihr gevögelt.«

»Mein Gott, du änderst dich wirklich nie, was?«

»Nein. Und da wir gerade vom Vögeln reden, wie ist ihr Mann denn so, warst du ein böses Mädchen?«

»War ich nicht! Verheiratete Männer sind nicht mein Fall, danke sehr«, sagt Vicky empört und ist froh, dass Daniel ihr schuldbewusstes Erröten nicht sehen kann.

»Na dann.« Daniel lässt sich grinsend auf seinem Sofa nieder. »Da nun Amber wieder weg ist und du wieder da bist, könnten wir ja heute Abend ein kleines Begrüßungstreffen veranstalten, oder? Bei dir oder bei mir?«

Vicky zögert, dann schüttelt sie den Kopf. »Nein, Dan«, sagt sie schließlich. »Ich glaube, wir sollten aufhören mit dieser Bettgeschichte. Ich liebe dich wirklich als Freund, aber ich glaube, es ist dennoch das Beste, wenn wir das andere in Zukunft lassen. Es … es fühlt sich einfach nicht mehr richtig an. Ich kann es nicht genau erklären, aber ich wäre lieber einfach nur befreundet.«

»Oh.« Daniels Ego wehrt sich gegen die Enttäuschung, indem er im Geiste eine Liste von Frauen herunterspult, die er anschließend anrufen kann. »Mach dir keinen Kopf, Vicky. Klingt doch vernünftig.«

»Also dann, wollen wir uns heute trotzdem treffen?«, sagt sie. »Wir können was trinken gehen oder was essen, egal.«

»Weißt du was?« Daniel fällt eine kurvenreiche Brünette namens Rachel ein, die er vor etwa einem Monat kennengelernt und bei der er sich aus irgendeinem Grund nie gemeldet hat. Vielleicht holt er das heute Abend nach. Und wenn Rachel keine Zeit hat, ist da immer noch diese ehrgeizige neue Recherchefrau in der Produktionsfirma, die sich mit aller Macht bei ihm lieb Kind machen will, und wenn er sie nicht erwischt, kann er immer noch Poppy anrufen, die einem spätabendlichen Rendezvous grundsätzlich nicht abgeneigt ist. »Ich glaube, ich geh heute mal ganz früh in die Falle.«

»Lügner!«, lacht Vicky. »Du willst jetzt nur in deinem kleinen schwarzen Büchlein blättern, bis du eine findest, die heute Nacht mit dir ins Bett steigt.«

»So einer bin ich nicht!«, protestiert Daniel.

»Mach dir keine Sorgen, Dan. Ich verurteile dich ja nicht. Gerade darum hab ich dich so rasend gern, und genau darum werde ich nicht mehr mit dir schlafen. Amüsier dich gut heute Abend und ruf mich an, wenn du mal ins Kino willst, ja?«

»Du bist die Größte, Vix.« Daniel verabschiedet sich mit einem Seufzer des Bedauerns. Wie gern würde er sich mit Haut und Haaren in ein Mädchen wie Vicky verlieben, eine, die ihn zum Lachen bringt, die ihn so liebt, wie er ist, und die dafür sorgen würde, dass er sich nie mehr einsam fühlt.

Andererseits: So viele Frauen, so wenig Zeit. Und Daniel nimmt seinen Blackberry zur Hand und scrollt die Liste mit den Hunderten von Kandidatinnen herunter, von denen eine heute Abend bestimmt Zeit für ihn hat.

Daniel denkt nicht darüber nach, warum Vicky gerade Nein gesagt hat, aber Vicky tut es. Sie hat nicht an Daniel gedacht, als sie weg war, aber jetzt, wo sie wieder da ist, weiß sie, dass sie so nicht weitermachen kann. Sie hat etwas Besseres verdient.

Etwas Besseres als einen, der sie ab und zu spätabends anruft, wenn er Lust auf sie hat. Etwas Besseres als einen, für den sie nur eine Telefonnummer in seinem Blackberry ist, eine bequeme Adresse gleich um die Ecke – vielleicht ist sie ja für Daniel nur die allerletzte Wahl: Hat keine andere heute Zeit? Na, dann rufen wir einfach die gute alte Vix an.

Sie will nicht mehr die gute alte Vix sein. Zwei Wochen mit Richard, zwei Wochen im Leben einer verheirateten Frau haben ihr einen kleinen Einblick gewährt, wie eine richtige Ehe aussehen kann.

Nicht, dass sie so weit gehen würde, zu sagen, sie hätte

sich in Richard verliebt, aber sie fand ihn in der Tat attraktiv. Wichtiger aber war, dass sie zum ersten Mal eine Vorstellung von der Innigkeit bekommen hat, die eine Ehe mit sich bringt, von Freundschaft und vom Teilen.

Und es ist auch nicht so, als würde sie das nicht mehr wollen – sie in ihrem Alter ist ganz bestimmt nach wie vor scharf darauf, einen eigenen Richard zu finden –, aber sie hat erkannt, dass es auch stimmen muss, dass es nicht einfach nur irgendwer sein darf, dass unverbindlicher Sex vielleicht gut funktionierte, als sie noch nicht wusste, was ihr alles entging. Aber jetzt weiß sie es, und unverbindlichen Sex will sie nicht mehr haben, nicht einmal, solange sie darauf wartet, dass ihr Richard irgendwann am Horizont aufkreuzt.

Ich habe wirklich etwas Besseres verdient als Daniel, denkt sie, und als Jamie Donnelly schon lange. Ich habe etwas Besseres verdient als einen gut aussehenden Casanova oder einen Mann, der behauptet, mein Freund zu sein, nur weil er ab und zu mit mir in die Kiste steigt. Und wenn dieser gewisse Jemand nicht auftaucht, denkt sie, als sie auf ihrem Bett liegt und Eartha streichelt, die voller Wonne schnurrt, glücklich, dass ihr Frauchen endlich wieder da ist (die andere Frau war vollkommen in Ordnung, hatte sie aber nicht auf die richtige Weise gestreichelt, und Eartha hat definitiv einen Hundegeruch an ihr festgestellt …), wenn dieser gewisse Jemand nie auftaucht, dann soll's mir auch recht sein.

Vielleicht musste ich wegfahren, um schätzen zu lernen, was ich habe, denkt Vicky zufrieden in ihrer behaglichen kleinen Wohnung. Sie weiß, dass sie morgen aufwachen kann, wann immer sie Lust hat, und den Rest des Tages machen darf, was sie will. Sie wird sich in ihrer kleinen

Küche einen Kaffee kochen, und sie wird ihn gemütlich auf dem Sofa trinken und dabei in dem Stapel Zeitschriften lesen, die sie sich vor ihrem Abflug gekauft und nicht einmal angesehen hat, weil sie den ganzen Flug über geschlafen hat.

Sie wird auf der High Street bummeln und in der Patisserie Valerie ein Croissant essen, dann wird sie wieder nach Hause gehen und ihre Freunde anrufen, ihnen von ihren Erfahrungen als verheiratete Frau und Mutter erzählen.

Am Nachmittag wird sie sich dann in den Zug setzen und Kate und Andy in Somerset besuchen. Sie hat für alle Geschenke besorgt: Sweatshirts, Basecaps und natürlich jede Menge Smarties für die Kinder, Schneekugeln mit Ansichten von New York, eine antiquarische Karte von New England für die Eltern.

Sie hat große Sehnsucht nach ihrer Familie, die ihr wahnsinnig gefehlt hat, und jetzt, wo sie wieder da ist, wird ihr klar, wie aufwühlend die letzten Wochen gewesen sind. Es macht unheimlich Spaß, so zu tun, als sei man eine andere, aber es hätte noch mehr Spaß gemacht, wenn das Ganze nur etwa drei Tage gedauert hätte. Lange genug, um zu sehen, wie es ist, und nicht so lange, dass sie ihr eigenes Leben so stark vermisst.

Obwohl sie möglicherweise das, was sie hat, nicht so schätzen gelernt hätte, wenn sie nur ein paar Tage geblieben wäre.

Ganz bestimmt werden ihr gewisse Dinge aus Ambers Leben fehlen. Die tollen Klamotten, selbst wenn sie nie Gelegenheit hatte, auch nur die Hälfte von Ambers Sachen zu tragen, nicht zuletzt, weil ihr die Hälfte nicht gepasst hat.

Ihr wird auch fehlen, Herrin eines riesigen Hauses zu

sein, obwohl es nicht ihre Art von Haus ist, nicht nach ihrem Geschmack eingerichtet war, aber es hat Spaß gemacht, zu tun, als ob.

Die Kinder werden ihr fehlen, denn sie waren unglaublich süß, besonders die kleine Gracie. Und ihr wird Richard fehlen, die Geschichten, die er beim Abendessen erzählt hat, die gemeinsamen Ausflüge mit den Kindern zum Diner, die Vorstellung, eine echte Familie zu sein.

Aber sie hatte auch nie Zeit für sich, nicht, nachdem die Routine sie alle eingeholt hatte, nicht, nachdem sie beschlossen hatte, eine Supermama zu sein und Lavinia mehr oder weniger aus der Pflicht zu entlassen. Wenn die Kinder heulten, quengelten oder stritten, war Vicky diejenige, die tröstete und schlichtete. Wenn Gracie um fünf Uhr früh weinend zu ihr ankam, musste Vicky aufstehen, sie beruhigen und wieder ins Bett bringen. Als sie Jared einmal am Sommercamp ablieferte und er feststellte, dass er seine Hulk-Faust, die er bei *Show and Tell* vorführen wollte, zu Hause liegen gelassen hatte, musste Vicky noch mal los und quer durch die Stadt sausen, um sie zu holen.

Wenn Richard da war, an den Wochenenden, konnte Vicky in ihren Fantasien vom Ehealltag schwelgen; aber unter der Woche, in Anbetracht des eintönigen Vorortlebens, wenn die Männer arbeiten waren und die Frauen den Laden schmissen, verflüchtigten sie sich rasant.

Ich wäre wirklich gern verheiratet, denkt sie, starrt vor sich hin und erlaubt sich eine kleine wehmütige Erinnerung an Richards Beinahekuss im Pool, bevor sie den Kopf schüttelt und den Gedanken wieder verscheucht, aber nur wenn ich einen ganz wunderbaren Mann finde, und bis dahin werde ich einfach nur genießen, wieder ich zu sein.

Was geht's mir gut, denkt sie, steht auf und schlurft mit einem breiten Grinsen im Gesicht ins Wohnzimmer, so dankbar ist sie für alles, was sie hat. Was habe ich für ein Glück, dass ich in dieser süßen Wohnung leben kann, meinen tollen Job habe, dass ich genau da bin, wo ich jetzt bin.

Und sie greift zum Telefon und ruft Kate und Andy an, um ihnen mitzuteilen, welchen Zug sie nimmt.

»Du glaubst gar nicht, wie sehr du mir gefehlt hast!« Kate umarmt Vicky stürmisch, macht sich einen Augenblick los, dann drückt sie sie noch einmal, ganz fest.

»O Gott, du mir auch!«, sagt Vicky. »Wo sind die Kinder?«

»Zu Hause. Sie sind gerade dabei, Eier in Kartons zu packen.«

»Eier? Ich dachte, ihr hättet nur fünf Hennen. Wie viele Eier können die schon legen?«

Kate verdreht die Augen. »Ist 'ne lange Geschichte. Wir haben ein paar Hühner an den Fuchs verloren – du hast eine unheimlich traurige Beerdigung verpasst«, sagt Kate und bemüht sich vergeblich, ein ernstes Gesicht zu machen, »aber dann hat Hühner-Bill gesagt, dass er Leute kennt, die ihre Hennen loswerden wollen, also sagten wir, dass wir sie nehmen, und jetzt haben wir zwanzig Stück und mehr Eier, als wir essen können, darum verpacken die Kinder sie und verkaufen sie im Dorfladen.«

»Ach ja, die ewigen Dramen des Landlebens.« Vicky grinst und hakt sich bei Kate ein, als sie zum Wagen gehen. »Erzähl mir von Amber. Hat sie euch besucht? Hat sie dir gefallen? Sag jetzt bitte, dass die Kinder sie nicht ganz so gern hatten wie mich.«

»Natürlich nicht – du bist schließlich ihre Tante, aber sie

war hier und war wirklich nett, obwohl ich glaube, dass sie von dem Chaos im Haus leicht schockiert war.«

»O ja«, sagt Vicky lachend. »Kann ich mir vorstellen.«

»Ist denn ihr Haus wirklich so grandios und still, wie ich es mir vorstelle?«

»Ich würde gern sagen, nein«, Vicky zieht eine Grimasse, »aber: ja. Alles ist perfekt, abgesehen vom Spielzimmer, dem einzigen Raum im Haus, wo je Unordnung herrscht, und auch dort wird jeden Abend von der Nanny wieder aufgeräumt.«

»Ich weiß. Sie hat gesagt, dass sich ein Team von Leuten um alles in ihrem Leben kümmert, und ich glaube, als sie hier bei uns war, wurde ihr klar, dass sie manches lieber selber machen würde.«

»Na, das ist gut«, sagt Vicky, »denn ich bin mir ziemlich sicher, dass die Dienstboten demnächst verschwinden werden.«

»Sie hat auf jeden Fall gesagt, dass sie mehr Kontrolle über ihr Leben haben will.«

»Die wird sie bekommen«, platzt es aus Vicky heraus. »Und sag bloß keinem, dass ich das gesagt habe, denn wir heben uns das für meine Story auf, aber ihr Mann wurde vor einem halben Jahr entlassen und hat keinem was davon erzählt, darum bin ich mir ziemlich sicher, dass ihr Wunsch bald in Erfüllung gehen wird, denn ich glaube nicht, dass noch Geld übrig ist.«

»Au weia!«, sagt Kate entsetzt. »Es ist also was dran, dass man mit seinen Wünschen vorsichtig sein soll. Und was ist mit dir, meine Liebe? Was ist mit deinem Wunsch, so ein Leben zu führen und eine alte verheiratete Matrone zu werden? Ist das nach dem Tausch immer noch so?«

»Ja und nein. Ich habe dabei gelernt, dass mir mein Leben ausgesprochen gefällt, und obwohl ich es natürlich aufgeben würde, würde ich das nur tun, wenn der Richtige kommt. Ich weiß, es klingt merkwürdig, aber ich spüre nicht mehr dieses verzweifelte Bedürfnis. Wenn's passiert, dann wunderbar, wenn nicht, dann auch wunderbar.«

»Na, ich schätze, besser kann man sich gar nicht fühlen«, sagt Kate lächelnd, als sie beim Wagen ankommen. »Und jetzt fahren wir nach Hause und köpfen ein Flasche Schampus.«

»Tante Vicky!« Luke und Polly stellen ihre Eierkartons vorsichtig auf den Boden, während Sophie ihren einfach fallen lässt, wobei alle Eier zu Bruch gehen, und sie stürzen sich in Vickys Arme.

»Eine amerikanische Lady hat in deiner Wohnung gewohnt«, sagt Luke, »und sie war richtig nett, und sie hat uns besucht, und Dad hat einen Witz gemacht, dass wir sie Tante Vicky nennen sollen, aber haben wir nicht, und es macht mit ihr nicht so viel Spaß wie mit dir, weil sie nicht mit in unsere Zimmer gekommen ist und auf dem Fußboden mit uns gespielt hat wie du …«

»Aber mit mir hat sie gespielt«, sagt Sophie. »Und Hühner-Bill hat gesagt, dass ihre Beine eine Wucht sind …«

»Hab ich nicht!«, tönt es empört von der Terrasse her, wohin Andy und Hühner-Bill mit Bierflaschen in der Hand aus der Küche kommen.

»Hast du wohl!«, rufen die drei Kinder im Chor.

»Du hast gesagt, du hättest gern Chancen bei ihr!«, sagt ein grinsender Luke.

»Hab ich das? Da muss ich sehr betrunken gewesen sein, wenn ich das laut ausgesprochen habe. Hallo!« Er hält

Vicky seine Hand hin. »Ich bin Bill. Ich glaube, wir haben uns schon mal getroffen.«

»Vicky. Hallo«, und sie schüttelt ihm die Hand und lächelt, dann umarmt sie ihren Bruder Andy.

»Bill hat recht«, sagt Andy, als er den Grill vorbereitet. »Ihre Beine sind eine Wucht, aber sie war nicht du, und das ist alles, was zählt.«

»Könnt ihr bitte alle mal aufhören, darauf rumzureiten, was ich über ihre Beine gesagt habe. Ich klinge ja wie ein alter Lustmolch.« Bill verdreht die Augen.

»Was ist ein Lustmolch?«, fragt Luke interessiert.

»Geht dich gar nichts an«, sagt Bill. »Seid ihr mit den Kartons fertig? Ich hab denen im Laden gesagt, dass ich sie bis sechs vorbeibringe.«

»Oh, aber Bill, du musst zum Grillen bleiben!«, sagt Kate entschlossen, die gerade mit einem neuen Krug Pimm's aus der Küche kommt. »Wir haben massenweise zu essen da. Köstlichen Lammbraten mit Salat und einen herrlichen Gazpacho, den wir heute früh gemacht haben.«

»Lammbraten«, sagt Bill verträumt. »Na ja …«

»Nun bleib schon. Hat nicht deine Ex die Kinder übers Wochenende?«

»Ja, schon, aber …«

»Kein Aber. Du bleibst zum Abendessen. Keine Widerrede.«

»Kate«, zischt Vicky, als sie unter dem Vorwand, bei der Marinade helfen zu wollen, ihrer Schwägerin schleunigst in die Küche folgt. »Ich hoffe sehr, dass du das nicht eingefädelt hast.«

»Wie meinst du das?«, fragt Kate unschuldig.

»Du weißt genau, was ich meine. Ich hoffe, du willst mich nicht verkuppeln.«

»Vicky!«, sagt Kate verärgert. »Wie kannst du mich so verdächtigen? Ich hab ihn ja nicht zu einem romantischen Tête-à-Tête mit dir eingeladen. Wir sind doch alle da, die Kinder auch. Ich würde nicht im Traum daran denken, dich mit Bill zu verkuppeln.«

»Okay, ist gut.«

Kate stellt sich neben Vicky an die Spüle und rempelt sie spielerisch mit der Hüfte an. »Aber hast du mal seinen Hintern gesehen?«

»Wie bitte?« Vicky schaut sie entgeistert an.

»Nein, im Ernst. Er hat den knackigsten Hintern, den ich je gesehen habe. Wirf mal einen Blick drauf, wenn du nachher rausgehst. Ich wette, nackt sieht er zum Anbeißen aus.«

»Kate Townsley! Wie alt bist du eigentlich?!«

»Alt genug, um mich hin und wieder keuschen Fantasien über Männer mit knackigen Hintern hinzugeben, besonders wenn sie in ausgewaschenen Levi's stecken«, sagt sie erschaudernd. »Mein Gott, ich glaube, ich muss unter die kalte Dusche.«

»Nicht, dass es mich interessiert«, sagt Vicky langsam, »aber wieso ist er geschieden?«

»Seine Frau ist mit dem Typ von der Baufirma abgehauen. Alles ziemlich übel, obwohl er jetzt sagt, dass es letzen Endes gut so war, nur sehr schwer für die Kinder. Sie waren nicht glücklich miteinander, sagt er jetzt, aber er wäre geblieben, hatte sich einfach damit abgefunden, dass sein Leben eben immer so sein würde.«

»Und keine Freundin in Sicht?«, fragt Vicky, weil er wirklich ziemlich attraktiv ist, obwohl ihr das vorher nicht aufgefallen war, weil sie dachte, er wäre vergeben.

»Nee.« Kate grinst. »Bist du interessiert?«

»Mach dich nicht lächerlich!«, sagt Vicky. »Ich kenne den Mann ja gar nicht.«

»Okay, okay. Sieh nur zu, dass du seinen Hintern zu sehen kriegst«, flüstert sie, als die Männer wieder in die Küche kommen.

Kate bringt die Kinder zum Baden nach oben, Andy verschwindet zu einem Nachbarn, dem er die Säge zurückbringen will, die er sich vorhin von ihm ausgeliehen hat, und Vicky und Bill machen den Abwasch.

»Man muss höllisch aufpassen, wenn man sich hier zum Essen einladen lässt«, sagt Vicky. »Schmeckt alles fantastisch, aber hinterher wird man zur Hausarbeit verdonnert.«

»Willst du abwaschen oder abtrocknen?«, fragt Bill.

»Ich wasch gern ab.«

»Das hatte ich gehofft. Ich bin ein ganz mieser Abwäscher. Meine Exfrau hat es mir immer verboten. Ich muss sagen, ich war nicht gerade untröstlich.«

»Wohnt sie in der Nähe?«

»Ja, wir leben sogar noch im selben Haus.«

»Ehrlich?«

»Na ja, es ist jetzt zweigeteilt, aber für die Kinder ist das gut. Sie sind jetzt acht und zehn, und wir wollten ihre Routine so wenig wie möglich ändern, darum wohnen Melanie und Des auf der einen Seite und ich auf der anderen, mit meinen Hühnern.«

»Das heißt, du hast die Arschkarte gezogen.«

»Wieso, wegen der Hühner?« Vicky nickt, und Bill muss laut lachen. »Es ist eher so, dass sie die Hühner hasst, und mir sind die Hühner wesentlich lieber als Des.«

»Das war euer Bauunternehmer?«

»Genau. Er ist kein schlechter Kerl. So schlecht kann er gar nicht sein, wenn er's mit Mel aushält.« Bill grinst.

»Aber ist es nicht komisch, so zusammen mit ihnen in einem Haus zu leben?«

»Ich weiß, dass viele das so sehen, aber für uns funktioniert's. Apropos komisch, ist es nicht komisch, mit einer verheirateten Frau zu tauschen?«

»Touché«, sagt Vicky lachend. »Obwohl das eher Teil meiner Arbeit als freiwillig war.«

»Bist du froh, dass du es gemacht hast?«

»Ja. Bin ich. Ich glaube, es hat mein Denken wirklich verändert. Ich bin jetzt jedenfalls viel zufriedener mit dem, was ich habe.«

»Ich wette, ihr Mann hat sich gefreut, als du aufgekreuzt bist.«

Vicky ist so überrascht, dass sie fast einen Teller fallen lässt. »Bill! Sollte das ein Kompliment sein?«

»Ein ziemlich plumpes«, sagt er schüchtern, »aber ja, es war eins.«

»Na, dann vielen Dank«, sagt sie grinsend. »Schmeichelei kommt immer gut an. Obwohl«, sie wirft ihm einen Seitenblick zu, »meine Beine keine Wucht sind.«

»Ach, ich weiß nicht.« Bill lässt eine Braue nach oben wandern. »Von hier aus sehen sie wirklich nicht übel aus«, und weil ihn seine Offenheit verlegen macht, wendet er sich ab und hantiert umständlich mit dem Geschirrtuch herum. »So. Fertig.« Er trocknet den letzten Teller ab und hängt das feuchte Tuch an den Haken.

»Ich sollte wohl besser Kate mit den Kindern helfen«, sagt Vicky in das peinliche Schweigen hinein.

»Kommt gar nicht infrage«, sagt Bill. »Du kannst doch

einen Gast nicht einfach hier allein lassen. Komm und setz dich mit mir raus und erzähl mir alles über Amerika.«

Und das tut sie auch.

»Und?«, fragt Kate, als Bill sich am späten Abend endlich verabschiedet hat. »Ich hab euch beiden vom Fenster aus zugesehen, als ich die Kinder gebadet habe. Da haben wir ja mächtig gelacht und geflirtet, meine Liebe, von wegen ›ich bin nicht interessiert!‹«

»Ich habe nicht geflirtet«, sagt Vicky und errötet. »Okay, vielleicht ein klitzekleines bisschen.«

»Und?«

»Und was?«

»Und, ist was passiert?«

»Na ja. Wir haben es auf der Sonnenliege getrieben, als du oben warst.«

Kates Kinn klappt herunter, und Vicky fängt an zu lachen.

»O du dummes Ding, natürlich nicht! Aber er hat mich für das nächste Mal, wenn ich hier bin, zu sich zum Essen eingeladen. Er sagt, er kann prima kochen.«

»Und, gehst du hin?«

»Ich habe gesagt, ich komme gern.«

»O mein Gott!«, sagt Kate aufgeregt, und ihre Wangen röten sich vom Alkohol und den Möglichkeiten, die das Ganze aufwirft. »Stell dir vor, du heiratest ihn! Dann wärst du nur zwei Minuten von uns entfernt! Wir könnten dich andauernd sehen. Vicky Arlington! Mrs Arlington! Mrs Bill Arlington!!

»Andy!« Vicky ruft ihren Bruder aus dem Nebenzimmer herein. »Kannst du bitte mal deine Frau beruhigen?«

»Aber gern«, sagt er grinsend. »Kate? Mrs Arlington

wünscht, nicht von dir belästigt zu werden. Besser?« Er wendet sich wieder Vicky zu, die genervt die Augen verdreht.

»Ihr nehmt euch wirklich überhaupt nichts, ihr beiden. Und er hat mich nur zu sich eingeladen, es ist nicht mal ein Rendezvous. Wer weiß schon, was passiert? Wahrscheinlich werden wir einfach nur gute Freunde.«

»Okay, aber sag mir nur eins, und dann bin ich ganz still«, bettelt Kate. »Hast du auf seinen Hintern geachtet?«

»Ja«, Vicky grinst. »Und du hast recht. Er ist genauso sexy, wie du gesagt hat.«

Kapitel 32

Drei Tage spricht Amber nicht mit Richard.

»Was für ein Empfang«, zischt sie ihn am nächsten Morgen über den Frühstückstisch an, damit die Kinder nicht mitbekommen, dass sie böse mit ihm ist oder er die letzte Nacht genau dort geschlafen hat, wo er die letzten zweieinhalb Woche verbrachte – im Gästezimmer.

»Wie konntest du mir das verschweigen?«, knurrt sie und knallt ihm einen Teller mit Toast vor die Nase. Dann, später, beim Abräumen: »Wir haben kein Geld mehr. Verdammt noch mal. Wie konntest du mir das verschweigen?«

Es ist eine rhetorische Frage. Richard muss dazu nichts sagen. Und so furchtbar diese wutentbrannte, vorwurfsvolle Amber auch sein mag, so unendlich erleichtert fühlt er sich jetzt, nachdem er ihr die Sache gestanden hat. Während dieser letzten drei Tage musste er nicht mehr so tun, als ob. Nicht mehr sagen: »Auf Wiedersehen, Schatz, ich seh dich nach der Arbeit.« Nicht mehr aus dem Haus gehen in Anzug und Krawatte, nicht mehr grübeln, was er den ganzen Tag lang mit sich anstellen soll, wohin er sich verdrücken soll, um möglichst nicht von Ambers Freundinnen oder deren Kindermädchen zufällig gesehen zu werden.

In diesen letzten drei Tagen hat er besser geschlafen als im ganzen halben Jahr zuvor. Zugegeben, Ambers Feindseligkeit macht ihm zu schaffen, und er wünschte, er könnte in ihrem schönen großen Bett neben ihr liegen, wünschte noch mehr, mit ihr zu schlafen – es ist jetzt drei Wochen her, aber er weiß, dass sie Dampf ablassen muss, und wenn ihr schlimmster Zorn erst einmal verflogen ist, werden sie sich etwas überlegen, einen gemeinsamen Weg finden, um da wieder herauszukommen.

Bis es so weit ist, verzieht er sich tagsüber in sein Arbeitszimmer. Geht stundenlang ins Internet, bewirbt sich halbherzig um andere Jobs als Börsenmakler, weiß, noch während er seine Lebensläufe per E-Mail losschickt, dass er es eigentlich nicht will. Gleichzeitig sucht er nach Firmen, die zum Verkauf angeboten werden, informiert sich über Gründung und Organisation von Kleinbetrieben, bestellt sich bei Amazon Bücher über erfolgreiche Unternehmer, die klein angefangen und dann ihre kleinen Läden in große, millionenschwere internationale Handelsketten verwandelt haben.

Am dritten Tag klopft Amber an seine Bürotür.

»Okay«, sagt sie. Ihr Gesicht ist immer noch ernst und streng, aber sie kocht nicht mehr vor Wut. »Lass uns reden.«

»Wir könnten wegziehen«, sagt Amber, nachdem sie sich geeinigt hatten, das Haus zu verkaufen, und geklärt hatten, was es wert ist, wie viel sie auf die Seite legen könnten und was dann noch übrig bliebe, um ein anderes zu kaufen. Sie haben darüber gesprochen, was Richard wirklich machen will, dass er einfach nicht mehr die Energie aufbringt, in die City zu fahren, dass er lieber mehr Zeit mit ihnen verbringen will. Und sie haben über Highfield gesprochen. Dass es nicht das ist, was Richard erwartet hat, dass er findet, es sei nicht das Richtige für seine Kinder, obwohl er weiß, dass Amber so gern hier ist, so eingebunden, und dass sie sich ihr zuliebe nach einem kleineren Haus umsehen sollten.

»Wie meinst du das, wir könnten wegziehen?«

»Ich meine *wegziehen*. Die Kinder sind noch klein genug, wir könnten irgendwo anders von vorn anfangen. An einem Ort, der nicht wieder nur ein Mini-Manhattan ist. Irgendwo, wo es ruhig und das Leben einfach ist, wo keiner dich danach beurteilt, ob du die neuste Handtasche von Luella hast – oder wer dein Wohnzimmer einrichtet«, fügt sie mit einem bitteren Lächeln hinzu.

»Du würdest von Highfield wegziehen?«

Amber schaut Richard lange an, dann holt sie tief Luft. »Lieber heute als morgen«, sagt sie dann.

»Im Ernst?«

»Ja.« Sie nickt. »Ich glaube, ich musste erst fortgehen, um zu erkennen, was mich hier stört. Ich bin diesen ewigen Wettbewerb leid, und ich finde, du hast recht, ich möchte nicht, dass Jared und Gracie so werden wie die Kinder, die ich hier überall sehe.«

»Aber wo wollen wir hin?«

»Ich weiß es nicht«, sagt Amber. »Und du sollst auch wissen, dass ich immer noch böse mit dir bin, weil du mir diese Sache verheimlicht hast. Ich weiß, dass du mich nicht unnötig beunruhigen wolltest, aber ich werde einige Zeit brauchen, um über diesen Vertrauensbruch hinwegzukommen. Abgesehen davon«, sie holt noch einmal tief Luft, »würde ich dich in einem kleinen Unternehmen unterstützen. Ich bin überzeugt, dass du das wunderbar könntest. Ich war schon immer der Meinung, dass du dein eigener Boss sein solltest, und ich weiß, dass du an der Wall Street seit Langem nicht mehr glücklich bist. Darum finde ich, dass wir unseren neuen Standort von dem abhängig machen sollten, was du letztlich kaufen wirst, und vielleicht können wir die Sache ja gemeinsam aufziehen.«

»Komm her«, sagt Richard und streckt die Arme nach ihr aus.

»Nein.« Amber steht auf und geht zur Tür. »Das heißt nicht, dass ich dir verziehen habe. Es heißt nicht, dass alles plötzlich okay ist. Ich brauche noch Zeit, aber ich habe mich schon aus schlimmeren Krisen herausgerappelt und weiß, dass ich auch wieder dazu in der Lage sein werde; und wer weiß, vielleicht stellt sich eines Tages heraus, dass es das Beste ist, was uns passieren konnte. Aber ich kann nicht so tun, als würde ich mich darüber freuen. So weit bin ich noch nicht.«

Am nächsten Tag setzt Amber die Kinder bei Deborah ab und schickt Lavinia los, um einzukaufen.

»Willst du nicht mit reinkommen?«, fragt Deborah, nachdem sie Amber nach ihrer langen Abwesenheit zur Begrüßung stürmisch umarmt hat. »Aber ich muss doch mit dir reden, muss dir den ganzen letzten Tratsch vom Frauenklub erzählen, außerdem will ich alles über London hören. Du siehst toll aus. Süßer Rock.« Deborah befühlt den Stoff von Ambers ungemein modischem Rock. »Whistles?«

»Irrtum. Jigsaw!«, sagt Amber lachend und schüttelt den Kopf. »Du, ich habe noch tausend Dinge zu erledigen«, sagt sie. »Bei mir ist gerade unheimlich viel los, aber wenn ich nachher vorbeikomme, um die Kinder abzuholen, trinken wir ein Glas Wein, und ich erzähle dir die jüngsten Entwicklungen.«

»Was heißt das denn?«, ruft Deborah ihr hinterher, als Amber schon wieder in ihren Wagen steigt. »Halt! Erst machst du's spannend, und dann willst du einfach wegfahren? Was für ›neue Entwicklungen‹? Was ist los?«

»Ich erzähl's dir nachher!«, ruft Amber durchs Autofenster und fährt in rasantem Tempo los, nach Hause und zurück zu ihren Recherchen im Internet.

Amber ist der Meinung, wenn sie ihrem Mann nicht so weit vertrauen kann, dass er ihr vom Verlust seines Jobs erzählt, und sie so ihrer Chance beraubt, gemeinsam mit ihm eine Lösung zu finden, mit der Folge, dass sie seine Abfindung mit sinnlosen Anschaffungen verpulvert (da sie ja keine Ahnung hatte, dass sie demnächst pleite sein würden), wie kann sie ihm dann noch trauen, ein Unternehmen zu finden?

Darum hat sich Amber zur Aufgabe gemacht, selbst ein Unternehmen zu suchen. Nein, mehr als ein Unternehmen. Ein neues Leben. Sie hat sich mit einer Energie und Leidenschaft in dieses neue Projekt gestürzt, die sie nicht mehr verspürt hat, seit sie – na ja, seit sie bei *Poise!* als Redakteurin am Schreibtisch saß.

Sie hat schon ein paar Unternehmen gefunden, die perfekt zu Richard gepasst hätten, aber bei näherem Hinsehen stellte sich heraus, dass die Standorte für sie nicht infrage kamen. Sie hat ein paar Städtchen gefunden, in die sie sich sofort verliebt hat, aber dort waren keine passenden Unternehmen im Angebot.

Nur aus Neugier geht sie regelmäßig auf die Website von realtor.com und verfolgt den Immobilienmarkt, nur für den Fall, dass sie an einen dieser Orte ziehen würden, und stellt verblüfft fest, welche Möglichkeiten ihnen offenstehen.

In Highfield kostet ein preiswertes, ausbaufähiges Eigenheim inzwischen fast eine Million Dollar. In Portland, Oregon, bekommt man ein einfaches Apartment für etwa 150 000. In Tucson, Arizona, ist eine Luxusvilla für anderthalb Millionen zu haben und eine kleine Farm in Charlottesville, Virginia, knapp unter einer Million.

Und dann stößt sie auf einen Obstgarten, der gleich außerhalb von Albany, New York, zum Verkauf ansteht. Eine Plantage mit Apfelbäumen, bei der die Kunden anreisen und selbst ernten, ein erfolgreicher Familienbetrieb mit einem Laden auf dem Hof, wo selbst gebackener Kuchen, Apfelbutter und Apfelmus angeboten werden. Sie haben eine eigene Website. Mit wachsender Begeisterung sieht Amber sich die Bilder vom Haus an: ein malerisches Bauernhaus aus dem achtzehnten Jahrhundert, umgeben von einem Lattenzaun, an dem Lavendel und Katzenminze wachsen, der Laden auf der anderen Straßenseite neben den Obstgärten, ein Spielplatz sowie Stallungen neben einem Hof mit Hühnern, Gänsen, Schafen, Ziegen, drei Schweinchen, zwei Kühen und einem Pony.

»Die Schulen der Umgebung machen regelmäßig Ausflüge zum Appletree Orchard«, liest Amber, *»wo die Kinder den Umgang mit Tieren lernen, unter anderem, wie man unsere Lämmchen im Frühling mit der Flasche füttert.«*

Und das Beste ist, dass der Preis im Rahmen ihrer Möglichkeiten liegt. Geradezu lächerlich günstig. Ein Haus und ein Betrieb in einem. Außerdem vier Nebengebäude, darunter eine Scheune, die perfekt als Büro geeignet wäre, weil so, wie er jetzt läuft, der Obstgarten zwar hübsch, aber nicht rund ums Jahr ausgelastet ist. Wenn sie etwas Kapitalkräftiges daraus machen wollen, müssen sie überlegen, wie sie auch im Winter Geld verdienen können. Sie druckt die Seiten der Website aus und geht damit hinunter zu Richards Arbeitszimmer.

»Sieh dir das mal an«, sagt sie und legt ihm die Seiten auf den Tisch. »Ich hole jetzt die Kinder von Deborah ab. Sie möchte, dass ich ihr ein bisschen von London erzähle, darum bin ich wahrscheinlich erst in ein, zwei Stunden wieder da.«

»Okay«, sagt Richard und ruft ihr nach: »Ich liebe dich!«

»Ich dich auch!«, ruft sie geistesabwesend zurück, weil sie in Gedanken schon in Sommersby, New York, ist und sich vorstellt, wie sie morgens frische Eier aus dem Hühnerstall holt, und angestrengt überlegt, was man im Winter mit einem Obstgarten machen könnte.

Aber Richard lächelt. Jetzt weiß er, dass ihm bald verziehen sein wird.

»Versandhandel!«, verkündet Amber, als sie mit den Kindern in sein Büro stürzt, die Kinder hinter ihr her.

Richard grinst. »Zwei Seelen, ein Gedanke«, sagt er und dreht seinen Computerbildschirm so, dass Amber die Website sehen kann, die er gerade geöffnet hat. *»Gebacken und zum Aufbacken, frische und tiefgefrorene Apfelkuchen, bis an Ihre Haustür geliefert«*, liest sie. *»Vierundzwanzig verschiedene Sorten Kuchen und Torten. Alle köstlich, alle aus hundertprozentig ökologischem Anbau und natürlich hergestellt.«*

»Ist das die Website vom Appletree Orchard?«, fragt sie, da sie sich nicht erinnern kann, darauf gestoßen zu sein.

»Nein. Ich habe mir verschiedene Websites von Obstplantagen angesehen und was sie so anbieten, und da scheinen Versandhandel und Internetangebote der Hit zu sein. Wir könnten Kuchen, Torten und Gebäck zu Geschenkkörben zusammenstellen. Guck dir mal das an.« Er klickt wieder, Amber setzt sich auf seine Armlehne und schaut sich Harryanddavid.com an, bewundert deren Gabenkörbe mit frischen Äpfeln, erlesenen Käsesorten, Nüssen, Crackern und köstlichen Marmeladen.

»Das könnten wir alles machen«, sagt Richard glücklich. »Und viel mehr. Es könnte wirklich funktionieren.«

»Und Kinderpartys«, sagt Amber aufgeregt. »Wir könnten Kinderpartys auf der Farm anbieten, Tierkinderzoo, Spielplatz, Essen und Trinken inklusive.« Amber lächelt. »Weißt du, ich bin mir nicht sicher, ob wir mit so einem Projekt je Millionäre werden.«

»Nein, aber wir würden glücklich sein«, sagt Richard. »Es wäre unser eigenes Unternehmen, und da du ja jetzt die Starautorin der Familie bist, könntest du die Texte für die Broschüren schreiben.«

»Oh, vielen Dank auch«, sagt Amber pikiert. »Aber bevor du dir ins Hemd machst …«

»Wie bitte?« Richard muss lachen.

»Was denn?«

»Was hast du gerade gesagt?«

»Ich sagte, bevor du dir ins Hemd machst. So redet man in England.« Amber lächelt. »Übrigens ist das einer meiner Lieblingsausdrücke außer ›Alle Wetter!‹.«

Richard zieht Amber zu sich auf den Schoß. »Ich liebe dich wahnsinnig«, sagt er und küsst sie zärtlich auf den Hals. »Und es tut mir so leid. Ich weiß, dass ich im Unrecht war. Ich war ja so ein verdammter Idiot.«

»Dad!«, ruft Jared aus der Zimmerecke, wo er und Gracie dabei sind, Richards inzwischen überflüssige Visitenkarten zu übermalen. »Du hast ein schlimmes Wort gesagt!« Er schaut ihn entsetzt an.

»Oh, stimmt, Jar. Tut mir leid. Ich wollte nicht fluchen, und ich werde es nicht wieder tun.«

»Du musst dich bei Mami entschuldigen«, verlangt Gracie.

»Okay.« Richard grinst, unendlich dankbar, dass Amber wieder bei ihm ist und ihn unterstützt, dass sie einen Weg aus diesem Schlamassel finden werden und es ein Licht am Ende den Tunnels gibt, das plötzlich ganz hell zu leuchten scheint. »Tut mir leid, Mami.«

»Schon gut.« Amber lächelt zaghaft und spürt, wie sie sich in seinen Armen unwillkürlich entspannt. »Aber wie ich schon sagte, bevor du ganz übermütig wirst, sollten wir uns erst mal über den Ort informieren, ja? Es hat ja keinen Sinn, schon Verkaufsstrategien zu recherchieren, wenn es sich als ein grauenhaftes Kaff mit lausigen Schulen entpuppt.«

Richard greift nach einem Stapel Papieren, die auf seinem Schreibtisch liegen.

»Was ist das?«

»Informationen über die Schulen vor Ort. Sie belegen Rang neun auf der Liste der besten Kleinstädte in den USA.« Er schaut auf die Uhr. »Und in etwa einer halben Stunde will mir Ted Riley die Bilanzen faxen.«

»Ted Riley?«

Richard grinst. »Der Besitzer vom Appletree Orchard. Ich habe vorhin eine Stunde mit ihm telefoniert. Wir fahren Dienstag hoch, um es uns anzusehen.«

Amber starrt ihn verblüfft an. »Wie hast du das alles in der kurzen Zeit, als ich weg war, hinbekommen?«

»Willst du die Wahrheit wissen? Ich bin Feuer und Flamme – begeistert über diesen Wechsel, über die Aussicht, mein eigenes Unternehmen zu gründen …«

»Unser eigenes Unternehmen«, korrigiert ihn Amber.

»Ach ja?« Richard hebt eine Augenbraue.

»Ja«, sagt Amber bestimmt. »Ich werde nicht nur Texte für Broschüren verfassen. Es ist ein Familienbetrieb, das heißt, dass er von einer Familie betrieben wird.«

»Du hast recht. Also wird Gracie die Werbetexte schreiben, und Jared ist für den Lagerbestand verantwortlich.«

»Im Ernst.«

»Entschuldige, Schatz. Aber ja, du hast wirklich recht. Unter anderem wollte ich nicht mehr an der Wall Street arbeiten, weil ich mehr Zeit für meine Familie haben wollte. Und ein Familienbetrieb könnte die perfekte Lösung sein. Aber wir sollten uns nicht allzu große Hoffnungen machen, solange wir es nicht gesehen haben.«

»Ich weiß. Aber selbst wenn es nichts für uns ist, steht zumindest fest, dass wir fortziehen werden, und wenn Appletree Orchard furchtbar ist, dann finden wir auch etwas Besseres.«

»Rufst du bitte morgen die Maklerin an und bittest sie, vorbeizukommen und das Haus zu taxieren?«

»Werde ich, aber ich kann dir jetzt schon sagen, dass vor Kurzem eine Frau aus dem Klub ihr Haus in der Edgetree Road für 3,6 Millionen Dollar verkauft hat, und das ist lange nicht so gut in Schuss, so groß und so schön gelegen wie unseres.«

»Das hatte ich gehofft«, sagt Richard. »Mal hören, was die Maklerin sagt.«

»Ich ruf sie morgen gleich als Erstes an«, sagt Amber. »Wäre das nicht verrückt, wenn sich alles zum Guten wendet? Wenn diese Tauschgeschichte das Beste war, das uns passieren konnte?«

»Wieso?«

»Na, mir war vorher nicht klar, wie sehr mir die Arbeit fehlte, und mir war nicht klar, wie eingesperrt ich mich hier fühlte, und wenn ich nicht gefahren wäre, wärst du zwar immer noch ohne Job gewesen. Aber höchstwahrscheinlich wären wir dann in Highfield geblieben und du hättest einfach nur einen anderen Job in der City gefunden. Ich habe wirklich das Gefühl, dass es ein Neuanfang für uns ist. Es ist genau, was uns gefehlt hat.«

»Ich hoffe, du hast recht«, sagt Richard. »Und ich schätze, es ist genau, was du neulich gesagt hast: Nichts passiert ohne Grund.«

»Eben«, sagt Amber und lächelt, weil sie sich entsinnt, dass sie den Satz von Kate übernommen hat. »Und jetzt müssen wir einfach sehen, was die Zukunft bringt.«

Kapitel 33

»Amber war wirklich nett«, sagt Leona, als Vicky sich wieder häuslich hinter ihrem Schreibtisch eingerichtet hat, glücklich, wieder bei ihren Kolleginnen zu sein, die ihr sogar noch mehr Familie sind als ihre Freunde. »Aber ehrlich gesagt, es war kein Vergleich, sie ist hier nie ganz warmgeworden.«

Alle kommen angelaufen, wollen unbedingt erfahren, ob es in Highfield wirklich wie in der Fernsehserie zugeht, ob sie immer noch unbedingt heiraten will und wie sie bei den amerikanischen Hausfrauen angekommen ist.

»Es war toll«, sagt Vicky lachend, als sich eine kleine Menge um sie geschart hat. »Sexy Ehemann, ein Traumpalast, süße Kinder und Klamotten zum Niederknien. Allein drei Birkin-Taschen«, sagt sie grinsend zu Stella.

»Drei?« Stella versucht sich nicht anmerken zu lassen, wie neidisch sie ist. »Mein Gott, wie protzig. Echt, diese Amis müssen immer so dick auftragen.«

»Ein Glück, dass *du* total über den Dingen stehst«, sagt Leona zu Stella. »Ihr Moderedakteurinnen seid doch alle gleich. Also los«, sie wendet sich wieder Vicky zu, »jetzt wollen wir aber endlich wissen, ob du mit ihrem Mann gevögelt hast.«

»Leona, du bist eine verheiratete Frau! Wie kannst du das derart genüsslich fragen?«

»Na ja, in erster Linie, weil er nicht *mein* Mann ist, obwohl du, ehrlich gesagt, jederzeit mit meinem Mann schlafen darfst, es würde mich ein bisschen entlasten.« Sie verdreht die Augen, und die anderen lachen. »Ich mach keine Witze«, fügt sie ernst hinzu und schaut sich dabei hoffnungsvoll in der Runde um. »Freiwillige vor.«

»Dass das klar ist, ich habe nicht mit ihrem Mann geschlafen, und wieso ist das eigentlich immer die erste Frage, die mir jeder stellt?«

»Weil er so eine Sahneschnitte ist?«, sagt Leona. »Du hast uns Fotos von ihm gezeigt.«

»Na ja, er sieht tatsächlich rasend gut aus. Trotzdem: Nein, wir haben nicht miteinander geschlafen.«

»Nicht mal ein Kuss?«, hakt Leona nach, und Vicky wird rot.

»Aha! Ihr habt euch geküsst! Du unverschämtes Flittchen! Du hast mit ihm geknutscht!« Aber Leona sieht ziemlich schockiert aus.

»Hab ich nicht!«, sagt Vicky.

»Wieso wirst du dann rot?«

»Weil ich ihn wirklich ziemlich attraktiv fand, aber glaube mir, er war nicht an mir interessiert. Das ist ein Mann, der seine Frau liebt, und ihr kennt sie ja jetzt, sie ist unglaublich, was soll er da an mir noch finden?«

»Darling«, sagt Janelle amüsiert, die dazugekommen ist und dem Gespräch etwas abseits folgen konnte, »nur weil ein Mann zu Hause jeden Abend Filet Mignon haben kann, heißt das noch lange nicht, dass ihm nicht hin und wieder nach McDonald's zumute ist.«

Die Gruppe lacht und löst sich auf; alle sind plötzlich ungemein beschäftigt. Vicky flüstert einer kichernden Ruth zu: »Sag mal, hab ich mich verhört, oder hat mich unsere Chefredakteurin gerade mit einem Hamburger verglichen?«

»Also ehrlich, sie ist unmöglich.« Ruths Schultern beben vor Lachen. »Ich würde dich nie mit einem Hamburger vergleichen. Grillhähnchen vielleicht, aber nie und nimmer Hamburger.«

»Hey, ich werd dir gleich … Grillhähnchen. Ich hatte völlig vergessen, wie schlimm ihr alle seid. Wär ich bloß in Highfield geblieben.«

Aber Vicky ist unendlich froh, wieder hier zu sein. Die Woche vergeht im Nu mit Anrufen bei Freunden, Treffen mit Journalisten, dem Umbruch für die nächste Ausgabe. Als sie in der nächsten Woche wieder durchatmen kann und Amerika ihr langsam vorkommt wie eine ferne Erinnerung, ruft sie Amber an, aber es meldet sich Richard.

»Hallo, Richard«, sagt Vicky. »Ich bin's, Vicky.«

»Vicky! Wie geht's dir?« Richard klingt jovial und herzlich wie eh und je.

»Mir geht's fantastisch. Ich bin glücklich, wieder hier zu sein. Und wie geht's euch? Ich hab so oft an euch gedacht. Mir fehlen die Kinder!« Eigentlich möchte sie ihn fragen, ob er es Amber schon erzählt hat, traut sich aber nicht.

»Du fehlst ihnen auch, obwohl sie ziemlich froh sind, ihre Mutter wiederzuhaben.«

»Wie geht's Amber?«

»Ihr geht's prima, aber ich sage dir, wir drehen alle völlig durch, seit sie wieder hier ist. Wir haben unser Haus zum Verkauf angeboten und kaufen jetzt ein neues, genauer gesagt einen Betrieb. Darum herrscht hier die totale Hektik.«

»Ihr habt ein neues Haus gefunden? Und einen Betrieb?«, fragt Vicky verblüfft. »So schnell?«

»Weißt du was? Das soll dir alles Amber erzählen«, sagt Richard. »Bleib dran, ich rufe sie.«

»Aber das ist ja unglaublich!«, sagt Vicky, nachdem ihr Amber die neuen Entwicklungen haarklein geschildert hat. Wie sie zum Appletree Orchard gefahren sind, wie alles ein bisschen unorganisiert und ramponiert wirkte, dass man eine Menge Arbeit investieren müsste, aber dass sich etwas Wunderbares daraus machen ließe. »Dein Leben wird sich komplett verändern.«

»Ich weiß.« Amber lächelt. »Und das habe ich dir zu verdanken. Ich werde mich vom Frauenklub verabschieden, und weißt du was? Ich kann's gar nicht erwarten! Ich freue mich so darauf, mehr mit meinem Mann zusammen zu sein, mit meinen Kindern, mich wieder in einem Unternehmen einzubringen.«

»Wie ist das so, Richard zu Hause zu haben?«

Amber seufzt. »Im Moment macht er mich wahnsinnig. Er kommt ständig rein und fragt mich, was es mittags zu essen gibt oder wohin ich gehe oder warum Deborah schon wieder anruft, obwohl ich heute bereits dreimal mit ihr telefoniert habe!«

Vicky lacht. »Bist du sicher, dass du schon so weit bist, einen Betrieb mit ihm zu leiten?«

»Weißt du was? Wenn es nicht funktioniert, können wir immer noch etwas anderes machen. Als ich bei *Poise!* war, wurde mir klar, wie sehr mir die Arbeit gefehlt hat. Wie sehr es mir fehlte, etwas anderes zu tun, als nur Modeschauen und Galas zu organisieren. Und Vicky, du müsstest den Hof sehen. Wir sind hingeflogen, um uns alles anzusehen, und obwohl das Ganze im Moment ziemlich überwuchert und chaotisch ist, lässt es sich mit Sicherheit in etwas richtig Schönes verwandeln. Ich glaube ehrlich nicht, dass ich je den Mut gehabt hätte, mein Leben so von Grund auf zu ändern, wenn ich diesen Tausch nicht gemacht hätte, und darum danke ich dir noch mal.«

»O mein Gott, mir musst du doch nicht danken. Ich bin nur so froh, dass sich alles noch zum Guten gewendet hat, und ich freue mich natürlich, dass sich durch die Erfahrung alles so drastisch verändern wird in deinem Leben – das gibt natürlich fantastischen Stoff für den Artikel. Apropos, kannst du mir schon was zeigen?«

»Kann ich«, sagt Amber lächelnd. »Ich muss es nur noch einmal durchlesen, aber ich habe die gewünschten acht Seiten geschrieben.«

»Und steht da auch drin, dass Richard seinen Job verloren hat und ihr ein Unternehmen kaufen wollt und so weiter?«

»Na ja, ich habe geschrieben, dass er aus seinem Job ausgeschieden ist. Ich wollte nicht ganz so hart ausdrücken, dass sie ihn vor einem halben Jahr entlassen haben. Ist das schlimm? Ich weiß einfach, dass sein Ego es nicht verkraften würde, und falls er je wieder die Absicht haben sollte, noch mal an der Wall Street anzufangen, wäre es furchtbar, wenn das irgendwo schwarz auf weiß zu lesen wäre. Ich habe ja nicht gelogen – ich habe nur nicht die ganze Wahrheit gesagt.«

»Okay, mach dir keine Sorgen. Das wird schon gehen, nur schick mir den Text, sobald du kannst«, sagt Vicky, der klar wird, dass sie nun ihren eigenen Text ein wenig anpassen, die Absätze herausnehmen muss, in denen davon die Rede ist, wie sie Richard im Aquarium getroffen hat, aber das ist in Ordnung, es ist nicht der Kern der Geschichte. »Umarm deine süßen Kinder von mir, und gib ihnen einen dicken Kuss«, sagt Vicky. »Und sag Jared bitte, dass ich den

Dalek nicht vergessen habe. Ich habe ihn schon losgeschickt, er sollte jeden Tag bei euch eintreffen.«

»Den was?«

»Es ist etwas Britisches«, sagt Vicky lachend. »Ich habe ihn mit Geschichten aus der Fernsehserie *Doctor Who* drangekriegt. Nicht ganz so atemberaubend wie *Star Wars*, aber nah dran.«

»Läuft er deshalb mit diesen abgehackten Bewegungen herum und sagt andauernd ›Exterminate, exterminate‹?«, fragt Amber lachend.

»Ich fürchte, ja«, sagt Vicky. »Und jetzt schreib bitte deinen Beitrag fertig, und ich tu dir ein Vorabexemplar in die Post, sobald ich eins in der Hand habe.«

»Vicky?«, ruft Ruth von ihrem Schreibtisch aus. »Huge Anus möchte dich sprechen. Möchtest du zurückrufen?«

»Was?« Leona, die ihr gegenübersitzt, bekommt einen Lachkrampf.

»Ich weiß. Der arme Kerl. Er sagt zwar, er heißt Hugh Janus, aber alle nennen ihn natürlich Huge Anus. Danke, Ruth. Ich nehm das Gespräch.«

»Die Königin des Lebenstauschs ist also zurückgekehrt«, ertönt Hughs Stimme in der Leitung. »Wie war's?«

»Einsam«, sagt Vicky und stellt erstaunt fest, wie sehr das zutrifft. Sie hat ihr Leben weitaus mehr vermisst, als ihr zu dem Zeitpunkt klar war. »Und es ist herrlich, wieder zu Hause zu sein.«

»Hat Janelle dir Bescheid gesagt? Dass wir die Doku doch machen, sobald euer Artikel erscheint – mit neuen Leuten, die ihre Rollen tauschen möchten, nur dass sie diesmal beide in England leben müssen, um unser Budget nicht zu sprengen.«

»Das ist toll, Hugh. Und ich bin ziemlich erleichtert, dass ich meine Viertelstunde Berühmtheit nicht bekommen werde. Ich weiß nämlich nicht, ob ich dem gewachsen wäre.«

»Na ja, also ich rufe an, weil ich fragen wollte, ob wir uns zum Lunch treffen können. Ich habe nächste Woche ein Meeting mit dem Leiter der Doku-Abteilung und soll ihm eine Präsentation der Show vorlegen, dafür müsste ich ein bisschen mehr über eure Erfahrung wissen. Ich habe Amber in den USA schon eine Nachricht hinterlassen und würde mich gern, sobald es geht, mit dir treffen.«

»Klingt doch gut.« Vicky blättert in ihrem Planer und stellt überrascht fest, dass sie in dieser Woche so gut wie ausgebucht ist. »Scheiße«, sagt sie. »Wie es aussieht, hab ich alle Termine auf die Zeit nach meiner Rückkehr gelegt. Diese Woche sieht total hektisch aus. Ich werde es einfach nicht schaffen. Wann ist dein Meeting? Vielleicht kann ich nächste Woche.«

»Am Dienstag.«

Vicky schüttelt den Kopf. »Alles dicht.«

»Okay, dann zum Dinner? Wie wär's mit Dinner?«

»Klar. Dinner würde gehen.«

»Okay. Donnerstag?«

»Kann ich nicht. Da muss ich in eine Preview.«

»Mittwoch?«

»Nee.« Vicky merkt allmählich, dass selbst ein Abendessen schwierig wird. »Warte mal, ich sehe gerade, dass das auch problematisch ist, obwohl ...« Sie zögert. »Ich weiß, es ist sehr kurzfristig, aber heute Abend ginge bei mir ...«

»Wunderbar!« Hugh ist hocherfreut. »Locanda Locatelli um acht?«

»Du kannst wenige Stunden vor acht noch einen Tisch bei Locanda Locatelli bekommen?«, fragt Vicky beeindruckt.

»Tja, es geht im Leben nicht darum, was man kann, sondern wen man kennt«, sagt Hugh grinsend.

»Und ich weiß jetzt, dass ich dich bisher nicht kannte«, gibt Vicky schlagfertig zurück.

»Genau. Bis nachher also.«

»Wunderbar«, sagt Vicky und legt auf.

Hugh erhebt sich, als Vicky hereinkommt, und haucht ihr das obligatorische Küsschen auf jede Wange. »Du siehst toll aus«, sagt er, und sie schüttelt protestierend den Kopf, da sie direkt aus dem Büro kommt und keine Zeit hatte, sich umzuziehen oder auch nur frisch zu machen.

Heute früh hat sie beschlossen, »niedlich« zu gehen, in erster Linie, weil sie keine Zeit mehr hatte, sich die Haare zu waschen, weshalb sie sie zu Zöpfen geflochten hat. Sie weiß, dass Frauen in ihrem Alter so was eigentlich nicht mehr tun, aber Kylie macht es auch und kommt damit durch, und sie findet, was gut genug für Kylie ist, ist auch gut genug für sie. Sie trägt eine graue Strickjacke mit Rüschensaum zu einem rosa Ballonrock im Zigeunerlook und beige Ballerina-Pumps. Die perfekte Bürouniform. Zugegeben, hätte sie geahnt, dass sie heute Abend in einen dermaßen edlen Schuppen ausgeführt wird, hätte sie sich etwas Eleganteres angezogen, etwas Amberhafteres. Aber das Tolle an London ist ja, dass es keine Rolle spielt – dass neben einem Tisch mit Anzugträgern eine Runde mit lauter Leuten in Jeans sitzen kann und keiner sich groß drum schert, was die anderen anhaben.

»Ich erwarte ständig, dass sich die Leute hier nach mir umdrehen und meine Kleidung begutachten«, sagt sie grinsend zu Hugh, als sie sich setzen.

»Wieso sollten sie das tun?«

»In Highfield macht man das. Wenn man in ein Restaurant geht, verrenken sich alle Frauen die Hälse, um sich zu vergewissern, dass man nicht teurere Klamotten trägt als sie.«

»Aber ich dachte, Highfield liegt auf dem Land.«

»Nein, es ist ein *Vor*ort.« Vicky betont bewusst die erste Silbe. »Das ist Niemandsland, weder Stadt noch Land. Sehr seltsam.«

»Nicht wie die Vororte bei uns?«

»Nein, überhaupt nicht. Alle sind total im Stress und fahren ihre Kinder von Termin zu Termin, damit sie auch ja ihr Geniepotenzial entfalten können …«

»Ich nehme mal an, dass alle Kinder über großes Geniepotenzial verfügen?«, fragt Hugh mit einem Grinsen.

»Aber selbstverständlich. So was wie Durchschnittskinder gibt es in den Vororten nicht.« Auch Vicky muss grinsen. »So was Lächerliches! Man würde meinen, es würde da friedlich, idyllisch und ländlich zugehen, wegen der Bäume, der großen Wiesen, der herrlich gewundenen Landstraßen, aber die Leute haben es alle eilig und sind nur damit beschäftigt, ihr gesellschaftliches Ansehen aufrechtzuerhalten oder es zu erlangen, und das ist wahnsinnig anstrengend.«

»Klingt albtraumhaft. Mehr wie London.«

»Nein. Gar nicht wie London. Wahrscheinlich eher wie Manhattan.«

Hugh nickt. »Ich hatte mal eine amerikanische Freundin, als ich noch studierte. Sie war eine waschechte New Yorkerin aus dem Village, ging auf die Stuyvesant High School, und ich bin ständig hingeflogen, um sie zu besuchen.«

»Was ist aus ihr geworden?«

»Wir haben den Kontakt verloren«, sagt er traurig. »Ich google sie hin und wieder, aber Lara war unglaublich eifersüchtig auf all ihre Vorgängerinnen, kam nicht klar damit, dass ich weiterhin mit ihnen befreundet war, darum habe ich sie alle aus den Augen verloren, was schade ist, weil einige von ihnen richtige Freunde waren.«

»Das hab ich nie verstanden«, sagt Vicky.

»Was?«

»Diese ganze Eifersucht-aus-Unsicherheit-Kiste. Ich meine, wenn man nicht gern mit jemandem zusammen wäre, wär man's ja nicht. Wie kann irgendetwas aus der Vergangenheit etwas gefährden, was man jetzt zusammen hat?«

»Genauso sehe ich das auch«, sagt Hugh. »Nur einer von vielen Gründen, warum es mit uns nicht geklappt hat.«

»Ist das deine langjährige Freundin?«

»War«, verbessert sie Hugh.

»Wann habt ihr euch getrennt?«

»Ich bin vor drei Wochen ausgezogen. Wahrscheinlich um die Zeit, als du nach Amerika gefahren bist. Offiziell sind wir noch zusammen, probieren, ob wir es nicht noch einmal hinkriegen, aber ich sehe eigentlich nicht, wozu es noch gut sein soll. Vielleicht bin ich naiv, aber wenn es stimmt, dann stimmt's. Und wenn es nach sieben Jahren nicht stimmt, was gibt's da eigentlich noch zu probieren?«

»Tut mir leid«, sagt Vicky. »Nach sieben Jahren ist es sicherlich sehr schwer, auseinanderzugehen.«

»Es ist schwer, aber ich wusste schon eine ganze Weile, dass wir nie heiraten würden. Ich weiß, dass sie es wollte, sich ein Kind wünschte, aber ich konnte mir nie vorstellen, eins mit ihr zu haben. Ich weiß auch immer noch nicht genau, warum, denn ich habe sie geliebt, und ein Teil von mir wird sie wahrscheinlich immer lieben, aber ich konnte mir einfach nie vorstellen, dass wir den Rest unseres Lebens zusammen verbringen, und mit diesem Wissen wollte ich einfach kein Kind in die Welt setzen. O mein Gott, was mach ich hier? Ich sollte den Mund halten. Erzähl mir von dir. Was macht dein Liebesleben?«

Vicky lächelt wehmütig. »Nichts«, sagt sie. »Der Typ, auf den ich mich eingelassen habe und von dem ich mir einbildete, dass ich ihn wirklich mag, macht jetzt mit einem großen Hollywoodstar herum, mit Beinen bis zum Hals. Ich musste das auch noch über eine Freundin erfahren, als ich in den USA war. Der Arsch hatte nicht mal den Anstand, es mir selber mitzuteilen.«

»Jamie Donnelly«, sagt Hugh.

Vicky starrt ihn mit offenem Mund an. »Woher weißt du das?«

»Ich habe gemerkt, wie es zwischen euch geknistert hat, als er damals beim Lunch zufällig dazukam, weißt du noch?«

»Na ja, es hat sich eindeutig ausgeknistert. Ansonsten habe ich noch demnächst ein heißes Date mit Hühner-Bill, und das war's eigentlich.«

»Hühner-Bill?« Hugh muss schallend lachen.

»Jawohl. Hühner-Bill. Und wenn ich im Glashaus sitzen würde wie du, Huge An–«

»Schon gut, schon gut.« Hugh gibt sich geschlagen. »Kein Grund, immer darauf herumzureiten. Aber wer um alles in der Welt ist Hühner-Bill?«

»Er ist ein geschiedener Vater zweier Kinder und wohnt in Somerset in der Nähe von meinem Bruder und meiner Schwägerin.«

»Bist du interessiert?«

Vicky zuckt die Achseln und errötet leicht. »Er hat einen süßen Hintern«, sagt sie schließlich grinsend. »Und er scheint ein netter Kerl zu sein. Er hat ein tolles Lächeln«, fügt sie hinzu und fragt sich, wie sie ihn noch beschreiben könnte.

»Na ja, das ist doch schon mal ein Anfang«, sagt Hugh und lächelt, und plötzlich fällt Vicky auf, dass sein Lächeln auch nicht übel ist. Überhaupt, wieso ist ihr eigentlich noch nie aufgefallen, wie attraktiv Hugh ist? Sie richtet sich unwillkürlich ein Stückchen auf. Nicht, dass sie interessiert wäre. Er hat sich gerade von seiner Freundin getrennt, mit der er sieben Jahre zusammen war. Hör auf, sagt sie sich. Als Erstes wird er sich Hals über Kopf in eine neue Beziehung stürzen, ohne die alte verarbeitet zu haben, und wahrscheinlich ist er noch nicht mal dafür bereit.

»Was möchtest du bestellen?«, fragt Hugh. Der Kellner steht abwartend am Tisch.

»Hmmm? Oh, entschuldige.« Vicky errötet gedankenversunken und schaut Hugh an. »Können wir noch einen Moment warten? Ich war gerade ganz woanders.«

Zwei Flaschen Wein später plaudern Vicky und Hugh immer noch angeregt, unterbrechen sich ständig gegenseitig, überbieten sich mit komischen Geschichten. Beide müssen unablässig lächeln, und Vicky stellt fest, dass sie seit Monaten nicht mehr so viel Spaß hatte.

Hugh begleitet Vicky zu Fuß nach Hause. Sie schlendern durch die kleinen Seitenstraßen zu ihrer Wohnung, unterhalten sich, bis sie vor ihrer Haustür stehen. Dann entsteht plötzlich ein unbehagliches Schweigen.

Ich mag ihn, denkt Vicky plötzlich überrascht, als sie so dastehen, beide ein bisschen betrunken, und sich anlächeln, aber ich sollte ihn nicht hereinbitten. Es ist noch zu früh. Er hat gerade eine Beziehung hinter sich. Ich werde ihn nicht fragen. Und ich werde auf keinen Fall mit ihm schlafen. Ich bin nicht so leicht zu haben.

»Möchtest du noch mit reinkommen?« Vicky hat das

Gefühl, neben sich zu stehen. Die Worte wurden offenbar ohne ihr Zutun gesprochen.

Es entsteht eine Pause. »Ich würde wahnsinnig gern«, sagt Hugh schließlich. »Aber ich sollte besser nicht.«

Vicky fängt an, umständlich in ihrer Tasche nach dem Hausschlüssel zu kramen, um ihre Enttäuschung zu überspielen, und Hugh legt seine Hand auf ihren Arm, um sie aufzuhalten.

»Ich würde wirklich wahnsinnig gern«, sagt er und sieht ihr lächelnd in die Augen. »Es war ein ganz wunderbarer Abend für mich. Hör mal, ich werde das ganze Wochenende wie ein Blöder für diese Präsentation arbeiten müssen, aber können wir das wiederholen?«

»Natürlich«, sagt Vicky, der das, was sie als Zurückweisung empfindet, immer noch peinlich ist. Sie wendet sich ab, um ins Haus zu gehen. »Ruf mich an.«

»Warte. Wie wär's mit nächstem Donnerstag? Ich hol dich hier ab? Sagen wir, um acht?«

»Klingt wunderbar!« Das Lächeln in ihrem Gesicht ist sowohl erleichtert als auch echt.

»Danke für einen herrlichen Abend«, sagt Hugh, beugt sich vor und gibt ihr einen schnellen, aber zarten Kuss auf die Lippen, dann macht er sich mit einem reumütigen Lächeln wieder los, winkt noch mal und geht davon.

»Weißt du was?«, fragt Kate aufgeregt, als sie am nächsten Morgen in aller Frühe bei Vicky anruft.

»Was? Noch mehr Hühner, die noch mehr Eier legen? Ihr habt noch ein Kuh dazugekauft, damit die Kinder auch in Sachen Milch Selbstversorger sind?«

»Hmm, gar keine schlechte Idee, aber das ist es nicht. Rate mal, wen ich gerade auf der Post getroffen habe.«

»Hühner-Bill?«

»Genau! Woher wusstest du?«

»Kate, sei nicht albern. Wen denn sonst?«

»Na ja, jedenfalls hat er sich nach dir erkundigt, und ob du an diesem Wochenende runterkommst, und ich sagte, ich wüsste es nicht, also wollte er deine Telefonnummer haben. Hast du was dagegen, dass ich sie ihm gegeben habe? Weil er wirklich interessiert klang, und das wollte ich dir natürlich erzählen.«

»Ich hab gar nichts dagegen. Und ja, wahrscheinlich komme ich dieses Wochenende runter. Aber ... ich hatte gestern Abend auch so eine Art Date.« Vicky lächelt, als sie daran denkt.

»Du darfst kein Date haben!«, sagt Kate streng. »Du musst doch Hühner-Bill heiraten!«

»Erstens muss ich niemanden heiraten!«, sagt Vicky und lacht. »Und zweitens war es eigentlich kein richtiges Date, aber er hat mich zum Abschied auf den Mund geküsst, und nächsten Donnerstag sind wir wieder verabredet.«

»Mit oder ohne Zunge?«, fragt Kate misstrauisch.

»Ohne!«, ruft Vicky entsetzt. »Wofür hältst du mich?«

»Für genau das, was du bist«, sagt Kate lachend. »Darum habe ich ja gefragt.«

»Trotzdem. Er ist wirklich sehr, sehr nett.«

»Aber bitte verlieb dich nicht in ihn. Ich wette, sein Hintern ist nicht halb so sexy wie der von Bill.«

»Ist er tatsächlich nicht, aber ich bin zurzeit in niemanden verliebt. Ich genieße nur das Leben, und es ist wunderbar, so viel Aufmerksamkeit zu bekommen, speziell angesichts der Tatsache, dass ich die letzten Monate an dieses Schwein von Jamie Donnelly verschwendet habe.«

»Du bist grausam! Ich will auch wieder Single sein!«,

stöhnt Kate. »Wie aufregend, von all diesen tollen Männern umgarnt zu werden.«

»Man weiß ja nicht, ob sie wirklich so toll sind. Das Arschloch Jamie Donnelly war es schon mal nicht. Aber sonst hast du recht«, sagt Vicky lächelnd, »im Moment genieße ich es, Single zu sein, und ich würde um nichts in der Welt mit einer anderen tauschen wollen.«

»Eure Story ist der Hammer!« Janelle kommt in Vickys Büro gestürzt und wedelt mit dem Vorabexemplar der Zeitschrift.

»Lebenstausch: Kann man in die Fußstapfen einer anderen Frau treten? Ihre Kleider tragen, mit ihrem Mann zusammenleben, mit ihren Freunden ausgehen? Wir haben Vicky Townsley, Features-Redakteurin bei *Poise!* in die Heimat der *Desperate Housewives* geschickt, um zu sehen, ob sie in die Rolle einer Mutter und Ehefrau schlüpfen kann. Im Gegenzug hat die ›verzweifelte Hausfrau‹ Amber Winslow Vickys schickes Stadtapartment bezogen und versucht, sich als Singlemädchen in London durchzuschlagen. Welche von beiden ist glücklicher geworden? Sind die Kirschen in Nachbars Garten wirklich süßer? Lesen Sie weiter und finden Sie es heraus.«

Auf der einen Seite ist ein Foto von Vicky abgebildet, die es sich – mit Eartha auf dem Schoß und einem Glas Wein in der Hand – auf dem Sofa ihrer geschmackvoll eingerichteten Wohnung gemütlich gemacht hat. Auf der anderen Seite sieht man Amber am Swimmingpool sitzen, Gracie und Jared auf dem Schoß, hinter ihr steht ein strahlender Richard, Ginger liegt zu ihren Füßen, der Inbegriff einer perfekten amerikanischen Familie.

Als Vicky das Bild anschaut, verspürt sie einen leichten

Stich. Selbst jetzt, mit allen Erfahrungen, die sie in der Zwischenzeit machen konnte, sehen die Kirschen in Nachbars Garten immer noch ein bisschen verlockender aus. Aber als sie dann den Artikel liest, wird ihr klar: Obwohl ihre eigenen Kirschbäume sich nach längerer Dürre gerade erst wieder zum Blühen anschicken, ist es doch gar nicht so schlecht um ihren kleinen Garten bestellt.

Und wer weiß, mit ein bisschen gutem Dünger und liebevoller Pflege von Hühner-Bill oder Hugh Janus oder vielleicht von einem, den sie erst noch kennenlernen wird, könnten ihre Kirschen ja die süßesten von allen sein.

Ende

Danksagung

Aufrichtiger Dank, wie immer, an alle bei Penguin, Anthony Goff, Vicky Harper, *Red Magazine*, die Peconic Baking Company, John Roch und Gary Chase (*keinerlei* Ähnlichkeit mit Amberley Jacks), Alisa Messer, Nancy Laner, Dixie O'Brien und natürlich an meine Familie.